अँधेरे बन्द कमरे

[उपन्यास]

अँधेरे बन्द कमरे

मोहन राकेश

राजकमल प्रकाशन

ISBN : 978-81-267-0074-5

मूल्य : ₹ 995

पहला संस्करण : 1961
सत्रहवाँ संस्करण : 2023
This book is printed on **Print on Demand** Technology : 2026

प्रकाशक : राजकमल प्रकाशन प्रा.लि.
1-बी, नेताजी सुभाष मार्ग, दरियागंज
नई दिल्ली-110 002
शाखाएँ : अशोक राजपथ, साइंस कॉलेज के सामने, पटना-800 006
पहली मंजिल, दरबारी बिल्डिंग, महात्मा गांधी मार्ग, प्रयागराज-211 001
1, अनमोल सोराबजी सन्तुक लेन, धोबी तलाव, मरीन लाइंस, मुम्बई-400 002
वेबसाइट : www.rajkamalprakashan.com
ई-मेल : info@rajkamalprakashan.com

ANDHERE BAND KAMARE
Novel by Mohan Rakesh

नीते को

और उन सबको

जो उसके साथ-साथ बड़े होंगे

भूमिका में क्या होना चाहिए? उपन्यास का परिचय? अपने दृष्टिकोण का उल्लेख? मगर दृष्टिकोण का उल्लेख भूमिका में करना हो, तो उपन्यास लिखने की क्या ज़रूरत है?

और जहाँ तक परिचय का सवाल है, मैं सोचकर भी तय नहीं कर पा रहा कि इसे क्या कहूँ : आज की दिल्ली का रेखाचित्र? पत्रकार मधुसूदन की आत्मकथा? हरबंस और नीलिमा के अन्तर्द्वन्द्व की कहानी?

''हवा में कहीं एक कोहेनूर झिलमिलाता है...''

उस कोहेनूर का क़िस्सा?

सच मैं तय नहीं कर पा रहा। पढ़कर आप जो भी निश्चय करें वही ठीक होगा। और अगर आप भी निश्चय न कर सकें, तो यह समस्या किसी और के लिए छोड़कर मेरी तरह अलग हो रहें।

—मोहन राकेश

1
खंड

नौ साल में चेहरे काफ़ी बदल जाते हैं; और कोई-कोई चेहरा तो इतना बदल जाता है कि पहले के चेहरे के साथ उसकी कोई समानता ही नहीं रहती।

मैं नौ साल के बाद दिल्ली आया, तो मुझे महसूस हुआ जैसे मेरे लिए यह एक बिलकुल नया और अपरिचित शहर हो। जिन लोगों के साथ कभी मेरा रोज़ का उठना-बैठना था, उनमें से कई-एक तो अब बिलकुल ही नहीं पहचाने जाते थे; उनके नयन-नक्श वही थे, मगर उनके चेहरे के आसपास की हवा बिलकुल और हो गई थी। हम लोग कभी आमने-सामने पड़ जाते, तो हलकी-सी 'हलो-हलो' के बाद एक-दूसरे के पास से निकल जाते। और 'हलो' कहने में भी केवल होंठ ही हिलते थे, शब्द बाहर नहीं आते थे। कई बार मुझे लगता कि शायद मेरे चेहरे की हवा भी इस बीच इतनी बदल गई है कि परिचय का सूत्र फिर से जोड़ने में दूसरे को भी मेरी तरह ही कठिनाई का अनुभव होता है।

हालाँकि कुछ लोग ऐसे भी थे जो काफ़ी खुलकर मिले और जिनसे काफ़ी खुलकर बातें हुईं, मगर उनके पास बैठकर भी मुझे महसूस होता रहा कि हम लोगों के बीच कहीं एक लकीर है—बहुत पतली-सी लकीर, जिसे हम चाहकर भी पार नहीं कर पाते और उसके इधर-उधर से हाथ बढ़ाकर ही आपस में मिलते हैं। कहाँ क्या बदल गया है, यह ठीक से मेरी समझ में नहीं आता था, क्योंकि कुछ लोग तो ऐसे थे कि उनके चेहरे-मोहरे में ज़रा भी फ़र्क़ नहीं आया था। मेरे बाल कनपटियों के पास से सफ़ेद होने लगे थे, मगर उनके बाल अब भी उतने ही काले थे जितने नौ साल पहले, यहाँ तक कि कभी-कभी मुझे शक होता था कि वे सिर पर खिजाब तो नहीं लगाते। मगर उनके गालों की चमक भी वैसी ही थी और उनके ठहाकों की आवाज़ भी उसी तरह गूँजती थी, इसलिए मुझे मजबूरन सोचना पड़ता था कि खिजाब वाली बात भी ग़लत ही होनी चाहिए। फिर भी कई क्षण ऐसे आते थे जब वे परिचित चेहरे मुझे बहुत ही अपरिचित और बेगाने प्रतीत होते थे।

हरबंस को नौ साल के बाद मैंने पहली बार देखा; उसका चेहरा मुझे और चेहरों की बनिस्बत कहीं ज़्यादा बदला हुआ लगा। उसके गालों का मांस कुछ थलथला गया

था जिससे वह अपनी उम्र से काफ़ी बड़ा लगने लगा था। (उसे देखते ही पहला विचार मेरे दिमाग़ में यह आया कि क्या मैं भी अब उतना ही बड़ा लगने लगा हूँ?) उसके सिर के बाल काफ़ी उड़ गए थे, जिससे उसे देखते ही सिलविक्रिन के विज्ञापन की याद हो आती थी। मैं उस समय सिंधिया हाउस के स्टॉप पर बस से उतरा था और कॉफ़ी की एक प्याली पीने के इरादे से कॉफ़ी हाउस की तरफ़ जा रहा था। तभी पीछे से अपना नाम सुनकर मैं चौंक गया। पीछे मुड़कर देखते ही हरबंस पर नज़र पड़ी, तो मैं और भी चौंक गया। मुझे ज़रा भी आशा नहीं थी कि इस बार दिल्ली में उससे मुलाक़ात होगी। नौ साल पहले जब मैं यहाँ से गया था, तब से मेरे लिए वह विदेश में ही था। मैं सोचता था कि मेरे एक और दोस्त की तरह, जिसने पोलैंड की एक विधवा से शादी करके वहीं घर बसा लिया है, वह भी शायद बाहर ही कहीं बस-बसा गया होगा। जाने से पहले वह कहता भी यही था कि अब वह लौटकर इस देश में कभी नहीं आएगा।

'हरबंस, तुम?' मैं ठिठककर उसके लम्बे डीलडौल को देखता रह गया। वह हाथों में दो-एक पैकेट सँभाले बहुत उतावली में मेरी तरफ़ आ रहा था। उसकी चाल में वही पुरानी लचक थी जिससे मुझे उसका बदला हुआ चेहरा भी उस समय बदला हुआ नहीं लगा। मैंने अपना हाथ उसकी तरफ़ बढ़ाया, तो उसने मेरा हाथ नहीं पकड़ा, अपनी पैकेट वाली बाँह मेरे कन्धे पर रखकर मुझे अपने साथ सटा लिया।

'अरे, तुम यहाँ कैसे, मधुसूदन?' उसने कहा। 'मैंने तो समझा था कि तुम अब बिलकुल अख़बारनवीस ही हो गए हो और दिल्ली में तुम्हारा बिलकुल आना-जाना नहीं होता। तीन साल में आज मैं पहली बार तुम्हें यहाँ देख रहा हूँ।'

हम लोग जनपथ के चौराहे पर खड़े थे और मैं बत्ती का रंग बदलने की राह देख रहा था। बत्ती का रंग बदलते ही मैंने उसकी बाँह पर हाथ रखकर कहा, 'आओ, पहले सड़क पार कर लें।'

मेरा यह सुझाव उसे अच्छा नहीं लगा, मगर उसने चुपचाप मेरे साथ सड़क पार कर ली। सड़क पार करते ही वह रुक गया जैसे कि अपनी सीमा से बहुत आगे चला आया हो।

'मैं एक तरह से नौ साल के बाद यहाँ आया हूँ,' मैंने कहा। 'बीच में मैं दो-चार बार एक-एक दिन के लिए आया था, मगर वह आना तो न आने के बराबर ही था।'

मगर मुझे लगा कि उसने मेरी बात की तरफ़ ध्यान नहीं दिया। उसकी आँखें मेरे कन्धों के ऊपर से सड़क के पार किसी चीज़ को खोज रही थीं।

'तुम बाहर से कब आए हो?' मैंने पूछा। 'मैंने तो सोचा था कि तुम अब बाक़ी ज़िन्दगी लन्दन या पेरिस में ही कहीं काट दोगे। जाने से पहले तुम्हारा इरादा भी यही

था।' यह कहते हुए मुझे सहसा नीलिमा के नाम लिखे उसके पत्रों की याद हो आई, और मेरा मन एक विचित्र उत्सुकता से भर गया।

'मुझे आए तीन साल हो गए,' वह उसी तरह मोटरों और बसों की भीड़ में कुछ खोजता हुआ बोला, 'बल्कि अब यह चौथा साल जा रहा है। मुझे किसी ने बताया था कि तुम लखनऊ के किसी दैनिक में हो। दैनिक का नाम भी उसने बताया था। मैंने एकाध बार सोचा भी कि तुम्हें चिट्ठी लिखूँ, मगर ऐसे ही आलस में बात रह गई। तुम जानते हो चिट्ठियाँ लिखने के मामले में मैं कितना आलसी हूँ।'

मुझे फिर उन दिनों की याद हो आई जब वह अभी बाहर गया ही था। उन दिनों भी क्या वह चिट्ठियाँ लिखने के बारे में ऐसी बात कह सकता था? मेरे होंठों पर मुसकराहट की एक हलकी-सी लकीर आ गई और मैंने कहा, 'हो सकता है, मगर इसमें सिर्फ़ नीलिमा की बात तुम्हें छोड़ देनी चाहिए।'

वह इससे थोड़ा सकपका गया। सहसा उसके हाथ इस तरह हिले जैसे अपनी खोई हुई चीज़ उसे भीड़ में नज़र आ गई हो, मगर दूसरे ही क्षण उसके कन्धे ढीले हो गए और उसके चेहरे पर निराशा की लहरें खिंच गईं।

'तुम किसी को ढूँढ़ रहे हो?' मैंने पूछा।

'नहीं, देख रहा हूँ कि कोई स्कूटर मिल जाए, तो तुम्हें अपने घर ले चलूँ।'

उसका यह सोच लेना कि मुझे साथ घर ले जाने के लिए उसका मुझसे पूछना ज़रूरी नहीं है, मुझे अच्छा नहीं लगा। मैंने तुरन्त ही मन में निश्चय कर लिया कि मैं उसके साथ नहीं जाऊँगा।

'आज हमारे यहाँ कुछ लोग खाने पर आ रहे हैं, इसलिए मेरा जल्दी घर पहुँचना ज़रूरी है,' वह बोला। 'नीलिमा तुम्हें देखकर बहुत खुश होगी। अभी आठ ही दस दिन हुए जब हम लोग तुम्हारी बात कर रहे थे। मैं उससे कह रहा था कि जीवन भार्गव की तरह यह आदमी भी ज़िन्दगी के दलदल में फँसकर रह गया। घर चलो, तो वहाँ तुम्हें एक नया व्यक्ति भी मिलेगा जिससे मिलकर तुम्हें खुशी होगी।'

'नया व्यक्ति?'

'हमारा लड़का अरुण। वह अब तीन साल का होने जा रहा है। एक बार तुम्हें पहचान लेगा, तो फिर तुम्हारा पीछा नहीं छोड़ेगा। आओ, उधर स्कूटर स्टैंड पर चलते हैं। यहाँ पर खड़े-खड़े कोई स्कूटर नहीं मिलेगा।'

'मैं इस समय तुम्हारे साथ नहीं चल सकूँगा,' मैंने कहा। 'फिर किसी दिन चलूँगा। या तुम मुझे घर का पता बता दो, मैं अपने-आप किसी दिन पहुँच जाऊँगा। तुम्हारे यहाँ आने में मुझे कोई तकल्लुफ़ तो है नहीं।' और यह कहते हुए मुझे उलझन हुई कि मेरी यह बात भी तकल्लुफ़ नहीं, तो और क्या है?

'फिर किसी दिन खाक आओगे!' वह थोड़ा खीझ गया। 'कल-परसों जाकर लखनऊ से चिट्ठी लिख दोगे कि मुझे अफ़सोस है कि मैं तुमसे मिलने नहीं आ सका। और हो सकता है कि चिट्ठी भी न लिखो।'

'नहीं, अब इस तरह का मौक़ा नहीं आ सकता,' मैंने कहा। 'मैं लखनऊ छोड़कर दिल्ली में ही आ गया हूँ।'

'क्या!' आश्चर्य से उसके हाथ का पैकेट गिरने को हो गया जिसे उसने किसी तरह सँभाल लिया। 'तुम लखनऊ से नौकरी छोड़ आए हो?'

'हाँ।'

'कब से?'

'वहाँ से रिलीव हुए मुझे दस दिन हो गया। पिछले मंगल से मैंने यहाँ 'न्यू हैरल्ड' में जॉइन कर लिया है। अब दूसरा मंगल है।'

'सच?'

'हाँ, सच नहीं तो क्या?'

'यह सुनकर नीलिमा तो बहुत ही खुश होगी,' उसने दोनों पैकेट एक हाथ में लेकर दूसरे हाथ से मेरी बाँह को पकड़ लिया। 'इस वक़्त तो तुम्हें हर हालत में मेरे साथ चलना ही है। नीलिमा को पता चलेगा कि तुम दिल्ली में हो और फिर भी मेरे साथ घर नहीं आए, तो वह कितना बुरा मानेगी? आओ, चलो...।'

'नहीं, इस वक़्त मैं सचमुच नहीं चल सकूँगा,' मैंने अपनी बाँह उसके हाथ से छुड़ाते हुए कहा। 'अभी मैं बस से उतरा ही हूँ और पहले कॉफ़ी की एक प्याली पीना चाहता हूँ। और कॉफ़ी हाउस में मैंने किसी से मिलने के लिए भी कह रखा है।'

'ऐसा कौन आदमी है जिससे मिलना इतना ज़रूरी है?'

'है एक आदमी,' मैंने कहा। 'तुम उसे नहीं जानते।' मुझे अपने पर गुस्सा आया कि मैंने फट से किसी का भी नाम क्यों नहीं ले दिया। झूठ बोलते वक़्त जाने ज़बान कुछ जकड़ क्यों जाती है? इससे झूठ बोलने का सारा मज़ा किरकिरा हो जाता है और दूसरे को भी फ़ौरन पता चल जाता है कि बात झूठ कही गई है।

'तो चलो, मैं भी तुम्हारे साथ चलता हूँ,' वह बोला। 'कॉफ़ी की एक प्याली पी लो और उस आदमी को जिस-किसी तरह टाल दो। घर तुम्हें मैं अपने साथ लेकर ही जाऊँगा।'

मैं अपना हठ दिखा चुका था और किसी से मिलने की बात थी नहीं, इसलिए मेरा मन हुआ कि अब मैं सीधा उसके साथ चला जाऊँ। मगर अपनी बात मुझे रखनी थी, इसलिए मैंने कहा, 'अच्छा आओ, वहाँ चलकर देख लेते हैं। उससे छः बजे मिलने की बात थी। वह नहीं मिला, तो मैं तुम्हारे साथ चला चलूँगा। अपनी तरफ़ से तो मैं उसके सामने सच्चा रहूँगा कि मैं वक़्त पर पहुँच गया था।'

जनपथ के कॉरिडॉर में उसके साथ चलते हुए मुझे ऐसे लगा जैसे कि वे नौ साल पहले के ही दिन हों जब हम कितनी ही बार इस तरह साथ-साथ कॉफ़ी पीने के लिए जाया करते थे, हालाँकि उसके साथ तब मेरा परिचय बहुत थोड़े दिनों का था और जब परिचय हुआ था, तब मैंने बिलकुल नहीं सोचा था कि एक बार के बाद ज़िन्दगी में कभी दूसरी बार भी मेरी उससे मुलाक़ात होगी।

मैं उन दिनों बम्बई में था और 'काला घोड़ा' के पास एक थर्ड क्लास होटल में दूसरी मंज़िल की एक डार्मिटरी में रहता था। मुझे बम्बई में रहते दो साल हो चुके थे और मैं वहाँ की ज़िन्दगी से बुरी तरह ऊबा हुआ था। बम्बई जैसे शहर में आदमी के पास जीने की सुविधाएँ न हों, तो उसके पास ऊबकर वहाँ से चले आने के सिवा कोई चारा नहीं रहता। मैं दो साल में वहाँ प्रूफ़रीडरी से लेकर फुटपाथ पर सोने तक सभी तरह के अनुभव प्राप्त कर चुका था और अब वहाँ से लौटने की तैयारी में था। एक रात जब मैं होटल की मालकिन के दिए हुए खाने पर कुढ़ रहा था, तो मेरा मित्र प्रेम लूथरा अचानक अपने एक और मित्र के साथ मेरे सिर पर आ खड़ा हुआ। उसने सरसरी तौर पर अपने मित्र का परिचय दिया, 'हरबंस खुल्लर। हम लोग एम.ए. में साथ-साथ पढ़ते थे। मैंने इसे तुम्हारी कुछ-एक कविताएँ सुनाई थीं। इस वक़्त घूमने के लिए निकले, तो मैंने कहा, चलो, तुम्हें उन कविताओं के लेखक से भी मिला दूँ।'

ठंडे गोश्त के स्लाइस मुझसे खाए नहीं जा रहे थे, इसलिए मैंने छुरी-काँटा प्लेट में पटककर उसे अलग हटा दिया। बैरा आकर प्लेट उठाने लगा, तो मैंने उन लोगों से पूछ लिया कि उन्हें ठंडा गोश्त खाने का शौक़ हो, तो उनके लिए मँगवा दूँ।

'हम लोग खा चुके हैं,' प्रेम ने कहा, 'मगर तुम, लगता है, भूखे रह गए हो। चलो, तुम्हें चलकर किसी रेस्तराँ में कुछ खिला दें। भूखे पेट तुम ठीक से बात नहीं कर सकोगे। इसे तुम्हारी कविताएँ बिलकुल पसन्द नहीं आईं, इसलिए अच्छा है पहले तुम कुछ खा-पीकर अपने को स्वस्थ कर लो।' और वह एक बेलाग हँसी हँसा। मेरा मन उसकी हँसी से हमेशा चिढ़ जाता था। वह ऐसे हँसता था जैसे दूसरे आदमी से किसी पुरानी अदावत का बदला ले रहा हो।

हम लोग वहाँ से उठकर नीचे एक निरामिष भोजनालय में आ गए और घंटा-डेढ़ घंटा वहाँ बैठकर बातें करते रहे। उस बातचीत में मुझे पता चला कि हरबंस दिल्ली के किसी कॉलेज में इतिहास पढ़ाता है। मगर वह बातें इस तरह कर रहा था जैसे उसका वास्तविक विषय इतिहास न होकर इतिहास के अलावा और सभी कुछ हो। वह साहित्य से लेकर राजनीति तक और नृत्य से लेकर विदेशी मिशनरियों तक—न जाने कितने विषयों पर बहुत ही अधिकारपूर्ण ढंग से कितना कुछ कहता रहा। चेख़व, दॉस्तॉएव्स्की, लियोनार्दो दा विंसी, पिकासो, उदयशंकर, पंडित नेहरू और बिशप ऑफ़ लाहौर—इन सबके बारे में वह इस तरह

बात कर रहा था जैसे इन सबसे उसका निजी परिचय हो, और वह मेरे ऊपर इस बात का रौब ज़माना चाहता हो कि वह स्वयं भी उस बिरादरी का ही आदमी है। उसके लिए रहस्यवाद, क्यूबिज़्म और कथाकलि, ये सब जैसे घर के ही शब्द थे, जिनका वह बहुत सरसरी तौर पर इस्तेमाल कर सकता था। मुझे कोफ़्त हो रही थी कि वह ख़ामख़ाह मेरे ऊपर रौब क्यों झाड़ रहा है। मगर मैं किसी तरह धीरज के साथ उसकी बातें सुनता रहा। सोचा कि कहीं वह यह न समझे कि मैं इसलिए उसकी बातों से चिढ़ रहा हूँ कि उसे मेरी कविताएँ पसन्द नहीं आईं। बल्कि मेरी कविताओं के बारे में उसने जो कुछ कहा था उससे मुझे लगा था जैसे वह मेरी बात न करके किसी अच्छे-ख़ासे प्रतिष्ठित कवि की बात कर रहा हो और उसकी त्रुटियाँ बताकर उसे मेरे ऊपर अपनी सूझ-बूझ का सिक्का ही बैठाना हो! मैं कभी सोच भी नहीं सकता था कि कोई मेरी कविताओं के बारे में भी इस तरह गम्भीरतापूर्वक बात कर सकता है। हम लोग जब भोजनालय से बाहर निकले, तो मैं बहुत कठिनाई से अपनी जम्हाइयों को रोके हुए था और चाह रहा था कि किसी तरह बातचीत का सिलसिला समाप्त हो, तो जाकर सो जाऊँ। रोज़ सुबह चार बजे ही ट्रामों की घरड़-घरड़ और टनन-टनन की वजह से नींद टूट जाती थी जिससे दिन-भर दिमाग़ की नसें तनी रहती थीं। आख़िर फ्लोरा फ़ाउण्टेन तक जाकर मैंने उन लोगों से विदा ली। चलते समय उसने कहा कि मैं दिल्ली आऊँ, तो उससे ज़रूर मिलूँ। मैंने जल्दी ही इसकी हामी भर दी कि कहीं बात और लम्बी न हो जाए। उन्हें छोड़कर लौटते हुए मैं कुछ देर 'एयर इण्डिया' के दफ़्तर के बाहर मूँछ और पगड़ी वाले बौने की सूक्तियाँ पढ़ता रहा कि किसी तरह मन की ऊब और झुँझलाहट कुछ कम हो, तो जाकर सोने की कोशिश करूँ। मगर जहाँ तक मुझे याद है, उस रात मुझे तब तक नींद नहीं आई जब तक नीचे ट्रामों ने सुबह की घंटियाँ बजाना आरम्भ नहीं कर दिया।

थोड़े दिनों बाद मैं बम्बई छोड़कर दिल्ली चला आया। हरबंस और उसके सारे साहित्य और कला-सम्बन्धी ज्ञान की बात मैं बम्बई में ही भूल आया था। दिल्ली आकर मैं अपने मित्र अरविन्द के पास ठहरा था जो उन दिनों एक हिन्दी दैनिक में सहायक सम्पादक के रूप में काम कर रहा था। अरविन्द क़स्साबपुरा में अपने प्रेस के एक दफ़्तरी के साथ रहता था। दफ़्तरी, जिसे वहाँ सब लोग ठाकुर साहब कहकर बुलाते थे, क़स्साबपुरा के उस मुसलमान मुहल्ले में एक टूटे-फूटे घर में नीचे की दो कोठरियों पर कब्ज़ा किए हुए था, जिनमें से आगे की कोठरी में अरविन्द रहता था और पीछे की कोठरी में वह स्वयं अपनी पत्नी और सात-आठ साल की लड़की के साथ रहता

था। अरविन्द खाना भी उसके यहाँ से ही खाता था और उसे कुल मिलाकर पचहत्तर रुपए महीने देता था। मेरे आने पर पच्चीस रुपए महीने और देकर उसने मेरे खाने की व्यवस्था भी साथ ही कर दी। दफ़्तरी की पत्नी, जिसे हम कभी ठकुराइन और कभी भाभी कहकर बुलाते थे, बहुत स्नेह और चाव से हमें खिलाती थी। कभी-कभी तो मुझे लगता था कि वह अपने ठाकुर साहब को उतना अच्छा खाना नहीं देती जितना अच्छा हमें देती है। अरविन्द की जब दिन की ड्यूटी होती थी, तो वह दोपहर का खाना साथ दफ़्तर ले जाता था और जब रात की ड्यूटी होती थी तो ठकुराइन बारह-एक बजे आने पर भी उसे खाना गरम करके ही खिलातो थी। खाना खाते समय अरविन्द ठकुराइन से कुछ-न-कुछ चुहल करता रहता था। 'ठकुराइन, तर माल तो तुम सब ठाकुर साहब को दे देती हो; हमारे आगे तो जो रूखा-सूखा बच जाता है वही रख देती हो।' वह कहता।

'अभी तुम तर माल के लायक हो कहाँ, लाला?' ठकुराइन हँसकर कहती। 'अभी तो तुम बच्चे हो। तर माल खाओगे, तो बिगड़ नहीं जाओगे?'

'तुम तो ठकुराइन सारी उम्र हमें बच्चा ही बनाए रखोगी,' अरविन्द कहता। 'आख़िर हमें किसी तरह बड़े भी तो होना है। हमें कभी तो कुछ खिलाया करो।'

'जब खाने लायक हो जाओगे, तो माँगकर नहीं खाओगे,' ठकुराइन हँसती रहती, 'पतीली में से निकालकर खा जाया करोगे। जिस दिन इतनी हिम्मत आ जाएगी, उस दिन ठकुराइन को नहीं पूछोगे। जहाँ पतीली देखोगे, वहीं मुँह मारने लगोगे।' कहते-कहते ठकुराइन को न जाने क्या लगता कि वह सिर पर कपड़ा ठीक कर लेती। अपनी मैली धोती के सूराख भी वह जिस किसी तरह ढक लेती।

'इस तरह कहीं मुँह मारेंगे, तो जूती नहीं खाएँगे?' अरविन्द कहता।

'पकड़े जाओगे तो जूती भी खाओगे। मगर जो जूती से डरता हो, उसे तर माल की बात नहीं करनी चाहिए। क्यों, छोटे लाला?'

मैं हूँ-हाँ में उत्तर देकर कम्बल ओढ़ लेता। ठकुराइन फिर कहती, 'हमारे छोटे लाला तो बिलकुल साधु-सन्त आदमी हैं। इन्हें तो रूखा-सूखा भी न मिले, तो भी इनका पेट भरा रहता है। मेरा तो ख़याल है इन्हें भूख लगती ही नहीं।'

अरविन्द मेरे चिकुटी काट देता। 'क्यों बे, बोलता क्यों नहीं?'

'ठकुराइन ठीक कहती हैं,' मैं कम्बल उतारकर कहता।

'क्या ठीक कहती हैं?'

'कि मुझे भूख नहीं लगती। आज सुबह गोभी की सब्ज़ी इतनी अच्छी बनी थी, फिर भी मुझसे सिर्फ़ दो ही रोटी खाई गईं।'

'धत्तेरे की!' अरविन्द मेरे बालों में उँगलियाँ उलझाकर मेरे सिर को अच्छी तरह मल देता। 'तुझे गोभी के सिवा कुछ सूझता भी है?'

मैं चुप रहता, क्योंकि मुझे उस समय यह सूझ रहा होता कि कहीं साथ की कोठरी में ठाकुर साहब के ख़र्राटे सहसा बन्द न हो जाएँ और मुँह से कुछ कहते-न-कहते मुँह का ज़ायका ही न बदल जाए।

ठकुराइन सिर पर कपड़ा फिर ठीक करती और आँखों-ही-आँखों में मुसकराती हुई कहती, 'ये देखने में जितने सीधे लगते हैं, असल में उतने सीधे हैं नहीं। दुनिया-भर के सब माल खाए हुए हैं। बम्बई रहकर आए हैं। वहाँ तो सुना है कि भाँत-भाँत के पदारथ मिलते हैं।'

अरविन्द एक हाथ से कौर मुँह में डालता और दूसरे हाथ से फिर मुझे थोड़ा गुदगुदा देता और कहता, 'ठकुराइन, हमारी न सही, कभी तुम इसकी ही कुछ ख़ातिर करो। यह भी क्या कहेगा कि हाँ बम्बई के बाद दिल्ली में कुछ दिन रहे थे...'

'इनसे कहो, ये कहें अपने मुँह से! बस एक बार कह दें, तो देखो ठकुराइन इनकी ख़ातिरदारी के लिए क्या-क्या नहीं करती? रोज़ कहें तो रोज़ इन्हें घी की पूरी बनाकर खिलाऊँ।'

'क्यों बे!' अरविन्द अपने जूठे गिलास में हाथ धोकर मुँह पर फेरता हुआ कहता। 'एक बार कह क्यों नहीं देता? तेरे बहाने हमें भी कभी घी की पूरी मिल जाएगी। भाभी को तुम ऐसी-वैसी मत समझना। इसका दिल-गुर्दा बहुत बड़ा है।'

'किससे कह रहे हो लाला?' ठकुराइन उसके जूठे बरतन उठाकर चल देती। 'बेचारे सन्त-महात्मा के पेट में क्यों चूहे दौड़ाते हो? अभी तो इन्हें तुम नौकरी की ही बात सोचने दो। नौकरी हो जाएगी, तो दुनिया-भर के तर माल भी अपने-आप उड़ाने को मिल जाएँगे। अभी इन्हें तुम रूखे-सूखे पर ही रहने दो।'

ठकुराइन जाकर अपनी कोठरी का किवाड़ बन्द कर लेती, तो अरविन्द कम्बल ओढ़कर लम्बा होता हुआ धीरे से कहता, 'ठकुराइन है रंगीन-मिज़ाज! है कि नहीं?'

'हाँ है,' मैं कुढ़े हुए स्वर में कहता। 'अब मुझे सोने दो।'

'अच्छा बताओ, तुम क्या सोच रहे हो?' अरविन्द करवट बदलकर मेरे ऊपर को झुक आता।

'नौकरी की बात सोच रहा हूँ।'

'धत्त!' वह मेरी जाँघ को हाथ से मसल देता। 'जैसे नौकरी की बात सोचने का यही वक़्त है।'

'तुम्हें पता होना चाहिए कि बेकार आदमी हर वक़्त एक ही बात सोचता है।'

'अच्छा यार एक बात बताओ।' उसका स्वर बहुत धीमा और रहस्यपूर्ण हो जाता।

'अगर ठकुराइन को थोड़ा और टटोला जाए, तो तुम्हारा क्या ख़याल है इसे पटाया जा सकता है?'

मैं उसे गुस्से में परे धकेल देता। 'अब तुम सो जाओ और मुझे भी सोने दो।'

'मैं तो समझता हूँ कि बस दाना डालने की बात है,' वह सीधा पड़ा-पड़ा कहता। 'अगर ठीक से दाना डाला जाए तो ऐसी कोई बात नहीं कि ठकुराइन मान न जाए।'

'मुझे नींद आ रही है, इसीलिए कम-से-कम मुझे सो जाने दो,' कहकर मैं करवट बदल देता।

'लानत है ऐसी नींद पर,' अरविन्द भी निराश होकर करवट बदल लेता। 'मुझे नहीं पता था कि तुम इतने बोदे आदमी हो।'

और बहुत जल्दी ही उसके कम्बल से ख़र्राटे भरने की आवाज़ सुनाई देने लगती। मैं देर तक जागता हुआ आने वाले कल की बात सोचता रहता। उन दिनों एक-एक दिन मैं बहुत जुगत-ब्योंत से काट रहा था। मासिक 'इरावती' के दफ़्तर में डेढ़-दो सौ की नौकरी मिलने की आशा थी, मगर सम्पादक महोदय हर रोज़ चाय-कॉफ़ी पिलाकर विदा कर देते थे और निश्चित बात का कुछ पता नहीं देते थे। शायद उन्होंने मेरी तरह किसी और को भी लटका रखा था और अपने मन में तय नहीं कर पा रहे थे कि किसे रखें और किसे मना करें। मेरी कुछ-एक कविताएँ उस पत्रिका में प्रकाशित हो चुकी थीं, इसलिए वे बात बहुत मुलायम ढंग से करते थे। जितनी देर मैं उनके सामने की कुरसी पर बैठा उनसे बात करता रहता, उतनी देर मुझे यही लगता कि कल नहीं तो परसों से वह नौकरी मुझे ज़रूर मिल जाएगी, मगर उनके दफ़्तर की सीढ़ियाँ उतरते ही मन पर निराशा का भूत सवार हो जाता। बम्बई से आते समय जो सौ-सवा सौ रुपए ज़ेब में थे, वे अब समाप्त होने को थे और मेरी समझ में नहीं आ रहा था कि जब ज़ेब बिलकुल ख़ाली हो जाएगी, तो एक दिन भी किस तरह काटूँगा। इसलिए ठकुराइन के साथ अरविन्द की चुहल से कभी-कभी मेरा मन बहुत झुँझला उठता था। नफ्स की भूख से पेट की भूख बड़ी होती है, यह सूत्र उन दिनों मुझे बहुत सार्थक प्रतीत होता था। मुझे गुस्सा आता था कि इतने बड़े सूत्र का अर्थ अरविन्द की समझ में क्यों नहीं आता।

कोठरी में रात को चूहे बहुत शोर मचाते थे। कभी कोई चूहा पैरों की तरफ़ चीं-चीं करता और फिर कम्बल के ऊपर से गुज़रकर सिर की तरफ़ आ जाता। अरविन्द बिलकुल निश्चिन्त और बेखटके ख़र्राटे भरता रहता। साथ के कमरे में कोई कटोरी गिरकर झनझना उठती या ठाकुर साहब की चारपाई चरमराने लगती। मुझे वहाँ लेटे-लेटे कई बार बहुत घुटन महसूस होने लगती थी। मैं कम्बल से सिर निकालकर लम्बी-लम्बी साँसें लेने लगता, क्योंकि मुझे अपना दम रुकता-सा प्रतीत होता था। अरविन्द और ठकुराइन के सारे मज़ाक चूहों की चीं-चीं के साथ मिलकर मेरे दिमाग़ की नसों को कुतरते रहते थे। मैं सोचता था कि क्या ठकुराइन सचमुच वही चाहती है जो अरविन्द समझता है कि वह चाहती है? क्या अरविन्द के मन में

सचमुच ठकुराइन को उस रूप में पाने की कामना जागती है? ठकुराइन का झाइयों से लदा हुआ चेहरा और ढीला पड़ा हुआ शरीर क्या सचमुच उसके मन में इस तरह की कामना जगा देते हैं? और ठाकुर साहब के होते हुए ठकुराइन के मन में ऐसी कामना क्यों उठती है? तो क्या...?

और यह सब सोचते हुए मेरे शरीर में एक झुरझुरी-सी भर जाती। मुझे अपने गाँव का वह पोखर याद आ जाता जिसके कीचड़-मिले पानी में सूअर मुँह मारते रहते थे और मैं उन्हें पत्थर मार-मारकर भगाया करता था, मगर मेरे मारे हुए पत्थरों का उन पर उल्टा ही असर होता था। वे पोखर में उतरकर अपने को और भी कीचड़ में लथपथ कर लेते थे। तब मैं चाहा करता था कि वह पोखर किसी तरह सूख जाए जिससे सूअरों का उसमें उतरकर अपने को कीचड़ में लथपथ करना बन्द हो जाए। गरमी के दिनों में मैं रोज़ देखता था कि पोखर कितना सूख गया है। कई बार यह देखने के लिए ही मैं तेज़ धूप में भी वहाँ चला जाता था, मगर पोखर अभी एक-चौथाई भी नहीं सूख पाता था कि फिर बारिश हो जाती थी और पोखर फिर उसी तरह लबालब भर जाता था। पोखर में उतरते हुए सूअर अपनी थूथनियाँ उठाकर मेरी तरफ़ मुँह चिढ़ाने लगते थे और मैं अपनी बेबसी से खीझकर उन्हें और पत्थर मारने लगता था। घर लौटने तक मेरे सब कपड़े कीचड़ से लथपथ होते और दहलीज़ से अन्दर दाख़िल होते ही मुझे ताई की डाँट सुननी पड़ती थी, 'तू नहीं मानेगा कीचड़ से खेले बिना गधू! (गधे का यह रूपान्तर उन्होंने मधु के वज़न पर कर रखा था।) इतनी बार मार खाई, फिर भी तेरा वही हाल है। सूअरों के बीच एक सूअर तू भी है।' और मैं थप्पड़ खाने से पहले ही थप्पड़ के डर से रोना शुरू कर देता था।

कभी-कभी रात की ख़ामोशी में एक आवाज़ कोठरी की घुटन को कुछ कम कर देती थी। घर की ऊपरी मंज़िल पर बुड्ढा इबादत अली कभी-कभी आधी रात को सितार बजाने लगता था। इबादत अली उस घर का मालिक था, मगर वह वहाँ किरायेदारों से बदतर हालत में रहता था। जब पाकिस्तान बना था, तो वह भी और कई लोगों की तरह अपना घर छोड़कर लाहौर चला गया था—शायद अपनी लड़की खुरशीद की वजह से, कि हो सकता है अब हिन्दुस्तान में रहकर वह उसकी ठीक से हिफ़ाज़त न कर सके। इबादत अली की बीवी एक वर्ष पहले गुज़र चुकी थी और खुरशीद के अलावा उसके जो एक लड़का हुआ था, वह भी चार साल का होने से पहले ही चल बसा था। विभाजन से पहले वह खुद खुरशीद के साथ घर के उस हिस्से में रहता था जो अब ठकुराइन के पास था और बाक़ी हिस्सों में मुसलमान किरायेदार रहते

थे। वह घर उसके परदादा या लकड़दादा को मुग़ल दरबार से बख़्शीश में मिला था और तब से वे लोग उसी घर में रहते आ रहे थे। सितार बजाना उनका ख़ानदानी पेशा था। इबादत अली के पास वह तमग़ा भी सुरक्षित था जो उसके पूर्वज इम्तियाज़ अली को शहनशाह जहाँगीर ने अपने हाथों से दिया था। सितम्बर सन् सैंतालीस के दंगों में जब घर के सब किरायेदार घर ख़ाली करके चले गए, तो आसपास के लोगों के विश्वास दिलाने पर भी कि जब तक वे वहाँ हैं, कोई उसका बाल बाँका नहीं कर सकता, वह निश्चिंत नहीं हो सका था और एक शाम चुपचाप घर छोड़कर अपनी लड़की के साथ वहाँ से चला गया था। इस बीच पाकिस्तान से आए हुए हिन्दू शरणार्थियों ने उसके घर पर कब्ज़ा कर लिया। तीन महीने लाहौर में रहकर जब उसका दिल वहाँ किसी तरह नहीं लगा, तो वह जिस तरह एक शाम गया था, उसी तरह एक शाम अपनी लड़की को लिये हुए दिल्ली लौट आया। आते हुए उसने शायद यह नहीं सोचा था कि उसके अपने घर में ही उसके लिए जगह ख़ाली नहीं होगी। यहाँ आकर जब उसने देखा कि उसके घर में आए हुए मेहमान अब उस घर के मालिक बने हुए हैं, तो उसे बहुत नागवार गुज़रा और तभी से उसे दिल के दौरे पड़ने लगे। वह कुछ दिन पीछे की गली में मजीद क़स्साब के यहाँ रहा। बाद में कस्टोडियन को अर्ज़ियाँ दे-देकर उसने किसी तरह घर का ऊपर का हिस्सा ख़ाली करा लिया और अपनी लड़की के साथ वहाँ चला आया। घर के हिन्दू किरायेदार उससे यूँ भी ख़ार खाते थे और मुसलमान का छुआ पानी पीने में उनका धर्म भी जाता था, इसलिए वे उसे या उसकी लड़की को आँगन के पम्प से पानी नहीं भरने देते। बुड्ढा इबादत अली तो इस पर सब्र कर जाता था, मगर उसकी लड़की को यह बरदाश्त नहीं था। वह कई बार जान-बूझकर ऊपर के पम्प को छोड़कर नीचे के पम्प से पानी भरने चली आती थी जिससे सारे घर में कोहराम मच जाता था। खुरशीद की उम्र मुश्किल से पन्द्रह या सोलह साल की थी, मगर उसका शरीर इतनी जल्दी निखर आया था कि वह देखने में उन्नीस-बीस से कम की नहीं लगती थी। वह तंग मोरी का पाजामा और लहरिया दुपट्टे के साथ आधी बाँहों की कमीज़ पहने गरदन तानकर घर में चलती थी और अपनी हर अदा से यह ज़ाहिर कर देना चाहती थी कि वह उस घर की मालकिन है। ठकुराइन, गोपाल की माँ और घर की दूसरी लड़कियाँ और स्त्रियाँ उससे बहुत जलती थीं। दोपहर को जब वे ड्योढ़ी में बैठकर चावल छाँट रही होतीं, या मसाला कूट रही होतीं, तो वह आकर चुपचाप ड्योढ़ी की चौखट पर खड़ी हो जाती और मूँगफली छीलकर उसके छिलके इधर-उधर फेंकती हुई कोई गीत गुनगुनाने लगती। कस्टोडियन का फैसला था कि उस घर के किरायेदार किराया इबादत अली को ही देंगे, इसलिए हर पहली तारीख़ को कॉपी-पेंसिल लिये हुए वह एक-एक के कमरे में जाकर कुर्की का वारंट लेकर आए सिपाही की तरह कहती थी, 'बराए

मेहरबानी किराया अदा कर दीजिए।' स्त्रियाँ इस बात पर झींकती थीं कि उनके आदमियों को अभी तनख़ाह तो मिली नहीं, और वह किराया लेने पहले ही आ पहुँची है। जब वे विरोध में कुछ भी कहतीं, तो खुरशीद चुपचाप बाँहों के तिकोन बनाए खड़ी रहती और सब सुनकर अन्त में फिर यही कह देती, 'आज पहली तारीख़ है, आप किराया दे दीजिए।' उससे किराये के लिए मोहलत माँगी जाए, यह उसे अच्छा लगता था और वह सबको दो-दो, तीन-तीन दिन की मोहलत दे भी देती थी। मगर अगली पहली को फिर उसी तरह कॉपी-पेंसिल लिये वह सबके सिर पर आ सवार होती थी, 'माईजी, आज पहली तारीख़ है, किराया दे दीजिए।' ठकुराइन और गोपाल की माँ उसके 'माईजी' कहकर बुलाने से भी चिढ़ती थीं। गोपाल की माँ कहती थी, 'मरी की आँख में ज़रा भी लाज-लिहाज़ नहीं। जाने इसे कहाँ का जवानी का ज़ोर चढ़ा है! इसके लिए और सब तो 'माईजी' हैं! दुनिया में एक जवान है, तो यह अकेली ही है। किराया लेकर खिलाएगी अपने खसम को! सारा दिन जाने कहाँ-कहाँ के चक्कर पर चढ़ी रहती है, छिनाल!'

मगर खुरशीद उनकी बातों की ज़रा भी परवाह नहीं करती थी और उनके हज़ार झींखने पर भी उसकी गरदन में खम नहीं आता था। वह जब सुर्ख़ या सब्ज़ ओढ़नी लिये ड्योढ़ी में से गुज़रती, तो वहाँ के वातावरण में एक हलचल-सी मच जाती। वह ख़ूब उजले कपड़े पहनकर शायद सब पर यह साबित करना चाहती थी कि वह उनमें से एक नहीं है, उनसे अलग और कहीं ऊँचे रुतबे की है, और उन लोगों से उसकी कोई निस्बत नहीं हो सकती। उसके शरीर का निखार उसकी ऊँचाई की भावना को और भी पुष्ट करता था, और जब वह आती, तो जो कोई भी ड्योढ़ी में खड़ा होता, वह अनायास ही एक तरफ़ को हट जाता था।

खुरशीद जितनी ही चुस्त थी, और जिस तरह तड़क-भड़क के साथ रहती थी, बुड्ढा इबादत अली उतना ही पस्त और खस्ताहाल नज़र आता था। घर के बाहर उसके नाम की लकड़ी की तख्ती लगी थी जो धूप और बरसात में आधी से ज़्यादा गल चुकी थी। उस पर लिखे हुए नाम में से भी इबादत का हुलिया बिलकुल बिगड़ गया था और अली-ही-अली बाक़ी रह गया था—और वह भी बिलकुल बुझा हुआ-सा। इबादत अली का अपना व्यक्तित्व भी तख्ती पर लिखे नाम से ज़्यादा भिन्न नहीं था। वक़्त की मार से ज्यों-ज्यों तख्ती पर लिखे हुए नाम की हालत ज़ेर होती जा रही थी, त्यों-त्यों उसकी अपनी हालत भी ज़ेर होती जा रही थी। उसकी कमर झुक गई थी और पुरानी शेरवानियाँ उसके शरीर पर बहुत ढीली आती थीं। उसके व्यक्तित्व में एक ही चीज़ थी जिसकी नोक अब भी तीखी नज़र आती थी और वह थी उसकी कामदार टोपी। वह जब भी खाँसता हुआ ऊपर से नीचे आता, तो उसकी वह टोपी उसके व्यक्तित्व से बिलकुल अलग किसी और के सिर से उतारकर उसके सिर पर

रखी हुई प्रतीत होती थी। वह इस तरह डरा हुआ-सा लोगों के बीच से गुज़रता था जैसे उन सब पर उसे जल्लाद होने का शुबहा हो जो कटारें ताने खड़े हों। कोई सामने से आ रहा होता, तो वह थोड़ा झुककर उसे सलाम भी कर देता, जाने आदत की वजह से या अपनी लाचारी के अहसास से। लोग खुरशीद का बदला अक्सर उससे निकाल लेते थे। 'मियाँ साहब, रास्ते से हट जाइए, हमारा राशन आ रहा है।' मियाँ पर ऐसी बात का तुरन्त असर होता और वह रास्ते से हटने की जगह कई बार वापस ऊपर चला जाता।

मजीद क़स्साब और कुछ और लोगों ने मियाँ को भड़काने की कोशिश की थी कि वह कस्टोडियन को दरखास्त देकर अपने मकान का पूरा कब्ज़ा ले ले और इशारे में उससे यह भी कहा था कि अगर हिन्दू किरायेदारों ने किसी तरह की शरारत की, तो वे वहाँ फ़साद करा देंगे। मगर मियाँ ने उस बारे में कोई कार्रवाई नहीं की। खुरशीद अपने बाप के इस दब्बूपन से बहुत चिढ़ती थी और कई बार उस पर बुरी तरह बिगड़ भी उठती थी। मगर मियाँ बिनी किसी हील-हुज्जत के उसकी बात सुन लेता था और उसके बाद या तो नमाज़ पढ़ने लगता था, या सितार लेकर बैठ जाता था। जब उसे दिल का दौरा पड़ता, तो वह कई-कई दिन ऊपर से नीचे नहीं आता था। खुरशीद भी उन दिनों ज़्यादा वक़्त उसके पास ही रहती थी। वह नीचे उतरती, तो सिर्फ़ दवाई लाने के लिए या मजीद को बुलाने के लिए। मजीद आकर काफ़ी-काफ़ी देर मियाँ के पास बैठा रहता था और कई बार तो रात ख़ूब गहरी होने लगती थी, तब लौटकर वहाँ से जाता था। घर की स्त्रियों में इस बात को लेकर भी बहुत चर्चा होती थी कि मजीद वहाँ क्यों आता है और इतनी-इतनी रात तक ऊपर क्या करता रहता है। खुरशीद से वह उम्र में कम-से-कम बीस साल बड़ा था, फिर भी लोग उसके आने का कारण मियाँ इबादत अली को नहीं, खुरशीद को ही समझते थे। 'नहीं तो वह लाल-पीले दुपट्टे किसके लिए ओढ़ती है?' गोपाल की माँ कहती थी। 'बुड्ढे बाप की तो आँखें हैं नहीं जो उसे दिखाएगी। कमज़ात दवाई के बहाने इस मरदूद को दिखाने के लिए ही तो ओढ़-ओढ़कर जाती है। बाप सिर पर न होता, तो जाकर किसी कोठे पर बैठ जाती।'

'अब भी तो कोठे पर ही रहती है,' ठकुराइन बात का रस लेती हुई कहती। 'बस इतना ही फ़र्क़ है कि यह कोठा आगे को नहीं बना, पीछे को बना है। क्यों!' इस पर वे दोनों हँस-हँसकर लोट-पोट होने लगतीं और गोपाल की माँ ठकुराइन के पेट में ठोंगा मारकर कहती, 'तू ठकुराइन, एक ही बदमास है!'

'और तू कहाँ की भलीमानस है?' ठकुराइन चट से जवाब देती। 'तेरे क़िस्से तो घर-घर में मशहूर हैं।' और इस पर वे इस तरह हँसती रहतीं जैसे दोनों ने एक-दूसरी की बहुत प्रशंसा की हो।

रात की ख़ामोशी में जब इबादत अली सितार बजाता था, तो मेरी नसों में भरी हुई ऊब और झुँझलाहट धीरे-धीरे कम होने लगती थी। सितार के तारों से निकले हुए स्वर मन को एक और ही तरह के भारीपन से लाद लेते थे—मन कुछ हलकी-हलकी परतों के नीचे दबता जाता था और अपनी तरफ़ से कुछ सोचने की बात ही मन से निकल जाती थी। नन्ही-नन्ही बूँदों की तरह वे स्वर मन को एक भीगे-से पुलक से भरने लगते थे। जिस तरह हवा के झोंकों में फुहार की बूँदें काँपती हैं, उसी तरह वे स्वर कभी तेज़ और कभी मद्धिम हो जाते थे और मेरा मन भी उन स्वरों में भीगता हुआ उस कोठरी की चहारदीवारी से निकल खुले आकाश में ही कहीं मँडराने लगता था, आँखें मूँद लेने पर अँधेरे की स्याह स्लेट पर उन स्वरों से कुछ लिपियाँ-सी बनने लगतीं—दूर के सितारों की तरह झिलमिलाती हुई लिपियाँ, जो कि बनने के साथ-साथ ही मिटती जाती थीं, एक मुग्ध चेहरे पर आते-जाते भावों की तरह। परन्तु उनके मिटने के बाद भी कुछ शेष रह जाता था, हवा में, आकाश में, मन में। मन में उसका रूप एक उदासी का होता था। मैं आँखें खोलता और बन्द करता, और धीरे-धीरे मुझे नींद आ जाती।

मेरा कई बार मन होता था कि किसी समय बुड्ढे इबादत अली के पास बैठकर उससे सितार सुनूँ, मगर लोगों की टीका-टिप्पणी के डर से मैं मन को रोक लेता था। मगर एक बार बहुत ही मन हुआ, तो मैं धूप में टहलने के बहाने ऊपर चला गया। इबादत अली उस समय खाना खा रहा था और खुरशीद उसके पास बैठी उसकी उधड़ी हुई शेरवानी को सी रही थी। मुझे देखकर उन दोनों को आश्चर्य हुआ, क्योंकि निचली मंज़िलों से कोई भी ऊपर आता था, तो उनकी तरफ़ से आँखें फेरकर उनकी कोठरी के पास से निकल जाता था। इबादत अली का हाथ रुक गया, जैसे उसे शक हुआ हो कि मैं भी हाथ में कटार लेकर ही तो नहीं आया। खुरशीद ने शेरवानी एक तरफ़ रख दी और सीधी नज़र से मुझे देखती हुई बोली, 'कहिए!'

'मैं मियाँ साहब से मिलने के लिए आया हूँ,' मैंने कहा।

'फ़रमाइए!' मियाँ के चेहरे की तरह उसकी आवाज़ में भी एक आशंका थी, एक सन्देह था।

'मैं अक्सर रात को आपका सितार सुना करता हूँ,' मैंने कहा। 'चाहता था कि किसी वक़्त आपके पास बैठकर भी सुनूँ।'

मियाँ ने अपनी सन्देह-भरी आँखें मेरे चेहरे से हटाकर खुरशीद की तरफ़ देखा, तो उसने कहा, 'अब्बा, ये निचली मंज़िल में हमारे वाली कोठरी में रहते हैं।' और फिर आँखें उठाकर मुझसे बोली, 'अब्बा अब अपने शौक़ के लिए ही कभी-कभार बजा लेते हैं। किसी की फ़रमाइश के लिए बजाना इन्होंने एक मुद्दत से छोड़ दिया

है।' उसने बात सहज ढंग से कही, फिर भी उसके शब्दों में एक तीखापन था जो मुझे नश्तर की तरह चुभ गया। 'आइए, तशरीफ़ रखिए,' मियाँ ने कौर तोड़ते हुए कहा। 'मैं इस वक़्त खाना खा रहा था। आप हमारे हाथ का खाएँगे नहीं, नहीं तो मैं कहता कि आप भी थोड़ा-सा नोश फरमाएँ।'

खुरशीद को उसकी यह बात अच्छी नहीं लगी और उसने एक अवज्ञा और उपेक्षा-भरी नज़र से मुझे देखकर मियाँ से कहा, 'अब्बा, आप खाना खाकर थोड़ी देर आराम करें। फिर आपकी दवाई का वक़्त हो जाएगा।' और फिर मेरी तरफ़ देखकर बोली, 'हकीम साहब ने कह रखा है कि खाने के बाद इन्हें कम-से-कम एक घंटा आराम करना चाहिए। इनकी सेहत दिन-ब-दिन गिरती जा रही है, इसलिए आराम इनके लिए बहुत ज़रूरी है। साज़ बजाने में इन्हें काफ़ी मेहनत पड़ती है। हक़ीम साहब का तो कहना है कि इन्हें अब बजाना बिलकुल छोड़ देना चाहिए। मगर ये हैं कि किसी की बात सुनते ही नहीं।'

संकेत स्पष्ट था। मुझे लगा कि मेरा वहाँ और रुकना ठीक नहीं। मैंने जान-बूझकर अपने को उस भद्दी स्थिति में डाल लिया था और अब मुझे उसके लिए अफ़सोस हो रहा था। मगर एकदम वहाँ से चल देना भी ठीक नहीं लगता था, इसलिए मैं झण-भर एक असमंजस में खड़ा कोठरी के फटे-पुराने सामान को देखता रहा। जिस सितार के स्वर रात को आकाश में कँपकँपी पैदा कर देते थे, वह देखने में बहुत टूटा-फूटा-सा था। चारपाई पर बिछी हुई चादरों में जगह-जगह पैबन्द लगे थे और खूँटियों से लटके हुए कपड़े बरसों से धुल-धुलकर अब तार-तार हो रहे थे। खाना पकाने के एल्यूमीनियम के बरतन न जाने कितनी-कितनी आँचों की कालिख अपने में समेटे हुए थे! खुरशीद की वे ओढ़नियाँ उस समय न जाने कहाँ थीं जिनके बल पर वह अपनी गरदन अकड़ाकर चला करती थी! उसकी गरदन अलबत्ता उस समय भी अकड़ी हुई थी और उसकी आँखों में शरारों की-सी चमक नज़र आ रही थी।

'अच्छा, आप इस वक़्त आराम फ़रमाएँ,' मैंने मियाँ से कहा। 'मैंने आकर नाहक आपको तकलीफ़ दी, इसके लिए शर्मिन्दा हूँ।'

'आप तशरीफ़ रखिए,' बुड्ढा इबादत अली जल्दी-जल्दी कौर निगलता हुआ बोला। 'आपको साज़ सुनने का शौक़ है, तो मैं आपके लिए...'

'नहीं अब्बा, आप इस वक़्त साज़ नहीं बजाएँगे,' खुरशीद ने उसकी बात बीच में ही काट दी। 'आपकी सेहत इसकी इजाज़त नहीं देती और यह वक़्त आपके आराम करने का है।' उसकी आँखों में एक प्रतिहिंसा का भाव स्पष्ट झलक आया था। मुझे और एक पल भी वहाँ रुकना मुनासिब नहीं लगा, इसलिए मैंने कहा, 'हाँ, ठीक है। यह इनके आराम का वक़्त है। इस वक़्त इन्हें आराम ही करना चाहिए।' और मियाँ को सलाम करके मन में अपमान और तिरस्कार की चुभन लिये हुए मैं

वापस चला आया। शायद इस बात को लेकर बाद में मियाँ की खुरशीद के साथ कुछ कहा-सुनी भी हुई, क्योंकि उसके बाद कई रातों तक मियाँ ने सितार नहीं बजाया। जब मैं ऊपर से लौटकर अपनी कोठरी में पहुँचा, तो ठकुराइन झट से अपनी कोठरी की दहलीज़ पर आ खड़ी हुई। 'क्यों लाला, तुम भी अब ऊपर के चक्कर काटने लगे?' उसने कहा।

'मैं ज़रा धूप में टहलने के लिए गया था,' मैंने कहा और चुपचाप एक किताब लेकर बैठ गया।

'टहलने न टहलने गए थे,' ठकुराइन बोली। 'औरों से झूठ बोलो तो बोलो, भाभी से भी झूठ बोलते हो?'

मुझे अपनी खीझ की वजह से ताव आ गया और मैंने किताब ज़ोर से बन्द करके रख दी। 'तुम्हें भाभी, हर वक़्त बस एक ही बात सूझती है।' मैंने कहा। ठकुराइन का चेहरा सहसा फीका पड़ गया और वह चेहरे पर बनावटी मुसकान लाकर बोली, 'अरे, तुम तो बुरा मान गए, लाला! मैं सचमुच थोड़े ही कह रही थी। मैं क्या जानती नहीं कि तुम्हारा उन लोगों से क्या वास्ता हो सकता है? तुम कोई ऐसे-वैसे हो जो जाकर उस फूटी हँडिया को सूँघोगे? मैंने तो ऐसे ही बात के लिए बात कह दी। आजकल सरदी के दिन हैं, आदमी का घड़ी-भर धूप में टहलने को मन कर ही आता है। हम जब किराया देते हैं, तो छत पर जाकर धूप क्यों नहीं सेंकें? परमात्मा की बनाई हुई चीज़ है, उस पर मियाँ का राज थोड़े ही है? मैं तो खुद गोपाल की माँ से कह रही थी कि गोपाल की माँ, कभी-कभी हम लोग भी जाकर ऊपर धूप में क्यों न बैठ जाया करें?'

मैंने चुप रहकर किताब फिर उठा ली, तो ठकुराइन थोड़ा पास आकर बोली, 'देखो लाला, तुमने मेरी बात का बुरा तो नहीं मान लिया? मुझे तुम चाहे जिसकी सौगन्ध खिला लो, मैं तो हँसी में कह रही थी।'

'ख़ैर, इस बात को अब जाने दो भाभी,' मैंने उसी रूखे स्वर में कहा। 'इस वक़्त मैं थोड़ा कुछ पढ़ना चाहता हूँ।'

'हाँ-हाँ, तुम बैठकर पढ़ो, मैं उधर जा रही हूँ,' ठकुराइन चलती हुई बोली। 'तुम्हारी भाभी तो तुम्हारी तरह पढ़ी-लिखी है नहीं। वह कभी बेवक़ूफ़ी की बात भी कह दे, तो बुरा मत मान जाया करो। जिस मरदूद का सारे घर में कलंक फैला है, उसके साथ मैं तुम्हारा नाम कभी ले भी सकती हूँ? मैं तो अपनी ज़बान काटती हूँ कि यह मरी बिना समझे-बूझे जो मुँह में आता है, कह जाती है। तुम मेरी बेवक़ूफ़ी की बातों पर ध्यान न दिया करो। कहो, तो तुम्हारे लिए चाय बना दूँ?'

मैंने सिर हिलाकर मना कर दिया, तो भाभी वहाँ से चली गई। मेरी आँखों के सामने किताब की पंक्तियाँ आड़ी-तिरछी होकर एक-दूसरी में उलझ रही थीं, और मैं

फिर-फिर खुरशीद के शब्दों और उसकी आँखों के अवज्ञा के भाव से तिरस्कृत होता हुआ भी बार-बार उन्हीं आँखों को अपने सामने देख रहा था।

और बहुत जल्दी ही वह दिन भी आ गया जब मेरी ज़ेब बिलकुल ख़ाली हो गई। आख़िरी छः आने ज़ेब में लिये हुए मैं आख़िरी बार 'इरावती' के सम्पादक से पूछने गया कि अब भी उसने कुछ निश्चय किया है या नहीं। मैंने तय कर लिया था कि उससे मिलने के बाद मैं घड़ी बेचकर जो भी तीस-चालीस मिलेंगे उन्हें लेकर सीधा गाँव चला जाऊँगा। मगर उस दिन सम्पादक श्री भास्कर काफ़ी अच्छे मूड में थे, इसलिए उन्होंने मुझे पहली तारीख़ से नौकरी पर आने के लिए कह दिया, जिससे मुझे घड़ी को कलाई से उतारने की नौबत नहीं आई। मैं जब 'इरावती' के कार्यालय से लौटकर घर आया, तो तुझे अपना आप और दिनों की अपेक्षा बहुत हलका लग रहा था और मैं चाह रहा था कि किसी के साथ बैठकर कुछ देर खुलकर हँसूँ। ठकुराइन उस समय शाम की रोटी के लिए चूल्हा जला रही थी। उसकी मैली धोती कन्धे से उतरी हुई थी, बाल उड़े हुए थे और चूल्हे में फूँक मारने की वजह से आँखों में पानी आ रहा था। मुझे देखकर उसने आँखें मिचमिचाते हुए पूछा, 'क्यों लाला, चाय बना दूँ?'

'हाँ भाभी, आज ख़ूब गरम चाय की प्याली बनाकर दो,' मैंने कहा। 'आज तो चाय के साथ कोई गरम-गरम नमकीन चीज़ भी बनाकर खिला सको, तो खिलाओ। ख़ूब गरम और नमकीन!'

ठकुराइन ने चूल्हे के पास से हटकर आँखें पोंछ लीं और कुछ आश्चर्य के साथ मेरी तरफ़ देखा। उसे शायद समझ नहीं आ रहा था कि यह आदमी, जो हर रोज़ रोटी भी अनमने ढंग से खाता है, ऐसे जैसे कोई बेगार टाल रहा हो, आज अचानक गरम और नमकीन चीज़ की फ़रमाइश कैसे करने लगा। वह पास आकर खड़ी हो गई, तो मुझे न जाने क्यों उसका शरीर अस्वाभाविक रूप से छोटा लगा, जैसे वह एक छोटी-सी बच्ची हो और आँखें फैलाए हुए अपने सामने कोई कौतुक की चीज़ देख रही हो।

'क्या बात है लाला, आज नमकीन की फ़रमाइश कर रहे हो?' वह बोली। 'आज कोई पुरानी दोस्त तो नहीं मिल गई?'

'तुमने ठीक ही सोचा है भाभी,' मैंने हँसकर कहा। 'बड़ी मुद्दत से उसके इन्तज़ार में था।'

'कौन है, हमें नहीं बताओगे? कोई तुम्हारी बम्बई की वाकिफ़ है?'

'नहीं भाभी, जो बात तुम सोचती हो, वह बात नहीं है। मुझे पहली तारीख़ से नौकरी मिल गई है।'

'सच?' ठकुराइन का चेहरा एकदम खिल गया। 'तब तो तुम दुनिया की जो चीज़ कहो, वही चीज़ तुम्हें बना दूँ। कितने की मिली है?'

'एक सौ साठ की।' और मैं हाथ-मुँह धोने के लिए पम्प पर चला गया। पैर धोते हुए मैंने आवाज़ दी, 'भाभी, चाय ज़रा जल्दी तैयार कर देना। मैं अभी घूमने के लिए भी जाऊँगा। जब से आया हूँ, एक बार भी कनॉट प्लेस नहीं गया। सोचता हूँ कि आज उधर का चक्कर भी लगा आऊँ।'

गोपाल की माँ हैरान-सी अपने कमरे से निकल आई कि जो आदमी कभी अपने कमरे में भी ऊँची बात नहीं करता था, वह आज पम्प के पास से कैसे चिल्ला रहा है।

ठकुराइन ने चाय बनाकर दी तो वह काफ़ी गरम थी। पीतल का गिलास रोज़ की तरह मैला था, मगर मैंने रोज़ की तरह चाय को अन्दर उँडेला नहीं, धीरे-धीरे चुस्कियाँ लेकर पीता रहा। ठकुराइन जल्दी से पकौड़े भी बनाना चाहती थी, मगर मैंने उसे मना कर दिया, क्योंकि मुझे अपने अन्दर तुरन्त वहाँ से चल देने की जल्दबाज़ी महसूस हो रही थी। ठकुराइन का चेहरा भी उस समय चूल्हे की रोशनी में रोज़ की तरह मुरझाया हुआ न लगकर काफ़ी सजीव और ताज़ा लग रहा था। मुझे आश्चर्य हो रहा था कि उसके चेहरे की झुर्रियाँ एकदम हलकी कैसे पड़ गईं और वह अचानक अपनी उम्र से छोटी कैसे लगने लगी। उसकी गरदन के नीचे जो गड्ढा था, वह भी उस समय आकर्षक लग रहा था। मगर उसकी आँखों में जो भाव था, वह न जाने कैसा था! उससे लगता था जैसे वह मुझसे एक गज़ के फ़ासले पर न होकर, कई गज़ के फ़ासले पर बैठी हो और इस तरह मुझे देख रही हो जैसे एक बच्चा दूर आकाश में गुम होते हुए गुब्बारे को देखता है।

मैं जल्दी-जल्दी चाय पीकर जब चलने के लिए तैयार हो गया, तब मुझे ध्यान आया कि मेरी ज़ेब में एक भी पैसा नहीं है। इससे सहसा मेरे बाहर जाने के उत्साह पर पानी पड़ गया। ठकुराइन ने जाने कैसे ताड़ लिया कि पैसे की वजह से मैं अपना जाने का इरादा बदल रहा हूँ। उसने अपनी कोठरी की दहलीज़ के पास आकर कहा, 'क्यों लाला, जा नहीं रहे हो क्या?'

'सोच रहा हूँ कि आज न ही जाऊँ,' मैंने कहा। 'दिन-भर बसों में धक्के खाकर परेशान हुआ हूँ। कुछ देर यहीं बैठकर कोई किताब पढ़ता रहूँ। थोड़ी देर में अरविन्द भी दफ़्तर से आ जाएगा।'

'अभी तो इतनी खुशी में जा रहे थे, और अब कह रहे हो कि बैठकर किताब पढ़ूँगा?' ठकुराइन ने अपना मैला-कुचैला रूमाल निकाल लिया और उसकी गाँठ खोलने लगी। 'आज जाकर जो कुछ खाओ-पीओगे, उसका ख़र्चा मेरे सिर। तुम्हारी नौकरी लगी है, तो भाभी को भी तो कुछ ख़र्च करना चाहिए। यह लो, मेरे पास कुल ढाई रुपए हैं। पाँच होते, तो आज मैं तुम्हें पाँच ही दे देती।'

मैं क्षण-भर ठकुराइन के चेहरे को देखता रहा। एक बार फिर मेरे दिमाग़ में वही बात घूम गई कि क्या सचमुच ठकुराइन वही कुछ चाहती है, जो अरविन्द सोचता है कि वह चाहती है? मगर अरविन्द तो उसे दाना डालने की बात किया करता था, और वह थी कि...शायद मुझी को दाना डाल रही थी। मेरा एक बार मन हुआ कि पैसे लेने से मना कर दूँ और ख़ाली ज़ेब वहाँ से चल दूँ, मगर फिर कनॉट प्लेस की बत्तियाँ मेरी आँखों के सामने जगमगा गईं और मैं मन की उस कमज़ोरी पर काबू न पा सका। मैंने कुछ संकोच के साथ उसके रूमाल से पैसे उठा लिये और कहा, 'ऐसे तो मैं नहीं लूँगा, मगर उधार मानकर लेता हूँ। आज मेरी ज़ेब बिलकुल ख़ाली है। जिस दिन तनख़ाह मिलेगी, उस दिन ब्याज समेत अदा कर दूँगा।'

'जिस दिन तुम्हें तनख़ाह मिलेगी, उस दिन मैं तुमसे ढाई रुपल्ली लूँगी?' ठकुराइन रूमाल झाड़कर उसे नेफ़े में खोंसती हुई बोली। 'उस दिन तो मैं तुमसे साड़ी लूँगी, साड़ी। कम-से-कम बीस रुपए वाली। तुम्हारे साथ कनॉट प्लेस जाकर लाऊँगी।'

'हाँ-हाँ, साड़ी छोड़कर तुम जो चाहो ले लेना,' मैंने एकदम निरुत्साह होकर कहा और वहाँ से चल दिया। कोठरी से निकलते समय मुझे ठकुराइन के चेहरे की झाइयाँ फिर बहुत गहरी लगीं और उसके नेफ़े में खोंसा हुआ मैला रूमाल देर तक मेरी आँखों के सामने फड़फड़ाता रहा। मेरा मन यह सोच-सोचकर खीझ रहा था कि जो ढाई रुपए उसने मुझे दिए हैं, वे स्नेह या ममता के कारण नहीं दिए, आने वाले कल को उनके बदले बीस रुपए वाली साड़ी वसूल करने के लिए दिए हैं। और मैं अपनी खीझ में अपने को समझा रहा था कि मैं ही बेवकूफ़ हूँ, बात दरअसल वही है जो अरविन्द कहता था...।

बम्बई से आने के बाद उस दिन पहली बार मैं कॉफ़ी हाउस में दाख़िल हुआ, तो सबसे पहले मेरी नज़र हरबंस पर पड़ी। अन्दर जाते ही दरवाज़े के पास जो पहली मेज़ थी, उसके इर्द-गिर्द सात-आठ व्यक्ति बैठे थे। उन्हीं में वह भी था। बाक़ी लोगों में तीन लड़कियाँ थीं। मैं हरबंस से आँख बचाकर आगे निकल जाता, मगर वह मुझे देखते ही इस तरह कुरसी से उठ खड़ा हुआ जैसे वह मेरे इन्तज़ार में ही बैठा हो और अपने बाईं तरफ़ बैठी लड़की से बोला, 'लो, यह रहा वह!'

मगर उस लड़की ने उसकी बात की तरफ़ ध्यान नहीं दिया। हरबंस के पास ही एक कुरसी ख़ाली पड़ी थी। उसने हाथ पकड़कर मुझे इस तरह अपने पास बिठा लिया जैसे मेरा वहाँ आना रोज़ की बात हो और बरसों से हम लोग उस तरह साथ-साथ बैठते आए हों। सामने की कुरसी पर बैठा हुआ एक नवयुवक उँगलियाँ

और अँगूठे हिला-हिलाकर 'स्टिल लाइफ़' के बारे में कोई बात कर रहा था। बाईं तरफ़ की कुरसी पर एक और नवयुवक आँखें मूँदे हुए बैठा था। वह न जाने बहुत ध्यान से उसकी बात सुन रहा था या अपनी ही कोई बात सोच रहा था। मुझे दो-एक मिनट बैठकर लगने लगा कि मैं बिलकुल फ़ालतू आदमी की तरह उनके बीच आ बैठा हूँ। मगर इससे पहले कि मैं वहाँ से उठने की बात सोचता, हरबंस ने बैरे को बुलाकर बिल अदा कर दिया और बिना इसका ज़रा भी लिहाज़ किए कि 'स्टिल लाइफ़' की बात अभी बीच में ही है अचानक कुरसी से उठ खड़ा हुआ।

'आओ, अब चलें,' उसने इस तरह कहा जैसे एक प्रधान किसी सभा को विसर्जित करने की बात कहता है। मगर न तो किसी को इसका बुरा लगा और न किसी ने इसका विरोध किया। हम लोग वहाँ से बाहर निकल आए, तो भी वह नवयुवक 'स्टिल लाइफ़' की बात उसी तरह कर रहा था।

बाहर आकर उन नए लोगों से मेरा परिचय हुआ। उनमें एक तो हरबंस की पत्नी नीलिमा ही थी जो अन्दर उसके बाईं तरफ़ बैठी थी। उसके अलावा बाक़ी दोनों उसकी बहनें थीं, शुक्ला और सरोज। सरोज शक्ल-सूरत से बाक़ी दोनों बहनों में बिलकुल अलग थी और मैंने सोचा था कि वह 'स्टिल लाइफ़' वाले नवयुवक की बहन होगी। अँगूठे और उँगलियाँ हिलाकर 'स्टिल लाइफ़' की बात करने वाला नवयुवक कलाकार शिवमोहन था जिसके विषय में बाद में मुझे पता चला कि उसके लैंडस्केप्स की उन दिनों बहुत धूम है, हालाँकि रुपए-पैसे के लिहाज़ से उसे बहुत तंगी में से गुज़रना पड़ रहा है। जो नवयुवक आँखें मूँदे हुए चिन्तन कर रहा था, उसके व्यक्तित्व की एक ख़ास बात यह थी कि वह सफ़ेद सलवार के साथ जोगिया रंग का खादी का कुरता पहने था और बात इतनी कम और इस तरह धीमे स्वर में करता था जैसे उसकी ज़बान में कोई तकलीफ़ हो। उसका नाम था जीवन भार्गव। वह भी शिवमोहन की तरह पेंटर था और उन दिनों ऐब्स्ट्रैक्ट पैटर्न्स के प्रयोग कर रहा था। इन दोनों के अलावा एक और व्यक्ति भी था जिसे नीलिमा और सरोज 'मामाजी' कहकर बुला रही थीं, हालाँकि उम्र में वह शिवमोहन और जीवन भार्गव से बड़ा नज़र नहीं आता था। मेरा इन सब लोगों से परिचय हुआ, यह कहना शायद ठीक नहीं, क्योंकि कॉफ़ी हाउस से बाहर आकर भी हरबंस ने किसी के साथ मेरा परिचय कराने की आवश्यकता नहीं समझी। मैं उनके सम्बन्ध में जो कुछ भी जान सका, वह सरसरी बातचीत से ही। कुछ देर बाहर बातें करके शिवमोहन और जीवन भार्गव जब चले गए, तो मैंने भी विदा लेने के लिए अपना हाथ हरबंस की तरफ़ बढ़ा दिया। मगर मेरा हाथ उसने इस तरह अपने हाथ में थाम लिया जैसे उसे ज़ेब में डाल लेना हो, और कहा, 'अरे, तुम कहाँ चल दिए? तुम्हारी वजह से तो मैं इतनी जल्दी अन्दर से उठकर चला आया हूँ। तुम हमारे साथ घर चलोगे, और खाना भी हमारे साथ ही खाओगे। मैं कई दिन से सोच रहा था

कि तुम अब बम्बई से आने वाले होगे। मुझे प्रेम ने बताया था कि तुम बहुत जल्दी बम्बई छोड़कर दिल्ली आने की सोच रहे हो और यहीं कहीं नौकरी करने का इरादा रखते हो। मेरा तो ख़याल था कि तुम इससे पहले ही आ जाओगे। नवम्बर के शुरू से ही मैं एक तरह से तुम्हारा इन्तज़ार कर रहा था।'

'तुम्हारा अन्दाज़ा ग़लत नहीं था,' मैंने कहा। 'मैं नवम्बर के शुरू में ही यहाँ आ गया था।'

'क्या?' वह एकदम जैसे आसमान से गिर पड़ा। मेरे हाथ को उसने और भी कस लिया और कहा, 'तुम नवम्बर के शुरू से यहाँ हो और मुझे तुम्हारी सूरत आज नज़र आ रही है?'

मुझे लगा जैसे इतने दिन उससे न मिलकर सचमुच मुझसे एक अपराध हुआ हो। हम लोग सड़क पार करके 'रीगल' की तरफ़ फुटपाथ पर चल रहे थे। शुक्ला और सरोज मामाजी से बात करती हुईं हमारे पीछे आ रही थीं। नीलिमा पर्स घुमाती हुई हम लोगों के बराबर चल रही थी। हरबंस ने उसकी तरफ़ देखकर कहा, 'देखो, यह शख़्स आज महीने-भर से यहाँ है, और आज पहली बार इसकी सूरत दिखाई दी है। वह भी अचानक मैंने इसे देख लिया, वरना यह तो शायद आज भी आँख चुराकर निकल जाता। मैंने इसकी कविताओं की जो आलोचना की थी, वह शायद इसे बहुत बुरी लगी है।'

'तो ये वही हैं, तुम्हारे बम्बई वाले दोस्त?' नीलिमा ने कहा। मेरा परिचय हरबंस ने तब तक भी नहीं दिया था।

'तुम्हें अभी तक पता नहीं चला कि यह वही शख़्स है जिसके बारे में मैंने इतने दिनों से कह रखा है कि यह बम्बई से यहाँ आ रहा है?' हरबंस ने इस तरह कहा जैसे पता न चलने में कसूर नीलिमा का ही हो।

'अच्छा?' नीलिमा ने पर्स हिलाना बन्द कर दिया और मेरी तरफ़ देखकर कहा, 'हरबंस तो सचमुच बहुत दिनों से कह रहा था कि आप बम्बई से यहाँ आने वाले हैं। बल्कि हम लोग तो आपके बारे में इसकी बातें सुन-सुनकर बोर हो चुके थे।' और वह उन्मुक्त भाव से हँस दी। 'आप अच्छे आदमी हैं कि आपने आकर अपना पता ही नहीं दिया!'

'मुझे आप लोगों का पता मालूम नहीं था,' मैंने अपनी शर्मिन्दगी को किसी तरह छिपाकर कहा। मुझे यह सोचकर खुशी भी हो रही थी कि मुझसे एक ही बार मिलने के बाद हरबंस यहाँ आकर लोगों से मेरे विषय में बात करता रहा है। मैं मन-ही-मन कट भी रहा था और उत्साहित भी महसूस कर रहा था।

'मैंने बम्बई में अपरा कार्ड तुम्हें दिया नहीं था?' हरबंस ने कहा।

'वह कार्ड मुझसे वहीं रह गया था,' मैंने कहा। 'मैं यहाँ आकर इतने दिन मिलने

की कोशिश इसलिए भी नहीं कर सका कि मैं आते ही एक नौकरी के पीछे लग गया था।'

'किस नौकरी के?'

'यहाँ 'इरावती' के कार्यालय में एक जगह थी...।'

'तो वह तुम्हें मिल गई?'

'हाँ, आज ही उसके सम्पादक ने कहा है कि मैं पहली तारीख़ से काम पर आ सकता हूँ।'

'तब तो इसकी पार्टी होनी चाहिए। चलो, पहले 'एल्प्स' में चलकर कॉफ़ी पिलाओ,' हरबंस ने कहा और मेरा हाथ पकड़े हुए ही रुख़ पीछे की तरफ़ कर लिया। मुझे सोचने या बहाना करने का मौक़ा उसने नहीं दिया।

'एल्प्स' में हरबंस, नीलिमा और मैं, हम तीन व्यक्ति ही गए, इसलिए ठकुराइन के दिए हुए ढाई रुपए कम नहीं पड़े और मुझे शर्मिन्दगी नहीं उठानी पड़ी—सिवाय इसके कि रुपए-रुपए के दोनों नोट काफ़ी मैले और मुड़े हुए थे और जब मैंने वे निकालकर बैरे की प्लेट में रखे, तो नीलिमा ने इतना कह दिया, 'लगता है आप किसी हलवाई से नोट तुड़ाकर आए हैं।' और मैंने हँसकर बात टाल दी।

बात तो टल गई, मगर मन में मैं यही सोचता रहा कि अगर शुक्ला, सरोज और मामाजी भी साथ चले आते, तो मुझे कितनी भद्दी स्थिति का सामना करना पड़ता! यह तो गनीमत थी कि नीलिमा ने शुक्ला और सरोज से घर चलकर खाना तैयार कराने के लिए कह दिया और वे दोनों क्योंकि उस समय मामाजी से अलग नहीं होना चाहती थीं, इसलिए मामाजी को भी उनके साथ चले जाना पड़ा, वरना मैं उस समय कितनी मुश्किल में पड़ जाता! जब हम लोग 'एल्प्स' से बाहर आए, तो हवा में खुनकी काफ़ी बढ़ गई थी। बाहर आते ही मैं एक बार सरदी से काँप गया।

'आपने तो कोट या पुलोवर कुछ भी नहीं पहन रखा,' नीलिमा ने कहा। 'लौटते हुए आपको ठंड नहीं लगेगी?'

'नहीं, मुझे ठंड नहीं लगती,' मैंने कहा, और एक बार फिर काँप गया।

'जाते हुए इसे मेरा कोट दे देना,' हरबंस ने कहा।

'तुम्हारा कोट!' नीलिमा बोली। 'वह इन्हें घुटनों तक आएगा।' और वह न जाने क्या सोचकर अपने-आप हँस दी।

मैंने किसी लड़की को उस तरह खुलकर हँसते नहीं देखा था जिस तरह नीलिमा हँसती थी। किसी ज़माने में मैं खुद अपने ठहाकों के लिए बहुत बदनाम रहा हूँ। कई बार मैं इतने ज़ोर का ठहाका लगाता था कि आसपास बैठे हुए लोग एकदम चौंक जाते

थे। बम्बई में कई बार कॉफ़ी हाउस के बैरे मैनेजर की चिट ले आया करते थे जिस पर लिखा होता था, 'प्लीज़!' फिर भी न जाने क्यों हँसते वक़्त मुझे यह याद नहीं रहता था कि आदमी की हँसी में भी एक सभ्यता होनी चाहिए और आदमी को गला रोककर हँसना चाहिए। उससे पहले अमृतसर के जिस घर में हम रहते थे, उसके आसपास के घरों से कुछ बच्चे मुझे चिढ़ाने के लिए मेरे ठहाके की नक़ल किया करते थे। मुझे खुद बुरा लगता था, मगर जाने कैसी बेबसी थी कि मैं बिना ठहाका लगाए हँस ही नहीं पाता था। मुझे सभ्यता के तकाज़े की बात तभी याद आती थी जबकि आसपास का वातावरण एक बार मेरे ठहाके से चौंक जाता।

नीलिमा की हँसी के सम्बन्ध में मैं इतना ही कह सकता हूँ कि वह लड़कियों की तरह न हँसकर लड़कों की तरह हँसती थी। हँसते समय उसका मुँह पूरा खुल जाता था और वह अपनी गरदन को थोड़ा पीछे को झटका लेती थी। उसकी आवाज़ काफ़ी बारीक़ थी, मगर हँसने में उसकी आवाज़ भी कुछ भारी हो जाती थी और उसके छोटे-छोटे दाँत पूरे बाहर दिखाई दे जाते थे। उसकी हँसी में ही नहीं, बातचीत और चलने के ढंग में एक उन्मुक्तता थी जो उस व्यक्ति को काफ़ी चौंका सकती थी जिसका उससे नया-नया ही परिचय हुआ हो। वह हर समय इतनी अस्थिर रहती थी कि लगता था जैसे उसके शरीर में एक बिजली-सी कौंधती रहती हो। जब वह मुँह से बात नहीं करती थी, तब भी उसकी आँखें और भौंहें कुछ-न-कुछ बात करती प्रतीत होती थीं।

उनके यहाँ जाकर मुझे पता चला कि वे लोग नीलिमा की माँ के घर में रहते हैं। हरबंस की माँ और बहन-भाई भी दिल्ली में ही थे, मगर वे लोग करोल बाग़ की तरफ़ मॉडल बस्ती में रहते थे। नीलिमा की माँ का घर वहाँ पास ही हनुमान रोड पर था और हरबंस को दूर से आने-जाने में शायद असुविधा महसूस होती थी, इसलिए वह और नीलिमा वहीं रहते थे। नीलिमा, सरोज और शुक्ला के अलावा उनकी एक चौथी बहन और थी, सरिता, जो उस समय नौ-दस वर्ष की थी। वे बस चार बहनें ही थीं, भाई कोई नहीं था। नीलिमा के अलावा तीनों बहनें कुँआरी थीं, इसलिए उस घर में हरबंस की स्थिति बहुत महत्त्वपूर्ण थी। नीलिमा के पिता पक्षाघात से पीड़ित थे और हर समय एक अलग कमरे में कुरसी या पलंग पर पड़े रहते थे जिससे घर में आने-जाने वाले लोगों को उनकी उपस्थिति का पता भी नहीं चलता था। मुझे भी कई दिनों के बाद पता चला कि नीलिमा के पिता जीवित हैं और घर में ही रहते हैं। वैसे हर दृष्टि से घर का प्रमुख व्यक्ति हरबंस ही था। उस घर में आकर जब तक नीलिमा की माँ से परिचय नहीं हुआ, तब तक मैं यही सोचता रहा कि वह घर हरबंस का है और सरोज, शुक्ला और सरिता उसी के घर में उसके साथ रहती हैं।

खाना बहुत अच्छा बना था। खाने के काद काफ़ी देर तक हम लोग बाहर के कमरे में, जो वास्तव में कमरा न होकर ढका हुआ बरामदा ही था, बैठकर बातें करते

रहे। वह बरामदा ही उनके यहाँ बैठक और खाना खाने के कमरे के तौर पर इस्तेमाल होता था। वहाँ की सजावट बहुत सादा मगर काफ़ी सुरुचिपूर्ण थी। दीवारों पर कुछ जगह एब्स्ट्रैक्ट आकृतियों में कटी हुई पतली-पतली टहनियाँ लगी थीं। सामने की दीवार के साथ गौतम बुद्ध की पत्थर की मूर्ति रखी थी जिसके सिर के पीछे दीवार पर एक छोटा-सा रंगीन मोढ़ा लगा था। यही एक चीज़ वहाँ अखरती थी। फ़र्श के कालीन और बैठने की कुरसियों की व्यवस्था काफ़ी अच्छे ढंग की थी और पर्दों के साथ दूसरी चीज़ों के रंगों का मिलान काफ़ी सूझ-बूझ से किया गया था। कमरे की एक विशेषता यह भी थी कि जब मैं कमरे में दाख़िल हुआ, तो मुझे वहाँ उस बेगानेपन का अनुभव नहीं हुआ जो बहुत बार एक नए घर में जाकर होता है। उस जगह की अपनी ही एक आत्मीयता थी। कुछ व्यक्तियों की तरह कुछ जगहों में भी क्या ऐसी विशेषता नहीं होती कि वे पहले परिचय में ही बहुत परिचित और बहुत आत्मीय लगने लगें?

नीलिमा की बी जी और तीनों बहनें खाना खाने के बाद तुरन्त ही अन्दर के कमरे में चली गई थीं और उनके मामाजी भी दो-एक बार जम्हाइयाँ लेकर उठ गए थे। बी जी जितनी देर बैठी रही थीं, उन्होंने बहुत कम बात की थी। वे बहुत छोटे-छोटे वाक्य बोलती थीं और जब तक मतलब न हो, तब तक कोई बात नहीं करती थीं। उन्होंने ज़्यादातर बातें प्लेटें रखने, डूँगे उठाने और मेज़ साफ़ करने के बारे में ही की थीं। उनके चेहरे से मुझे यह भी लगा था कि उन्हें नए लोगों से मिलना-जुलना पसन्द नहीं है। उन्हें जैसे ज़िन्दगी में जितना कुछ देखना था, वे देख चुकी थीं और अब उन्हें और किसी नए अनुभव की अपेक्षा नहीं थी। उनकी ख़ामोशी से मुझे लगा जैसे हर नया व्यक्ति उनके लिए एक ऐसे अजनबी की तरह है जो आधी रात को एक आराम से सोए हुए आदमी का दरवाज़ा खटखटाकर उसकी नींद में ख़लल डाल देता है। वे जैसे न तो अपने इर्द-गिर्द खिंचे हुए दायरे से बाहर क़दम रखना चाहती थीं और न ही चाहती थीं कि कोई नया व्यक्ति उस दायरे के अन्दर क़दम रखे। मुझे उनका भाव एक जीवन से सन्तुष्ट व्यक्ति का भाव नहीं लगा, एक ऐसे व्यक्ति का भाव लगा जो अपने असन्तोष में ही सन्तुष्ट रहना चाहता है।

नीलिमा की तीन बहनों में से एक ऐसी थी जिसका अपना अलग व्यक्तित्व था। वह थी शुक्ला—सरोज से छोटी और सरिता से बड़ी। मैंने उसे पहली बार देखा था, तो मेरी आँखें उसके चेहरे से फिसलकर किसी और की तरफ़ मुड़ गई थीं। और यह अनुभव मुझे पहली बार ही नहीं, उसके बाद भी कई बार हुआ। कह नहीं सकता कि उसके चेहरे में ऐसा क्या था कि आँखें अनायास ही उसकी ओर खिंच जाती थीं, मगर वहाँ टिकी नहीं रहती थीं। क्या यह उसके आकर्षण के कारण ही था? मगर शायद कारण उसके आकर्षण के अतिरिक्त कुछ और भी था—एक सहज आत्मविश्वास और दुनिया-भर के प्रति अवहेलना का भाव; अपने आकर्षण की एक

सहज अनुभूति और उसमें मिली-जुली एक मासूमियत; जैसे उसे इसका तो बहुत गहरा अहसास हो कि वह युवा है, परन्तु इसका ज़रा भी अहसास न हो कि यौवन का अर्थ क्या है। उसके चेहरे का कुछ खोजता हुआ-सा भाव उसे और भी सुन्दर बना देता था। किसी-किसी समय उसकी आँखों से लगता था जैसे वह अपने से बाहर कम और अपने अन्दर ही ज़्यादा देखती हो। अपने चुस्त पंजाबी लिबास में वह बहुत बार जैसे अपने को अपनी नज़र से न देखकर दूसरों की नज़र से देखने लगती थी। कहीं ज़रा-सी भी शिकन या सलवट देखते ही उसकी आँखें बेचैन हो उठती थीं। उसने हमारे साथ बैठकर खाना भी इस तरह खाया जैसे हम लोगों पर एक तरह का अहसान कर रही हो और खाना खाते ही सबसे पहले उठकर अन्दर चली गई।

कमरे में गौतम बुद्ध के बस्ट से थोड़ा हटकर एक तरफ़ ईज़ेल पर एक कैन्वस लगा था और पास ही फ़र्श पर कुछ कूचियाँ और रंग बिखरे थे। 'तुम खुद भी पेंट करते हो क्या?' मैंने हरबंस से पूछा। 'तुमने बम्बई में तो नहीं बताया था।'

'यह कैन्वस मेरा नहीं है,' हरबंस बोला। 'नीलिमा का है।'

'इनका है?' और मैं उठकर, कैन्वस के पास चला गया। 'आप कब से पेंट कर रही हैं?' मैंने वहाँ से लौटकर बैठते हुए नीलिमा से पूछा।

'मैं पेंट नहीं, सिर करती हूँ!' नीलिमा ने जिस स्वर में यह कहा उसमें दिखावटीपन नहीं था। 'यह मेरे पीछे पड़ा रहता है कि मैं पेंट करूँ, इसलिए मैं पेंट करती हूँ, वरना मुझे न तो कुछ आता-जाता है और न ही इसमें रुचि ही है। हाँ, अब तक इतना पता चल गया है कि किस तरह के स्ट्रोक्स के लिए कौन-सा ब्रश इस्तेमाल करना चाहिए। और देखो, तुम हरबंस को तो 'तुम' कहते हो, और मुझे 'आप', यह कौन-सा तरीक़ा है?'

उसका हरबंस के लिए एकवचन का प्रयोग मुझे स्वाभाविक नहीं लग रहा था। उससे पहले मैंने किसी स्त्री को अपने पति को इस तरह बुलाते नहीं सुना था। स्त्री और पुरुष के सम्बन्ध में 'वे' और 'आप' की विनम्रता या दूरी ही मुझे स्वाभाविक लगती थी। मगर उसकी बात पर मैंने चुपचाप सहमति प्रकट कर दी, 'ठीक है, मैं आगे से यह शिष्टाचार नहीं बरतूँगा।'

'इसकी एक पेंटिंग को अभी-अभी बम्बई में हुई प्रदर्शनी में विशेष पुरस्कार मिला है,' हरबंस ने इस तरह कहा जैसे उस बात का सूत्र वह छोड़ना न चाहता हो।

'पुरस्कार मिलने से क्या होता है?' नीलिमा बोली। 'मैं जानती हूँ कि मैं पेंट नहीं कर सकती।'

'मगर आप अपनी दो-एक पेंटिंग्स दिखाएँ तो सही,' मैंने कहा। मन में यह भी सोचा कि अगर मुझे उसकी पेंटिंग्स पसन्द नहीं आएँगी, तो यह बात मैं उससे किस तरह कहूँगा?

'देखो भई, मैं कह चुकी हूँ कि मुझे यह आप-आप सुनना अच्छा नहीं लगता,' वह बोली। 'बाक़ी दिखाने को कुछ होता, तो मैं ज़रूर दिखा देती।'

'मगर आप...'

'आप नहीं, तुम!'

'अच्छा, तुम अपनी एकाध पेंटिंग दिखा तो दो।'

'मेरे पास सचमुच ऐसी एक भी पेंटिंग नहीं है जो मैं किसी को दिखा सकूँ,' नीलिमा जैसे अपने अन्दर की हताशा से थकी हुई कुरसी की पीठ से टेक लगाकर बोली। 'एक ही पेंटिंग है जिसे लोगों को इसलिए दिखा सकती हूँ कि उस पर पुरस्कार मिल गया है। मगर वह अभी बम्बई में है। यहाँ आ जाएगी, तो तुम्हें ज़रूर दिखाऊँगी।'

'यह केवल नम्रता ही है, या...'

'नम्रता नहीं खाक!' वह बोली। 'मुझे इस तरह की झूठी नम्रता बरतना आता ही नहीं। इसी बात पर तो हरबंस मेरे ऊपर कुढ़ता रहता है।'

हरबंस अचानक काफ़ी गम्भीर हो गया था। मुझे यह समझ नहीं आ रहा था कि जिस विषय पर बात करते हुए उसे काफ़ी उत्साहित हो उठना चाहिए था, उसकी चर्चा होने पर उसका चेहरा इस तरह मुरझा क्यों गया है। वह उस समय जैसे उस कमरे के वातावरण से हटकर कहीं और पहुँच गया था और वहाँ से वापस लौटने में उसे असुविधा हो रही थी।

'अच्छा आज न सही, फिर किसी दिन सही,' मैंने वहाँ से उठने की भूमिका बाँधते हुए कहा। 'आज वैसे भी काफ़ी देर हो गई है।'

'हाँ, फिर किसी दिन आओगे, तो जो कुछ बनाया है सब दिखा दूँगी,' नीलिमा बोली। 'तुम्हें खुद पता चल जाएगा कि जो बात मैं कहती हूँ वह ठीक है या नहीं। मगर 'हबी' ने मन में यह तय कर लिया है कि मैं पेंटर बनूँ, इसलिए जैसे भी बनेगा, मुझे इसकी बात तो रखनी ही होगी।'

मैंने उठने की तैयारी में अपने हाथों को उलझा लिया और 'हबी' की तरफ़ देखा। 'हबी' जाने हस्बैंड का छोटा रूप था या हरबंस का! उसके चेहरे पर लम्बी-लम्बी लकीरें खिंच गई थीं। मैंने अपनी उँगलियों को चटखाया और कुरसी से उठ खड़ा हुआ।

'अच्छा, अब मैं चलूँगा,' मैंने कहा। 'आज की शाम आप लोगों के साथ बहुत अच्छी बीत गई। जब से दिल्ली आया हूँ, आज पहली बार महसूस हुआ है कि हाँ दिल्ली में ही हूँ।'

'कुछ देर और नहीं बैठोगे?' नीलिमा ने पूछा।

'तुम्हें इतनी सरदी में लौटकर घर आना हो, तो तुम्हें पता चले कि कुछ देर और बैठने का क्या मतलब होता है,' हरबंस बिना कारण ही झुँझला उठा। 'यही क्या कम है कि उस भले आदमी ने इतना वक़्त हम लोगों के साथ बिता दिया है?'

मुझे समझ नहीं आया कि मेरे उतनी देर वहाँ वक़्त बिताने से उसे सुख मिला, या दुःख हुआ है। कम-से-कम इतना ज़रूर था कि मैं ठीक वक़्त पर ही वहाँ से उठ खड़ा हुआ था।

हम लोग गेट से निकलकर सड़क पर आ गए, तो नीलिमा ने कहा, 'अब तो सोचना चाहिए कि तुमसे भेंट हुआ ही करेगी, क्यों?'

'हा-हा!' हरबंस ने मुँह चिढ़ाने की तरह कहा। 'जैसे तुम्हारी तरह और सब लोगों को भी रोज़-रोज़ कॉफ़ी हाउस में आने के सिवा कोई काम नहीं है।'

'इसी तरह फिर किसी दिन भेंट हो जाएगी,' मैंने उस स्थिति से बचने के लिए कहा और उनके पास से चल दिया। अभी कुछ ही क़दम चला था कि पीछे से हरबंस ने कहा, 'सुनो, मेरा पुलोवर लेते जाओ। इस समय बहुत ठंड हो गई है।'

'मुझे ठंड नहीं लगी रही,' मैंने कहा और हाथ हिलाकर चला आया।

मुझे बस नहीं मिली। उन दिनों स्कूटर भी नहीं चले थे और मेरी ज़ेब में कुल नौ आने बाक़ी थे। उतने पैसों में मैं पूरा ताँगा लेकर नहीं जा सकता था। सवारी के हिसाब से कोई ताँगे वाला चलने को तैयार नहीं हुआ। मैं ठीक से रास्ता नहीं जानता था और सड़कों पर इतने कम लोग थे कि उनसे पूछते हुए जाना भी मुश्किल था। यूँ मुझे राह चलते लोगों को रोककर उनसे रास्ता पूछना अच्छा भी नहीं लगता। नतीजे के तौर पर मैं चेम्सफोर्ड रोड पर मुड़ने के बजाय पँचकुइयाँ रोड पर मुड़ गया। काफ़ी दूर जाकर भी जब नई दिल्ली स्टेशन की बत्तियाँ दिखाई नहीं दीं, तो मुझे सन्देह हुआ कि ग़लत रास्ते पर आ गया हूँ। वहाँ पूछने पर मुझे अपनी ग़लती का पता चला, तो मैं बेयर्ड रोड से घूमकर नई दिल्ली स्टेशन की तरफ़ आया। सरदी के मारे शरीर ठिठुर रहा था और जूते से ढके हुए पैर भी सुन्न हो रहे थे।

रास्ते पर चलते हुए मुझे फुटपाथ पर या दूकानों के बाहर लोइयाँ और कम्बल ओढ़कर सोए हुए लोगों से ईर्ष्या हो रही थी। मेरी आँखों में नींद बुरी तरह भर रही थी और मेरा मन होता था कि मैं भी वहीं कहीं किसी से उसकी आधी लोई लेकर सो जाऊँ। कुतुब रोड उस समय इतनी लम्बी हो रही थी कि चलते-चलते मेरे घुटने अकड़ गए, मगर सदर का चौक नहीं आया। आख़िर जब किसी तरह अपने को घसीटता हुआ मैं काठ बाज़ार के मोड़ पर पहुँचा, तो मुझे अपने में इतनी हिम्मत भी नहीं लग रही थी कि सदर से घूमकर बस्ती हरफूल की तरफ़ जाऊँ। मैं शार्टकट के लिए काठ बाज़ार के अन्दर घूम गया।

मैंने बाँहें बगलों में दबा रखी थीं और सरदी से बचने के लिए थोड़ा झुककर चल रहा था। मेरे जूते की एड़ियाँ सड़क पर ठक-ठक आवाज़ कर रही थीं। उस

आवाज़ से ऐसे लगता था जैसे मेरे साथ-साथ कोई और भी चल रहा हो, ठीक मेरे पीछे एक सिपाही की तरह। अकेले रास्ते पर चलते हुए कई बार मुझे यह आभास हुआ है कि कोई मेरे पीछ-पीछे आ रहा है, या मेरी एड़ियों के साथ-साथ चल रहा है। इससे बिलकुल अकेले होने का अनुभव मुझे कभी नहीं होता। कभी-कभी तो मुझे लगता है कि रास्ता चाहे कितना भी सुनसान हो, उस पर गुज़रे हुए क़दमों की आहट हर समय मौजूद रहती है और कोई भी व्यक्ति, किसी भी रास्ते पर कभी अकेला नहीं होता। आख़िर जब क़दमों को रास्ते का आभास रहता है, तो रास्ते को ही क़दमों का आभास क्यों नहीं रहता होगा?

काठ बाज़ार से मैं दो-एक बार दिन में गुज़रा था, मगर उसी तरह जैसे एक बदबूदार गली में से आदमी नाक पर रूमाल रखकर गुज़र जाता है। अमृतसर में एक बाज़ार था जिसका नाम था कंजरियों वाला बाज़ार। बचपन में जब हम पिताजी के साथ रात को सिनेमा देखकर लौटते थे, तो हमें उस बाज़ार में से होकर घर जाना पड़ता था। (हमारे दो घर थे—एक तरनतारन के पास गाँव में और दूसरा अमृतसर में। गाँव में हमारे तायाजी खेती-बाड़ी देखते थे और अमृतसर में पिताजी स्कूल में पढ़ाते थे।) उस बाज़ार में से गुज़रते हुए ऊपर कोठों की चमक-दमक और हारमोनियम और तबले की आवाज़ हमारा ध्यान खींच लेती थी। मगर हमें आदेश होता था कि हम उस बाज़ार में आँख झुकाकर चलें। हमें बताया गया था कि ऊपर कोठों से जो स्त्रियाँ नीचे झाँकती हैं, वे रंडियाँ हैं और अगर उनकी तरफ़ देखा जाए, तो वे पकड़कर अँधेरी कोठरी में बन्द कर लेती हैं। हमारे घरों में अक्सर लड़कियों को 'रंडी' की गाली दी जाती थी, इसलिए मैं रंडियों को चुड़ैलों और डायनों के जिन्स की ही कोई चीज़ समझता था। घरों में क्योंकि लड़कियों को 'रंडी' के अलावा 'खसमखानी' की गाली भी दी जाती थी, इसलिए मैं सोचता था कि शहर में रंडियों की तरह कहीं खसमखानियों का एक बाज़ार भी होगा जो अपने खसमों को चीर-फाड़कर खा जाती होंगी।

काठ बाज़ार को अरविन्द खाट बाज़ार या काट बाज़ार कहा करता था। मैं पहली बार उस बाज़ार में से उसी के साथ गुज़रा था और उसने बताया था कि वह चवन्नी और अठन्नी वाली वेश्याओं का बाज़ार है। मेरे मन में उस बाज़ार में से गुज़रते हुए हमेशा बचपन के संस्कार जाग आते थे, और मेरे क़दमों की रफ़्तार तेज़ हो जाती थी। मगर उस समय काठ बाज़ार में आकर मेरे क़दमों की रफ़्तार तेज़ होने की बजाय कुछ धीमी पड़ गई, क्योंकि एक तो दिन को गुज़रते हुए उस बाज़ार में मैंने उतनी चहल-पहल नहीं देखी थी और दूसरे अकेली सुनसान सड़क से अचानक वहाँ आकर मुझे लगा जैसे कि मैं किसी अच्छी गरम जगह पर पहुँच गया हूँ। फिर मैंने यह भी सोचा कि मैं अब काफ़ी बड़ा हो गया हूँ और बच्चों की तरह

उस बाज़ार में से जल्दी-जल्दी गुज़र जाना ठीक नहीं लगता। मैं पान और सिगरेट लेने के लिए एक दूकान के बाहर रुक गया और पहली बार मैंने आँख भरकर उस जगह को देखा। मुझे कुछ क्षणों के लिए तो लगा कि मैं एक सट्टा बाज़ार में पहुँच गया हूँ। सट्टा बाज़ार की तरह ही चौकोर-सा बाज़ार था, उसी तरह चारों तरफ़ छोटे-छोटे कमरे बने थे जिनके दरवाज़ों के बाहर सौदे हो रहे थे। वैसी ही भीड़ थी और कुछ उसी तरह की आवाज़ें सुनाई दे रही थीं। मैं सोचने लगा कि अगर सचमुच इस बाज़ार का भी सट्टा होने लगे, तो सेठ लोग यहाँ से भी कितना मुनाफ़ा कमा सकते हैं! आज अख़्तरजान के शेयरों का भाव ऊँचा हो रहा है, तो कल मुख़्तार बेगम के शेयरों का—यहाँ तक कि वहाँ की हर लड़की एक अच्छी-खासी लिमिटेड कम्पनी बन जाए और धीरे-धीरे बात यहाँ तक जा पहुँचे कि मार्केट में लड़कियाँ दिखाई देनी ही बन्द हो जाएँ और केवल उनके नाम ले-लेकर सौदे हुआ करें। इससे एक फ़ायदा यह हो कि वेश्यावृत्ति बिना सरकारी हस्तक्षेप के ही बन्द हो जाए...।

मैंने पान का थूक निगला, सिगरेट का कश खींचा और वहाँ से चलने को हुआ। तभी अचानक एक पहलवान-सूरत आदमी मेरे सामने आ खड़ा हुआ। उसने उस सरदी में भी लुंगी के साथ सिर्फ़ बनियान और मलमल का कुरता ही पहन रखा था जिसमें काले धागे के साथ नकली सोने के बटन लगे थे। नकली सोने के इसलिए कि असली सोने के बटनों वाला आदमी मेरे ख़याल में उस बाज़ार में नहीं हो सकता था। उसकी आँखें लाल थीं, क़दम डगमगा रह थे और मुँह से ठर्रे की बू आ रही थी। वह इस तरह मेरे सामने खड़ा होकर मुसकराया जैसे मैं इन्सान न होकर एक आईना होऊँ और उसे उसमें अपना चेहरा देखना हो। मैं भी यह सोचकर मुसकरा दिया कि वह यह न समझे कि मैंने उसके सद्भाव का ठीक से उत्तर नहीं दिया, और बगल की तरफ़ से निकलकर आगे बढ़ने लगा। मगर उसने मुझे रास्ता नहीं दिया और फिर उसी तरह से मेरे सामने आ खड़ा हुआ।

'क्या बात है, भाई साहब?' मेरे माथे पर बल पड़ गए।

'कुछ बात नहीं है,' उसने कहा और उसी तरह खड़ा रहा।

'मैं आगे जा रहा हूँ,' मैंने कहा।

'अच्छा!' उसने कहा और इस तरह हँसा जैसे भैंसा पानी पीकर फुंकारता है।

'मेरा रास्ता सामने की गली से है,' मैंने कहा।

'अच्छा!' उसने कहा और फिर उसी तरह हँस दिया।

'मुझे निकल जाने दीजिए,' मैंने आवाज़ ज़रा भारी करके कहा जिससे उस पर कुछ रौब पड़े कि मैं ऐसा-वैसा आदमी नहीं हूँ।

'कहाँ?' उसने कहा और अपने हाथ मेरे दोनों कन्धों पर रख दिए।

'मैं अपने काम से जा रहा हूँ,' मैंने कहा। 'यहाँ सिर्फ़ सिगरेट लेने के लिए रुका था।'

'अच्छा!' उसने कहा और थोड़ा झूमकर बोला, 'आप अच्छे आदमी हैं!'

मेरा मन हुआ कि मैं भी उसकी तरह कहूँ, 'अच्छा!' मगर मैंने अपनी ज़बान को रोक लिया। मुझे डर लगा कि कोई उलटा-सीधा लफ्ज़ कहते ही उसका इरादा कहीं और न हो जाए और वह अपना झूलता हुआ हाथ मेरी कनपटी पर न दे मारे।

'मैं कनॉट प्लेस से आ रहा हूँ,' मुझे और कोई बात न सूझी, तो मैंने यही कह दिया।

'अच्छा!' वह बोला। 'वह अच्छी जगह है?'

'जी हाँ, अच्छी जगह है,' मैंने कहा।

'यह भी अच्छी जगह है,' वह बोला।

'जी हाँ, यह भी अच्छी जगह है,' मैंने कहा।

'आप यहाँ कब तशरीफ़ लाए हैं?' उसने पूछा।

'मैं अभी-अभी आया हूँ,' मैंने कहा।

'अच्छा!' वह बोला। 'अभी-अभी यानी...?'

'अभी-अभी यानी अभी-अभी आया हूँ। एक पान लिया है, वह खा रहा हूँ, और एक सिगरेट ली है, वह पी रहा हूँ।'

'अच्छा!' वह बोला। 'कौन-सी सिगरेट है?'

'गोल्ड फ्लेक है,' मैंने कहा।

'एक ही है कि और भी है?'

'और है तो नहीं, मगर मैं ले देता हूँ।' मैंने सोचा कि इसी तरह उससे पीछा छुटे तो गनीमत है।

'तो एक नहीं दो लेना,' वह बोला। 'मेरे साथ वह बाई भी है। वह भी गोल्ड फ्लेक पीती है।'

जब तक मैंने सिगरेट ख़रीदी, तब तक बाई भी न जाने कहाँ से निकलकर उसके बराबर आ खड़ी हुई थी। उसकी सूरत-शक्ल के विषय में मुझे कुछ याद नहीं है, हाँ इतना याद है कि वह काले रंग की चोली पहने थी जो बुरी तरह उसके शरीर को कसे हुए थी और हरे रंग की साड़ी बाँधे थी जो उसके टखनों से काफ़ी ऊँची उठी हुई थी और नीचे से उसका मैला पेटीकोट नज़र आ रहा था। उसका शरीर शायद बहुत ही दुबला था क्योंकि उसके चेहरे की हड्डियाँ बाहर को निकली हुई थीं। वह न जाने कितने पान चबा चुकी थी क्योंकि पानों की लार उसके होंठों से बहकर नीचे आ रही थी और वह अपनी साड़ी के पल्ले से उसे पोंछ रही थी।

'यह हमारी बाई है,' मैंने सिगरेट पहलवान को दी, तो उसने कहा। मेरे एक संस्कार ने ज़ोर मारा और मैं कहने को हुआ, 'आपसे मिलकर खुशी हुई।' साथ ही दूसरे संस्कार ने ज़ोर मारा और मैं आँखें हटाकर वहाँ से चल देने को हुआ। मगर मैंने दोनों संस्कारों पर काबू पा लिया।

'बाई, साहब को सलाम करो,' पहलवान ने कहा। 'साहब कनॉट प्लेस से आया है।'

बाई ने सिगरेट सुलगा ली और हँसती हुई कश खींचने लगी। उसकी हँसी इतनी तीखी थी कि मुझे लगा जैसे किसी ने मेरे कानों में अँगुलियाँ डालकर उनके पर्दों को हिला दिया हो। हँसने से उसके स्याह पड़े हुए दाँत भी दिखाई दे गए। उसके चेहरे पर जितना रंग पुता था, उसके मुँह के अन्दर उतनी ही कालिख नज़र आ रही थी।

'बाई, सलाम नहीं किया?' पहलवान बोला। 'साहब कनॉट प्लेस से आया है।'

'सब कोई आता है कनॉट प्लेस से,' बाई ने कहा और एक कश खींच लिया।

'यह सचमुच कनॉट प्लेस से आया है,' पहलवान बोला। 'बड़ा मालदार आदमी है।'

'मैं मालदार आदमी नहीं हूँ,' मैंने कहा। 'मेरी ज़ेबें बिलकुल ख़ाली हैं।'

पहलवान ने आँखें बाहर को निकालकर मुझे देखा और एक बार सिर से पैर तक पूरा झूल गया। 'तुम्हारी ज़ेबें बिलकुल ख़ाली हैं,' वह बोला, 'तो तुम गोल्ड फ्लेक सिगरेट कैसे पीता है?'

'मैं गोल्ड फ्लेक सिगरेट ऐसे शौकिया ही पीता हूँ,' मैंने कहा। 'मगर मेरी ज़ेब में सिर्फ़ एक चवन्नी है।'

'चवन्नी लेकर साहब कनॉट प्लेस से आया है!' बाई हँसी से लोट-पोट होती हुई ज़रा दूर चली गई। वहाँ एक और मोटी-सी अधेड़ औरत खड़ी थी और हमारी तरफ़ घूरकर देख रही थी। उसके पास जाकर बाई ने मेरी तरफ़ इशारा किया और फिर कहा, 'चवन्नी लेकर वह बाबू कनॉट प्लेस से आया है।'

'चवन्नी में गोल्ड फ्लेक की कितनी सिगरेट आती हैं?' पहलवान ने मुझसे पूछा।

'चार,' मैंने बहुत मासूमियत के साथ कहा, हालाँकि मेरा मन हो रहा था कि उसके मुँह पर घूँसा दे मारूँ।

'कनॉट प्लेस जाओ, तो चवन्नी की चार सिगरेट ले लेना,' वह बोला। 'एक खुद पीना, एक किसी दोस्त को पिलाना और दो–दो सुबज हाजत के लिए रख लेना।' और एक बार मेरे कन्धे झिंझोड़कर वह मेरे सामने से हट गया। हटते हुए उसके पैर इस तरह झूल गए कि वह गिरने को हो गया। जब तक वह पैरों पर सँभला, तब तक मैं उसके पास से काफ़ी आगे निकल आया था। पहलवान पीछे से कह रहा था, 'मादर...कनॉट प्लेस से आया है! ज़ेब में एक चवन्नी लेकर! काठ बाज़ार इनकी

खाला का बाज़ार है। यहाँ इन्हें चवन्नी में ही औरत मिल जाएगी! चवन्नी पर यहाँ कोई थूकता भी है? हे-हे! हे-हे! हे-हे-हे-हे-हे!'

मैं जल्दी-जल्दी चलकर उस बाज़ार से निकल आया। मैं सरदी की बात बिलकुल भूल चुका था। बल्कि मुझे लग रहा था जैसे मेरे सिर और पैरों से चिनगारियाँ निकल रही हों। मेरा गला खुश्क हो गया था और उसमें काँटे-से चुभ रहे थे। जब मैं बस्ती हरफूलसिंह में दाख़िल हुआ, तो मुझे ऐसे लग रहा था जैसे मैं किसी फ़साद में ज़ख्मी होकर आया हूँ।

बस्ती हरफूल में प्रायः सभी दुकानें बन्द हो चुकी थीं और वह सारी बस्ती एक ख़ामोशी की तह के नीचे सोई थी। सरदी की ख़ामोश रात में टिड्डियों की हलकी-हलकी आवाज़ वातावरण में फैली थी और लगता था जैसे वह आवाज़ सारे वातावरण को थपकियाँ देकर सुला रही हो। टिड्डियों की आवाज़ में हलकी-हलकी थपकियों का आभास मुझे बचपन में भी हुआ करता था। रात को कभी मैं माँ से रूठकर सोता था, तो यही आवाज़ धीरे-धीरे थपकियाँ देकर मेरी आँखों में नींद भर दिया करती थी। बड़े होने पर भी जब मन किसी तरह हताश या निरिाश होता था, तो यही आवाज़ एक अवचेतन क्रम से धीरे-धीरे मन को उस भाव से बाहर ले आती थी। मुझे लगता था कि टिड्डियों की आवाज़ रात की अपनी ही आवाज़ है और रात ही इस स्वर में मन को हलकी-हलकी लोरियाँ देती है—चिक् चिक्, चिक् चिक् चिक् चिक्। क़स्साबपुरा में अपनी गली के मोड़ तक आते-आते उस आवाज़ ने फिर मेरे मन को छा लिया और मन की उत्तेजना उन लोरियों के नीचे शिथिल पड़ने लगी।

अपने वाली कोठरी में लालटेन की रोशनी मुझे दूर से ही दिखाई दे गई। उस दिन पहला मौक़ा था जब मैं इतनी देर से घर आया था। अरविन्द की उस दिन दिन की ड्यूटी थी और उसे शाम को ही घर लौट आना था। ऐसे दिनों में वह जल्दी ही सो जाता था और उसकी नींद में ख़लल पड़े, यह उसे बरदाश्त नहीं था। मगर लालटेन जल रही थी, इसलिए मुझे लगा कि शायद वह अभी सोया न हो और जाते ही पहले मुझे उसकी जिरह का सामना करना पड़े। मैंने जाकर धीरे से कोठरी का किवाड़ खटखटाया, तो एक क्षण में ही वह खोल दिया गया। अरविन्द अपने कम्बल में मुँह-सिर तानकर सोया हुआ था और लालटेन हाथ में लिये दहलीज़ के पास ठकुराइन खड़ी थी।

'लाला, आज तो तुमने हद ही कर दी!' उसने एक लम्बी जम्हाई लेकर कहा। 'मैं तो फिकर कर रही थी कि कहीं कोई ऐसी-वैसी बात न हो गई हो।'

'हाँ भाभी, आज देर हो गई,' मैंने कहा। 'आते हुए बस नहीं मिली, इसलिए पैदल आना पड़ा।'

'ऐसी ठंड पड़ रही है कि बाहर हाथ नहीं निकाला जाता,' ठकुराइन बोली। 'मैं तो दहलीज़ के पास बैठे-बैठे ठंड में ठिठुर रही थी। तुम लोग जाने कैसे इतनी ठंड में घूम लेते हो!'

'ठंड सचमुच बहुत है। मेरे हाथ-पैर सुन्न हो रहे हैं,' कहकर मैं फ़र्श पर बैठ गया और जूता उतारने लगा। ठकुराइन ने लालटेन दहलीज़ के पास रख दी और अपनी निंदियाई हुई आँखें झपकती हुई बोली, 'मैंने तो कहा कि आज सचमुच ही कोई मिल-मिला न गई हो जो साथ ही अपने घर ले गई हो।'

'तुम भी कैसी बातें करती हो भाभी?' मैंने जूता उतारकर कोने में फेंक दिया और ज़रा बेरुखी के साथ कहा, 'मैं एक दोस्त के यहाँ खाना खाने चला गया था।'

'तो खाना तुम खा आए हो?' ठकुराइन का स्वर एकदम तीखा हो गया और उसकी आँखों में से नींद भी जैसे एकदम ही गायब हो गई। 'और मैं इतनी देर से खाना गरम रखकर बैठी हूँ कि आओगे तो खाओगे। मुझे पहले ही बता जाते, तो मैं भी खाना खाकर सो रहती। आधी रात चली गई पलकें झपकते कि कहीं निगोड़ी नींद न आ जाए।'

मैं क्षण-भर ठकुराइन को देखता रहा। उसकी आँखों में काफ़ी झुँझलाहट भर रही थी। उड़ी हुई नींद ने उसके चेहरे को और भी विकृत कर दिया था। उसके सिर के बाल मूँज के रेशों की तरह उलझे हुए थे, दरवाज़े की चौखट की छाया उसके आधे शरीर को ढके हुए थी और वह तीस-बत्तीस की बजाय उस समय चालीस-बयालीस की नज़र आ रही थी।

'भाभी, मुझे पता थोड़े ही था कि बाहर जाकर मुझे कुछ लोग मिल जाएँगे और ज़बर्दस्ती अपने साथ ले जाएँगे। मैं तो बल्कि मना ही करता रहा कि मैं नहीं जाऊँगा। मगर वे किसी तरह माने ही नहीं। तुम न रुपए देतीं तो न मैं बाहर जाता, और न ही मुझे आने में देर होती।'

रुपयों की बात से ठकुराइन के चेहरे का भाव फिर एकदम बदल गया। 'अब तुम आना इस तरह देर से,' उसने कहा। 'आदमी को कभी देर-सवेर हो भी जाए, तो उसे खाना तो घर पर ही खाना चाहिए। गरीब भाभी दाल-रोटी बनाकर बैठी रहे और तुम आकर कह दो कि नहीं खाएँगे, यह अच्छी बात है?'

'मैं कब कहता हूँ भाभी कि अच्छी बात है? मगर कभी मजबूरी ही ऐसी पड़ जाए, तो बताओ आदमी क्या करे?'

'अच्छा, ख़ूब मन से घूम तो आए?'

मुझे इससे लगा कि ठकुराइन अपने ढाई रुपए का अहसान जता रही है। मैंने अपनी कुढ़न को किसी तरह दबाए हुए कहा, 'घूमना क्या था, बस कनॉट प्लेस तक चला गया था।' और कनॉट प्लेस का नाम लेते ही मलमल के कुरते वाले पहलवान

और उसकी बाईजी की तसवीर मेरी आँखों के सामने आ गई और मेरे गले में काँटे चुभने लगे।

'वहाँ कुछ मौज-मेला नहीं किया?'

'वहाँ पर मौज-मेला करने को क्या रखा है! लोग आते हैं और घूम-फिरकर चले जाते हैं।'

'हम तो भैया, एक ही बार गए हैं। उस दिन तो वहाँ पर बहुत मौज-मेला था। वो धक्के पर धक्का था कि बस कुछ पूछो नहीं!'

मगर मेरी आँखों के सामने काठ बाज़ार का ही दृश्य घूम रहा था और पहलवान की दी हुई गाली मेरे माथे की नसों को झनझना रही थी। मैंने एक बार खीझ और उकताहट की नज़र से ठकुराइन को देखा और कहा, 'अच्छा भाभी, अब मैं सो जाऊँ तो अच्छा है। मुझे बहुत ज़ोर की नींद लग रही है...।'

'नींद लीग रही है, तो सो जाओ, मगर बासी दाल-रोटी सुबह तुम्हीं को खानी पड़ेगी,' कहती हुई ठकुराइन लालटेन लेकर अपनी कोठरी में चली गई। लालटेन बुझ गई और बीच का किवाड़ बन्द हो गया, तो मैंने कम्बल ओढ़कर करवट बदल ली। मगर बहुत कोशिश करने पर भी मुझे देर तक नींद नहीं आई। जब नींद आई, तो मैं सपने में भी काठ बाज़ार में ही घूमता रहा। वहाँ के जालियों और सींखचों वाले दरवाज़ों के पीछे मुझे कई-कई चेहरे दिखाई देते रहे। बार-बार पहलवान लड़खड़ाता हुआ मेरे ठीक सामने आ खड़ा होता। बार-बार मैं ज़ेब में हाथ डालता और मुझे लगता कि मेरी जब फट गई है और उसमें से मेरी चवन्नी भी गिर गई है। बार-बार पहलवान पीछे से मुझे गाली देता है और मेरे माथे की नसें फड़कने लगतीं।

सुबह हुई तो मुझे बुख़ार चढ़ा हुआ था।

क़स्साबपुरा की उस गली में कई बार इतनी दुर्गन्ध उठती थी कि सुबह के समय साँस लेना भी कठिन हो जाता था। ठकुराइन की तो अपनी एक ही लड़की थी, मगर दूसरे किरायेदारों के आठ-दस बच्चे इकट्ठे होकर हमारी कोठरी के बाहर धींगामुश्ती करते रहते थे। सुबह-सुबह बाहर गली में मछली और सब्ज़ी की मण्डी-सी लग जाती थी। सब्ज़ीवालों के इर्द-गिर्द आसपास की कई गलियों की भीड़ इकट्ठी हो जाती और उनसे भाव-तोल करते हुए लोगों की इतनी चिल्ल-पों मचती कि लगता था जैसे हम लोग घर में न होकर गली में ही पड़े हों। कई स्त्रियाँ तो जैसे वहाँ गालियाँ बकने के लिए ही आती थीं। ऊपर-नीचे बच्चे रोते रहते थे, लड़कियाँ अन्दर पम्प चलाती रहती थीं और ठकुराइन, गोपाल की माँ और राजू की भौजाई ड्योढ़ी में आकर चूल्हे सुलगाती हुई अपनी मजलिस लगा लेती थीं। ठकुराइन गली में झाँकती हुई अपनी रामायण बखानने

लगती थी। 'वह हनुमानजी आ रहे हैं गोपाल की माँ! सिर पर ऐसे अँगोछा लपेटे हैं जैसे अभी लंकादहन करके आए हों! और हनुमन्त के पीछे-पीछे वह अंगद भी चला आ रहा है। यह रोज़ रमजानी के खोंचे के पास कुछ लेने के लिए थोड़े ही खड़ा होता है! मरा एक पैसे की मूली लेगा और घंटा-भर उससे नोंक-झोंक करेगा। मूँडीकाटे, तुझे आए किसी की आई। मरा गली-मुहल्ले की ज़रा शरम नहीं करता।'

'तेरे साथ इसकी कौन जनम की दुश्मनी है!' गोपाल की माँ कहती। 'बेचारे को इसी में कुछ रस मिल जाता है, तो तेरा क्या जाता है? बेचारे के घर में न माई न लुगाई! छूटा साँड खोंचे में मुँह न मारे, तो क्या करे?'

'तू हमेशा उसका पक्ख लेती है,' ठकुराइन कहती। 'मुझे तो लगता है कि तेरा दिल साफ़ नहीं है।'

'मेरा दिल साफ़ नहीं है, कि तुझी को उसकी बात करने में रस मिलता है?' गोपाल की माँ हँसती। 'वह देख जटायु भी आ गया सूर्पनखा के पीछे-पीछे।'

'मरा कभी उसे अकेली घर से नहीं आने देता, जैसे बड़ी अप्सरा हो।'

'अप्सरा तो हुई है। खर-दूषण ऐसे ही तो इसके पीछे नहीं लगे रहते। छिनाल चालीस की होने को आई, मगर चलती कैसे तनकर है? जैसे कमर के पीछे ढक्का लगा हो। हम लोग हैं कि तीस को पहुँचकर ही बुढ़ियाने लगीं।'

'तू तो ज़रा नहीं बुढ़ियाई,' ठकुराइन अपने अन्दर उठती हुई गुदगुदी से सहसा बेहाल हो जाती। 'आटा पीसने लगती है, तो गोदाम भरे ही लगते हैं।'

'चुप रह!' गोपाल की माँ खुश होकर उसे डाँट देती। 'अपने को नहीं देखती जो पल में बुढ़िया, पल में गुड़िया हो जाती है। अप्ने जितनी लड़की की माँ होकर और भी कोई काजल लगाती होगी तेरी तरह!'

'हाँ, तेरी तरह होंठ तो सब रँगती हैं! अब चुप रह, जामवन्तजी के श्लोक सुनने दे।'

बुड्ढा रामजस झुककर चलता हुआ और गली के एक-एक व्यक्ति को इस तरह देखता हुआ जैसे पुलिस का दरोगा भीड़ में किसी चोर को पहचान रहा हो, ड्योढ़ी के सामने से निकलकर चला जाता :

'जामवन्त के वचन सुहाऽऽए।
सुनि हनुमन्त हृदय अति भाऽऽए।

'मैं तो कहती हूँ गोपाल की माँ कि यह रोज़ हनुमान को सुनाने के लिए ही जाप करता है,' राजू की भौजाई जैसे डरते-डरते बीच में एक बात जोड़ देती।

'जाने हनुमान को सुनाने के लिए करता है या ताड़का राक्षसी को!' और इस पर तीनों खिलखिलाकर हँस पड़तीं।

'मैं तो कहती हूँ कोई रामचन्द्र आकर एक दिन इस ताड़का का वध कर दे, तो अच्छा है।'

'तू अपने भरत-लछमन से क्यों नहीं कहती?' गोपाल की माँ की आवाज़ कुछ धीमी हो जाती।

'मरी, हर बखत भरत-लछमन, भरत लछमन मत किया कर। वे लोग सुन लेंगे, तो मन में क्या सोचेंगे?' ठकुराइन बहुत दबे हुए स्वर में कहती।

'क्या सोचेंगे? यही न कि गोपाल की माँ हमारी बहुत इज़्ज़त करती है! तूने भी दो-दो पाल रखे हैं! मैं कहती हूँ कि एक को अपने यहाँ रख और एक को...।'

'तू चुप करेगी कि नहीं?' ठकुराइन उस पर बिगड़ उठती। 'उनमें से किसी के कान में बात पड़ गई तो घर छोड़कर चले जाएँगे। दोनों जने जाग गए होंगे, सवेरे ही जाग जाते हैं। क्यों तू हम गरीबों की रोटी छिनवाती है?'

गोपाल की माँ कुछ फीकी पड़ जाती। 'मैं तो हँसी कर रही थी।'

'तेरी हँसी हो जाएगी और हमारा सौ रुपय्या चला जाएगा।'

'अच्छा, अब उनकी बात नहीं करूँगी। वह देख ताराजी भी आ गईं। कोई कह सकता है कि ये बालि की बहू हैं या सुग्रीव की? मैं तो कहती हूँ कि तुलसीदासजी ने सारी रामायण हमारे महल्ले में बैठकर ही लिखी होगी।'

'हाँ, तुलसीदासजी इस कसाइयों के महल्ले में ही तो रहे होंगे।'

और तब तक बीच की मंज़िल से बाबू रामलाल और बन्तासिंह के लड़ने की आवाज़ आने लगती :

'मैं कहता हूँ कि यह गन्दा पानी इधर क्यों आता है? आपके गुसलखाने में नाली नहीं है, तो इसके लिए हम ज़िम्मेदार हैं? जाकर मालिक-मकान से कहिए कि नाली बनवाकर दे, या अपने पैसे से बनवाइए। अभी-अभी बच्चे का पाँव फिसल गया है। वह नीचे गिर जाता, तो कौन ज़िम्मेदार था?' रामलाल भारी आवाज़ में कहता।

'लालाजी, बच्चों का इतना ही ख़याल है, तो इस खोली में क्यों रहते हो?' बन्तासिंह स्त्रियों की तरह पतली और तीखी आवाज़ में जवाब देता। 'कोई बड़ा-सा मकान किराये पर क्यों नहीं ले लेते? यहाँ तो हर तरफ़ यही हालत है। मियाँ बनवाकर नहीं देता, तो हम क्या कर सकते हैं?'

'आप कर सकते हैं या नहीं, यह सब आपको पता होगा। मैं अभी जाकर आपकी पुलिस में रिपोर्ट कर सकता हूँ...!'

'कर दे न रिपोर्ट यार! तुझे रोकता कौन है? ख़ामख़ाह रौब दिखा रहा है!'

'मैं कहता हूँ, कैद न करा दूँ तो कहना!'

'अरे यार, करा दे न कैद! बड़ा आया क़ैद कराने वाला!'

'मैं कहता हूँ ज़बान सँभालकर बात कर! नहीं तो यहाँ ख़ून हो जाएगा!'

'कर दे न ख़ून! तुझे रोकता कौन है? बड़ा आया ख़ून करने वाला!'

'अच्छा, तू शाम होने दे। तुझे सब मालूम हो जाएगा।'

'हो जाए मालूम, जो होना है! मालूम हो जाएगा!'

'तू बोल इस तरह, मैं तेरी ज़बान न चीर दूँ, तो...।'

'तू चीर मेरी ज़बान, मैं पहले तेरे हाथ न चीर दूँ तो! बड़ा आया ज़बान चीरने वाला!'

इस बीच सुलह-सफ़ाई कराने वाले वहाँ पहुँच जाते।

'भाई साहब, जाने दो। दोनों को एक ही घर में रहना है। आपस में भाईचारे के साथ रहना चाहिए।'

'अब मालिक-मकान नाली नहीं बनवाता, तो इनका क्या कसूर है?'

'उसके भी बच्चे का पाँव फिसल गया है। इन्सान को गुस्सा आ ही जाता है।'

'हाँ साहब, गुस्सा भी इन्सान के साथ ही बना है। अब बात को जाने दीजिए।'

और उस लड़ाई के समाप्त होते-न-होते नीचे पम्प पर पानी भरने वाली लड़कियों में लड़ाई छिड़ जाती...।

पत्रिका के कार्यालय में हम चार सहायक सम्पादक थे। एक ही बड़े-से कमरे में पार्टीशन के एक तरफ़ प्रधान सम्पादक बाल भास्कर बैठता था और दूसरी तरफ़ हम चार सहायक सम्पादक बैठते थे। हम चारों में भी एक प्रधान था जिसे वहाँ काम करते चार साल हो चुके थे। एक ही लम्बी डेस्क के साथ चार कुरसियों पर हम लोग बैठते थे। छोटे प्रधान की कुरसी डेस्क के सिरे पर खिड़की के पास थी और हम तीनों की कुरसियाँ उसके बाद वेतन के क्रम से लगी थीं। छोटे प्रधान उर्फ बड़े सहायक सुरेश का वेतन दो सौ रुपए था। उसके बाद लक्ष्मीनारायण था जिसे पौने दो सौ मिलते थे। तीसरे नम्बर पर मेरी एक सौ साठ वाली कुरसी थी और चौथे नम्बर पर डेढ़ सौ वाली कुरसी पर मनोहर बत्रा बैठता था। छोटा प्रधान सबसे ज़्यादा काम करता था, क्योंकि प्रूफ़ देखने के अलावा उसे हम सब पर नज़र भी रखनी होती थी और जब सम्पादक के कमरे में घंटी बजती, तो उठकर आदेश लेने के लिए भी उसी को जाना होता था। वह दुबला-पतला हड्डियों के ढाँचे जैसा आदमी था, जिसे देखकर यह अन्देशा होता था कि बार-बार उठने-बैठने में उसकी टाँगें न चटक जाएँ। सम्पादक को हममें से किसी से भी बात करनी होती, तो पहले उसी की बुलाहट होती थी और वह वापस आकर कारखाने के फ़ोरमैन की तरह हमें आदेश देता था, 'नम्बर तीन, उधर जाओ। साहब याद कर रहे हैं।' एक बार बत्रा ने उससे कह दिया कि वह साहब के लिए चपरासी का काम क्यों करता है, तो वह सप्ताह-भर बत्रा से अपने प्रूफ़ दिखाता रहा था।

'यह मेरा रुतबा है,' उसने बत्रा को डाँटकर कहा था। 'मैं यहाँ पर सम्पादक का प्रधान सहायक हूँ। मैं चाहूँ, तो तुम्हें नौकरी से अलग भी करा सकता हूँ...।'

हम जानते थे कि वह किसी को नौकरी से अलग करा सकता हो, या नहीं, वह अपनी नौकरी की सलामती साहब को खुश रखने में ही समझता है। दफ़्तर में एक बूढ़ा चपरासी था जिसे साहब जवाब देना चाहता था। मगर वह उसके पिता के वक़्त से काम करता रहा था और उसके पिता का चहेता चपरासी था, इसलिए वह उसे नोटिस देकर नौकरी से अलग नहीं करना चाहता था; चाहता था कि वह खुद ही किसी तरह नौकरी छोड़कर चला जाए। इसलिए साहब घंटी बजाकर सुरेश को बुलाता और उससे कहता कि वह नीचे जाकर देख आए कि सीताराम क्या कर रहा है।

'बीड़ी पी रहा है,' सुरेश नीचे से आकर उसे रिपोर्ट देता। 'यह आदमी बिलकुल हराम की तनख़ाह लेता है। सारा दिन कुछ काम नहीं करता।'

'जाकर उससे कह दो कि वह बीड़ी पीना छोड़ दे। दफ़्तर के वक़्त में उसे बीड़ी पीने की इजाज़त नहीं है।'

सुरेश फिर नीचे जाता और लौट आता।

'उसने बीड़ी फेंक दी है?' साहब पूछता।

'जी हाँ, फेंक दी है।'

'तो जाओ, तुम काम करो। अगले महीने की पूरी डमी मुझे शाम तक मिल जानी चाहिए।'

सुरेश साहब के केबिन से निकलकर आता, तो फिर उसी फ़ोरमैन की-सी मुद्रा में हमसे कहता, 'आज शाम तक अगले महीने की डमी तैयार हो जानी चाहिए। साहब शाम को डमी देखना चाहता है।'

'साहब शाम को डमी देखकर क्या करेगा?' बत्रा धीरे से कहता। 'सारा मैटर तो उसी का दिया हुआ है।'

'यह मैं नहीं जानता,' फ़ोरमैन गरदन ताने हुए अपनी कुरसी पर जा बैठता। 'साहब डमी देखना चाहता है, इसलिए शाम तक डमी तैयार हो जानी चाहिए।'

'डमी के लिए पूरी तसवीरें नहीं हैं,' हममें से कोई कह देता।

'पूरी तसवीरों की कोई ज़रूरत नहीं,' फ़ोरमैन खिड़की से आती हुई हवा को रोकने के लिए खिड़की के किवाड़ बन्द कर देता जिससे बैठने की वह तंग गैलरी एक अँधेरी गली का रूप ले लेती। 'बग़ैर तसवीरों के भी डमी तैयार हो सकती है।'

'वैसे तो डमी बग़ैर मैटर के भी तैयार हो सकती है,' लक्ष्मी धीरे से कह देता।

'मैं ये सब बातें नहीं सुनना चाहता। अगर तुम लोग काम नहीं करना चाहते तो मुझे साहब के पास जाकर रिपोर्ट करनी पड़ेगी।'

इतने में अन्दर फिर घंटी बज उठती और सुरेश उठकर अन्दर चला जाता। वहाँ उसे आदेश मिलता, 'नीचे जाकर एक बार फिर देख आओ कि सीताराम क्या कर रहा है।'

सुरेश नीचे जाता और लौटकर कहता, 'एक किताब पढ़ रहा है।'

'किताब पढ़ रहा है?'

'हाँ, कुरसी पर बैठा किताब पढ़ रहा है, जैसे बड़ा साहब वही हो।'

'तुम जाकर उसके हाथ से किताब ले लो और उससे कहो कि कुरसी उठाकर ऊपर रख जाए। उसे किताब पढ़ने या कुरसी पर बैठने की इजाज़त नहीं है। उसे खड़े होकर ड्यूटी देनी चाहिए।'

सुरेश केबिन से निकलता और हाथ मलता हुआ फिर नीचे चला जाता।

वापस आकर वह फिर साहब के कमरे में जाता, तो साहब उससे पूछता, 'अब वह क्या कर रहा है?'

'खड़ा है।'

इसके बाद साहब का वश नहीं चलता, तो वह सुरेश को उसकी कुरसी पर वापस भेज देता।

लंच के समय सुरेश को यह आदेश होता था कि वह अपना खाना लेकर साहब के कमरे में आ जाए। वहाँ उस समय साहब उसके साथ पॉलिसी मैटर्स डिस्कस करता था। हम लोग उस समय नीचे चाय की दूकान में चले जाते थे। लक्ष्मीनारायण घर से अपना खाना लेकर आता था और बत्रा और मैं वहीं से कुछ खाने को ले लेते थे, क्योंकि खाना हम खाकर आते थे। लक्ष्मी किसी ज़माने में नारायणस्वामी के नाम से कहानियाँ भी लिखा करता था। अब उसका लिखना-लिखाना सब छूट गया था और वह अपनी घर-गृहस्थी की चिन्ताओं से ही परेशान रहता था। 'तुम देखो, यह आदमी कैंसर से मरेगा,' वह खाना खाते हुए कहता।

'कौन?'

'यह बी.बी. बाल भास्कर, प्रधान सम्पादक।'

'क्यों?'

'यह जिस तरह सबको तंग करता है, उससे मुझे यही लगता है कि इसके पेट में कैंसर है।'

हम दोनों हँस देते, मगर लक्ष्मी गम्भीर बना रहता।

'बेचारे का इस तरह रोग से छुटकारा हो जाए, यही अच्छा है,' वह कहता। 'कैंसर बहुत बुरी बीमारी है।'

'उसे तो रोग से छुटकारा मिल जाएगा, मगर तुम्हें क्या मिलेगा?' मैं पूछता।

'मैं इसकी जगह प्रधान सम्पादक हो जाऊँगा। तुम्हारा क्या ख़याल है, इसके मरने के बाद वह घोंचू प्रधान सम्पादक बनेगा?'

'इसके मरने के बाद इसका लड़का प्रधान सम्पादक होगा,' बत्रा कहता। 'वह अब दसवीं में है, तब तक बी.ए. पास कर जाएगा। एक दिन वह कह भी रहा था कि उसके पिताजी कहते हैं कि जब वह बी.ए. पास कर जाएगा, तो दस दिन में उसे पत्रिका का सारा काम सिखा देंगे। ससुरे के घर की पत्रिका है, इसका प्रधान सम्पादक कोई बाहर का आदमी थोड़े ही हो सकता है!'

'तब तो इसके पेट में कैंसर बना ही रहे, तो अच्छा है,' लक्ष्मी उँगलियाँ चाटता हुआ कहता।

'क्यों?'

'मुझे इसका लड़का बिलकुल ही पसन्द नहीं है। वह तो इससे भी ज़्यादा नाक में बोलता है।'

लंच का वक़्त ही ऐसा था जो कुछ ठीक से कट जाता था, वरना दफ़्तर में बैठने के सात घंटे हमें यूँ लगता था जैसे हमें एक ब्लैक होल में बन्द कर दिया गया हो और हमें वहाँ ज़बान हिलाने की भी इजाज़त न हो। जिस नौकरी को पाने के लिए मैं पहले इतना बेचैन था, उसे पाकर अब एक और ही तरह की बेचैनी बनी रहती थी। जब सम्पादक के कमरे की घंटी बजती और सुरेश उधर चला जाता तो हम लोग आँखों-ही-आँखों में आपस में कुछ बात कर लेते थे। हमें वहाँ बैठे हुए ज़िन्दगी में आगे-पीछे अँधेरा-ही-अँधेरा नज़र आता था। खिड़की बन्द होने पर गैलरी में एक ऐसी घुटन छा जाती थी कि सरदी के दिनों में भी मुझे वहाँ उमस प्रतीत होने लगती थी।

दफ़्तर से निकलकर बस-स्टैंड तक मैं और बत्रा साथ-साथ आते थे। बत्रा देखने में हलका-फुलका आदमी था और प्रायः बहुत बढ़िया सिले हुए कपड़े पहनता था। दिन-भर तो हम इन्तज़ार करते थे कब पाँच बजें और दफ़्तर से निकलें, मगर पाँच बजे जब हम बाहर निकलते, तो हमारे चेहरे पर गहरी मुर्दनी छाई होती। बत्रा अपने चौड़े माथे पर बल डालकर कहता, 'मेरा बस हो, तो मैं एक दिन भी यहाँ नौकरी न करूँ। यह नौकरी तो अन्दर-ही-अन्दर मेरी जान पी रही है। और यहाँ दस साल भी नौकरी करके क्या होगा? एक सौ साठ के एक सौ पचहत्तर हो जाएँगे; बस!'

'अच्छी नौकरी के लिए कहीं अच्छी वाक़फ़ियत भी तो होनी चाहिए,' मैं कहता।

'उससे क्या होता है?' वह कहता। 'मेरी इतने लोगों से वाक़फ़ियत है, मगर कोई मेरे लिए कुछ करता है? अच्छी नौकरी के लिए अच्छी तिकड़म आनी चाहिए, या एक अच्छे बाप के घर पैदा होना चाहिए।'

'मतलब बी.बी. के?'

हम एक ठहाका लगाकर हँस देते। बत्रा चलते-चलते कहता, 'सच कहता हूँ तुम्हारी वजह से ही मैं यहाँ नौकरी कर रहा हूँ। तुम न होते, तो मैं किसी भी दिन यह नौकरी छोड़कर चला जाता।'

मैं भी ऐसे ही शब्दों में अपनी भावना प्रकट कर देता और हम लोग हाथ मिलाकर अपनी-अपनी बस के क्यू में जा खड़े होते।

हरबंस अक्सर देर से कॉलेज से लौटता था। शायद उसकी शाम को भी कोई क्लास होती थी। जब मैं कॉफ़ी हाउस में पहुँचता, तो वहाँ मुझे नीलिमा, शुक्ला, जीवन भार्गव और शिवमोहन बैठे मिल जाते थे। नीलिमा मुझे ही कहती, 'आओ कवि, कॉफ़ी पियो।'

'तुम उसे कवि कहकर क्यों बुलाती हो?' शिवमोहन कहता। 'यह तो उसी तरह है जैसे मुझे कोई कहे, 'आओ पेंटर, कॉफ़ी पियो।' कितना बुरा लगता है!'

'तुम्हें बुरा लगता हो, मगर मुझे अच्छा लगता है,' नीलिमा हँसकर कहती। 'जब प्रोफ़ेसर को प्रोफ़ेसर कहा जा सकता है, तो कवि को कवि और पेंटर को पेंटर क्यों नहीं कहा जा सकता? इसका तो मतलब यह है कि तुम लोग अपने काम को दूसरे कामों से हीन समझते हो।'

'इसमें हीनता की कोई बात नहीं, सिर्फ़ अच्छा और बुरा लगने की बात है,' शिवमोहन बहस करने लगता। 'कवि और पेंटर, ये शब्द सुनने में भले नहीं लगते।'

'क्योंकि कवि और पेंटर भले आदमी नहीं होते,' नीलिमा हँसती रहती। 'कोई भला आदमी इन धन्धों को नहीं अपनाता। इन्हें कौन लोग अपनाते हैं? आवारा और लफ़ंगे।' और सहसा जीवन भार्गव की तरफ़ मुड़कर वह उसका कन्धा थपथपा देती, 'मैं तुम्हारे लिए नहीं कह रही भार्गव! तुम्हें मैं बहुत भला आदमी समझती हूँ। तुम जाने कैसे इस धन्धे में फँस गए हो! तुम्हें तो किसी बड़ी-सी मिल का मैनेजर होना चाहिए था।' भार्गव उसकी थपकी से कुछ अव्यवस्थित हो जाता और उसका चेहरा लड़कियों की तरह लाल हो उठता। उसकी आँखें या तो अपनी पतली-पतली उँगलियों पर स्थिर हो रहतीं या अपनी सलवार के पायँचों पर।

'मैं तो अपने को पेंटर कहता ही नहीं,' वह कहता, 'मैं तो अभी प्रयोग ही कर रहा हूँ।' और उसका चेहरा और भी लाल हो उठता।

उसके मुँह से इतनी बात भी कभी ही निकलती थी। नहीं तो जब और लोग बात कर रहे होते, उस समय वह दोनों हाथों को उलझाकर उन पर अपनी ठोड़ी टिकाए सामने दीवार की तरफ़ देखता रहता था, या शुक्ला के चेहरे की तरफ़। बीच में कभी शुक्ला से ही धीरे-से कुछ कहने लगता था। मगर शुक्ला उसकी बातों का उत्तर उसकी तरह धीरे-से न देकर सबको सुनाकर देती थी। कॉफ़ी हाउस में इस बात की काफ़ी चर्चा थी कि शुक्ला और जीवन भार्गव की शादी होने वाली है। कॉफ़ी हाउस में ज़्यादा लड़कियाँ नहीं आती थीं और जो आती थीं, उनमें शुक्ला ही ऐसी

थी जिसकी तरफ़ सबकी आँखें उठ जाती थीं। बहुत-से लोग इसीलिए हरबंस और नीलिमा के साथ परिचय रखना चाहते थे कि वे भी उन लोगों के दायरे में शुमार होने लगें और आते-जाते शुक्ला और नीलिमा से 'हलो' कहकर एक मिनट बात कर सकें। कह नहीं सकता कि शुक्ला और नीलिमा इस बात को जानती थीं या नहीं, मगर मैं जब उन लोगों से अलग किसी और ग्रुप के साथ बैठता, तो वहाँ बहुत उत्सुकता के साथ उन लोगों के बारे में बातें की जाती थीं। कॉफ़ी हाउस के लोगों के लिए वह परिवार और उनके इर्द-गिर्द का सारा सर्कल उन दिनों एक विशेष आकर्षण का केन्द्र थे। लोग इस तरह उनके विषय में बात करते थे, और इस तरह उनके जीवन की हर छोटी-से-छोटी घटना को जानने का प्रयत्न करते थे जैसे कि वे सामाजिक जीवन में अपना विशेष स्थान रखते हों और इस सबका कारण शायद शुक्ला ही थी।

'सुना है शुक्ला का जीवन भार्गव के साथ ब्याह हो रहा है,' एक बार मोटे भद्रसेन ने मुझसे कहा। 'जीवन भार्गव तो मैं समझता हूँ ब्याह कराने के लायक ही नहीं है।'

'क्यों?' मैंने पूछा।

उसकी शक्ल से ही नज़र आता है।

'उसकी शक्ल तो अच्छी-भली है। सिर्फ़ इतनी ही बात है कि वह कमीज़ और पतलून की जगह सलवार और कुर्ता पहनता है।'

'यह तो उसका बहुरूपियापन है। वैसे वह बहुत घुटा हुआ आदमी है।'

'एक तरफ़ कहते हो कि वह घुटा हुआ आदमी है, और दूसरी तरफ़ कहते हो कि वह आदमी ही नहीं है...।'

'मैं दोनों बातें ठीक कहता हूँ।'

'मगर तुम क्यों फ़िक्र करते हो? जिसे फ़िक्र होनी चाहिए, वह करे।'

'अरे भाई, उसकी फ़िक्र किसे नहीं है? तुम भी तो बस बात करते हो...।'

मगर मुझे दूसरों के साथ बैठने के मौक़े बहुत कम आते थे। ज़्यादातर तो आते ही मैं हरबंस के सर्कल में घिर जाता था और वहीं बैठा रहता था। मुझे शिवमोहन के व्यक्तित्व में कुछ ऐसा आकर्षण लगता था कि मैं चुपचाप बैठा, मुग्ध भाव से उसकी बातें सुनता रहता था। शिवमोहन नाटे क़द का दुबता-सा व्यक्ति था और प्रायः दोआबी लहज़े की हिन्दी में बात करता था। बात कला, और विशेष रूप से चित्रकला के किसी पक्ष को छू भर जाए, तो वह तुरन्त बहुत उत्साहित हो उठता था। उसकी आँखों में एक ख़ास ही चमक आ जाती थी और उसकी उँगलियाँ और अँगूठे इस तरह हिलने लगते थे जैसे वह मुँह से बात न करके हाथों से कोई चीज़ पेंट कर रहा हो। मैं चुपचाप उसके अँगूठों को हवा में रंग भरते देखता रहता था। वह बहुत आवेश के साथ कह रहा होता था, '...मगर यह प्रयोग के लिए प्रयोग करने की बात मेरी समझ में नहीं आती। प्रयोग हमारी आत्मा की माँग से जन्म नहीं लेता, तो वह

बेकार है। और जहाँ आत्मा की माँग हो, वहाँ कांशस होकर प्रयोग करने का सवाल ही पैदा नहीं होता। वहाँ प्रयोग का स्वरूप हमारी माँग के अनुसार अपने-आप ढल जाता है। जो व्यक्ति प्रयोग के लिए ही प्रयोग करता है, उसकी कला में और सीढ़ियों के नए-नए डिज़ाइन तैयार करने वाले की कला में क्या अन्तर है? अगर रंगों और लकीरों की व्यवस्था का नाम ही प्रयोग है, तो ऐसे प्रयोग का मेरे लिए कोई अर्थ नहीं है। ऐसी व्यवस्था तो कई बार अनायास और अचानक भी हो जाती है और हम उस पर गर्व कर सकते हैं कि हमने एक नया प्रयोग किया है। वास्तविक कला तो वह है जो कलाकार की आत्मा की भूमि से जन्म लेती है। हमें अपनी आत्मा की सचाई को कला में अभिव्यक्त करने का प्रयत्न करना चाहिए, न कि रंगों और लकीरों से एक चमत्कार पैदा करने का? जिस कला में कलाकार की आत्मा नहीं है, वह कला मेरी नज़र में कला नहीं; एक तरह का दिखावा है या केवल मनोरंजन का एक प्रयत्न है। वास्तविक कला जीवन के यथार्थ के साथ हमारी आत्मा के सम्बन्ध को ही व्यक्त करती है। जहाँ वह सम्बन्ध नहीं है, वहाँ कला, चाहे वह कितनी भी आकर्षक क्यों न हो, बिलकुल बेकार है।'

'बोर! बोर! बोर!' नीलिमा बीच में बोल उठती। 'तुम हर समय भाषण क्यों देने लगते हो? यह भार्गव भी तो तुम्हारी तरह पेंट करता है। इसे देखो, कैसा नन्हा-मुन्ना गुड्डा-सा बना बैठा रहता है!' और भार्गव कानों तक लाल हुआ मंद-मंद मुसकराता रहता।'

'दीदी, आप हर समय बेचारे भार्गव के पीछे क्यों पड़ी रहती हैं?' शुक्ला उसका पक्ष लेकर बात करती तो भार्गव की झुकी हुई आँखें ऊपर उठ जातीं और वह अपने सूखे होंठों पर ज़बान फेरकर और भी मुसकरा उठता।

'बेचारा भार्गव! यह 'बेचारा' किस तरह है?' नीलिमा कहती। शिवमोहन इस बीच थका-सा पीछे टेक लगाए बैठा रहता, जैसे बातचीत उसके क्षेत्र से एक ग़ैर क्षेत्र में चली गई हो। फिर ज्यों ही मौक़ा मिलता, वह अपनी कुहनियों पर झुककर फिर अपनी बात के उसी सूत्र को पकड़ लेता, 'यू सी, वही पानी का घड़ा एक कलाकार के सामने होता है, और वही एक पानी भरने वाले के सामने। वही गुब्बारों का गुच्छा एक कलाकार के सामने होता है और वही एक गुब्बारे बेचने वाले के सामने। वही पेड़ एक कलाकार के सामने होता है और वही एक माली के सामने। मगर जिस नज़र से एक कलाकार इन सब चीज़ों को देखता है, उस नज़र से वे लोग तो नहीं देखते। क्यों? क्योंकि उन लोगों का इन चीज़ों के साथ आत्मिक सम्बन्ध नहीं होता। उनके लिए बल्कि वे चीज़ें एक मुसीबत हैं। कलाकार जब इन सब चीज़ों के चित्र बनाता है, तो वह उन्हें उनके आकार और रंगों के अलावा और भी कुछ दे देता है और वह है उसका अपना व्यक्तित्व, उसकी अपनी आत्मा।'

जीवन भार्गव माथे पर त्योरियाँ डाले उसकी तरफ़ देखता रहता और कभी-कभी बीच में बोल पड़ता, 'मैं नहीं समझता कि जो कला यथार्थ की नक़ल है, उसमें कलाकार की आत्मा किस तरह आ सकती है। यथार्थ यथार्थ है और अपने असली रूप में कला की अपेक्षा कहीं अधिक सजीव है।' भार्गव के स्वर से लगता जैसे वह अपने पर लगाए गए किसी अभियोग का उत्तर दे रहा हो। 'कैन्वस पर बनाया गया कोई पेड़ उतना सजीव नहीं हो सकता जितना हवा में लहलहाता हुआ पेड़। कलाकार की अन्तरात्मा तो उन एब्सट्रैक्ट रूपों में ही अभिव्यक्त हो सकती है जो यथार्थ से हटकर हैं और जिनकी वस्तु-कृति कलाकार की आत्मा में एक अनुभूति के रूप में ही होती है, उसके बाहर नहीं। उस एब्सट्रैक्ट अनुभूति को बाह्य आकार देने के लिए ही कलाकार प्रयोग करता है। वे वास्तव में लकीरों के प्रयोग नहीं होते, कला के सन्तुलन में एक ऐसी सचाई को पकड़ने के प्रयोग होते हैं जो कि हमारे प्रत्यक्ष अनुभवों से कहीं गहरी और कहीं श्रेष्ठ होती है।'

'अब तुम लोग बस भी करोगे या नहीं?' नीलिमा फिर बोल उठती। 'मेरे लिए एक गरम कॉफ़ी मँगवा दो।'

'यह एब्सट्रैक्ट की बात तुम जाने दो,' शिवमोहन का दोआबी लहजा भार्गव पर भारी पड़ने लगता। 'अगर एब्सट्रैक्ट की दलील को और बढ़ाया जाए, तो यह भी कहा जा सकता है कि वास्तविक कला भी एक अनुभूति के रूप में कलाकार के अन्दर बन्द ही रहनी चाहिए, उसे बाह्य आकार देने की भी क्या आवश्यकता है? कोई भी स्थूल आकृति एब्सट्रैक्ट अनुभूति को उसकी पूरी सचाई के साथ व्यक्त नहीं कर सकती और फिर एब्सट्रैक्ट को आकार देने की बात सोचना भी ग़लत है। आपके अन्दर एक एब्सट्रैक्ट अनुभूति है, आप आँखें मूँदकर बैठे रहिए और उसका आनन्द लीजिए। यहाँ सवाल तो यह था कि चाहकर किए गए प्रयोगों में कला की सार्थकता है, या सार्थक प्रयोग बिना चाहे, बिना सोचे, कलाकार की आत्मा की माँग के अनुसार अपने-आप हो जाते हैं। प्रयोग चेतन रूप से होते हैं, या अवचेतन रूप से? मैं कहता हूँ कि सार्थक प्रयोग वही है, जो अपने-आप होता है, एक अवचेतन क्रम से। बस, कलाकार की आत्मा में सचाई होनी चाहिए, फिर उसे यह कहने की भी आवश्यकता नहीं रहती कि मेरी अनुभूति इस पैटर्न या उस पैटर्न में ही अभिव्यक्त हो सकती है। कला रूपों में व्यक्त नहीं होती, रूप कला में व्यक्त होते हैं... ।'

'दीदी, ये लोग बस भी करेंगे या नहीं?' आख़िर शुक्ला भी झुँझला उठती। 'मेरी तो समझ में नहीं आता कि ये लोग उलझते किस बात पर हैं। जिसका जैसे मन होता है, वैसे पेंट करो और यहाँ हम लोगों को कॉफ़ी पीने दो। फ़िज़ूल अपना भी सिर खपाते हैं और हमें भी बोर करते हैं।'

'मुझे खुद यह सब पसन्द नहीं है,' भार्गव इस तरह ऊँचा उठने की कोशिश करता। शिवमोहन इस तरह की बाधा से हतोत्साह हो जाता। उसका वश होता, तो वह बोलता जाता, बोलता जाता, यहाँ तक कि उसका गला जवाब दे जाता, तो भी वह एक बार तो बात आगे आरम्भ कर ही देता, 'यू सी...।'

हरबंस आता, तो उसका अर्थ होता था कि अब दस मिनट में सब लोग वहाँ से उठ आएँगे। वह चेहरे पर व्यस्तता की रेखाएँ लिये हुए इस तरह आता था जैसे कई महत्त्वपूर्ण काम छोड़कर वहाँ केवल अपॉइंटमेंट रखने के लिए आया हो। उसके आने पर हम एक-एक कॉफ़ी और पीते और फिर बाहर चले आते। बाहर आकर वह मेरा हाथ पकड़ लेता और हमेशा वही हठ करता कि मैं उसके साथ घर चलूँ। मुझे आश्चर्य होता था कि वह अकेले मुझी को क्यों साथ घसीटकर ले जाता है। मैं उसके साथ उसके घर जाने में कतराता था, क्योंकि कॉफ़ी हाउस में बैठे हुए जहाँ मैं अपने और उनके जीवन-स्तर के अन्तर को भूला रहता था, वहाँ उनके यहाँ जाकर वहाँ के वातावरण की सहजता के बावजूद वह अन्तर मेरे सामने बहुत स्पष्ट हो उठता था। मुझे महसूस होता था कि वह फ़र्श और वे दीवारें मेरे जीवन का भाग नहीं हैं—मैं वहाँ जिस आत्मीयता का अनुभव करता हूँ, उसमें भी कहीं कुछ बेगानापन है। मैं वहाँ बैठकर उनके साथ उस बेतकल्लुफ़ी के साथ बात नहीं कर पाता था जिस बेतकल्लुफ़ी के साथ कॉफ़ी हाउस में करता था। मुझे वहाँ बैठे हुए सारा समय अपनी कोठरी का ध्यान आता रहता था। धीरे-धीरे मेरा यह अहसास कम तो हो गया, मगर पूरी तरह दूर नहीं हो सका।

एक शनिवार को कॉफ़ी हाउस से निकलने पर हरबंस ने मुझसे कहा कि वह एक ख़ास मामले में कुछ परामर्श करना चाहता है, इसलिए अगर मैं अगले दिन दोपहर को उसके यहाँ खाना खाने आ जाऊँ, तो हम लोग बैठकर आराम से बात कर सकेंगे। बारह बजे पहुँचने की बात थी। मैं ग्यारह बजे घर से निकला और बारह से दस-एक मिनट पहले ही उनके यहाँ हनुमान रोड पर पहुँच गया। मैंने घंटी बजाई, तो नीलिमा ने दरवाज़ा खोला। मुझे देखते ही वह चौंक गई। 'अरे, मुझे याद ही नहीं था कि तुम आनेवाले हो,' उसने कहा। 'हरबंस ने जाते हुए मुझे बताया भी था कि तुम आज आओगे, मगर मैं बिलकुल भूल ही गई थी। मैं सुबह से अब तक नहाई भी नही हूँ। देखो, कैसी बनी हुई हूँ? यू डोंट माइण्ड!'

वह रात के सोने का धारीदार पाजामा और कमीज़ ही पहने थी और उस लिबास में बहुत छोटी और दुबली लग रही थी। मुँह में वह आधी पी हुई सिगरेट और हाथ में ब्रश लिये हुए थी।

'मैं अभी एक मिनट में आ रही हूँ,' उसने कहा और अन्दर चली गई। एक मिनट बीतने से पहले ही अपना स्लीपिंग गाउन पहने हुए वह बाहर आ गई। 'मैंने सोचा कि अब कपड़े बदलने लगूँगी, तो तुम अकेले बैठे बोर होगे। हरबंस को उसके प्रिंसिपल ने बुला लिया था, इसलिए वह शायद ज़रा देर से आएगा। उसने कहा था कि मैं तुम्हें जाने न दूँ और बातें में लगाए रखूँ। बताओ, तुम्हें किस तरह बातों में लगाऊँ?' और शरीर को एक लचक देकर कुरसी पर बैठते हुए उसने कहा, 'तुम्हें मेरा सिगरेट पीना बुरा तो नहीं लग रहा? बुरा लग रहा हो, तो बुझा दूँ! मैं घर में कभी-कभार एकाध सिगरेट पी लेती हूँ। हरबंस ने मेरी आदतें बहुत बिगाड़ रखी हैं।'

'तुम शौक़ से पियो, मुझे बुरा क्यों लगेगा?' मैंने कहा। 'आज पहली बार देखा है, इसलिए थोड़ी हैरानी ज़रूर हुई थी। अब तो बल्कि तुम बुझा दोगी तो बुरा लगेगा।'

'तब मैं तुम्हें बुरा नहीं लगेने दूँगी,' वह बोली और फिर एक लम्बा-सा कश खींच कर उसने कहा, 'हरबंस पर तुमने क्या असर डाल रखा है? वह आजकल हर समय तुम्हारी ही तारीफ़ करता रहता है।'

'मुझे यह जानकर खुशी हुई कि कोई मेरी तारीफ़ करने वाला भी है,' मैंने कहा।

'बात दरअसल यह है,' वह सिगरेट की राख झाड़कर एक रहस्य की बात बताने के ढंग से बोली, 'कि शिवमोहन और भार्गव से वह आजकल चिढ़ा हुआ है और कोई-न-कोई ऐसा आदमी होना ही चाहिए जिसकी वह तारीफ़ कर सके। आजकल इसके लिए उसे तुम मिले हुए हो।' और वह एक बार खुलकर हँस दी।

मुझे उसके स्वभाव का यह खुलापन बहुत अच्छा लगता था, हालाँकि मैं यह भी जानता था कि हरबंस को उसकी यह आदत अच्छी नहीं लगती और वह जब भी इस तरह बात करती है, तो वह थोड़ा चिढ़ जाता है और उसके गले से एक अव्यक्त-सी 'हुँह' की आवाज़ निकल पड़ती है।

'आज सुबह-सुबह ही पेंट कर रही थीं?' मैंने पूछा।

'ऐसे ही बहुत दिनों से यह कैन्वस ईज़ेल पर लगा रखा था। मैंने कहा देखूँ कुछ हो जाए तो।'

'तुमने कहा था कि फिर किसी दिन आऊँगा, तो तुम अपनी बनाई हुई तसवीरें दिखाओगी।'

'मेरी बनाई हुई तसवीरों में कुछ दिखाने लायक हो, तो दिखाऊँ,' वह अपने पैर सामने मोढ़े पर रखती हुई बोली। 'सच, मैं तुमसे झूठ नहीं कहती। ख़ामख़ाह तकल्लुफ़ की बातें करना मेरी आदत नहीं है। मुझे सचमुच खुली और साफ़ बात करना ही अच्छा लगता है। मेरी बनाई हुई एक भी तसवीर ऐसी नहीं है जो मैं किसी को दिखा सकूँ। मैंने तो हरबंस का हठ पूरा करने के लिए पेंट करना शुरू किया है,

वरना मेरी पेंट करने में कोई रुचि नहीं है। मुझे तो रंग तैयार करने में भी बहुत कोफ्त होती है और इसीलिए कई-कई दिन मेरे स्केच ऐसे ही पड़े रहते हैं। शिवमोहन मेरी अलग जान खाता है कि यह पेंट-वेंट करने का शौक़ छोड़ो और बाज़ार से बनी-बनाई तसवीरें लाकर कमरे में लगा लिया करो। हमारे जाननेवालों में सब एक-से-एक बढ़कर क्रेंकी हैं।'

वह बात कह रही थी, तो उसके मोढ़े पर रखे हुए पैर इस तरह हिल रहे थे जैसे वह कोई धुन गुनगुना रही हो और उसके साथ पैरों से ताल दे रही हो। उसके पैर बहुत छोटे-छोटे थे और इतने साफ़ थे कि लगता था कि जैसे वे कभी चलने-फिरने के लिए इस्तेमाल ही न किए जाते हों।

'मैं आज छः या सात हफ़्ते के बाद ब्रश पकड़कर बैठी थी,' वह बोली। 'वह भी इसलिए कि अकेले वक़्त काटना भारी हो रहा था। शुक्ला, सरोज और सरिता बी जी को साथ लेकर कुतुब गई हैं और मैं अकेली यह बात सोच ही नहीं पा रही थी कि क्या करूँ! अच्छा हुआ, तुम आ गए।'

'मेरे आने से तुम्हारी तसवीर फिर बीच में ही रह जाएगी।'

'वैसे क्या यह पूरी हो जाती? मैं चार-छः जगह कुछ स्ट्रोक्स लगाती, फिर छोड़ देती। मैंने तुमसे कहा है कि मेरी पेंट करने में ज़रा भी रुचि नहीं है।'

'अगर रुचि नहीं है तो फिर करती क्यों हो? बिना रुचि के तो किसी से कोई काम किया नहीं जाता।'

'मगर मैं ख़ाली भी तो नहीं रह सकती। जो मैं चाहती हूँ, वह हरबंस करने नहीं देता, इसलिए मैं पेंट करके ही मन बहलाने की कोशिश करती हूँ। हम लोग कितना ही नए रंग से रँग जाएँ, हमारे संस्कार तो आज तक वही हैं।'

'क्यों?'

'मैं चाहती थी कि कुछ दिनों के लिए मैसूर जाकर भरतनाट्यम की ट्रेनिंग ले लूँ, मगर हरबंस मुझे जाने की इजाज़त ही नहीं देता। उसने तो मेरी कथक की प्रैक्टिस भी छुड़ा दी है।'

'मुझे नहीं पता था कि तुम कथक भी जानती हो,' मैंने कहा। मगर मुझे आश्चर्य हुआ कि मेरे शब्दों से वह एकदम निरुत्साहित-सी हो गई।

'तुम नहीं जानते थे कि मैं कथक सीखती रही हूँ?'

'नहीं,' मैं कुछ अचकचा गया, 'मुझे नहीं मालूम था।'

'मैं समझती थी तुम्हें पता होगा। तुम्हें हरबंस ने नहीं बताया?'

'नहीं। शायद इसलिए कि कभी ऐसी बात ही नहीं उठी।'

'नहीं, बात उठने की बात नहीं है। वह किसी को बताना ही नहीं चाहता।'

'क्यों?'

'क्योंकि वह अब मेरे नाचने के हक़ में नहीं है। सप्रू हाउस में जो मेरा शो हुआ न, उसके बाद से ही उसने अपना विचार बदल लिया है, हालाँकि पहले उसी के उत्साह से मैंने सीखना शुरू किया था। तभी से उसे यह धुन लगी है कि मैं नाचने का ख़याल छोड़ दूँ और पेंट किया करूँ।'

'क्यों?' मुझे लगा कि मैं बार-बार यह एक ही शब्द दोहरा रहा हूँ।

'वही पुराने संस्कार। किसी ने उससे कुछ कह-कहा दिया होगा।'

मुझे उससे बात करते हुए अपने पिताजी की लिखी हुई एक पुस्तक की याद हो आई। उस पुस्तक का नाम था 'वार वधू विवेचन', जिसका साथ ही अंग्रेज़ी में अनुवाद किया गया था, 'ए हिस्ट्री ऑफ़ डांसिंग गर्ल्स इन इंडिया'। जैसा कि मुझे बाद में पता चला, उसमें उन्होंने वैदिक काल से लेकर आधुनिक काल तक की प्रसिद्ध नर्तकियों के सम्बन्ध में ऐतिहासिक सामग्री संकलित की थी। पुस्तक सुन्दर आर्ट पेपर पर छपी थी और उसकी लाल रंग की रेशमी जिल्द बचपन के दिनों में मुझे बहुत ही आकर्षक लगा करती थी। हमारे घर में अन्दर के कमरे की अलमारी के ऊपरी खाने में कुछ और पुस्तकों के बीच वह पुस्तक भी रखी रहती थी। उसे ऊपर रखने का कारण शायद यह रहा होगा कि मेरा हाथ उस तक न पहुँचे। परन्तु पुस्तक की जिल्द इतनी आकर्षक थी कि एक बार जब कमरे में कोई नहीं था, तो मैंने चारपाई पर चढ़कर उसे निकाल लिया। एक ही बार जल्दी में उसके पन्ने पलटने से मुझे पता चल गया कि उसमें कई एक रंगीन तसवीरें भी हैं। उनमें एक तसवीर थी जो मैं पहले भी कहीं देख चुका था—तपस्वी विश्वामित्र के सामने एक झीने कपड़े की ओट में नग्न होकर नाचती हुई मेनका की तसवीर। बाक़ी तसवीरें लखनऊ और आगरा की कुछ प्रसिद्ध नर्तकियों की थीं, क्योंकि हर तसवीर के नीचे नर्तकी और उसके नगर का नाम दिया हुआ था। ज़ोहराबाई आगरेवाली और जहानआरा बेग़म लखनऊ वाली—ये दो नाम मुझे अब तक याद हैं। मैंने जल्दी-जल्दी देखकर वह पुस्तक वापस वहीं रख दी थी, क्योंकि जितनी देर पुस्तक मेरे हाथ में थी, उतनी देर मैं डर से काँप भी रहा था कि कोई मुझे यह चोरी का काम करते देख न ले। उसके बाद जब कभी मुझे मौक़ा लगता, मैं उस पुस्तक को निकाल लेता और उन तसवीरों को देखने लगता। मुझे उनमें ज़ोहराबाई आगरेवाली की तसवीर सबसे अच्छी लगती थी। यह शायद इसलिए कि अपने पड़ोस की जिस लड़की फूल के साथ मैं खेला करता था, उससे ज़ोहराबाई की सूरत बहुत मिलती-जुलती थी और मैं सोचा करता था कि फूल जब बड़ी हो जाएगी, और बिलकुल ज़ोहराबाई आगरेवाली जैसी लगने लगेगी, तो मैं उससे ब्याह कर लूँगा।

पिताजी की मृत्यु के बाद वह पुस्तक जाने कहाँ गुम हो गई! बाद में मुझे पता चला कि वह पुस्तक छपने के बाद बाज़ार में नहीं आ पाई थी, क्योंकि उसे काफ़ी

अश्लील समझा गया था। पिताजी को इस बात पर काफ़ी लांछन भी सहना पड़ा था कि उन्होंने एक अध्यापक होते हुए ऐसी अश्लील पुस्तक लिखी है। कुछ दिन पहले पूछताछ करने पर मुझे पता चला था कि उस पुस्तक के छपने के बाद ही पिताजी का अपने उस मित्र से झगड़ा हो गया था जिसने उस पुस्तक को छापने पर पैसा लगाया था; इसलिए घर में भी वह केवल एक ही प्रति ला पाए थे। उसके अलावा और प्रतियों का क्या हुआ, इसका मुझे आज तक पता नहीं चला।

और उस समय मुझे यह भी याद आ रहा था कि बचपन में पिताजी मुझे दो-एक बार अपने साथ ऐसे समारोहों में ले गए थे जहाँ नृत्य का प्रदर्शन हुआ था। शायद उनके कुछ मित्रों ने एक सोसाइटी बना रखी थी जिसकी ओर से हर दूसरे या तीसरे महीने बाहर से किसी प्रसिद्ध नर्तकी को बुलाकर उसके नृत्य का आयोजन किया जाता था। यह आयोजन कभी एक जगह पर होता था और कभी दूसरी जगह पर। कुल तीस-चालीस व्यक्ति ही वहाँ देखने के लिए जमा होते थे। मैं तब मुश्किल से आठ या नौ साल का था। कह नहीं सकता कि पिताजी मुझे अपने साथ क्यों ले जाते थे। शायद वे चाहते हों कि मेरे मन में इस तरह की बातों को लेकर किसी तरह की कुंठाएँ पैदा न हों। या हो सकता है कि वह अपने मित्रों पर इस बात का प्रभाव डालना चाहते हों कि वह अपने लड़के को किस तरह अपने बराबर का समझते हैं, क्योंकि बारह साल की उम्र में उन्होंने एक बार मुझे अकेले ही मथुरा और आगरा की सैर के लिए भेज दिया था। या यह भी हो सकता है कि वे उन आयोजनों में से बाहर निकलते समय अपने लड़के के साथ ही दिखाई देना चाहते हों जिससे कोई उन पर किसी तरह का आक्षेप न कर सके। बहरहाल इतना ज़रूर है कि उन दिनों मेरे मन में कभी यह बात नहीं आती थी कि नृत्य के उन आयोजनों और कंजरियों वाले बाज़ार के कोठों में कहीं एक सूत्र भी हो सकता है। उन आयोजनों के विषय में मुझे इतना ही याद है कि जब नृत्य चल रहा होता था, तो मुझे नींद आ जाती थी और जब तालियाँ बजती थीं, तो मैं एकदम झटके से जाग जाती थी।

'मुझे नहीं पता था कि तुम्हारे नृत्य का सप्रू हाउस में प्रदर्शन हो चुका है,' मैंने नीलिमा से कहा। 'कब की बात है यह?'

'जिस दिन तुम हमें पहली बार कॉफ़ी हाउस में मिले थे, उससे तीन-चार सप्ताह पहले की बात है। नवम्बर की तीन तारीख़ थी उस दिन।'

'नवम्बर की तीन तारीख़ को मैं यहीं था,' मैंने कहा। 'मुझे पता होता, तो मैं ज़रूर देखने के लिए आता।' साथ ही मैंने सोचा कि पता भी होता, तो क्या सचमुच मैं देखने के लिए जाता! तब तक उन लोगों से तो मैं मिला नहीं था और जिस स्थिति में मैं था, उसमें क्या टिकट ख़रीदकर नृत्य देखने की बात मैं सोच भी सकता था?

‘हमें मालूम नहीं था कि तुम यहाँ हो, नहीं तो हरबंस तुम्हें घर से पकड़कर ले आता,’ वह बोली। ‘नृत्य के प्रदर्शन से पहले उसके मन में इस विषय को लेकर बहुत उत्साह था। उसके उत्साह पर पानी तो बाद में पड़ा है। तभी से वह मेरे पीछे पड़ा है कि मैं केवल पेंट ही किया करूँ। शिवमोहन और भार्गव से उसकी मित्रता भी उसके बाद से बढ़ी है, हालाँकि अब वह उनके बारे में भी कहने लगा है कि वे लोग उसे बहुत उकता देते हैं। पहले मैं थोड़ा-बहुत पेंट करती थी, तो वह मुँह बिचका दिया करता था। पेंट करने का शौक़ मुझे भार्गव ने डाला था और उससे तब वह बात करना भी पसन्द नहीं करता था। भार्गव को मैं लाहौर के दिनों से जानती हूँ। जब मैं पढ़ती थी, तो भार्गव की इच्छा थी कि मेरा उससे ब्याह हो जाए।’ और जाने उन दिनों की याद से या अपनी कही हुई बात से, उसके चेहरे पर हलकी-सी उदासी छा गई। ‘भार्गव बुरा आदमी नहीं है,’ वह बोली। ‘मगर हरबंस की नज़रों से वह फिर उतर गया है।’

‘और शिवमोहन उसकी नज़र से क्यों उतर गया है?’

‘क्योंकि वह बहस बहुत करता है।’

तभी बाहर गेट खुला और अहाते में जूते की आवाज़ सुनाई दी।

‘हरबंस आ गया है,’ कहती हुई नीलिमा उठ खड़ी हुई और उसने दरवाज़ा खोल दिया।

हरबंस अपने लम्बे-चौड़े डील-डौल में कुछ झुका हुआ-सा कमरे में दाख़िल हुआ। वह भूरे रंग का सूट पहने था और बगल में कुछ पुस्तकें लिये था। उसके चेहरे से लग रहा था जैसे वह बहुत थका हुआ हो, या किसी से लड़कर आया हो। उसने आकर पुस्तकें मेज़ पर रख दीं और मेरी तरफ़ देखकर बोला, ‘तो तुम यहाँ हो!’

‘हाँ यही हूँ,’ मैंने कहा। ‘तुम अच्छे आदमी हो कि मुझे यहाँ बुला लिया और खुद घर से चले गए।’

‘मैं नीलिमा से कह गया था कि मैं जितनी जल्दी हो सका, उतनी जल्दी लौट आऊँगा। तुमने कॉफ़ी-ऑफ़ी नहीं पी?’

‘ओह!’ नीलिमा ने हाथ-पर-हाथ मारकर कहा, ‘मुझे कॉफ़ी के लिए पूछना याद ही नहीं रहा। आई एम वेरी-वेरी सॉरी!’

‘तुम्हें मेरे दोस्तों से ही पूछना याद नहीं रहता,’ हरबंस बिना वजह चिढ़े हुए स्वर में बोला, ‘भार्गव या शिवमोहन आए होते, तो अब तक तुम दो बार उन्हें कॉफ़ी बनाकर पिला चुकतीं।’

‘मैंने कहा है, मुझे याद नहीं रहता,’ नीलिमा भी तीखे स्वर में बोली। ‘बाहर से ग़ुस्से होकर आए हो, तो वह ग़ुस्सा मुझ पर क्यों निकाल रहे हो? मैं अभी एक मिनट में कॉफ़ी बनाकर ले आती हूँ।’

वह अन्दर चली गई, हरबंस मेरे साथ की कुरसी पर आ बैठा और जूता उतारता हुआ बोला, 'स्त्रियाँ सचमुच बहुत स्वार्थी होती हैं। शिवमोहन और भार्गव से आजकल इसे काम है, इसलिए उनकी इतनी ख़ातिरदारी करती है कि हद है। समझती है कि वे लोग इसे पेंटर बना देंगे। मैं कहता हूँ कि वे लोग पहले खुद तो कुछ बनें।'

'मगर नीलिमा तो कह रही थी कि उसे पेंट करने में ज़रा भी रुचि नहीं है,' मैंने अनायास ही कह दिया और कहकर सोचा कि शायद मुझे यह बात नहीं कहनी चाहिए थी। हरबंस की आँखें ऐसी हो गईं जैसे मैंने उसे चोरी करते पकड़ लिया हो। उसकी खीझ पहले से बढ़ गई।

'तो वह तुमसे ये सब बातें करती रही है!' वह बोला। 'मैं जानता हूँ कि मेरी गैरहाज़िरी में जो भी कोई मुझसे मिलने के लिए आता है, उससे वह यही सब बातें किया करती है। मुझे इर तरह की मनोवृत्ति ज़रा भी पसन्द नहीं है।'

'मगर वह तो बात में बात निकल पड़ी, नहीं तो...।'

'तुम नहीं जानते,' वह बोला, 'मैं उसे ज़्यादा अच्छी तरह जानता हूँ।' मोज़े उतारकर उसने जूता एक तरफ़ रख दिया और उठकर नंगे पाँव पीछे की तरफ़ रखे हुए रिकॉर्ड-प्लेयर के पास चला गया। उस घर में रिकॉर्ड-प्लेयर मैंने पहले नहीं देखा था और उस समय तक भी मेरी नज़र उस पर नहीं पड़ी थी। वह कुछ रिकॉर्ड चुनकर रिकॉर्ड-प्लेयर में लगाने लगा, तो मैंने कहा, 'यह रिकॉर्ड-प्लेयर कब से यहाँ है? मैं इसे आज पहली बार यहाँ देख रहा हूँ।'

'यह कल ही आया है,' वह कुछ अनमने ढंग से बोला। 'हमारा एक दोस्त है, सुरजीत। उसे किसी ने यह भेंट में दिया है। उसके पास रखने की जगह नहीं थी, इसलिए वह यहाँ छोड़ गया है। मैंने उसे मना नहीं किया, हालाँकि मुझे पता है कि इसे यहाँ रखकर मैंने एक और सिर-दर्द मोल ले लिया है। अब जब कभी मैं कुछ पढ़ने लगूँगा, तो ये लड़कियाँ रिकॉर्ड बजा-बजाकर मेरी नाक में दम कर दिया करेंगी।'

सुरजीत के नाम से मैं थोड़ा चौंक गया। एक सुरजीत को मैं लाहौर के दिनों से जानता था। उसके साथ ज़्यादा मिलने-बैठने के अवसर तो नहीं आए थे, मगर जितना मैं उसे जानता था, उससे उसके बारे में मेरी कोई बहुत अच्छी राय नहीं बनी थी। एक तो वह अव्वल नम्बर का पियक्कड़ था और दूसरे लाहौर में ही उसके बारे में सुना था कि उसका लाल बत्ती वाले इलाक़े में काफ़ी आना-जाना है। गप हाँकने में भी मैंने उससे तेज़ आदमी नहीं देखा था। लाहौर में उन दिनों फ़साद चल रहे थे और जिस किसी दिन कोई बड़ा कांड हो जाता था, उससे अगले दिन वह अपने साथ उठने-बैठने वाले लोगों में आकर कुछ इस तरह से बात करता था जैसे वह कांड उसी

के नेतृत्व में हुआ हो। जिस दिन राजगढ़ पर हमला हुआ, उससे अगले दिन आकर उसने कहा था, 'सबसे आगे की जीप में मैं था और मेरे साथ तीन आदमी और थे। मैंने सब लोगों से पहले ही कह दिया था कि हम ऊपर सड़क से जाएँगे, तो हमारा नामोनिशान भी नहीं बचेगा। इसलिए हम बीच की गली से होकर गए। सारा असलहा भी हमारी जीप में ही था। गली के मोड़ पर रुककर मैंने पहला हाथबम सड़क के उस तरफ़ फेंका। बस, उस एक बम से ही सारे इलाक़े में एकदम दहशत फैल गई। उसके बाद तो हमने गोलियों और बमों से सारे इलाक़े को भूनकर रख दिया...।'

और उसके जाने के बाद लोग कह रहे थे, 'इससे पूछो कि इसने हाथबम की शक्ल भी देखी है? इसने हाथबम फेंका था!'

दिल्ली आने के बाद कुछ ही दिन पहले मेरी अचानक उससे भेंट हो गई, तो वह मुझे बताता रहा कि जी.बी. रोड पर मीनाक्षी नाम की एक नई वेश्या आई है जिसने सारे शहर में तहलका मचा रखा है। 'क्या उसकी सूरत है और क्या उसका गला है!' उसने कहा, 'माई डियर, तुम तो कवि होने का दावा करते हो, तुम्हें ज़िन्दगी देखनी है, तो एक बार मेरे साथ उसके यहाँ चलो। शहर के बड़े-बड़े रईस और नेता उसके घर के चक्कर काटते हैं। मगर ऐसी पाक औरत है कि आज तक किसी को अपने नज़दीक फटकने तक नहीं दिया। लोग उसके तलवे चाटने को तैयार हैं, और वह किसी को मुँह नहीं लगाती। मुझसे वह कहती थी सुरजीत, मुझे इन सब लोगों से नफ़रत है जो यह समझते हैं कि हर नाचने और गाने वाली लड़की अपने जिस्म का पेशा भी करती है। किसी भी दिन चलो, मैं तम्हें अपने साथ ले चलूँगा। मुझे वह बहुत ही मानती है। कहती है सुरजीत, सचमुच मेरा अगर कोई दोस्त है, तो तुम हो। मैंने उसे एक बार सौ रुपए देने चाहे, तो उसने नहीं लिये; बोली कि नहीं, ढाई घर तो डायन भी छोड़ देती है। मैं तुमसे पैसा नहीं लूँगी, बल्कि वह तो यहाँ तक कहती थी कि कभी मुझे ज़रूरत पड़ जाए, तो मैं उससे माँग लिया करूँ। मैं कहता हूँ कि मैंने इतनी ज़िन्दगी देखी है, मगर रंडियों के बाज़ार में तो क्या, किसी शरीफ़ घर में भी ऐसी औरत नहीं देखी। मीनाक्षी उसका बाज़ारू नाम है, असली नाम नरिन्दर कौर है। आज भी उसके पिछले कमरे में जाकर देखो, तो तुम्हें गुरुग्रन्थसाहब की चौकी रखी हुई मिलेगी। वह रोज़ सुबह उठकर गुरुग्रन्थसाहब का पाठ करती है। मैं कहता हूँ मेरे दिल में जितनी इज़्ज़त उस औरत की है, उतनी और किसी औरत की नहीं है। वह औरत नहीं, हीरा है हीरा!'

'यह सुरजीत वही तो नहीं,' मैंने हरबंस से कहा, 'जो पहले लाहौर में था और आजकल एक साप्ताहिक में काम करता है?'

'तुम उसे जानते हो?' हरबंस रिकॉर्ड लगाकर मेरे पास आ बैठा।

'ज़्यादा नहीं जानता, थोड़ा-बहुत परिचय है।'

'हाँ वही है। उसका कोई दोस्त जर्मनी से यह रिकॉर्ड-प्लेयर लाया है। सुरजीत खुद एक होटल के कमरे में रहता है, इसलिए इसे वहाँ नहीं ले गया। कहता था जब अपनी जगह लूँगा, तो उठवाकर ले जाऊँगा।'

हलका-हलका संगीत आरम्भ हो गया था। जाने किस देश का संगीत था! मेरे लिए वे स्वर बहुत अजनबी थे, फिर भी उन स्वरों में जाने ऐसा क्या था कि चेतना पर उनकी सीधी प्रतिक्रिया होती थी—लय के साथ एक लय और झन्नाहट के साथ झन्नाहट सारे शरीर में भर जाती थी। खिड़की के बाहर पोर्च के एक कोने में लगा हुआ मकड़ी का जाला भी जैसे उस संगीत की लय के साथ ही हिल रहा था। ऊपर आकाश से एक पंख—जाने किस पक्षी का—चक्कर काटता हुआ ज़मीन की तरफ़ आ रहा था। एक के बाद दूसरा पंख आया, फिर तीसरा, फिर चौथा। सब पंख एक-से थे, जैसे एक ही साँचे में ढले हों, एक-से गोल, नन्हे और सफ़ेद। लग रहा था जैसे संगीत की लहर सारी हवा में व्याप्त हो रही हो—या संगीत और हवा दोनों एक ही लय के अनुसार थिरक रहे हों—वह लय जो कि उस कमरे के और बाहर के सारे वातारवण में भर रही थी; मेरे सारे शरीर में भर रही थी। सहसा वह रिकॉर्ड बन्द हो गया और दूसरा रिकॉर्ड बजने लगा। मगर आकाश से वे नन्हे-नन्हे पंख उसी तरह उतरते रहे, उतरते रहे।

नीलिमा कॉफ़ी की ट्रे लिये हुए आ गई और उसे बीच की मेज़ पर रखती हुई हरबंस से बोली, 'तुम भी सचमुच अजीब आदमी हो! रात को तो कुढ़ रहे थे कि यह रिकॉर्ड-प्लेयर यहाँ क्यों आ गया है, और अब खुद ही रिकॉर्ड लगाकर मज़े से सुन रहे हो!'

'तुम चुप रहो,' हरबंस ने उसे डाँटकर आँखें फिर बन्द कर लीं।

'हमारा ब्याह हुए तीन साल हो गए,' नीलिमा बोली, 'मगर मैं तुम्हें आज तक नहीं समझ सकी।'

'मैंने कह दिया है तुम चुप रहो। तुम कभी मुझे समझ भी नहीं सकोगी।' और वह आँखें खोलकर कॉफ़ी की प्याली लेने के लिए सीधा हो गया।

'मुझे भी यही लगता है। तुम्हें कोई भी नहीं समझ सकता,' नीलिमा ने कुछ गुस्से से प्याली में चम्मच चलाते हुए कहा।

'तुम नहीं समझ सकतीं, इसलिए कोई भी नहीं समझ सकता! हा-हा!'

'तुम किसी से भी पूछ लो।'

'मुझे किसी से पूछने की क्या ज़रूरत है?'

'तुम हर समय अजीब बातें करते हो!'

'हा-हा!'

'मुझे ये बातें पसन्द नहीं हैं।'

'हा-हा!'

'अब यह 'हा-हा' क्या किए जा रहे हो?'

'तुम अपनी ज़बान को ताला क्यों नहीं लगातीं?'

'तुम्हारा बस हो, तो तुम दुनिया-भर की ज़बान को ताला लगा दो।'

'हा-हा!'

'हा-हा!' नीलिमा ने उसकी तरफ़ मुँह बिचका दिया और कॉफ़ी का प्याला मेरी तरफ़ बढ़ा दिया।

कॉफ़ी ख़ूब गरम थी। मैंने हलकी-हलकी चुस्कियाँ लेते हुए हरबंस से कहा, 'तुमने जिस बात के लिए मुझे बुलाया था, वह बात तो अभी बताई नहीं।'

'ऐसी कोई ख़ास बात नहीं थी।' हरबंस एकदम थोड़ा अव्यवस्थित हो गया और अपनी अव्यवस्था को छिपाने के लिए लम्बे-लम्बे घूँट भरने लगा। 'मैं यही चाहता था कि बैठकर तुमसे बातें की जाएँ। शाम को बहुत-से लोग साथ होते हैं और तुम्हें जाने की भी जल्दी होती है, इसलिए ठीक से बात नहीं हो पाती।'

'मगर तुमने कहा था कि तुम कोई ख़ास बात भी करना चाहते हो।'

हरबंस ने कॉफ़ी का प्याला रखकर मुँह में सिगरेट लगा ली और उसे सुलगाता हुआ बोला, 'ऐसी कोई ख़ास बात नहीं थी।'

'ख़ास बात न सही, आम बात ही सही। मगर कुछ तो बात थी ही।' मैं थोड़ा चिढ़ गया था कि एक तो मुझे इतनी दूर से बुलाया, फिर आप घर से चले गए, और अब आकर कह रहे हैं कि कोई ख़ास बात ही नहीं थी।

'बात कुछ भी नहीं थी। मैं यही चाहता था कि कभी बैठकर बातें की जाएँ।'

नीलिमा ने शायद भाँप लिया कि मैं इससे मन-ही-मन कुढ़ रहा हूँ। उसने हरबंस से कहा, 'मुझे तुम्हारी यही बातें अच्छी नहीं लगतीं। एक भले आदमी को कहकर घर बुलाया है, तो उसे बता भी दो कि क्या बात थी।'

'मैंने तुमसे कहा है कि तुम चुप रहो,' हरबंस ने फिर उसे डाँट दिया।

'यह तुमसे अपनी एक चीज़ के बारे में राय लेना चाहता था,' नीलिमा मेरी तरफ़ देखकर बोली, 'यह बहुत दिनों से एक उपन्यास लिखने की बात सोच रहा है। उसके पचास-साठ पन्ने इसने लिखे भी हैं।'

'हा-हा!' हरबंस फिर चिढ़ उठा।

'इब इसमें 'हा-हा' करने की क्या बात है? तुम रात को कह नहीं रहे थे कि तुमने इसीलिए मधुसूदन को बुलाया है?'

'तुम्हें किसी चीज़ के बारे में कुछ मालूम भी है?' हरबंस बोला। 'मैं न जाने कितने पन्ने काले कर चुका हूँ और तुम्हें इतना ही पता है कि मैंने पचास-साठ पन्ने लिखे हैं।'

'तुम्हारी फ़ाइल में तो मुश्किल से पचास-साठ पन्ने ही लगे हैं।'

'तुम्हें मेरी फ़ाइलों के बारे में क्या पता है?'

'अच्छा, मुझे नहीं पता!' कहती हुई नीलिमा तुनककर उठ खड़ी हुई। 'तुम्हें अपनी बात करनी है, तो करो, नहीं करती है, तो न करो।' और वह अपना प्याला लिये हुए वहाँ से चली गई।

कुछ देर हम दोनों ख़ामोश बैठे रहे। हरबंस मुझसे क्या बात करना चाहता है, इस बात को लेकर मैंने न जाने क्या-क्या सोचा था! मगर यह बात दूर-दूर तक मेरे दिमाग़ में नहीं आई थी कि उसने इस तरह की कसरत के लिए मुझे बुलाया है। और मैं ऐसे मामले में उसे राय दे ही क्या सकता था! मैंने स्वयं तीन-चार बार एक उपन्यास लिखना आरम्भ किया था और हारकर उसे बीच में ही छोड़ दिया था। जो बीस-तीस कविताएँ लिखी थीं, वे भी भूसे के ढेर में सूई की तरह अपनी कोई जगह नहीं बना सकी थीं। मैं उन दिनों यही सोच रहा था कि मुझे कहीं पढ़ाने की नौकरी मिल जाए, तो मैं पत्रिका की नौकरी छोड़ दूँ। और मेरे सामने वह आदमी बैठा था जो यह सोचता था कि मैं उसकी लिखी चीज़ के बारे में उसे कुछ राय दे सकता हूँ। मुझे आश्चर्य इसलिए भी हो रहा था कि कुछ दिन पहले बम्बई में वह स्वयं मेरी कविताओं के बखिए उधेड़ता रहा था।

'मुझे नहीं पता था कि तुम भी लिखते हो,' मैंने कुछ अटपटे ढंग से कहा।

'मैं बहुत दिनों से एक चीज़ लिखने की कोशिश कर रहा हूँ, मगर...' और उसने हताशा के भाव से कन्धे हिला दिए। 'मुझसे कुछ लिखा ही नहीं जाता।'

'मुझसे खुद भी नहीं लिखा जाता,' मैंने कहा। 'जो थोड़ा-बहुत लिखा है, वह भी सब बेकार है।'

'मैं कह नहीं सकता,' उसने फिर उसी तरह कन्धे हिला दिए। 'मुझे कुछ समझ नहीं आता कि मैं क्या चाहता हूँ। कोई चीज़ है जिसे मैं बहुत शिद्दत के साथ महसूस करता हूँ, मगर...मगर मैं जब लिखना चाहता हूँ, तो मुझसे कुछ भी लिखा नहीं जाता। हिन्दी में लिखने लगता हूँ तो लगता है अंग्रेज़ी में लिखना चाहिए। और अंग्रेज़ी में लिखने लगता हूँ, तो लगता है कि उस ज़बान के मुहावरे का मुझे कुछ पता ही नहीं है। एक अजीब-सी बेबसी महसूस होती है, जैसे मैं एक कवच में जकड़ा हुआ हूँ, जो मेरे लाख कोशिश करने पर भी टूट नहीं पाता। मुझे यह भी समझ नहीं आता कि मैं लिखना ही चाहता हूँ या कुछ और चाहता हूँ।'

'मैं इस बारे में कुछ नहीं कह सकता,' मैंने कहा। 'हाँ, तुमने जो कुछ लिखा है, वह मैं पढ़ना ज़रूर चाहूँगा।' और यह कहते-कहते मुझे अपने पर गुस्सा हो आया कि अब वह सचमुच अपनी फ़ाइलें मेरे सामने ला रखेगा, तो मैं इतने पन्ने कैसे पढ़ूँगा!

मैं पढ़ना चाहूँगा, इस बात से हरबंस फिर थोड़ा अव्यवस्थित हो गया और बोला, 'नहीं-नहीं। अभी मैं तुम्हें पढ़ने के लिए नहीं दूँगा। फिर कभी सही; मेरे अन्दर पहले थोड़ा आत्मविश्वास पैदा हो जाए...जब मुझे लगेगा कि सचमुच ऐसा कुछ है जो मैं किसी को पढ़ा सकता हूँ, तो मैं तुम्हें पढ़ने के लिए ज़रूर दूँगा। लेकिन आज नहीं। आज तो मैंने तुम्हें सिर्फ़ बातें करने के लिए ही बुलाया था...।'

मैंने आराम की साँस ली कि कम-से-कम तुरन्त तो मुझे वे सब पन्ने नहीं पढ़ने पड़ेंगे। वह बात करते हुए इतना अव्यवस्थित हो गया था कि उसके कान सुर्ख़ हो उठे थे। उसके चेहरे से लग रहा था जैसे अभी-अभी उसकी कोई चीज़ उसके हाथों से खो गई हो और वह उसके साथ खोई हुई चीज़ के लिए सहानुभूति प्रकट करने का मौक़ा हो। मगर उसके लिखे हुए पन्नों की बात उसके बाद हम दोनों में से किसी ने नहीं चलाई। और किसी विषय पर भी उसके बाद ठीक से बात नहीं हो सकी। मैं जितनी देर बैठा रहा, रिकॉर्ड बजते रहे, या कुछ उखड़ी-उखड़ी-सी बातें होती रहीं...।

रोज़ हम उसी तरह मिलते थे और हर दूसरे-तीसरे दिन मैं उनके यहाँ से होता हुआ घर वापस आता था। थोड़े ही दिनों में यह क्रम इतना स्वाभाविक हो गया था कि जिस दिन मैं कॉफ़ी हाउस न जा पाता, या उन लोगों से वहाँ भेंट न होती, उस दिन मुझे लगता कि दिन का एक महत्त्वपूर्ण काम पूरा नहीं हुआ। यह एक विचित्र बात थी कि सुरजीत कॉफ़ी हाउस में तो उन लोगों के साथ नहीं बैठता था, मगर उनके घर पर उससे गाहे-बगाहे भेंट हो जाती थी। वह वहाँ भी बहुत व्यस्तता प्रकट करता हुआ आता था, कुछ इस अन्दाज़ से जैसे कि वह उसके लिए बहुत पराया घर हो, और बहुत जल्दी ही वहाँ से लौट जाता था। मुझसे वह बाहर अब उतना खुलकर भी नहीं मिलता था जैसे पहले मिला करता था। मुझसे वह हरबंस और नीलिमा वगैरह के बारे में बात करता था, तो इस तरह जैसे उनसे उसका बहुत की कम परिचय हो। वह बल्कि कुछ इस तरह बात करता था जैसे उन लोगों के साथ अपने परिचय को वह ज़रा भी महत्त्व न देता हो। मगर मैं जब भी उसे उनके यहाँ देखता, वह हाथ में कोई-न-कोई चीज़ लिये रहता था और इस तरह उसे वहाँ छोड़कर चला जाता था जैसे वह उतने भर के लिए ही वहाँ आया हो।

'बी जी, यह बारह औंस ऊन है,' वह नीलिमा की माँ से कहता। 'और चाहिए तो बता दीजिएगा, मैं ला दूँगा। शुक्ला और सरोज ने कहा था कि उन्हें छः-छः औंस ऊन मोज़ों के लिए चाहिए। मैंने कहा था कि आर्मी के स्टोर से सस्ती मिल जाएगी, मैं ला दूँगा। जितनी और चाहिए, बता दीजिएगा। एक मेजर अपना अच्छा वाकिफ़ है। अच्छा, मैं चल रहा हूँ...'

और वह चला जाता।

जीवन भार्गव उन दिनों बहुत उखड़ा-उखड़ा और उदास रहता था। वह कॉफ़ी हाउस में बैठा जिस तरह खोई-खोई नज़र से शुक्ला की तरफ़ देखता रहता, उससे शुक्ला को शायद अच्छा नहीं लगता था। वह कई बार जान-बूझकर उसके प्रति उपेक्षा प्रकट करती थी, और जब वह धीमे स्वर में उससे कोई बात कहने लगता तो बीच में ही किसी और से बात करने लगती थी। कभी हम कॉफ़ी हाउस से निकलकर कनॉट प्लेस में चक्कर लगाते, तो वह जान-बूझकर यह चेष्टा करती कि उसे भार्गव के साथ न चलना पड़े और मुझे या शिवमोहन को रोककर कहती, 'तुम मेरे साथ आओ, मुझे उस दुकान से एक चीज़ ख़रीदनी है; इन लोगों को आगे जाने दो।'

भार्गव ऐसे अवसरों पर यूँ महसूस करता जैसे हम लोग शुक्ला के साथ पीछे रुककर उसके साथ दुश्मनी कर रहे हों, और सिर झुकाए चुपचाप चलता जाता। कई बार उसे यह ध्यान भी नहीं रहता कि उसके साथ के और लोग कहाँ हैं और वह सबसे अलग होकर अकेला ही चलता जाता। उसके इस तरह खो जाने पर नीलिमा उसका उद्धार करती और उसे भीड़ में से ढूढ़कर उसके कन्धे को थपथपाती हुई कहती, 'तुम्हें क्या हुआ है भार्गव? तुम अफ़ीम तो नहीं खाने लगे?'

भार्गव चौंक जाता और कानों तक लाल होकर कहता, 'नहीं, मैं कुछ सोच रहा था।'

'सोचने के लिए क्या यही जगह है?' नीलिमा कहती, 'तुम सारी शाम में एक बार भी खुलकर हँस नहीं सकते? तुम कैसे आदमी हो!'

इतने में हम लोग पास पहुँच जाते और शुक्ला भार्गव को सुनाकर कहती, 'दीदी, देखो यह कितना सुन्दर रिबन है! यह मुझे शिवमोहन ने लेकर दिया है।'

भार्गव उसके हाथ की चीज़ पर नज़र तक नहीं डालता और फिर सीधा चल पड़ता। नीलिमा हँसकर कहती, 'बेचारा भार्गव! यह लड़की जान-बूझकर उसे तंग करती है।'

'क्यों? मैं उसे कैसे तंग करती हूँ?' शुक्ला इस तरह कहती जैसे उसे इस बात में कोई तुक ही नज़र न आती हो। 'मुझे किसी को तंग करने से क्या मतलब है?'

'तुझे नहीं, तो और किसे मतलब है? वह बेचारा तेरी ज़रा-ज़रा-सी बात से इतना दुखी हो जाता है।'

'किसी को दुखी होने की आदत ही हो, तो मैं क्या कर सकती हूँ?' कहकर शुक्ला भी अलग हटकर चलने लगती और कुछ देर के लिए सब पर एक ख़ामोशी छाई रहती।

'शुक्ला की यह बात मेरी समझ में नहीं आती,' नीलिमा ने एक बार मुझसे कहा। 'या तो उसे साफ़ जवाब ही दे दे कि मुझे तुमसे ब्याह नहीं करना है, या उससे

ठीक से बात किया करे। वह बेचारा इतना सेंसिटिव है कि इसकी ज़रा-ज़रा-सी बात से उसकी आँखें भर आती हैं। कई दिनों से वह कुछ पेंट भी नहीं कर रहा। उसका एब्स्ट्रैक्ट आजकल इस लड़की की चिन्ता में ही घुला जा रहा है।'

'मगर इन दोनों की तो सगाई हो चुकी है न...?' मैंने कहा।

'सगाई-अगाई नहीं हुई, वैसे ही एक अंडरस्टैंडिंग-सी है। भार्गव ने एक बार मुझसे कहा था और मैंने शुक्ला से पूछ दिया था। तब इसने हामी भर दी थी। उन दिनों हरबंस भार्गव से अच्छी तरह बोला करता था। मगर जब से हरबंस उससे चिढ़ने लगा है, तब से शुक्ला का रुख भी बदल गया है। बात दरअसल यह है...,' वह पल-भर के लिए रुकी और कुछ सोचती हुई-सी बोली, 'बात दरअसल यह है कि शुक्ला हरबंस की बात को बहुत मानती है। हरबंस ने भी इसे अपने लाड़ से बहुत सिर पर चढ़ा रखा है और यह अपने सामने किसी को कुछ समझती ही नहीं। मैं हरबंस से कहती हूँ कि तुम इस तरह इस लड़की की ज़िन्दगी ख़राब कर रहे हो, तो वह उलटा मुझी को डाँटने लगता है। यह लड़की जिससे भी ब्याह करेगी, हरबंस की मरज़ी से ही करेगी। बल्कि अगर वह इससे कह दे कि तुझे ज़िन्दगी-भर क्वाँरी रहना चाहिए, तो यह क्वाँरी ही बैठी रहेगी।'

मुझे इससे सुरजीत की कही हुई बात याद हो आई। उसने भी एक बार कुछ ऐसी बात कही थी। 'मुझे लगता है,' उसने कहा था, 'कि इस लड़की को अपने बहनोई का फ़िक्सेशन है। हर लिहाज़ से यह उसी को अपना आइडियल मानती है। वह कल को अगर कबूतरों से प्यार करने लगे, तो यह लड़की घर में कबूतर पालने लगेगी।'

'हमारे जानने वाले लोगों में तो इस बात की बहुत चर्चा है,' मैंने नीलिमा से कहा, 'कि बहुत जल्द ही शुक्ला का भार्गव के साथ ब्याह होने वाला है।'

'मुझे पता है कि लोग ऐसा सोचते हैं,' नीलिमा बोली, 'मगर हरबंस होने देगा ब्याह तभी तो! आजकल तो वह भार्गव का नाम सुनते ही एकदम भड़क उठता है।'

हमारे परिचितों में भी बहुत शीघ्र ही इस बात की चर्चा होने लगी कि भार्गव के साथ शुक्ला के ब्याह की बात टूट रही है। जाने क्यों, ज़्यादातर लोगों को इससे खुशी ही हुई और लोग इस सम्बन्ध में अनुमान लगाने लगे कि भार्गव के बाद अब नया उम्मीदवार कौन होगा।

'भार्गव की जगह अब कौन ले रहा है?' एक दिन भद्रसेन ने मुझसे पूछा।

'मैं यह कैसे कह सकता हूँ?' मैंने कहा। 'यह उन लोगों का व्यक्तिगत मामला है।'

'मगर हमने तो सुना है कि भार्गव का पत्ता तुम्हारी वजह से कटा है।'

'मेरी वजह से?'

'तुम्हारी वजह से नहीं तो शिवमोहन की वजह से कटा होगा। आजकल वह तुम्हीं दोनों से घुल-घुलकर बातें किया करती है।'

'हो सकता है,' मैंने कहा। 'मुझसे तुमने पूछ लिया है, अब शिवमोहन से भी एक दिन पूछ लेना।'

'यार, लड़की बहुत अच्छी है।'

'इसमें क्या शक है!'

'जिसके साथ भी उसकी शादी होगी, वह एक बार तो निहाल हो जाएगा।'

'इसमें क्या शक है!'

'तुम मज़ाक समझ रहे हो?'

'बिलकुल नहीं। यह तुमने कैसे सोच लिया?'

'ऐसे ही। भई, हम तो चाहते हैं कि उसकी जिस किसी के साथ भी शादी हो, वह कॉफ़ी हाउस में आती रहे और हमेशा इतनी ही सुन्दर दिखाई देती रहे।'

मैं हँस दिया। 'उससे तुम्हें क्या मिलेगा?'

'कुछ नहीं,' वह बोला। 'मैं तो एब्स्ट्रैक्ट में बात कर रहा हूँ।'

शिवमोहन भी उन दिनों काफ़ी परेशान था, मगर अपने ही कारण से। उसकी तसवीरें ख़ास बिक नहीं रही थीं, और वह अपना ख़र्च चलाने के लिए आर्ट स्कूल में नौकरी करता था। उन दिनों आर्ट स्कूल के प्रिंसिपल से उसकी अनबन हो गई थी और वह चाहता था कि नौकरी छोड़ दे। मगर रोटी खाने और रंग ख़रीदने के लिए उसे और कोई ज़रिया नज़र नहीं आता था। होशियारपुर के पास उसकी कुछ पुश्तैनी ज़मीन थी और वह सोच रहा था कि या तो होशियारपुर में ही जा बसे या होशियारपुर में ज़मीन बेचकर अपनी माँ और बहन-भाइयों को अपने पास दिल्ली ले आए।

'मगर मुझे डर यह है,' उसने एक बार कहा, 'कि मैं उन्हें साथ दिल्ली ले आया, तो मुझे घर-गृहस्थी की चिन्ताएँ झेलनी पड़ेंगी। अगर यही सब चिन्ताएँ उठानी हैं तो ब्याह ही क्यों न कर लूँ? मुझसे न तो इस छछूँदर को निगलते बनता है और न ही इसे छोड़ते बनता है।'

'तो तुम ब्याह कर क्यों नहीं लेते?' मैंने कहा।

'ब्याह?' वह ऐसे चौंक गया जैसे मैंने कोई बहुत ही अनहोनी बात कह दी हो। 'मैं और ब्याह? नामुमकिन बात है! मैं इतना कमज़ोर आदमी हूँ कि मेरी बीवी आकर एक दिन मुझे घुड़की देगी कि यह पेंटिंग-एंटिंग का चक्कर छोड़ो और भले आदमियों की तरह सरकारी नौकरी करो, तो मैं चुपचाप उसी दिन से सरकारी नौकरी के लिए अर्ज़ियाँ देने लगूँगा। मुझसे इन बातों के लिए किसी से बहस नहीं की जाती। मैं उसे

यह कैसे समझाऊँगा कि जो गमले और लंगूर मैं कैन्वस पर बनाता हूँ उनमें कहीं मेरी आत्मा भी है? वह कहेगी कि गमला गमला है और लंगूर लंगूर है, इसलिए इन्सान का फ़र्ज़ है कि वह सरकारी नौकरी करे।'

'तो तुम अपने लिए और क्या रास्ता सोचते हो?'

'भूखा मरूँगा और क्या रास्ता है?' और वह बच्चों की तरह हँस पड़ा। 'मेरे जैसे आदमी के लिए और क्या रास्ता हो सकता है? ये गमले और लंगूर मुझे रोटी थोड़े ही देंगे? ये रोटी देंगे, तो किसी आर्ट-डीलर को जो मेरे मरने के बाद मेरी तसवीरें बेचेगा।'

हरबंस शिवमोहन की किस बात पर चिढ़ता है, यह मेरी समझ में नहीं आता था। मुझे शिवमोहन की बातों में इतनी सादगी और मासूमियत लगती थी कि ख़ामख़ाह उसके लिए मेरे मन में प्यार उमड़ आता था। कई बार मेरा ध्यान उसकी बात से भी हट जाता था और मैं केवल उसके चेहरे की भाव-भंगिमाओं को और उन हिलते हुए हाथों की आवेशपूर्ण अस्थिरता को देखता रहता था। उसके जीवन का सारा उत्साह जैसे उसकी उँगलियों में सिमट आता था और वह जो कुछ मुँह से कहता था, उससे कहीं अधिक कुछ उसकी उँगलियाँ और आँखें कहने लगती थीं। बल्कि कई बार तो उसकी बातें जितनी सादा होती थीं उसकी आँखें उतनी ही गम्भीर हो जाती थीं। मुझे उसकी आँखों को देखकर लगा करता था जैसे उनके पीछे एक लावा छिपा हो जो उस गम्भीरता की तह के नीचे भूचाल पैदा करता हो। उन आँखों में एक कोमलता भी थी और एक हलचल भी। मैं आज भी समझता हूँ कि मैं यह सब लिखकर उसकी आँखों का ठीक वर्णन नहीं कर रहा। मैं जब भी उसकी आँखों की तरफ़ देखता तो एक ऐसी वादी में जा पहुँचता जहाँ ऊपर से एक बड़ा-सा प्रपात गिर रहा हो और उसकी आवाज़ सारे वातावरण में गूँज रही हो, मगर फिर भी जहाँ एक शान्ति छाई हो—गहरी ख़ामोश शान्ति—और जहाँ पहुँचकर आदमी हवा में तैरती हुई चीलों को देखता हुआ घंटों अपने को भूला रह सकता हो।

हरबंस भार्गव और शिवमोहन से जितना दूर हट रहा था, मेरे साथ उसका व्यवहार उतना ही घनिष्ठ और आत्मीयतापूर्ण होता जा रहा था। वह मुझे कुछ इस तरह का भी आभास देता था जैसे वह मेरे ऊपर किसी बात के लिए निर्भर कर रहा हो। अपने उपन्यास की चर्चा उसके बाद उसने बहुत दिनों तक नहीं चलाई। एक बार मेरे पूछने पर भी उसने इतना ही कहा कि वह अपने दोस्त रमेश खन्ना के जीवन को लेकर कुछ लिखना चाहता है, मगर भाषा पर पूरा अधिकार न होने से उसने लिखने का इरादा लगभग छोड़ दिया है। रमेश खन्ना कई साल एक लड़की को पाने के लिए बेचैन रहा था, और अब जब उसकी उस लड़की के साथ शादी हो गई थी, तो वह उससे दूर भागने के लिए बेचैन था। 'मैं सोचता था कि शायद मैं इस थीम

को लेकर कुछ लिख सकूँ,' हरबंस ने कहा, 'मगर मुझसे कुछ भी बन नहीं पड़ता। मैं कई तरह से आरम्भ करके देख चुका हूँ, मगर जिस किसी तरह आरम्भ करता हूँ वही आरम्भ मुझे ग़लत लगने लगता है। कोई मुझे इतना बता दे कि मैं कैसे आरम्भ करूँ, तो मेरा ख़याल है कि मैं वह किताब पूरी कर सकता हूँ। जहाँ तक भाषा का सवाल है, वह मैं बाद में किसी से ठीक करा सकता हूँ। यह मेरे साथ बहुत बड़ी ट्रेजेडी है कि मुझे हिन्दी, उर्दू और अंग्रेज़ी में से कोई भी भाषा ठीक से नहीं आती। इनमें से कोई भी भाषा मेरी अपनी नहीं।'

एक बार उसने अपनी फ़ाइलें दिखा भी दीं। इनमें दो-तीन जगह पचास-पचास पन्ने रखे हुए थे—कहीं हिन्दी और कहीं अंग्रेज़ी में लिखे हुए। कई जगह वाक्य भी अधूरे ही लिखे हुए थे, जैसे कि वह एक व्यक्तिगत डायरी के संकेत हों। उन पन्नों से कुछ पता नहीं चलता था कि उनका आरम्भ कहाँ से है और उनमें कोई क्रम भी है या नहीं। 'ऐसी ही दो फ़ाइलें और भी हैं,' उसने कहा, 'मगर वह मैं फिर किसी समय ढूँढ़कर निकालूँगा। शायद वह मेरे उस सामान में बन्द हैं जो मॉडल बस्ती के घर में रखा है। मैं किसी दिन जाऊँगा, तो निकालकर ले आऊँगा।'

उन पन्नों को देखकर किसी तरह की राय देना असम्भव था, इसलिए मैंने उन पर कोई टिप्पणी नहीं की। इतना ही कह दिया कि वह जब दूसरी फ़ाइलें ले आएगा, तो मैं उस विषय में कुछ कहूँगा। वह इतने से ही काफ़ी सन्तुष्ट हो गया। उसे शायद इतना ही बहुत लगा कि मैंने नीलिमा की तरह उसके लिखे का मज़ाक नहीं उड़ाया, और गम्भीरतापूर्वक इस बारे में बात करता रहा हूँ। जब उसने वे फ़ाइलें समेटकर रख दीं, तो उसके तुरन्त बाद ही कहा, 'मुझे लगता है मेरे सिर से एक बोझ उतर गया है। चलो, अब कहीं चलकर एक-एक प्याला कॉफ़ी पीते हैं।'

यह प्रकरण दो-एक बार से ज़्यादा नहीं उठा, इसलिए मेरे ऊपर उसकी निर्भरता का यह कारण तो हो नहीं सकता था। वह कारण क्या हो सकता है, यह मैं बहुत बार सोचकर भी नहीं समझ पाता था। शायद उसे अपने अन्दर इस बात की ज़रूरत महसूस होती थी कि कोई ऐसा व्यक्ति हो जिसका उसके साथ उठना-बैठना नीलिमा और शुक्ला की वजह से न होकर उसकी अपनी वजह से ही हो और जो कम-से-कम एक व्यक्ति के रूप में तो उसे गम्भीरतापूर्वक ले। उसकी यह भूख इससे शायद और भी बढ़ जाती थी कि नीलिमा बात-बात पर उसका मज़ाक उड़ाने लगती थी। हरबंस को शायद ख़याल था कि उसकी इस भूख को मैं मिटा सकता हूँ। मगर मैं अपने मन को टटोलता कि क्या मैं हरबंस की वजह से ही उन लोगों में उठता-बैठता हूँ, तो मुझे इसका ठीक और स्पष्ट उत्तर नहीं मिलता था। इसमें तो कोई सन्देह नहीं था कि हरबंस ही उस दायरे का सबसे महत्त्वपूर्ण व्यक्ति था। नीलिमा और शुक्ला आख़िर उसी की कुछ लगती थीं, और उसी की वजह से हम

लोगों से मिलती-जुलती थीं। हरबंस का उन लोगों से चिढ़ना भी अस्वाभाविक नहीं था जो उसे एक स्वतन्त्र व्यक्ति के रूप में न लेकर नीलिमा और शुक्ला के साथ संलग्न एक इकाई के रूप में लेते थे। मगर मैं भी क्या उन्हीं लोगों में से नहीं था? क्या मैं भी किसी और की वजह से ही उसके साथ नहीं उठता-बैठता था? मैं इस सवाल को अपने मन से हटाए रखना चाहता था, मगर वह बार-बार वहाँ लौट आता था। क्या समचमुच...?

इतवार का दिन था और सुबह से ही आकाश में कोहरा छाया था। मैंने सुबह से शाम तक वही कुछ किया था जो हर भला आदमी ऐसे दिन में करता है, अर्थात् सुबह देर से उठा था और देर तक बिना नहाए पड़ा रहा था; फिर बिस्तर में ही नाश्ता किया था और उसके बाद देर तक अरविन्द से गप करता रहा था। मेरा घर से निकलने को ज़रा भी मन नहीं था, मगर अरविन्द दो बजे के बाद ड्यूटी पर चला गया, तो (मेरे लिए आइन्स्टाइन के सिद्धान्त के अनुसार) समय के क्षण बहुत लम्बे होने लगे और मैं चार बजे तक एक उपन्यास के पन्ने पलटने के बाद बेमन से तैयार होकर घर से निकल पड़ा। इतवार की शाम को कनॉट प्लेस में तब भी आज की तरह वीरानी छाई रहती थी। दूकानें बन्द थीं और कोहरे की वजह से घूमने वाले लोग भी बहुत ही कम नज़र आ रहे थे। कनॉट प्लेस उस समय एक बड़े-से स्टेडियम की तरह लग रहा था जिसमें खेल समाप्त हो चुका हो और पीछे छिलके बटोरने वाले लोग ही रह गए हों। तब तक कनॉट प्लेस से शरणार्थियों के स्टॉल अभी उठाए नहीं गए थे। वे लोग अपना-अपना सामान फैलाए जैसे एक उजड़े हुए मीना बाज़ार में बैठे आकाश के बदले हुए रंग को देख रहे थे। उन स्टॉलों के पास से गुज़रते हुए अचानक एक जगह मेरी नज़र हरबंस पर पड़ गई। वह एक किताबें बेचने वाले के स्टॉल पर झुका हुआ कुछ किताबें देख रहा था। मैं उसके पास जा खड़ा हुआ, तो भी कुछ देर उसका ध्यान मेरी तरफ़ नहीं गया। आख़िर जब मैंने उसकी पीठ पर हाथ रखा, तो उसने चौंककर मेरी तरफ़ देखा और सीधा खड़ा हो गया। 'अरे, तुम?' उसने कहा।

'तुम इस वक़्त अकेले कैसे निकल आए?' मैंने पूछा।

'ऐसे ही...घर बैठे-बैठे ऊब गया था। सोचा चलकर कुछ किताबें ही देखूँ।'

'तो चलो, कुछ देर तुम्हारे यहाँ चलकर ही बैठते हैं। मैं भी घर पर काफ़ी ऊब गया था। आज दिन ही कुछ ऐसा है।'

'नहीं, घर नहीं चलेंगे,' वह हाथ में ली हुई किताब को वापस रखता हुआ बोला, 'कहीं और चलते हैं।'

'और कहाँ चलेंगे?'

'जहाँ भी चलो।'

'मैंने घर के लिए इसलिए कहा था कि इस कोहरे में बाहर तो कहीं बैठा नहीं जाएगा। घर में रिकॉर्ड सुन सकते हैं और साथ में...।'

'रिकॉर्ड जाएँ भाड़ में! मैं रोज़-रोज़ वे रिकॉर्ड सुनकर तंग आ गया हूँ,' वह बोला। 'हम बाहर कहीं क्यों नहीं बैठ सकते? इस मौसम में बल्कि बाहर बैठना ज़्यादा अच्छा लगेगा। मैं इस वक़्त घर तो बिलकुल ही नहीं जाना चाहता।' उसने मेरा हाथ कसकर पकड़ लिया और सामने टैक्सी स्टैंड की तरफ़ चलते हुए कहा, 'यह बहुत ही अच्छा हुआ जो तुम मिल गए। मैं इस वक़्त बहुत-बहुत अकेला महसूस कर रहा था।'

'क्यों?'

'मैं ठीक से तुम्हें बता नहीं सकता। मैं जब घर से निकला, तो यह महसूस कर रहा था कि मेरा कोई घर-बार नहीं है, कोई सगा-सम्बन्धी नहीं है, और मैं बिलकुल अकेला हूँ। मुझे लगता है मेरे साथ अन्दर-ही-अन्दर कोई दुर्घटना हो रही है।'

'तुम्हारा मतलब है कि तुम इस समय किसी मानसिक संकट में हो?'

'तुम इसे मानसिक संकट कह लो या कुछ भी कह लो। मुझे लग रहा है कि मैं धीरे-धीरे अपने वश से बाहर होता जा रहा हूँ। कोई चीज़ मुझे अन्दर से धकेल रही है और मुझे लग रहा है कि मैं...'

मैं उसके वाक्य पूरा करने की प्रतीक्षा करता रहा, मगर वह वाक्य पूरा न करके टैक्सी से बाहर जाने क्या देखने लगा। हम लोग जब टैक्सी छोड़कर इंडिया गेट के लॉन में आ गए, तो भी उसकी ख़ामोशी उसी तरह बनी रही।

'लगता है आज तुम बहुत उदास हो,' जब काफ़ी देर उसने कोई बात नहीं की, तो मैंने कहा।

वह लॉन की घास पर लेट गया था और शायद उसे यह अहसास भी नहीं रहा था कि मैं उसके पास बैठा हूँ। उसने कुछ चौंककर मेरी तरफ़ देखा और कहा, 'कितना अच्छा होता अगर बात सिर्फ़ उदास होने तक ही होती!'

'तो क्या कोई बहुत बड़ी बात हो गई है जिससे तुम इतने परेशान हो?'

वह कुछ देर चुपचाप कोहरे से लदे हुए आकाश को कुछ खोजती हुई-सी आँखों से देखता रहा। फिर बोला, 'एक बात है जो मैं तुम्हीं को बता रहा हूँ। बहुत जल्दी ही मैं यहाँ से बाहर चला जाऊँगा।'

'मतलब, दिल्ली छोड़कर और कहीं नौकरी कर लोगे?'

'मेरा मतलब है मैं इस देश से बाहर चला जाऊँगा।'

मुझे कुछ आश्चर्य हुआ और मैं उसका वास्तविक अभिप्राय समझने के लिए पल-भर उसके चेहरे की तरफ़ देखता रहा। 'मतलब बाहर जाकर डॉक्टरेट-ऑक्टरेट

करने का इरादा है, या...?' एक बार बातों-ही-बातों में उसने कहा था कि वह डॉक्टरेट के लिए इंग्लैंड जाना चाहता है।

'नहीं, मैं इस मतलब से नहीं, वैसे ही जाना चाहता हूँ।'

'वैसे ही, मतलब घूमने के लिए, या...?'

'घूमने के लिए आदमी इस तरह जाता है? और मेरे पास इतना पैसा कहाँ है कि सिर्फ़ घूमने के लिए बाहर जा सकूँ?'

मैं उसकी आर्थिक स्थिति के सम्बन्ध में विशेष कुछ नहीं जानता था। मुझे अपने रोज़ के अनुभव से इतना ही पता था कि वह काफ़ी ख़र्चीली ज़िन्दगी बिताता है।

'तो आख़िर कुछ तो इरादा होगा?' मैंने कहा।

'इरादा कुछ भी नहीं है,' वह धीरे से आँखें झपककर बोला। 'सिर्फ़ जा रहा हूँ।'

'मतलब अकेले ही जा रहे हो, या नीलिमा को साथ लेकर...?'

'मैं अकेला जा रहा हूँ और इसीलिए जा रहा हूँ कि घर के लोगों से दूर रह सकूँ।'

'मगर आख़िर क्यों?' मेरी आँखों के सामने नीलिमा का हँसता हुआ चेहरा आ गया, 'यह तो बहुत अजीब-सी बात लगती है कि तुम बिना किसी उद्देश्य के विदेश जा रहे हो, और बिलकुल अकेले जा रहे हो।'

'चाहे कितनी भी अजीब लगे, मगर बात यही है कि मैं यहाँ से जा रहा हूँ और बिलकुल अकेला ही जा रहा हूँ। मैं अब बिलकुल अकेला रहना चाहता हूँ और अपनी ज़िन्दगी बिलकुल नए सिरे से आरम्भ करना चाहता हूँ।'

'मतलब?' मुझे विश्वास नहीं हुआ कि उसने जो बात कही है, उसका वही मतलब हो सकता है।

'क्यों, मुझे यह हक़ नहीं है कि मैं अपनी ज़िन्दगी नए सिरे से आरम्भ कर सकूँ?'

'मगर अचानक ऐसी बात क्या हो गई? कल तक तो सबकुछ ठीक-ठाक था।'

'ऊपर से ज़रूर ऐसा लगता होगा,' वह थोड़ा चिढ़कर बोला, 'मगर मेरे अन्दर यह कशमकश न जाने कब से है! तुमने मेरी फ़ाइलों में लगे हुए वे पन्ने देखे थे न?'

मैं थोड़ा सावधान हो गया कि कहीं घुमा-फिराकर वह बात अपने उपन्यास पर ही तो नहीं ला रहा।

'हाँ-हाँ...।'

'मैंने तुमसे कहा था कि मैं वह उपन्यास एक आदमी के मानसिक संघर्ष को लेकर लिख रहा हूँ।'

'हाँ, मुझे याद है। रमेश खन्ना कई साल तक एक लड़की के प्रेम में तड़पता रहा, और जब उस लड़की से उसका ब्याह हो गया, तो वह सोच-सोचकर तड़पने लगा कि उससे किस तरह छुटकारा पाए।'

‘मैंने रमेश खन्ना का नाम ऐसे ही ले दिया था,’ वह बोला। ‘मैं वह उपन्यास दरअसल अपने बारे में ही लिखना चाहता था।’

मेरे अन्दर कोई चीज़ सहसा झनझना गई और मैं चुपचाप उसके चेहरे की तरफ़ देखता रहा। वह भी चुप रहकर कुछ देर कोहरे के अन्दर उसी तरह कुछ खोजता रहा। मैं इतने दिनों से उसके साथ घूमता था और कई बार उनके घर गया था, मगर उसकी और नीलिमा की ज़िन्दगी को देखकर मेरी यही धारणा बनी थी कि वे दोनों दो अच्छे मित्रों की तरह रहते हैं और उनका जीवन बहुत सुखी है। बल्कि मैं तो सोचता था कि वास्तव में सुखी विवाहित जीवन हो सकता है, तो उसी तरह का हो सकता है।

‘मगर मैं तो कभी सोच भी नहीं सकता था कि...’

उसने मेरी बात पूरी नहीं होने दी और बीच में ही बोल उठा, ‘हममें से हर आदमी दूसरे आदमी की ज़िन्दगी के बारे में यही कहता है। मगर सच बात हो यह है कि मुझे आज से एक-डेढ़ साल पहले ही यह निश्चय कर लेना चाहिए था और यहाँ से चले जाना चाहिए था।’

‘मगर क्या सचमुच तुम समझते हो कि स्थिति इतनी ही गम्भीर है, या...?’

उसने केवल कन्धे हिला दिए और फिर कुछ देर कुहरीले बादलों में खोया रहा। मैं भी कुहनियों पर झुककर उन बादलों को ही देखने लगा जो अपने-आपमें एक भरी-पूरी दुनिया की तरह थे, हलके और गहरे रंगों की एक उदास और ख़ामोश दुनिया की तरह जो हर क्षण अपना रूप बदल रही थी, फिर भी अपने अवसाद में जड़-सी प्रतीत होती थी। उसमें एक अथाह गहराई तो थी जिसका कोई आर-पार नहीं था, मगर ऐसी घनता नहीं थी जो उसे बरसा देती। मैं कोहरे के अन्दर तरह-तरह की तसवीरें बनते देखता रहा, जैसे बचपन में स्कूल में ब्लैक-बोर्ड के सामने बैठा मन-ही-मन उसमें से हाथी-घोड़े और न जाने क्या-क्या तराशता रहता था।

हम काफ़ी देर वहाँ बैठे रहे। मैं घास की तिगलियों को अपनी उँगलियों में मसलता रहा। हरबंस कुछ देर बाद घास पर उलटा लेट गया; कुहनियों के बल होकर बात करता रहा। उसके जीवन में वास्तविक उलझन कहाँ है, यह उसकी सब बातें सुनकर भी मुझे पता नहीं चल सका। वह जो बातें बहुत गम्भीर होकर कह रहा था, वे मुझे बहुत ऊपरी और बहुत सतही लग रही थीं। परन्तु उनके भीतर शायद कहीं कुछ था, सतह से बहुत नीचे, गहरे पानी में कुलबुलाती हुई नन्ही-नन्ही मछलियों की तरह, जिनके अस्तित्व का सतह से देखने पर बिलकुल आभास नहीं होता। उसने जो कुछ कहा, वह बहुत साधारण था, मगर जिस तरह कहा उससे मुझे लगा कि अपने अन्दर-ही-अन्दर बहुत गहरे में कहीं वह बुरी तरह रिस रहा है, और जो कुछ वह कहना चाहता है, उससे शब्दों में व्यक्त नहीं हो पाता। शायद

बात करने में भी उसके साथ वही कठिनाई थी जो लिखकर भाव प्रकट करने में थी।

जो कुछ उसने बताया, वह यही था कि पिछली रात घर में उसकी नीलिमा से कुछ कहा-सुनी हो गई थी। कुछ दिनों से उन लोगों की जीवन भार्गव से भेंट नहीं हुई थी। पिछली रात जब वे खाना खा रहे थे, तो भार्गव उनके यहाँ आया और आग्रह करके उसे अपने साथ कॉफ़ी पीने के लिए बाहर ले गया। वह उस समय सरदी में बाहर नहीं जाना चाहता था, मगर भार्गव ने बहुत ही हठ किया कि वह उसके साथ एक बहुत ज़रूरी बात करना चाहता है। नीलिमा ने भी कहा कि भार्गव इतनी ठंड में उससे कोई बात करने के लिए आया है, तो उस बेचारे को निराश नहीं करना चाहिए। वह जब भार्गव के साथ बाहर आ गया, तो उसे ध्यान आया कि वह ख़ाली चप्पल पहने हुए ही बाहर आ गया है, मगर वह मोज़ा या जूता पहनने के लिए लौटकर नहीं गया। उसका मन जो पहले ही खीझा हुआ था, इससे और खीझ गया। भार्गव उसे अपने साथ 'वोल्गा' में ले गया। वहाँ जाकर काफ़ी देर भार्गव इधर-उधर की बातें करता रहा, पर आख़िर जब तंग आकर वह उठने की सोचने लगा, तो भार्गव ने हिचकिचाते हुए उससे कहा कि वह शुक्ला के साथ ब्याह करने के लिए उसकी अनुमति चाहता है।

इस प्रकरण पर आकर हरबंस कुछ उत्तेजित होकर बैठ गया। 'मैंने उससे कहा कि तुम्हें यह बात कहते हुए शरम नहीं आती? तुम्हें पता है शुक्ला की उम्र क्या है? वह मुश्किल से अभी सत्रह बरस की हुई है, और इस कच्ची उम्र में तुम चाहते हो कि उसका तुम्हारे साथ ब्याह कर दिया जाए? मैं नहीं जानता था कि तुम इतने ओछे और इतने स्वार्थी हो! तुम इतने दिनों से मेरे साथ इसीलिए दोस्ती का स्वाँग भर रहे थे?'

'मगर...' मैं कुछ कहने लगा, तो हरबंस ने मेरी बात बीच में ही काट दी। 'मैंने उससे कहा कि मैं आज से तुम्हारे साथ उठने-बैठने का भी सम्बन्ध नहीं रखना चाहता। तुम आज से कभी न तो हमारे यहाँ आओगे, और न ही बाहर हममें से किसी से मिलोगे। मैं यह बरदाश्त नहीं कर सकता कि लोग मेरे साथ बैठकर कला-संस्कृति की बातें करें और वास्तव में उनकी आँख मेरे घर की लड़कियों पर हो।'

'यह क्या एक तरह से तय ही नहीं था कि...'

'यह तुमसे किसने कहा है कि ऐसी कोई बात कभी तय हुई थी?' वह उसी उत्तेजना में कहता गया। 'तुम समझते हो कि मैं यह बरदाश्त कर सकता हूँ कि वह लड़की इस उम्र में ब्याह करके बाल-बच्चे सँभालने लग जाए? मैंने उसके बारे में जाने क्या-क्या सोच रखा है! सबसे पहले तो मैं उसे मॉरिस कॉलेज में संगीत की शिक्षा के लिए भेजना चाहता हूँ।'

एक तरफ़ तो वह विदेश जा रहा है, और दूसरी तरफ़ वह शुक्ला को संगीत की शिक्षा के लिए मॉरिस कॉलेज भेज रहा है—इसमें जो असंगति थी, उसकी तरफ़ उसका ध्यान नहीं गया। उसका चेहरा इस तरह तमतमा रहा था जैसे जीवन भार्गव उस समय भी उसके सामने बैठा हो और वह उसी को सम्बोधित करके बात कर रहा हो।

'ख़ैर, यह तो तुम्हारे और शुक्ला के सोचने की बात है,' मैंने कहा, 'मगर इससे तुमने विदेश जाने का निश्चय कैसे कर लिया?'

'मगर बात वहीं तो समाप्त नहीं हो गई,' वह बोला। 'आज सावित्री ने इस बात को लेकर एक तूफ़ान खड़ा कर दिया है।' नीलिमा का वास्तविक नाम यही था। 'नीलिमा' यह नाम उसने बाद में अपने लिए चुन लिया था। मगर हरबंस के मुँह से अब भी कई बार उसका पुराना नाम ही निकल पड़ता था। यह ज़्यादातर तब होता था जब वह उत्तेजित होता।

सुबह की उसने जो बात बताई, वह इस तरह थी कि रात को उसने नीलिमा को भार्गव के साथ हुई अपनी बातचीत के विषय में नहीं बताया था। सुबह नाश्ते के समय उसने नीलिमा को बताया कि उसने भार्गव को उस घर में आने-जाने से मना कर दिया है इसलिए उसकी अनुपस्थिति में भी भार्गव को वहाँ नहीं आना चाहिए। नीलिमा इस पर एकदम भड़क उठी और उसने कहा कि वह उसके पिता का घर है, उस घर में किसी को आने-जाने से रोकने वाला वह कौन है? नीलिमा ने उससे यह भी कहा कि शुक्ला के भविष्य के बारे में निर्णय करने का उसे कोई अधिकार नहीं है। यदि किसी को अधिकार है, तो शुक्ला को है, या बी जी और बाबूजी को है। हरबंस इस पर नाश्ता बीच में ही छोड़कर उठ खड़ा हुआ और यह कसम खाकर वहाँ से चला आया कि अब वह उस घर में कभी क़दम नहीं रखेगा। तब से लेकर मुझे मिलने तक वह इधर-उधर घूमता रहा था। अब रात को भी वह न तो लौटकर उस घर में जाना चाहता था, और न ही मॉडल बस्ती में अपनी माँ के घर।

'मैं यही सोच रहा था कि तुम मिल जाओ, तो मैं तुम्हारे साथ तुम्हारे घर चला चलूँगा और बाहर जाने से पहले जितने दिन यहाँ हूँ, उतने दिन तुम्हारे साथ ही काट लूँगा। मुझे जाने से पहले पैसे का प्रबन्ध करना है। उसके लिए मैं कल से ही दौड़-धूप शुरू करूँगा। हो सकता है रमेश खन्ना डेढ़-दो हज़ार रुपए का प्रबन्ध कर दे। मेरा पासपोर्ट बना हुआ है, इसलिए उसकी मुझे चिन्ता नहीं है। मुझे आज अच्छी तरह पता चल गया है कि जिस घर में मैं रहता हूँ, वह मेरा घर नहीं है और जिसे मैं अपनी पत्नी समझता हूँ, वह मेरी पत्नी नहीं है। मैंने आज तक इन लोगों के लिए जो कुछ किया है, उसके लिए भी मुझे अफ़सोस है। अपने पिता के गुज़रने पर मुझे घर से

अपने हिस्से के जो दस हज़ार मिले थे, वे दस-के-दस हज़ार मैंने एक-डेढ़ साल में इन लोगों के ऊपर ख़र्च कर दिए हैं। इसके नृत्य के अभ्यास पर ही हर महीने तीन सौ रुपया ख़र्च होता रहा। उस रुपए से मैंने अपने लिए एक पैसे की चीज़ नहीं ख़रीदी। आज भी अगर मेरी सारी तनख़ाह चार दिन में ख़र्च हो जाती है, तो किसके ऊपर होती है? इन्हीं लोगों पर या किसी और पर? अगर मेरी उस घर में कोई आवाज़ नहीं है, तो ठीक है। मैं भी उस घर के साथ कोई सम्बन्ध नहीं रखना चाहता।'

वह उस समय इतना भरा हुआ था कि अगर मैं उसे न मिलता, तो शायद वह बैठकर हवा से ही बात करता रहता। मेरा ध्यान कुछ देर उसकी बातों से हटा रहा और मैं अपने आसपास खेलते हुए बच्चों को देखता रहा। वे हवा में गेंद उछालते थे और उसे दबोचने के लिए किलकारियाँ मारते हुए दौड़ पड़ते थे। कुहरीली शाम के धुँधलके में उन्हें ऊपर से आती हुई गेंद न जाने कैसे दिखाई दे जाती थी। मुझे हर बार लगता जैसे गेंद ऊपर ही कहीं उस रुई जैसे कोहरे में दुबककर रह गई हो, मगर बच्चे उसे न जाने कहाँ से दबोच लाते थे और क्षण भर के बाद वह फिर उसी तरह ऊपर को उछाल दी जाती थी। तभी सहसा सड़क की बत्तियाँ जल उठीं। सड़क का अँधेरे में खोया हुआ व्यक्तित्व फिर बाहर निकल आया। उससे अगले ही क्षण इंडिया गेट के फ़व्वारों की बत्तियाँ भी जगमगा उठीं। हम लोगों के आसपास अँधेरा पहले से गहरा हो गया।

मैं सोच रहा था कि हरबंस को मैं अपने साथ घर कैसे ले जाऊँगा। तब तक हम लोगों में कभी यह बात नहीं उठी थी कि मैं कहाँ और किस घर में रहता हूँ। क्या सचमुच वह क़स्साबपुरा के उस घर में मेरे साथ रह सकता था और ठकुराइन और गोपाल की माँ की रामायण सुनकर वहाँ आत्मीयता का अनुभव कर सकता था?

'तुम चलना चाहो, तो बेशक मेरे साथ चलो,' मैंने कहा। 'मैं क़स्साबपुरा की एक छोटी-सी गली में अपने एक मित्र के पास ठहरा हुआ हूँ। हम लोग रात को ज़मीन पर सोते हैं क्योंकि वहाँ दो चारपाइयाँ ठीक से नहीं बिछ सकतीं। तुम तकलीफ़ महसूस न करो, तो मेरी तरफ़ से तुम चाहे जितने दिन वहाँ रहो!'

हरबंस इस तरह मेरी तरफ़ देखने लगा जैसे नक़ाब हटाने से उसे मेरा कोई और ही चेहरा नज़र आ रहा हो। कुछ देर वह चुपचाप सोचता रहा।

'वैसे मैं रमेश के यहाँ भी रह सकता हूँ,' वह बोला। 'सिर्फ़ उसकी पत्नी की बातें मुझसे बरदाश्त नहीं होतीं। वह औरत अपने को जाने क्या समझती है! उसे हर समय यह सोचने से ही फुरसत नहीं मिलती कि ब्याह से पहले वह कितनी सुन्दर थी और कितने लोग उससे ब्याह करने के लिए उत्सुक रहते थे।'

'तुम अपने मन में फ़ैसला कर लो,' मैंने कहा। 'मेरे साथ चलना हो, तो चाहे अभी चलो।'

'अच्छा, मैं अभी सोचकर बताऊँगा,' उसने कहा और घास पर पीठ के बल सीधा लेट गया। उसकी सिगरेट का धुआँ अँधेरे और कोहरे के बीच अपने अस्तित्व के लिए संघर्ष करता हुआ धीरे-धीरे ऊपर उठता और विलीन होता रहा। मैं चुपचाप बैठा सड़क से गुज़रती हुई गाड़ियों को देखता रहा।

उस दिन हरबंस काफ़ी गम्भीर होकर बात कर रहा था, फिर भी मैंने यह नहीं सोचा था कि वह सचमुच बाहर चला जाएगा। उस दिन इंडिया गेट से लौटने पर कॉफ़ी हाउस में हमारी नीलिमा से भेंट हो गई थी और वह उसे मनाकर अपने साथ घर ले गई थी। जीवन भार्गव का उसके बाद हम लोगों से मिलना-जुलना बिलकुल बन्द हो गया। शुक्ला ने स्वयं ही अगले दिन उससे कह दिया था कि वह उसके साथ ब्याह नहीं करना चाहती, इसलिए अच्छा होगा कि वह उनके यहाँ आना-जाना बन्द कर दे। उस दिन भार्गव दो घंटे शुक्ला के सामने बैठा चुपचाप आँसू बहाता रहा और उसके बाद न जाने वह दिल्ली से चला गया, या क्या हुआ कि उसकी सूरत ही दिखाई नहीं दी। कह नहीं सकता कि वह अपना जी हलका करने के लिए एब्सट्रैक्ट की दुनिया में लौट गया, या बाद में भी उस चोट की वजह से आँसू ही बहाता रहा। दो साल बाद जब एक बार मेरी उससे लखनऊ स्टेशन पर भेंट हुई, तो उसकी नई ब्याहता पत्नी उसके साथ थी और एक चपरासी उसका बैग सँभाले था। उसका लिबास भी तब तक बदल गया था और सलवार और कुरते ही जगह वह कोट-पतलून पहने था। उससे मिलने पर पता चला कि उसने एक सरकारी महकमे में आर्ट-डिज़ाइनर के रूप में नौकरी कर ली है। अगर उस दिन मैं ही उसे पहचानकर न बुला लेता, तो शायद वह मेरे पास से बिलकुल एक अजनबी की तरह गुज़रकर चला जाता। उसके चेहरे से मुझे स्पष्ट लगा कि मुझसे मिलकर और बात करके उसे खुशी नहीं हुई।

इंडिया गेट पर हुई बातचीत के बाद कई दिन गुज़र गए। हरबंस से फिर कभी उस विषय में बात नहीं हुई। मैंने सोचा कि वह एक क्षणिक उबाल था जो अब शान्त हो गया है। रोज़ की ज़िन्दगी लगभग वही थी—वही घर, वही दफ़्तर, वही कॉफ़ी हाउस और वही बातें। भार्गव की बात हम लगभग भूल गए थे। केवल नीलिमा ही थी जो कभी-कभी उसका ज़िक्र कर देती थी। 'बेचारा भार्गव!' वह कहती, 'उसके साथ सचमुच बहुत बुरी हुई है!' इस पर हम लोग चुप रहते, हरबंस की भौंहें कुछ तन जातीं और शुक्ला गरदन घुमाकर दूसरी तरफ़ देखने लगती। मगर यह ऐसे ही होता जैसे झरने के पानी में एक छोटा-सा पत्थर गिरे और जब तक उससे एक लहर पैदा हो तब तक बहाव उस लहर को बहाकर ले जाए। भार्गव की स्थिति उस क्यूरियो

पीस की तरह थी जिसका सिर हमारे सामने टूटा था, मगर जिसे चुपचाप उसकी जगह पर छोड़कर हम आगे चले आए थे।

इसलिए जब एक दिन नीलिमा ने मुझसे कहा कि हरबंस दस-पन्द्रह दिन में बाहर जा रहा है, तो मुझे विश्वास नहीं आया।

'कहाँ जा रहा है?' मैंने बहुत सरसरी तौर पर और लगभग मज़ाक में पूछ लिया।

'अभी तो लन्दन जा रहा है,' उसने अपने होंठों को एक करवट देते हुए कहा।

'इन दिनों? इस सरदी में?'

नीलिमा ने चुपचाप सिर हिलाया और अपने नाख़ूनों को देखती रही।

'कितने अरसे के लिए जा रहा है?'

'यह उसी से पूछ लेना,' वह बोली। 'मुझसे तो उसने यही कहा है कि वह फ़िलहाल दो-एक साल बाहर रहना चाहता है। हो सकता है कि वहाँ रहकर डॉक्टरेट कर ले।'

'मगर मुझसे तो उसने कहा था कि...' मैं कहते-कहते रुक गया।

'तुमसे उसने क्या कहा था?' नीलिमा की आँखें एक उत्सुकता के साथ मेरे चेहरे पर स्थिर हो गईं। मुझे उस समय उसके सामने झूठ बोलने के लिए बहुत प्रयत्न करना पड़ा।

'कि अभी उसका बाहर जाने का इरादा नहीं है।'

'यह उसने कब कहा था?'

'बहुत दिन हो गए।'

'मैं तुम्हें आज की बात बता रही हूँ। आज उसने सचमुच फ़ैसला कर लिया है कि फरवरी के शुरू में वह यहाँ से चला जाएगा।'

'और तुम?'

'मैं यहीं रहूँगी।'

'मगर...'

'मगर क्या?'

'मगर ये तो यहाँ से जाने के दिन नहीं हैं। अगर उसे डॉक्टरेट ही करना है, तो उसके लिए, उसे एडमिशन लेकर जून-जुलाई में यहाँ से जाना चाहिए।'

'यह बात तो वही बता सकता है। कहता है पहले जाकर कोई नौकरी करूँगा और जब ख़र्च का कुछ प्रबन्ध हो जाएगा, तो एडमिशन ले लूँगा।'

'तो यहाँ से नौकरी छोड़कर जाएगा?'

'यहाँ से उसने त्यागपत्र दे दिया।'

'दे दिया है?'

'हाँ, आज सुबह वह अपना त्यागपत्र दे आया है।'

'बग़ैर नोटिस के ही त्यागपत्र दे आया है?'

'कहता है कि उसने प्रिंसिपल को पीछे की तारीख़ डलवाकर त्यागपत्र लेने के लिए राज़ी कर लिया है। वह तीन फरवरी के जहाज़ के लिए सीट भी बुक करा आया है।'

'इतनी जल्दी? क्या और सारा इन्तज़ाम उसने कर लिया?'

'उसने हज़ार रुपया रमेश से क़र्ज़ लिया है। जाने तक शायद उसे कॉलेज से अपने प्रॉविडेंट फ़ण्ड के पैसे भी मिल जाएँगे।'

नीलिमा काफ़ी तटस्थ रहकर बात करने का प्रयत्न कर रही थी, जैसे चर्चा हरबंस के जाने की न होकर किसी और के जाने की हो रही हो। मैं देखता रहा कि उसके चेहरे पर दुःख या क्षोभ की कोई रेखा नज़र आती है या नहीं, परन्तु ऐसी कोई रेखा उस समय मुझे वहाँ नज़र नहीं आई। वह इस तरह सरसरी तौर पर बात कर रही थी जैसे सुबह के अख़बार में पढ़ी हुई कोई ख़बर सुना रही हो।

'मगर इस तरह अचानक ही उसने जाने का निश्चय कैसे कर लिया?' मैं भी उस समय यह बिलकुल ज़ाहिर नहीं होने देना चाहता था कि मुझे उस बारे में कुछ मालूम है।

वह कुछ देर अपने में गुम होकर सोचती रही—उसे इस तरह सोचते मैंने कभी नहीं देखा था; और क्षण-भर एक हाथ को दूसरे हाथ में उलझाए रही। फिर बोली, 'अगर सच पूछते हो, तो मुझे लगता है वह मेरी वजह से ही यहाँ से से जा रहा है। यहाँ रहकर शायद उसे लगता है कि वह जो कुछ करना चाहता है, वह मेरी वजह से नहीं कर पा रहा। मैं भी सोचती हूँ कि अगर सचमुच ऐसा है और मेरी वजह से ही उसे अपनी ज़िन्दगी में रुकावट महसूस होती है, तो मैं उसके रास्ते में रुकावट क्यों बनूँ? वह कुछ अरसा मुझसे दूर रहेगा, तो उसके मन से यह बात तो निकल जाएगी। मैं भी इस बीच देख लूँगी कि अकेली रहकर मुझे कैसा लगता है! मैं इस बीच दक्षिण चली जाऊँगी और वहाँ नृत्य का अभ्यास करूँगी। बी जी कह रही हैं कि वे मुझे वहाँ जाने का ख़र्च दे देंगी। मैंने तय कर लिया है कि मैं उसे एक बार भी रुकने के लिए नहीं कहूँगी।'

और तब पहली बार मुझे नीलिमा के चेहरे की गहराई में एक ऐसी रेखा नज़र आई जो एक दर्द या व्याकुलता की रेखा हो सकती थी। परन्तु तुरन्त ही उसने अपने को झटककर ठीक कर लिया और बोली, 'तुम तो हरबंस के जाने के बाद हम लोगों से मिला करोगे न?'

'हाँ, क्यों नहीं मिला करूँगा?'

'हरबंस तुमसे बात करे, तो तुम भी उसे यही राय देना कि वह ज़रूर चला जाए,' वह बोली। 'वह आजकल तुम्हारी बात की बहुत क़द्र करता है। हो सकता है कि

तुम उसे रुकने के लिए कहो, तो वह रुक जाए और उसके बाद रात-दिन उसी तरह झींकता रहे। मैं अब इस निष्कर्ष पर पहुँच गई हूँ कि कुछ दिनों के लिए उसका चले जाना ही हम लोगों के लिए हितकर है।'

'मगर बात यह है नीलिमा कि...'

'मैं तुम्हें एक बात बता दूँ सूदन,' वह बोली। 'वह मुँह से चाहे जो कहे, मगर मुझसे अलग होकर वह नहीं रह सकता। मैं यह बात बहुत अच्छी तरह जानती हूँ। मगर मैं चाहती हूँ कि वह एक बार कुछ दिनों के लिए वह प्रयोग करके देख ले, नहीं तो वह ज़िन्दगी-भर कुढ़ता रहेगा कि मेरी वजह से वह यह नहीं कर सका, वह नहीं कर सका। बाक़ी जहाँ तक शुक्ला की ज़िन्दगी का सवाल है, उसमें उसका दख़ल मुझे ज़रा भी पसन्द नहीं है। मैं आज भी सोचती हूँ कि शुक्ला का भार्गव के साथ ब्याह हो जाना चाहिए था। चाहे अभी न होता, दो साल बाद होता।'

'मगर शुक्ला ने उसे खुद ही मना कर दिया था। जब वह खुद ही नहीं चाहती थी, तो...'

'वह क्या चाहती है और क्या नहीं, यह वह खुद भी नहीं जानती। सरोज एक मैकेनिक से ब्याह करना चाहती है जिसके पास न सूरत है, न पैसा और न ही वह ज़्यादा पढ़ा-लिखा है। हम लोग उसके हक़ में नहीं थीं, मगर उसे तो हरबंस बढ़ावा देता रहा है कि जिस आदमी को वह चाहती है, उसी से उसे ब्याह करना चाहिए। मगर शुक्ला के मामले में...मैं नहीं जानती कि इसने इस तरह की दख़लअन्दाज़ी क्यों की है? कभी-कभी तो मुझे लगता है कि कहीं...?'

मुझे अपने अन्दर एक झनझनाहट-सी महसूस हुई, मगर मैंने बहुत जल्दी अपने को सँभाल लिया। 'तुम सचमुच ऐसा समझती हो!' मैंने पूछा।

'मैं कह नहीं सकती,' वह बोली। 'मगर ऐसे ही कभी-कभी मुझे लगता है...'

'मेरा ख़याल है, यह सिर्फ़ तुम्हारा वहम है।'

'हो सकता है ऐसा ही हो,' नीलिमा कुछ क्षणों के लिए फिर अन्तर्मुख हो गई। 'शुक्ला अभी बिलकुल बच्ची है। उसके लिए हरबंस भापाजी की इच्छा से बड़ी दुनिया में कोई चीज़ नहीं है। जो हरबंस भापाजी के लिए अच्छा है, वही उसके लिए अच्छा है और जो उनकी नज़र में बुरा है, वह उसके लिए भी बुरा है। मैं कहती हूँ कि हरबंस भापाजी के साथ उसका यही लगाव रहा, तो ब्याह के बाद वह किसी के यहाँ जाकर कैसे सुखी हो सकेगी?'

उसने हँसने का प्रयत्न किया, मगर ठीक से हँस नहीं सकी। वह उस हँसी से अपने अन्दर के किसी भाव को छिपाने का प्रयत्न कर रही थी, जो कि उसके स्वभाव के विपरीत था। आमतौर पर वह अपने किसी भी भाव को छिपाती नहीं थी—छिपा

सकती ही नहीं थी। जो कुछ वह महसूस करती थी, वही बात अक्सर उसकी ज़बान पर भी आ जाती थी। छिपाने का प्रयत्न उसके लिए एक बहुत बड़ा प्रयास था।

जिस दिन हमने हरबंस को विदा किया, उस दिन हलकी-हलकी फुहार पड़ रही थी। स्टेशन पर आने से पहले हरबंस मुझे अपने साथ एक जगह ह्विस्की पीने के लिए ले गया। वहाँ जाज़ चल रहा था और हमें सीट भी ऐसी मिली कि अपनी कही हुई बात अपने को ही सुनाई नहीं देती थी। हम लोगों ने ह्विस्की का एक-एक पेग ख़ामोश रहकर पिया। जब दूसरा पेग भी आधा-आधा पी चुके और हमारी आँखें सुर्ख़ होने लगीं, तो हरबंस ने कहा, 'देखो ज़िन्दगी में आदमी कैसे फ़ैसला करता है!'

मैंने सुना कि वह कह रहा है कि ज़िन्दगी में आदमी कैसे हौसला करता है। 'किस चीज़ का हौसला?' मैंने पूछा।

'मैं आज यहाँ से जा रहा हूँ,' वह बोला। 'शायद हमेशा के लिए! यह इतना बड़ा फैसला कितनी आसानी से हो गया!'

'तुम सचमुच समझते हो कि यह फ़ैसला बहुत आसानी से हो गया है?' मैंने कहा।

'बिलकुल आसानी से,' वह बोला। 'जब तक मैंने फ़ैसला नहीं किया था, तब तक मेरे मन में उलझन थी। अब कोई उलझन नहीं है।'

'अगर सचमुच तुम्हारे मन में कोई उलझन नहीं है, तो मुझे इसकी खुशी है।'

'तुम्हें खुशी है न?' वह बोता। 'मैं जानता था तुम्हें खुशी होगी।'

मुझे लगा कि मैं बात का सूत्र ठीक से पकड़ नहीं पाया। 'तुम क्या बात कर रहे हो?' मैंने कहा।

'मैं तुम्हारी खुशी की बात कह रहा हूँ,' वह बोला। 'मुझे पता था तुम्हें खुशी होगी।'

'किस बात की खुशी?' मैंने फिर बात का सूत्र पकड़ने की कोशिश की।

'मेरे जाने की! और किस बात की?' उसने आख़िरी घूँट भरकर गिलास रख दिया और सहसा उठ खड़ा हुआ। 'आओ चलें...।'

उसकी बात का सूत्र तब तक मेरी पकड़ में नहीं आया जब तक हम बाहर आकर टैक्सी में नहीं बैठ गए। तब तक मुझे अपना आप ह्विस्की की वजह से काफ़ी हलका लग रहा था, मगर बात का सूत्र पकड़ में आते ही मेरे मन में ही नहीं, शरीर पर भी एक भारीपन छाने लगा। तो क्या...नीलिमा जो बात सोचती थी, वह सच थी? हरबंस को जीवन भार्गव से ही नहीं, मुझसे भी ईर्ष्या थी? उस हर व्यक्ति से ईर्ष्या थी जो किसी भी तरह शुक्ला के निकट रह सकता था?

'तुम यह कैसे कह रहे थे कि मुझे तुम्हारे जाने की खुशी है?' मैंने उसका हाथ पकड़ लिया। मैं उसके जाने से पहले उस पर अपनी पारसाई की छाप बैठा देना चाहता था। 'तुम ऐसी बात सोच भी कैसे सकते हो?'

उसने मेरी तरफ़ एक अभियोगपूर्ण दृष्टि से देखा और कन्धे हिला दिए। 'मैं जा रहा हूँ और कभी लौटकर नहीं आऊँगा,' उसने कहा। 'आज मैं हमेशा के लिए इस शहर से विदा ले रहा हूँ। आज से इस शहर और इसकी खुशियों में मेरा कोई हिस्सा नहीं होगा।'

'क्या इसका यही मतलब नहीं कि तुम जाना न चाहते हुए भी ज़बरदस्ती जा रहे हो?'

उसने मुँह बिचकाकर कन्धे हिला दिए और टैक्सी के मीटर को देखने लगा।'

'अगर तुम ऐसे ही महसूस करते हो तो रुक क्यों नहीं जाते?'

उसने एक बार घूरकर मेरी तरफ़ देखा और एक हलकी-सी 'हुँह' के बाद उसी तरह टैक्सी के मीटर को देखता रहा।

'सच, अभी तो कुछ नहीं बिगड़ा,' मैंने कहा। 'तुम्हारा टिकट अब भी वापस हो सकता है, और...।'

'टिकट वापस नहीं हो सकता,' वह बोला। 'मैंने वापस करने के लिए टिकट नहीं ख़रीदा था।'

'मगर मैं तुम्हें विश्वास दिलाता हूँ कि तुम्हारा जाने को मन नहीं है।'

'तुम मेरे मन की बात मुझसे ज़्यादा जानते हो?' वह बोला। 'मैं जानता हूँ कि मैं ज़िन्दगी में क्या चुन सकता हूँ और मुझे क्या चुनना चाहिए। यह भी जानता हूँ कि मेरे आसपास की दुनिया में किसे मेरी ज़रूरत है और किसे नहीं है। मैं सबकुछ जानता हूँ। ख़ूब अच्छी तरह जानता हूँ। हर एक को जानता हूँ। ख़ूब अच्छी तरह जानता हूँ।'

खिड़की से फुहार के साथ बहुत ठंडी हवा आ रही थी। मैं खिड़की का शीशा चढ़ाने लगा, मगर टैक्सी तब तक हनुमान रोड पर पहुँच गई।

उसके बाद हरबंस से मेरी अलग से कोई बात नहीं हुई। स्टेशन पर उसे छोड़ने के लिए हम तीन व्यक्ति ही गए थे—नीलिमा, शुक्ला और मैं। और लोगों को हरबंस ने स्वयं ही मना कर दिया था कि उस ख़राब मौसम में किसी को स्टेशन पर आने की ज़रूरत नहीं। अपनी माँ और बहन-भाइयों से भी वह घर पर ही मिल आया था और उन्हें भी स्टेशन पर आने से मना कर आया था। यह शायद उसकी सनक ही थी, या शायद वह जाते समय अपने आसपास ज़्यादा भीड़ नहीं देखना चाहता था। गाड़ी के चलने तक हम तीनों के बीच भी वह जैसे बिलकुल अकेला और पराया-सा ही खड़ा रहा। किसी से भी उसने ज़्यादा बात नहीं की। गाड़ी स्टेशन से दस मिनट

लेट चली और वे दस मिनट उसने बहुत ही बेचैनी में काटे। कभी वह घड़ी की तरफ़ देखता, कभी सिग्नल की तरफ़ और कभी अपने जूते के फ़ीते को खोलकर बाँधने लगता। भाप छोड़ते हुए इंजन की तरफ़ वह बार-बार इस तरह देखने लगता जैसे गाड़ी को लेट करने का दोष उसी पर हो। आख़िर जब गार्ड ने सीटी दी, तो उसने एक बार मुसकराकर हम सबकी तरफ़ देखा और फिर चुपचाप गाड़ी में सवार होकर दरवाज़े के पास खड़ा हो गया। वहाँ से वह इस तरह इंजन की तरफ़ देखने लगा जैसे उसे याद ही न हो कि कोई उसके साथ उसे छोड़ने के लिए भी आया है।

'जाती बार तुम ठीक से मिलकर भी नहीं जाओगे?' नीलिमा ने कुछ चोट खाए स्वर में उससे कहा। वह काफ़ी देर से बहुत गम्भीर दृष्टि से उसके चेहरे की तरफ़ देख रही थी।

वह बहुत खोया-खोया-सा जल्दी से गाड़ी से उतरा। पहले उसने मुझसे हाथ मिलाया। फिर उसने नीलिमा का हाथ पकड़ा, तो वह उसके गले में बाँहें डालकर उससे लिपट गई। उसी तरह शुक्ला भी उसके गले में बाँहें डालकर उससे मिली।

तभी इंजन की चीख़ वातावरण में फैल गई। हरबंस ने एक झटके के साथ शुक्ला को अपने से अलग किया और जल्दी से फिर गाड़ी के दरवाज़े पर जा खड़ा हुआ। इंजन ने दो-एक बार फफककर भाप छोड़ी, पटरियों पर पहिए चिलके, और एक हलके-से झटके के साथ गाड़ी चल पड़ी। मैं न जाने क्यों गाड़ी के चलने तक अपने मन में कहीं आशा कर रहा था कि हरबंस नहीं जाएगा, नहीं जाएगा; जब गाड़ी चलने लगेगी, तो वह अचानक अपना मन बदलकर उतर पड़ेगा। मगर वह अपनी जगह पर उसी तरह खड़ा रहा, गाड़ी की चाल धीमे से तेज़ होती गई और कुछ ही देर में प्लेटफॉर्म ख़ाली रह गया।

गाड़ी प्लेटफॉर्म से निकल गई तो नीलिमा हम दोनों से पहले गेट की तरफ़ चल दी। मैंने उसकी तरफ़ देखा कि शायद उसकी आँखों में कहीं आँसू अटके हों। मगर उसकी आँखें बिलकुल सूखी थीं और चेहरे के भाव में भी विशेष अन्तर नहीं था। शायद वह अपने मन के भाव को बाहर प्रकट नहीं होने देना चाहती थी। अचानक मेरे कानों में सुबकने की-सी आवाज़ पड़ी, तो मैंने चौंककर फिर उसकी तरफ़ देखा। वह अपने स्वाभाविक अन्दाज़ में उसी तरह चल रही थी और कहीं कोई अन्तर नहीं था। तभी मेरी नज़र शुक्ला पर पड़ी। मैंने देखा कि उसकी आँखें भीगी हैं और उसके होंठ भी ज़रा-ज़रा हिल रहे हैं। मुझे नीलिमा की स्थिरता उस समय अच्छी नहीं लगी। क्या सचमुच उसे हरबंस के चले जाने से कोई अन्तर नहीं पड़ा था, या उसकी स्थिरता एक अभिनय था—केवल एक कुशल अभिनय? यह भी सम्भव था कि वह केवल यह दिखाना ही चाहती थी कि वह किसी भी स्थिति में अपने को विचलित नहीं होने देती; हर स्थिति में अपने पर पूरा काबू रख सकती है। या शायद कमज़ोर पड़कर वह अपने

उस विश्वास को खोना नहीं चाहती थी जिसकी वह मेरे सामने घोषणा कर चुकी थी। क्या उसे पता था कि हरबंस कभी लौटकर वहाँ न आने का निश्चय करके गया है? या कि उसका विश्वास उस जानकारी से कहीं बड़ा था? या उसे इसकी परवाह ही नहीं थी और वह अपने को पूरी तरह अपने ही ऊपर निर्भर मानती थी? उसकी सधी हुई चाल, तनी हुई गरदन और चमकती हुई आँखें—कुछ भी तो उस समय की स्थिति के अनुकूल नहीं था। क्या सचमुच उसमें वह दुर्बलता नहीं थी जो हर स्त्री में होती है?

हम अभी बाहर निकले ही थे कि स्टेशन के टैक्सी स्टैंड से मुझे एक परिचित आकृति अपनी ओर आती दिखाई दी। मैं उसे देखकर चौंक गया, मगर नीलिमा और शुक्ला को उसे देखकर आश्चर्य नहीं हुआ। सुरजीत जैसे वहाँ खड़ा हमारे बाहर निकलने की ही प्रतीक्षा कर रहा था।

वह बहुत तेज़-तेज़ चलता हुआ हमारे पास आ गया। उसके ताज़ा कटे हुए बाल बारिश में भीग रहे थे। वह कुछ घबराया हुआ-सा बोला, 'गाड़ी चली गई?'

'हाँ,' नीलिमा ने कहा। 'गाड़ी तो दस मिनट लेट गई है।'

'मुझे गाड़ी के वक़्त का ठीक पता नहीं था,' वह जल्दी-जल्दी और बहुत व्यस्त ढंग से बोला। 'मैं अन्दाज़े से ही टैक्सी लेकर आया हूँ। एक चाय-पार्टी थी, वहाँ से उठने-उठने में ही देर हो गई। मैं उनसे कहता भी रहा कि मेरे एक दोस्त को बाहर जाना है, इसलिए मुझे जल्दी उठ जाने दो। मगर तुम्हें इन पार्टियों का पता ही है। लोग विदा लेने-देने में ही एक घंटा लगा देते हैं।'

'ख़ैर, गाड़ी तो अब चली ही गई है,' नीलिमा ने जैसे बात को समाप्त करने के लिए कहा।

'मुझे बहुत अफ़सोस है कि इतनी जल्दी करके भी लेट हो गया,' वह बोला। 'अच्छा, अब तुम लोगों का क्या प्रोग्राम है? तुम्हें सीधे घर ही चलना है न?'

उसके हाथ जल्दी-जल्दी हिल रहे थे और वह बात करते थोड़ा हकला भी रहा था। उसके चौड़े-चकले चेहरे पर इतनी व्यस्तता और घबराहट मैंने पहले नहीं देखी थी। वह जैसे सचमुच एक अफ़रा-तफ़री में था और उसे समझ नहीं आ रहा था कि उसे क्या करना चाहिए।

'हाँ, अब घर ही चलना है, और हम कहाँ जाएँगी?' नीलिमा ने कहा।

'और तुम?' सुरजीत ने पहली बार यह ज़ाहिर किया कि उसे मेरी उपस्थिति का भी पता है। 'तुम भी हमारे साथ ही चलोगे या...'

'मैं सदर की तरफ़ रहता हूँ, इसलिए मैं अलग से चला जाऊँगा।' मैंने कहा।

'अच्छा!' और उसने तुरन्त मेरी तरफ़ हाथ बढ़ा दिया। नीलिमा ने चलते-चलते मुझसे कहा, 'देखो, हरबंस चला गया है, इसका यह मतलब नहीं कि तुम अब दिखाई देना ही बन्द कर दो।'

'यह कैसे हो सकता है?' मैंने खोखली आवाज़ में कहा।

'अच्छा!' सुरजीत ने मेरा हाथ हिला दिया और टैक्सी-स्टैंड की तरफ़ चल दिया। शुक्ला ने किसी से भी बात नहीं की। वह पहले जड़-सी खड़ी रही और जब चलने की बात आई, तो चुपचाप चल दी। मैं अपनी जगह पर रुका रहा। वे लोग टैक्सी लेकर चले गए, तो भी मैं कुछ देर वहीं फुहार में भीगता रहा। फुहार की बूँदें बिना शब्द किए, बिना चोट किए, मुझे बाहर से अन्दर तक भिगोती रहीं और मैं न जाने उस भीगी हवा में क्या ढूँढ़ता खड़ा रहा। मेरे आसपास कई लोग आ-जा रहे थे, मगर मेरे लिए वहाँ जैसे कोई भी नहीं था। गाड़ियों की एक भीड़ स्टेशन के अहाते में से गुज़र रही थी, मगर मेरे लिए उनकी चमकती हुई बत्तियों और गुर्राते हुए इंजनों का जैसे अस्तित्व ही नहीं था। मैं रुका हुआ था, तो मेरे साथ मेरे अन्दर और बाहर सभी कुछ रुका हुआ था। आसपास जो कुछ था, वह एक चौखट में जड़ा हुआ दृश्य था जो उस चौखट से बाहर नहीं निकल पाता था। हर चीज़ अपनी गति के बावजूद उस चौखट में कसी हुई थी। मैं फुहार में भीगता रहा और यह सोचने की चेष्टा करता रहा कि मैं क्या सोच रहा हूँ! क्या मुझे किसी चीज़ की ज़रूरत महसूस हो रही थी? क्या मुझे भूख लग आई थी? या, क्या मुझे सरदी लग रही थी और मैं उस सरदी से बचना चाह रहा था? आख़िर वह अनुभूति क्या थी? जड़ता या विह्वलता? और विह्वलता कैसी? मेरे चारों तरफ़ से एक भरी-पूरी, ठसाठस लदी हुई, दुनिया गुज़र रही थी और मैं अपने अन्दर एक अभाव का, एक शून्य का अनुभव कर रहा था। वह अभाव क्या था? वह शून्य कहाँ था?

और वह अभाव जब बड़ा होने लगा, तो धीरे-धीरे इतना बड़ा हो गया कि उसने मुझे पूरी तरह छा लिया और मेरे लिए अपना सन्तुलन बनाए रखना कठिन हो गया।

मैं उसके बाद कई बार शाम को बाहर गया, मगर नीलिमा और शुक्ला से मेरी भेंट नहीं हुई। या तो उन्होंने बाहर आना बन्द ही कर दिया था, या किसी ऐसे समय आने लगी थीं जब मैं वहाँ नहीं जा सकता था। बिना उनके बुलाए, या पहले से निश्चित किए, मुझे उनके घर जाना भी ठीक नहीं लगता था। हरबंस के जाने के बाद से मेरी शामें बहुत अकेली और उदास हो गई थीं। जब तक हरबंस दिल्ली में था, तब तक मेरा मन रोज़-रोज़ उस तरह से शाम बिताने से ऊबता था और मैं सोचा करता था कि मैं व्यर्थ ही उस तरह समय बरबाद करता हूँ। मगर अब मुझे महसूस होता कि वे शामें ही मेरे लिए सबकुछ थीं, कि मैं क़स्साबपुरा की उस गंदी गली में रहता था, और बाल भास्कर के दफ़्तर में काम करता था—यह इसलिए कि मैं अपनी

शाम एक विशेष व्यक्ति की निकटता में काट सकूँ। अब जबकि जीवन का क्रम और हो गया था, तो अपनी शामें मुझसे बिताए नहीं बीतती थीं। मैं हर शाम अपने को अपने अभाव के घेरे में खोए हुए पाता था।

दफ़्तर के काम में भी मेरा मन नहीं लगता था। जो कहानियाँ और लेख मुझे संशोधित करने के लिए दिए जाते थे, मेरा मन होता था कि उन्हें पूरा-का-पूरा काट दूँ, या उनके नीले हरफ़ों के इर्द-गिर्द लाल स्याही से चौकोर हाशिए बना दूँ। जब प्रूफ़ सामने आते थे, तो मुझे उनमें कोई ग़लती ही दिखाई नहीं देती थी, यहाँ तक कि कई बार ग़लती निकालने के लिए शुद्ध शब्द को ही संशोधित कर देता था। पत्रों के उत्तर मैं बहुत सीधे और संक्षिप्त लिखता। 'कहानी मिली। पढ़ी। अच्छी है। मगर अभी हमारी पत्रिका के स्तर की नहीं। लौटाई जा रही है।' पत्रिका का वह स्तर क्या है, यह मैं खुद भी वहाँ इतने दिन स्वयं काम करके नहीं जान सका था। कौन-सी चीज़ छपेगी और कौन-सी नहीं, इसका फ़ैसला स्वयं बाल भास्कर ही करता था और उनका मत ही वह स्तर था जिसके अनुसार कई बार बहुत घटिया चीज़ों के बारे में भी इस तरह के पत्र लिखने पड़ते थे–'लेख बहुत पैना है। पाठक को झकझोर देगा। मार्च अंक में जा रहा है।' कई बार पत्र लिखने के दो ही दिन बाद जब मेरी नज़र उसकी नक़ल पर पड़ती, तो मुझे आश्चर्य होता कि वह पत्र किसने लिखा है। कम-से-कम एक पत्र को तो बाद में पढ़कर मैं बहुत ही चकित हुआ। वह मैंने इस प्रकार लिखा था–'लेख काफ़ी अच्छे स्तर का है। हमारी पत्रिका में सम्मिलित नहीं हो सकता। खेद के साथ लौटा रहे हैं।'

मैं देख रहा था कि बाल भास्कर की नज़र भी मेरी तरफ़ से बदल रही है। मगर मैं कोशिश करके भी अपने को सँभाल नहीं पा रहा था। जब मैं दफ़्तर में पहुँचता, तो बिना कुछ काम किए पहले से ही थका होता और डेस्क के सामने बैठते ही मेरी आँखों के सामने धुंध के गोले मँडराने लगते। मैं सिर को झटककर उन गोलों को आँखों के आगे से हटाता, तो सामने चिट रखी होती, 'तीसरे फ़ॉर्म के प्रूफ़ कहाँ हैं? जल्दी अन्दर भेजिए!' और मैं जल्दी से अपने दोनों दराज़ छान डालता कि तीसरे फ़ॉर्म के प्रूफ़ कहाँ चले गए। पूरे-पूरे दराज़ छानकर भी जब प्रूफ़ न मिलते, तो मैं हताश होकर इधर-उधर देखता। धुंध के गोले फिर आकाश में तैरते हुए सामने आ जाते और मैं उन्हें इस तरह हाथ से हटाने की चेष्टा करता जैसे वे धुंध के गोले न होकर रुई के गोले हों। जब वे गोले किसी तरह हट जाते, तो पास ही रखी हुई फ़ाइल के अन्दर से तीसरे फ़ॉर्म के प्रूफ़ बाहर झाँकते नज़र आ जाते। बाल भास्कर के साथ सुरेश की आँखें भी मेरी तरफ़ से बदल गई थीं। उसकी आँखें उस जानवर की तरह थीं जो हरा रंग देखता है, तो उसकी आँखें हरी हो जाती हैं, और लाल रंग देखता है, तो उसकी आँखें लाल हो जाती हैं। सुरेश की आँख पार्टीशन के इस तरफ़ से

ही बाल भास्कर की आँखों के रंग को देख लेती थीं और उनके अनुसार ही उसकी आँखों का रंग हरा या लाल हो जाता था।

'मिस्टर मधुसूदन, आपकी स्लिपें अभी तैयार नहीं हुईं?' वह फ़ोरमैन के अन्दाज़ में पूछता, हालाँकि जब मैं आया-ही-आया था, तो यह समझकर कि मालिक मुझ पर ख़ुश है और उसे मेरी कविताएँ अच्छी लगती हैं, वह मुझसे थोड़ा दबकर बात किया करता था। सुरेश की भारी आवाज़ क्योंकि उसके काठी-जैसे शरीर के साथ बिलकुल मेल नहीं खाती थी, इसलिए उसे सुनकर मन होता था कि उसके छिदरे बालों को एक बार अच्छी तरह मल दिया जाए और उसकी कसी हुई टाई खोलकर उसे गैलरी से बाहर भेज दिया जाए।

लक्ष्मीनारायण और बत्रा अब भी लंच के समय मेरे साथ बैठते थे और हर रोज़ वही-की-वही बातें, ज्यों-की त्यों, उसी अन्दाज़ में दोहराते रहते थे। मगर अब उनकी बातें सुनकर मुझे खुशी नहीं होती थी; मुझे अब इसमें कोई दिलचस्पी नहीं रह गई थी कि बाल भास्कर के पेट में कैंसर है या नहीं, और कि जब वह मरेगा, तो उसके स्थान पर प्रधान सम्पादक कौन बनेगा। बत्रा हर रोज़ कहता था कि वह उस नौकरी से बेज़ार आ गया है क्योंकि वहाँ तरक्क़ी की ज़रा भी सम्भावना नहीं है, और अपने कोट पर पड़ी हुई धूल को हमेशा की तरह अँगूठे और उँगली की गुलेल बनाकर झाड़ता रहता था। जिस दिन मैं कोई बहुत ही ऊट-पटाँग काम कर देता, उस दिन उसे बहुत ही खुशी होती और वह कहता, 'तुम अकेले आदमी हो, जो इनके साथ ठीक सलूक कर रहे हो। इन लोगों के साथ होना ही ऐसा चाहिए।' मुझे यह मान लेने में आपत्ति का कोई कारण नज़र नहीं आता था कि मैं वह सलूक जान-बूझकर ही करता हूँ। धुंध के गोलों की बात मैं किसी को कैसे समझा सकता था? मैं अक्सर यही कहता कि मैं वह नौकरी बहुत जल्द छोड़ने की सोच रहा हूँ। यह सुनकर बत्रा और भी खिल उठता और कहता, 'तुम आज छोड़ो, तो मैं अभी छोड़ता हूँ। मैं तो यहाँ रुका ही तुम्हारी वजह से हुआ हूँ। तुम न होते, तो मैं कब का छोड़कर चला जाता।'

और मैं जानता था कि वह दिन बहुत पास आ रहा है जब सचमुच मुझे वह नौकरी छोड़ देनी पड़ेगी। मेरे धुंध के गोले दिन-ब-दिन गहरे होते जा रहे थे और मुझे उनसे बचने का कोई उपाय नज़र नहीं आता था। मैं दफ़्तर से उठकर घर आता, तो वे गोले मेरे आगे-पीछे घूम रहे होते और सड़क पर, बस में, या कॉफ़ी हाउस में कहीं भी मेरा साथ न छोड़ते। कॉफ़ी हाउस में एक दिन नीलिमा और शुक्ला मुझे सुरजीत के साथ बैठी दिखाई दे गईं। मैं चलता-चलता जैसे उनके केबिन के पास ठिठक गया। मैंने इतने दिनों के बाद उन लोगों को देखा था कि मुझे सहसा विश्वास ही नहीं हुआ कि वास्तव में वे लोग वहाँ हैं और मेरे धुंध के गोले ही मुझे वे चेहरे नहीं दिखा रहे।

'सूदन!' नीलिमा मुझे देखते ही बोली। 'तुम आजकल दिल्ली में ही रहते हो?'

'मैं और कहाँ जाऊँगा?' मैंने कहा। 'दिल्ली में नौकरी करता हूँ, इसलिए दिल्ली में ही रहता हूँ।'

'तुम उस दिन के बाद फिर दिखाई ही नहीं दिए।'

'मैं तो हर रोज़ यहाँ आता रहा हूँ, मगर तुम्हीं लोग फिर दिखाई नहीं पड़ीं।'

'बैरा, बिल!' तभी सुरजीत ने कहा और नीलिमा की तरफ़ देखकर बोला, 'शो छः बजे से है। अगर हम लोग अभी नहीं चलेंगे, तो हमें देर हो जाएगी।'

मैं अभी केबिन के बाहर ही खड़ा था। मैंने चाहा कि मैं भी किसी तरह अपनी व्यस्तता प्रकट करके वहाँ से आगे चल दूँ, मगर मैं ऐसी कोई बात नहीं सोच सका। नीलिमा अपना पर्स सँभालती हुई उठ खड़ी हुई और बोली, 'हरबंस चला गया है, इसलिए इस जगह तो हमारा आना अब बहुत ही कम होता है। तुम किसी दिन घर पर क्यों नहीं आते?'

'देखो, समय मिला, तो किसी दिन आऊँगा,' मैंने कहा। चेष्टा की कि स्वर में जितनी उदासीनता ला सकूँ, ले आऊँ।

'हरबंस हर चिट्ठी में तुम्हारा ज़िक्र करता है,' नीलिमा बोली। 'उसकी अब तक पाँच-छः चिट्ठियाँ आ चुकी हैं। उसने तुम्हारा पता भी माँगा था, मगर मेरे पास तुम्हारा पता था ही नहीं। तुम मेरी डायरी में अपना पता तो लिख ही दो।'

'चिट्ठी मुझे दफ़्तर के पते से भी मिल सकती है,' मैंने कहा। सोचा कि इस तरह उपेक्षा दिखाकर मैं सुरजीत से कुछ-न-कुछ तो बदला ले ही रहा हूँ। 'वैसे मैं तुम्हें अपना घर का पता भी दे देता हूँ।' और उसकी डायरी के छोटे-से नीले पन्ने पर मैंने अपना क़स्साबपुरा का पता लिख दिया।

'मैं उसे लिख दूँगी,' नीलिमा चलते-चलते बोली। 'और तुम किसी दिन घर पर आना। बैठकर बातें ही करेंगे।'

सुरजीत हाथ में एक बड़ा-सा लिफ़ाफ़ा लिये था। वह मुझे बिलकुल नज़र-अन्दाज़ करके उन दोनों से पहले बाहर चला गया। शुक्ला ने जाते-जाते एक बार मेरी तरफ़ देखा और धीरे से कहा, 'अच्छा जी!' और उन लोगों के दरवाज़े से निकल जाने के बाद मैं कोने की एक कुरसी पर जा बैठा। बैरा कॉफ़ी के लिए पूछने आया, तो मैंने कहा, 'नहीं।' फिर अचानक ध्यान हो आने से कि मैं वहाँ कॉफ़ी पीने के लिए नहीं, तो क्यों आया हूँ, मैंने कहा, 'हाँ, एक गरम कॉफ़ी!'

और जब मैं वहाँ से लौटा, तो धुंध के गोले और भी गहरे हो रहे थे। सिंधिया हाउस के क्रॉसिंग के पास मैं एक बस के नीचे आते-आते मुश्किल से बचा। कनॉट प्लेस के दायरे में मैं यूँ ही एक आदमी से टकरा गया, मगर अच्छा हुआ कि आँखें दिखाने की बजाय उसी ने मुझ से क्षमा माँग ली। एक शरणार्थी के स्टॉल पर रखे

हुए लकड़ी के खिलौनों में से एक खिलौना मेरे पैर के नीचे आकर तड़क गया। मगर भीड़ में शरणार्थी को इसका पता नहीं चला कि खिलौना किसके पैर के नीचे आकर टूटा है और वह केवल अपनी तक़दीर को दोष देकर रह गया। मेरा कुछ नुक़सान हुआ, तो यही कि घर पहुँचने से पहले गली के एक गड्ढे में पैर पड़ जाने से मेरी पतलून का पायँचा कीचड़ से लथपथ हो गया।

रात को अपनी अँधेरी कोठरी में कम्बल में लिपटकर लेटा हुआ मैं यह सोचता रहा कि क्या मैं उन धुंध के गोलों में से किसी भी तरह मुक्ति नहीं पा सकता? और वे धुंध के गोले कब से मेरे मन में बनने लगे थे? क्या उसी दिन से जिस दिन मैं पहली बार कॉफ़ी हाउस में दाख़िल हुआ था और मैंने जीवन भार्गव को अपनी झुकी हुई आँखों से बार-बार शुक्ला की तरफ़ देखते देखा था? मुझे बार-बार शुक्ला के सम्बन्ध में भद्रसेन के कहे हुए ये शब्द याद हो आते थे, 'शी रेडिएट्स ब्यूटी!' जब उसने यह बात कही थी, तब मुझे यह उतनी सच नहीं लगी जितनी अब लगती थी। चेहरे से क्या वास्तव में ही सौन्दर्य की किरणें फूट सकती हैं? क्या वे किरणें ही नहीं थीं जिन्होंने मेरी सारी चेतना को छा लिया था? परन्तु यह सोचकर मेरा मन कुंठित हो उठता कि उस आकर्षण से अभिभूत होने वाला अकेला मैं ही नहीं हूँ। मुझे एक वितृष्णा-सी होने लगती कि मैं कई लोगों के साथ एक ही पंक्ति में खड़ा हूँ। उस पंक्ति में जीवन भार्गव था, मैं हूँ और सुरजीत भी है...। और हरबंस?

मैंने तय कर लिया कि मैं नौकरी छोड़कर दिल्ली से चला जाऊँगा। दिल्ली छोड़े बिना मेरी उन धुंध के गोलों से मुक्ति नहीं हो सकती। हालाँकि आगे के लिए सबकुछ अनिश्चित था और दिल्ली छोड़कर गाँव चले जाने से केवल नई समस्याएँ ही खड़ी हो सकती थीं, फिर भी मुझे अपने को सँभालने का यही एक उपाय नज़र आता था। मेरे पास जीवन के जो सीमित साधन थे, उनमें मुझे यह कदापि सम्भव नज़र नहीं आता था कि मैं उस पंक्ति में और लोगों से आगे आ सकता हूँ; मेरे अन्दर ऐसी आशा करने का साहस ही नहीं था। और मैं अपने को जीवन भार्गव की स्थिति में नहीं देखना चाहता था। मुझे उस कल्पना से ही ग्लानि होती थी। मैं यह सोच ही नहीं सकता था कि मैं उस तरह की स्थिति में से गुज़रकर भी आईने में अपना चेहरा देख सकता हूँ। जीवन भार्गव तो उसके बाद एब्सट्रैक्ट पेंटिंग की दुनिया को छोड़कर इंडस्ट्रियल डिज़ाइनर बन गया था, मगर मैं ज़रूर उसके बाद अपने को बिलकुल एब्सट्रैक्ट में ले जाता। इसलिए मैंने तय कर लिया कि जितने दिन मैं दिल्ली में हूँ, उतने दिन भी मुझे उन लोगों से दूर ही रहना चाहिए। मैं न केवल नीलिमा के बुलाने पर भी उनके घर नहीं गया, बल्कि मैंने शाम को नई दिल्ली घूमने जाना भी बन्द

कर दिया। मैं नहीं चाहता था कि मैं वहाँ जाऊँ और सुरजीत उसी अन्दाज़ में यह कहकर कि 'शो' में देर हो रही है, उठ खड़ा हो और नीलिमा भी मुझसे फिर कभी मिलने के लिए कहकर साथ ही उठ जाए, और शुक्ला चलते-चलते मुझसे रास्ते पर उगे हुए पेड़ के पत्तों को सहलाने की तरह कहे, 'अच्छा जी!' मेरे लिए वह स्थिति उतनी ही असह्य थी जितनी भार्गव के बहाए हुए आँसुओं की याद। जब नीलिमा ने मुझे बताया था कि भार्गव शुक्ला के सामने बैठकर आँसू बहाता रहा है, तो मैं मन-ही-मन एक बार उस स्थिति पर हँस लिया था। 'उस जनखे के साथ यही होना चाहिए था,' मैंने सोचा था। यह कोई बात थी कि मर्द होकर वह एक लड़की के सामने बैठकर आँसू बहाता रहा! मगर अब उसकी बात सोचकर मेरे मन में सहानुभूति उमड़ने लगती थी और मेरा अपना मन भी भर आता था। बल्कि मैं मन-ही-मन भार्गव की कुछ क़द्र करने लगा था कि कम-से-कम उसमें इतना साहस तो था कि उसने अपने मन की बात बाहर प्रकट कर दी थी और एक हद तक वह अपनी कामना में सफल भी हो गया था। अगर हरबंस बीच में अड़चन न डाल देता तो क्या अधिक सम्भव यह नहीं था कि सन् बावन की सर्दियों तक शुक्ला का उससे ब्याह हो जाता और उस साल वह पहाड़ से हमें अपने हनीमून की तसवीरें भेजता? दूसरी तरफ़ मैं क्या था जो लोगों की उपस्थिति में चेहरे पर एक खोल चढ़ाए रखता था, एक झूठी हँसी हँसता था, एक झूठी उपेक्षा प्रकट करता था, और इस तरह हर समय अपने को एक यन्त्रणा में रखता था। क्या इस झूठ को मैं अपनी सहिष्णुता कह सकता था?

उन रातों को मुझे अपनी कोठरी का वातावरण और भी रुका हुआ और उदास प्रतीत होता था। जीवन के पहले के अभाव इस नए अभाव के कारण और भी बड़े प्रतीत होते थे। वह आदमी, जिसे कुल एक सौ आठ रुपए तनख़ाह मिलती थी और उसमें से भी उसे अस्सी रुपए महीना घर पर अपनी विधवा माँ और भाई-बहनों के ख़र्च के लिए भेजना होता था, इस परिस्थिति में सिवाय एक व्याकुलता का अनुभव करने के और कर भी क्या सकता था? मुझे अपने में साहस की कमी अखरती थी, मगर वह साहस मुझे केवल दूसरों की हँसी का विषय ही तो बना सकता था। रात को इबादत अली सितार बजाने लगता, तो भी मुझे अपने मन में किसी पुलक का अनुभव न होता, बल्कि उससे उदासी और भी गहरी हो जाती, नींद और भी उड़ जाती, शून्य और भी बड़ा होने लगता। मैं आँखें खोलकर पड़ा रहता और छत को देखता रहता, यहाँ तक कि गली में सुबह जल्दी उठने वाले लोगों का आना-जाना आरम्भ हो जाता। सुबह के करीब कहीं मेरी आँख लग पाती। मगर मुझे गहरी नींद कभी नहीं आती थी। एक सपना था जो बार-बार दिखाई देता था, हर रात को दिखाई देता था और कई रातों को तो कई-कई बार दिखाई देता था। मैं देखता कि एक

बड़ा-सा इंजन है, जिसके पीछे गाड़ी के कई-एक डिब्बे लगे हैं। वह इंजन पटरी से उतरकर चलता है। वह घने जंगलों से गुज़रता है, लम्बी सुरंगों में से होकर जाता है और गाड़ी को एक प्लेटफॉर्म से दूसरे प्लेटफॉर्म पर भी ले जाता है, मगर पटरी पर नहीं आता। मुझे हर समय लगता रहता है कि वह अभी गिरा कि अभी गिरा, अभी उलटा और सबकुछ चकनाचूर हुआ, मगर न जाने कैसे गिरते-गिरते उसका सन्तुलन फिर ठीक हो जाता है और वह उसी तरह बिना पटरी के अपने रास्ते पर चला चलता है। मैं बहुत चाहता हूँ कि पटरी अब चढ़े, अब चढ़े, और कई बार सोचता हूँ कि थोड़ी दूर और जाकर उसे पटरी मिल जाएगी, मगर वह पटरी के पास पहुँचकर भी नीचे ही चलता है, उसके ऊपर नहीं जाता। मैं अपने को इंजन में बैठे हुए ही पाता हूँ। मेरा शरीर आग की भभक से तपता रहता है; इंजन की गति को मैं एक खतरे की आशंका के साथ महसूस करता हूँ, उसके हर मोड़ को उसी आशंका के साथ देखता हूँ मगर कुछ कर नहीं पाता।

मैं उस सपने से बहुत परेशान रहता था और रात को कई-कई बार जागकर यह निश्चय करता था कि मैं इंजन में नहीं, अपनी कोठरी में हूँ जो कि जहाँ-की-तहाँ खड़ी है और पटरी पर या बिना पटरी के किसी भी तरह अपनी जगह से नहीं चलती। मैं तब साथ सोए हुए अरविन्द की तरफ़ देखता और मुझे उससे चिढ़ होने लगती कि मेरी तरह वह सपना उसे भी क्यों नहीं दिखाई देता? मुझे अरविन्द से इस बात की भी ईर्ष्या होती ताकि उसके जीवन में मेरे जितनी समस्याएँ क्यों नहीं हैं, और उसे हर रोज़ इतनी गहरी नींद क्यों आ जाती है। मुझे बल्कि अरविन्द से ही नहीं, हर ऐसे व्यक्ति से ईर्ष्या होने लगती जिसे तकिए पर सिर रखते ही नींद आ जाती हो और जिसे रात को कभी एक के बाद दो और दो के बाद तीन के घंटे न सुनने पड़ते हों। रात को दूर से मुझे इंजन की चीख़ या गाड़ी के चलने की आवाज़ सुनाई देती, तो भी मैं घबराकर उठ जाता कि कहीं यह वही गाड़ी न हो। जहाँ यह जानकर मन आश्वस्त होता कि वह गाड़ी दूसरी है, वहाँ इस बात से मन निराश भी होता कि दुनिया की और सब गाड़ियाँ ठीक से अपनी पटरी पर चलती हैं, तो मेरे सपने की गाड़ी ही क्यों हमेशा पटरी से उतरी रहती है!

दिन गुज़र रहे थे। दफ़्तर में काम दिन-ब-दिन बढ़ता जा रहा था। या शायद मुझे ही लगता था कि काम बढ़ता जा रहा है, क्योंकि मैं अपना काम कभी वक़्त से पूरा नहीं कर पाता था। उस मनःस्थिति में मेरे लिए दिन और वार सब निरर्थक-से थे और मुझे कुछ अनुमान नहीं था कि समय बहुत धीरे-धीरे बीत रहा था या बहुत जल्दी-जल्दी बीत रहा था। समय समय है और बीत रहा है, इसी का अहसास मुझे नहीं था। मेरे लिए महीने के तीसों दिन एक दिन के बराबर थे और एक दिन तीस दिनों के बराबर, क्योंकि उनमें सबकुछ एक-सा और एक तरह का था और अगर कहीं गति थी, तो उस

पटरी से उतरे हुए इंजन में थी जो कि न सँभलता था, न ही रुकने में आता था। मैं तो यहाँ तक चाहता था कि वह इंजन एक बार गिरकर टूट-फूट ही जाए, तो झंझट मिटे, मगर मेरे चाहने से यह भी तो नहीं होता था...। आख़िर हालत यहाँ तक पहुँच गई कि मैंने नींद की टिकियाँ लेकर सोना शुरू कर दिया।

दिन में हलकी-हलकी गरमी होने लगी थी और रात को क़स्साबपुरा में भी जो हवा आती थी, उसमें जाने कहाँ से रात की रानी की गन्ध मिल जाती थी! वसन्त की रातों के शरीर से उठती हुई वह सोंधी गन्ध हर उम्र में मेरे मन पर एक अलग प्रभाव डालती रही है। उम्र के साथ जैसे चेहरा बदलता है वैसे ही शायद मन ही दुनिया का बाहर की दुनिया के साथ सम्बन्ध भी बदल जाता है, और वही चीज़ें जिनकी मन पर कभी एक प्रतिक्रिया होती थी, आगे चलकर मन पर और ही तरह की प्रतिक्रिया उत्पन्न करने लगती हैं। जाने उम्र के बढ़ने के साथ मन में कहाँ और क्या बदल जाता है कि वे पहले की अनुभूतियाँ अपनी होती हुई भी बहुत दूर की लगने लगती हैं, जैसे कि उनका अस्तित्व हमारे व्यक्तित्व का एक भाग न होकर आईने में दीखते हुए चेहरे जैसे किसी और ही व्यक्तित्व का भाग हो—चलती गाड़ी में सैकड़ों मील पीछे छूटे हुए, धुंध में लिपटे शहरों की तरह उनका अस्तित्व केवल उनके आभास में ही हो। बचपन में रातरानी की गन्ध मन में एक विस्मय भर देती थी—दूर पहाड़ी मज़दूरों के डेरे से आती हुई बाँसुरी की आवाज़ से मन की ज़मीन बहुत कोमल हो उठती थी और मन के अन्दर से जाने कौन-कौन-से अंकुर बाहर फूटने के लिए व्याकुल होने लगते थे। विस्मय की उस उम्र में उस गन्ध में भीगा हुआ आकाश अपना सहयोगी लगता था और उसमें टिमटिमाते हुए तारे उसके हलके-हलके संकेत। आकाश नीचे को झुका-झुका लगता था और आँखें उसमें बादलों के पशु और बादलों के दैत्य बनाती और मिटाती रहती थीं। फिर जब कॉलेज में पढ़ते थे, उन दिनों उस गन्ध का एक और ही अर्थ हो गया था। बैडमिंटन कोर्ट में सामने से आती हुई चिड़िया को ज़ोर से ज़मीन पर दे मारने के लिए कलाई घूमती थी, तो सूर्यास्त के वातावरण की वह गन्ध मन में एक विचित्र पुलक और उत्साह भर देती थी। लगता था कि दुनिया का सबकुछ अपने और केवल अपने लिए है—अपने ही लिए सूर्य उगता है, धूप ढलती है और हवा चलती है। कलाई तब तक घूमकर सामने से चिड़िया को रास्ते में पा लेती थी और एक सामूहिक आवाज़ उस सुगन्धित वातावरण में गूँज जाती थी, 'शॉट!' मगर अब वही गन्ध न जाने कितनी गलियाँ और मुहल्ले लाँघकर क़स्साबपुरा की उस कोठरी में आती हुई, अनायास ही मन को उदास कर देती थी—जाने कितनी-कितनी गीली परतें मन पर घिर आती थीं और अपना-आप एक अवश

भारीपन से दबा-सा, टूटता-सा लगता था। अरविन्द कहता था कि यह फ़्लू की वजह से है, इसलिए इन दिनों एहतियात से रहना चाहिए।

उस दिन भी इतवार था। मैं हर इतवार की तरह नौ बजे उठकर तब तक नहाया नहीं था। बाहर गली में सब्ज़ी बेचने वालों ने वही हो-हल्ला मचा रखा था और उनके साथ, उनके ग्राहकों की 'कें-कें में-में' चल रही थी। ड्योढ़ी से आता हुआ धुआँ कोठरी में भर रहा था। तभी एक सजी-सँवरी आकृति आकर कोठरी के दरवाज़े के पास खड़ी हो गई, तो मैं सहसा उसे पहचान नहीं सका। मैंने सोचा कि वह भी ठकुराइन की रामायण की ही कोई उर्मिला या मांडवी होगी। मगर जब उसने मेरा नाम लेकर पूछा, तो मैं एकदम चौंक गया। नीलिमा मुझे पूछती हुई वहाँ आ सकती है, इसकी कल्पना भी नहीं कर सकता था। मुझे शरम भी आई, क्योंकि मैं जो बनियान पहने था, वह तीन जगह से फटी हुई थी और लगातार तीन-चार दिन पहनने से काफ़ी मैली भी हो रही थी। मुझे मन में बहुत अफ़सोस हुआ कि मैंने अपना नहाने का इरादा दूसरे दिन पर मुलतवी क्यों नहीं कर दिया जैसे कि मैं करने की सोच रहा था। उससे कम-से-कम मैं अपनी कमीज़ तो पहने होता जिससे वह बनियान छिपी रहती।

'देखिए, मधुसूदन यहीं पर रहते हैं?' नीलिमा ने भी पहले मुझे नहीं पहचाना और मुझसे न पूछकर जैसे किसी अजनबी से ही पूछा। यह विश्वास करने में उसे कुछ समय लगा कि उसके सामने खड़ा बनियान वाला आदमी मैं ही हूँ।

'नीलिमा, तुम?' मैंने अपनी घबराहट को छिपाने की चेष्टा में खासी बेतकल्लुफ़ी के साथ कहा, 'तुम यहाँ कैसे पहुँच गईं?' मगर उसके कुछ कहने से पहले ही मुझे इस सवाल का जवाब मिल गया था। अपनी नीले पन्नों वाली डायरी उसने खोलकर हाथ में ली हुई थी।

'तुम यहाँ रहते हो?' वह पाँव रखने की पटरी से उचककर कोठरी में आ गई।

'उफ़! यह कैसी जगह तुमने ले रखी है।'

'मैं भाई ग़रीब आदमी हूँ।' मैं अपनी संकोच को छिपाने की चेष्टा में एक हाथ बगल में दबाए हुए खूँटी से कमीज़ उतारकर पहनने लगा।

'मैं कभी सोच भी नहीं सकती थी कि तुम ऐसी जगह पर रहते हो,' वह बोली।

'मैंने समझा था कि क़स्साबपुरा कोई अच्छी-खासी बस्ती होगी। इट्स हॉरीबल! ऐसी जगह पर इन्सान रह कैसे सकता है?'

'कैसे रह सकता है?' मैं थोड़ा हँसा। 'तुमने देखा नहीं कि यहाँ कितने लोग रहते हैं? ऐसी जगहें रहने के लिहाज़ से बहुत लोकप्रिय होती हैं। यहाँ आठ फुट और दस फुट के रक़बे में एक-एक पूरा परिवार रहता है।'

'इट्स हॉरीबल!' उसने फिर कहा और जाने सचमुच सिहर गई, या उसने सिहरने का अभिनय किया। मैंने ड्योढ़ी के दरवाज़े की तरफ़ देखा, तो वहाँ से ठकुराइन,

गोपाल की माँ और कई छोटी लड़कियाँ कोठरी में झाँक रही थीं। मेरी नज़र पड़ते ही वे सब दरवाज़े के पास से हट गईं, सिर्फ़ ठकुराइन वहाँ खड़ी रही।

'लाला, कुछ चाय-वाय बनाऊँ?' ठकुराइन ग़ौर से नीलिमा के चेहरे को देखती हुई कोठरी में आ गई।

'नहीं भाभी,' मैंने कहा। घबराहट में मेरा हाथ सन्दूक पर रखी हुई लालटेन को जा लगा जिससे वह नीचे गिरकर टूट गई। 'ओह!' मैंने कहा, 'तुम्हारी लालटेन टूट गई, भाभी!' और मैं सहसा बैठकर टूटे हुए काँच के टुकड़े बटोरने लगा।

'टूट गई, तो क्या हुआ?' ठकुराइन अचानक ही बहुत ऊँची उठकर बोली। 'छः आने की चिमनी है, ये जाकर और ले आएँगे।' यह ठकुराइन ने शायद इसलिए कहा कि उसके 'ये' उस समय ड्योढ़ी से गुज़र रहे थे और उनकी आँखें इस तरह दाएँ को मुड़ी हुई थीं जैसे मार्च पास्ट करते समय सिपाहियों की मुड़ी रहती हैं। 'ये' ड्योढ़ी से गुज़रकर गली में पहुँच गए, तो भाभी स्वयं बैठकर काँच बटोरने लगी। मेरा हाथ पकड़कर उसने मुझे उठा दिया। 'तुम क्यों ये शीशियाँ उठाते हो, लाला?' वह बोली। 'तुम रहने दो, मैं सब उठा दूँगी। तुम्हारी मेज़बान आई हैं। (ठकुराइन न जाने क्यों मेहमान को मेज़बान कहती थी!) तुम इनसे बात करो।'

'तुम जल्दी से तैयार हो जाओ और मेरे साथ चलो,' नीलिमा कुछ उतावली के साथ बोली, 'मुझे तुमसे कुछ ज़रूरी बात करनी है।'

'मैं अभी एक मिनट में तैयार हुआ,' कहकर मैंने किताबों के नीचे से अपना मुचड़ा हुआ सीलदार तौलिया निकाला और अन्दर पम्प की तरफ़ भाग गया। जब तक मैं तैयार हुआ तब तक घर के किरायेदारों और कुछ मुहल्लेदारों की भीड़ ड्योढ़ी में जमा होकर अचम्भे के साथ नीलिमा को देखती रही और उनमें न जाने क्या खुसर-पुसर चलती रही। मैं शायद ही कभी इतनी जल्दी तैयार हुआ हूँगा, जितनी जल्दी उस दिन हुआ। मगर फिर भी मुझे लगता रहा कि मुझे तैयार होने में बहुत समय लग रहा है और मुझे अपने आसपास की हर चीज़ पर गुस्सा आता रहा। मैंने जल्दी में सिर पर तेल भी नहीं लगाया और ऐसे ही रूखे बालों पर कंघी कर ली। तेल के लिए मुझे ठकुराइन से कहना पड़ता और मुझे पता था कि जिस गिलास में ठकुराइन तेल रखती है, वह महीनों के मैल से काला पड़ा हुआ है। कंघी एक तरफ़ से टूटी हुई थी, मगर मैं उस पूरे हिस्से को ही हाथ में पकड़े रहा जिससे वह दिखाई न दे। आईने में तीन जगह दरारें पड़ी थीं, इसलिए मैंने उसे भी इस्तेमान नहीं किया। जब मैं बिलकुल तैयार हो गया, तो मुझे पता चला कि ठकुराइन ने पत्ती, दूध और चीनी मिलाकर हमारे लिए चाय पतीली में चढ़ा रखी है। मैंने बड़ी मुश्किल से ठकुराइन को मनाया कि इस समय हम चाय नहीं पिएँगे। चलते समय ठकुराइन ने मुझे अपनी कोठरी में बुला लिया और बहुत धीरे से पूछा, 'क्यों लाला, ये तुम्हारी बम्बई की कोई हैं?'

'नहीं भाभी, यहाँ मेरे एक दोस्त हैं, उनकी पत्नी हैं,' मैंने कहा और जल्दी से चलने को हुआ।

'बाहर जा रहे हो?' ठकुराइन ने मुझे हाथ से पकड़कर रोक लिया। 'साथ में कुछ पैसा-वैसा तो नहीं चाहिए?' और वह झट-से अपने रूमाल की गाँठ खोलने लगी। 'मेरे पास हैं चार-पाँच रुपए। चाहिए, तो ले जाओ।'

'नहीं भाभी, मेरे पास हैं पैसे,' मैंने फिर उसी तरह जल्दी में कहा और बाहर निकल आया। जब हम लोग गली में आए, तो ड्योढ़ी की भीड़ उसी तरह उचककर गली में देखने लगी। खोमचों के पास खड़ी भीड़ की नज़रें भी हमारी तरफ़ घूम गईं। नीलिमा सिर से पैर तक बहुत चुस्त कपड़े पहने थी; उसके बाल बहुत ढंग से बने हुए थे और उसके चेहरे का मेक-अप उस सारे वातावरण में बहुत अलग और बहुत विचित्र लग रहा था। उसके कानों में जो सोने की बालियाँ थीं, वे भी उस समय बहुत ही बड़ी लग रही थीं। नीलिमा ने चलते-चलते मुझसे कहा, 'मुझे पता होता कि मुझे ऐसी जगह पर आना है, तो मैं कभी न आती। जब तुम नहाने चले गए थे, तो एक मोटी-सी औरत पता है मुझसे क्या पूछ रही थी? पूछ रही थी कि तुम इन बाबू साहब की क्या लगती हो!'

मुझे हँसी आ गई। 'तो तुमने क्या कहा?' मैंने पूछा।

'मैंने यही कहा कि तुम हमारे दोस्त हो। और क्या कहती?'

मुझे लगा कि पूछने वाली औरत गोपाल की माँ ही रही होगी। मुझे फिर हँसी आने को हुई, क्योंकि जिन दिनों मुझे बुख़ार चढ़ा था और मैं दिन-भर कोठरी में अकेला पड़ा रहता था, उन दिनों गोपाल की माँ कभी-कभी अचानक ही मेरे सिर पर आ खड़ी होती थी और आँखों से मेरे शरीर को निगलती हुई-सी कहा करती थी, 'लालाजी, दिल्ली में तुम्हारी कोई दोस्त भी नहीं है जो बीमारी के दिनों में आकर तुम्हारा सिर दबा दिया करे?' और फिर कहती थी, 'मैं दबा दूँ?' और मैं बड़ी खुशामद से उसे सिर दबाने से रोकता था।

'ये जितनी औरतें और लड़कियाँ ड्योढ़ी में खड़ी थीं, वे सब-की-सब इसी घर में रहती हैं?' नीलिमा ने पूछा।

'यही क्यों, इनके बाप-भाई और दूसरे बच्चे भी हैं।'

'इतने लोग एक साथ एक घर में रहते हैं?'

मुझे उसका इस तरह पूछना अच्छा नहीं लगा। क्या सचमुच वह इस ज़िन्दगी से इतनी दूर थी कि उसे इसका पता ही नहीं था, या वह सिर्फ़ बनने की चेष्टा कर रही थी?

'मेरे लिए तो यहाँ दस मिनट रुकना भी मुश्किल हो गया था,' उसने कहा और एक बार फिर सिहर गई।

हम लोग खोमचों की भीड़ से निकलकर गली के नुक्कड़ पर आ गए थे। जब हम बस्ती हरफूल की तरफ़ मुड़े, तो नुक्कड़ पर बैठा हुआ समदू पानवाला पान पर कत्था लगाता हुआ फ़ज़ल पहलवान से (जो हड्डियों की एक मूठ होता हुआ भी इसलिए पहलवान कहलाता था कि वह पहलवानों के ख़ानदान से था) कहने लगा, 'पहलवान, औरतें हैं, तो बस नई दिल्ली की! अपने मुहल्लों की औरतें तो बस गाय-भैंसें हैं। जैसे गाय दुह ली, वैसे...।'

बस्ती हरफूल की अपेक्षाकृत चौड़ी गली में आकर नीलिमा ने कुछ आराम की साँस ली और कन्धे सिकोड़कर इस तरह जैसे वह अँधेरे कुएँ से बाहर निकली हो, कहा, 'उफ़!'

जब हम सड़क पर आ गए, तो भी काफ़ी देर उसका ध्यान अपने सैंडलों पर लगे हुए कीचड़ से नहीं हटा।

घर पहुँचकर नीलिमा ने पहले चाय बनाई और एक प्याली पी चुकने के बाद क़स्साबपुरा की गली को जैसे अपने दिमाग़ से बुहारती हुई बोली, 'मैं आज तुम्हारे पास इसलिए गई थी कि मैं एक उलझन में हूँ और फ़ैसला नहीं कर पा रही कि मुझे क्या करना चाहिए। तुमसे मैंने कहा था कि कभी यहाँ आना, मगर तुम आए ही नहीं।'

'आजकल दफ़्तर में काम बहुत बढ़ गया है,' मैंने कहा, 'इसलिए शाम को मैं कई बार बहुत देर से वहाँ से उठता हूँ।' और यह बात ग़लत भी नहीं थी। अभी पिछले दिन ही मैं शनिवार होने के बावजूद साढ़े छः बजे दफ़्तर से निकला था और तब भी अभी डेढ़ फ़ॉर्म के प्रूफ़ अगले दिन पढ़ने के लिए छोड़ आया था।'

'हरबंस ने मुझे लिखा है कि मैं भी वहाँ चली आऊँ, मगर मैं तय नहीं कर पा रही कि मुझे जाना चाहिए या नहीं,' वह बोली।

'उसने तुम्हें वहाँ आने के लिए लिखा है?' मुझे हैरानी हुई कि हरबंस ने मुझे जो अपना इरादा बताया था, वह इतनी जल्दी कैसे बदल गया।

'इधर मैंने मैसूर जाने का सारा इन्तज़ाम कर लिया है। अगर मैं अब न जा सकी, तो फिर कभी नहीं जा सकूँगी। मैं जानती थी कि हरबंस वहाँ जाकर बहुत अकेला महसूस करेगा। मगर तुम जानते ही हो कि मैंने जान-बूझकर उसे जाने से नहीं रोका था। मैं यही सोचती थी कि अलग रहकर उसका दिमाग़ कुछ शान्त हो जाएगा और मैं भी इस बीच अपनी भरतनाट्यम की ट्रेनिंग पूरी कर लूँगी। मुझे मैसूर में बहुत अच्छे गुरु के पास सीखने का मौक़ा मिल रहा है और मैं इस मौक़े को खोना नहीं चाहती।'

'तुम्हें मैसूर में कितने दिन लगेंगे?'

'छः महीने तो कम-से-कम लगेंगे ही। मेरे लिए यह मौक़ा बहुत कीमती है। फिर मुझें जीवन में सचमुच ऐसा मौक़ा नहीं मिलेगा। मगर मैं यह सब छोड़कर उसके पास जा भी सकती हूँ, अगर मुझे विश्वास हो कि मेरे वहाँ जाने से उसे खुशी मिलेगी। यही बात है जो मैं तय नहीं कर पा रही हूँ।'

'मगर तुमने कुछ तो सोचा होगा!'

'मैं बहुत सोचकर भी कुछ फ़ैसला नहीं कर सकी। हरबंस के जाने के बाद मुझे यहाँ कोई भी ऐसा व्यक्ति नज़र नहीं आता जो मुझे ठीक सलाह दे सके। जब हरबंस यहाँ था, तो लगता था कि यहाँ बहुत-से लोग हैं जो अपने हैं। उसके जाने के बाद सभी लोग बहुत पराये-से हो गए हैं। शिवमोहन बम्बई चला गया है और तुम हो, जो कभी दिखाई ही नहीं देते।'

'मेरे पास तो आजकल काम बहुत है, वरना...'

'वजह कुछ भी सही। मगर मैंने नहीं सोचा था कि हरबंस के जाने के बाद मैं इतनी अकेली रह जाऊँगी। ले-देकर एक ही आदमी है और वह है सुरजीत...'

सुरजीत के नाम से मैं सहसा ख़ामोश हो गया। मुझे डर लगा कि मेरी आँखों के सामने फिर धुंध के गोले न तैरने लगें।

'तुमने सुरजीत से सलाह की थी?' मैंने अपने गले में उगते हुए काँटों को निगलकर पूछा।

'उससे मैं क्या सलाह कर सकती हूँ? वह तो आदमी ही ऐसा है कि...।'

'क्यों?' सहसा मेरे दिल की धड़कन कुछ तेज़ हो गई और मैं कुरसी पर थोड़ा आगे को सरक आया।

'मैं उस आदमी को ज़्यादा पसन्द नहीं करती।'

'मगर वह तो...।'

'वह जैसा भी है, मैं उस आदमी को ज़्यादा पसन्द कर ही नहीं सकती। मगर हरबंस उससे कह गया है कि वह उसके पीछे हम लोगों की देखभाल करता रहे।'

'अच्छा? मगर जहाँ तक मैं उस आदमी को जानता हूँ...' और मैंने अपनी ज़बान को रोक लिया। मुझे लगा कि मुझे उस विषय में टिप्पणी नहीं करनी चाहिए।

'मुझे वह आदमी ज़्यादा अच्छा नहीं लगता,' नीलिमा बोली, 'मगर शुक्ला की वजह से मैं उसे बरदाश्त कर लेती हूँ। शुक्ला के लिए तो हरबंस की बात से बड़ी कोई बात नहीं है न! क्योंकि हरबंस कह गया है, इसलिए वह समझती है कि दुनिया में कोई अच्छा आदमी है, तो वह सुरजीत ही है।'

'मगर तुम्हें वह अच्छा क्यों नहीं लगता?'

'मुझे?' वह कठिनाई से अपनी उसाँस को दबाकर बोली, 'ऐसी ख़ास वजह कुछ भी नहीं है। मुझे वह आदमी वैसे ही अच्छा नहीं लगता। अगर मुझे शुक्ला के विरोध का ख़याल न होता, तो मैं उसे ज़्यादा घर में आने-जाने न देती। मगर वह शुक्ला के कहने पर उसके लिए अपना रिकॉर्ड-प्लेयर यहाँ रख गया है और उसके लिए और भी छोटी-छोटी चीज़ें ख़रीदता रहता है, इसलिए वह समझती है कि हरबंस के बाद दुनिया में कोई अच्छा आदमी है, तो वही है।'

'मगर हरबंस तो रिकॉर्ड-प्लेयर के लिए कहता था कि...'

'तुम हरबंस की बातों को जाने दो! वह सबसे यही कहता था कि सुरजीत यह रिकॉर्ड-प्लेयर ज़बरदस्ती यहाँ रख गया है मगर बात सच यही है कि शुक्ला ने उससे कहा था, इसीलिए वह रिकॉर्ड-प्लेयर यहाँ छोड़ गया है। शुक्ला देखने में बड़ी लगती है, मगर उसका दिमाग़ उसकी उम्र के लिहाज़ से भी बहुत छोटा है। जैसे बच्चे खिलौनों को ही सबकुछ समझते हैं, उसी तरह वह भी इन छोटी-छोटी चीज़ों को ही सबकुछ समझती है। कोई भी उसे लॉलीपॉप्स का पैकेट ले दे, तो वह अब भी बहुत खुश होती है।'

अचानक वह बात करते-करते रुक गई और पल-भर मेरे चेहरे की तरफ़ देखकर बोली, 'अरे, तुम्हें क्या हुआ है? तुम्हारा चेहरा इस तरह ज़र्द क्यों हो रहा है? तुम्हारी तबीयत तो ठीक है न?'

'मैं चाय की एक प्याली और लूँगा,' मैंने किसी तरह अपने को सँभालते हुए कहा।

'मैं तुम्हारे लिए गरम चाय लाती हूँ और साथ ही तुम्हें हरबंस की चिट्ठियाँ भी पढ़ने के लिए देती हूँ,' वह उठती हुई बोली। 'तुम सलाह दो कि मुझे क्या करना चाहिए?'

थोड़ी देर में चाय की दूसरी प्याली उसने बनाकर मेरे सामने रख दी और हरबंस की चिट्ठियों का पुलिन्दा मेरे हाथ में दे दिया। (वे चिट्ठियाँ आज भी नीलिमा के पास सुरक्षित हैं और उसकी अनुमति से मैं इन्हें यहाँ उद्धृत कर रहा हूँ।) पहले उसने चिट्ठियों के कुछ अंश मोड़ देने चाहे, मगर बाद में यह ख़याल छोड़ दिया।

'तुम पढ़ रहे हो, तो सभी कुछ पढ़ लो,' उसने कहा। 'इसमें छिपाने को ऐसा क्या है! वही बातें हैं जो एक पति अपनी पत्नी को लिख सकता है...।'

मैं एक-एक करके उन चिट्ठियों को पढ़ने लगा। पढ़ते समय और बातों का ध्यान मुझे बिलकुल भूल गया, यहाँ तक कि मेरे सामने रखी हुई चाय भी ज्यों-की-त्यों पड़ी हुई ठंडी हो गई।

तिथियों के क्रम से वे पत्र इस प्रकार थे :

1

ऑन बोर्ड एस. एस. कार्थाज
3-2-51

प्रिय नीलिमा,

जहाज़ को बम्बई की बन्दरगाह से चले कई घंटे हो चुके हैं और इस समय रात है। अभी थोड़ी देर पहले मैं बियर के साथ ठंडा गोश्त खाकर आया हूँ। ज़िन्दगी में पहली बार मैंने ठंडा गोश्त खाया है, और जब मैं छुरी से उसे काटने का प्रयत्न कर रहा था, तो मुझे मधुसूदन की याद आ रही थी। बम्बई में जब हम लोगों का परिचय हुआ था, तो इसी तरह ठंडे गोश्त की प्लेट उसके सामने पड़ी थी। आज मैंने जान-बूझकर खाने के लिए ठंडा गोश्त मँगवाया था, क्योंकि मैं जहाँ जा रहा हूँ, वहाँ के जीवन के लिए अभी से अपने को तैयार कर लेना चाहता हूँ। खाने के बाद से ही मुझे मितली-सी आ रही है। सोचता हूँ शायद यही वह सी-सिकनेस है जिसके विषय में पहले किताबों में पढ़ा करता था। दो घंटे से जहाज़ काफ़ी डोल रहा है और ज़्यादातर लोग अपने केबिनों में चले गए हैं। मगर मैं डेक पर बैठा तुम्हें पत्र लिख रहा हूँ। मेरे आसपास कुल चार-छः लोग और हैं। मेरा केबिन में जाने को मन नहीं है क्योंकि मुझे लगता है कि वहाँ जाकर मेरी तबीयत और मितलाने लगेगी। मैं अपने इर्द-गिर्द खुली हवा चाहता हूँ, इसलिए यहाँ बैठा हूँ।

मैं अपनी यात्रा के पहले ही दिन तुम्हें पत्र क्यों लिख रहा हूँ? तुम शायद सोचो कि मैं कुछ होम-सिक महसूस कर रहा हूँ, मगर ऐसा नहीं है। मुझे खुशी है कि मैं उन सब परिस्थितियों से निकलकर दूर जा रहा हूँ जो एक अरसे से मेरे मन को कसे हुए थीं। मुझे लगता है कि यह खुला समुद्र मेरी स्वतन्त्रता का प्रतीक है; मैं आज अपने को इतना ही खुला और स्वच्छन्द महसूस करता हूँ। इसका प्रमाण यह है कि मुझे ये पंक्तियाँ लिखने में आज कुछ भी रुकावट महसूस नहीं हो रही। पहले जब कभी मुझे चार पंक्तियाँ भी लिखनी होती थीं, तो मैं एक-एक शब्द के लिए अटकता था। मैं समझता हूँ कि जितना लम्बा पत्र मैं आज लिखने जा रहा हूँ, उतना लम्बा पत्र मैंने आज तक तुम्हें कभी नहीं लिखा—कोर्टशिप के दिनों में भी नहीं; जब तुम मुझसे लम्बे-लम्बे पत्रों की माँग किया करती थीं। मुझे खुशी है कि मैं अपने वातावरण से दूर जा रहा हूँ, बहुत दूर, और एक अनिश्चित समय के लिए। मैं तो बल्कि चाहता था कि जितनी जल्दी हो सके, अपने देश की तट-रेखा मेरी आँखों से ओझल हो जाए जिससे जल्द-अज़-जल्द मैं अपने को उससे बिलकुल कटा हुआ महसूस कर सकूँ। मगर अँधेरा होने से पहले तक वह तट-रेखा मुझे नज़र आ रही थी। इस समय वह बिलकुल ओझल हो चुकी है या नहीं, मैं नहीं जानता। मगर मेरे मन में उसका आभास अभी बना हुआ है। हो सकता है कि सुबह तक वह रेखा आँखों में बनी रहे।

आज दिन ऐसे ही बीता है—बिना कुछ किए, बिना कुछ पढ़े, बिना कुछ सोचे। एक विचित्र निष्क्रियता तन-मन पर छाई रही है। जब तक अँधेरा नहीं हुआ था, मैं रात होने की प्रतीक्षा कर रहा था। और अब...? मैं नहीं जानता कि अब मैं दिन की प्रतीक्षा कर रहा हूँ या मध्यरात्रि की। मैं इतना ही जानता हूँ कि जिस तरह अकेला रहना चाहता था, उसी तरह इस समय हूँ और नहीं चाहता कि कोई चीज़ मेरे इस अकेलेपन में बाधा डाले।

मगर एक ख़याल बार-बार मेरे इस अकेलेपन में बाधा डालता है। वह ख़याल यह है कि मैं वहाँ से चलते समय तुमसे स्पष्ट बात करके क्यों नहीं आया? तुम जिस विश्वास के साथ मुझे स्टेशन पर छोड़ने आई थीं, उससे रास्ते-भर मुझे मन में एक कसक-सी मालूम होती रही है। मुझे दरअसल तुम्हें वहीं सबकुछ बताकर आना चाहिए था। मैंने मधुसूदन को बताया था, मगर तुम्हें नहीं बताया। तुम्हें बताने का मुझे साहस नहीं हुआ। मगर अब इस डेक पर बैठकर यात्रा करते हुए मुझे महसूस हो रहा है कि मुझे तुम्हें वहीं बता देना चाहिए था। मैं अपने मन में यही सोचकर दिल्ली से चला था कि अब शायद मैं कभी लौटकर न आऊँ। क्यों, यह शायद तुमसे ज़्यादा कोई नहीं जानता।

मुझे बहुत दिनों से लग रहा था कि हम दोनों साथ-साथ रहकर सुखी नहीं रह सकते। मगर अपने देश में रहते एक सामाजिक परिस्थिति मुझे तुम्हारे साथ रहने के लिए मजबूर करती थी। आज इस डेक पर, इस खुले समुद्र के बीच, मैं अपने को उस मजबूरी से मुक्त समझता हूँ। तुम्हें यह जानकर तकलीफ़ होगी, मैं जानता हूँ। मगर थोड़े दिनों में तुम इस बात को स्वीकार कर चुकोगी। तब तुम्हें भी लगेगा कि अलग रहकर ही हम दोनों ठीक से अपना-अपना विकास कर सकते हैं। मज़बूरी का सम्बन्ध सम्बन्ध नहीं होता। यह बात तुम भी अच्छी तरह समझ सकती हो। यही बात थी जो मैं पहले नहीं कह सका, मगर आज खुलकर कह पा रहा हूँ...।

हवा बहुत ठंडी है और मेरी तबीयत बहुत मितला रही है। मेरा मन हो रहा है कि जाकर लेट जाऊँ। अभी और भी कुछ लिखता, मगर फिलहाल पत्र को यहीं समाप्त कर रहा हूँ।

शुक्ला और सबको मेरा स्नेह देना। और किसी को पत्र नहीं लिख रहा। मन में लिखने की ज़रूरत ही महसूस नहीं हो रही।

सद्भाव के साथ, तुम्हारा,
हरबंस

पुनः—मैंने रमेश और सुरजीत से कह दिया था कि तुम लोगों को किसी चीज़ की ज़रूरत पड़े, तो तुमसे पूछते रहें। मधुसूदन तो तुम लोगों की ख़ास सहायता नहीं कर सकता। पिछले दिनों मुझे उसके व्यवहार में कुछ अजीब-सा लगता रहा है, न जाने क्यों?

हरबंस

2

ऑन बोर्ड एस. एस. कार्थाज
4-2-51

नीलिमा,

एक पत्र कल रात लिख चुका हूँ। उसे पढ़कर ज़्यादा उदास मत होना। मैं अदन से तुम्हें दूसरा पत्र लिखूँगा।

सस्नेह,
हरबंस

पुनः—कल रात-भर मुझे मितली होती रही। दो बार क़ै भी हुई। लगता है ठंडा गोश्त मेरे मेदे को मुआफ़िक नहीं आया।

हरबंस

3

ऑन बोर्ड एस. एस. कार्थाज
9-2-51

नीलम,

मैं जानता था कि तुम्हारा पत्र इतनी जल्दी मुझे नहीं मिल सकता। फिर भी एक आशंका के साथ मैं तुम्हारे उत्तर की प्रतीक्षा करता रहा हूँ। दो दिन सी-सिकनेस के मारे मेरा बुरा हाल रहा है और लगभग सारा समय मैं अपने केबिन में पड़ा रहा हूँ। वहाँ पड़े-पड़े सारा समय मुझे चेख़व की कहानी के नायक 'गुसेव' का ख़याल आता रहा। यह कहानी मैंने तुम्हें पढ़ाई थी। अगर मैं लिख सकता, तो मैं भी अपनी उस मनःस्थिति के बारे में एक ऐसी ही कहानी लिखता। मुझे बार-बार लगता था कि जहाज़ पानी में नीचे-नीचे धँसता जा रहा है और हम समुद्र की सतह पर नहीं, उसके गर्भ में ही कहीं चल रहे हैं और थोड़ी ही देर में उस पाताल में पहुँच जाएँगे जहाँ मछलियाँ और साँप हमें चारों ओर से घेर लेंगे। और नोच-नोचकर खा जाएँगे। सचमुच समुद्र के गर्भ की दुनिया कितनी भयानक और कितनी नृशंस होगी।

मैंने अपना खाने का मीनू बदल लिया है और अब केवल सूप पीता हूँ और मछली-चावल खाता हूँ। पहले दिनों की मितली की वजह से मुझे आज तक सारा खाना बेस्वाद प्रतीत होता है। शायद खाने के मामले में अपनी आदत बदलना उतना आसान नहीं, जितना दूसरी आदतें बदलना।

मैं आज दिन-भर सोचता रहा हूँ कि जब तुम्हें मेरा पहला पत्र मिला होगा, तो तुमने क्या महसूस किया होगा और तुम्हारे चेहरे पर क्या-क्या भाव आए होंगे। हो सकता है कि तुम रोई भी हो। पत्र लिखने के बाद मैं स्वयं मन में बहुत उलझन महसूस करता रहा हूँ। फिर-फिर सोचता हूँ कि मुझे वहीं तुमसे सब बात स्पष्ट करके आना चाहिए था। हो सकता है कि स्पष्ट बात करके हम लोग कोई ऐसा हल निकाल लेते जो हम दोनों के लिए हितकर और अनुकूल होता। मगर अब तो मैं इतना दूर आ गया हूँ कि लौटकर तुमसे बात नहीं कर सकता। कितना अच्छा होता यदि हम पति-पत्नी न होकर दो मित्र होते और दो मित्रों की तरह यह यात्रा साथ-साथ करते! मैं जब केबिन में दो दिन अकेला पड़ा था, तो मेरा बार-बार मन होता था कि कोई इस यात्रा में मेरे साथ आया होता; कोई भी जो मुझे जानता, जिसके साथ मैं पुराने दिनों की बातें कर सकता और जो समुद्र के गर्भ के पाताल में भी मेरे साथ होता। मगर मैं अकेला आया हूँ और मुझे अकेले ही रहना है। मैं नए प्रयोग के मार्ग पर चल चुका हूँ और पीछे नहीं लौट सकता।

जहाज़ पर किसी से मेरी ख़ास बोलचाल नहीं है। किसी से बातचीत करने को मन ही नहीं होता। सोचता हूँ कि किसी नए व्यक्ति से परिचय करके ही क्या करूँगा! बहुत जल्दी मैं उस परिचय से उकता जाऊँगा और फिर उस परिचय से छुटकारा पाने के लिए बेचैन हूँगा। तुम ठीक कहती थीं कि मेरे अन्दर सामाजिक शिष्टाचार का पालन करने की योग्यता नहीं है। जो आदमी अपने मन से कटा रहता हो, उसे बाहर की दुनिया से भी कटा ही रहना चाहिए।

बाई द वे, एक अधेड़ स्त्री है, जिससे मेरी सुबह-शाम कुछ बातचीत हो जाती है। हम लोगों में सामान्यता यह है कि वह भी मेरी तरह सिर्फ़ सूप पीती है और चावल खाती है। उसके साथ उसकी बीस-बाईस बरस की लड़की भी है जिसे वह मानसिक चिकित्सा के लिए लन्दन ले जा रही है और शायद दो-तीन मास उसके साथ वहाँ रहेगी। वह बता रही थी कि कभी तो लड़की दो-एक महीने के लिए नॉर्मल हो जाती है, मगर फिर दौरा पड़ता है, तो वह चीख़ना-चिल्लाना और चीज़ें तोड़ना शुरू कर देती है, यहाँ तक कि अपना खाना भी उठाकर फेंक देती है। आजकल वह लड़की सारा-सारा दिन डेक पर खड़ी समुद्र की लहरों को देखती रहती है। वह जब सफ़ेद कपड़े पहने होती है, तो बिलकुल मोम की मूर्त्ति जैसी लगती है। जहाज़ पर अक्सर लोग उसकी चर्चा करते हैं।

मैं आजकल सिगरेट बहुत पीता हूँ—जहाज़ पर सस्ते मिल जाते हैं, इसलिए भी और अपने अकेलेपन की वजह से भी। इस समय दिन ढल रहा है। मैं यह चिट्ठी पोस्ट करके डेक पर चला जाऊँगा। वहाँ कुछ देर ममी से गप करूँगा। उस अधेड़ स्त्री का नाम मिसेज़ चावला है, मगर मैं उसे ममी ही कहता हूँ। उसकी शक्ल तुम्हारी

माँ से–बी जी से–बहुत मिलती है।

सोचता हूँ कि तुम्हारा पत्र शायद मुझे पोर्ट सईद में मिल जाएगा। जाने तुमने अपने पत्र में क्या लिखा होगा!

शुक्ला ने आगे के लिए क्या तय किया? क्या वह मॉरिस कॉलेज में एडमिशन लेगी? उसे मेरा स्नेह देना। रमेश कैसा है? और मधुसूदन?

सस्नेह
हरबंस

4

ऑन बोर्ड एस. एस. कार्थाज
14-2-51

नीलम डियर,

पोर्ट सईद में भी तुम्हारा पत्र न मिलने से मुझे बहुत चिन्ता हो गई है। मुझे डर लग रहा है कि मेरे पत्र की तुम्हारे ऊपर कहीं बहुत वैसी प्रतिक्रिया तो नहीं हुई। तुम जानती हो कि मैं किस मनःस्थिति में घर से आया था। उस मनःस्थिति में अगर मैंने कोई ऐसी-वैसी बात लिख दी हो, तो तुम्हें उसे अक्षरशः उसी अर्थ में नहीं लेना चाहिए। इन दिनों अकेले रहकर मैंने पूरी वस्तुस्थिति पर बहुत तटस्थ ढंग से विचार किया है और इस निष्कर्ष पर पहुँचा हूँ कि हम लोग यदि साथ-साथ बाहर चले जाते, तो अपना जीवन बिलकुल नए सिरे से और नए ढंग से आरम्भ कर सकते थे। दिल्ली में रहते हुए वहाँ का वातावरण नए सिरे से आरम्भ करने में एक बहुत बड़ी बाधा थी। मैं आज तुम्हें एक सुझाव देने जा रहा हूँ जिससे मुझे आशा है कि तुम्हें प्रसन्नता होगी। मैं चाहता हूँ कि किसी तरह रुपयों की व्यवस्था करके तुम भी लन्दन चली आओ। शेष जीवन हम विदेश में ही रहेंगे और जैसे-तैसे अपना गुज़ारा कर लेंगे। मैं इन थोड़े-से दिनों में ही अपने अकेलेपन से बुरी तरह ऊब गया हूँ। मुझे लगता है कि मैं दो-चार साल तो क्या, इस तरह लन्दन में एक महीना भी नहीं काट सकूँगा। तुम आ जाओगी तो सारी व्यवस्था ठीक हो जाएगी और हम यह भूल जाएँगे कि हम कभी दिल्ली में भी रहते थे और हम लोगों की ज़िन्दगी में कभी किसी तरह का तनाव भी था। मेरा ख़याल है कि बी जी तुम्हारे लिए किराये के लायक पैसे का प्रबन्ध कर देंगी। तुम मेरी बात मानो और चली आओ। प्लीज़!

मैंने पोर्ट सईद पर एक नाइटमेयर देखा था जिसने मुझे बहुत ही बेचैन कर दिया है। हाँ, सचमुच वह मेरे लिए नाइटमेयर ही था। मैंने जहाज़ पर पोर्ट सईद के सम्बन्ध में बहुत-सी बातें सुनी थीं। पोर्ट सईद को दुनिया की गन्दगी का आवर्त

कहा जाता है। –द गटर व्हर्लपूल ऑफ़ द वर्ल्ड। यह पोर्ट दुनिया-भर के गुण्डों, ठगों डकैतों और बुर्दाफ़रोशों का अड्डा है। कहते हैं यहाँ किसी भी जाति और किसी भी देश की औरत नक़द दाम पर ख़रीदी जा सकती है। मुझे जहाज़ के कप्तान ने सावधान कर दिया था कि मैं शहर के अन्दर ज़रा होशियार होकर जाऊँ, क्योंकि शहर के अन्दर दिन-दहाड़े मुसाफ़िरों को क़त्ल करके उनका सामान लूट लिया जाता है। इससे मुझे और उत्सुकता हुई कि जाकर देखूँ कि क्या होता है! उस समय शाम गहरी हो चुकी थी। दो पौंड के नोट ज़ेब में लेकर मैं उस जगह से परिचित एक व्यक्ति के साथ शहर में चला गया। बहुत साधारण-सा शहर था, और मेरा किसी कत्ल करने वाले से वास्ता नहीं पड़ा। लौटते हुए मैंने अपने साथी से पूछा कि क्या यहाँ कोई ऐसा थिएटर भी है जहाँ यहाँ के स्थानीय नृत्य या और किसी तरह के अभिनय का प्रदर्शन होता हो? मेरे साथी ने कुछ रहस्यमय ढंग से मेरी तरफ़ देखा और मुझे अपने साथ एक जगह ले गया। वहाँ का वातावरण एक घटिया दर्जे के थिएटर हॉल जैसा ही था और चारों तरफ़ शराब और सिगरेट के धुएँ की बू फैली थी। यहाँ तक तो ख़ैर ग़नीमत थी, मगर परदा उठने पर जो कुछ मैंने देखा उससे मेरे रोंगटे खड़े हो गए। वहाँ जो अभिनय दिखाया गया, वह कोई नृत्य या नाटक नहीं था। उस अभिनय में दो चरित्र थे–एक हट्टा-कट्टा नीग्रो और एक दस-बारह साल की चीनी या जापानी लड़की, और अभिनय था नीग्रो का उस लड़की के साथ बलात्कार...! उस अभिनय को देखते हुए मेरा मन हुआ कि मैं एक बार ज़ोर से चिल्ला उठूँ, मगर कप्तान की बात याद करके मैं किसी तरह चुप रहा। मैं सच कहता हूँ कि तब से अब तक उस दृश्य की याद से ही मेरे रोंगटे खड़े हो जाते हैं। मुझे आँखों से देखकर भी विश्वास नहीं आया कि सचमुच रंगमंच पर ऐसा अभिनय भी हो सकता है, और लोगों का इससे मनोरंजन भी हो सकता है। उस अभिनय को देखने के बाद कई घंटे मेरी सोचने-समझने की शक्ति लगभग सुन्न रही। मुझे अब भी विश्वास नहीं होता कि मैंने सचमुच वह अभिनय देखा है और मैं यही विश्वास करना चाहता हूँ कि वह एक नाइटमेयर था। इस नाइटमेयर ने आज तक मेरी नींद हराम कर रखी है। एक तरफ़ यह नाइटमेयर है और दूसरी तरफ़ वह मोम की पुतली-जैसी लड़की जो अब भी उसी तरह रेलिंग के पास खड़ी समुद्र की लहरों को देखती रहती है। आज मैंने उसे कुछ फूल उपहार में दिए थे। उसने फूल मेरे हाथ से ले लिये और समुद्र में बहा दिए। सोचता हूँ कि उस लड़की ने भी कहीं मेरी तरह कोई नाइटमेयर तो नहीं देखा!

मैं उन्नीस तारीख़ को लन्दन पहुँच जाऊँगा। तुम चली आओ, ज़रूर चली आओ। मैं वहाँ से तो अकेला आने के लिए बेचैन था और अब यह सोच-सोचकर बेचैन हूँ कि तुम मेरे पीछे अकेली कैसे रहोगी। आशा है तुम मुझे अपने पत्र में इस

सम्बन्ध में निश्चित उत्तर दोगी।

शुक्ला, सरोज, सरित, बी जी और बाबूजी सबको मेरा स्नेह देना। किसी दिन मॉडल बस्ती जाकर अम्मा और रानी वगैरह से भी मिल आना। उनसे कहना कि मैं उन्हें लन्दन से पत्र लिखूँगा।

बहुत-बहुत प्यार के साथ, तुम्हारा,
हरबंस

पुनः–प्रिंसिपल को जाकर याद करा देना कि मेरे प्रॉविडेंट फण्ड के पैसे जल्दी निकलवा दे। रमेश से एक्सचेंज के लिए भी कहती रहना। मधुसूदन मिले, तो उससे कहना कि पोर्ट सईद पर मैंने उसे बहुत याद किया था। उसका पता मेरे पास होता, तो मैं आज उसे भी पत्र लिखता। उससे पूछकर मुझे पता लिखना।

5

मार्सेल्स
16-2-51

प्रिय नीलिमा,

यह पत्र मैं बहुत ख़राब मूड में लिख रहा हूँ। मैंने तुमसे इतने संक्षिप्त पत्र की आशा नहीं की थी। मैं समझता हूँ कि मैं ही मूर्ख हूँ जो मैंने पहले नहीं सोचा कि तुम्हारे लिए अपनी भरतनाट्यम की ट्रेनिंग मेरे साथ रहने की अपेक्षा कहीं अधिक महत्त्वपूर्ण है। मैं तुम्हारे किसी कार्यक्रम में दखल देने वाला कौन होता हूँ! सचमुच अच्छा ही हुआ जो मैं दिल्ली से चला आया।

मैं ज़िन्दगी में किसी से कुछ नहीं चाहता–न तुमसे, न किसी और से। सिर्फ़ जिस हाल में हूँ, उस हाल में आगे के दिन काट देना चाहता हूँ।

दुर्भाग्यवश तुम्हारा,
हरबंस

6

31, बन्स लेन, मिल हिल,
लन्दन, एन-डब्ल्यू-7
26-2-51

नीलिमा,

तुम्हारा पत्र मैंने उतने धैर्य से ही पढ़ा है जितने धैर्य से तुमने लिखा है कि मैं

पढ़ूँ। सच पूछो, तो मैं पहले से ही जानता था कि तुम यह सब लिखोगी। धुएँ और कोहरे से लदे हुए इस नए शहर में आकर मुझे उस पुलक का ज़रा भी अनुभव नहीं हुआ जिसकी आशा मैंने घर से चलते समय की थी। यहाँ मुझे हर चीज़ अपने में खोई हुई और एक मशीनी ढंग से चलती प्रतीत होती है।

मेरी मनःस्थिति इस समय बहुत विचित्र हो रही है। एक तरफ़ देखता हूँ, तो हम लोगों के सहजीवन की यन्त्रणा और प्रताड़ना नज़र आती है और दूसरी तरफ़ यह निगलता हुआ सूनापन है—भीड़ से लदी हुई दुनिया के बीच अपना अकेलापन! मेरा दिमाग़ बिलकुल ख़ाली हो गया है और स्नायु बिलकुल जड़ हो रहे हैं। यहाँ आकर मैं पहले से भी अधिक अस्थिर हो उठा हूँ। एक भी रात मुझे ठीक से नींद नहीं आई। जिस घर में ठहरा हूँ, वह ममी, मिसेज़ चावला, ने पहले से लिया हुआ था। उन्होंने कहा है कि मैं अपना प्रबन्ध करने तक उनके पास रह जाऊँ। यह शायद उन फूलों की वजह से है जो मैंने उनकी लड़की को दिए थे। वे रोज़ मुझसे पूछती हैं कि बंस, तुम्हारी बीवी कब आ रही है। मैंने जहाज़ पर उनसे कहा था कि तुम्हें एक ख़ास काम से पीछे रुकना पड़ा है और तुम बहुत जल्द ही यहाँ आ रही हो। उनकी लड़की चाय पीते समय ख़ामोश आँखों से मेरी तरफ़ देखती रहती है। मुझे लगता है कि दुनिया में जितना अकेला मैं हूँ, शायद उतनी ही अकेली वह भी है। खिड़की के पास बैठे हुए मुझे लन्दन का सारा कोहरा और धुआँ उसकी आँखों में समाया नज़र आता है।

मैं बहुत जल्द ही अपने रहने का अलग प्रबन्ध कर लूँगा और यहाँ से चला जाऊँगा। इस घर के वातावरण में मुझे अपना अकेलापन और भी भारी लगता है।

मैं अपने दस्ताने वहीं भूल आया हूँ। लन्दन में आदमी के पास ऊनी दस्तानों का होना बहुत ज़रूरी है। सोचता हूँ आज जाकर एक जोड़ी ख़रीद लूँ। मगर मेरे पास पैसे बहुत थोड़े हैं और मैं नहीं जानता कि एक्सचेंज की कुछ व्यवस्था अभी हुई है या नहीं। प्रिंसिपल का पत्र मुझे मिल गया है कि उसने चेक तुम्हें दे दिया है। इस आदमी ने मेरे साथ जितनी नेकी की है, उसे मैं कभी नहीं भूल सकता।

और किसी के लिए क्या लिखूँ? अम्मा और रानी के नाम अलग से दो पंक्तियाँ लिख रहा हूँ।

गहरी-गहरी उदासी के साथ,
तुम्हारा,
हरबंस

7

31, बन्स लेन, मिल हिल,
लन्दन, एन-डब्ल्यू-7
1-3-51

नीलिमा,

आज मार्च की पहली तारीख़ है। हर पहली तारीख़ को लगता है जैसे वह एक नई शुरुआत का दिन हो। पूरा दिन एक उत्साह और आशंका की हद तक पहुँची हुई आशा में कटता है, मगर शाम होते-होते मन पर उदासी छा जाती है, क्योंकि वह दिन भी और साधारण दिनों जैसा ही बीतता है और कोई नई शुरुआत नहीं होती। मैं कई दिनों से दस्ताने ख़रीदना टालता रहा था, मगर आज पहली तारीख़ के उत्साह में मैंने ख़रीद लिये। नक़द एक पौंड उनमें चला गया। ममी ने मुझसे कहा है कि मैं उनसे दस-बीस पौंड तक उधार ले सकता हूँ जो मैं अपने पैसे आने पर उन्हें अदा कर दूँ। ममी बहुत ही नेक और सज्जन महिला हैं। मेरा ऐसी महिला से पहले वास्ता नहीं पड़ा।

मगर घर आने पर तुम्हारा पत्र मिला, तो नए दस्ताने ख़रीदने के सारे उत्साह पर पानी पड़ गया। तुमने लिखा है कि दस्ताने पार्सल से भेज दिए हैं। यह अच्छा किया, मगर तुम्हारा पत्र एक दिन पहले मिला होता, तो मैं आज एक पौंड फिजूल ख़र्च न करता। यह जानकर मैं बहुत ही परेशान हूँ कि एक्सचेंज की व्यवस्था नहीं हो रही है। जब मैं वहाँ था, तो रमेश ने मुझे ऐसे आश्वासन दिया था जैसे यह उसके बाएँ हाथ की बात हो। मुझे लगता है कि कोई भी दोस्त जैसा तुम्हारे मुँह पर होता है, तुम्हारी पीठ के पीछे वैसा नहीं रहता। अगर मुझे पहले पता होता कि एक्सचेंज मिलने में इतनी दिक़्क़त होगी, तो क्या मैं ऐसी जल्दी में वहाँ से आता? मुझे तो लगता है जैसे जान-बूझकर धोखा दिया गया है।

ठीक है, तुम मैसूर जाना चाहती हो, जाओ। मैं भला तुम्हें इस विषय में क्या कह सकता हूँ! तुमने जो कुछ लिखा है, सब बिलकुल ठीक लिखा है। यह ठीक है कि मुझे अभी कोई काम नहीं मिला, मगर मैंने काम ढूँढ़ने की कोशिश ही कहाँ की है? मेरा मन तो इतना थका रहता है कि मैं अपने लिए घर ढूँढ़ने की चेष्टा भी नहीं कर सका। अगर ममी और उनकी लड़की ए.बी.सी. (अमृतबाला चावला) यहाँ न होतीं, जो जाने मैं अब तक क्या करता!

प्रैक्टिकल ढंग से सोचा जाए, तो तुम्हारी कोई भी बात ग़लत नहीं है। हम दोनों के यहाँ रहने का ख़र्च बहुत पड़ेगा जिसे हम लोग शायद न उठा सकें। प्रैक्टिकल

दृष्टि से यह बात बिलकुल ठीक है। मगर मेरे साथ यही तो दिक़्क़त है कि मैं हर चीज़ को प्रैक्टिकल ढंग से नहीं सोचता। अगर मैं ऐसा कर सकता, तो हमारी ज़िन्दगी का रूप बिलकुल दूसरा ही न होता।

मैं नहीं जानता कि मेरे ऊपर हर समय एक जड़ता-सी क्यों छाई रहती है। मैं अपने मन और शक्ति को किसी काम में नहीं लगा पाता। अतीत, वर्तमान और भविष्य, और इन सबके ऊपर अपना अकेलापन, मेरे ऊपर बाघ की तरह झपटते रहते हैं। तुम्हारे साथ और तुम्हारे बिना, दोनों ही तरह ज़िन्दगी मुझे असम्भव प्रतीत होती है।

बाला (अमृतबाला) पढ़ती बहुत है। मैंने कल-परसों उसी के हाथ से एक पुस्तक ली थी जो शायद प्रेम-भावना के सम्बन्ध में सबसे अच्छी पुस्तक है। मैं उस रात वह पुस्तक ही पढ़ता रहा। पुस्तक में एक वाक्य बहुत बार आया है—'प्रेम में स्थिरता और दीर्घता लाने के लिए व्यक्ति के पास विशाल हृदय ही नहीं, विशाल मस्तिष्क भी होना चाहिए।' ये पंक्तियाँ मैं अपनी दृष्टि से उद्धृत कर रहा हूँ, क्योंकि शायद मेरे पास ये दोनों चीज़ें अपेक्षित मात्रा में नहीं हैं।

ए.बी.सी. का खाने का वक़्त हो गया है। हम लोग उसी के वक़्त से खाते-पीते और सोते-जागते हैं।

दूर, बहुत दूर से,
तुम्हारा,
हरबंस

8

31, बन्स लेन, मिल हिल,
लन्दन, एन-डब्ल्यू-7
13-3-51

माई डियर सवि,

शायद तुम कुछ चौंको कि तुम्हें तुम्हारे पुराने नाम से क्यों सम्बोधित कर रहा हूँ। मगर तुम्हारा यही नाम, जिससे मैं कभी चिढ़ा करता था, मुझे अब ज़्यादा आत्मीय लगता है। सोचता हूँ शायद इस तरह सम्बोधित करके ही अपने को तुम्हारे अधिक निकट महसूस कर सकूँ। इन दिनों मेरा मन बहुत अन्धविश्वासी होता जा रहा है, यहाँ तक कि यह पत्र लिखते हुए मैं सोच रहा हूँ कि तेरह तारीख़ को लिखा हुआ यह पत्र मेरे लिए कोई और दुर्भाग्य तो नहीं लाएगा।

पहली बात तो यह है कि मैंने एक्सचेंज की दिक़्क़त का एक हल निकाल लिया है। ममी ने मुझे यहाँ अस्सी पौण्ड कर्ज़ दे दिए हैं और कहा है कि हम लोग दिल्ली

में उनकी बड़ी लड़की को इसके बराबर की रकम अदा कर दें। सो पहला काम तुम्हें यही करना है कि मेरा चेक तुड़वाकर 1,064 रुपए तुम वहाँ दे आओ। उसका पता इस प्रकार है :

मिसेज़ आर. सी. कपूर
केअर ऑफ़ डॉ. सी. एल. कपूर
12-डी, बारहखम्भा रोड,
नई दिल्ली

दूसरी बात यह कि मैं ममी का घर छोड़कर एक छोटी-सी जगह पर आ गया हूँ। पत्र के लिए अभी पुराना पता ही दे रहा हूँ, क्योंकि यह जगह लन्दन के लिहाज़ से काफ़ी सस्ती होती हुई भी मेरी ज़ेब के लिहाज़ से काफ़ी महँगी है और बहुत सम्भव है कि मैं जल्दी ही यह जगह छोड़कर किसी और सस्ती-सी जगह पर चला जाऊँ।

तीसरे, मैं तीन दिन से यहाँ डाकख़ाने में काम कर रहा हूँ जिससे मुझे रोज़ का एक पौण्ड मिल जाता है। वैसे मुझे आशा है कि अप्रैल के आरम्भ में मुझे इंडियन हाई कमीशन में कुछ काम मासिक वेतन पर मिल जाएगा।

तुमने मैसूर जाने के बारे में क्या लिखा है, मेरी कुछ समझ में नहीं आया। तुम्हारी चिट्ठी में अंग्रेज़ी ग्रामर की और स्पेलिंग की इतनी अशुद्धियाँ होती हैं कि कई बार उसका कुछ सिर-पैर पल्ले नहीं पड़ता। मेरा सुझाव मानो, तो तुम भरतनाट्यम् की प्रैक्टिस बाद में करना, पहले कोई अच्छी-सी ग्रामर लेकर अपना अंग्रेज़ी का वाक्य-विन्यास ठीक करो। अगर कभी तुम्हें यहाँ आना ही पड़े, तो लोग तुम्हारी अंग्रेज़ी देखकर क्या कहेंगे?

....

....

मैं मन में जो थोड़ी-बहुत आशा पालता हूँ, वह गुज़रे हुए दिनों की याद करते ही टूटने लगती है। वर्तमान का मेरी आत्मा के साथ सम्बन्ध इतना बिगड़ा हुआ है कि मैं भविष्य की बात सोच ही नहीं पाता। सबसे बुरी बात तो यह है कि मेरे मन पर एक ऐसी सुस्ती आजकल छाई रहती है जैसी दिल्ली में भी कभी नहीं थी। शायद मेरा जन्म ही किसी ऐसे नक्षत्र में हुआ है (फिर वही झूठा अन्धविश्वास!) जिसने मेरे चारों ओर विरोध और कठिनाइयों का वातावरण पैदा कर रखा है। ऐसी स्थिति में आदमी केवल डे-ड्रीमिंग ही कर सकता है और वही मैं करता हूँ। फिर भी मैं समझता हूँ कि हमारे पास एक-दूसरे के साथ चिपके रहने के सिवा कोई चारा नहीं है।

मैं यह पत्र तुम्हें दो दिन पहले ही लिखता, मगर मैंने सोचा कि मैं भी एक बार ए.बी.सी. के मनोविश्लेषक के पास जाकर उससे परामर्श कर देखूँ। मैं कल ममी के साथ उसके यहाँ गया था। मुझे वह आदमी इसलिए अच्छा लगा कि वह मुझे यह

तो बताता रहा कि मेरे दिमाग़ में कहाँ क्या नुक्स है, मगर तुम्हारी तरह साथ झगड़ा करते हुए नहीं। काश कि तुम भी उसकी तरह होतीं...! बहरहाल, मनोविश्लेषक ने जो कुछ भी कहा, उसके बावजूद मैं समझता हूँ कि हमारे पास एक-दूसरे के साथ ज़िन्दगी गुज़ारने के सिवा कोई चारा नहीं है। मगर इसके लिए तुम्हें और मुझे अपने को काफ़ी बदलना होगा। हाँ, मुझे ही नहीं, तुम्हें भी—और मुझे यह खुशी है कि यह बात कहने की ज़िम्मेदारी इस बार मेरे ऊपर नहीं, मनोविश्लेषक के ऊपर है।

आज इस अन्धविश्वासी मनःस्थिति में मुझे यह बात बहुत विचित्र लग रही है कि शुक्ला और तुम्हारा जन्मदिन एक ही महीने की 18 और 28 तारीख़ को क्यों है? क्या आठ के हिंदसे का हमारे जीवन के साथ कोई गहरा सम्बन्ध है, क्योंकि मेरा अपना जन्म आठ तारीख़ का है? ख़ैर, मैं जानता हूँ कि मैं यह सब कोरी बकवास लिख रहा हूँ। मेरा यह पत्र शायद तुम्हें शुक्ला के जन्मदिन को ही मिलेगा। उसे मेरा बहुत-बहुत स्नेह देना। यह शायद उसका भी दुर्भाग्य है जो वह तीन साल मेरे जैसे आदमी के सम्पर्क में रही है जो ज़िन्दगी में उसके लिए कुछ नहीं कर सका, कुछ नहीं कर सकता।

वहाँ पर सब लोग कैसे हैं? आजकल किस-किससे भेंट होती है?

सस्नेह तुम्हारा,
हरबंस

पुनः—दस्तानों का पार्सल मिल गया है।

9

24-3-51

सवि,

तुम्हारा पत्र मुझे कल ही मिला है। मैं इस बीच काम ढूँढ़ने के सिलसिले में काफ़ी घूमता-फिरता रहा हूँ। मगर मुझे लगता है कि हारकर मुझे इंडियन हाई कमीशन वाली नौकरी ही करनी पड़ेगी। तुमने लिखा है कि वहाँ मौसम बदल गया है, मगर यहाँ वह बला की सरदी है कि क्या कहूँ! अभी कल रात ही बरफ़ पड़ी है। यहाँ रहते हुए मैं तो यह भूल ही गया हूँ कि खुली धूप भी कोई चीज़ है और ऐसा भी सूर्यास्त होता है जिसमें फूलों की महक से लदी हुई हवा व्यक्ति की चेतना को मुग्ध कर देती है। यहाँ तो बस बरफ़ है, कोहरा है और धुआँ है। लगता है जैसे यह शहर ठोस धुएँ का ही बना हो।

परसों एक ऐसी घटना हो गई जिसने मुझे कुछ परेशान कर रखा है। ममी ने मुझे फ़ोन पर घर बुलाया और वहाँ जाने पर मुझे पता चला कि ए.बी.सी. रात को

मनोविश्लेषक के पास से लौटने पर बहुत रोती रही है। वहाँ से आकर उसने न तो खाना खाया, न बात की, बस रोती और हिचकियाँ लेती रही। मुझे सचमुच इस सूचना से ऐसे ही लगा जैसे इन्सान को सहसा युद्ध आरम्भ होने के समाचार से लग सकता है। मगर जिस समय मैं गया, उस समय वह पहले की तरह ही शान्त बैठी थी और एक पुस्तक पढ़ रही थी। मैंने उससे पूछा कि उसकी तबीयत अब कैसी है, तो उसने मुसकराकर सिर हिला दिया। मुझे ऐसा लगता है जैसे किसी रहस्यमय नाटक का रहस्य बहुत जल्द ही मेरे सामने खुलने वाला हो और मैं बहुत उत्सुकता से उसकी प्रतीक्षा कर रहा हूँ। मुझे इससे यह भी आशा होने लगी है कि शायद वह मनोविश्लेषक मेरे मन की गुत्थियों को भी कुछ सुलझा सके। मगर मेरे पास उसकी फ़ीस देने लायक़ पैसे नहीं हैं। मैं अपना एक-एक पैसा बहुत सावधानी के साथ ख़र्च करता हूँ। उस दिन पब में ह्विस्की पी थी, सो उसका भी बोझ मेरे मन पर बना हुआ है।

तुम जिस दिशा में जो कुछ भी करने की सोच रही हो, करती जाओ। मैं अब तुमसे कुछ नहीं कहूँगा, कभी नहीं कहूँगा। मुझे कुछ कहने का अधिकार ही नहीं है। तुम अपनी चिट्ठियाँ हिन्दी में ही लिखो, तो अच्छा है क्योंकि तुम्हारी अंग्रेज़ी से मेरा सिर भन्ना उठता है।

सस्नेह तुम्हारा,
हरबंस

10

1-4-51

सवि,

आज फिर पहली तारीख़ है, पहली अप्रैल, मूर्खों का दिन। आज मैंने इंडियन हाई कमीशन के दफ़्तर में काम करना आरम्भ कर दिया है। आज दिन-भर मेरा मन मुझसे कहता रहा, 'हरबंस, तुम मूर्ख हो, बिलकुल मूर्ख, घर और इज़्ज़त की नौकरी छोड़कर यहाँ विदेश में एक क्लर्क की नौकरी कर रहे हो।' मगर मैं अपने मन की सारी खीझ और झुँझलाहट आज ह्विस्की में डुबो आया हूँ। मैं इस समय लिखने बैठा हूँ, तो मुझे लगता है कि मैं आज तुम्हें एक बहुत लम्बा पत्र लिखूँगा और अपने मन की सारी परतें खोलकर तुम्हारे सामने रख दूँगा।

तुम्हारी बात ने सचमुच मुझे चौंका दिया है। तुमने लिखा है कि शुक्ला को मैंने उसके जन्मदिन पर अपना स्नेह भेजा और मेरा पत्र ठीक उस दिन की डाक से वहाँ पहुँच भी गया; तुम्हारे जन्मदिन पर मैंने तुम्हें कुछ नहीं लिखा, और जो पत्र लिखा,

वह भी तुम्हारे जन्मदिन से अगले रोज़ वहाँ मिला। मैं इस बात के लिए सचमुच अपने को बहुत अपराधी महसूस कर रहा हूँ। मैं नहीं जानता कि ऐसा क्यों हुआ? मैं उस दिन चिट्ठी लिखने इसीलिए बैठा था कि तुम्हें तुम्हारे जन्मदिन के अवसर पर अपना स्नेह भेजूँ, मगर लिखते-लिखते वह बात भूल गया। मगर भूलने से ही तो इसकी व्याख्या नहीं हो जाती। क्या तुम चाहोगी कि मैं मनोविश्लेषक से इस सम्बन्ध में परामर्श करूँ और उससे पूछूँ कि इसका क्या कारण हो सकता है? मगर मुझे सचमुच बहुत-बहुत अफ़सोस है। मैं समझ सकता हूँ कि तुम्हें उस दिन कितना दुःख हुआ होगा। मुझे आशा है कि तुम इसके लिए मुझे क्षमा कर दोगी।

पिछले दो-सवा दो साल में तुमने पहली बार वह बात लिखी है जो मैं बहुत दिनों से तुम्हारे मुँह से सुनना चाहता था। तुमने लिखा है तुम अपने को मेरा सबसे बड़ा हितचिन्तक और मित्र मानती हो। मैंने आज तक जीवन में मित्रता से बड़ा कोई सम्बन्ध नहीं माना, हालाँकि एक भी ऐसा व्यक्ति मुझे नहीं मिला जिसे मैं अपना सच्चा मित्र कह सकूँ। यदि तुम सचमुच ही मेरी सच्ची मित्र बन सको, जो कि तुम लिखती हो कि तुम हो, तो हमारे बीच किसी तरह की कोई रेखा नहीं रहेगी। तुमने लिखा है कि प्रेम एक तरह की मान्यता है जो हम एक-दूसरे को देते हैं। परन्तु क्या केवल इतना ही है? हम मान्यता तो अपने दुश्मनों को भी देते हैं, पशुओं को भी देते हैं। मेरी नज़र में प्रेम एक मान्यता से कहीं अधिक कुछ है। वह मान्यता पर रुकता नहीं, मान्यता से उसका आरम्भ होता है। मेरे लिए प्रेम दो आत्माओं के एक-दूसरे को समृद्ध बनाने के अनवरत संघर्ष का नाम है, कभी न रुकने वाले संघर्ष का। दो आत्माओं के सहयोग में ही उसकी पूर्ति नहीं है, उस स्थिति में उसमें एक जड़ता आ सकती है, एक सड़ाँध पैदा हो सकती है। उसमें तो दोनों का निरन्तर विकास आवश्यक है जिसके लिए उनके सामने एक ही विज़न होना चाहिए। इसलिए मैं तुमसे यह स्पष्ट करना चाहता हूँ कि मेरे विज़न को, मेरे हृदय की छटपटाहट को, कोई चीज़ रोकती है जिससे मेरे मन में एक जड़ता पैदा होती है, तो मेरे हृदय में प्रेम करने की योग्यता नहीं रह जाती, और मुझे लगता है कि मैं पाताल में जा रहा हूँ। मेरे लिए मित्र वही है जो उस विज़न को पाने में मेरा साथ दे, मेरे विज़न के साथ उसकी काल्पनिक सहानुभूति ही काफ़ी नहीं। वह सहानुभूति एक तरह की मानसिक दासता है जो मुझे स्वीकार नहीं। प्रेम में यह दासता नहीं होती, एक आवेश और विज़न का गुंथन होता है; उसमें एक का दूसरे से दूर भागने को मन नहीं होता, उसे उससे समृद्ध करने और समृद्ध होने, उसे बनाने और उससे बनने की ही अनवरत कामना होती है। इसके अतिरिक्त और सब तरह का प्रेम मेरे लिए झूठ है। मैं समझता हूँ कि मैं आज पहली बार अपने मन की बात ठीक से कह पा रहा हूँ। अपनी और सब अनुभूतियों पर मुझे स्वयं सन्देह होता है, परन्तु इस पर मुझे सन्देह नहीं

है। घर, बच्चे, सगे-सम्बन्धी, सामाजिक स्तर, ये सब गौण बातें हैं। जहाँ प्रेम की रीढ़ न हो, वहाँ इनकी बात केवल एक झूठा खोल है, एक ढकोसला है। दुर्भाग्य इसमें नहीं कि हम एक-दूसरे के लिए क्या हैं, बल्कि इसमें कि क्या नहीं हैं।

मैं अपने को बहुत अकेला महसूस करता हूँ। क्यों? यह अकेलापन पाँच हज़ार मील की दूरी के कारण नहीं है, और न ही शारीरिक प्राप्ति के अभाव के कारण। यह अकेलापन वर्षों से मुझे अन्दर-ही-अन्दर कीड़े की तरह खा रहा है और खाता जाएगा जब तक कि तुम सचमुच ही मेरी मित्र न बन सको, या कि कोई और न बन सके। हाँ, किसी और की बात भी मैं यहाँ बहुत सोच-समझकर ही लिख रहा हूँ, हालाँकि वह कोई कौन हो सकता है, इस प्रश्न का मुझे कोई उत्तर नहीं मिलता।

मेरे अन्दर कहीं एक ख़ालीपन है जो धीरे-धीरे इतना बढ़ता जा रहा है कि मेरे व्यक्तित्व के सब कोमल रेशे झड़ते जा रहे हैं। रोज़मर्रा की ज़िन्दगी की माँगें बहुत बड़ी हैं और मेरे जैसा ख़ाली आदमी भविष्य के सपने बुनकर नहीं जी सकता। शायद वह मेरे ही व्यक्तित्व का अकेलापन और ख़ालीपन है जो तुम्हें भी मेरे साथ बाँटना पड़ रहा है। मगर तुम इसे मजबूरी में न बाँटकर उत्साह के साथ बाँट सको, तो सबकुछ बदल सकता है। मैं किसी की ऐसी ही तो मित्रता चाहता हूँ जो मेरी सब आशाओं और निराशाओं को, इच्छाओं और आशंकाओं को, उत्साह और चाह के साथ बाँट ले। मैं यही तो चाहता हूँ कि मेरे व्यक्तित्व के साथ किसी का अस्तित्व मिलकर दो परमाणुओं की तरह एकाकार हो जाए।

मैं जीवन-भर मन में कुछ आदर्श पालता रहा हूँ और मेरे सब आदर्श या तो दूसरों ने नष्ट कर दिए हैं, या मैंने अपनी मूर्खता से अपने हाथों नष्ट कर लिये हैं। उन आदर्शों के खण्डहरों को लेकर नई इमारत खड़ी करने के लिए बहुत धैर्य और साहस चाहिए। मैं उसके लिए बहुत थक चुका हूँ, बहुत ऊब गया हूँ और बहुत बड़ा हो चुका हूँ। मुझे अन्दर-ही-अन्दर घुन लग चुका है। मैं कभी-कभी सोचता हूँ कि मैं तुम्हें यहाँ आने के लिए लिख तो रहा हूँ, मगर क्या उससे समस्या हल हो जाएगी? मेरा अकेलापन और उदासी तो शायद एक मानसिक बीमारी है जिसका कोई इलाज नहीं।

मित्रता के अलग-अलग लोगों के लिए अलग-अलग अर्थ हो सकते हैं। मेरे लिए मित्रता का अर्थ है पारस्परिक ईमानदारी, भावनात्मक लगाव और मानसिक समदृष्टि—ये तीनों ही, इनमें से कोई एक नहीं। जहाँ किसी एक का अभाव हो, वहाँ शेष दोनों का अस्तित्व भी नहीं रह सकता। इसके अतिरिक्त जो कुछ है, वह केवल एक छलना है, दिखावा है। यदि तुम अपने अन्दर इन तीनों चीज़ों का समन्वय नहीं ला सकतीं, तो मैं जीवन में किसी चीज़ में रुचि नहीं ले सकता—तुममें और अपने में भी नहीं। झूठे सपनों की चिकनाहट से मेरी आत्मा को और ज़ंग लग जाता है।

आज पहली अप्रैल के दिन, अपना और अपने मूर्खतापूर्ण व्यक्तित्व का जायज़ा लेते हुए मुझे लगता है कि मेरा जीवन में आज कोई दर्शन है, तो वह एक निराशापूर्ण मानववाद का ही दर्शन है, हालाँकि मेरा अध्ययन और मेरी सामाजिक चेतना इस दर्शन का विरोध करती है। मुझे तो अब यह भी आशंका है कि निराशावाद और मानववाद में से मेरे अन्दर निराशावाद का ही पलड़ा उत्तरोत्तर भारी न होता जाए। निराशावाद दूसरों को चोट पहुँचाता है और मैं नहीं चाहता कि मेरी वजह से दूसरों को चोट पहुँचे।

मुझे यह लिखते हुए भी लग रहा है कि शायद मैं तुम्हें चोट पहुँचा रहा हूँ। मेरे सोचने का दायरा सीमित है और मैं जो भी बात करता हूँ, वह एक ही केन्द्र के चारों ओर घूम जाती है। वह केन्द्र मेरे अन्दर की अस्थिरता है, जो एक अभाव, एक कामना, एक खोज से जन्म लेती है। क्या मेरे अभाव की कभी पूर्ति होगी? मेरी कामना को कोई आधार मिलेगा? मेरी खोज का कोई परिणाम निकलेगा? मुझे लगता है कि नहीं। मैं केवल अपने अन्दर कड़वाहट अनुभव करता रहूँगा और बाहर कड़वाहट फैलाता रहूँगा। शायद यह मेरी दिशा है और जीवन-भर के लिए यही अभिशाप मेरे ऊपर है। मैं केवल छानबीन और छीछालेदर ही कर सकता हूँ, कुछ निर्माण नहीं कर सकता। कुछ स्याह लकीरें हैं जो मेरे साथ जुड़ी हुई हैं और मैं अपने को उनसे अलग नहीं कर सकता। किसी महान् ट्रेजेडी या बहुत बड़ी असफलता का श्रेय भी शायद मेरे भाग्य में नहीं है। मैं अपने आदर्शों के खण्डहर पर खड़ा शायद उनके और-और ढहते जाने की प्रतीक्षा कर सकता हूँ।

तुमने मेरे लिए बहुत-कुछ किया है जिसकी मैं प्रशंसा भी कर सकता हूँ। परन्तु वह प्रशंसा खाने की मेज़ पर प्लेट पकड़ाने वाले व्यक्ति को धन्यवाद देने की तरह ही होगी। मुझे इस तरह की आभारपूर्ण प्रशंसाएँ बहुत दकियानूसी लगती हैं। मैं तुम्हारे अन्दर कुछ ऐसा देखना चाहता हूँ, इतना सुन्दर, कि मैं बिना एक शब्द भी कहे उसकी प्रशंसा अपने समूचे व्यक्तित्व से कर सकूँ। मैं तुम्हारे अन्दर एक ऐसी पूर्णता देखना चाहता हूँ जो मेरे अन्दर भी एक पूर्णता की अनुभूति भर दे और मुझे चौंकाकर एक आवेश में मेरे सारे अस्तित्व को आत्मसात् कर ले। मैं तुम्हारे अन्दर सौन्दर्य की ऐसी चेतना देखना चाहता हूँ जो मेरी सौन्दर्य-चेतना को भी इस तरह जगा दे कि मैं एक उत्साह के साथ जीवन की क्रूर, नृशंस और पाशविक शक्तियों का सामना कर सकूँ। मुझे अपने में इस विश्वास का अनुभव हो कि मेरे अन्दर का उफान अँधेरी गोल दीवारों से ही टकराकर नहीं लौट आएगा। शायद तुम्हें लगे कि यह सब एक कायर की बकवास मात्र है, कुत्ते के आकाश की तरफ़ मुँह उठाकर भूँकने की तरह। मगर मेरे अन्दर कहीं एक दर्द है, बहुत गहरा दर्द, जिसे मैं आज बाहर प्रकट करने का प्रयत्न कर रहा हूँ।

तुम शायद पूछोगी कि मैं आख़िर तुमसे क्या करने को कह रहा हूँ। सच पूछो, तो मैं स्वयं नहीं जानता। मैं इतना ही जानता हूँ कि मुझे आज अपनी आँखों में एक भेंगापन दिखाई देता है जिसे मैं चाहता हूँ कि तुम मिटा सको, तुम मेरी चाह के साँचे में ढलकर मेरे लिए वह दृष्टि पैदा कर सको जो मुझे एक सीधे और प्रशस्त मार्ग पर ले जाए। यदि तुम्हें नृत्य में सचमुच इतनी रुचि है, और तुम समझती हो कि तुम अपने में इस कला को इतना विकसित कर सकती हो कि वह सच्चे सौन्दर्य की प्रतीक बन जाए, तो वह भी मेरे लिए एक मार्ग हो सकता है, उस उपलब्धि तक जाने का जिसे मैं स्वयं नहीं समझता।

पत्र बहुत लम्बा हो गया है और मेरे मन की अस्थिरता अभी ज्यों-की-त्यों बनी हुई है। मैं आज रात को नींद की टिकिया लेकर सोने का प्रयत्न करूँगा। एक बात तुम्हें लिखना भूल गया। ए.बी.सी. ने मनोविश्लेषक के पास जाना छोड़ दिया है। वह उसके पास जाने की बात से ही रोने लगती है। ममी के हठ करने पर भी वह घर से बाहर नहीं निकलती। सोचता हूँ, क्या पीड़ा के विश्लेषण से पीड़ा और घनी हो जाती है।

तुम्हारा जो भी कार्यक्रम बने, मुझे लिखना। मैं तुम्हें कुछ भी परामर्श देने की स्थिति में नहीं हूँ।

जिस किसी को मेरे स्नेह की आवश्यकता हो, उसे मेरा स्नेह देना, हालाँकि मेरा स्नेह भी एक अभिशाप ही है जो दूसरे की खुशियों पर कालिख लगा देता है।

प्यार के साथ, तुम्हारा ही,
हरबंस

11

3-4-51

सवि,

तुम्हारे कल के पत्र ने मुझे बहुत परेशान कर दिया है। मैं अपने परसों के पत्र में शायद बहुत बकवास लिख गया हूँ। तुम उसे पढ़कर उदास न होना और चाहो, तो उस पत्र को फाड़ देना। तुम अपनी जगह बिलकुल सही हो, उतनी ही जितना कि मैं हो सकता हूँ या कोई भी हो सकता है। जीवन की सबसे बड़ी विडम्बना तो यही है कि हर व्यक्ति अपनी जगह सही होता है और वास्तविक संघर्ष सही और ग़लत के बीच न होकर सही और सही के बीच ही होता है। मुझे तुमसे कोई शिकायत नहीं है।

तुमने सुरजीत के विषय में जो कुछ लिखा है, उससे मेरा मन बहुत अशान्त हो उठा है। तुम जैसे भी हो, यहाँ चली आओ और हो सके तो शुक्ला को भी अपने साथ लेती आओ। मेरा वश हो, तो मैं तुम लोगों को अब एक दिन भी वहाँ न रहने

दूँ। तुम बी जी से सलाह करके जल्दी से अपना निश्चय कर डालो। तुम उन्हें पूरी स्थिति समझा दोगी तो वे अवश्य कुछ-न-कुछ व्यवस्था कर देंगी। मैं तुम्हें विश्वास दिलाता हूँ कि यहाँ आने पर मैं तुम्हें और दुःखी नहीं करूँगा; पहले ही मैं तुम्हें बहुत दुःखी कर चुका हूँ। तुम जैसे भी हो, आने की व्यवस्था करो और चली आओ। यहाँ तीनों के रहने के लिए जगह की व्यवस्था मैं कर लूँगा। नहीं तो पहले कुछ दिन तुम ममी के साथ रह सकती हो। वे आजकल काफ़ी परेशान और उदास भी हैं, क्योंकि बाला अब ठीक से खाना भी नहीं खाती। तुम लोगों के पास आ जाने से उन्हें कुछ आराम ही मिलेगा। मैं आज उनके यहाँ जाऊँगा, तो उनसे बात करूँगा।

तो मुझे लिखो कि तुम कब तक आ रही हो। मैं इस समय एक-एक क्षण एक तीव्र उत्कण्ठा में काट रहा हूँ और बहुत उत्सुकता से तुम्हारे उत्तर की प्रतीक्षा कर रहा हूँ।

बहुत-बहुत प्यार के साथ, तुम्हारा,
हरबंस

मैंने चिट्ठियों का पुलिन्दा बीच की मेज़ पर रख दिया। जितनी देर मैं पढ़ता रहा था, उतनी देर नीलिमा आँखें फैलाए मेरे चेहरे की तरफ़ देख रही थी जैसे कि वह उस बीच मेरे चेहरे के मज़मून को पढ़ती रही हो। उसकी आँखों में उत्सुकता के साथ एक आशंका नज़र आ रही थी और उस आशंका में मिली-जुली एक उदासीनता...।

'तो?' उसने कहा।

मैं पत्र पढ़ते हुए साथ ही बहुत-कुछ सोचता भी रहा था जिससे मेरा सिर भारी हो रहा था। मुझे समझ नहीं आ रहा था कि उससे क्या कहूँ। मैं कुछ क्षण खिड़की की तरफ़ देखता रहा, वहाँ जहाँ से एक दिन नन्हे-नन्हे सफ़ेद पंख हवा में तैरते हुए नीचे आ रहे थे। मगर उस समय वहाँ पंख नहीं उतर रहे थे, केवल धूप में चमकते हुए ज़र्रे ही नज़र आ रहे थे।

'तुम्हारा ख़याल है मुझे चली जाना चाहिए?' उसने इस तरह पूछा जैसे मेरे हाँ या न कहने पर ही सबकुछ निर्भर करता हो।

'मेरा तो ख़याल है कि चली जाना चाहिए,' मैंने कहा। 'अगर रुपए का प्रबन्ध हो सकता है, तो और कोई बाधा तुम्हें नहीं होनी चाहिए।'

'रुपए का प्रबन्ध तो हो जाएगा,' वह बोली। 'बी जी मुझे मैसूर जाने के लिए जो पैसे दे रही हैं, उनसे लन्दन तक तो पहुँचा ही जा सकता है। मगर सवाल तो उसके बाद का है।'

'मतलब उतने पैसे से तुम दोनों लन्दन पहुँच जाओगी, सवाल लन्दन के ख़र्च

का है?' मैं अपने मन की अनिश्चितता को दूर कर लेना चाहता था। वह लन्दन जाएगी, तो क्या अकेली ही जाएगी, या...?

'दोनों से तुम्हारा मतलब मुझसे और शुक्ला से है?' वह बोली। 'शुक्ला वहाँ कैसे जा सकती है? वह तो हर हालत में बी जी के पास ही रहेगी। मैं अगर वहाँ गई, तो हरबंस की वजह से जाऊँगी, शुक्ला को बी जी क्यों जाने देंगी? वह अभी पढ़ रही है और कल को उसका ब्याह भी करना है। लन्दन में हमसे अपना ख़र्च ही नहीं उठाया जाएगा, उसकी पढ़ाई का ख़र्च हम कैसे उठाएँगे? पढ़ाई छोड़कर वह वहाँ चली जाए, इसलिए कि हमारे साथ रह सके, इसमें क्या तुक है? हरबंस तो पागल है जो ऐसी बात सोचता है।'

मैंने फिर चिट्ठियों के पुलिन्दे की तरफ़ देखा, जैसे कि उस पुलिन्दे की जगह स्वयं हरबंस मेरे सामने हो और मुझे उससे अनुरोध करना हो कि जैसे भी हो सके, वह नीलिमा के साथ शुक्ला को भी ज़रूर लन्दन बुला ले जिससे वह चार-पाँच साल वहाँ काट ले, ताकि इस बीच...।

'तुम्हारी चाय ठंडी हो गई है,' नीलिमा बोली। 'तुम मुझे सोचकर ठीक राय दो। मैं तब तक तुम्हारे लिए और चाय बना लाती हूँ।'

कह नहीं सकता कि वह मेरी वजह से उठकर चली गई या अपनी वजह से ही। मैंने चिट्ठियों के पुलिन्दे को फिर उठा लिया और इस तरह एक-एक पन्ने को पलटने लगा जैसे परीक्षा से पहले एक परीक्षार्थी जल्दी-जल्दी अपनी पाठ्य-पुस्तक को देखता है। मुझे आश्चर्य हो रहा था कि क्या वे सब पत्र हरबंस के ही लिखे हुए हैं, उस व्यक्ति के जिसकी फ़ाइलों में आधी हिन्दी और आधी अंग्रेज़ी में लिखे हुए कितने ही उलझे हुए पन्ने मैंने देखे थे। उन पन्नों के अटपटे और उलझे हुए वाक्यों का लेखक यह सब कैसे लिख सकता था? उसकी फ़ाइलों में तो हर वाक्य के ऊपर लाल पेंसिल से एक प्रश्नचिह्न बना हुआ था, और इन पत्रों में...? क्या ये पत्र उसके अन्दर के किसी और व्यक्ति ने लिखे थे? या कि उसके अन्दर की छटपटाहट ने स्वयं ही अपने लिए मार्ग बना लिया था और वह बिना जाने ही वह सब लिख गया था? क्योंकि वह ढंग से सँवारकर लिखने का प्रयत्न करता, तो ज़रूर उन्हें भी अपनी फ़ाइलों के पन्नों की तरह अटपटा बना देता। यदि वे पत्र इतने व्यक्तिगत न होते, तो शायद मैं यह भी सोचता कि वे उसने किसी और की फ़ाइल से ही न उड़ाए हों। 'तुम्हारे साथ, और तुम्हारे बिना, दोनों ही तरह ज़िन्दगी मुझे असम्भव प्रतीत होती है।' 'यहाँ तो बर्फ़ है, कोहरा है और धुआँ है। लगता है, जैसे यह शहर ठोस धुएँ का ही बना हो।' 'मेरे अन्दर कहीं एक ख़ालीपन है जो धीरे-धीरे इतना बढ़ता जा रहा है कि मेरे व्यक्तित्व के सब कोमल रेशे झड़ते जा रहे हैं।' 'मैं केवल छानबीन और छीछालेदर ही कर सकता हूँ, कुछ निर्माण नहीं कर सकता।' 'यदि तुम्हें नृत्य

में सचमुच इतनी रुचि है, और तुम समझती हो कि तुम अपने में इस कला को इतना विकसित कर सकती हो कि वह सच्चे सौन्दर्य की प्रतीक बन जाए, तो वह भी मेरे लिए एक मार्ग हो सकता है, उस उपलब्धि तक जाने का जिसे मैं स्वयं नहीं समझता।' क्या यह उसी हरबंस की भाषा थी?

नीलिमा चाय ले आई, तो मैंने पुलिन्दा फिर रख दिया और दोनों हाथों की उँगलियाँ उलझाकर कुछ सोचता हुआ-सा बैठा रहा। नीलिमा अपने ढंग से शरीर को एक लचक देकर बैठती हुई बोली, 'मैं आज ही उसे उत्तर देना चाहती हूँ, क्योंकि मुझे मैसूर जाना हो, तो मुझे दो-एक दिनों में ही चली जाना चाहिए, जिससे मैं सर्दियों में यहाँ आकर एकाध प्रदर्शन भी कर सकूँ।'

'तुम बताओ, तुम्हारा अपना मन क्या कहता है?'

'मैं अपने-आप सोचकर तय कर सकती, तो तुम्हें बुलाने के लिए इतनी दूर क्यों जाती?' वह प्यालियों में चाय डालकर चीनी हिलाने लगी। 'मैं तो तुमसे जानना चाहती हूँ कि तुम्हारे ख़याल में क्या करना ठीक है। मुझे अपने अलावा शुक्ला की बात भी सोचनी है जो मेरे पीछे यहाँ बहुत अकेली पड़ जाएगी। इसलिए सोचती हूँ कि मेरा अपना मन जो राय देता है, वह शायद ठीक नहीं है।'

'मगर यह तो बताओ कि तुम्हारा मन राय देता क्या है?' मैं उससे कैसे कहता कि मेरी दिलचस्पी उसकी समस्या से ज़्यादा एक और ही समस्या में है और मैं उसकी बात न सोचकर अपनी ही बात सोच रहा हूँ।

'चाय ले लो,' उसने कहा।

मैं चाय की बात भी भूल गया था। मैंने चौंककर प्याली उठा ली।

'मेरा मन क्या राय देता है?' वह कुछ समय लेकर बोली। 'मेरा मन यही कहता है कि मुझे वहाँ चली जाना चाहिए। हो सकता है कि वह वहाँ सचमुच ही बहुत दुःखी हो।'

'मेरी भी यही राय थी,' मैंने कहा। सोचा कि शायद इतने से अब वह प्रकरण समाप्त हो जाएगा और मैं दूसरी बात सोचता रह सकूँगा।

'तुम सचमुच यही समझते हो कि मुझे वहाँ चली जाना चाहिए?' नीलिमा के लिए मगर बात अब भी वहीं थी जहाँ पत्र मुझे पढ़ने के लिए देने से पहले थी।

'क्यों, क्या यही ठीक नहीं है? तुम भी तो यही कह रही थीं।'

'मैं हरबंस के अकेलेपन की बात सोचकर कह रही थी। मगर तुम यह भी तो सोचो कि मेरे लिए मैसूर जाकर सीखने का यही एक चांस है।'

'हाँ, यह भी बात है।' मैं बार-बार अपने मन को धकेलकर उस विषय पर लाता था और वह बार-बार भटककर अपने दर्द की पगडंडी पर चला जाता था।

'हरबंस ने अपने पहली अप्रैल के पत्र में लिखा भी है कि मैं अपनी कला का

ठीक से विकास कर सकूँ, तो उसे बहुत खुशी होगी। मैं छः महीने मैसूर में रहकर फिर उसके पास जाऊँ, तो यह ज़्यादा अच्छा नहीं होगा?'

'मगर वह इतने दिन वहाँ अकेला रह लेगा? उसके आख़िरी पत्र से तो लगता है कि वह वहाँ बहुत बेचैन है।'

'उस पत्र की बात तुम जाने दो! वह तो उसने कुछ घबराहट में लिखा है। मैंने उसे वैसे ही सुरजीत की एक बात लिख दी थी जिसका अपने मन में पता नहीं उसने क्या मतलब लगा लिया है। मैं इस बार उसे लिख दूँगी कि वैसी कोई बात नहीं है, तो उसका दिमाग़ फिर ठीक हो जाएगा।' और हाथ की प्याली छलक न जाए, इसलिए उसे नीचे रखती हुई वह एक रूखी-सी हँसी हँसकर बोली, 'मुझे डर है कि मैं अभी वहाँ चली गई, तो उसका मन फिर वही खुराफ़ात सोचने लगेगा कि उसका विज़न एक गोल अँधेरी दीवार से टकराकर टूट रहा है। इसलिए मैं अभी कुछ दिन उससे दूर ही रहूँ, तो अच्छा है।' और पल-भर रुककर उसने फिर कहा, 'मैं सच कहती हूँ कि अगर मुझे यह विश्वास हो कि मेरे तुरन्त वहाँ पहुँच जाने से उसे सचमुच सुख मिलेगा, तो मैं आज ही चली जाऊँ। मगर मैं जानती हूँ कि ऐसा नहीं होगा।'

'तो इसका मतलब तो यही है कि तुम्हारे ख़याल से तुम्हारा मैसूर जाना ही ठीक है।'

'मैं कहती हूँ कि वह गया है, तो अब उसे कुछ दिन अकेले रहना ही चाहिए। वह बहुत दिनों से इस तरह की ज़िन्दगी के लिए बेचैन था। मैं चाहती हूँ कि इस ज़िन्दगी से उसका मन पूरी तरह भर जाए, तभी मैं यहाँ से जाऊँ। इतने में मेरी ट्रेनिंग भी पूरी हो जाएगी।'

'और हो सकता है कि उतनी देर में वह ऊबकर वहाँ से वापस ही चला आए।'

'नहीं, वापस नहीं आएगा। अपनी ज़िद का वह बहुत पक्का है। और अगर आ जाए, तो और भी अच्छा।'

मैं उससे बात कर रहा था, मगर मेरा दिमाग़ उसके एक वाक्य पर ही अटका हुआ था, 'मैंने उसे वैसे ही सुरजीत की एक बात लिख दी थी,' और मैं यही सोच रहा था कि उसने हरबंस को सुरजीत की ऐसी क्या बात लिखी थी जिससे वह एकदम बेचैन हो उठा था! अपने दर्द की पगडंडी पर भटका हुआ मेरा मन इस वाक्य को सुनने के बाद सहसा एक जगह ठिठक गया था, जैसे उसे लगा हो कि उसके सामने के झाड़-झंखाड़ के उस तरफ़ शायद कहीं एक सुरम्य वादी भी है और वह पथरीली पगडंडी एक बिल्लौरी झील के तट पर जाकर भी समाप्त हो सकती है...।

'सुरजीत के बारे में तुमने उसे क्या बात लिखी थी?' मैंने कुछ रुकते-रुकते पूछा। चाहा कि मेरे स्वर में यह बिलकुल प्रकट न हो कि उस सवाल में मेरी ज़रा भी दिलचस्पी है।

'ऐसी कोई ख़ास बात नहीं थी,' वह बोली। 'उसने मुझसे एक दिन कोई अटपटी बात कह दी थी और बाद में उसके लिए माफ़ी माँग ली थी।'

'तुम इसीलिए कह रही थीं कि वह आदमी तुम्हें पसन्द नहीं है?'

'हाँ-हाँ। वह हर समय बहुत हलके ढंग से बातें करता है और मुझे यह अच्छा नहीं लगता। बहुत हलके ढंग से कही हुई बात दूसरे को कभी लग भी जाती है। मगर उसकी जो आदत मुझे पसन्द नहीं, शुक्ला को उसकी वही आदत सबसे अच्छी लगती है। वह उसकी हलकी-फुलकी बातें सुनकर लोट-पोट होती रहती है। आज सुरजीत सिनेमा के टिकट लेकर आया था। मैंने मना भी किया, मगर वह हठ करके बी जी, सरोज और सरिता को लेकर उसके साथ चली गई है।'

मैं कुरसी पर थोड़ा पीछे को सरक गया। झाड़ियों के उस पार से झील सहसा अदृश्य हो गई थी और पगडंडी इतनी बीहड़ हो गई थी कि मेरे लिए अपने को झेलना कठिन हो गया था।

'क्या बात है? तुम्हारी तबीयत ठीक नहीं है?' नीलिमा ने पूछा।

'नहीं, तबीयत ठीक है,' मैंने कहा। 'रात को ठीक से सोया नहीं, इसलिए आँखें कुछ भारी हो रही हैं।'

'तुम्हें कोई टिकिया दूँ? आजकल फ़्लू से अपने को बचाते रहना चाहिए...।'

मुझे इससे अरविन्द की और अपनी कोठरी की याद हो आई और मेरी आँखों का भारीपन अपने-आप कम होने लगा।

'नहीं, दवाई की ज़रूरत नहीं,' मैंने कहा। 'यह सिर्फ़ उनींदेपन की वजह से है। रात को सोकर ठीक हो जाऊँगा।'

'फिर भी एक टिकिया मैं तुम्हें दे देती हूँ,' कहती हुई वह उसी लचक के साथ उठी और अन्दर चली गई। मैं कुछ देर चुपचाप आँखें बन्द किए बैठा रहा। फिर बाहर अहाते में पैरों की आहट सुनकर मैंने आँखें खोल लीं। शुक्ला और सब लोग सिनेमा से लौट आए थे। सरिता सबसे आगे थी और सुरजीत सबसे पीछे। मैं उस मनःस्थिति में सुरजीत से तो बिलकुल ही नहीं मिलना चाहता था, मगर उस समय वहाँ बैठे रहने के सिवा और कर भी क्या सकता था? सुरजीत भी मुझे देखकर दरवाज़े के परदे के पास ही ठिठक गया।

'हलो!' उसने कहा। 'तुम यहाँ हो?' और फिर मुझे बिलकुल भूलकर बी जी से बोला, 'अच्छा बी जी, मैं अब चल रहा हूँ। एक ऑस्ट्रेलियन संवाददाता आया हुआ है। उसके साथ मेरा चेम्सफ़ोर्ड क्लब में खाना है। अगर हो सका, तो मैं शाम को आकर आपकी दाँतों की दवाई दे जाऊँगा। न आ सका, तो कल दिन में दे जाऊँगा।' और बिना उनके उत्तर की आशा किए, वह एक बार सबकी तरफ़ हाथ हिलाकर दहलीज़ से ही वापस चला गया।

‘कहिए जी!’ शुक्ला ने पास से गुज़रते हुए मुझसे कहा और बड़ी मेज़ से अख़बार उठाकर अन्दर चली गई। सरोज और सरिता पहले ही चली गई थीं। ‘आप कब से आए हुए हैं?’ बी जी ने चलते-चलते पूछ लिया। ‘नीलिमा ने आपको चाय-वाय पिलाई कि नहीं?’ और मेरे सिर हिला देने पर वे भी कर्त्तव्य से मुक्त होकर अन्दर चली गईं। मैं अब अकेला रह गया तो मेरा मन हुआ कि मैं चुपचाप उठकर वहाँ से चला आऊँ, मगर तभी नीलिमा अन्दर से आ गई।

‘यह रही तुम्हारे लिए दवाई की टिकिया,’ उसने कहा। ‘बी जी की रखी हुई चीजें मुझे कभी मिलती ही नहीं। अब सरोज ने आकर निकालकर दी है।’

चाय की प्याली में जो दो घूँट बचे थे, उनके साथ मैंने टिकिया जल्दी से निगल ली और तुरन्त ही वहाँ से चलने के लिए उठ खड़ा हुआ।

‘तुम जा रहे हो?’ नीलिमा कुछ आश्चर्य के साथ बोली।

‘हाँ, मुझे एक काम याद आ गया है,’ मैंने कहा। ‘एक बजे मुझे किसी के यहाँ पहुँचना है।’

‘तो अब किस समय मिलोगे? मुझे तो अभी तुमसे और भी बात करनी थी।’

‘मैं कल या परसों किसी समय फिर आ जाऊँगा।’

‘तुम शाम को ही क्यों नहीं आते? मैं तुमसे बात करने के बाद ही हरबंस को चिट्ठी लिखूँगी।’

‘देखो, कोशिश करूँगा, अगर आ सका तो।’

‘नहीं, कोशिश की बात नहीं, तुम्हें ज़रूर आना है। मुझे एक और भी ज़रूरी बात करनी है।...वैसे तुम्हारा यही ख़याल है न कि मुझे छः महीने मैसूर में रहकर ही हरबंस के पास जाना चाहिए?’

‘हाँ, यही ठीक है।’

‘मगर शाम को तुम्हें आना ज़रूर है। उसे चिट्ठी मैं उसके बाद ही लिखूँगी।’

‘अच्छा!’

‘देखो, भूल नहीं जाना!’

मैं तब तक दरवाज़े के पास पहुँच गया था। उसने मेरे बाहर निकलने के लिए परदा उठा दिया।

‘नहीं, भूलूँगा नहीं।’

‘शाम को मैं तुमसे कॉफ़ी पिऊँगी। ठीक है।’

‘हाँ, ठीक है।’

‘तो किस समय तक आओगे? छः बजे तक?’

‘हाँ, छः बजे तक आ जाऊँगा।’

'अच्छा...!'

मैं बाहर निकल आया, तो उसने परदा गिरा दिया।

मगर मैं छः बजे उससे मिलने नहीं गया। उस शाम मैं कहीं भी नहीं गया, हालाँकि रात होने तक मैंने लगभग सारी दिल्ली की ख़ाक छान ली। मैं कहाँ-कहाँ गया, मुझे ठीक याद नहीं। जो बस जहाँ तक ले गई, उसमें वहाँ तक चला गया और लौटने के लिए जो बस मिली, उसमें बैठकर उसके टर्मिनल पर जा उतरा। खाने को जहाँ जो मिला, वह मैंने कई बार बिना भूख के भी खा लिया। उस दिन की मुझे इतनी ही याद है कि कुछ देर मैं राजघाट जाकर बैठा रहा था, कुछ देर जमुना ब्रिज पर खड़ा रेत के फैलाव में से गुज़रती हुई पतली-पतली पानी की धारों को देखता रहा था और बाद में उधर से मुँह फेरकर एक अक्खड़ गति से पुल को हिलाकर जाते हुए ट्रैफिक को देखता रहा था। कुछ देर मैं इंडिया गेट के पास घास पर भी लेटा रहा था। मैं घर जाने से पहले अपने मन में एक निश्चय कर लेना चाहता था, मगर उस निश्चय के रास्ते में कई-एक रुकावटें थीं जिनकी वजह से मेरा मन डाँवाडोल हो रहा था। जब मैं इंडिया गेट से उठकर आया, तो मैं अपनी एक मुट्ठी में घास की तिगलियाँ दबाए था। रास्ते में मैंने जब अपनी मुट्ठी में वे तिगलियाँ देखीं, तो मुझे आश्चर्य हुआ क्योंकि मुझे पता नहीं था कि मैंने वे तिगलियाँ कब तोड़ी थीं और कब उन्हें मुट्ठी में भींच लिया था।

मैं अपने मन में निश्चय करने से पहले लौटकर घर नहीं जाना चाहता था। मुझे खाने से अरुचि हो रही थी, फिर भी मैं कुछ-कुछ खाना चाहता था। मैं उस समय कुछ-न-कुछ करता रहना चाहता था। मुझे मालूम था कि मैं बिना चाहे, और बहुत हद तक बिना जाने, एक शिखर पर पहुँच गया हूँ जहाँ मैं ठिठककर नहीं रह सकता, और न ही नीचे खाई की तरफ़ झाँककर देखने का साहस कर सकता हूँ। इसलिए मैं घूमता रहा, और जब घूम-घूमकर बहुत थक गया, तो मैं उसी बार में जा बैठा जहाँ हरबंस के साथ उसके जाने के दिन बैठा था। मगर दो पेग ह्विस्की पीकर मेरा दिल वहाँ से भी उखड़ गया और मैं वहाँ से बाहर निकल आया।

तो? इस 'तो' का कोई उत्तर, कोई हल, मेरे पास नहीं था। मेरा मन जिस पगडंडी पर भटक गया था, वह मुझे एक गहरे दलदल में ही ले आई थी। वहाँ बस व्याकुलता के सिवा कुछ नहीं था। क्या वह व्याकुलता मैं एक छूत के रोग की तरह हरबंस के पत्रों से ले आया था? परन्तु उन पत्रों ने शायद उस व्याकुलता का मुँह खोल दिया था; वैसे वह व्याकुलता वहीं थी, बहुत दिनों से थी।

हरबंस एक ऐसा व्यक्ति था जिससे मुझे उस समय सबसे अधिक सहानुभूति हो रही थी और जिस पर मुझे सबसे अधिक गुस्सा आ रहा था। वह व्यक्ति उस

समय दिल्ली में होता, और मैं एक बार उसे बाँह से पकड़कर अच्छी तरह झिंझोड़ सकता, तो शायद मेरा मन कुछ शान्त हो जाता। वह व्यक्ति बम्बई में मुझसे मिलने के लिए क्यों आया था? मेरा उससे परिचय न हुआ होता, तो क्या मुझे उस समय इतनी असमर्थता और इतनी हताशा की अनुभूति में से गुज़रना पड़ता।

मैंने ज़ेब में हाथ डाला तो मुझे पता चला, कि मैंने घास की तिगलियाँ फेंकने की बजाय ज़ेब में भर ली हैं। मैंने उन्हें निकालकर फुटपाथ पर बिखेर दिया। एक बार मेरे क़दम हनुमान रोड की तरफ़ मुड़ने को हुए, मगर मैं उधर न जाकर ऊपर से होता हुआ चेम्सफ़ोर्ड रोड की तरफ़ आ गया। उस समय मुझे ताँगा मिल सकता था। मगर न जाने क्यों मुझे पैदल चलना ही ठीक लगा। मुझे लग रहा था जैसे वह रात सरदी की वही रात हो जिस रात मैं गुमराह होने के बाद चेम्सफ़ोर्ड रोड से होकर पैदल घर गया था; जैसे वह रात भविष्य का एक सपना ही थी जिसे यथार्थ में मुझे उस समय अनुभव करना था; जैसे मेरा रास्ता काठ बाज़ार में से होकर ही था और मुझे वहाँ से गुज़रते हुए अभी पहलवान का सामना करना था, उसकी बाई को सिगरेट ख़रीदकर देना था, फिर उसकी गाली सुननी थी और कुढ़ते हुए घर जाना था। ताँगे वाले दो-दो आने की सवारी की आवाज़ देते हुए सदर की तरफ़ जा रहे थे, मगर मैं अपने पैदल चलने के हठ से नहीं हटा। मुझे इस बात से भी कुछ उलझन हो रही थी कि वह रात पहले की रात की तरह ठंडी और अँधेरी क्यों नहीं है, वह रास्ता उतना ही वीरान क्यों नहीं है, और मैं भी उसी तरह पैर पटकता हुआ क्यों नहीं चल रहा।

मैं जब काठ बाज़ार के मोड़ पर आया, तो ह्विस्की की गरमी मेरे सारे शरीर में भर रही थी; मन में एक निश्चय हो चुका था। मुझे क़स्साबपुरा के घर में जाने से पहले किसी और घर की पनाह लेनी थी जहाँ अपने मन की कटुता और हताशा से कुछ हद तक मुक्ति पा सकूँ, जहाँ मेरा दिल और दिमाग़ कुछ देर के लिए सुन्न हो जाएँ और मैं अपने अन्दर की चुभन और अपने अन्दर उबलते हुए लावे की गरमी को कुछ देर के लिए भूल जाऊँ। मुझे लग रहा था कि ज्यों ही नक़ली सोने के बटनों वाला पहलवान मुझे सामने नज़र आएगा, त्यों ही मैं हाथ बढ़ाकर एक पुराने दोस्त की तरह उससे मिलूँगा और कहूँगा कि आज मैं कनॉट प्लेस से नहीं आया, क़स्साबपुरा से आया हूँ और मेरी ज़ेब में चवन्नी नहीं, पाँच-पाँच रुपए के दो नोट हैं जिन्हें मैं तुम्हारे देखते-देखते टुकड़े-टुकड़े करके फेंक सकता हूँ।

मगर काठ बाज़ार में मुड़ते ही वह पहलवान नज़र नहीं आया, इससे मुझे निराशा हुई। बाज़ार में उस दिन की-सी चमक-दमक भी नहीं थी जिससे मुझे और भी निराशा हुई। सट्टा बाज़ार की तरह सौदा करने वाले ग्राहक भी उस समय वहाँ नहीं थे। वे रँगी-पुती औरतें भी अपनी पिंजरानुमा कोठरियों के बाहर नहीं खड़ी थीं। कुछ घरों

की ड्योढ़ियों में बहुत हलका-हलका उजाला नज़र आ रहा था। मगर वह उजाला नहीं था जिसे देखकर आदमी उन घरों की दहलीज़ लाँघकर अन्दर जा सकता है। मेरे माथे पर पसीना आ गया। आख़िर उस बाज़ार को उस समय हुआ क्या था?

मैं कुछ क्षण जकड़ा-सा उस चौड़े अहाते में खड़ा रहा। ज़्यादातर सींखचों वाले दरवाज़े अन्दर से बन्द थे।

अचानक अँधेरे में मेरे पास ही एक बीड़ी सुलग उठी, तो मेरा ध्यान उसकी तरफ़ चला गया। मैं बीड़ी पीने वाले व्यक्ति के पास चला गया। 'आज यह बाज़ार बन्द है?' मैंने उससे पूछा।

उसने धीरे से सिर हिला दिया। 'आज यह बाज़ार मातम की वजह से बन्द है। आज यहाँ एक मौत हो गई है। एक लड़की कुछ दिनों से बीमार थी, वह आज गुज़र गई है।'

मेरे घुटनों के जोड़ ढीले होने लगे। उस बाज़ार का मौत के साथ भी कुछ नाता-रिश्ता है, यह बात कभी ज़हन में नहीं आई थी। मैं चुपचाप उस व्यक्ति के पास से चल दिया। जब मैं गली से निकलकर सड़क पर आया, तो मेरा गला फिर इतना ख़ुश्क हो रहा था कि उसमें काँटे-से चुभ रहे थे। मुझे अपने दर्द और बेचैनी की बात कुछ भूली-सी लग रही थी और उस अहाते की तसवीर ही मेरे ज़हन में घूम रही थी। उन घरों में लालटेनों से आती हुई हलकी-हलकी रोशनी—जैसे मौत ने उन घरों का कायाकल्प करके उन्हें आम घरों जैसा बना दिया हो—और उस अहाते में ठिठकी हुई एक अकेली छाया...! मैं बार-बार अपने से कहना चाहता था कि वह छाया मैं नहीं हूँ, मैं वह छाया बिलकुल नहीं हूँ। मैं अपने को विश्वास दिलाना चाहता था कि मैं तो उस दिन उस अहाते में से गुज़रा ही नहीं हूँ। मैं तो वहाँ जीवन में एक बार, सिर्फ़ एक बार गया था, जब मेरा वहाँ पहलवान से सामना हुआ था और मैं मन में एक गहरी कटुता लिये हुए उस गली से बाहर निकल आया था। उसके बाद मैं वहाँ से नहीं गुज़रा, कभी नहीं गुज़रा—अगर कोई गुज़रा था, तो वह मैं नहीं था, मैंने तो उसे वहाँ से गुज़रते देखा-भर था...।'

मैंने इकन्नी की गँडेरियाँ ले लीं और उनसे अपने ख़ुश्क गले को तर करता हुआ क़स्साबपुरा में अपनी गली में आ गया।

हमारे घर से भी लालटेन की मद्धिम रोशनी नज़र आ रही थी। दरवाज़ा खटखटाया, तो ठकुराइन ने लालटेन लिये हुए दरवाज़ा खोल दिया। उसने दरवाज़ा खोलते हुए कहा कि आज फिर मैंने बहुत देर कर दी है और कि अरविन्द की उस दिन डबल ड्यूटी है, वह सुबह पाँच बजे आएगा। ठाकुर साहब खाना खाकर शायद बाहर दालान में चारपाई निकलवाकर सो गए थे, और ठकुराइन सिर्फ़ मेरी वजह से ही जाग रही थी। उसकी आँखें नींद से भारी हो रही थीं।

'कहाँ-कहाँ हो आए?' उसने चेष्टा करके अपनी आँखें पूरी खोल लीं। 'आज तो मुझे मालूम था कि तुम देर से आओगे।'

मैंने कुछ न कहकर हाथ की गँडेरियाँ उसकी तरफ़ बढ़ा दीं।

'ये गँडेरियाँ कहाँ से ले आए?' ठकुराइन हँसकर बोली। 'आज के दिन भी तुम्हें गँडेरियाँ ही चूसने को मिलीं?'

मुझे यह ख़याल था कि मेरे मुँह से बू न आ रही हो, इसलिए मैं बहुत कम बात करना चाहता था। बात करते समय मुझे ध्यान रहता था कि होंठ कम-से-कम खुलें। इसलिए मैंने सिर्फ़ इतना ही कहा, 'ये यहीं से ले ली थीं।'

'अच्छा, यह बताओ, तुम्हारी उसने तुम्हें आज क्या खिलाया-पिलाया है?' ठकुराइन गँडेरी चूसती हुई बोली।

'किसने?' मैंने एक बार होंठों पर हाथ भी रख लिया कि ठकुराइन पिलाने की बात क्यों कर रही है।

'अब बनो नहीं,' ठकुराइन रसिकता के साथ बोली, 'तुम्हारी उसी ने जो सवेरे तुम्हें लेने आई थी। लाला, हम तो तुम्हें ऐसे ही समझी थीं, पर तुम तो पूरे वह निकले! दिल्ली में कितनी हैं तुम्हारी ऐसी-ऐसी?'

मैं भूल गया था कि सुबह नीलिमा वहाँ आई थी और मैं उसके साथ ही घर से गया था। इस बीच मैं एक पूरी ज़िन्दगी की मंज़िलें तय कर आया था और मुझे विश्वास ही नहीं हो रहा था कि सुबह से अब तक एक ही दिन बीता है।

'वह मेरे एक दोस्त की पत्नी थी भाभी,' मैंने कहा। 'उसे कुछ काम था, इसलिए मुझे बुलाने आई थी।' और बिलकुल भूख न होते हुए भी मैंने कहा, 'मेरा खाना रखा हो, तो दे दो।'

'वह तो कह रही थी कि तुम उसके दोस्त हो!' ठकुराइन ने मुँह का फोक गली में फेंककर किवाड़ बन्द कर दिया। 'अब हमसे छिपाओगे, तो हम तुमसे कभी बात नहीं करेंगे।'

'भाभी, वह मेरे दोस्त की पत्नी थी और मैं...' सहसा मेरे दिमाग़ में फिर कोई चीज़ लहरा गई और मैं ठकुराइन की तरफ़ देखता रह गया। ठकुराइन उस समय इतनी उजली कैसे लग रही थी?

'तुम मेरा खाना दे दो,' मैंने कहा।

'मैंने तो तुम्हारे लिए खाना आज बनाया ही नहीं,' ठकुराइन बोली। 'मैंने सोचा कि अपनी दोस्त के साथ गए हो, तो वहाँ से खा-पीकर ही आओगे। मैं तो इसलिए बैठी थी कि कहीं तुम्हारी दोस्त तुम्हें छोड़ने आ जाए, तो घर में बिलकुल अँधेरा ही दिखाई न दे। तुम मुझे पहले बता देते, तो मैं सवेरे उठते ही तुम्हारे कमरे को ठीक कर छोड़ती। मैं भी उस वक़्त गन्दे कपड़े पहने बैठी थी। मुझे क्या पता था? सचमुच

मुझे बहुत ही शरम आई। अब मैंने इसीलिए तुम्हारे वाली यह साड़ी निकालकर पहन ली थी कि क्या पता वह फिर तुम्हारे साथ चली आए।'

मेरा ध्यान इस तरफ़ नहीं गया था कि ठकुराइन नई साड़ी बाँधे हुए है। पहली तनख़ाह मिलने के दिन ही मैं उसके लिए छः रुपए में वह साड़ी ख़रीद लाया था और तब से शायद वह उसके ट्रंक में बन्द ही पड़ी थी। ठकुराइन की बात से मेरे दिमाग़ में दिन-भर की घटनाएँ फिर ताज़ा होने लगी थीं और मेरे दिमाग़ में एक भँवर-सा घूम रहा था। मेरे अन्दर का लावा, मेरी भूख, मेरा दर्द फिर मेरे अन्दर तड़पने लगे। मैं कई क्षण जड़-सा चुपचाप ठकुराइन की तरफ़ देखता रहा। लालटेन की रोशनी में उसका खिला हुआ चेहरा बहुत ही मासूम लग रहा था और उसके चेहरे की झाइयाँ उस समय न जाने कहाँ गायब हो गई थीं। वह अपनी उम्र से बहुत छोटी लग रही थी। मुझे अपना गला फिर बहुत खुश्क लगने लगा और मेरे माथे की नसें फड़कने लगीं।

'तो खाना सचमुच नहीं है?' मैंने कहा।

'तुम क्या सचमुच भूखे आए हो?' ठकुराइन जैसे मेरी भूख का अनुमान लगाने के लिए एक क़दम पास आ गई और उसके चेहरे पर अपराध की छाया घिर आई। 'मैंने तो सच, नहीं सोचा था कि तुम खाकर नहीं आओगे।'

'अगर नहीं बना तो रहने दो,' मैंने कहा। 'मुझे ऐसी भूख नहीं।'

'अगर भूख हो, तो मैं अभी बना देती हूँ।'

ठकुराइन मेरे बहुत पास आकर खड़ी थी। मेरी कनपटियाँ फड़क रही थीं और आँखों से चिनगारियाँ-सी निकल रही थीं। मेरे मन में कोई चीज़ कुलाँचें भर रही थी। मुझे आश्चर्य हो रहा था कि ठकुराइन इतनी छोटी, इतनी मासूम और इतनी सुन्दर होती हुई भी पहले ऐसी क्यों नहीं लगती थी। सहसा मेरा एक पैर थोड़ा लड़खड़ा गया और मैंने अपना हाथ ठकुराइन के कन्धे पर रख दिया। 'अब रहने दो न,' मैंने कहा, 'गरम बनाने का तरद्दुद क्यों करोगी?'

मगर मेरा हाथ कन्धे पर कसते-न-कसते ठकुराइन ने अपना कन्धा छुड़ा लिया और एकदम छिटककर कई क़दम दूर जा खड़ी हुई। उसकी आँखें गुस्से से लाल हो गईं। 'तो तुम आज सचमुच पीकर आए हो!' उसने कुछ सख़्त स्वर में कहा। 'मुझे पहले ही पता था।'

मैं हतप्रभ-सा खड़ा उसकी तरफ़ देखता रहा, तो उसने कहा, 'अब सो जाओ, रात बहुत हो गई है।' और उसने अपनी कोठरी में जाकर उसी क्षण अन्दर का किवाड़ बन्द कर लिया। मैं जहाँ खड़ा था, कई क्षण पत्थर के बुत की तरह वहीं खड़ा रहा। शायद बहुत देर खड़ा रहा, क्योंकि समय का ज्ञान उस समय मुझे बिलकुल नहीं रहा था। मुझे इतना ही याद है कि कुछ देर बाद बाहर से ठाकुर साहब की आवाज़ सुनाई दी थी, 'सरस्वती, एक गिलास पानी दे जा।' और ठकुराइन ने कोठरी में से कहा

था, 'ला रही हूँ!' फिर कुछ देर की गहरी ख़ामोशी के बाद कोठरी का किवाड़ खुला था और ठकुराइन की लड़की निम्मा आँखें मलती हुई आकर मेरे पास से लालटेन उठाकर ले गई थी।

उससे अगले ही दिन मैंने नौकरी से त्यागपत्र दे दिया। दिल्ली छोड़ने से पहले मैं फिर हनुमान रोड पर नहीं गया। जिस दिन मैं दिल्ली से चला, उस दिन बत्रा मेरी जगह एक सौ साठ वाली कुरसी पर आ गया था। चार साल बाद जब मैं एक दिन के लिए दिल्ली आया, और पत्रिका के कार्यालय में लोगों से मिलने के लिए गया, तो बत्रा एक सौ पचहत्तर वाली कुरसी पर बैठा था, क्योंकि लक्ष्मीनारायण भी इस बीच प्रधान सम्पादक बनने का मोह छोड़कर वहाँ से चला गया था।

मगर उस बार आने पर ठकुराइन के घर मिलने जाने का मेरा हौसला नहीं हुआ।

2
खंड

नौ साल के बाद मैं और हरबंस आमने-सामने बैठे थे और कॉफ़ी की प्यालियों से उठता हुआ धुआँ हमारी आँखों के बीच एक परदे का काम कर रहा था।

इन नौ सालों में मैंने बहुत-कुछ बदलते देखा था, अपने से बाहर भी और अपने अन्दर भी। मैं दिल्ली से जाकर छः महीने गाँव में रहा था और फिर मुझे लखनऊ के एक प्रकाशक के यहाँ प्रेस का काम देखने की नौकरी मिल गई थी। मुझे याद है कि लखनऊ जाते समय मेरे मन में एक बात यह भी थी कि मॉरिस कॉलेज लखनऊ में है और हो सकता है कि...। चार साल प्रकाशक के पास काम करने के बाद मैं वहीं एक अंग्रेज़ी दैनिक में सहायक सम्पादक के रूप में काम करने लगा था और सवा चार साल उस नौकरी में काटकर एक साथ दो सौ रुपए की तरक्की का अवसर मिलने से फिर दिल्ली चला आया था।

एक दैनिक पत्र में काम करने से आदमी जो कुछ सीखता है, शायद अन्यत्र कहीं नहीं सीख सकता। उसे हर समय तेज़ी से बदलती हुई ज़िन्दगी पर आँख रखनी होती है, उसकी हर धड़कन का विश्लेषण करते हुए उसके अर्थ को समझना होता है और कई बार उस अर्थ के बीच एक आशय भी ढूँढ़ना पड़ता है, इसलिए उसके लिए कल्पना की दुनिया फीकी और बेगानी होने लगती है। वह जीवन के यथार्थ को यथार्थ रूप में देखने लगता है, इसलिए उससे कम या अधिक को मान्यता नहीं दे पाता। दैनिक पत्र के कार्यालय में बिताए हुए चार वर्षों में मेरा कविता लिखने का मोह लगभग छूट गया था और अब मैं 'स्टोरी' की बात करने लगा था। हालाँकि हमारी भाषा में 'स्टोरी' का अर्थ कुछ दूसरा ही था। परन्तु मुझे यही अर्थ अधिक संगत और अधिक ठोस प्रतीत होता था। 'स्टोरी'–अर्थात् जीवन की एक निश्चित संगति, एक निश्चित घटना-क्रम; वह घटना-क्रम जो तथ्य पर आश्रित हो, और तथ्य के अतिरिक्त, या उससे बड़ी और वास्तविकता थी ही क्या...?

और मेरा मन उन छायाओं से भी बहुत हद तक मुक्ति पा चुका था जो कभी उस पर मँडराया करती थीं। मुझे भावुकता की बात से ही चिढ़ होने लगी थी।

भावुकता क्या मन की एक अस्वस्थ वृत्ति ही नहीं थी? जिस मनःस्थिति में मैं दिल्ली छोड़कर गया था, वही मनःस्थिति अब मुझे किसी दूसरे में नज़र आती, तो मेरा हँस देने को मन होता था। उसके लिए मुझे एक ही शब्द सूझता था, और वह था 'एडोलेसेंट!' मैं सोचता था पुरुष और स्त्री का पारस्परिक आकर्षण क्या है, केवल एक घटना ही तो! और ऐसी घटना अब मेरे लिए कोई अर्थ नहीं रखती थी, क्योंकि उसमें कोई 'विशेषता' नहीं थी। घटना में यदि कुछ 'विशेष' न हो, तो उसका महत्त्व ही क्या है? बिना किसी 'विशेषता' के घटना 'स्टोरी' नहीं बनती। साधारण प्रेम की सार्थकता में मुझे कोई आस्था नहीं रही थी। वह तो केवल एक जीव-धर्म मात्र था, मात्र शारीरिक और मानसिक तृप्ति की एक प्राकृतिक आवश्यकता। उसमें 'विशेषता' तभी मानी जा सकती थी जब वह अन्तर्राष्ट्रीय, या कम-से-कम राष्ट्रीय मंच पर कुछ हलचल उत्पन्न करे, कई और महत्त्वपूर्ण घटनाओं का सूत्रपात करे, जिससे वास्तविक अर्थ में एक 'स्टोरी' बन सके, जैसे प्रिंसेस मार्गरेट या जापान के शाहज़ादे का प्रेम। वरना तो वह एक निरर्थक पुनरावृत्ति ही थी। उस पुनरावृत्ति में 'स्कैंडल वैल्यू' हो, तो भी कोई बात है। बिना 'स्कैंडल वैल्यू' के उसमें क्या सार्थकता थी...?

और यह तजरबा प्राप्त करने में मैंने अपनी कनपटियों के थोड़े-से बाल सफ़ेद कर लिये थे, चश्मे का नम्बर बढ़ा लिया था और मेरी उँगलियाँ चार-मीनार पी-पीकर ज़र्द से काली होने लगी थीं। लखनऊ में मेरी गणना वयस्क पत्रकारों में होती थी।

'तो?' हरबंस ने धुएँ के उस तरफ़ से मुझे देखते हुए कहा।

'तो?' मैंने धुएँ के इस तरफ़ से उसे देखते हुए कहा।

'तुम्हें जिससे मिलना था, वह तो अभी तक आया नहीं।'

'हाँ, अभी तो नहीं आया।'

'तो चलें?'

'नहीं, थोड़ी देर और इन्तज़ार कर लेते हैं।'

और हम कुछ देर चुपचाप बैठे रहे। वर्षों के बाद मिलने पर दो व्यक्तियों को धुएँ के परदे को बीच से हटाने में थोड़ा समय लगता है। इकत्तीस जनवरी सन् इक्यावन की रात को जिस व्यक्ति को मैंने देहरादून एक्सप्रेस में बिठाया था, तेरह अक्तूबर सन् उनसठ के दिन उसके सामने बैठे हुए मुझे उस लम्बे अन्तराल को पार करके उस तक पहुँचना था। इस बीच उसके और उससे सम्बन्धित अन्य लोगों के जीवन में क्या-क्या हुआ, इसका मुझे कुछ पता नहीं था। पाँच साल पहले एक बार जब मैं एक दिन के लिए दिल्ली आया था, तो मैंने शुक्ला को सुरजीत के साथ कनॉट प्लेस में से जाते देखा था। उस दिन पहली बार मैंने उस लड़की को मेक-अप किए और साड़ी बाँधे देखा था और मुझे लगा था कि उसके चेहरे का रंग पहले से कुछ साँवला पड़ गया है। उसके चेहरे का आकर्षण तब भी वैसा ही था, हालाँकि वह ताज़गी उसके चेहरे

पर नहीं रही थी और वह पहले की तरह लड़की-सी न लगकर उस समय एक महिला-सी लग रही थी। उस दिन शायद भद्रसेन ने ही क़ॉफ़ी हाउस में बिना किसी प्रसंग के उसकी बात चलाई थी, 'सुरजीत आजकल तुम्हारी उसको हर वक़्त साथ लिये घूमता है। कभी 'मेट्रो' में उसे साथ लिये बैठा होता है और कभी 'पैलेस हाइट्स' में। लगता है आजकल वह उसे ज़िन्दगी का असली सबक़ दे रहा है।'

मैंने माथे पर हलकी-सी त्योरी डाले भद्रसेन की बात सुन ली थी और चुप रहा था। मुझे अच्छा नहीं लगा था कि वह व्यक्ति ख़ामख़ाह मुझसे उन लोगों के बारे में बात क्यों कर रहा है। मेरी उन लोगों में क्या दिलचस्पी थी? मेरी तरफ़ से सुरजीत उसे कोई भी सबक दे, मुझे उससे क्या लेना-देना था? मैं अपनी अलग दुनिया में रहता था जहाँ मुझे उन लोगों के इतिहास से कोई मतलब नहीं था। तब तक क्योंकि मैं एक पत्रकार के रूप में वयस्क नहीं हुआ था, इसलिए 'स्कैंडल वैल्यू' में भी मेरी बहुत कम दिलचस्पी थी। मैं एक दिन के लिए दिल्ली घूमने के लिए आया था, मुझे इन बातों से क्या लेना था कि सुरजीत क्या कर रहा है, शुक्ला कैसे जी रही है और नीलिमा और हरबंस उन दिनों कहाँ हैं! मगर भद्रसेन को जैसे उन लोगों की बात करने का ही मेनिया था और मेरे साथ बैठकर बात करने का और कोई विषय उसे सूझता नहीं था। मैं जितनी देर उसके पास बैठा रहा, वह उन्हीं की बात करता रहा। 'तुम्हें पता है कि नीलिमा भी लन्दन चली गई है?' उसने पूछा।

'नहीं, मुझे उन लोगों के बारे में कुछ पता नहीं है।'

'उसे गए भी मेरा ख़याल है दो-ढाई साल हो गए हैं। जाने से पहले वह एक बार मिली थी, तो कह रही थी कि वे लोग अब वहीं रहेंगे क्योंकि हरबंस वहाँ से लौटकर नहीं आना चाहता।'

'उन्हें अपने लिए जैसे ठीक लगता है, वैसे ही करना चाहिए।' मैं चाह रहा था कि किसी तरह वह यह समझ जाए कि उन लोगों के मामले में मैं बिलकुल उदासीन हूँ और वह जो भी सूचनाएँ दे रहा है, वे मेरे लिए बिलकुल व्यर्थ हैं।

'मेरे ख़याल में हरबंस ने ग़लती की है,' वह फिर भी उस विषय से नहीं हटा।

'अच्छा?'

'सुरजीत जैसे आदमी के भरोसे वह नीलिमा और शुक्ला को छोड़कर चला गया, यह उसने अच्छा नहीं किया।'

'उसे अपने घर के लोगों की अच्छाई-बुराई का हमसे ज़्यादा ख़याल होना चाहिए।'

'हरबंस बहुत सीधा आदमी है और यही उसकी सबसे बड़ी कमज़ोरी है। वह झट-से जिस किसी पर भी विश्वास कर लेता है। एक तरह से यह एक गुण भी है, मगर आज की दुनिया में...'

'आज की दुनिया को क्या हुआ है? वह भी तो आज की दुनिया का ही आदमी है।'

'मगर यह उसने अच्छा नहीं किया। तुम्हें शायद पता नहीं कि सुरजीत अब तक दो बार ब्याह कर चुका है और अपनी दूसरी पत्नी को उसने जालंधर में अपने बाप के घर में छोड़ा हुआ है।'

'होगा,' मैंने कहा, 'हमें उससे क्या लेना है!' मगर यह कहते हुए मेरी उदासीनता में एक बेचैनी की लहर दौड़ गई। तो क्या...? मगर मैंने जल्दी से अपने को सँभाल लिया। मैं नहीं चाहता था कि फिर वही छायाएँ मेरे मन पर मँडराने लगें जिनसे मैंने इतने सालों में बड़ी मुश्किल से छुटकारा पाया था।

'मेरा ख़याल है कि हरबंस को शायद इस बात का पता नहीं था,' भद्रसेन बोला।

'उसे पता था या नहीं, यह सोचकर हमें परेशान होने की क्या ज़रूरत है!' मैंने थोड़ा झुँझलाकर कहा। 'मेरा ख़याल है कि अब यहाँ से चला जाए। मुझे नौ बजे लखनऊ एक्सप्रेस पकड़नी है।'

समय और स्थान के अन्तर का जितना अनुभव इधर की सीमा पर होता है, उतना शायद उधर की सीमा पर पहुँचकर नहीं रहता। कम-से-कम मुझे वे बीते हुए नौ वर्ष बहुत ही छोटे प्रतीत हो रहे थे, शायद इसलिए कि मेरे जीवन में उस अरसे में बहुत एकतारता रही थी और प्रतिदिन के बदलते हुए घटना-चक्र के बीच भी मैं धुरी से निकले हुए कील की तरह पड़ा रहा था। मैं पहले से बड़ा हो गया था, अपने को पहले से अनुभवी समझने लगा था, मगर मेरे जीवन में और क्या हुआ था? और जो कुछ हुआ, उसमें भी प्राप्ति की जगह अप्राप्ति ही अधिक नहीं थी?

'तुम अब भी वैसे ही लगते हो,' हरबंस ने मुझसे कहा, तो समय का अन्तराल और भी कम हो गया।

'मेरा तो ख़याल है कि मैं भी पहले से बदल गया हूँ।

'बिलकुल नहीं। मुझे तो लगता ही नहीं कि तुम्हें नौ साल के बाद देख रहा हूँ।'

'मेरा तो ख़याल है कि मैं भी पहले से बदल गया हूँ, और तुम भी।'

शायद यही बात थी जो वह मुझसे नहीं सुनना चाहता था। इससे उसका चेहरा कुछ लटक गया, तो मैंने कहा, 'अब पहले से काफ़ी स्वस्थ लगते हो। लगता है लन्दन की आबोहवा तुम्हें बहुत अधिक मुआफ़िक आई है।' इसकी उस पर तुरन्त प्रतिक्रिया हुई। उसके चेहरे का लटका हुआ भाव ठीक हो गया।

'ठंडा मुल्क है,' उसने कहा। 'यहाँ की और वहाँ की आबोहवा में फ़र्क़ तो है ही।'

मुझे इससे ठंडे गोश्त की याद हो आई।

'तुम कितना अरसा वहाँ रहे?'

'लगभग छः साल।'

'मैंने सुना था कि बाद में नीलिमा भी वहाँ तुम्हारे पास चली गई थी।'

'हाँ, साल-भर बाद वह भी वहाँ आ गई थी।'

'तुमने इस बीच अपना डॉक्टरेट का थीसिस तो पूरा कर ही लिया होगा।'

हरबंस सहसा मेरी तरफ़ से आँखें हटाकर बैरे की तरफ़ देखने लगा जो हमारी मेज़ की तरफ़ आ रहा था। 'यहाँ का बिल ले आना,' उसने बैरे से कहा, 'और ज़रा जल्दी!'

'नहीं, अभी बिल रहने दो,' मैंने बैरे से कहा, 'और एक-एक गरम कॉफ़ी और ले आओ और साथ ही पानी के गिलास। जल्दी!' और हरबंस से मैंने फिर पूछा, 'तुम्हारे थीसिस का विषय क्या था?'

'गदर के बाद का भारत।'

'और तुम छः साल इस पर काम करते रहे?'

'नहीं, मैं वहाँ...कुछ दूसरा काम भी करता रहा हूँ।'

'दूसरा काम—मतलब?'

'मतलब नौकरी करता रहा हूँ।'

'थीसिस लिखने के साथ-साथ, या उसके बाद?'

'नहीं, साथ-साथ ही करता रहा हूँ। थीसिस मैं पूरा नहीं कर सका। तुम्हें पता ही है मैं वहाँ इस इरादे से नहीं गया था। मैं यूनिवर्सिटी में जाता था, कुछ काम किया भी था, मगर...पूरा नहीं कर सका।'

'तो अब यहाँ से पूरा करोगे?'

'हाँ, देखो। वैसे अब नौकरी का काम ही इतना रहता है कि और किसी भी चीज़ के लिए बहुत कम वक़्त मिल पाता है। वैसे ख़याल तो है...।'

उसकी आँखों से लग रहा था कि मेरा उस विषय में पूछताछ करना उसे अच्छा नहीं लग रहा, इसलिए मैंने विषय बदल दिया। 'नीलिमा ने वहाँ जाने से पहले अपनी भरतनाट्यम् की ट्रेनिंग पूरी कर ली थी?'

'हाँ, वह ट्रेनिंग लेकर ही वहाँ आई थी। उसने वहाँ कई जगह नृत्य का प्रदर्शन भी किया—लन्दन के अलावा मेड्रिड, पेरिस, बर्न और बॉन वगैरह में भी। वह काफ़ी दिन वहाँ उमादत्त के ट्रुप के साथ रही है। उमादत्त की मुख्य पार्टनर उर्वशी उसे छोड़कर चली आई थी। उसके बाद उसकी जगह यही उमादत्त के साथ सारे यूरोप का चक्कर लगाती रही है।'

'अच्छा?' मेरे मन में इससे कुछ ईर्ष्या जाग आई कि मेरे परिचित लोग तो इस बीच जाने क्या-से-क्या हो गए और मैं अभी तक उन कलम-घसीट नौकरियों के चक्कर में ही हूँ। 'यह तो बहुत ही खुशी की बात है,' मैंने कहा।

हरबंस कुछ क्षण सिगरेट के लम्बे-लम्बे कश खींचता रहा।

'इस तरह तुम भी उसके साथ सारा यूरोप घूम आए होगे,' मैंने उसी ईर्ष्या के साथ कहा।

'पहली बार मैं उसके साथ नहीं जा सका था,' वह बोला, 'मगर दूसरी बार गया था। पहली बार मुझे अपने काम से लन्दन में रुके रहना पड़ा था। उन दिनों मैं काफ़ी ज़ोर-शोर से अपने थीसिस में लगा हुआ था और मुझे रोज़ अपने सुपरवाइज़र के पास जाना होता था।'

'वैसे तुम्हारे ख़याल में नीलिमा के प्रदर्शन कैसे रहे? ख़ूब सफल?'

'हाँ, काफ़ी सफल रहे।'

'यहाँ आने के बाद भी उसने कोई शो दिया है?'

'नहीं, अभी नहीं...,' वह थोड़ा अटककर बोला, 'मगर अब सोच रही है। मैं ही बोझ उठाने से डरता हूँ। तुम जानते हो इसमें कितनी परेशानी उठानी पड़ती है, नहीं तो वह कब से कह रही है!'

'मगर जहाँ तक मैं समझता हूँ, उसे यूरोप से आने के बाद ही यहाँ दो-एक प्रदर्शन कर देने चाहिए थे।'

हरबंस फिर कुछ न कहकर लम्बे कश खींचता रहा। तब तक वह जल्दी-जल्दी तीन-चार सिगरेट बुझा चुका था।

'तुम सिगरेट बहुत पीने लगे हो,' मैंने कहा।

'हाँ,' वह बोला, 'पहले से कुछ ज़्यादा ही पीने लगा हूँ। अब यहाँ से चलोगे नहीं?'

मुझे अब उसे और लटकाए रखना ठीक नहीं लगा, इसलिए मैंने बिल अदा किया और उसके साथ चलने के लिए उठ खड़ा हुआ। 'मुझे अब तक घर पहुँच जाना चाहिए था,' उसने उठते हुए कहा।

हम लोग बाहर आ गए, तो बैरे ने पीछे से जल्दी-जल्दी आकर कहा, 'साहब, आपके पैकेट!' हरबंस ने कुछ घबराहट के साथ अपने दोनों पैकेट बैरे के हाथ से ले लिये।

'पहले से एब्सेंट-माइंडिड भी हो गए,' मैंने कहा।

हरबंस ने इस पर कुछ नहीं कहा और दोनों पैकेट सँभाले हुए चुपचाप फुटपाथ पर चलता रहा। थोड़ी दूर चलकर उसने जैसे मन-ही-मन कुछ सोचते हुए कहा, 'तुमसे इन दिनों किसी ने मेरे बारे में कुछ बात तो नहीं की?'

'कैसी बात?' मैंने पूछा।

'ऐसी ही कोई बात, जैसे कि लोगों की आदत होती है।'

'मैंने तुम्हारा मतलब नहीं समझा,' मैंने कहा।

मतलब यही कि...लोग हर एक के बारे में कुछ-न-कुछ फिजूल की बातें करते रहते हैं। यहाँ एक मिस श्रीवास्तव हैं, सुषमा श्रीवास्तव। आजकल कुछ लोग उसके साथ मेरा नाम जोड़कर कुछ बे-सिर-पैर की बातें किया करते हैं। मुझे कुछ दिन हुए न जाने कौन बता रहा था!'

'यह मिस श्रीवास्तव कौन है?'

'एक जर्नलिस्ट लड़की है। पिछले एक-डेढ़ साल से उसकी काफ़ी गुड्डी चढ़ी हुई है। यहाँ 'नेशनल स्टार' में काम करती है। तुम्हारा अभी उससे परिचय नहीं हुआ?'

'नहीं, मेरा उससे परिचय नहीं हुआ और न ही मैंने तुम्हारे और उसके बारे में कोई बात सुनी है। मेरी अभी लोगों से भेंट ही बहुत कम हुई है।'

'लोग ऐसे ही बकवास करते रहते हैं। तुम आजकल की दुनिया को जानते ही हो...।'

'मगर लोगों की बकवास से हमें क्या लेना-देना है?'

'कुछ नहीं, मगर सुनकर तकलीफ़ तो होती ही है।'

'तकलीफ़ तो होती है, मगर ऐसी बातों की तरफ़ ज़्यादा ध्यान न देना ही अच्छा है।'

'हाँ, मगर...एक बात यह है कि मुझे खुद उस लड़की के तौर-तरीके पसन्द नहीं हैं। उसकी रेप्यूटेशन भी कुछ अच्छी नहीं है।'

'मतलब चरित्र के मामले में?'

'नहीं, चरित्र के मामले में भी और वैसे भी उसकी रेप्यूटेशन कुछ और तरह की है।'

'कुछ और तरह की, यानी...?'

'लोग उसके बारे में कई तरह की बातें करते हैं।'

'ख़ैर होगा, छोड़ो। हमें क्या लेना-देना है?'

'तुमने सचमुच उसके बारे में कोई बात नहीं सुनी?'

'नहीं, अब तक तो नहीं सुनी। अब तुमसे सुन रहा हूँ।'

'वैसे कई लोग हैं जो उसकी बहुत तारीफ़ भी करते हैं। पिछले दिनों सुरजीत के यहाँ उसका काफ़ी आना-जाना रहा है। तुम्हें पता है शुक्ला ने सुरजीत के साथ शादी कर ली थी?'

'अच्छा? मुझे नहीं पता था...।' और न जाने किस चीज़ से ठोकर खाकर मेरा पैर लड़खड़ा गया। ठोकर इस बुरी तरह लगी थी कि काफ़ी देर तक मेरी साँस ठिकाने पर नहीं आई और मैं कुछ बात भी नहीं कर सका। स्कूटर स्टैंड पर पहुँचने तक हरबंस ही बात करता रहा। 'मेरे लौटकर आने से पहले ही उन लोगों की शादी हो

गई थी। वह लड़की अपनी ज़िन्दगी में अगर कोई सबसे बुरी ग़लती कर सकती थी, तो वह यही थी। अगर तुम मुझसे पूछो, तो ग़लती उससे ज़्यादा उसकी बहन की थी जो उसे यहाँ इस आदमी के भरोसे अकेली छोड़ गई थी, हालाँकि वह जानती भी थी कि यह आदमी कैसा है।'

वह कुछ देर चुप रहा, इस आशा से कि शायद मैं कोई बात करूँ। मगर मैंने कोई बात नहीं की, तो वह फिर कहने लगा, 'मैंने नीलिमा को लन्दन में ही बता दिया था कि हमारे पीछे यह घटना होगी। वह वहाँ से लम्बी-लम्बी चिट्ठियाँ लिखकर शुक्ला को समझाने का प्रयत्न किया करती थी। मगर तुम इनकी बात देखो कि इनमें से किसी ने वहाँ हमें इसकी सूचना तक नहीं दी। सबकुछ चुपचाप ऐसे हो गया जैसे कि यह एक षड्यन्त्र हो। बी जी ने या सरोज ने किसी ने भी हमें नहीं लिखा। अब वे कहती हैं कि शुक्ला ने ही हमें क़सम देकर मना कर दिया था और कहती थी कि मैं हरबंस भापाजी के आने पर ही उनकी इजाज़त लेकर उनके सामने नए सिरे से ब्याह करूँगी; यह ब्याह तो ऐसे ही है, असली ब्याह तो तब होगा...।'

मैंने फिर भी कुछ नहीं कहा, तो उसने पूछा, 'तुम कोई और बात सोच रहे हो?'

'हाँ...नहीं...,' मैंने कहा, 'मैं तुम्हारी बात सुन रहा हूँ।'

'नहीं, तुम कुछ और सोच रहे हो।'

'नहीं, मैं तुम्हारी बात सुन रहा हूँ।'

वह पल-भर गम्भीर होकर मुझे देखता रहा, मगर इससे पहले कि वह कुछ और कहता, एक स्कूटर स्टैंड आ गया और मैं उसका हाथ पकड़े हुए उसे स्कूटर में ले गया।

स्कूप!

लखनऊ का वयस्क पत्रकार दिल्ली की सड़कों पर इधर-से-उधर धक्के खा रहा था...।

राजधानी में प्रेज़िडेंट आइज़नहावर के आगमन के कारण चारों तरफ़ एक हलचल थी—उस दिन सारी-की-सारी ज़िन्दगी ही जैसे उथल-पुथल हो गई थी। हम लोगों की व्यस्तता उस दिन पहले से कई गुना बढ़ी हुई थी। मैं अपने पत्र के लिए कोई स्कूप चाहता था—ऐसा स्कूप जो एक बार सबको चौंका दे और जिससे मैं अपने सम्पादक पर अपनी धाक बैठा सकूँ कि मैं ऐसा नौसिखिया नहीं जैसा कि मेरे दफ़्तर के कुछ साथी मुझे समझते हैं, बल्कि वास्तव में ही एक अनुभवी और वयस्क पत्रकार हूँ। मगर उस भीड़ में वह स्कूप कहाँ मिल सकता था! वह भीड़ तो केवल धक्के ही दे सकती थी, या ऐसे छोटे-मोटे समाचार कि एक जगह भीड़ इतनी बेक़ाबू हो

गई कि पंडित नेहरू को स्वयं गाड़ी से उतरकर भीड़ को डंडे से हटाना पड़ा और एक जगह एक पुलिस अफ़सर स्वयं गाड़ी के पहिए के नीचे आकर घायल हो गया। लाखों की उस भीड़ में ढूँढ़कर और खोदकर निकालने को क्या हो सकता था! मैं भीड़ के धक्के खाता हुआ मन-ही-मन अपने स्कूप के सम्भावित क्षेत्रों की छानबीन कर रहा था। प्रेज़िडेंट आइज़नहावर के आगमन का राष्ट्रीय और अन्तर्राष्ट्रीय राजनीति पर क्या प्रभाव पड़ेगा? पंडित नेहरू के साथ उनकी बातचीत किस-किस विषय को लेकर होगी? क्या प्रेज़िडेंट आइज़नहावर यह घोषणा करेंगे कि अमरीका की ओर से भारत को दिया जाने वाला गेहूँ कर्ज़ के रूप में न दिया जाकर 'सहायता' के रूप में दिया जाएगा? क्या राजदूत बंकर प्रेज़िडेंट आइज़नहावर को भारत को अतिरिक्त आर्थिक सहायता देने का सुझाव देंगे? क्या प्रेज़िडेंट आइज़नहावर के यहाँ रहते-रहते सोवियत दूतावास की ओर से भारत और सोवियत राष्ट्रसंघ के सम्बन्धों को लेकर कोई महत्त्वपूर्ण घोषणा की जाएगी? क्या सोवियत संघ की ओर से इन्हीं दिनों कोई नया उपग्रह अन्तरिक्ष में भेजा जाएगा? प्रेज़िडेंट आइज़नहावर के प्रस्थान के समय पंडित नेहरू के साथ उनका जो सम्मिलित वक्तव्य प्रकाशित होगा, उसमें क्या-क्या बातें रहेंगी? क्या उसमें भारत की अन्तर्राष्ट्रीय नीति में किसी परिवर्तन का दिशा-संकेत होगा? क्या पंडित नहेरू सन् साठ-इकसठ में अमरीका जाएँगे? क्या प्रेज़िडेंट आइज़नहावर भारत और पाकिस्तान के झगड़े में मध्यस्थता की बात उठाएँगे? क्या प्रेज़िडेंट अयूब इन दिनों कश्मीर के सम्बन्ध में कोई वक्तव्य देंगे? क्या भारत और चीन के सीमा-सम्बन्धी झगड़े पर इसका कोई प्रभाव पड़ेगा? क्या चीनी दूतावास की ओर से इस सम्बन्ध में कोई वक्तव्य प्रकाशित होगा? क्या चीन के प्रधानमन्त्री चाऊ-एन-लाई उस झगड़े के सम्बन्ध में कोई वक्तव्य देंगे? या क्या उनके भारत आने की कोई घोषणा इन दिनों होगी? प्रेज़िडेंट आइज़नहावर भारत की लोकसभा में क्या भाषण देंगे? रामलीला ग्राउंड के नागरिक स्वागत में क्या कहेंगे? क्या भारत की तेल और फौलाद सम्बन्धी नीति पर प्रेज़िडेंट आइज़नहावर के आगमन का कुछ प्रभाव पड़ेगा?

मैंने भीड़ के धक्के खाते हुए रात के एक बजे घर लौटने तक कई जगह फ़ोन किए, कई दूतावासों में और लोकसभा के सदस्यों के यहाँ चक्कर लगा आया, मगर कोई ऐसा स्कूप मुझे नहीं मिला जिसे मैं जाकर गर्व के साथ अपने सम्पादक के सामने रख सकता। सुरजीत पिछले एक-डेढ़ साल से 'न्यू देहली टाइम्स' में काम कर रहा था और अपने पत्र की ओर से वह भी इसी काम पर जुटा हुआ था। मैं कम-से-कम इस क्षेत्र में उसे एक बार मात देना चाहता था। मुझे पता था कि सबसे पहले सुरजीत ने ही मेरे बारे में लोगों से कहना शुरू किया था कि 'वह लखनऊ का स्थानीय पत्रकार' राजधानी की नब्ज़ को कैसे पहचान सकता है! अभी दो-चार साल यहाँ

धक्के खा लेगा, तो उसे कुछ समझ में आएगा कि दिल्ली कहाँ बसती है और यहाँ की ज़िन्दगी की धुरी कहाँ है। मैं अपने सम्पादक को ही प्रसन्न नहीं करना चाहता था, सुरजीत की इस चुनौती का उत्तर भी देना चाहता था। मैं कोई स्कूप चाहता था जिससे मेरे दफ़्तर के साथी ही नहीं, दिल्ली के सारे पत्रकार एक बार चकाचौंध हो जाएँ। मैं उन पर यह साबित करना चाहता था कि मैं कुछ सप्ताह दिल्ली में रहकर ही यहाँ की नब्ज़ को उनसे ज़्यादा पहचानने लगा हूँ।

मगर दूसरे दिन की शाम भी होने को आ गई और मुझे कोई ऐसा स्कूप नहीं मिला। मैं सुबह से टैक्सी लेकर घूमते-घूमते थक गया था। दूतावासों में और लोकसभा के जिन-जिन सदस्यों के यहाँ मैं जा सकता था, उन सबके यहाँ मैं फिर एक-एक बार हो आया था। अधिकांश लोगों से मेरी भेंट ही नहीं हुई क्योंकि वे अपनी-अपनी जगह व्यस्त थे। कुछ लोगों के यहाँ तीसरी-तीसरी बार भी चक्कर लगा आया। जो दो-एक सूचनाएँ मुझे मिलीं, वे बहुत ही साधारण थीं। उनमें 'स्कूप' का वह तत्त्व नहीं था जिसकी मुझे खोज थी। जिस किसी वी.आई.पी. से मैंने फ़ोन पर अपाइंटमेंट करने का प्रयत्न किया, वह बहुत ही व्यस्त था और दो-दो तीन-तीन दिन के बाद ही समय दे सकता था। लोकसभा की लॉबीज़ में भी कोई ख़ास बात नहीं मिली। मैं शाम होने तक अपनी असफलता से निराश हो गया और एक प्याली कॉफ़ी पीने के इरादे से कॉफ़ी हाउस में चला गया।

कॉफ़ी हाउस में रोज़ से ज़्यादा भीड़ थी, फिर भी मुझे लगा जैसे मैं पानी की तेज़ धार में से किनारे के रुके हुए पानी में आ गया हूँ। वहाँ रोज़ की तरह ही धुआँ भरा था, क़हक़हे लग रहे थे और मजलिसी चहल-पहल नज़र आ रही थी, जैसे कि वह एक रईस के घर की बैठक हो जिसके नीचे से ज़िन्दगी का कारवाँ अपनी रफ़्तार से गुज़र रहा हो, मगर जहाँ बैठे रईसज़ादों को अपने बटेरों की चोंचें सहलाने और एक-दूसरे के पत्तों के रंग देखने से ज़्यादा किसी चीज़ में दिलचस्पी न हो।

सुरजीत भी वहीं बीच की एक मेज़ के पास अपने हर रोज़ के आठ-दस साथियों के साथ बैठा था। उसकी हँसी की आवाज़ और सब लोगों से अलग सुनाई देती थी और सारे कॉफ़ी हाउस में गूँज जाती थी। मुझे आश्चर्य हुआ कि क्या उसे अपने अख़बार के लिए स्कूप प्राप्त करने की कोई चिन्ता नहीं है, या कि वह अपना काम कर चुका है और अब निश्चिन्त होकर क़हक़हे लगा रहा है! पाँच साल पहले जब मैंने उसे देखा था, तब से अब तक उसका शरीर काफ़ी फैल गया था और उसका चेहरा अब ऐसे चमकने लगा था जैसे नया-नया पॉलिस होकर आया हो।

'हलो, सूदन!' उसने दूर से मुझे देखते ही कहा। दिल्ली आने के बाद तब तक मेरी उससे पहले भी दो बार भेंट हो चुकी थी, मगर इतनी आत्मीयता से उसने मुझे कभी नहीं बुलाया था। मैं उसकी मेज़ के पास पहुँचा, तो उसने उठकर मेरे साथ हाथ

मिलाया और पूछा, 'तो आज का स्कूप क्या है?'

मैं कुछ अचकचा गया कि उसे क्या उत्तर दूँ। 'अभी तक कोई स्कूप नहीं है,' मैंने कहा।

'तुम्हारे दफ़्तर का एक आदमी बता रहा था कि तुम कल से हाथ धोकर स्कूप के पीछे लगे हो, इसलिए मैंने सोचा कि शायद कोई बाम्बशेल लेकर ही आए हो। अब भी तुम्हारा कोई भरोसा नहीं कि बाम्बशेल अन्दर ज़ेब में रखा हो। लाओ, तुम्हारी ज़ेबें देखूँ।' और वह खिलखिलाकर हँस दिया।

'मेरी ज़ेब बिलकुल ख़ाली है, तुम बताओ तुम्हारी ज़ेब में क्या है?'

'मेरी एक ज़ेब में शराब का अद्धा है और दूसरी में पाँच-पाँच के तीन नोट हैं,' वह बोला। 'चाहो तो ये दोनों चीज़ें तुम ले लो और अपनी बाम्बशेल मुझे दे दो।'

'तुम्हीं घाटे में रहोगे,' मैंने कहा। 'मेरी एक ज़ेब में चारमीनार की डिबिया और माचिस है, और दूसरी में सिर्फ़ कुछ खुले पैसे हैं।'

'अगर सच कह रहे हो, तो मुझे तुम्हारे साथ बहुत हमदर्दी है,' वह बोला, 'मेरी ज़ेब में ह्विस्की की बोतल के नीचे एक छोटा-सा पटाख़ा भी है। बाम्बशेल तो मुझे भी नहीं मिला, मगर एक छोटा-सा पटाख़ा मैंने किसी की ज़ेब से उड़ा लिया है।'

'कोई बहुत बड़ी ख़बर है?'

'कह नहीं सकता। मैं तो इसे पलीता लगाकर और ह्विस्की पीकर रात को सो जाऊँगा। सुबह उठकर लोगों से पूछूँगा कि पटाख़े की आवाज़ भी हुई या फिस्स करके ही रह गया?'

'तुम ख़ुशकिस्मत आदमी हो,' मैंने कहा।

'इसमें कोई शक नहीं,' वह बोला। 'लोग मछली पकड़ने के लिए दरिया के किनारे बंसी लटकाए बैठे रहते हैं और मुझे मेरे मेहरबान कटी-कटाई, तली-तलाई मछली घर पर दे जाते हैं।'

'इस बार की मछली चरपरी तो है?'

'यह तो जब लोगों के दाँत के नीचे आएगी, तभी पता चलेगा। मैं तो रामजी का नाम लेकर इस पर थोड़ा-सा अपना नींबू निचोड़ दूँगा। सुबह के पर्चे में हेडलाइन मेरी ही होगी। 'फ्रॉम अवर स्पेशल रिप्रज़ेंटेटिव!' हा-हा-हा!' और मेरा हाथ एक बार ज़ोर से हिलाकर वह कुरसी पर बैठ गया। 'कॉफ़ी पिओगे?' उसने पूछा।

'नहीं, मैं उधर बैठ रहा हूँ,' मैंने कहा। 'एक आदमी को फ़ोन किया था, शायद वह अभी आ जाए।'

'कोई वी.आई.पी. है?'

मैंने सिर हिला दिया।

'तब तो तुम ज़रूर ज़ेब में कोई बाम्बशेल लिये फिर रहे हो। मगर देखना कहीं

कोई उसे ज़ेब में ही सुई न मार जाए। दिल्ली में ऐसा ही होता है।'

और उसका क़हक़हा पूरा होने से पहले ही मैं कोने की एक मेज़ के पास जाकर बैठ गया। मुझे उस समय उससे बहुत-बहुत ईर्ष्या हो रही थी। मैं तो सारा दिन दौड़-धूप करके भी कुछ हासिल नहीं कर सका था और उसने कॉफ़ी हाउस में बैठे-बैठे ही न जाने कहाँ से अपने लिए ख़बर खोज निकाली थी! मैं सोच रहा था कि वह कल जिससे भी मिलेगा, बहुत गर्व के साथ उससे कहेगा कि देखो वह लखनऊ का स्थानीय पत्रकार दो दिन झख मारकर भी कुछ नहीं कर सका, और मैंने देखो...। मैंने वहाँ बैठे-बैठे चारमीनार की आधी डिब्बी ख़ाली कर दी। फिर मैं मन में एक कड़वाहट लिये वहाँ से उठा और अपने सम्पादक से फ़ोन पर बात करके घर चला आया। सुबह मैंने 'न्यू देहली टाइम्स' उठाकर देखा, तो उसमें मुख्य ख़बर इस प्रकार थी :

नेहरू और आइज़नहावर में चीन के सम्बन्ध में बातचीत
प्रधान आइज़नहावर का भारत को सैनिक सहायता देने का सुझाव
हमारे विशेष प्रतिनिधि द्वारा

नई दिल्ली, 10 दिसम्बर। आज प्रधानमन्त्री नेहरू और प्रेज़िडेंट आइज़नहावर में राष्ट्रीय और अन्तर्राष्ट्रीय समस्याओं पर बातचीत आरम्भ हो चुकी है। उस बातचीत पर अभी रहस्य का परदा छाया है, फिर भी एक विश्वस्त स्रोत पर निर्भर करते हुए काफ़ी विश्वास के साथ कहा जा सकता है कि प्रेज़िडेंट आइज़नहावर चीन के साथ भारत के सैनिक संघर्ष की स्थिति में भारत को सैनिक सहायता देने का सुझाव देंगे। लोकसभा की लॉबीज में चल रही चर्चा से यह अनुमान किया जा सकता है कि प्रधान-मन्त्री नेहरू इस सुझाव को स्वीकार नहीं करेंगे। प्रेज़िडेंट आइज़नहावर जिन कारणों से यह सुझाव देंगे, वे इस प्रकार हैं।

इसके बाद ब्यौरेवार पाँच कारण दिए गए थे और अन्त में प्रतिनिधि की अपनी टिप्पणी थी कि भारत के हित को दृष्टि में रखते हुए प्रधानमन्त्री नेहरू को चाहिए कि...।

मेरा मन हुआ कि एक बार ज़ोर से हँस दूँ। मगर मुझे लगा कि मेरी हँसी बहुत अकेली और खोखली होगी। अगर अनुमान की ही बात थी तो क्या मैं भी अपने सम्पादक को इस तरह के आधे दर्जन स्कूप नहीं दे सकता था? उनमें से पचास प्रतिशत स्कूप तो ठीक निकल ही सकते थे।

हर स्कूप के अन्त में टिप्पणी और कर दी जाती कि प्रधानमन्त्री नेहरू को चाहिए कि...।

परन्तु फिर मेरा मन यह सोचकर उदास होने लगा कि यह मेरे खिसियाने मन की सूझ-बूझ ही है और अभी सचमुच राजधानी की नब्ज़ मेरे हाथ में नहीं है।

शिमला की बरफ़ानी हवा राजधानी में उतर आई थी।

वे दिन आ गए थे जब कभी-कभी पहाड़ी आबोहवा के बोल राजधानी में भी सुनाई दे जाते हैं, मगर राजधानी में किसी को उन्हें सुनने की फुरसत नहीं होती। राजधानी में जीवन की गति इन दिनों इतनी तेज़ हो जाती है कि एक दिन का समय दिर-भर के कार्यों के लिए बहुत कम प्रतीत होता है। एक पत्रकार की डायरी के पन्ने ऊपर से नीचे तक घिचपिच हुए रहते हैं। सुबह इम्पीरियल होटल में न्यूजीलैंड से आए हुए घुमक्कड़ दम्पती के साथ नाश्ता। दस बजे रूस के कठपुतली-चालकों से भेंट। साढ़े ग्यारह से एक बजे तक दफ़्तर में जाकर रिपोर्ट। डेढ़ बजे सुब्बास्वामी एम.पी. के साथ खाना और तमिलनाडु के भाषा-सम्बन्धी आन्दोलन पर बातचीत। तीन से साढ़े चार बजे तक दफ़्तर। अपने दिए हुए प्रेस मैटर पर एक नज़र। पाँच बजे यूनिवर्सिटी कन्वोकेशन। सात बजे रूमानी दूतावास में रिसेप्शन। नौ बजे उपमन्त्री... से उनके घर पर भेंट। ग्यारह बजे दिल्ली देखने के लिए आए हुए मेहमान के साथ खाना। फिर सुबह...

ज़िन्दगी इतनी तेज़ रफ़्तार से चलती जाती थी कि अबाबीलों की आवाज़ सुनने या घास पर चमकती हुई धूप में सुस्ताने, या बिना बरसे सिर पर से गुज़र जाने वाले बादलों को देखने की बात मन में उठती ही नहीं थी। जीवन का हर क्षण आगे आने वाले किसी और क्षण की तरफ़ दौड़ा जाता था और वहाँ पहुँचते-न-पहुँचते आगे के किसी और क्षण की ओर दौड़ आरम्भ हो जाती थी। समय एक ऐसी गति से दौड़ता चलता था कि अपने-आपका भी कुछ पता नहीं चलता था कि हम उस दौड़ में कहाँ हैं। हर क्षण यह आशंका बनी रहती थी कि हम समय से पीछे तो नहीं छूट गए। इस गति में कभी विराम आ जाता था तो वह विराम बहुत अस्वाभाविक लगता था। अन्तर्राष्ट्रीय मंच पर बहुत तेज़ी से घटनाएँ घटित हो रही थीं, उनमें से हर घटना की हलकी गहरी प्रतिक्रियाएँ अपने आसपास दिखाई देती थीं और हर समय एक प्रश्नचिह्न मन में बना रहता था कि आने वाले कल को उस मंच पर कहाँ क्या होगा! बीच-बीच में मंच के सूत्रधार मंच पर भाषण दे जाते थे जिससे हर घटना की संगति और अर्थ को नए सिरे से पकड़ना और समझना होता था। यह उसी तरह था जैसे आदमी बहुत तेज़ी से आकाश में उड़ता जाए, उड़ता जाए और आख़िर फिर वहीं पहुँच जाए जहाँ से उसने उड़ना आरम्भ किया था, मगर उस अनुभव के प्रकाश में वह फिर आगे उड़ने लगे और उड़ता जाए, उड़ता जाए जब तक कि फिर घूमकर पहली जगह पर न आ जाए।

ऐसे में आदमी कैसे सोच सकता है कि पहाड़ से अबाबीलें कब आती हैं और कब वापस जाने की तैयारी करती हैं; कब बाँसों में फूल आते हैं और कब झड़ जाते हैं?

और ऐसे में आदमी अपने मित्रों के यहाँ आने-जाने का फ़र्ज भी कैसे पूरा कर सकता है?

हरबंस को इस बात की बहुत शिकायत थी कि मैं एक बार उसके यहाँ जाने के बाद—और वह भी जब वह मुझे ज़बरदस्ती ले गया था—फिर दूसरी बार उसके यहाँ नहीं आया। दो-एक बार दफ़्तर में उसके फ़ोन आए थे, एक बार नीलिमा का भी फ़ोन आया था। मगर मैं उनके यहाँ नहीं जा सका। एक बार खाना खाने के लिए कहकर भी नहीं पहुँच सका, दूसरी बार कनॉट प्लेस में मिलने के लिए कहकर भी नहीं मिल पाया। उस दिन हरबंस ने फिर फ़ोन किया, तो वह बहुत नाराज़ था। उसने कहा कि मैं उस रात भी उनके यहाँ नहीं आया, तो वह आइन्दा कभी मुझे फ़ोन नहीं करेगा, कभी मुझसे बात नहीं करेगा, कभी मेरी सूरत नहीं देखेगा। मेरी डायरी में रात के नौ बजे के लिए लिखा था—पत्रकार क्लब में स्थानीय पत्रकारों का सहभोज। मैंने वहाँ काटकर लिख दिया था—हरबंस के यहाँ जाकर उसके साथ सुख-दुःख चर्चा। हरबंस ने फ़ोन पर कहा था, 'तुम जितनी जल्दी हो सके, उतनी जल्दी आ जाना। मैं छः बजे के बाद घर पर ही रहूँगा। देखना आज जैसे भी हो, तुम्हें हर हालत में पहुँचना ही है। वर्षा हो, तूफ़ान हो, तुम छः बजे यहाँ ज़रूर पहुँच जाओ, बस!'

मैं अपने नोट्स तैयार करता हुआ मन-ही-मन अनुमान लगता रहा कि रात को उसकी और मेरी क्या-क्या बातें होंगी। वह पहली बार जब मुझे अपने साथ ले गया था, तभी मुझे उसके मन में झाँकने का एक अवसर मिल चुका था। उसके बाद मैं तो इतने दिन उसके यहाँ नहीं गया, उसका कारण व्यस्तता के अतिरिक्त शायद यह भी था कि मैं अपने अन्दर कहीं उसके यहाँ जाने से बचना चाहता था। उस दिन रात के ग्यारह बजे तक उसने मुझे अपने यहाँ रोके रखा था। मैं एक मौक़ा पाकर उठ न आता, तो शायद वह और दो घंटे बात करता रहता। उसकी बातचीत लन्दन और डोवर से लेकर नई दिल्ली तक के विस्तार को छूती रही थी, मगर मुझे लग रहा था कि उसकी सारी बातचीत का केन्द्र एक ही है और वह है सुरजीत। बातचीत में वह किसी-न-किसी तरह उसका ज़िक्र ले आता था और जैसे राह चलता आदमी एक काँटे पर पैर पड़ने से रुक जाता है, उसी तरह वह सुरजीत का ज़िक्र आने पर वहीं रुक जाता था।

'मैं इस आदमी से सख़्त नफ़रत करता हूँ, वह कहता रहता था, 'मेरा बस हो, तो मैं ज़िन्दगी में कभी इसकी सूरत न देखूँ। मैं कितनी बार इस औरत से (मतलब नीलिमा से) कह चुका हूँ कि हम लोग यहाँ से घर बदल लें, मगर यह मेरी बात सुनती ही नहीं। इसे ज़िन्दगी में सिर्फ़ अपनी खुशी से मतलब है, मेरी खुशी-नाखुशी से कोई मतलब नहीं।'

यह मुझे डिफ़ेन्स कॉलोनी में उनके घर जाकर ही पता चला था कि सुरजीत का घर उनके घर के बिलकुल बराबर है। इनका नम्बर था डी. एन. 31 और सुरजीत का नम्बर था डी. एन. 32। साथ-साथ घर होने से नीलिमा और शुक्ला का एक-दूसरी के घर में काफ़ी आना-जाना रहता था, जो हरबंस कहता था उसे बिलकुल पसन्द नहीं है। यह बात मेरी समझ में नहीं आई कि ऐसी स्थिति में उसने वहाँ घर लिया ही क्यों था। सुरजीत और शुक्ला तो चार महीने से पहले ही डिफ़ेन्स कॉलोनी में घर लेकर रह रहे थे।

'मैं उस लड़की को (यहाँ उसका मतलब शुक्ला से था) रात-दिन अपने घर में आते-जाते नहीं देखना चाहता। मुझे जो लोग अच्छे नहीं लगते, उनकी मैं सूरत भी देखना पसन्द नहीं करता। यह छोटी-सी बात जाने इस औरत की समझ में क्यों नहीं आती!'

'मगर तुम्हें सुरजीत से अब इतनी चिढ़ क्यों है?' मैंने जैसे एक प्रतिशोध लेने के लिए कहा। 'सुरजीत को मैं तुम्हारे जितना तो नहीं जानता, मगर वह काफ़ी हँसमुख और मिलनसार आदमी है और...और मैं समझता हूँ काफ़ी इंटेलिजेंट भी है। एक पत्रकार के रूप में वह कैसा है, यह मैं नहीं कह सकता। लेकिन मैं समझता हूँ कि उस रूप में भी उसे काफ़ी सफल होना चाहिए।' हरबंस सुरजीत के विषय में कोई अच्छी बात कहता, तो शायद मैं उसका विरोध करके अपने मन की भड़ास निकाल लेता। मगर उसके विषय में जो बातें मेरे मन में आती थीं, वे हरबंस कहे जा रहा था। मुझे बात करते हुए स्वयं आश्चर्य हो रहा था कि जिस व्यक्ति के कारण मैंने कई साल एक घुटन में काटे थे और जिसके कारण मैं नौ साल पहले दिल्ली छोड़कर चला गया था, अब उसी के पक्ष की बात मैं अपने मुँह से कैसे कर रहा हूँ।

'इंटेलिजेंट! आह!' हरबंस ने अपनी अस्थिरता को छिपाने के लिए ह्विस्की के गिलास की तरफ़ हाथ बढ़ा दिया और बोला, 'वह कीचड़ का एक कीड़ा है, मैं बस इतना ही उसके बारे में कह सकता हूँ। अगर दुनिया में मैं किसी से सबसे ज़्यादा नफ़रत करता हूँ, तो वह यही आदमी है।'

'मगर विलायत जाने से पहले तो तुम्हारी उसके बारे में ऐसी राय नहीं थी।'

'तब मैं उसे जानता ही कहाँ था! मैं उसे बिलकुल और तरह का आदमी समझता था।'

'यह तुम कैसे कह सकते हो कि तुम उसे जानते नहीं थे? तुम उसके ऊपर एक बहुत बड़ी ज़िम्मेदारी छोड़ गए थे।' और यह कहते हुए मुझे नीलिमा की नौ साल पहले कही हुई बात याद हो आई कि जाने क्यों हरबंस इस आदमी से हम लोगों की देखभाल करने के लिए कह गया है। उसने सुरजीत के बारे में अपनी भी राय व्यक्त

की थी और मैंने जब उससे कुरेदकर पूछना चाहा था, तो उसने बात को टाल दिया था।

'मुझे पता होता कि वह मेरे पीछे इस तरह की हरकत करेगा, तो मैं कभी ऐसा करता?' कहते हुए उसने अपने गिलास का आख़िरी घूँट पी डाला। दो पेग ह्विस्की पी लेने के बाद उसकी आँखों का भाव बहुत विषादपूर्ण हो गया था। वह इस तरह एकटक मेरी तरफ़ देखने लगा था जैसे मुझी से उसके प्रति कोई अपराध बन पड़ा हो।

'ख़ैर जो होना था, हो चुका,' मैंने कहा। 'अब तुम्हारे इस तरह शिकायत करने का अर्थ ही क्या है? जो भी स्थिति है, अब तुम्हें उसे स्वीकार करके ही चलना चाहिए।'

'मैं इस स्थिति को स्वीकार कैसे कर सकता हूँ?' वह कुछ आवेश के साथ बोला। 'मेरे पीछे उस आदमी ने इस लड़की की ज़िन्दगी तबाह कर दी है। मैं उसे माफ़ कैसे कर सकता हूँ?'

'लड़की उसे चाहती थी और उसने अपनी इच्छा से उससे ब्याह कर लिया है। इसमें मुझे तो तबाह करने या तबाह होने की कोई बात नज़र नहीं आती।'

'तुम कुछ नहीं जानते,' हरबंस अपने दोनों हाथों को हवा में झुलाकर बोला। 'बिलकुल कुछ नहीं जानते। तुम्हें पता है कि उस लड़की को मजबूरन उससे ब्याह करना पड़ा है, क्योंकि...क्योंकि...'

'क्योंकि...?'

'क्योंकि उसके लिए और कोई चारा नहीं रहा था। तुम इन हिन्दू लड़कियों को तो जानते ही हो। वह यह समझती थी कि वह अब...अब और किसी से ब्याह करने के लायक नहीं रही। वह उसे इस हद तक ले जा चुका था कि उसके लिए, मेरा मतलब है वह समझती थी कि उसके लिए और कोई रास्ता नहीं है। उसे इस आदमी ने फुसलाकर अपने जाल में फँसाया है और अब यह दूसरों के सामने मेरा मज़ाक उड़ाता है। मैं इसे कभी माफ़ नहीं कर सकता। मैं यहाँ होता, तो कभी यह शादी न होने देता। मैं उसे समझा देता कि इन झूठे संस्कारों में कुछ नहीं रखा है। वह चाहे ज़िन्दगी-भर क्वाँरी रहती, मगर मैं उसे इस शख़्स से, कम-से-कम इस शख़्स से, कभी, कभी शादी न करने देता।'

वह नशे की वजह से और अपनी उत्तेजना के कारण इतना असंयत होता जा रहा था कि मुझे डर लग रहा था कि वह अभी गालियाँ ही न बकने लगे।

मेरा अपना मन बहक रहा था, मगर मैंने किसी तरह अपने पर वश किए हुए कहा, 'देखो, तुम इस बात को लेकर ज़्यादा बहको नहीं। तुम्हें यह पता नहीं कि तुम इन बातों से उस लड़की की ज़िन्दगी ख़राब ही कर सकते हो। तुम्हें समझना चाहिए कि उस लड़की की भलाई अब इसी में है कि तुम इस स्थिति को खुले दिल से स्वीकार

कर लो। तुम उसे माफ़ नहीं कर सकते, तो भी तुम्हारा फ़र्ज है कि उस लड़की की ख़ातिर उसे माफ़ कर दो और उसके साथ पहले की तरह ही दोस्ती का व्यवहार रखो।'

'दोस्ती का व्यवहार? उसके साथ?' वह गिलास में और ह्विस्की डालता हुआ बोला। 'कभी नहीं। वह गुंडा है। मैं उससे नफ़रत करता हूँ। वह नरक का कुत्ता है। वह नाली में रेंगने वाला कीड़ा है। क्या तुम समझते हो कि मैं ज़िन्दगी में कभी उसके साथ उठना-बैठना स्वीकार कर सकता हूँ? कभी नहीं।'

बोलते-बोलते उसके मुँह में झाग-सा आने लगा था। उसने रूमाल निकालकर अपना मुँह पोंछते हुए कहा, 'मैं उस आदमी को और उसके साथ इस लड़की को ज़िन्दगी में ऐसी सज़ा दूँगा, ऐसी सज़ा दूँगा कि ये लोग याद रखेंगे। तुम समझते हो कि मैं इन्हें ऐसे ही माफ़ कर दूँगा?'

मेरे दिमाग़ पर भी नशे का असर चढ़ रहा था और मुझे अपने सामने की दीवारें लचककर गोल होती नज़र आ रही थीं। हरबंस उस वक़्त जो भी बात कहता था, मेरा मन होता था कि मैं उसका विरोध करूँ, वह जितना बुरा-भला सुरजीत को कह रहा था, मैं उतना ही बुरा-भला उसे कहना चाहता था। मेरे मन में एक दबी हुई प्रतिशोध की भावना थी जो उस समय उभरकर ऊपर आ रही थी। 'तुम सुरजीत को सज़ा दो, मगर शुक्ला को तुम किस बात की सज़ा दोगे?' मैंने कहा, 'उसने तुम्हारा क्या बिगाड़ा है?'

'उसने कुछ नहीं बिगाड़ा?' उसने अपने हाथ का गिलास पटककर मेज़ पर रख दिया। 'उसने नहीं, तो किसने बिगाड़ा है? वह शख़्स आज अपने को मेरा सम्बन्धी कह सकता है, तो किसकी वजह से? मैं इस लड़की से भी आज उतनी ही नफ़रत करता हूँ।'

दीवारें गोल होकर मेरे ऊपर को झुकी आ रही थीं और मेरे दिमाग़ में तेज़-तेज़ लहरें दौड़ रही थीं जैसे कि वहाँ एक गरम लावा उमड़ आया हो। जिस तरह हरबंस ने अपना गिलास पटककर मेज़ पर रखा था, उसी तरह मैंने भी अपना गिलास पटककर मेज़ पर रख दिया।

'मैं उस लड़की को बिलकुल बेकसूर समझता हूँ,' मैंने कहा। 'वह उस शख़्स को तुम्हारी ज़िन्दगी में नहीं लाई, तुम उस शख़्स को उसकी ज़िन्दगी में लाए हो। वह आज उसका पति है, मगर पहले वह तुम्हारा दोस्त था। तुम्हीं पहली बार उसे उनके घर में लेकर गए थे। तुम्हीं उसके ऊपर शुक्ला और नीलिमा की देख-रेख की ज़िम्मेदारी छोड़कर गए थे। तुम्हें उन दिनों वही एक अपना मित्र और हितचिन्तक नज़र आता था। जब तुम उसे सब मित्रों से बढ़कर मानते थे, तो उस लड़की को अब उससे ब्याह करने के लिए कसूरवार क्यों ठहराते हो? तुम्हें ही जब इन्सान की

पहचान नहीं थी, तो उस लड़की को कैसे हो सकती थी? तुम पुरुष थे और तब तीस बरस के थे। वह एक लड़की थी और उस समय कुल सत्रह बरस की थी। तुम्हारे ही कहने से उसने जीवन भार्गव के साथ अपना सम्बन्ध तोड़ लिया था। तुम्हें खुद आदमी की पहचान कितनी थी? तुम्हें जीवन भार्गव छोटा और ओछा लगता था, क्योंकि वह सीधा और ख़ामोश आदमी था। यह आदमी तुम्हें बहुत अच्छा लगता था जो रोज़ रंडियों के कोठों पर जाता था और जिसने अपनी एक पत्नी लाहौर में छोड़ दी थी और दूसरी जालंधर में छोड़ रखी है।' मैं उस लावे के जोश में शायद और भी बहुत-कुछ कह जाता, मगर सहसा दाँतों में ज़बान के कट जाने से मैं बोलते-बोलते रुक गया। मुझे बोलते समय अपने को लग रहा था कि जीवन भार्गव का नाम केवल एक ओट है और वास्तव में मेरा अभिप्राय जीवन भार्गव से न होकर अपने से ही है।

'मैं नहीं जानता था कि उसका रंडियों के यहाँ आना-जाना है,' वह मर्माहत-सा बोला। 'मुझे तब किसी ने यह नहीं बताया था।'

'और यह भी तुम्हें किसी ने नहीं बताया था कि उसने अपनी एक पत्नी को लाहौर में छोड़ दिया था, और दूसरी पत्नी जालंधर में है?'

'मैं इतना ही जानता था कि वह शादीशुदा है,' उसने इस तरह उत्तर दिया जैसे एक अभियुक्त वकील की जिरह का उत्तर देता है।

'तुम यह बात जानते थे, फिर भी तुमने...?' मुझे लगा जैसे दीवारें टूटकर मेरे ऊपर गिरने जा रही हों। मैं नहीं जानता था कि मैंने जो सबसे पैना अस्त्र प्रयोग किया था, वह इतना कुन्द साबित होगा। मैं फटी-फटी आँखों से भौचक्का-सा उसकी तरफ़ देखता रहा। मेरी उत्तेजना के सामने उसकी उत्तेजना फीकी पड़ गई थी और वह एकदम मुरझा-सा गया था।

'मैंने सोचा था कि वह ज़िम्मेदार आदमी है, इसलिए...।' और वह हाथों और आँखों में कुछ टटोलता हुआ चुप कर गया। वह जाने उस समय क्या ढूँढ़ना चाहता था–सिगरेट की डिब्बी या ह्विस्की का गिलास! मगर वे दोनों चीज़ें तो बिलकुल उसके सामने ही रखी थीं।

'इसलिए...' और सारी परिस्थिति का एक बिलकुल नया ही अर्थ मेरे मस्तिष्क में कौंध गया। मेरा मन हुआ कि मैं अपने वाला गिलास उठाकर ज़मीन पर पटक दूँ या उसके मुँह पर दे मारूँ।

'मैंने कभी सोचा भी नहीं था कि वह मेरी अनुपस्थिति का इस तरह लाभ उठाएगा,' वह बोला। 'मगर फिर भी मुझे सबसे ज़्यादा शिकायत इस लड़की से है कि इसने मेरे लौटकर आने का इन्तज़ार क्यों नहीं किया। कम-से-कम एक बार चिट्ठी लिखकर मुझसे पूछ तो लेना ही चाहिए था। अगर इसके मन में मेरे लिए ज़रा

भी क़द्र होती, तो क्या यह मुझसे पूछे बिना इस तरह का क़दम उठाती? इसने मेरी राय न पूछकर एक ऐसा अपराध किया है जिसके लिए मैं इसे कभी क्षमा नहीं कर सकता।'

'तुम्हें यही नज़र आता है कि उसने एक अपराध किया है, यह नज़र नहीं आता कि तुमने उसके प्रति उससे कहीं भारी, कहीं बड़ा, अपराध किया है?'

उसका सिर झूलकर गरदन पर आ गया। वह कुछ देर मेरी तरफ़ इस तरह देखता रहा जैसे सीज़र ने ब्रूटस का खंजर खाने के बाद उसकी तरफ़ देखा होगा। उसे मुझसे इस तरह की सख़्त बात सुनने की आशा नहीं थी।

'कम-से-कम तुम इस बात से तो सहमत हो कि जो कुछ हुआ है वह नहीं होना चाहिए था,' आख़िर उसने कहा।

'मैं समझता हूँ कि जो हुआ है ठीक हुआ है, और ऐसे ही होना चाहिए था।'

उसका सिर ज़रा सा उठा और फिर उसी तरह झूल गया। 'तुम मेरे साथ अन्याय कर रहे हो,' उसने कहा। 'मैंने नहीं सोचा था कि तुम भी मुझसे इस तरह की बातें कहोगे।'

मेरे दिमाग़ का लावा धीरे-धीरे शान्त हो रहा था और मुझे कुछ अफ़सोस भी हो रहा था कि मैंने अपने को उस बहाव में क्यों बह जाने दिया। आख़िर वह उन लोगों का व्यक्तिगत मामला था और मैं उसमें एक बाहर का व्यक्ति ही था। मुझे उससे यह सब कहने का क्या अधिकार था? यह सोचकर मन कुछ बेचैन होने लगा, तो मैं सोचने लगा कि मैं तुरन्त वहाँ से उठकर चल दूँ। उसके लिए बहाना मुझे नीलिमा के आने से मिल गया। वह सहसा साथ के कमरे से आँखें मलती हुई उस कमरे में आ गई और हाथ से अपनी जम्हाई को रोकती हुई बोली, 'तुम लोग क्या सारी रात बातें ही करते रहोगे? मैंने तो इस बीच थोड़ी देर सो भी लिया है।'

'तुम जाकर सो रहो,' हरबंस अपना गुस्सा उस पर उतारने लगा। 'हम लोग आज नौ बरस के बाद मिले हैं। हो सकता है कि हम सुबह तक बातें करते रहें।'

मगर मैं उस अवसर का लाभ उठाकर उठ खड़ा हुआ। हरबंस ने उसके बाद बहुत कहा कि मैं और रुक जाऊँ। उसके मन में शायद कहने को अभी बहुत-कुछ बाक़ी था। मगर मैं एक बार उठ खड़ा हुआ, तो फिर नहीं बैठा। आख़िर हरबंस ने अपना ड्रेसिंग गाउन पहना और बस स्टॉप तक मुझे छोड़ने चला आया। मेरे बस में चढ़ने तक वह अनुरोध करता रहा कि मैं फिर जल्दी ही किसी दिन वहाँ आऊँ। जब मेरी बस इंडिया गेट के पास पहुँची, तो मुझे सहसा वह बात याद हो आई जो उसने अपने और किसी मिस श्रीवास्तव के सम्बन्ध में कही थी। मुझे अफ़सोस हुआ कि उस विषय में तो मैंने उससे कुछ पूछा ही नहीं। उससे बात करते समय मैं इस तरह अपने व्यक्तिगत संस्कार के वश में पड़ गया था कि अपनी पत्रकार की रुचि को

भूल ही गया था। परन्तु जब उस दिन पत्रकार क्लब का सहभोज छोड़कर मैंने उसके यहाँ जाने की बात तय की, तो उस विषय में मेरी रुचि एक और कारण से पहले से कहीं बढ़ गई थी। वह मिस श्रीवास्तव के सम्बन्ध में कहना क्या चाहता था? इस बीच पत्रकार क्लब में मेरा मिस श्रीवास्तव के साथ परिचय हो चुका था और दो-एक बार मैं उससे बात भी कर चुका था। अपने हलके साँवले रंग के बावजूद वह लड़की देखने में काफ़ी आकर्षक थी। उसकी सधी हुई चाल में जितना आत्मविश्वास था, उतना ही उसके बात करने के ढंग में भी था। वह अपने कोट की ज़ेब में हाथ डाले हुए पीछे को थोड़ा झुककर जब हँसती थी, तो उसमें एक ऐसी सहजता होती थी कि जान पड़ता था उसके मन में कहीं कोई कुंठा या रुकावट नहीं है। वह जिन लोगों के बीच खड़ी होती थी, उनमें इस तरह घुल-मिल जाती थी जैसे उनसे अलग उसकी और कोई दुनिया है ही नहीं। अपने दो बार के परिचय में ही उसने मुझे कुछ ऐसा आभास दिया था जैसे हम एक अरसे से एक-दूसरे को जानते हों, और मैं जितना ही उसे देखता था, उतना ही मुझे हरबंस की उसके बारे में कही हुई बात असंगत लगती थी।

शाम को जब मैं दफ़्तर की वैन में हरबंस के घर की तरफ़ चला, तो यह बात बार-बार मेरे मन में आ रही थी कि हरबंस ने जो बात कही थी, आख़िर उसका आधार क्या था!

गेट के अन्दर क़दम रखते हुए मैं हवा के झोंके से जूते के अन्दर पैर के तलवों तक काँप गया। बाहर के कमरे की बत्ती जल रही थी, मगर सारे घर में इस तरह ख़ामोशी छाई थी जैसे वहाँ कोई रहता ही न हो। मैंने बरामदे में जाकर दरवाज़ा खटखटाया। एक मिनट में ही उनके नौकर बाँके ने दरवाज़ा खोल दिया। अन्दर दीवान पर नीलिमा बैठी थी, एक पत्रिका में आँखें गड़ाए हुए। हरबंस पैर फैलाए पास की कुरसी पर बैठा था और एक किताब के पन्ने पलट रहा था। उनका लड़का अरुण नीचे दरी पर बैठा ड्राइंग पेपर पर सुरमे की सलाई से लकीरें खींच रहा था। उन तीनों की ख़ामोशी में एक ऐसी व्यवस्था थी कि वह कमरा कमरा न लगकर एक पिक्चर का सेट लगता था, जहाँ मेरा आना एक फ़ालतू आदमी के सेट पर चले आने की तरह था। मैं सेट पर दाख़िल होने से पहले क्षण-भर दरवाज़े के पास रुका रहा। नीलिमा ने इस बीच मेरी तरफ़ देखकर आँखें फिर पत्रिका की ओर कर लीं और हरबंस ने हाथ की पुस्तक नीचे रख दी। अरुण बिना मेरी ओर ज़रा भी ध्यान दिए अपनी लकीरें खींचता रहा।

'तुम लोगों में क्या ख़ामोश रहने की प्रतियोगिता चल रही थी?' मैंने नीलिमा के पास दीवान पर बैठते हुए कहा।

'तुमने बहुत देर कर दी,' हरबंस ने कहा। फिर कुछ देर हम चारों ही ख़ामोश रहे। मुझे नीलिमा और अरुण के कपड़ों से लगा जैसे वे कहीं जाने के लिए तैयार बैठे हों। मुझे वह ख़ामोशी बहुत विचित्र लग रही थी, इसलिए मैंने कहा, 'तुम लोग कहीं जा रहे थे क्या? मुझे लगता है जैसे मैं ग़लत वक़्त पर यहाँ आया हूँ।'

'ग़लत वक़्त पर क्यों?' हरबंस बोला। 'मैंने तुम्हें बुलाया था।'

'वह तो ठीक है, मगर तुम लोग इस तरह ख़ामोश बैठे हो कि...'

'नहीं, ऐसी कोई बात नहीं है। हम लोग तुम्हारा इन्तज़ार ही कर रहे थे।'

'मुझे तो लगता है तुम लोग कहीं जा रहे थे।'

'मैं कहीं नहीं जा रहा। यह शायद जा रही है।' हरबंस ने 'शायद' पर इस तरह ज़ोर दिया कि नीलिमा ने सहसा तमककर पत्रिका परे हटा दी और अपनी स्वाभाविक लचक के साथ उठ खड़ी हुई।

'हाँ, मैं जा रही हूँ,' वह बोली। 'और अरुण भी मेरे साथ जा रहा है। तुम्हारा दोस्त आ गया है, इसलिए तुम बैठकर इसके साथ बातें करो।'

जब मैं पहली बार उनके यहाँ आया था, तो मुझे भी नीलिमा के अपने प्रति व्यवहार में कुछ खिंचाव-सा महसूस हुआ था। उसकी शिष्टता और बातचीत की कोमलता में मुझे एक बनावटीपन-सा लगा था, जैसे वह शिष्टता विदेश में सीखी हुई एक कला ही हो। उसकी आँखों में कहीं एक रूखापन था जिसे वह अपनी अतिरिक्त कोमलता से छिपाना चाहती थी। मैं तब सोचता रहा था कि क्या यह इसलिए है कि वह अब तक भी नौ साल पहले की उस बात को नहीं भूली कि मैं उससे कहकर भी उस शाम उसके यहाँ नहीं गया था। मगर उतनी पुरानी बात तब तक तो उसे भूल जानी चाहिए थी।

'तुम लोगों को कहीं जाना है, तो जाओ,' मैंने कहा। 'मैं भी पत्रकार क्लब के सहभोज में चला जाता हूँ। मेरी वजह से तुम लोगों को अपना कार्यक्रम बिगाड़ने की ज़रूरत नहीं।'

'हमारा कोई कार्यक्रम नहीं है,' हरबंस अपने हाथ की किताब रखता हुआ बोला। 'इसे साथ के घर में एक पार्टी में जाना है, यह चली जाएगी।'

मुझे ध्यान हो आया कि वैन में आते हुए मैंने सुरजीत के घर के बाहर कुछ सजावट देखी थी और दो-तीन गाड़ियाँ भी उसके घर के बाहर खड़ी थीं।

'क्या सुरजीत के घर में कोई पार्टी है?'

'शुक्ला की बच्ची की पहली वर्षगाँठ है,' नीलिमा बोली। 'मैं कितनी देर से कह रही थी कि हम लोग थोड़ी देर के लिए वहाँ चले चलते हैं, तुम्हारे आने तक लौट आएँगे। शुक्ला ने कितनी बार कहा है कि भापाजी कम-से-कम आज के दिन तो उसके यहाँ ज़रूर आ जाएँ। मैं घंटे-भर से तैयार बैठी हूँ, मगर ये साहब हैं कि यहाँ

से हिल ही नहीं सकते। कह रहे थे मैंने अपने दोस्त को वक़्त दे रखा है, इसलिए घर से बाहर नहीं जा सकता। अरुण भी कब से तैयार बैठा है। उसके लिए भी इनका कहना है कि उसे सात बजे सो जाना चाहिए, इसलिए वह भी नहीं जाएगा।'

'मेरा तो ख़याल है कि तुम लोगों को पार्टी में ज़रूर जाना चाहिए,' मैंने कहा। 'मैं उतनी देर यहाँ बैठकर कोई किताब देखता हूँ। तुम लोग आध घंटे में उधर से होकर आ जाओ।'

'हा-हा! मैं, और उनके घर जाऊँगा?' हरबंस बोला।

'तुम न जाओ, मगर लड़के को तो मेरे साथ जाने दो,' नीलिमा जैसे चीख़कर बोली।

'तुम इस तरह चिल्लाओ नहीं।' हरबंस ने उसे डाँट दिया।

'तो तुम लड़के को मेरे साथ क्यों नहीं जाने देते?'

हरबंस ने एक बार मेरी तरफ़ देखा और फिर एक बहुत बड़ा उपकार करने की तरह बोला, 'अच्छा जाओ, उसे ले जाओ और मेरा सिर न खाओ!'

नीलिमा क्रोध में कुछ कहने को हुई, मगर उसने अपने को रोक लिया और अरुण से बोली, 'उठ अरुण, चल मौसी के घर चलें। तेरी बीनू तेरा इन्तज़ार कर रही होगी।'

'बॉबी, मैं तला दाऊँ?' इतने छोटे लड़के में परिस्थिति का इतना ज्ञान मुझे आश्चर्यजनक लगा।

'जाओ बेटे,' हरबंस ने कहा, 'और जब नींद आए, तो वापस आ जाना।'

अरुण ने अपने ड्राइंग के काग़ज़ साथ सँभाल लिये। नीलिमा ने मुझसे कहा, 'अच्छा, मैं अभी आ जाऊँगी, तुम चले नहीं जाना,' और अरुण को साथ लिये हुए वहाँ से चली गई।

'तो?' उनके चले जाने के बाद हरबंस ने कहा।

'तुम बताओ। मैंने तो सोचा था कि आज तुम कम्बल ओढ़कर पड़े हुए मिलोगे।'

'क्यों?'

'टेलीफ़ोन पर तुम्हारी आवाज़ से लग रहा था जैसे तुम बीमार हो।'

'हर बीमारी कम्बल ओढ़कर पड़े रहने वाली बीमारी नहीं होती।'

'तो कम-से-कम मेरा अनुमान तो ठीक ही था।'

उसके चेहरे का भाव कुछ व्यथापूर्ण हो गया। 'सूदन, मैं आज तुमसे बहुत ही गम्भीर बात करना चाहता हूँ,' उसने कहा।

'मैं भी आज सुनने के लिए ही आया हूँ। आज तुम चाहे मुझे सुबह तक बिठा रखो। सुबह दस बजे मुझे दफ़्तर ज़रूर पहुँचना है।'

'तुम आज खाना यहीं खाना।'

'यह तो मैं सोचकर ही आया था।'

'और देर हो गई, तो सो भी यहीं रहना।'

'ज़रूरत हुई, तो देखूँगा।'

हरबंस ने एक बार अपने सिर पर हाथ फेरा और कुरसी पर सीधे होते हुए बाँके को आवाज़ दी। बाँके अपना दुबला-सहमा हुआ चेहरा लिये सामने आ खड़ा हुआ।

'देखो, ये खाना यहीं खाएँगे और इनका बिस्तर भी मेरे पढ़ने के कमरे में लगा देना।' बाँके ने जिम्मेवारी सँभालने के ढंग से आँखें हिलाईं और चला गया।

'तो?' बात फिर पहली जगह पर लौट आई।

'आज तो तुम्हीं को बात करनी है। मैं तो केवल सुनने के लिए आया हूँ।'

'तुम जानते हो तुम अकेले ही आदमी हो जिससे मैं बात कर सकता हूँ?'

मैंने सिर हिला दिया।

'मैं इस समय अपनी ज़िन्दगी के सबसे बड़े संकट में से गुज़र रहा हूँ।'

खिड़की का परदा हवा से हिला और मेरे शरीर में एक और ठंडी सिहरन दौड़ गई।

'बाई द वे, मैं इस बीच तुम्हारी मिस श्रीवास्तव से दो-एक बार मिल चुका हूँ,' मैंने कहा।

'अच्छा!' वह थोड़ा अव्यवस्थित हो गया।

'पत्रकार क्लब में किसी ने उससे परिचय कराया था।'

'तुम्हें वह कैसी लगी?'

'मुझे अच्छी लगी। देखने में भी अच्छी है और बातचीत भी बहुत समझदारी के ढंग से करती है।'

'हा-हा!' उसने कन्धे हिला दिए।

'क्यों?'

'वह बेवकूफ़ लड़की है। यह तुमने ख़ूब कहा कि वह बातें समझदारी के ढंग से करती है!'

मैं चुप रहकर उसकी आँखों में उतरने का प्रयत्न करने लगा। आख़िर यह आदमी चाहता क्या है? क्या दुनिया में ऐसा एक भी व्यक्ति नहीं है जिसकी वह खुले दिल से प्रशंसा कर सके? हरबंस के माथे पर हलकी-सी त्यौरी पड़ गई थी और वह अपने निचले होंठ को ज़रा-ज़रा काट रहा था।

'मेरी उससे दो बार भेंट हुई है,' मैंने कहा। 'हो सकता है तुम उसे ज़्यादा जानते हो।'

'वह बेवकूफ़ भी है और बदतमीज़ भी है,' वह बोला।

'तुम कहते हो, तो मैं मान लेता हूँ, मैं उसे इतना नहीं जानता।'

'मुझे सिर्फ़ उसकी आँखें पसन्द हैं, या उसके होंठ हिलाकर 'हलो' कहने का ढंग।'

'मुझे ये दोनों ही चीज़ें ज़्यादा पसन्द नहीं हैं।'

'हा-हा!' वह बोला। 'वह अपने-आपको समझती बहुत है।'

'यह मैं भी मानता हूँ, मगर तुम उस दिन उसके बारे में क्या बात कर रहे थे...?'

'कुछ नहीं, ऐसे ही।'

'फिर भी कुछ बात तो होगी ही...?'

उसने सिर्फ़ कन्धे सिकोड़कर हाथ हिला दिए।

'मुझे तो वह बहुत सीधी लड़की लगी। हाँ, मिलनसार ज़रूर है।'

'ठीक है। मैंने तुमसे कहा था कि और भी कई लोग हैं जो उसकी तारीफ़ करते हैं।'

'मैंने और किसी के मुँह से उसके बारे में ऐसी-वैसी बात नहीं सुनी।'

'ख़ैर, तुम इस बात को अब जाने दो,' उसने अपने अन्दर से उठती हुई झुँझलाहट को दबाकर कहा।

उसकी आँखें खिड़की के परदे के उस तरफ़ किसी चीज़ को देखने का प्रयत्न कर रही थीं। 'मैं तुमसे आज कुछ और ही बात करना चाहता था।' उसने कहा और इस तरह चुप कर गया जैसे कोई चीज़ उसके गले में अटक गई हो।

मैंने अपना जूता उतार दिया और पैर समेटकर बैठ गया। मैं बहुत हलके मूड में दफ़्तर से उठकर आया था, मगर हरबंस के भाव को देखते हुए मेरा भी मूड बदलने लगा। उसके चेहरे से लग रहा था जैसे वह अपने अन्दर-ही-अन्दर कहीं भटक रहा हो।

वह कुछ देर परदे की लकीरों को देखता रहा, फिर मेरी तरफ़ देखकर उसने कहा, 'मैं बहुत दिनों से तुम्हारे साथ बैठकर बात करना चाहता था। तुम नहीं जानते कि मैं कैसे वर्षों से अपने अन्दर तिल-तिल करके गल रहा हूँ। मुझे कई बार लगता है कि मेरे लिए एक ही उपाय है और वह यह कि मैं अपने जीवन का अन्त कर दूँ।'

'अब ये फ़िज़ूल की बातें न करो,' मैंने कहा। 'मैं तो तुम्हारा मूड ठीक रखने के लिए ही इधर-उधर की बातें कर रहा था। तुम्हारे मन में जो भी बात हो, तुम खुलकर मुझसे कहो। मैं यह तो नहीं कहता कि मैं तुम्हें कुछ राय दे सकूँगा, या तुम्हारी कुछ सहायता कर सकूँगा, मगर फिर भी...।'

'देखो सूदन,' वह अपनी तर हुई आँखों को झपकता हुआ बोला। 'मुझे लगता है कि मेरे ऊपर एक तरह का अभिशाप है। मैं वर्षों से एक भी नया मित्र नहीं बना सका। लन्दन में इतने साल रहा हूँ और यहाँ आए भी इतने दिन हो गए हैं, मगर एक भी नए व्यक्ति को मैं अपना मित्र तो क्या, अच्छा परिचित भी नहीं बना सका। मुझे लगता है जैसे मैं दुनिया से बिलकुल कट गया हूँ और अपने में बिलकुल अकेला हूँ। हर नया आदमी मुझे बिलकुल अपरिचित दुनिया का आदमी लगता है और मैं उससे अपने अन्दर की कोई चीज़ नहीं बाँट सकता। पुराने लोगों में तुम्हीं एक हो,

और इसीलिए मैं तुमसे मिलने की इतनी उत्सुकता से प्रतीक्षा करता हूँ। तुम अकेले आदमी हो जिससे मिलने पर उन दिनों मुझे यह नहीं लगा था कि तुम मुझे मेरी वजह से न मिलकर किसी और की वजह से मिलते हो। इसीलिए शायद उन दिनों भी मैं तुमसे जितना तुम दे सकते थे, उससे ज़्यादा की आशा किया करता था। मैं अपना मन तब भी तुम्हारे सामने पूरी तरह खोलकर रखना चाहता था, मगर अपने स्वभाव के सन्देह और शंका के कारण ऐसा नहीं कर सका। हो सकता है तुम तब मुझे बाहर जाने से रोक देते और मेरे लिए परिस्थिति उतनी ख़राब न होती, जितनी कि अब हो गई है।'

'मेरे साथ खुद भी यही बात थी,' मैंने कहा। 'मैं भी उन दिनों अपने दिल की बात पूरी खोलकर तुम्हारे सामने नहीं रख सका। अगर ऐसा होता, तो शायद...।'

'आदमी एक ख़ास उम्र तक ही किसी नए आदमी को अपना मित्र बना सकता है,' वह मेरी बात की तरफ़ ध्यान न देकर अपनी ही धुन में बोला। 'और मेरे लिए वह उम्र यहाँ से जाने से पहले ही बीत चुकी थी। मैं नहीं जानता था कि मैं उस उम्र में पहुँच चुका हूँ जहाँ आदमी चाहकर भी नए सिर से ज़िन्दगी शुरू नहीं कर सकता। अगर तब मैं यह जानता, तो कभी बाहर न जाता। विदेश में बिताए हुए छः साल मेरे लिए कितने दुःख़ के और कितने कष्ट के रहे हैं, यह शायद मैं तुम्हें ठीक से नहीं बता सकता। अगर समय को लौटाया जा सकता, तो मैं फिर उन्हीं दिनों में लौट जाना पसन्द करता, जब मैंने सबकुछ छोड़-छाड़कर यहाँ से भाग जाने का निश्चय नहीं किया था।'

मैंने एक बार अपनी हथेलियों को मल लिया, दीवान पर रखा हुआ एक गद्दा पीछे से उठाकर अपनी गोद में रख लिया और उस पर कुहनियाँ टिकाकर अपना चेहरा हथेलियों पर रख लिया। मुझे फिर उसके नीलिमा के नाम लिखे हुए पत्रों की याद आ रही थी, मगर मैंने उसका ज़िक्र करना उचित नहीं समझा। जब-जब मुझे उन पत्रों की याद आती थी, तब-तब मेरे लिए उसके व्यक्तित्व का रूप बिलकुल बदल जाता था। तब वह मेरे लिए उपहास और व्यंग्य का पात्र न रहकर सहानुभूति और सम्मान का पात्र बन जाता था। तब मेरा मन उसके चेहरे के साथ एक अस्थिर आकांक्षा और एक अप्राप्त विज़न का सम्बन्ध जोड़ देता था और उसके उस लटके हुए चेहरे में भी मुझे कुछ असाधारणता नज़र आने लगती थी। उसकी फ़ाइल के अधूरे और उलझे हुए पन्नों में भी तब एक सार्थकता आ जाती थी और मैं सोचने लगता था कि उन पन्नों के रिक्त कोष्ठ क्या किसी भी तरह भरे नहीं जा सकते!

'ख़ैर, गुज़रे हुए दिनों की बात करना तो बेकार है,' मैंने कहा। 'मगर तुम आज जिस मनःस्थिति में हो, उसे मैं ज़रूर समझना चाहता हूँ। तुम इन दिनों इस तरह थके और निढाल-से लगते हो जैसे आदमी ज़िन्दगी पर अपनी पकड़ ही छोड़ बैठा हो।'

उसने अपने सूखते हुए होंठों को ज़बान से गीला किया और अपने दोनों हाथों की उँगलियाँ उलझाकर कुछ देर उन्हें देखता रहा। वह शायद मन-ही-मन कुछ निश्चित करना चाह रहा था। आख़िर उसके उलझे हुए हाथ अलग-अलग हो गए।

'मैं तुम्हें पूरी बात शुरू से बताना चाहता हूँ,' उसने कहा। 'हो सकता है कि तुम मुझे कोई ऐसा सुझाव दे सको, जिससे मैं इस दलदल से बाहर निकल सकूँ। नहीं, मुझे तो लगता है कि मैं हमेशा के लिए गुम हो गया हूँ और मेरा अतीत, वर्तमान और भविष्य सबकुछ इस दलदल में खो गया है। मैं इससे बाहर निकलने की जितनी चेष्टा करता हूँ, उतना ही इसमें और धँसता जाता हूँ।'

उसने उठकर कमरे की बीच की बत्ती बन्द कर दी और कोने का टेबल लैम्प जला दिया। इससे कमरे का वातावरण कुछ उदास और कुछ रहस्यमय-सा हो गया। परदे के पीछे से खिड़की का जितना भाग नंगा था, उसे भी उसने अच्छी तरह ढक दिया। फिर आकर उसने तिपाई पर टाँगें फैला लीं और सिगरेट सुलगाने के लिए दियासलाई जलाकर क्षण-भर उसे देखता रहा।

'तुम जानते हो कि मैं इकत्तीस जनवरी को यहाँ से गया था...।' उसने सिगरेट सुलगा ली और दियासलाई बुझा दी। 'मैं उन्नीस फ़रवरी को लन्दन पहुँचा था।'

'यह मैं जानता हूँ, नीलिमा ने मुझे बताया था।'

'वैसे तो लन्दन पहुँचने के साथ ही मेरे मन में एक संघर्ष आरम्भ हो गया था, मगर ज्यों-ज्यों समय बीतता गया, वह संघर्ष धीरे-धीरे बढ़ता गया। मगर नीलिमा के वहाँ आने तक मैं फिर भी किसी तरह अपने को सँभाले रहा। मगर उसके आने के बाद...।' और वह रुक गया। लैम्प की रोशनी उसके चेहरे पर नहीं पड़ रही थी। उसने चुप रहकर दो-तीन लम्बे-लम्बे कश खींचे और कहा, 'उसके बाद जो कुछ हुआ, उसने मेरे जीवन में उजाले की कोई किरण नहीं रहने दी। मैं तब से अब तक निरन्तर अँधेरे में भटक रहा हूँ जहाँ मुझे किसी भी तरफ़ उजाले का कोई मार्ग नज़र नहीं आता। मुझे लगता है जैसे मैं एक काल-कोठरी में बन्द हूँ और जीवन-भर मुझे उस काल-कोठरी में बन्द रहकर हाथ-पैर पटकते जाना है।'

मैंने पीछे से एक और गद्दा उठाकर पहले के गद्दे पर रख लिया और अच्छी तरह अपनी कुहनियों पर झुक गया। वह आहत दृष्टि से सामने की तरफ़ देखता हुआ बात करता रहा। टेबल-लैम्प के धूपछाँही उजाले में मेरे सामने एक अपरिचित देश के धुआँरे-से चित्र बनने लगे—सपने के चित्रों की तरह, जिनके अमूर्त यथार्थ में मन अपने-आप रंग और आकार भरने लगता है—वास्तविक यथार्थ से भिन्न, परन्तु मन की संगति में उतने ही यथार्थ। वह उस घर की बात करने लगा जिस घर में वे लोग

लन्दन में रहते थे। मेरे मन में एक ऊँची पहाड़ी का चित्र बनने लगा जिसकी घुमावदार पगडंडियाँ शिखर पर जाकर एक छोटे-से घर में समाप्त होती थीं। जब कोहरा बहुत घना होता था, तो नीचे बस की सड़क से वह घर दिखाई नहीं देता था। घर की मालकिन नीचे के दो कमरों में रहती थी और ऊपर के दो कमरे उसने इन लोगों को दे रखे थे। ये लोग अपना खाना अपने कमरे में ही बनाते थे। जब तड़कते हुए प्याज की गन्ध ऊपर के कमरे से नीचे जाती थी, तो मकान-मालकिन अपने भारी कूल्हों को किसी तरह समेटती हुई ऊपर आकर इनका दरवाज़ा एक उँगली से खटखटाती थी। हर रोज़ वह इस गन्ध पर एतराज़ करती थी, हर रोज़ ये उसे वचन देते थे कि अब वहाँ प्याज़ नहीं तड़केंगे, मगर तीसरा दिन गुज़रते-गुज़रते वे फिर उबले हुए अंग्रेज़ी खाने से उकता जाते थे और सोचते थे कि चलो एक बार और मकान-मालकिन की बात सुन लें, फिर आइन्दा तड़के हुए प्याज़ वाला हिन्दुस्तानी खाना नहीं बनाएँगे। उनकी आर्थिक स्थिति काफ़ी ख़राब थी, क्योंकि हरबंस ने तब तक हाई कमीशन की नौकरी छोड़ दी थी और वे उस थोड़ी-सी आय पर ही अपना गुज़ारा करते थे जो उनहें बी.बी.सी. के कार्यक्रमों से नीलिमा की बेबी-सिटिंग से होती थी। एक बार हाई कमीशन के किसी उत्सव में नृत्य का प्रदर्शन करने के बाद नीलिमा को बी.बी.सी. पर इक्का-दुक्का प्रोग्राम मिलने लगे थे। हरबंस को भी कभी-कभी भारतीय कार्यक्रम में वार्ताओं के लिए बुला लिया जाता था। नीलिमा बेबी-सिटिंग से बहुत कुढ़ती थी, मगर उसके सिवा कोई चारा भी नहीं था। हरबंस उन दिनों बहुत गम्भीर होकर अपने थीसिस के काम में जुटा था। नीलिमा जिस समय काम पर जाती थी, वह यूनिवर्सिटी चला जाता था। शाम को दोनों ही काम से थके हुए लौटते थे और रोज़ किसी-न-किसी वजह से उनकी लड़ाई हो जाती थी। लड़ाई की वजह से अक्सर तीन वक़्त में उनका एक वक़्त का खाना गोल हो जाता था। कोई-कोई दिन तो डबल रोटी के गिने हुए टुकड़ों और गिने हुए सिगरेटों पर ही निकलता था। स्याह कॉफ़ी भूख मारकर रहने में सहायता करती थी। बचत के ख़याल से वह अपने मित्रों के यहाँ ज़्यादा आने-जाने से बचते थे, मगर उनके कई मित्र अक्सर उनके यहाँ हिन्दुस्तानी खाने की माँग करते हुए आ जाते थे। मित्रों की आवभगत वे ठीक से करते, मगर उनके जाते ही फिर लड़ाई हो जाती। हरबंस गीले कपड़ों की गाँठ पीठ पर लादे हुए उन्हें लांड्री में सुखवाने ले जाता था। वहाँ दो-दो घंटे क्यू में खड़े रहने के बाद उसकी बारी आती, तो कपड़े सुखवाकर, फिर गाँठ कन्धे पर लादे आधा मील चलकर वह पहाड़ी के नीचे पहुँचता। वहाँ रुककर एक सिगरेट पीता और फिर चढ़ाई आरम्भ कर देता। घर पहुँचकर पता चलता कि नीलिमा ने गुस्से में कॉफ़ी भी नहीं बनाई। वह गठरी रख देता और खिड़की के शीशों पर जमे हुए कोहरे को देखता हुआ बैठा रहता। कभी गैस सुलगाकर ख़ुद ही कॉफ़ी बनाने लगता।

'देखो, मैं कहती हूँ मैं यहाँ से वापस जा रही हूँ,' नीलिमा ताव में उससे कहती। 'मुझसे इस तरह ही ज़िन्दगी नहीं जी जाती। क्या यही ज़िन्दगी जीने के लिए तुमने मुझे यहाँ बुलाया था? यही तुम्हारा वह 'विज़न' है जिसकी तुम लम्बी-चौड़ी बातें लिखा करते थे?' हरबंस के अन्दर से अवसाद और कटुता की न जाने कितनी-कितनी तहें उसकी आँखों में उफन आतीं।

'मैं भी तो तुम्हारे साथ यही ज़िन्दगी जी रहा हूँ,' वह कहता।

'मगर मेरी वजह से तो नहीं जी रहे। मैं यह ज़िन्दगी तुम्हारी वजह से जी रही हूँ। मैं इसीलिए पहले साल-भर वहाँ से नहीं आई थी। मैं जानती थी कि यहाँ हम लोगों की क्या दुर्गति होगी। मगर पहले तो तुमने झूठे विश्वास देकर मुझे यहाँ बुला लिया और अब मुझसे यहाँ बेबी-सिटिंग कराते हो और ख़ुद खिड़की के पास बैठे आसमान को घूरते रहते हो! मैं ऐसी ज़िन्दगी बरदाश्त नहीं कर सकती।'

'नहीं कर सकती, तो जैसा तुम्हारे मन में आए वैसा कर लो,' वह कहता।

'अगर मुझसे नहीं बरदाश्त होगा तो मैं ज़रूर जो मेरे मन में आएगा, वह करूँगी। तब बैठकर रोना नहीं, और न ही मुझे दोष देना।'

'मैं कौन होता हूँ तुम्हें दोष देने वाला! मैं तुम्हारा कुछ लगता थोड़े ही हूँ!'

'मगर मैं यह जानना चाहती हूँ कि तुमने मुझे वह सब लिख-लिखकर बुलाया क्यों था? क्या तुम यह पहले ही नहीं जानते थे कि यहाँ यह हालत होगी?'

'मैं समझता था कि तुम इस बीच काफ़ी सँभल गई होगी, और यहाँ आकर मेरे लिए वही सिर-दर्द पैदा नहीं करोगी।'

'हाँ, मैं ही तो तुम्हारे लिए सिर-दर्द पैदा कर रही हूँ। एक तो तुम्हारे लिए कमाकर लाती हूँ, दूसरे घर में नौकरानी का सारा काम करती हूँ; उस पर भी तुम्हें यह कहने का हौसला पड़ता है कि मैं ही तुम्हारे लिए सिर-दर्द पैदा कर रही हूँ।'

'तुम्हें घर का काम करने में शरम आती है? यहाँ सब घरों में औरतें अपने हाथ से अपना काम करती हैं।'

'और उनके ख़ाविन्द बैठकर सिगरेट पीते हैं और थीसिस लिखते हैं और वे जाकर उनके लिए साथ बेबी-सिटिंग करती हैं!'

'हा-हा! तुम मेरे लिए कमाई करती हो? मैं जो सूखी डबलरोटी खाता हूँ, उसके लिए पैसे मैं बी.बी.सी. से ले आता हूँ।'

'हाँ-हाँ, क्यों नहीं? तुम्हीं तो सब लाते हो? कोई दूसरा होता, तो उसे यह कहते शरम आती।'

'मैं कहता हूँ अपनी ज़बान ज़्यादा मत खोलो, नहीं तो मुझसे थप्पड़ खा बैठोगी।'

'क्या?' नीलिमा अपने हाथ की चीज़ पटककर खड़ी हो जाती। 'तुम मुझे हाथ लगाकर तो देखो। मैं फिर कभी तुम्हारी सूरत भी देख जाऊँ तो...!'

'मैं कह रहा हूँ कि अब तुम मेरे पास से चली जाओ और मुझे चुपचाप बैठा रहने दो।'

'तुम चुपचाप बैठे रहने के सिवा और कर भी क्या सकते हो?'

'अगर चाहो, तो मैं वह भी तुम्हें बता सकता हूँ।'

'हाँ-हाँ, बताओ, क्या बता सकते हो?'

'मैं कहता हूँ इस वक़्त अपनी ज़बान बन्द रखो और यहाँ से चली जाओ।'

'ज़बान बन्द रखो! मुझे यहाँ परदेश में बुलाकर मेरी यह दुर्दशा कर रहे हो!'

'दुनिया में अगर सबसे मूर्ख कोई स्त्री है, तो वह तुम हो।'

'और तुम क्या हो? दुनिया के सबसे समझदार आदमी न?'

'मैं भी दुनिया का सबसे मूर्ख आदमी हूँ। न होता, तो कभी तुमसे ब्याह न करता।'

'तो अब मुझे क्यों नहीं छोड़ देते? मैं आज ही तुमसे अलग होने को तैयार हूँ।'

'मैं कह रहा हूँ इस वक़्त यहाँ से चली जाओ।'

'हाँ, मैं चली जाऊँगी। और इस तरह जाऊँगी कि तुम बस देखते रहोगे...।'

'हाँ-हाँ, मैं देखता रहूँगा। अब तुम यहाँ से साथ के कमरे में चली जाओ।'

वह गुस्से में कोई-न-कोई चीज़ पटककर तोड़ देती और पैर पटकती हुई साथ के कमरे में चली जाती। वह बैठा देखता रहता कि शीशों पर लगा हुआ कोहरा कैसे जमकर बरफ होता और नीचे झड़ जाता है। उसे अफ़सोस होता कि जब वह एक बार उस जीवन से हताश होकर घर से चला आया था, तो उसने फिर उस स्त्री को वहाँ क्यों बुला लिया? क्या वह पहले ही नहीं जानता था कि उसके यहाँ आने पर वही कुछ होगा? मगर फिर भी उसने कितना ज़ोर देकर उसे बुलाया था और कितनी व्याकुलता के साथ उसके आने की प्रतीक्षा की थी! नीलिमा ने अपने दो-एक पत्रों में संकेत-भर किया था कि उसे सुरजीत के व्यवहार से कुछ शिकायत है और उसे लगता है जैसे वह उसे बातों में लाकर उसके अकेलेपन का अनुचित लाभ उठाना चाहता हो। 'मुझे मैसूर जाने से पहले भी ऐसा आभास था, और अब तो वह आभास और भी स्पष्ट हो गया है,' उसने लिखा था। 'तुमने और शुक्ला ने उस आदमी को जितना सिर पर उठा रखा था, मुझे वह उतना ही ओछा और छोटा प्रतीत होता है। वह समझता है कि कुछ उपहार देकर और कुछ चिकनी-चुपड़ी बातें करके वह किसी भी लड़की को फुसला सकता है।' तब नीलिमा के पत्रों को पढ़ते हुए उसका शरीर गुस्से के मारे ऐंठने लगता था और उसका मन होता था कि या तो वह स्वयं उड़कर दिल्ली पहुँच जाए, या जैसे भी हो शुक्ला और नीलिमा को अपने पास बुला ले। मगर क्योंकि शुक्ला का आना असम्भव था, इसलिए उसने नीलिमा को लिखा था कि वह आते हुए कोई-न-कोई ऐसी व्यवस्था कर आए, जिससे उसके पीछे सुरजीत का घर में आना-जाना बन्द हो जाए। नीलिमा ने आकर बताया था कि वह बी जी से कह

आई है कि वे शुक्ला को अकेली सुरजीत के साथ घूमने-फिरने के लिए न जाने दिया करें। इससे उसे कुछ हद तक सन्तोष हो गया था, मगर...।

वह बैठा रहता और दिन में कोहरे को हलका उजला और रात को गहरा काला होते देखता रहता। उसके मन में भी कोहरे की ही तरह कभी हलका-सा उजाला फैलता, मगर उसके फैलते-फैलते ही कोहरा फिर घना और अँधेरा हो जाता।

मेरी आँखों के सामने लन्दन की खिड़की का वह शीशा और उसके सामने बैठा हुआ वह सिगरेट फूँकता हुआ व्यक्ति—यह चित्र इतना स्पष्ट बन रहा था कि मैं डिफ़ेंस कॉलोनी के उस कमरे के वातावरण को लगभग भूल ही गया था और यह भी भूल गया था कि वे घटनाएँ कुछ बरस पहले की हैं। मैं देख रहा था कि वह आदमी उसी तरह उदास बैठा है और उसी तरह कोहरा खिड़कियों से झड़ रहा है। नीलिमा बाहर से रेन-कोट में भीगती हुई आती है, आकर अपना रेन-कोट उतार देती है और उससे कहती है कि हाई कमीशन के कार्यालय में उसकी प्रसिद्ध नर्तक उमादत्त से भेंट हुई है। 'उमादत्त की पार्टनर उर्वशी उसे छोड़कर भारत चली गई है और वह चाहता है कि मैं उसके साथ उर्वशी की जगह यूरोप के दौरे पर चलूँ।'

'मगर तुम नहीं जा रही हो। तुम कैसे जा सकती हो?' हरबंस उसकी तरफ़ गम्भीर दृष्टि से देखता हुआ कहता है।

'मैं क्यों नहीं जा सकती?' नीलिमा अपनी बाँहें उलझाए हुए तनी हुई-सी खड़ी रहती है। 'कुल ढाई-तीन सप्ताह की तो बात है। इतने दिन मैं लन्दन की ऊब से भी छुटकारा पा लूँगी और मुझे पैसे भी इतने मिल जाएँगे जितने लन्दन में दो महीने की बेबी-सिटिंग से नहीं मिलेंगे। वैसे भी मेरे लिए यह बहुत अच्छा आरम्भ है। मैं यह अवसर हाथ से नहीं जाने देना चाहती।'

हरबंस कुछ देर सूनी आँखों से उसकी तरफ़ देखता रहता है और फिर कहता है, 'मगर मैं उतने दिन यहाँ बिलकुल अकेला नहीं रह जाऊँगा...?'

'कुछ दिन अकेले रहना तुम्हारे लिए भी अच्छा नहीं होगा? तुम बहुत दिनों से हर रोज़ कहते भी हो कि कुछ दिनों के लिए मैं तुम्हारे पास से चली जाऊँ, तो तुम अकेले रहकर अपने थीसिस का काम ज़्यादा अच्छी तरह कर सकते हो।'

'मगर मैं नहीं चाहता कि तुम उमादत्त के या किसी और के ट्रुप के साथ इस तरह बाहर जाओ। मुझे यह अच्छा नहीं लगेगा।'

'हाँ, तुम्हें क्यों अच्छा लगेगा!' नीलिमा की आवाज़ सहसा तीखी हो जाती है। 'तुम्हें तो यही अच्छा लगेगा कि मैं यहाँ रहकर दूसरों के बच्चों के मुँह और नाक तौलिए से पोंछती रहूँ। मैं इस ज़िन्दगी से बेज़ार आ चुकी हूँ। मैं एक दिन भी अब यह काम नहीं करूँगी। मैंने उमादत्त से कह दिया है कि मैं उसके साथ चलूँगी, और अब मैं अपनी बात वापस नहीं ले सकती।'

'देखो नीलिमा!' वह अपनी कुरसी से उठ खड़ा होता है। 'तुम नहीं जानतीं कि तुम किस ज़िन्दगी में पैर रख रही हो। मैंने तुम्हारे लिए इस तरह की ज़िन्दगी की बात आज तक नहीं सोची।'

'मैं अच्छी तरह जानती हूँ कि किस तरह की ज़िन्दगी में पैर रख रही हूँ। और तुमने क्या मेरे लिए किसी भी तरह की ज़िन्दगी की बात आज तक सोची है? मैं दो साल कथक और छः महीने भरतनाट्यम् का अभ्यास इसलिए नहीं करती रही कि मैं अंग्रेज़ बच्चों को जाँघिए और निक्करें पहनाया करूँ। अगर तुम मुझे जाने से ज़बरदस्ती रोकोगे, तो मैं तुमसे कहे देती हूँ कि मैं वैसे ही चली जाऊँगी और कभी तुम्हारे पास लौटकर नहीं आऊँगी।'

वह चुपचाप उसकी तरफ़ देखता रहता है और अपना थूक निगलकर बैठ जाता है।

'तब जो तुम्हारे मन में आता हो, वह करो। तुम्हें किसी चीज़ से नहीं रोकूँगा।'

'अच्छा भी यही है कि तुम मुझे न रोको, क्योंकि अब तुम्हारे रोकने से मैं रुकूँगी नहीं।'

'तो ठीक है। मैं इस विषय में अब और कुछ कहना-सुनना नहीं चाहता।'

'मैं भी यही चाहती हूँ कि इस विषय में अब और कुछ कहा-सुना न जाए।'

'तुम कब जा रही हो?'

'परसों।'

'और आओगी कब?'

'यह अभी कह नहीं सकती। उमादत्त ने कहा है कि हमें कुल अठारह-बीस दिन ही लगेंगे। मगर दो-चार दिन ज़्यादा भी लग सकते हैं।'

'मुझे यह पता चलता रहेगा कि तुम कब कहाँ हो?'

'मैं तुम्हें हर दूसरे-तीसरे दिन पत्र लिखती रहूँगी।'

'देखो, एक बार फिर सोच लो। तुम्हें इस तरह की ज़िन्दगी अपनाकर बाद में पछतावा भी हो सकता है।'

'मैं कह चुकी हूँ कि इस वक़्त हमें और कुछ कहना-सुनना नहीं चाहिए। मैं उमादत्त से वायदा कर चुकी हूँ।'

'अच्छा, तुम मुझे एक वचन दे सकती हो?'

'बताओ।'

'तुम मुझे यह वचन दे सकती हो कि इस ट्रिप के बाद दूसरे ट्रिप पर तुम उसके साथ जाने के लिए नहीं कहोगी?'

नीलिमा पल-भर सोचती रहती है। फिर आँखें झपककर कहती है, 'अच्छा, नहीं कहूँगी।'

'देखो, तुम मुझे वचन दे रही हो!'

'मैंने कह दिया है कि नहीं कहूँगी।'

'यह बात तुम्हें भूल तो नहीं जाएगी?'

'तुम अब सवाल पूछना बन्द नहीं करोगे?'

'तो चलो, मैं ख़ुद तुम्हारे साथ चलकर उमादत्त से बात कर लेता हूँ। उसने तुम्हें क्या देने को कहा है?'

'दो गिनी रोज़।'

'तुम दो गिनी रोज़ के लिए...?'

'देखो, तुम फिर बात शुरू कर रहे हो। मुझसे तो तुम इतने-इतने वचन ले रहे हो, खुद अपनी कही हुई बात पर क़ायम नहीं रह सकते?'

'ख़ैर, इस बार तुम कह आई हो तो चली जाओ। मगर मैं दूसरी बार तुम्हें नहीं जाने दूँगा।'

वह उसके पास से हट जाती है और जाकर गैस सुलगा देती है।

'देखो नीलिमा,' वह पीछे से जाकर उसे बाँहों में ले लेता है। 'तुम मुझे ग़लत मत समझो। मैं तुम्हारे नृत्य के प्रदर्शन के खिलाफ़ नहीं हूँ। मगर मैं नहीं चाहता कि तुम्हारा इस तरह के लोगों के साथ ज़्यादा आना-जाना हो। मैं चाहता हूँ कि तुम इस कला का अच्छी तरह अभ्यास करके फिर अपना ही प्रदर्शन करो। मगर इस तरह व्यावसायिक ढंग से नहीं। यह ढंग भाँड़ों और बहुरूपियों का है। जहाँ तक मैं सोच सकता हूँ तुम्हें अभी कई बरस और अभ्यास करना चाहिए। मैं चाहता हूँ कि जब भी तुम्हारे नृत्य का प्रदर्शन हो, तो ऐसे हो कि मैं उस पर गर्व कर सकूँ। अभी तुमने जितना सीखा है, वह बहुत थोड़ा है और मैं कह सकता हूँ कि यह तुम्हारा आरम्भ ही है। मैं यहीं बस जाना चाहता था, मगर तुम्हारी वजह से मैं थीसिस पूरा करके लौट भी चलूँगा। मुझसे सम्भव हुआ तो मैं जीवन में कभी तुम्हें इतने साधन जुटा दूँगा कि तुम निश्चिन्त होकर इस कला का अभ्यास कर सको। तुम अपने में जितना कुछ सीखकर सन्तुष्ट हो, मैं उतने से सन्तुष्ट नहीं हूँ। मैं इसके अतिरिक्त कुछ चाहता हूँ—वह कुछ जो दूसरों जैसा न होकर उनसे बहुत भिन्न हो।'

'मैं इतना जानती हूँ कि तुम कभी मेरी किसी चीज़ से सन्तुष्ट नहीं हो सकते।'

'तुम मुझे ग़लत समझती हो सवि! हो सकता है कोई दिन ऐसा आए जब जो मैं चाहता हूँ, वह सम्भव हो सके। तब तुम मेरी बात मान जाओगी।'

'मैं जानती हूँ वह दिन कभी नहीं आएगा।'

'अगर हम कोशिश करें, तो क्यों नहीं आएगा? हम उसे लाने का प्रयत्न तो कर ही सकते हैं। मगर सबसे पहले मुझे अपना काम पूरा करना है। तुम इस समय जो कुछ भी करती हो, वह यही सोचकर करो कि अभी तुम्हें यहाँ रहकर मेरे काम में मेरी सहायता करनी है।'

'मैं इससे ज़्यादा और क्या सहायता कर सकती हूँ?' नीलिमा का शरीर उसकी बाँहों में शिथिल नहीं होता, कसा रहता है। 'मगर तुम कभी मेरे किए को समझोगे नहीं।'

'तुम यह कहकर मेरे साथ ज़्यादती कर रही हो।'

'हो सकता है मैं ज़्यादती कर रही हूँ, मगर मैं कुछ भी करूँ, तुम्हारे साथ हमेशा ज़्यादती ही होती है।'

दो दिन बाद वह बोट ट्रेन से चली जाती है। वह उसे छोड़कर घर लौटता है। ऊपर जाने से पहले उसकी मकान-मालकिन से भेंट हो जाती है।

'तुम्हारी पत्नी आज कहीं बाहर गई है?' वह पूछती है। 'वह कह रही थी कि वह मैड्रिड और पेरिस जा रही है।'

'हाँ,' हरबंस अनमना-सा उत्तर देता है। 'वह अपने नृत्य के प्रदर्शन के लिए वहाँ गई है।'

'नृत्य के प्रदर्शन के लिए?' वह कुछ आश्चर्य के साथ कहती है। 'यह उसने मुझे नहीं बताया। तुम उसके साथ नहीं गए।'

'मैं अपने काम की वजह से नहीं जा सकता।' वह जीने की तरफ़ देखता है और गिनता है कितनी सीढ़ियाँ पार करके उसे अपने कमरे में पहुँचना है।

'वह अच्छी डांसर है?' मकान-मालकिन कुछ अविश्वास के साथ पूछती है।

'वह भारतीय नृत्य की बहुत अच्छी कलाकार है,' वह अपनी झुँझलाहट को गर्व की पुट देकर कहता है।

'वह कितने दिन बाहर रहेगी?'

'लगभग बीस दिन। ज़्यादा-से-ज़्यादा इक्कीस दिन।'

'तुम इन दिनों बहुत अकेले महसूस करोगे।'

'मैं इन दिनों काम करूँगा।'

'मगर देखो, मैं तुमसे एक बात कहना चाहती हूँ...।'

'हाँ-हाँ, कहो।'

मुझसे प्याज़ की गन्ध बिलकुल बरदाश्त नहीं होती। मेरा लड़का भी उससे बहुत चिढ़ता है। मैं तुमसे फिर अनुरोध के साथ कहती हूँ कि अब तुम अपने कमरे में प्याज़ न तड़का करो।'

'अब तुम्हें शिकायत का मौक़ा नहीं मिलेगा।'

'मैं यह नहीं कहती कि हिन्दुस्तानी खाना बुरा होता है, मगर...।'

'कम-से-कम बीस दिन तो तुम्हें मौक़ा नहीं ही मिलेगा।'

'बीस दिन ही नहीं, उसके बाद भी नहीं मिलना चाहिए। मैं वह गन्ध बिलकुल बरदाश्त नहीं कर सकती।'

वह ज़ीना पार करके अपने कमरे में आता है। गीले कपड़ों की गाँठ पड़ी है। वे कपड़े उसे सुखवाने के लिए ले जाने हैं। नीलिमा जाने की तैयारी में कई चीज़ें बिखरी छोड़ गई है। वह उन्हें समेटने लगता है। उसे भूख लगी है। वह बासी डबलरोटी निकालकर उसे चबाने लगता है। यह निश्चित है कि बीस दिन वह प्याज़ नहीं तड़केगा। बस भूरी डबलरोटी खाएगा और स्याह कॉफ़ी पिएगा...।

'बॉबी, मैं बिनी को उछके घल छे छाथ ले आया हूँ,' सहसा दरवाज़े का परदा हटाकर अरुण कमरे में आ गया। उसके आते ही धूपछाँही उजाले से अपरिचित देश का वातावरण अदृश्य हो गया। मैंने गद्दे कुहनियों के नीचे से निकालकर पीछे रख लिये। घड़ी में कुल साढ़े सात बजे थे। कुल एक-डेढ़ घंटे में हम लोग ज़िन्दगी का कितना लम्बा सफ़र तय कर आए थे! कई बार दिन और महीने भी ख़ाली-ख़ाली-से बीतते हैं और कई बार कुछ थोड़े-से क्षण बहुत भरपूर हो जाते हैं।

अरुण के पीछे-पीछे शुक्ला की आया उसकी बच्ची को उठाए हुए आ गई। आया अपने नए कपड़ों में बहुत खुश लग रही थी। बच्ची इस तरह घबराई हुई थी जैसे उसके साथ कोई अनहोनी घटना घटित हो रही हो।

'बॉबी, आज इछका जमनदिन है,' अरुण बोला। 'मैं इछको तुमछे किछी कलाने के लिए आया हूँ। छुक्का मौछी कैती थी जाकल इछको बॉबी छे किछी कला लाओ।'

हरबंस अपनी कुरसी से उठ खड़ा हुआ। 'मैं अभी आ रहा हूँ,' उसने चलते-चलते कहा। 'मुझे पेट में कुछ भारीपन महसूस हो रहा है।'

'मगर तुम बच्ची को 'किस' तो करते जाओ,' मैंने कहा।

'हाह!' उसने कहा और बिना बच्ची की तरफ़ देखे कमरे से चला गया।

'बॉबी!' अरुण अपने उद्देश्य में असफल होकर कुछ रुआँसा हो गया।

'मैं अभी आ रहा हूँ बेटे,' हरबंस दूसरे कमरे से बोला। 'तुम जाकर अपनी ममी को बुला लाओ।'

अरुण इस दूसरे उत्तरदायित्व की वजह से पहले उत्तरदायित्व को भूल गया और तुरन्त वापस चल पड़ा। 'मैं अबी ममी को लेकल आता हूँ,' उसने कहा और लगभग दौड़ता हुआ अहाते से बाहर निकल गया। आया पल-भर भौचक्की-सी खड़ी रही। मैंने उठकर बच्ची के गालों को सहला दिया और उसे चूम लिया। आया उसके घबराए हुए चेहरे को अपने कन्धे से सटाए हुए चली गई।

मैंने उठकर बीच की बत्ती जला दी और कमरे की चीज़ों को देखने लगा। कमरा अच्छा सजा हुआ था, मगर न जाने क्यों यह आभास होता था कि वह जगह ज़रूरत से ज़्यादा भरी हुई है, कि उसे अपनी सामर्थ्य से ज़्यादा भार उठाना पड़ रहा है। दीवान

और कुरसियों के अलावा वहाँ किताबों के दो शेल्फ़ भी रखे थे। उनमें रखी हुई किताबों को देखकर मैं सोचने लगा कि उन किताबों का चुनाव ज़्यादा मेहनत के साथ किया गया है, या उन्हें ढंग से रखने में ज़्यादा मेहनत की गई है। किताबों के बीच-बीच में तरह-तरह के फूलदान और चीनी तथा कपड़े की गुड़ियाएँ रखी थीं। कुछ ऐसी ही सियामी गुड़ियाएँ और एक बड़ी-सी सियामी वॉलप्लेट एक दीवार पर लगी थीं। दूसरी दीवार पर एक हरिण की खाल की टेपेस्ट्री लगी थी जिसके ऊपर वानगो के प्रसिद्ध चित्र 'ड्रॉब्रिज' की छपी हुई, चित्र के वास्तविक आकार की प्रतिलिपि लगाई गई थी। दो खुली अलमारियों में न जाने कितनी तरह के क्यूरियो सजाकर रखे हुए थे। हर चीज़ के चुनाव और व्यवस्था में एक सुरुचि का परिचय मिलता था, परन्तु यह छाप मन पर बहुत गहरी पड़ती थी कि उस कमरे में उतना कुछ नहीं होना चाहिए था। उससे मन में एक अव्यक्त रुकावट का-सा अनुभव होता था, एक ऐसे घेरे का जो खुलकर साँस लेने में बाधक हो। मन होता था कि कमरे में थोड़ी खुली जगह और होनी चाहिए—ऐसी जगह जहाँ कुछ भी न हो, जिसे उपयोग में लाने की कोई विधि न सोची गई हो। कमरे में नज़र दौड़ाते हुए मुझे यूँ लगने लगा जैसे मैं एक घर की बैठक में न होकर किसी विचित्र वस्तुओं के संकलनकर्ता के गोदाम में या किसी आर्ट डीलर के शो रूम में खड़ा हूँ। उस वातावरण में व्यावसायिकता का आभास तो नहीं होता था, मगर वहाँ की हर चीज़ में एक ऐसी अतिरिक्तता अवश्य थी कि किसी भी चीज़ के वहाँ से हटा दिए जाने पर मन को कुछ खुलेपन का ही अनुभव होता।

मैं सब चीज़ों पर अनिश्चित-सी नज़र डालने के बाद पुस्तकों के एक शेल्फ़ के पास चला गया। रेशम की नीली जिल्द की एक चौड़ी और ऊँची पुस्तक मैंने निकाल ली। वह आर्ट पेपर की छपी आधुनिक चित्रकला-सम्बन्धी पुस्तक थी। जिल्द खोलते ही अन्दर के पहले पन्ने पर मेरी नज़र हरबंस की लिखावट पर पड़ी। लिखा था—'सावित्री को बहुत-बहुत प्यार के साथ, हरबंस'। नीचे तिथि थी 11 जुलाई, 1947। मैं उसमें कुछ देर पिकासो और दूसरे चित्रकारों के चित्र देखता रहा। फिर मैंने दूसरी पुस्तक निकाली। वह अमृता शेरगिल के जीवन और उसके चित्रों के सम्बन्ध में थी। वह अगस्त सन् सैंतालीस में ख़रीदी गई थी और उस पर लिखा था—'प्रिय सावित्री, अनुभूति से बड़ी कला की कोई सचाई नहीं है और मैं चाहता हूँ कि तुम इस सचाई को अपने में आत्मसात् कर सको। तुम्हारा...।' एक बड़ी-सी पुस्तक में जिसमें बड़ी-बड़ी चित्रों की प्लेट्स थीं, उसने लिख रखा था—'मैं जानता हूँ मेरे अन्दर वह कुछ नहीं है जिससे एक कलाकार की सुन्दर आत्मा का निर्माण होता है। तुम्हारे अन्दर वह कुछ है और मैं चाहता हूँ कि उसे बाहर लाने में, रूप और आकार देने में मैं कुछ सहायक हो सकूँ, जिससे मुझे इसमें गर्व का अनुभव हो कि मैंने ही अपने

हाथों से तुम्हें बनाया है। तुम्हारा...।' चित्रकला के अतिरिक्त कई-एक नृत्य-कला-सम्बन्धी पुस्तकें थीं जो इसी तरह के समर्पणों के साथ सावित्री को भेंट की गई थीं। उन पुस्तकों से हटकर मैं दूसरे शेल्फ़ के पास पहुँचा, तो वहाँ कुछ उपन्यास थे, कुछ इतिहास सम्बन्धी पुस्तकें थीं; कुछ-एक पुस्तकें राजनीति और भूगोल जैसे विषयों की थीं। मैं उन्हें देख ही रहा था कि बाहर से कई लोगों की आवाज़ें सुनाई देने लगीं। कुछ देर में नीलिमा अरुण को साथ लिये हुए कमरे में आ गई। उसका चेहरा उस समय बहुत लाल हो रहा था, जाने उत्साह के कारण, या आवेग के कारण।

'तो तुम यहीं हो!' उसने कहा।

'हाँ, हम लोग बातें कर रहे थे।'

'हरबंस कहाँ है?'

'बाहर गया है। अभी आ जाता है।'

उसी समय हरबंस बाहर से आ गया। उसने आते ही नीलिमा से कहा, 'देखो, अब लड़के के सोने का वक़्त हो गया है। पहले जाकर इसे सुला दो।'

'तुम्हें शरम आनी चाहिए...।' नीलिमा ने कहा।

'अब क्या हुआ है?' हरबंस एकदम झुँझला उठा।

'उस छोटी-सी बच्ची ने तुम्हारा क्या बिगाड़ा है? तुम उसके जन्मदिन पर उससे प्यार भी नहीं कर सकते थे?'

'मैंने तुमसे कितनी बार कहा है कि तुम मेरे मामलों में दख़ल मत दिया करो।' वह आकर वापस अपनी उसी कुरसी पर बैठ गया।

'तुम्हें बच्चों से भी ईर्ष्या होती है? छिः!' नीलिमा बोली।

'मैंने तुमसे कहा है कि जाकर लड़के को सुला दो और अपनी ज़बान बन्द रखो।'

'तुम सिर्फ़ सैडिस्ट हो, और कुछ नहीं।'

'मैंने तुमसे कहा...।'

'तुमने जो कहा है, वह मैंने सुन लिया है। मुझे तुमसे कम-से-कम यह आशा तो नहीं थी।'

'तुम, मैं जो कह रहा हूँ, वह सुनो और जाकर लड़के को सुला दो।'

'छिः!' नीलिमा ने कहा और अरुण की बाँह पकड़े हुए दूसरे कमरे की तरफ़ चल दी। अरुण अपने हाथों में गुब्बारे थामे हुए मुड़कर हरबंस की तरफ़ देखता रहा। वह शायद बहुत उत्साह के साथ उसे कोई बात सुनाने आया था जो उन लोगों के झगड़े में उसके मन में ही रह गई थी।

'मैं इस ज़िन्दगी से तंग आ गया हूँ,' हरबंस ने नीलिमा के जाने के बाद कहा और सिर पर हाथ रख लिया। काफ़ी देर वह उसी तरह बैठा रहा। फिर वह उठकर

साथ के कमरे में चला गया। वहाँ से नीलिमा के साथ उसके बात करने की आवाज़ सुनाई देने लगी। 'सूदन रात को यहीं रहेगा। हम लोग देर तक बातें करेंगे। तुम खाना खाकर सो जाना।'

'ठीक है।'

'बाँके से कह देना, उसके लिए पाजामा और कुरता निकालकर रख दे।'

'कह दूँगी।'

'खाना हम लोग कब तक खाएँगे?'

'जब मन हो खा लेना। मैं उधर कह आई हूँ कि मैं उधर खाऊँगी।'

'तुम उधर नहीं खाओगी, यहाँ हमारे साथ ही खाओगी।'

'मैं उधर ही खाऊँगी। मैं उनसे कह आई हूँ। कई और लोग वहाँ खाने के लिए रुके हुए हैं। मेरी तो वह बहन लगती है।'

'लगती होगी, मगर मैं भी तो तुम्हारा कुछ लगता हूँ।'

'मैं कब कहती हूँ कि नहीं लगते! मगर इसका यह मतलब नहीं है कि दूसरे लोग मेरे कुछ नहीं लगते।'

'तो तुम्हारा यही फ़ैसला है कि तुम ज़रूर जाओगी?'

'इसमें भी कोई कहने की बात है?'

'और अगर मैं कहूँ कि मैं तुम्हें नहीं जाने दूँगा?'

'तुम जानते हो तुम्हें यह कहने का कोई हक़ नहीं है। इस बात का फ़ैसला हम लोग लन्दन से करके आए थे।'

'क्या हम लोग यह फ़ैसला करके आए थे कि तुम मेरी कोई बात नहीं मानोगी?'

'जो बातें माननी चाहिए, वे मानती हूँ।'

'तुम जानती हो कि घर में एक मेहमान आया हुआ है। क्या तुम्हें उसके साथ बैठकर खाना नहीं खाना चाहिए?'

'तुम जानते हो कि तुमने आज जान-बूझकर मेहमान को घर में बुलाया है क्योंकि आज मेरी बहन की लड़की का जन्मदिन है।'

'मैं नहीं जानता था कि तुम इस तरह मेरी इज़्ज़त ख़राब करोगी।'

'मैं भी नहीं जानती थी कि तुम जान-बूझकर इस तरह मुझे ख्वार करोगे। खाना मैं वहीं खाऊँगी।'

'तो तुम...अच्छा, ठीक है,' कहकर हरबंस उधर से चला आया। मैंने इस तरह अपने हाथ के उपन्यास का पन्ना पलट दिया जैसे उतनी देर मैं उपन्यास ही पढ़ रहा था।

'थोड़ी देर बाहर घूमने चलोगे?' हरबंस ने आकर पूछा।

'हाँ-हाँ, क्यों नहीं?' मेरा मन हो रहा था कि किसी तरह मैं अपनी बात वापस ले लूँ और खाना खाने के बाद वहाँ से चला जाऊँ। मगर हरबंस के चेहरे को देखकर मेरा उससे यह बात भी कहने का हौसला नहीं हुआ।

जब हम लोग घूमकर वापस आए, तो नीलिमा वहाँ से जा चुकी थी। हम लोगों में बाहर भी कोई बात नहीं हुई थी और खाना खाते समय भी हम लोग ख़ामोश रहे। सड़क पर टहलते हुए मुझे कुछ सरदी लग गई थी जिससे मुझे छींकें आ रही थीं। खाना खाकर मैंने कपड़े बदले और कम्बल लपेटकर अपने लिए बिछाए गए पलंग पर बैठ गया। हरबंस ने अपना ड्रेसिंग गाउन पहनकर सिगरेट सुलगा ली और कहा, 'मेरा ख़याल है यहीं बैठकर बातें करें।'

'हाँ, ठीक है।' मैं तकिए के सहारे पलंग पर सीधा लेट गया।

'बत्ती बुझा दूँ?' उसने पूछा।

'हाँ, बुझा दो।'

'अँधेरे में आदमी ज़्यादा अच्छी तरह बात कर सकता है,' उसने कहा और बत्ती बुझा दी। वह भी पलंग पर आ बैठा। अँधेरे में हमारे सिगरेटों के नन्हे-नन्हे जलते हुए सिरे ही उजाला देने के लिए रह गए।

'मैंने तुम्हें कहाँ तक बताया था?' उसने पूछा।

'कि तुम नीलिमा को बोट ट्रेन पर चढ़ाकर वापस घर पहुँच गए।'

'हाँ...!' उसने एक उसाँस भरी। कमरे का ठंडा अँधेरा एक बोझ से लदने लगा। मेरा मन फिर एक अपरिचित देश के अपरिचित अतीत की धुँधली-सी कल्पना में लौटने लगा। नीलिमा को लन्दन से गए बीस की जगह चौबीस दिन हो चुके थे, मगर वह अभी लौटकर नहीं आई थी। इस बीच उसके कुल दो ही पत्र आए थे जबकि वह हाई कमीशन से ट्रुप की स्थिति के विषय में पूछ-पूछकर उसे छः-सात पत्र लिख चुका था। नीलिमा के दूसरे पत्र का स्वर बहुत उखड़ा-उखड़ा और रूखा-सा था। हरबंस बहुत उत्सुकता से उसके आने की, या कम-से-कम उसके तीसरे पत्र के मिलने की प्रतीक्षा कर रहा था। उसका मन न जाने क्यों हर समय एक अज्ञात आशंका से घिरा रहता था। उसका अपने थीसिस के काम में भी मन नहीं लगता था।

पच्चीसवें दिन उसे हाई कमीशन के कार्यालय से पता चला कि उमादत्त का ट्रुप उस दिन वापस पहुँच रहा है। उसने उस दिन वापस काफ़ी देर घर पर प्रतीक्षा की, फिर हाई कमीशन के कार्यालय में चला गया। ट्रुप लौट आया था। जिन लोगों ने उनके ट्रिप का आयोजन किया था, उनसे उन्हें पैसे नहीं मिले थे इसलिए उमादत्त बहुत परेशान था। हाई कमीशन के कार्यालय में पहुँचकर उसने अपने कलाकारों और

साज़िन्दों को कुछ पैसे देने की व्यवस्था की थी। वहाँ हरबंस को पता चला कि नीलिमा उन लोगों के साथ लौटकर नहीं आई। नीलिमा, एक तबला बजाने वाला सरदार और एक बर्मी कलाकार–ये तीन व्यक्ति पीछे पेरिस में ही रह गए थे। उमादत्त ने अपनी परेशानी में उससे इतना ही कहा कि नीलिमा उनके साथ स्टेशन तक आई थी, मगर न जाने क्यों वहाँ से लौट गई। हरबंस सहसा बहुत चिन्तित और परेशान हो उठा। इस बात से उसकी परेशानी और भी बढ़ गई थी कि नीलिमा को वहाँ पैसे नहीं मिले। वह बहुत टूटा-सा घर लौट आया। मकान-मालकिन से वह कहकर गया था कि नीलिमा उस दिन लौटकर आ रही है। वह वापस पहुँचा, तो मकान-मालकिन अपने बरामदे में खड़ी थी। उसने हरबंस को देखते ही पूछा कि क्या उसकी पत्नी लौटकर नहीं आई।

'उसे कुछ काम से पेरिस में रुक जाना पड़ा है,' हरबंस ने कहा। 'वह वहाँ से कल रात की गाड़ी से आएगी।'

'सच-सच बताओ, वह कहीं तुम्हें छोड़कर तो नहीं चली गई?' मकान-मालकिन ने हँसकर कहा। 'तुम तो उसके बिना बिलकुल बच्चों की तरह उदास रहते हो।' 'वह कल आ जाएगी,' उसने बात से बचने के लिए कहा और ऊपर चला गया। मगर उसका मन बहुत बेचैन था। उससे न कुछ पढ़ा गया, न बैठा गया, न सोया गया। वह थोड़ी ही देर में फिर घर से निकल पड़ा। बहुत दिनों से वह ममी के यहाँ नहीं गया था। नीलिमा को मिसेज़ चावला और उनकी लड़की अच्छी नहीं लगती थीं। इसलिए उसके आने के बाद से उसका भी उनके यहाँ आना-जाना कम हो गया था। हरबंस ने मिसेज़ चावला को फ़ोन किया, तो वे घर पर ही थीं। वह उनके यहाँ चला गया। ए.बी.सी. ने उस दिन नया पुडिंग बनाया था। वह लड़की अब पहले से काफ़ी ठीक हो गई थी और साधारण व्यक्तियों की तरह व्यवहार करने लगी थी। हरबंस देर तक उन लोगों के पास बैठा रहा और उनसे बातें करता रहा। ए.बी.सी. की आँखों का भाव भी पहले से काफ़ी बदल गया था। मिसेज़ चावला ने बताया कि लगातार तीन महीने से उसका चीख़ना-चिल्लाना बिलकुल बन्द है। बाला उस दिन उसके साथ बहुत आत्मीयता के साथ बातें करती रही। उस लड़की की बातों में इतनी मासूमियत थी कि उसका मन हुआ कि वह सारी रात वहीं बैठा रहे और उस लड़की से बातें करता रहे। बाला उससे नीलिमा के बारे में तरह-तरह के सवाल पूछती रही। जब उसे पता चला कि नीलिमा को उस दिन आना था और वह नहीं आई, तो उसने सहसा चौंककर कहा, 'क्यों? वह आई क्यों नहीं?'

'यह मैं कैसे बता सकता हूँ?' हरबंस बोला। 'वह जब आएगी, तो उसी से पता चलेगा।'

'वह कब आ रही है?'

'कल रात की गाड़ी से।'

'तुम उसे स्टेशन पर लेने जाओगे?'

उसने सिर हिला दिया। बाला कुछ देर चुप रही। फिर बोली, 'बड़ी अजीब बात है!'

'क्या?' वह कुछ चौंक गया।

'कि वह अकेली पीछे रह गई है और उसने तुम्हें पत्र भी नहीं लिखा।'

'कल पता चल जाएगा,' वह अनमने ढंग से बोला। इस बात से उसका मन इतना उखड़ गया कि वह फिर और उनके यहाँ नहीं बैठ सका और बहुत आकस्मिक ढंग से उनसे विदा लेकर चला आया।

'तुम्हें ठंड तो नहीं लग रही?' हरबंस ने बीच में रुककर मुझसे पूछा। शायद इसलिए कि मुझे फिर बीच में दो-एक बार छींकें आ गई थीं। मुझे अपने शरीर में कुछ हरारत भी महसूस हो रही थी। सिर में कुछ भारीपन और बाँहों में शिथिलता भर रही थी।

'नहीं, ऐसी ठंड नहीं लग रही,' मैंने कहा। 'आते हुए रास्ते में कुछ हवा लग गई थी, शायद उसी का असर है। मुझे नज़ला-बुख़ार बहुत जल्दी हो जाता है।'

'तुम्हें कुछ एस्परीन वगैरह दूँ?'

'नहीं, ऐसी ख़ास ज़रूरत नहीं है। तुम बात करते रहो।'

'तुम लेट जाओ और तकिये पर सिर रख लो।'

'मैं ठीक हूँ, तुम बात करते रहो।'

मैंने कम्बल और ठीक से ओढ़ लिया और सिर तकिए पर रख लिया। हरबंस ने अपने पैर समेट लिये और सिगरेट की राख झाड़ दी।

'तो अगले दिन तुम उसे लेने स्टेशन पर गए होगे,' मैंने कहा।

सिगरेट का सिरा अँधेरे में चमका और मन्द पड़ गया। 'हाँ, मैं गाड़ी के आने से काफ़ी देर पहले ही वहाँ पहुँच गया था,' उसने कहा।

'तो...?' अँधेरे में मेरी आँखों के सामने एक स्टेशन की पटरियाँ बिछ गईं। मेरी रीढ़ की हड्डी भी दर्द कर रही थी। मैंने एक हाथ पीठ के नीचे रख लिया।

पैडिंग्टन स्टेशन। गाड़ी आधा घंटा लेट हो गई है। हरबंस वेचैनी से प्लेटफ़ॉर्म पर एक सिरे से दूसरे सिरे तक चहलक़दमी कर रहा है। अपने सरदी से सुन्न हुए हाथ उसने चेस्टर की ज़ेबों में डाल रखे हैं। सिग्नलों की रोशनियाँ उसे अपनी तरफ़ लाल-लाल आँखों से घूरती हुई लगती हैं। रेल की चमकती हुई पटरियाँ सिग्नलों के नीचे तांबई हो गई हैं, जलती हुई सलाखों की तरह, जो अँधेरे की छाती में दाग दी गई हों। स्टेशन पर बहुत कम चहल-पहल है। वह जहाँ खड़ा है, उससे कुछ दूर आगे एक

और व्यक्ति चुरुट मुँह में दबाए खड़ा है और उससे लगभग उतने ही फ़ासले पर एक स्काफ़ में लिपटी हुई महिला खड़ी है जिसकी केवल नाक और आँखें ही नज़र आती हैं। स्टेशन के बार में कुछ पियक्कड़ों के क़हक़हे लगाने की आवाज़ सुनाई दे रही है। चुरुट पीने वाला आदमी बार-बार अपनी घड़ी की तरफ़ देखता है और मुँह बिचका देता है।

हरबंस अपनी जगह से हटता है और प्लेटफ़ॉर्म के दूसरे सिरे तक चला जाता है। उसके हाथ चेस्टर की ज़ेबों में ठिठुर रहे हैं। वह दस्ताने पहनकर नहीं आया। वह सूनी पटरियों की तरफ़ देखता है और फिर आसमान की तरफ़ देखता है। बोट ट्रेन जैसे आसमान में ही कहीं खो गई है। वह देख रहा है कि वह गाड़ी आसमान में कहाँ है, और कहीं है भी या नहीं...।

सहसा दहकती हुई सलाखें राख-सी हो जाती हैं। सिग्नल का रंग बदल गया है। एक उल्का की-सी रोशनी पटरियों पर रेंगती आ रही है उसका दिल ज़ोर से धड़कने लगता है। गाड़ी के प्लेटफ़ॉर्म में दाख़िल होते ही वह उसके साथ-साथ चलने लगता है। गाड़ी रुक जाती है। दरवाज़े खुलते हैं और मुसाफ़िर नीचे उतरने लगते हैं। वह दो बार जल्दी-जल्दी पूरी गाड़ी का चक्कर लगाता है। सहसा उसकी नज़र तबले वाले सरदार पर पड़ती है जो अपने साज़ को बग़ल में दबाए बाहर की तरफ़ जा रहा है। वह दौड़कर उसके पास पहुँच जाता है।

'सरदारजी, आप पेरिस से आए हैं?' वह उससे पूछता है।

'हाँ सच्चे पातशाहो,' सरदार बहुत मीठे शब्दों में कहता है। 'बताओ, मुझसे कुछ काम है?'

'आप उमादत्त के ट्रुप के साथ गए थे?'

'जी हाँ, उसी भैणी...ट्रुप के साथ गया था।' सरदार की गाली उस सरदी में भी कानों को चोट पहुँचाती है।

'आपको नीलिमा का पता है कि वह भी इसी गाड़ी से आई है या नहीं?'

सरदार बहुत ग़ौर से उसके चेहरे की तरफ़ देखता है और सिर हिला देता है। 'जी नहीं, नीलिमा बीबी अभी पेरिस में ही हैं।'

'आप उससे कब मिले थे?'

'आज आने से पहले मिला था। मैंने उनसे पुच्छया था कि वे भी चल रही हैं, तो हम लोग इकट्ठे ही आएँ।'

'तो उसने कहा कि वह आज नहीं चल रही?'

'जी हाँ, उन्होंने कहा कि वे आज नहीं चल रहीं।'

'उसने यह भी बताया था कि आज नहीं तो किस दिन आएगी?'

'जी, यह उन्होंने नहीं बताया और न ही मैंने यह उनसे पुच्छया था।'

वह पूछना चाहता है कि क्या वह बर्मी कलाकार भी उसके साथ ही था, मगर इस सवाल पर आकर उसकी ज़बान जकड़ जाती है।

सरदार लगातार उसके चेहरे को ध्यान से देखता रहता है, 'आप बाबू साहब, उनके हस्बैंड हैं?' वह पूछता है।

हरबंस सिर हिला देता है।

'शायद वो कल तक आ जाएँ,' सरदार कहता है। 'आप फिकर न करें। वैसे वो बिलकुल राजी-बाजी हैं। अच्छा, सत-सिरी अकाल!' और सिर नवाकर सरदार चला जाता है। वह क्षण-भर सूने में खोया-सा खड़ा रहता है, फिर स्टेशन से बाहर निकल आता है। बाहर निकलते ही उसकी नज़र बाला पर पड़ती है। वह अपने गरम कोट में लिपटी हुई खड़ी है। उसे देखते ही वह मुस्करा देती है।

'हलो!' वह कहती है।

'बाला, तुम यहाँ कैसे पहुँच गईं?' हरबंस आश्चर्य के साथ पूछता है। बाला को देखकर उसे खुशी नहीं हुई। वह उस समय अकेला रहना चाहता है।

'मेरा घर में दिल नहीं लग रहा था, इसलिए घूमने के लिए निकल आई,' बाला कहती है। 'मैंने ममी से कहा था कि मैं स्टेशन पर तुम लोगों को मिल जाऊँगी और तुम्हारे साथ कॉफ़ी पीकर लौट आऊँगी। तुम्हारी मिसेज़ कहाँ हैं?'

ठंडी हवा के एक झोंके से हरबंस के शरीर के रोंगटे खड़े हो जाते हैं। 'वह इस गाड़ी से नहीं आई,' वह कहता है।

'नहीं आई?'

'हो सकता है कल की गाड़ी से आए।'

'मगर आज तो उसे आ ही जाना चाहिए था।'

हरबंस कन्धे हिलाकर चुप रहता है। उसके हाथ सुन्न हो रहे हैं। वह सोचता है कि उसे घर से दस्ताने लेकर ही आना चाहिए था। 'तुम्हें घर छोड़ आऊँ?' वह बाला से पूछता है।

बाला के कन्धे सिकुड़ जाते हैं और वह पल-भर कुछ सोचती रहती है। फिर कहती है, 'तुम मुझे कॉफ़ी नहीं पिलाओगे?'

'क्यों नहीं! आओ...हम कॉफ़ी यहीं पी लेते हैं।'

कॉफ़ी पीते समय वह लगभग चुप रहता है और बाला बातें करती रहती है। वह उसकी बातें सुनता है—जैसे वह एक अँधेरे जंगल में खड़ा हो और दूर किसी गिरजे की घंटियाँ सुनाई दे रही हों। बाला उसे बताती है कि इन्हीं सरदियों में उसकी चिकित्सा पूरी हो जाएगी, तो वह अपनी ममी के साथ भारत लौट जाएगी। 'मैं अब जाकर दिल्ली में नहीं रहूँगी,' वह कहती है। 'दिल्ली मुझे बहुत वैसी जगह लगती है,' और साथ ही वह कुछ सिहर जाती है।

उसे लगता है कि बाला की बात के पीछे कोई रहस्य है, मगर वह कोई दिलचस्पी प्रकट नहीं करता। बाला चुप कर जाती है, तो उसे लगता है कि गिरजे की आवाज़ें दूर-से-दूर होती जा रही हैं और उसके आसपास का जंगल घने से और घना होता जा रहा है। वह बात नहीं करना चाहता, मगर चाहता है कि बाला बात करती रहे। 'भारत लौटने के बाद ब्याह करके तुम्हें जाने किस शहर में रहना पड़े!' वह कहता है।

'मैं और ब्याह!' बाला असाधारण रूप से गम्भीर होकर कहती है। उसके स्वर से लगता है जैसे उससे कोई अपमानजनक बात कह दी गई हो। 'कभी नहीं। मैं ज़िन्दगी-भर ब्याह नहीं करूँगी।'

हरबंस को आगे कहने को कुछ नहीं सूझता, इसलिए वह चुप रहता है। बाला थोड़े-से वक़्फ़े के बाद पूछती है, 'तुमने यह बात क्यों पूछी थी?'

'ऐसे ही।'

'फिर भी, तुमने यही बात क्यों पूछी?'

'मैंने ऐसे ही पूछ ली, थी कोई ख़ास वजह नहीं थी।'

'मैं तुम्हें उकता रही हूँ?'

'नहीं।'

'तुम शायद अभी तक अपनी पत्नी की ही बात सोच रहे हो।'

'नहीं...हाँ...शायद।'

'उसे आज आ जाना चाहिए था। तुम्हारे चेहरे से लग रहा है तुम बहुत उदास हो।'

'नहीं तो। वैसे हो सकता है...शायद।'

'मैं तुम्हें अपने साथ घर तक चलने की तकलीफ़ नहीं दूँगी।'

'तुम अकेली चली जाओगी?'

'क्यों नहीं? अकेली आई भी तो थी। बल्कि मैं तो सोचती हूँ कि मैं ही तुम्हें तुम्हारे घर तक पहुँचा आऊँ। तुम बहुत उदास हो।'

'तुम मेरे साथ चलोगी? तुम्हें घर पहुँचने में देर नहीं हो जाएगी?'

'ममी को पता है मैं तुम्हारे साथ हूँ, इसलिए वह फिक्र नहीं करेंगी।'

पहाड़ी के नीचे वे लोग बस से उतरते हैं। बाला उसके साथ ऊपर चोटी तक आती है। घर से दस गज़ इधर वह रुक जाती है और कहती है, 'मैं तुम्हारे साथ ऊपर चलूँगी तो बहुत देर हो जाएगी। मेरा ख़याल है कि मैं यहीं से लौट जाऊँ।'

'जैसे तुम चाहो।' हरबंस ठीक से सोच नहीं पाता कि उससे क्या कहे। 'तुम्हें देर हो जाएगी, इसलिए अच्छा है कि लौट जाओ।'

क्षण-भर वह रुकी रहती है। ज़ेबों में हाथ डाले हुए कहती है, 'तुम जाकर ठीक से सो जाना। ज़्यादा उदास मत होना।'

वह आज्ञाकारी बच्चे की तरह सिर हिलाता है। बाला चलने को होकर कहती है, 'बताओ, मैं तुम्हारे लिए कुछ कर सकती हूँ?'

'मैं जाकर अब सो जाऊँगा। कल फिर गाड़ी देखूँगा।' वह अपने स्वर को स्वाभाविक रखने का प्रयत्न करता है, मगर उसका स्वर टूट रहा है।

'हाँ, ठीक से सो जाना, अच्छा!' बाला उसके चेस्टर की बाँह को ज़रा-सा सहला देती है।

'अच्छा, गुड नाइट!' वह चल पड़ता है। बाला कुछ क़दम उतरकर एक बार ठिठकती है और फिर उतरने लगती है। वह दरवाज़े की घंटी बजाता है। मकान-मालकिन दरवाज़ा खोल देती है।

'तुम आ गए?' वह पूछती है।

'हाँ,' वह बिना बात किए ही उसके पास से गुज़रकर चला जाना चाहता है।

'तुम्हारी पत्नी नहीं आई?'

'नहीं।'

'तुम उसे लेने स्टेशन पर गए थे?'

'मैं वहीं से आ रहा हूँ।'

'मैं खिड़की से तुम्हें आते देख रही थी। मैंने सोचा कि शायद तुम्हारी पत्नी साथ आ रही है।'

'वह नहीं आई। मेरे साथ मिस चावला थी। वह मुझे ऊपर तक छोड़ने आई थी।'

'आई सी! तो तुम्हारी पत्नी ने तुम्हें कोई ख़बर नहीं दी कि वह कब आ रही है?'

'हो सकता है कल आ जाए।'

'मगर तुम्हें निश्चित ख़बर नहीं है?'

'नहीं।'

वह ज़ीना पार करके अपने कमरे में आ जाता है और निढाल-सा कुरसी पर बैठ जाता है। वह लाख प्रयत्न करता है कि उसके आँसू किसी तरह रुक जाएँ, मगर वह अपने पर वश नहीं रख पाता। वह अपना चेहरा हाथों में छिपा लेता है। गरम-गरम आँसू उसके चेस्टर की बाँहों के अन्दर जाने लगते हैं।

वह काफ़ी देर उस तरह बैठा रहता है। फिर उसे नीचे पैरों की आहट सुनाई देती है। उसके हृदय की गति रुकने-सी लगती है। क्या नीलिमा आ गई है? मगर ज़ीने पर जो पैरों की आहट सुनाई देती है, वह नीलिमा की नहीं है, मकान-मालकिन की है। वह उसका दरवाज़ा उँगली से खटखटाती है। वह जल्दी से आँखें पोंछकर दरवाज़ा खोलता है। 'तुम्हारा एक तार है,' मकान-मालकिन कहती है।

वह तार ले लेता है। मकान-मालकिन खड़ी रहती है। वह तार खोलकर पढ़ता है। लिखा है, 'हवाई जहाज़ का टिकट और दस पौंड तुरन्त भेजो—नीलिमा।' साथ

पेरिस के होटल का पता है। मकान-मालकिन पूछती है, 'तुम्हारी पत्नी का तार है?'

वह सिर हिलाता है।

'कब आ रही है?'

'शायद कल।'

'अब भी शायद? और तुम यहाँ उसके लिए आँसू बहा रहे हो?'

'मेरे सिर में दर्द है।' वह दरवाज़ा बन्द कर लेना चाहता है।

'मैं मनाती हूँ कि कल तो वह आ ही जाए। तुम्हारा तो बुरा हाल है।' कहकर मकान-मालकिन चली जाती है। वह दरवाज़ा बन्द कर लेता है।

'फिर?' मैंने कहा। मेरी आँखें बुख़ार से बन्द हो रही थीं और मेरी रीढ़ की हड्डी काफ़ी दर्द कर रही थी। मगर मैं उस समय अपने बुख़ार की बात कहकर उसकी बात में बाधा नहीं डालना चाहता था।

'मेरे पास उस समय कुल तीन पौंड और कुछ शिलिंग थे। मैं बल्कि यह सोच रहा था कि नीलिमा आ जाए, तो मैं कुछ लोगों का कर्ज उतार दूँ। ममी का भी मेरे सिर पर काफ़ी कर्ज हो चुका था और मैं उनसे कुछ माँगने की स्थिति में नहीं था। मैंने सुबह तीन पौंड उसे तार-मनीऑर्डर से भेज दिए और साथ ही यह सन्देश भेज दिया कि वह जैसे भी हो उस रात को गाड़ी से वापस पहुँच जाए। उस रात मैं फिर स्टेशन पर गया। मगर वह उस रात भी नहीं आई। घर लौटने पर फिर मकान-मालकिन ने उसी तरह सवाल पूछे। मेरा उस समय अपने पर बिलकुल ही वश नहीं था। मैंने मकान-मालकिन से न जाने क्या सख़्त बात कह दी कि वह एकदम मुँह फुलाकर मेरे सामने से हट गई। मैंने कमरे में आकर कुरसी बालकनी पर निकाल ली और बिना बत्ती जलाए वहीं बैठा रहा...।'

बिना बरसे भीगी हुई रात। हलकी-हलकी फुहार–उस दिन की तरह जिस दिन वह दिल्ली से चला था। घिरा हुआ आकाश, अपने में घुमड़ता हुआ, भारी, बोझिल। सारे आकाश में भरी हुई फुहार की बूँदें, चुभती हुई पिनों की तरह। पूरा विश्व, आँख के क्षेत्र तक। सृष्टि का विस्तार, एक बालकनी। जीवन की हलचल का केन्द्र, अपना हृदय। समय, रुका हुआ। चेतना का आवर्त, दुःख का एक बिन्दु।

वह दूर-दूर तक देखता हुआ भी कुछ नहीं देखता। परन्तु उस न देखने में दृश्यहीनता नहीं है। दृश्यपट पर अँधेरा है, परन्तु वह अँधेरा एक निर्जीव विस्तार नहीं

है। उसमें चेतना है, गति है, रूप भी है। निस्तब्धता है, परन्तु स्वरहीन निस्तब्धता नहीं, रुके हुए स्वरों की निस्तब्धता। सबकुछ एक जगह आकर रुक गया है, परन्तु वह रुकना एक विराम नहीं है, गति का ही एक आवर्त है। उस रुकने में अतीत और भविष्य दोनों वर्तमान के बिन्दु पर घिर आए हैं, और वह बिन्दु दुःख का बिन्दु है। सबकुछ स्थिर है, परन्तु वह स्थिरता कैमरे के लैन्स में एक विस्फोट की स्थिरता है। वह स्थिरता विस्फोट को एक स्थायित्व ही प्रदान करती है। लावा आकाश में उठा-का-उठा रह गया है, धुएँ की बाँहें फैली-की-फैली रह गई हैं। चिनगारियाँ अपनी विद्युत् गति को समाहित किए ठिठककर रह गई हैं। एक पल, दो पल, अनन्त पल, सब एक ही पल है। दुःख, पीड़ा, कामना सब एक ही भाव है। अतृप्ति, असन्तोष, याचना, सबकुछ वही है। अन्वेषण, भूख, व्याकुलता, प्रेम, आकांक्षा, आशंका, सब एक ही बिन्दु के आवर्त हैं। प्रवृत्ति, उमंग, हुलास, जलन सबकुछ उसी बिन्दु में है। उस बिन्दु पर कुछ भी बीतता नहीं, केवल रूप बदल लेता है। एक ही भाव अलग-अलग भूमिकाओं पर वही एक ही अभिनय करता है। वह भाव दुःख है। परन्तु उसका नाम दुःख नहीं है। उसका नाम कुछ भी नहीं है। अपनी वास्तविकता में वह भाव भी नहीं है। उससे भी अमूर्त कुछ है। एक बाध्यता है। वह दुःख की भूमि पर उतरती है, तो दुःख बन जाती है। वह बाध्यता ही सबकुछ है। उस समय वह दुःख की भूमि पर है। उसका रूप जड़ता का है। उसका आवरण घिरा हुआ आकाश है। उसका आभास निःशब्द गिरती हुई फुहार है। फुहार शरीर में सिहरन भर देती है। मन में सुइयाँ चुभ जाती हैं। दुःख आकांक्षा का रूप ले लेता है। फिर एक प्रश्नचिह्न में बदल जाता है। क्यों?

उससे कुछ सोचा नहीं जाता। वह बिलकुल जड़ हो गया है। वह जड़ता आँखों में है, मन में है, पहने हुए कपड़ों में भी है। आकाश घुमड़ रहा है। बरसता नहीं। क्यों?

एक छोटा-सा कमरा है। वह पालने में पड़ा है। छत की कड़ियों को पकड़ना चाहता है। वे हाथ में नहीं आतीं। क्यों?

शिमला की बरफ़ीली चोटी। वह नीचे फिसल रहा है। अभी खुश था। मगर फिसलते-फिसलते मन उदास हो गया। ऊपर सावित्री हँस रही है। नीचे पहुँचकर चोट लगती है। क्यों?

समुद्र की लहरें, जिनका कोई तट नहीं है। लहरों पर बहते हुए फेन के द्वीप। पागल हवा। जहाज़ की चिमनी पर चढ़ा हुआ एक आदमी। बेस्वाद आमलेट। आने वाले कल की कल्पना। घर की याद। एक उदासी। क्यों?

कुछ है जो नहीं है। उसे होना चाहिए। उसके बिना सबकुछ अधूरा है। बस वही कुछ हो, कुछ भी अधूरा न रहे। वह कुछ कहीं खोया हुआ है—अँधेरे में, आकाश में, अपने में, वह कुछ जिसे सुलगना चाहिए, मगर जो सुलगता नहीं। वह एक विज़न

है। दुःख का बिन्दु उस विज़न के लिए व्याकुल है। वह उस विज़न का निर्माण करना चाहता है। उसके बिना सबकुछ अधूरा है। उसका निर्माण होना ही चाहिए। वह कर सकता है, परन्तु नहीं कर पाता। क्यों?

रेल की पटरियाँ जल रही हैं। उन पर गाड़ी आ रही है। मगर ख़ाली। दुःख के बिन्दु पर आकर गाड़ी रुक जाती है। स्कार्फ़ लपेटे हुए एक स्त्री की आँखें देखती रहती हैं। कुछ होना था जो नहीं हुआ। क्यों?

अँधेरे में कहीं कुछ टूट गया है। कहीं कुछ रह गया है, बिखर गया है, छूट गया है। हाथ में आते-आते हाथ से फिसल गया है। हाथ अँधेरे में भटक रहे हैं। मन अँधेरे में भटक रहा है। वह कुछ नहीं मिलता, मिल भी नहीं सकता। मन थक जाता है। कहता है वह कुछ नहीं है। केवल झूठा आभास है। परन्तु दुःख का बिन्दु मचल उठता है। कहता है वह आभास नहीं है, सत्य है। उसे पाया जा सकता है। सिग्नल की रोशनी बदल जाती है। गाड़ी आ रही है, मगर ख़ाली है। कोट की ज़ेबों में ठिठुरे हुए हाथ दस्तानों में छिप जाना चाहते हैं। क्यों?

फुहार पड़ रही है। अँधेरे में सुइयाँ चुभ रही हैं। यह चुभन नहीं जा सकती। बालकनी का गीला फ़र्श चमक रहा है। बादलों में एक गहराई है, एक भारीपन है। मगर सबकुछ ख़ाली है। क्यों?

टन्-टन् दो बजते हैं। समय बीत रहा है परन्तु क्षण वही है। घड़ी की आवाज़ व्यर्थ है, अजायबघर में रखे हुए उपकरणों की तरह। समय रुका हुआ है। उसके गर्भ में एक विज़न गुम हो गया है। हाथ भटक रहे हैं। मन भटक रहा है। उसे गुम नहीं होना चाहिए। वह अब भी कहीं मिल सकता है...।

नीचे घंटी बजती है। वह चौंककर उठ खड़ा होता है। कमरे की बत्ती जला देता है। उसका सिर भीग गया है। नीचे जाकर वह दरवाज़ा खोलता है। 'तुम?' एक झटके के साथ समय आगे चल पड़ता है।

नीलिमा अन्दर आ जाती है। उसकी आँखों में एक असहायता झलक रही है।

'तुम इस समय?' हरबंस को विश्वास नहीं होता कि वह सचमुच लौट आई है।

'मैं हवाई जहाज़ से आई हूँ,' कहकर वह खट्-खट् ज़ीने से ऊपर चढ़ जाती है।

'तुम्हारे पास हवाई टिकट के लिए पैसे थे?'

'नहीं थे, मगर किसी तरह आ तो गई हूँ।'

'तुम्हारा सामान...?'

'वह एयरपोर्ट पर है। साथ नहीं लाई। कल ले आऊँगी।'

वह कमरे में आकर उसे अपने साथ सटा लेना चाहता है, मगर वह छिटककर उससे दूर हट जाती है। 'मुझे सरदी लग रही है, मैं कॉफ़ी बनाकर पीऊँगी,' वह कहती है।

'तुम्हें पता था कि मेरे पास पैसे नहीं हैं,' हरबंस इस तरह कहता है जैसे वह अपराधी हो। 'मेरे पास तीन पौंड थे, वे मैंने तुम्हें भेज दिए थे। तुम गाड़ी से क्यों नहीं आ गईं?'

'गाड़ी के समय तक मैं निश्चय नहीं कर सकी कि मुझे आना चाहिए या नहीं।' अब भी अचानक हवाई जहाज़ में सीट न मिलती, तो शायद...।'

'शायद क्या?'

वह कुछ उत्तर नहीं देती और गैस सुलगा लेती है।

'शायद क्या?'

'शायद मैं लौटकर न आती,' वह कुछ तीखे स्वर में कहती है और पानी की केतली रख देती है। हरबंस बालकनी में रखी हुई कुरसी की तरफ़ देखता है, ठिठकता है और फिर गैस के पास चला जाता है। 'सावित्री!'

'मैंने तुमसे कितनी बार कहा है मुझे इस नाम से मत बुलाया करो।'

'मुझे जब जो नाम स्वाभाविक लगता है, उसी नाम से मैं तुम्हें बुला लेता हूँ। तुम अभी क्या कर रही थीं? तुम्हें पता है कि मैं कितनी बेचैनी से तुम्हारा इन्तज़ार कर रहा था?'

'मुझे मालूम है।'

'फिर भी तुम ऐसी बात सोच सकी थीं?'

'सोच सकी थी, तभी तो सोची थी।'

'नीलम!' वह उसे ज़बरदस्ती बाँहों में भर लेता है और उसके ठंडे होंठों पर अपने ठंडे होंठ रख देता है। वह उसे अपनी बाँहों में बरफ़ की पुतली की तरह लगती है।

'तुम मुझे छोड़कर मुझसे दूर रह सकती थीं?'

वह आँखें मूँदे रहती है। 'सोचती थी रह सकती हूँ।'

'मगर क्यों? क्यों ऐसा सोचती थीं तुम?'

'क्योंकि मैं तुमसे अलग रहना चाहती थी। तुम जानते हो कि हम दोनों के बीच कहीं कोई चीज़ है जो हम दोनों को खटकती रहती है। हम दोनों चेष्टा करके भी उसे अपने बीच में से निकाल नहीं पाते।'

'मैं इस समय ये सब बातें नहीं सुनना चाहता। रात के ढाई बजे ये बातें करने का समय नहीं है। तुम जल्दी से कॉफ़ी बनाकर पी लो। फिर हम सो जाएँगे। और सब बातें सुबह होंगी।' उसके होंठ नीलिमा के गाल पर फिसलकर उसकी कनपटी पर होते हुए उसकी गरदन की ओर उतर आते हैं।

'मैं जानती थी कि तुम केवल इसीलिए मुझे चाहते हो। केवल इसीलिए मेरी ज़रूरत महसूस करते हो।' नीलिमा उसके होंठों के नीचे से अपनी गरदन हटा लेती है।

'केवल किसलिए?' उसकी आवाज़ भारी हो उठती है।

'जो तुम अभी कह रहे थे; साथ सोने के लिए।'

'तुम मेरे साथ अन्याय कर रही हो।'

'मैं...तुम्हारे साथ अन्याय कर रही हूँ?'

'तुम सचमुच मुझे आज तक नहीं समझ सकीं।'

'मैं...तुम्हें नहीं समझ सकी?'

'तुम कॉफ़ी पी लो। और बातें सुबह होंगी।'

'तुम सो जाओ। मैं भी कॉफ़ी पीकर सो जाऊँगी।'

वह फिर एक बार उसे बाँहों में भर लेता है। केतली में पानी उलबने लगता है।

कुछ देर बाद वह अपने पलंग पर निर्जीव-सा पड़ा पूछता है, 'तुम आज...आज इस तरह बरफ़-सी क्यों हो रही हो?'

वह करवट बदल लेती है। 'मैं कुछ नहीं जानती।'

'तुम पहले कभी मेरी तरफ़ इतनी ठंडी नहीं रहीं जितनी आज हो?'

'यह तुम्हीं ज़्यादा जानते हो।'

वह उसकी गरदन के नीचे अपनी बाँहें रखकर उसका मुँह अपनी तरफ़ कर लेता है। 'सवि!'

नीलिमा का शरीर जकड़ा रहता है और उसकी आँखें बन्द हो जाती हैं।

'सवि, तुम मुझे छोड़कर वहीं क्यों रहना चाहती थीं?'

नीलिमा आँखें खोल लेती है। उसकी आँखों में मातम का-सा भाव है।

'मैं चाहती थी कि रह सकूँ, मगर मैं रह नहीं सकी। इसका मतलब है कि नहीं रह सकती।'

'मगर तुमने ऐसा सोचा क्यों था?'

सहसा बरफ़ पिघलने लगती है। नीलिमा के शरीर की जड़ता खुल जाती है। उसके होंठ फड़कने लगते हैं और आँखों में आँसू आ जाते हैं। वह फफककर रोती हुई उसकी छाती में मुँह छिपा लेती है। 'बंस, मैं तुम्हें छोड़कर अलग नहीं रह सकती।'

हरबंस उसकी पीठ को सहलाता रहता है। वह उसके पास-पास सिमटती आती है।

'मगर तुमने ऐसा सोचा क्यों था?'

'तुमने मुझे मजबूर कर दिया था।'

'मैंने...?'

'और नहीं तो क्या? मैं तुमसे अलग रहना चाहती, तो मैं यहाँ इतनी दूर आती? तुम जानते हो कि तुमने मुझे कितना महसूस कराया है कि तुम्हें मेरी ज़रूरत नहीं

है। ब्याह के बाद से ही तुम मुझे ऐसा महसूस कराते रहे हो। मुझे लगता है कि तुम मेरी वजह से ही परेशान रहते हो। अगर मैं न होती, तो शायद...'

'चुप रहो। मैं इस समय यह सब नहीं सुनना चाहता।'

'मैं तो चुप ही थी, बंस! तुम्हीं ने कोंच-कोंचकर मुझे बुलवा लिया है। मैं बाहर थी, तो यही सोचती रहती थी कि तुम इन दिनों खुश होगे और आराम से अपना काम कर रहे होगे। शायद बाला या और कोई तुमसे मिलने आती होगी और तुम उसके साथ बातें करते होगे। मुझे इससे कुछ शान्ति भी मिलती थी, मगर पीड़ा भी होती थी। ईर्ष्या भी बहुत होती थी। मैं सोचती थी कि शायद तुम उन लोगों से मेरी बात भी करते होगे कि मेरी वजह से तुम कितने दुःखी हो।'

'तुम बिलकुल पागलों जैसी बातें कर रही हो।' वह उसके सिर पर हाथ फेरकर जैसे उन विचारों को उसके दिमाग़ से निकाल देना चाहता है।

'सच, मैं बिलकुल पागल हो गई थी।' वह और भी उसके साथ सट जाती है। 'यहाँ से जाने से पहले ही हो चुकी थी। बल्कि जब तुम दिल्ली से आए भी नहीं थे, तभी से मेरे मन में यह पागलपन समाने लगा था। मैं मैड्रिड से चलते समय सोच रही थी कि मैं तुम्हारे जीवन में न रहूँ, तो तुम कितने सुखी हो सकते हो। मैं ही तुम्हारे रास्ते में एक बाधा हूँ। मैं न रहूँ, तो तुम इतने दुःखी नहीं रहोगे। तुम सुखी हो सकोगे, शायद किसी और के साथ...बाला जैसी, या शुक्ला जैसी लड़की के साथ...।'

'यह तुम क्या बक रही हो?' हरबंस को अपने हाथों में एक तनाव महसूस होने लगता है। 'तुम शुक्ला का नाम इस तरह क्यों ले रही हो? अपनी सगी बहन का भी तुम लिहाज़ नहीं कर सकतीं? मैं उसे चाहता रहा हूँ, लेकिन...लेकिन...अपनी लड़की की तरह...।'

'मैं जानती हूँ बंस, सब जानती हूँ।' नीलिमा उसे एक आवेग के साथ अपनी बाँहों में लपेट लेती है। 'तुम्हें मेरे अन्दर वह स्त्री नहीं मिल सकी जिसे तुम मन से प्यार कर सको। इसलिए तुम्हारा मन बहुत भटकता है। चाहे तुम किसी और को न चाहते होओ, मगर कुछ और ज़रूर चाहते हो, खीझते हो और काम नहीं कर पाते। मैं यह सब जानती हूँ और मुझे तुमसे दिल से सहानुभूति होती है। मैं जानती हूँ कि तुम्हारे अन्दर बहुत ऊँची महत्त्वाकांक्षाएँ हैं जो मेरी वजह से टूट रही हैं। मगर मैं कुछ कर नहीं सकती। मैं अपने को बदल नहीं सकती। तुमने स्वयं ही मेरे अन्दर की चीज़ को उकसाया और बढ़ावा दिया है। अब जब वह चीज़ पूरी तरह मेरे मन पर छा गई है, तो तुम चाहते हो कि मैं उससे अपने को मुक्त कर लूँ। परन्तु मैं नहीं कर सकती। तुम्हीं ने मुझे इस रास्ते से परिचित कराया था। मैं अब अपने मन से उस रास्ते पर इतना चल आई हूँ कि लौट नहीं सकती–तुम्हारे कहने से और तुम्हारे हित के लिए

भी नहीं। इसीलिए मैंने सोचा था कि मैं तुमसे दूर रह सकूँ, तो शायद इसी में हम दोनों की भलाई है।'

हरबंस का शरीर शिथिल होता जाता है। उसका हाथ नीलिमा के बालों से हट जाता है। नीलिमा अपनी बात करती रहती है, 'मैंने सोचा था कि मैं पेरिस में ही रह जाऊँगी। वहाँ रहकर पाश्चात्य नृत्य सीखूँगी और अपने को वहाँ के जीवन में ही खो दूँगी। मगर फिर मुझे लगा कि मैं ऐसा नहीं कर सकती। मैं तुम्हारे बिना नहीं रह सकती।'

'इसका मतलब है कि तुम मुझे आज तक नहीं समझ सकीं,' हरबंस बहुत कमज़ोर आवाज़ में कहता है। 'तुमने यह कैसे सोच लिया कि मैं तुम्हें तुम्हारे रास्ते से हटाना चाहता हूँ? मैं जो चाहता हूँ, वह बिलकुल कुछ और है...।'

'मैं ठीक से नहीं जानती कि तुम क्या चाहते हो,' नीलिमा बात करती रहना चाहती है। 'मैं इतना ही जानती हूँ कि जो तुम चाहते हो, वह तुम्हें मेरे अन्दर नहीं मिलता। तुम उदास रहते हो, तो मुझे अच्छा नहीं लगता। मैं तुम्हें खुश देखना चाहती हूँ, क्योंकि मैं स्वयं भी हर समय खुश रहना चाहती हूँ। उदास रहना, या किसी को हर समय उदास देखना मेरे स्वभाव के साथ मेल नहीं खाता।'

'तुमने सोचा था कि तुम पेरिस में रहकर अकेली ज़िन्दगी काट लोगी?' वह उसके शब्दों की तह में जाना चाहता है। उसे फिर बर्मी कलाकार का ध्यान हो आता है। वह सोचता है कि कहीं उसे बातों से झुठलाने का प्रयत्न तो नहीं किया जा रहा।

नीलिमा कुछ क्षण ख़ामोश रहती है। फिर कहती है, 'मैं तुम्हें सबकुछ सच बता देना चाहती हूँ। मैंने सोचा था कि क्यों न मैं ऐसा उपाय ढूँढ़ लूँ जिससे मुझे किसी भी रूप में तुम्हारे ऊपर निर्भर न रहना पड़े, न धन के लिए, न आश्रय के लिए और न ही...न ही भावना के लिए। तुम्हें पता चला होगा कि ट्रुप का एक और कलाकार भी मेरे साथ वहीं रह गया था। उसे दरअसल मैंने ही अपने साथ रोक लिया था।'

हरबंस उससे थोड़ा अलग हटकर कुहनी पर सिर रख लेता है। उसका भाव एक न्यायाधीश का-सा हो जाता है।

'तुम चाहते हो कि मैं तुम्हें सबकुछ ठीक-ठीक बता दूँ?' नीलिमा पूछती है।

'मैं आशा करता हूँ कि तुम सबकुछ बिलकुल ठीक-ठीक बता दोगी।' वह कहता है।

'मैं तुमसे कह रही थी कि मैंने स्वयं ही उसे अपने साथ रोक लिया था। वह हर तरह से बहुत मामूली आदमी है। तुम उसे देखो, तो शायद कहो कि तुम उस तरह के मूर्ख आदमी के साथ मेरा बात करना भी पसन्द नहीं करोगे। मूर्ख वह है, इसमें कोई सन्देह नहीं। मगर मुझे उसकी सादगी बहुत अच्छी लगती थी। वह मेरे हर आदेश का इस तरह पालन करता था जैसे वह सिर्फ़ मेरा ख़रीदा हुआ ग़ुलाम हो।

मुझे उसका यह व्यवहार बहुत अच्छा लगता था। मुझे लगता था कि वह वास्तव में मेरी क़द्र करता है।'

'तो तुमने उसके साथ...?' हरबंस अपने होंठों के अन्दरूनी भाग को दाँतों से काटने लगता है।

'मैंने तुमसे कहा था कि मैं तुमसे सबकुछ सच-सच कह दूँगी; तुमसे झूठ नहीं बोलूँगी।' नीलिमा भी अपनी कुहनी पर सिर रखकर एक अभियुक्त की तरह उसके सामने हो जाती है। 'मैंने चाहा था कि मैं अपने मन से तुमसे मुक्त हो सकूँ और तुम्हें मुक्त कर सकूँ। मैंने चाहा था कि मैं तुम्हें एक बार धोखा दे सकूँ जिससे अपने को तुमसे अलग करने का मुझे एक कारण मिल जाए। मगर मैं ऐसा नहीं कर सकी। चाहकर भी नहीं कर सकी।' वह फिर अपने चेहरे के लिए हरबंस के वक्ष का आधार ढूँढ़ती है। मगर वह आधार उसे नहीं मिलता। हरबंस उठकर बैठ जाता है।

'तुम उठकर बैठ क्यों गए हो?' वह पूछती है। 'तुम्हें मेरी बात पर विश्वास नहीं है?'

'मैं ऐसे ही बैठ गया हूँ,' हरबंस कहता है। 'तुम बात करती रहो।'

'मुझे लगता है कि तुमने मेरी बात पर विश्वास नहीं किया।'

'तुम्हें ऐसे ही लगता है। तुम बात करती रहो।'

'मैं तुम्हें पूरी बात बता चुकी हूँ। मैं उसके साथ कई जगह गई थी—लूव्र में और सेन के तट पर घूमती रही थी। मैं अपने-आपको एक उन्माद में खो देना चाहती थी। मगर मुझे लगा कि मेरा अपने पर वश नहीं है। मैं अपनी इच्छा से ही सबकुछ नहीं कर सकती। आख़िर जब वह इस विश्वास पर पहुँच गया कि वह मुझसे जो चाहे प्राप्त कर सकता है, तो मैंने उसे अपने से दूर हटा दिया। तभी मैंने तुम्हें तार दिया था कि मुझे हवाई जहाज़ का टिकट और दस पौंड भेज दो। मैं जानती थी कि तुम्हारे पास पैसे नहीं हैं। मगर मैंने जान-बूझकर ऐसा तार दिया था। मैं देखना चाहती थी कि तुम मेरी कितनी ज़रूरत महसूस करते हो और मेरे लिए इतना कष्ट सहन कर सकते हो या नहीं। जब तुम्हारा तीन पौंड का मनीऑर्डर मिला, तो मेरा दिल फिर एक बार टूट गया। मैंने फिर एक बार निश्चय किया कि मैं तुम्हारे पास लौटकर नहीं आऊँगी। मगर न जाने क्या चीज़ थी जो मुझे धकेलकर एयरोड्रोम पर ले गई। वहाँ मुझे सीट भी इस तरह मिल गई जैसे पहले से ही किसी ने मेरे यहाँ आने की व्यवस्था कर रखी हो। जब मैं हवाई जहाज़ में बैठ गई, तो मुझे पता चल चुका था कि मैं तुम्हें छोड़कर नहीं रह सकती।...बंस, लेट जाओ। इस तरह बैठे न रहो। मुझे यह अच्छा नहीं लग रहा।'

मगर वह लेटने की बजाय बिस्तर से निकलकर खड़ा हो जाता है। उसके दाँत सरदी से कटकटा उठते हैं।

'तुम कहीं जा रहे हो?' नीलिमा पूछती है।

'नहीं, मैं अभी आता हूँ,' यह कहकर वह बिस्तर के पास से हटकर बालकनी में आ जाता है। फुहार उसी तरह पड़ रही है। अँधेरा उतना ही गहरा है। सूइयाँ उसी तरह चुभ रही हैं। वह भीगी हुई कुरसी को बालकनी से अन्दर खींच लेता है और उसे पोंछकर उस पर बैठ जाता है।

'बंस!'

'तुम सो जाओ। मुझे अभी नींद नहीं आ रही। मैं थोड़ी देर बाद सोऊँगा।'

'तुम इतनी सरदी में वहाँ क्यों जा बैठे हो?'

'मैंने कहा है मुझे अभी नींद नहीं आ रही।'

नीलिमा भी बिस्तर से उठ पड़ती है और उसके पास आ जाती है। 'बंस, मैं एक बात जानना चाहती हूँ।'

'कहो।'

'तुम अगर सोचते हो कि मैं वहीं रह जाती, तो ठीक था, तो मैं अब भी...।'

'तुम मेरे लिए एक काम कर सकती हो?'

'कहो।'

'तुम इस समय यह बात रहने दो और सो जाओ।'

नीलिमा उसके पास ही नीचे बैठ जाती है और उसके घुटने पर चेहरा रख देती है।

'बंस, मैं कल सुबह ही यहाँ से चली जाऊँगी।' कुछ क्षण उसकी आँखें हरबंस की कोहरे में भटकती हुई आँखों से मिली रहती हैं। 'बताओ, चली जाऊँ?'

हरबंस की पलकें बन्द होती हैं और खुल जाती हैं। 'तुम यही चाहती हो...?'

'मैं यही चाहती, तो लौटकर क्यों आती?'

वह फिर कुछ क्षण कोहरे में भटक जाता है। 'तुम यह चाहते हो...?' नीलिमा पूछती है। वह अपना चेहरा हाथों में छिपा लेता है।

'तुमने मुझे सबकुछ सच-सच नहीं बताया,' वह कहता है।

'मैंने तुम्हें सबकुछ सच-सच बता दिया है।'

'सबकुछ?'

'मैं चाहती, तो न भी बताती। मगर मैं जानती थी कि मैं तुम्हें बताए बिना नहीं रह सकती। मैं तुमसे कुछ भी छिपाकर नहीं रख सकती। मैंने बता दिया है, इसीलिए तुम अब...?'

'तुमने सबकुछ बता दिया है?'

वह पीड़ित-सी उसके पास से उठ पड़ती है। 'मुझे जानना चाहिए था कि तुम मुझ पर विश्वास नहीं करोगे।' हरबंस इस तरह उसकी तरफ़ देखता है जैसे वह उसी समय उसे छोड़कर जा रही हो। 'तुम बैठी रहो। उठ क्यों खड़ी हुई?'

'तुम्हीं ने कहा था कि इस समय तुम्हें अकेला रहने दूँ।'

'मैं अभी तुमसे बात करना चाहता हूँ। तुम बैठ जाओ।'

नीलिमा फिर उसी तरह बैठ जाती है। अँधेरे में चेहरे की रेखाएँ स्पष्ट नहीं हैं, केवल आँखें ही स्पष्ट नज़र आती हैं। वह उन आँखों को इस तरह देखता है जैसे वे माइक्रोस्कोप के नीचे रखे हुए दो जीव हों जिनकी हर छोटी-से-छोटी गतिविधि की उसे परीक्षा करनी हो। 'तुम मुझे सबकुछ सच-सच बता दो, तो मैं इस प्रकरण को बिलकुल भूल जाऊँ।'

'मैंने तुम्हें सबकुछ सच-सच बता दिया है।'

'तुमने कहा था कि वह जब इस विश्वास पर पहुँच गया कि तुमसे जो चाहे प्राप्त कर सकता है, तो तुमने उसे अपने से दूर हटा दिया। वह इस विश्वास तक पहुँचा कैसे था? और वह परे धकेलना क्या था?'

और पाँच दिन, पाँच रातें वह जैसे एक प्रयोगशाला में नीलिमा की यान्त्रिक परीक्षा करता रहता है। उस व्यक्ति को उसने कितना और कहाँ तक बढ़ावा दिया था? क्या वह उससे ब्याह करना चाहता था? वह लौटकर जाएगी, तो क्या उसी के पास जाएगी? पेरिस में तीन दिन वे लोग कहाँ पर रहे? उनका उन तीन दिनों का कार्यक्रम क्या था? हर दिन सुबह कहाँ बीती, दोपहर कहाँ और शाम कहाँ? और उनमें भी एक-एक पल का क्या हिसाब था? इस बीच कितना समय वह अकेली रही और कितना समय उस आदमी के साथ? वह आदमी भी क्या उसके साथ उसी हवाई जहाज़ में आया है? नहीं आया, तो क्या पेरिस में वह उसकी प्रतीक्षा कर रहा है? उसके लौटकर आने का वास्तविक कारण क्या था? क्या वह एक सामाजिक डर के कारण लौटकर आई है, या अपनी माँ और बहनों के मोह से, या केवल उसकी वजह से? और उसके प्रति भी वह क्या महसूस करके वापस आई है? क्या वह दया की भावना थी या कर्तव्य की या कुछ और? अगर वह उसे अपने पास से चली जाने दे, तो वह क्या महसूस करेगी? क्या उसमें उसे सुख मिलेगा, या दुःख होगा? क्या वह केवल असुरक्षा का डर ही नहीं है? यदि उसके पास आवश्यक साधन होते, तो क्या वह अकेली ही रहना पसन्द न करती? क्या वह अपने मन के भाव को ठीक-ठीक समझती है? क्या उसे घरेलू जीवन अच्छा लगता है? क्या उसके मन में जिप्सियों की तरह स्वछन्द रहने की कामना नहीं है? क्या वह उसे अपने लिए केवल एक साधन ही नहीं समझती? क्या उसके साथ रहते हुए वह मन से सन्तुष्ट रहेगी? क्या उसका मन बार-बार उससे मुक्त होने के लिए व्याकुल नहीं होगा? क्या वह उसकी वर्तमान आर्थिक स्थिति में गुज़ारा कर लेगी? क्या वह यह चाहेगी कि वे लोग शेष जीवन वहीं बिताएँ, या यह चाहेगी कि वे लोग जितनी जल्दी हो सके, भारत लौट जाएँ? यदि वह उसे नृत्य का अभ्यास करने से रोक दे, तो वह कैसा महसूस करेगी? वह अपने जीवन में किस चीज़ को सबसे अधिक महत्त्व देती

है? क्या वह वास्तव में उसमें और उसकी योग्यता में विश्वास करती है? क्या वह मन से उस पर निर्भर कर सकती है?

नीलिमा उत्तर में यही कहती है कि वह उससे केवल सुरक्षा ही नहीं चाहती, उसका घर और उसका प्यार चाहती है। वह पेरिस में तीन दिन अकेली रही ज़रूर है, मगर उसने ज़रा भी विश्वासघात नहीं किया। उसने बर्मी कलाकार को अपने साथ ऐसी कोई स्वतन्त्रता नहीं लेने दी जिसके लिए उसे खेद या पश्चात्ताप हो। वह इस संघर्ष में अवश्य थी कि उसे आगे के लिए अपने को अलग कर लेना चाहिए या नहीं, और इसीलिए उस व्यक्ति को वह अपने साथ हठ करके रोके भी रही थी। पेरिस में वह उसके साथ ख़ूब घूमी है और वह चाहती रही है कि उस पर्यटन में वास्तविक सुख का अनुभव कर सके, मगर कोई चीज़ उसके अन्दर दुःखती रही है; कोई नोक उसके मन को छीलती रही है। वह इस थोड़े-से समय में ही यह जान चुकी है कि वह उससे अलग रहकर भी उससे मुक्त नहीं हो सकती।

'बंस, मैं हमेशा-हमेशा के लिए तुम्हारे और केवल तुम्हारे पास ही रहना चाहती हूँ,' वह फिर दोहराती है। 'मगर मैं केवल खा-पीकर और घूमकर सन्तुष्ट नहीं हो सकती। मैं अपने लिए उसके अलावा भी कुछ चाहती हूँ। मैं नहीं जानती कि मैं एक अच्छी कलाकार बन सकती हूँ या नहीं, लेकिन मैं बनना ज़रूर चाहती हूँ। मैं उसके लिए जितनी मेहनत हो सके, उतनी मेहनत करना चाहती हूँ। मैं जब मैसूर में थी, तो रात-दिन नृत्य का अभ्यास करने में मैं अपने को बिलकुल भूली रहती थी। जब मैं बिलकुल थककर चूर हो जाती थी, तो मुझे लगता था कि मैंने वह दिन ठीक से जी लिया है। तुमसे मिलने से पहले मेरे मन में ऐसी महत्त्वाकांक्षा नहीं थी। यह महत्त्वाकांक्षा मेरे मन में तुम्हीं ने जगाई है। मैं इस रास्ते पर इतना बढ़ आई हूँ कि अब मैं लौटकर उस तरह की गृहस्थिन नहीं बन सकती जैसी कि तुम मुझे देखना चाहते हो। मैं तुम्हारे लिए सबकुछ करना चाहती हूँ, मगर उस रास्ते से हटकर नहीं। मेरे अन्दर इतना धैर्य भी नहीं है कि मैं कुछ वर्ष चुपचाप प्रतीक्षा कर लूँ। हर साल के गुज़रने के साथ मुझे लगता है कि मैं बहुत बड़ी हो गई हूँ, फिर भी अभी कुछ कर नहीं सकी। अब भी न कर सकी, तो फिर कभी नहीं कर पाऊँगी। मेरे पास उतना समय नहीं है जितना एक अठारह-बीस बरस की लड़की के पास होता है। तुम मुझे रोक दोगे, तो उस घुटन में मैं नहीं जानती कि मैं क्या कर बैठूँगी। तुमने मुझे जिस रास्ते पर डाला है, अब मुझे उस रास्ते पर आगे ले चलो। मैं तुमसे हठ के साथ यही माँगती हूँ। मैं तुमसे दूर होकर नहीं रह सकती। तुम भी मुझे अपने से दूर होने का रास्ता न दिखाओ।'

प्रयोगशाला की परीक्षा समाप्त हो जाने के बाद हरबंस कई दिन उस विषय में सोचता रहता है। उसे लगता है कि वह शायद जीवन से अपने अधिकार से ज़्यादा

की माँग कर रहा है। नीलिमा एक रास्ते पर चल चुकी है जबकि वह अभी रास्ता ढूँढ़ने के लिए भटक रहा है। नीलिमा की माँग निश्चित और स्पष्ट है जबकि उसकी अपनी माँग अनिश्चित और अस्पष्ट। क्या यह उचित है कि वह अनिश्चित के लिए निश्चित के बलिदान की माँग करे? और अपनी माँग के खोखलेपन का अहसास क्या उसे बहुत पहले से ही नहीं है? क्या बहुत पहले भी उसने यही नहीं सोचा था कि वह नीलिमा के माध्यम से ही अपनी माँग पूरी करने का प्रयत्न करेगा? यदि वह नीलिमा के मार्ग में रुकावट न डालकर उसे उस दिशा में बढ़ने में अधिक-से-अधिक सहायता दे, तो क्या वह उसमें अपने लिए भी कुछ कर पाने का सन्तोष नहीं ढूँढ़ सकता? अपने लिए नीलिमा से बलिदान की कामना करना, क्या यह उसका स्वार्थ नहीं है? जिस चीज़ की वह नीलिमा से आशा करता है, उसकी अपने से ही आशा क्यों नहीं कर सकता? नीलिमा के लिए वह स्वयं अपनी अनिश्चित माँग का बलिदान क्यों नहीं कर सकता?

और उस दिन जब सूर्य की किरणें कोहरे को चीरकर पहाड़ी की ढलान को हलके-से छू रही थीं, उसके मन में निश्चय हो जाता है कि जैसे भी बन पड़ेगा वह नीलिमा की सहायता करेगा। उसके व्यक्तित्व को निखारने के लिए वह अपनी बात भूल जाएगा।

उसके बाद जीवन का एक नया दौर आरम्भ होता है। नीलिमा स्थायी रूप से उमादत्त के ट्रुप में सम्मिलित हो जाती है और वह उस ट्रुप के प्रबन्धक के रूप में उनके साथ सारे यूरोप में घूमता है। पेरिस, पेरिस से मैड्रिड, मैड्रिड से फिर पेरिस, वहाँ से बॉन, बॉन से जेनेवा, जेनेवा से बर्न और वहाँ से पश्चिमी बर्लिन...।

थिएटर, एम्प्रेसारियो और प्रदर्शक। कला की दुनिया का व्यावसायिक पक्ष। आज एम्प्रेसारियो से झगड़ा होता है और कल थिएटर के प्रबन्धक पैसे मार लेते हैं। बिना एक-दूसरे की ज़बान समझे आपस में लम्बे-लम्बे झगड़े होते हैं। भरतनाट्यम् का अर्थ वहाँ नृत्य नहीं, एक मनोरंजन है। रस्से के जादू की तरह। भारत का अर्थ है हाथी, साँप और रस्से का जादू। उसी शृंखला में एक नई कड़ी है भारतीय नृत्य। भाव, अभिनय, मुद्रा, सबकुछ मनोरंजन है। कथाकली कठपुतलियों का नाच है। उस प्रदर्शन में सबसे महत्त्वपूर्ण अंग विज्ञापन है। नया एम्प्रेसारियो हमेशा पब्लिसिटी की बात करता है। जेनेवा में उससे झगड़ा हो जाता है। बर्न पहुँचकर पता चलता है कि वह वहाँ थिएटर से एडवांस ले चुका है। ट्रुप के पास पैसा नहीं है। ट्रुप का हर व्यक्ति पैसा माँगता है। थिएटर के प्रबन्धक अपने दिए हुए एडवांस के बदले में प्रदर्शन चाहते हैं। ट्रुप के सदस्य बिना पैसे के प्रदर्शन करने को तैयार नहीं। एम्प्रेसारियो को तार

दिए जाते हैं, मगर कोई उत्तर नहीं आता। थिएटर के प्रबन्धकों के साथ झगड़े में हाथापाई की नौबत आ जाती है। आख़िर प्रबन्धक मान जाते हैं कि प्रदर्शन के बाद वे उन्हें कुछ पैसे दे देंगे। प्रदर्शन होता है। पब्लिसिटी ठीक नहीं है। टिकट कम बिकते हैं। प्रबन्धक मुकर जाते हैं। फिर झगड़ा होता है। आख़िर ख़ाली हाथ और भरा हुआ ट्रक लिये ट्रुप पश्चिमी बर्लिन की तरफ़ चल पड़ता है। ट्रुप के हर सदस्य को हरबंस से शिकायत है। वह ठीक से व्यवस्था नहीं कर सकता, इसीलिए ऐसा होता है। कोई कहता है कि एम्प्रेसारियो के साथ उसकी साझेदारी है; एडवांस के पैसे उन दोनों ने मिलकर हजम किए हैं। उमादत्त नीम-बेहोश-सा ट्रक में पड़ा है। यह उसके यूरोप-भ्रमण की सबसे बड़ी असफलता है। नीलिमा उसके मन को स्वस्थ रखने का प्रयत्न करती है।

हरबंस पर वह भी चिढ़ी हुई है। उसने क्यों ऐसा एम्प्रेसारियो चुना जो एडवांस लेकर भाग गया? उसकी व्यावहारिक बुद्धि इतनी प्रबल क्यों नहीं है कि वह ठीक से व्यवस्था कर सके? उमादत्त बार-बार अपने पहले प्रबन्धक का ज़िक्र करता है जिसे हटाकर उसने हरबंस को प्रबन्धक का कार्य सौंपा था। हरबंस एक पराजित सेनापति की तरह सिर फेंके एक तरफ़ बैठा है। उसके मन में एक कसक है जिसे कोई नहीं समझता। वह उसी समय, उसी क्षण, उस गिरोह को छोड़कर भाग जाना चाहता है। क्या यही लोग हैं जो अपने को कला के उपासक कहते हैं? क्या कला की सारी साधना के पीछे इतने छोटे-छोटे उद्देश्य छिपे रहते हैं? क्या कला की उपासना मनुष्य के मन को उज्ज्वल और विशाल नहीं बनाती? क्या यही चेतना है जिसे कलाकार की महान् चेतना कहते हैं? यही दृष्टि है जिससे कलाकार की सौन्दर्य-दृष्टि कहते हैं? सबके कितने छोटे-छोटे स्वार्थ हैं? क्या उन स्वार्थों के दलदल से उबरकर ये लोग परिस्थितियों की वास्तविकता को नहीं देख सकते? उसने इन लोगों के लिए कितने-कितने झंझट मोल नहीं लिये? कितने छोटे-छोटे आदमियों से नहीं लड़ा? उस पर भी उस पर लगाए गए ये ओछे आक्षेप! क्या यही वह महान् उद्देश्य है जिसके लिए वह अपना सबकुछ छोड़कर इन लोगों के साथ देश-देश में भटक रहा है? क्या यही वह उपलब्धि है जिस तक पहुँचने के लिए उसने नीलिमा को अपने माध्यम के रूप में चुना था और जिसके लिए वह अपने मन के सारे असन्तोष पर परदा डालकर इस अपरिचित दुनिया में चला आया था? उसे लगता है कि वह एक जाल में उलझ गया है जो जाल बहुत गन्दा भी है। क्या एक ही क्षण के निश्चय से, और केवल एक ही झटके से वह अपने को उससे मुक्त नहीं कर सकता?

एक और बात जो उसके मन को सालती है वह यह है कि वही दिन उसका जन्मदिन भी है। वह बार-बार नीलिमा के चेहरे की तरफ़ देखता है। क्या नीलिमा को इसका ज़रा भी ध्यान है कि आज उसका जन्मदिन है? क्या नीलिमा को उसके

अन्दर की हलचल का ज़रा भी अनुमान है? वह जब भी उसकी तरफ़ देखती है, उसकी आँखों में एक खीझ, एक झुँझलाहट नज़र आती है। उसकी आँखों में एक ऐसी ऊँचाई है जहाँ से वह उसे बहुत छोटा नज़र आता है। उन लोगों के बीच वह भी उसके लिए अपरिचित हो गई है। उसकी आँखों में उसी भाव को ढूँढ़ना चाहता है जिसकी वजह से वह सब काम छोड़कर लन्दन से ट्रुप के साथ चल पड़ा था। परन्तु वह भाव कहाँ है? क्या यह वही नीलिमा है जो एक दिन उसके घुटने पर सिर रखे हुए कह रही थी कि उसकी निकटता ही जीवन में उसके लिए सबसे बड़ी चीज़ है?

पश्चिमी बर्लिन की सीमा पर ट्रक रुक जाता है। शहर में जाने से पहले उन लोगों को कुछ ताज़ा हो जाना चाहिए। उनका आगे का सारा कार्यक्रम बर्लिन के प्रदर्शन पर ही निर्भर करता है। ट्रक में उनके पास थोड़ा-सा खाना है जो वे आपस में बाँट लेते हैं। एक रम की बोतल है। उमादत्त उसे खोलने लगता है, तो वह बोतल उसके हाथ से ले लेता है।

'तुम्हें पता है नीलिमा, आज मेरा जन्मदिन है?' वह बोतल नीलिमा की तरफ़ बढ़ा देता है। 'तुम उसके उपलक्ष्य में यह बोतल खोलकर एक घूँट मुझे नहीं दोगी?'

नीलिमा कुछ चौंककर बोतल उसके हाथ से ले लेती है। 'अरे हाँ, सचमुच!' वह कहती है। 'मुझे तो याद ही नहीं था। आज आठ मार्च है न! अच्छा, तो यह उस खुशी में सही...।' वह मुँह से बोतल खोल देती है; एक घूँट पीकर उसकी तुर्शी से सिर हिलाती है और बोतल उमादत्त की तरफ़ बढ़ा देती है। उमादत्त गटागट उसमें से कई घूँट पी जाता है। फिर वह कुछ अनिश्चित-सा बोतल नीलिमा को लौटा देता है। वह एक घूँट और भरती है और बोतल हरबंस को दे देती है। 'बहुत कड़वी है,' वह सिर हिलाकर कहती है। हरबंस बिना एक भी घूँट लिये बोतल रख देता है। उसका चेहरा बहुत सख़्त हो गया है। 'मैं आज ही लन्दन वापस जा रहा हूँ,' वह कहता है।

'क्या?' नीलिमा चौंक उठती है। 'तुम आज लन्दन वापस कैसे जा सकते हो?'

'तुम्हें याद है मेरा दोस्त मल्होत्रा बर्लिन में है? मैं उससे कुछ पैसे उधार लूँगा और आज ही चला जाऊँगा।'

उमादत्त ख़ून-भरी आँखों से उसे देखता है। 'तुम ऐसा नहीं कर सकते,' वह कहता है।

'मैं ऐसा कर सकता हूँ और ऐसा ही करूँगा,' वह एक-एक शब्द पर ज़ोर देकर कहता है। 'मैं आज जा रहा हूँ और नीलिमा मेरे साथ जा रही है।'

'तुम यह क्या फिजूल की बात कर रहे हो बंस!' नीलिमा कुछ चिढ़े हुए स्वर में कहती है। 'तुम जानते हो कि हम लोग इस हालत में इन सब लोगों को छोड़कर नहीं जा सकते।'

'मैं इसके सिवा कुछ नहीं जानता कि मैं आज जा रहा हूँ,' वह फिर उसी स्वर में कहता है। 'तुम नहीं चलोगी, तो मैं अकेला चला जाऊँगा। मगर यह सोच लो कि उसके बाद...उसके बाद मैं तुम्हारे वहाँ आने की आशा नहीं करूँगा।'

उमादत्त कुछ दूर चला जाता है और दूसरे कलाकारों के साथ मिलकर नुक्तानीची करने लगता है। हरबंस नीलिमा की बाँह पकड़ लेता है, 'तुम मेरे साथ मल्होत्रा के यहाँ चल रही हो या नहीं?'

'तुमने बिलकुल बेवक़्त यह कैसी बात शुरू कर दी है!' नीलिमा अपनी बाँह उससे छुड़ा लेना चाहती है।

वह उसकी बाँह को अपने हाथ में और भी कस लेता है। 'यह बेवक़्त की बात नहीं है,' वह कहता है। 'मैं आज बिलकुल ठीक वक़्त पर यह बात कह रहा हूँ। हम लोगों को आज इनके साथ न जाकर मल्होत्रा के यहाँ चलना है। फिर हमें लन्दन चले जाना है। इन लोगों के साथ आज से तुम्हारा कोई सम्बन्ध नहीं है। मैं तुम्हारे मुँह से इन लोगों के हक़ में एक बात भी नहीं सुनना चाहता। मैं आज वह हरबंस नहीं हूँ जो तुम्हारे साथ लन्दन से चला था। आज बिलकुल दूसरा आदमी हूँ। अगर अब इनमें से कोई मुझे एक बात भी कहेगा, तो मैं उसका भेजा निकालकर रख दूँगा।'

'मुझे मालूम नहीं था कि तुम अपना जन्मदिन आज इस तरह मनाना चाहते हो,' नीलिमा कठोर आँखों से उसे देखती हुई कहती है। कलाकारों की नुक्ताचीनी बन्द हो गई है। सब लोग स्तंभित-से उनकी तरफ़ देख रहे हैं।

'तो...?' उसका यह शब्द एक निर्णायक प्रश्न का रूप लेता है।

'तो क्या?'

'तुम देख रही हो कि मैं अपना जन्मदिन आज इसी तरह मनाना चाहता हूँ। तुम सोच लो कि तुम आज का दिन किस तरह मनाना चाहती हो?'

'देखो...!' नीलिमा की हताशा एक आत्म-समर्पण में बदल जाती है। उसका स्वर सहसा मुलायम पड़ जाता है। 'तुम एक बात मानो...।'

'इस समय मैं तुमसे और कोई भी बात नहीं सुनना चाहता।'

'आज की बजाय अगर हम...'

'मैं यह बात नहीं सुनना चाहता। तुम्हें अपने लिए जो भी निश्चय करना है, इसी वक़्त कर लो।'

'तुम्हारा ऐसा ही हठ है तो मैं तुमसे क्या कह सकती हूँ! मगर यह भी तो हो सकता है कि तुम आज चले जाओ, और मैं...।'

'मैं तुमसे कह चुका हूँ कि तुम या तो आज ही चलोगी, या फिर कभी नहीं आओगी।'

'तुम समझते हो कि इस तरह का हठ करके तुम बहुत अच्छी बात कर रहे हो?'

'मैंने आज तक अच्छी बात की है जो आज ही करूँगा? और एक बात मैं तुमसे और कह दूँ। मैं आज के बाद तुम्हें शराब पीते भी नहीं देखना चाहता। इस ज़िन्दगी में आकर तुम्हें जो यह नई लत लगी है, वह भी तुम आज यहीं छोड़ जाओगी...।'

'यह लत भी तो तुम्हारी ही लगाई हुई है।'

'और मैं ही इसे छुड़ा भी देना चाहता हूँ। मैं तुम्हें इस रूप में...इस रूप में कभी नहीं देखना चाहता। मुझे तुम्हारे इस रूप से नफ़रत है।'

एन. डी. 32 से उठी हुई हँसी की आवाज़ सड़क पर से होती हुई एन. डी. 31 के अहाते में आ गई। 'नहीं-नहीं, यह कभी नहीं हो सकता। तुम्हारा ख़याल है कि मैं इतनी बेवकूफ़ हूँ? तुम चाहे मुझसे लिखाकर ले लो,' नीलिमा किसी से कह रही थी। 'चाहो तो मुझसे शर्त लगा लो। मैं बड़ी-से-बड़ी शर्त लगाने को तैयार हूँ।'

'नहीं दीदी, शर्त लगाने की क्या ज़रूरत है!' यह शुक्ला की आवाज़ थी। 'आपको अपने आप पता चल जाएगा, अच्छा बाई-बाई!'

'बाई-बाई!' और नीलिमा बरामदे से कमरे में आती हुई ठिठक गई। 'अरे तुम लोग सो गए क्या?' उसने कहा। हरबंस ने उठकर कमरे की बत्ती जला दी। बत्ती के जलते ही दृश्य-पट फिर एकदम बदल गया। पश्चिमी बर्लिन की सीमा पर खड़ा ट्रक और उसके आसपास खड़े लोगों की जगह सामने आ गईं किताबों से भरी हुई बड़ी-बड़ी अलमारियाँ, खाने की मेज़, पलंग, तिपाई, उस पर रखी हुई हँसते हुए पिशाच-जैसी एश-ट्रे और दरवाज़े के पास खड़ी नीलिमा, जो इस समय काफ़ी खुश लग रही थी। हरबंस की पीठ मेरी तरफ़ थी और अपने नाइट-गाउन में वह काफ़ी लम्बा लग रहा था। मैं कुछ इस तरह की अनुभूति के साथ जैसे कि अभी आधा ही खाने पर मेरी प्लेट मेरे सामने से उठा ली गई हो, पलंग पर सीधा बैठ गया। बात वहाँ टूटी थी जहाँ आगे की बात जानने की उत्सुकता मेरे मन में बहुत बढ़ गई थी। मैं हरबंस की बात सुनते हुए अपनी भारी आँखों और दर्द करती हुई रीढ़ की हड्डी की बात भी भुला रहा था। मैं सोच रहा था कि एक बार बात का सूत्र टूट जाने पर फिर उसे जोड़ने का अवसर क्या आ सकेगा? उस दिन की मनःस्थिति और अँधेरे के वातावरण ने जिस आत्मीयता, निर्भरता और विश्वास को जन्म दिया था, उसे फिर से लाने के लिए वही मनःस्थिति फिर चाहिए थी। वह वातावरण तो बहुत बार प्राप्त हो सकता था—वही अँधेरा, वही एकान्त और वही अन्दर का कमरा—परन्तु वही मनःस्थिति क्या फिर लौटकर आ सकती थी?

'तुम लोग अभी बातें ही कर रहे थे?' नीलिमा अपनी उँगलियों को उलझाकर बाँहों की माला-सी बनाए हम दोनों के बीच आकर खड़ी हो गई। 'मैंने सोचा था कि

तुम लोग अब तक सो गए होगे और न जाने कहाँ के सपने देख रहे होगे! मगर जर्नलिस्ट लोग तो शायद सपने नहीं देखते। क्यों जर्नलिस्ट?'

मैं उससे कैसे कहता कि मैं अभी-अभी एक सपना ही देख रहा था जिसमें मैं कई अपरिचित देशों में घूमा हूँ, कई अपरिचित व्यक्तियों से मिला हूँ और कि उसे सामने देखते हुए भी मेरे मन में अब तक यह जिज्ञासा बनी हुई है कि वह पश्चिमी बर्लिन से हरबंस के साथ चली आई थी या वहीं रह गई थी।

'हम लोग गुज़रे हुए दिनों की बातें कर रहे थे,' मैंने कहा। 'बरसों के बाद इस तरह बैठने और बातें करने का अवसर मिला है, इसलिए सोने और सपने देखने की आवश्यकता ही महसूस नहीं हुई। और वैसे तुम्हारी बात भी ठीक है। जर्नलिस्ट लोग सपने नहीं देखते। कम-से-कम नींद में तो सपने वे बहुत ही कम देखते हैं, खुली आँखों से चाहे जो सपने देखते रहें।'

'तुममें से कौन गुज़रे हुए दिनों की बात कर रहा था,' नीलिमा बोली। 'यह या तुम?'

'मैं ग़ुजरे हुए दिनों की बात कर रहा था,' हरबंस ने झुँझलाकर कहा। 'तुम्हें इससे कुछ एतराज़ है?'

'तुम मेरे पीछे मेरी निन्दा करो, लोगों से झूठी-सच्ची बातें बनाकर कहो, तो मुझे एतराज़ नहीं होगा?' नीलिमा ने इस तरह कहा जैसे उसे दुनिया में किसी की भी परवाह न हो। फिर ज़रा-सा लड़खड़ाकर वह मेरे नज़दीक आ गई और बोली, 'तो मेरा पति आज तुम्हें यह बताता रहा है कि मैं कितनी बुरी हूँ! और इस बेचारे को मेरी वजह से कितना परेशान होना पड़ा है! च् च् च् च्।'

'तुम आज फिर पीकर आई हो?' हरबंस की आँखें गुस्से से लाल हो गईं। 'तुम्हें शरम तो नहीं आती होगी!'

'मैं पीकर आई हूँ तो, और नहीं पीकर आई तो उसमें तुम्हारा क्या आता-जाता है?' नीलिमा लापरवाही से सिर उठाकर बोली। 'मेरी बहन की लड़की का जन्मदिन था। मैं उसकी मेहमान थी। उसने जो कुछ खिलाया वह मैंने खा लिया। जो कुछ पीने को दिया, वह मैंने पी लिया। इसमें शरम की कौन-सी बात है? मगर तुम सब कह सकते हो। तुम एक मुंसिफ़ हो और मैं एक मुजरिम हूँ, जिसे तुम हर वक़्त अपने सामने कठघरे में खड़ी रखते हो। मगर देखो, मुझे तुम्हारा यह बात करने का तरीक़ा पसन्द नहीं है। तुम्हें मेरे साथ इस तरह बात करने का कोई हक़ नहीं है।'

मुझे डर लगा कि कहीं हरबंस उस समय गुस्से में कोई और हरकत न कर बैठे। मगर उसने किसी तरह अपने पर वश किए हुए इतना ही कहा, 'देखो, मैं कह रहा हूँ कि तुम इस वक़्त जाकर कपड़े बदल लो और सो जाओ।'

'मुझे नींद आएगी तो मैं जाकर सो जाऊँगी,' नीलिमा कुरसी पर बैठती हुई बोली। 'और सोऊँगी, तो कपड़े बदलकर ही सोऊँगी, ऐसे थोड़े ही सो जाऊँगी, मुझे

इतनी सभ्यता तो आती है।' और वह कुरसी से टेक लगाकर आँखें मूँदे हुए एक बार हँस दी।

'तुम्हें पता है कि तुम इस समय जो कुछ भी कर रही हो, वह सभ्यता नहीं है।' हरबंस खीझ, बेबसी और हताशा के साथ बोला।

'और तुम इस समय जो कुछ कर रहे हो, वह सभ्यता है!' वह फिर हँसी। 'मेरे पीछे जो बातें करते रहे हो, वह सभ्यता है! सभ्यता का व्यवहार हममें से किसे आता है? यह जर्नलिस्ट जो व्यवहार करता है, वह सब सभ्यता का व्यवहार होता है? इससे पूछो, एक बार मैंने इसे शाम को घर पर बुलाया था, तो इसने उसके बाद नौ साल तक शक्ल क्यों नहीं दिखाई?'

'तुम इस वक़्त अपनी ज़बान बन्द रखो और दूसरे कमरे में जाकर सो जाओ।' हरबंस ने उसके पास जाकर उसे कन्धों से पकड़कर कुरसी से उठा दिया।

'मेरी ज़बान बन्द है,' वह ज़बान थोड़ी-सी निकालकर फिर उसे होंठों से काटकर बन्द करती हुई बोली। 'और मैं यहाँ से जा रही हूँ।' कहती हुई वह दरवाज़े के पास चली गई। 'तुम यहाँ बैठकर मेरे बारे में चाहे जो बातें लोगों से करो, वह सब सभ्यता है! मगर मैं तुमसे कह रही हूँ कि मुझे ऐसी सभ्यता अच्छी नहीं लगती। ये सभ्य बने फिरते हैं! अच्छा, जर्नलिस्ट...' और मेरी तरफ़ हाथ हिलाकर वह अपने बेड-रूम में चली गई।

'तुम देख रहे हो?' हरबंस ने बहुत हताश स्वर में कहा और निढाल-सा कुरसी पर बैठ गया। कुछ देर हम दोनों चुप बैठे रहे। फिर अचानक ही वह उठ खड़ा हुआ और बोला, 'मेरा ख़याल है कि तुम भी अब सो जाओ। मैं बत्ती बुझा देता हूँ।'

'अच्छी बात है,' मैंने कहा। 'मेरा भी ख़याल है कि अब सो ही जाना चाहिए! मुझे आँखों में कुछ भारीपन भी महसूस हो रहा है।'

'तुम्हें किसी चीज़ की ज़रूरत तो नहीं?' उसने बिजली के बटन पर हाथ रखे हुए पूछा।

'नहीं।'

'ज़रूरत हो, तो बता देना। पानी का जग बाहर बरामदे में रखा है और गुसलखाना उस तरफ़ है।' और बत्ती बुझाकर वह चला गया। मैंने सोचा था कि साथ के कमरे में अब फिर नीलिमा से उसकी कुछ झड़प होगी, मगर उसके जाने के बाद वहाँ कोई बात नहीं हुई, ख़ामोशी छाई रही। मेरी रीढ़ की हड्डी बुरी तरह दर्द कर रही थी। मैं कुछ देर करवटें बदलता रहा। फिर सो गया।

सुबह उठने पर जब यह पता चले कि हम अपने घर में नहीं, किसी और घर में हैं, तो मन कुछ उखड़ा-उखड़ा-सा हो जाता है। मन अपने घर की असुविधाओं का भी

इतना अभ्यस्त हो जाता है कि सुबह-सुबह वह उन्हीं की माँग करता है। दूसरे के घर की सुविधाएँ भी अस्वाभाविक और बेगानी लगती हैं और उनसे एक तरह की असुविधा ही होती है। सुबह मेरी आँख खुलते ही बाँके आकर चाय की प्याली सागवान की चमकती हुई तिपाई पर रख गया, तो मुझे इस बेगानेपन की अनुभूति ने घेर लिया कि मेरे आसपास का वातावरण मेरा अपना नहीं है। उसमें तो उठते ही यह खीझ मन में जागनी चाहिए थी कि यह कैसी ज़िन्दगी है कि सुबह-सुबह इन्सान को बिस्तर में चाय की प्याली तक नहीं मिल सकती। चारपाई, मेज़ और मोढ़ों से लदे हुए अपने कमरे की जगह, जिसके बारे में एक बार मेरे एक मित्र ने कहा था कि वह एक जहाज़ के केबिन की तरह लगता है, मैं अपेक्षाकृत एक काफ़ी खुले कमरे में था जहाँ मेरी बिखरी हुई पुस्तकों की जगह सामने अलमारी में बहुत तरतीब से रखी हुई पुस्तकें नज़र आ रही थीं। मेरे कमरे में सुबह-सुबह नीचे से सोडावाटर कम्पनी के ट्रकों के गुर्राने की आवाज़ें आने लगती थीं। स्टार्ट के बाद गियर बदलने से उनके इंजन घर के नीचे आकर इस तरह आवाज़ करते थे कि मुझे लगता था जैसे वे ट्रक मेरे ऊपर से ही गुज़रकर जा रहे हों। उन आवाज़ों की जगह उस समय साथ के कमरे से तबले के साथ घुँघरुओं के छनकने की आवाज़ आ रही थी। मैंने चाय की प्याली उठाकर मुँह से लगाई, तो मुझे अहसास हुआ कि मैं काफ़ी दिन चढ़े तक सोता रहा हूँ। खिड़की के परदे से छनकर आती हुई धूप डाइनिंग-टेबल पर पड़ रही थी। वहाँ रखी जूठी प्लेटों और प्यालियों से लग रहा था कि सुबह का नाश्ता किया जा चुका है।

बाँके ने मेरे जागने की ख़बर साथ के कमरे में दे दी, तो वहाँ घुँघरुओं का छनकना बन्द हो गया। कुछ देर एक अपरिचित व्यक्ति के साथ नीलिमा के बात करने की आवाज़ सुनाई देती रही, फिर वह व्यक्ति भी चला गया। वह शायद तबलची था। उसके जाने के बाद नीलिमा घुँघरू बाँधे हुए मेरे वाले कमरे में आ गई।

'तो तुम जाग गए!' उसने मेरे पास वाली कुरसी पर बैठते हुए कहा।

'हाँ, जाग गया।'

'रात को नींद ठीक से आ गई थी?'

'नहीं, ठीक से नहीं आई। रात-भर मेरी रीढ़ की हड्डी दर्द करती रही है।'

'हरबंस ने तो कहा था कि तुम्हें जगा दिया जाए, मगर मैंने कहा कि रहने दो, जब अपने-आप तुम्हारी नींद खुलेगी, तभी चाय दे देंगे।'

'हरबंस चला गया है?' मुझे कुछ शरम आ रही थी कि मैं इतनी देर क्यों सोया रहा कि हरबंस उस बीच तैयार होकर अपने दफ़्तर भी चला गया।

'उसे गए डेढ़ घंटा हो गया है।' नीलिमा अपने घुँघरुओं को खोलकर अलग रखने लगी। 'उसे दस बजे दफ़्तर पहुँचना होता है, इसलिए वह नौ बजे ही घर से चला जाता है। अरुण भी अपने नर्सरी स्कूल में चला गया है।'

मुझे ठीक पता नहीं था कि हरबंस किस कार्यालय में काम करता है; इतना ही पता था कि वह जिस कार्यालय में है उसका सम्बन्ध गुप्त रिकॉर्ड्स से है। उसने बताया था कि वह वहाँ एक अस्थायी पद पर काम कर रहा है और उसे डर है कि थोड़े दिनों तक वह जगह उड़ा न दी जाए। उसका काम शायद ऐतिहासिक दस्तावेज़ों के सम्बन्ध में परामर्श देने का था।

'मुझे जल्दी उठ जाना चाहिए था,' मैंने नीलिमा से कहा। 'आज सुबह-सुबह मुझे एक जगह जाकर कुछ सूचना प्राप्त करनी थी। साढ़े दस बजे तक मुझे दफ़्तर में बैठकर रिपोर्ट लिख लेनी चाहिए थी।' और यह कहते-कहते रीढ़ की हड्डी ने फिर मुझे अपनी याद दिला दी।

'साढ़े दस बजे तक?' नीलिमा हँसी। 'और इस समय कुल साढ़े दस ही बजे हैं।'

'रीढ़ में दर्द था और थकान की वजह से बुख़ार-सा भी लग रहा था, इसलिए मैं इतनी देर सोया रह गया,' मैंने कहा। 'मेरा ख़याल है कि मुझे दफ़्तर से आज छुट्टी ले ही लेनी चाहिए। मेरे सम्पादक को पहले ही मुझसे शिकायत रहती है।'

'तो मैं अभी तुम्हारे दफ़्तर में फ़ोन कर देती हूँ,' नीलिमा बोली। 'या कहो तो मैं बाँके के हाथ अरज़ी भिजवा दूँ। अगर तबीयत ठीक नहीं है तो तुम्हें आराम करने के लिए छुट्टी ले ही लेनी चाहिए, नहीं तो कहोगे कि इनके घर पर एक रात सोया और तभी बीमार पड़कर गया।'

मैंने चुपचाप उसके प्रस्ताव को स्वीकार कर लिया। बिस्तर से उठने और नहा-धोकर तुरन्त तैयार हो जाने की हिम्मत उस समय मुझमें नहीं थी।

'तो मैं फ़ोन कर दूँ?' नीलिमा ने पूछा।

'हाँ, कर दो,' मैंने कहा। 'कह देना कि मेरी तबीयत ठीक नहीं है, इसलिए आज मैं दफ़्तर नहीं आ सकूँगा।'

'तो ठीक है,' वह एक झटके के साथ उठती हुई बोली, 'तुम आराम से पड़े रहो। मैं तुम्हें अभी एक टिकिया भी दे देती हूँ। एक छोटी-मोटी डिस्पेंसरी मैं घर में ही रखती हूँ। अगर तुम कुछ ठीक हो जाओगे, तो दोपहर को हम ओखला की तरफ़ घूमने चलेंगे।...तुम कभी ओखला गए हो?'

मैंने सिर हिला दिया। 'नहीं, अभी तक नहीं गया। सुना है अच्छी जगह है।'

'हाँ बहुत अच्छी जगह है,' वह चलती हुई बोली। 'मैं तुम्हें अभी टिकिया देती हूँ। तुम्हारे भाग्य में मेरे हाथ से दवाई की टिकिया खाना ही लिखा है।' जाते-जाते वह रुकी और बोली, 'मैं हरबंस को फ़ोन कर दूँगी कि तुम आज यहीं हो, इसलिए अगर हो सके, तो वह दोपहर का खाना घर आकर ही खाए।'

इस बार दिल्ली में आकर मेरे लिए ऐसे दिन बहुत कम आए थे जब मैंने पूरा दिन कुछ न किया हो, ख़ाली खाया हो, बातें की हों और घूम लिया हो। वह दिन

मेरे लिए एक ऐसा ही दिन था, हालाँकि मैं यह भी कह सकता हूँ कि मेरे जीवन में बहुत कम ऐसे दिन आए हैं जो उस दिन की तरह भरे हुए रहे हों। मैंने दिर-भर कुछ नहीं किया, मगर कुछ न करते हुए भी मैंने उस दिन इतना कुछ देखा, इतना कुछ जाना कि कई बार दिनों, महीनों, बल्कि बरसों में भी उतना नहीं जान पाया। कुछ दिन होते हैं जो घटनाओं और कार्यों से लदे रहते हैं, परन्तु कुल मिलाकर उनका महत्त्व हमारे लिए शून्य के बराबर होता है–विश्व रंगमंच के वही दाँवपेंच, वही अख़बार की सुर्खियाँ, वही मुलाक़ातें और वही पार्टियाँ। कहने को हमें दम मारने की फ़ुरसत नहीं होती, मगर वास्तव में हम पूरे दिन में दम-भर भी जिए नहीं होते, केवल पहले से एक दिन और बीत चुके होते हैं; उसी धुरी के इई-गिर्द एक बार और घूम लेते हैं। परन्तु एक अपने में निरर्थक और घटनाहीन दिन भी ऐसा हो सकता है कि जिसके छोटे-से विस्तार में जीवन का इतना कुछ सिमट आए कि मन से उसे समेटते न बने। जीवन के अनेकानेक दिन अपना सारा संचय जैसे उस एक दिन में ला भरते हैं। और सब दिन जैसे प्रयत्न होते हैं, और वह एक दिन परिणाम। इस तरह देखूँ, तो कह सकता हूँ कि उस दिन का आरम्भ पिछली रात उस समय से हो चुका था जब हरबंस टेबल लैम्प बुझाकर मुझे लन्दन के दिनों की बात सुनाने लगा था। उन बातों के प्रभाव को मैं अभी मन में समेट नहीं पाया था कि और-और प्रभाव मन को घेरने लगे। शाम होने तक मैं अनुभव के इतने स्तरों में से गुज़र आया कि मेरे लिए अपने मन को सँभाले रखना कठिन हो गया। पिछली रात जब मैं दफ़्तर की वैन में डिफेंस कॉलोनी की तरफ़ चला था, तो मैंने क्या यह सोचा था कि उन चौबीस घंटों में मुझे पूरे एक जीवन के-से विस्तार की कई-कई विडम्बनाओं में झाँककर देखने का अवसर मिलेगा? और क्या केवल झाँककर देखने का ही?

मैं अभी बिस्तर में ही था और नीलिमा की बनाकर दी हुई कोको की प्याली पी रहा था जब शुक्ला नीलिमा को पुकारती हुई पीछे के दरवाज़े से वहाँ आ गई। नीलिमा उस समय नहाकर निकली थी और अपने गीले बालों को तौलिये से छटक रही थी। शुक्ला सीधे मेरे कमरे में आ गई और मुझे देखकर सहसा ठिठक गई। 'अरे आप?' उसने कहा और शिष्टाचार का एकाध प्रश्न पूछकर तुरन्त ही लौटने को हुई, परन्तु तब तक नीलिमा अपने बाल कन्धों पर फैलाए हुए कमरे में आ गई जिससे उसे रुक जाना पड़ा। 'तुम सूदन को पहचानती हो?' नीलिमा ने उससे पूछा।

'पहचानती क्यों नहीं?' शुक्ला कुछ व्यस्त भाव से बोली। 'भापाजी के लन्दन जाने से पहले ये बहुत आया करते थे। मगर बाद में तो ये एकदम गायब ही हो गए थे।'

'यह आजकल यहाँ 'न्यू हैरल्ड' में काम कर रहा है।'

'मुझे मालूम है,' शुक्ला ने कहा। 'आपने भी बताया था और सुरजीत भी एक दिन कह रहा था।' और फिर मेरी तरफ़ मुड़कर बोली, 'उन दिनों तो आपकी कविताएँ

बहुत निकला करती थीं। आजकल तो शायद आपने लिखना-लिखाना बिलकुल छोड़ दिया है।'

'आजकल मैं राजनीतिज्ञों के इन्टरव्यू और सम्मेलनों की रिपोर्टें लिखता हूँ।'

'यही हाल हरबंस भापाजी का है,' वह बोली। 'उन्हें भी आजकल दफ़्तर के काम के सिवा और किसी काम के लिए समय नहीं मिलता। कई सालों से उनकी फ़ाइलें जैसी-की-तैसी रखी हैं। अब वे कभी कुछ लिख ही नहीं पाते।'

उसके मुँह से हरबंस की फ़ाइलों की बात सुनकर मुझे कुछ आश्चर्य हुआ। तो उसे यह विश्वास था कि हरबंस कुछ लिख भी सकता है!

'काम-धन्धे में पड़कर ऐसा हो ही जाता है,' मैंने कहा। 'आदमी नमक की खान में नमक होकर रह जाता है।'

'मेरा मन होता है कि मुझे लिखना आ जाए, तो मैं भी एक कहानी लिखूँ,' शुक्ला पढ़ने की मेज़ पर रखे हुए काग़ज़ों को हाथ से सहलाती हुई बोली। उसका शरीर पहले से कुछ भर गया था और अब वह अच्छी-खासी गृहस्थिन नज़र आती थी। उसके चेहरे और आँखों का आकर्षण भी अब पहले जैसा न होकर कुछ और तरह का हो गया था। उसमें एक तरह का पिघलाव आ गया था, जिसके चेहरे की रेखाएँ उतनी तीखी नहीं रही थीं। परन्तु उस पिघलाव ने उसके चेहरे को जो नया रूप दे दिया था, उसमें ज़्यादा कोमलता और आत्मीयता प्रतीत होती थी। उस आकर्षण में पहले जो एक विद्युत्-सी थी, वह अब एक उष्णता में बदल गई थी। 'मैंने कहीं पढ़ा था कि हर इन्सान कम-से-कम एक कहानी तो लिख ही सकता है,' उसने कहा। 'नहीं? अपने जीवन की घटनाओं को ही आदमी सिलसिलेवार लिख दे, तो एक कहानी बन सकती है। नहीं?'

'मैं तो अब कविता-कहानियों की दुनिया से बहुत दूर निकल आया हूँ,' मैंने कहा। मेरे लिए उसके साथ इतना खुलकर और इतना नज़दीक से बात करना एक नया अनुभव ही था। पुराने दिनों में उसने कभी मुझसे 'अच्छा जी' और 'कहिए जी' से ज़्यादा बात नहीं की थी।

'मैं कौन लिखने जा रही हूँ!' वह बोली। 'मैं भी ऐसे बात ही कर रही थी।' और फिर सहसा बात को बदलते हुए उसने कहा, 'दीदी, कोई काम हो तो बता दो, नहीं तो मैं जाऊँ। घर में भी बहुत-सा काम पड़ा छोड़ आई हूँ।'

'काम तुम अपने-आप ही देख लो,' नीलिमा बोली। 'पहले हर रोज़ मुझसे पूछकर करती थी?' और एक हलकी रूखी-सी हँसी के साथ उसने मुझसे कहा, 'इसके हरबंस भापाजी मुझ पर खीझते रहते थे कि मैं उनकी कमीज़ों के बटन वक़्त पर लगाकर नहीं रखती, यह नहीं करती, वह नहीं करती। इसलिए उनके ये सब छोटे-मोटे काम अब इसने अपने ऊपर ले रखे हैं और उनकी ग़ैरहाज़िरी में आकर चुपचाप सब कर

जाती है। इसके हरबंस भापाजी को किसी तरह की तकलीफ़ हो और वे खीझते रहें, यह इसे बरदाश्त नहीं। मैं कहती हूँ कि अगर कमीज़ का बटन टूटा हो, तो आदमी सूई-धागा लेकर खुद भी लगा सकता है।'

'उन्हें जैसे और तो कोई काम ही नहीं है!' शुक्ला का हाथ उसके शाल में सिमट गए। 'वे बेचारे दिन-भर दफ़्तर में सिर खपाते रहें और घर आकर अपने बटन भी खुद ही लगाएँ। आपसे नहीं होता, तो आप इसे बहाना तो न बनाइए। लाइए, अगर कुछ है करने को, तो मैं कर दूँ और फिर जाऊँ।' तभी उसकी नज़र मेरे पलंग के नीचे रखी चप्पल पर पड़ी, तो वह कुछ चौंक गई। 'दीदी, यह चप्पल...?' उसने कहा।

नीलिमा फिर हँस दी। 'क्यों, क्या चप्पल हरबंस भापाजी के अलावा और कोई नहीं पहन सकता? घर में आया हुआ मेहमान भी नहीं?' और मेरे चेहरे पर खिसियानेपन की रेखाएँ देखकर वह बोली, 'बात असल में यह है कि यह चप्पल और एक टाई यह हरबंस के पिछले जन्मदिन पर ख़रीदकर लाई थी, हालाँकि हरबंस को आज तक इस बात का पता नहीं है। वह इसकी तरफ़ इतना रूखा हो गया है कि इससे बात करना भी पसन्द नहीं करता। उसके सामने यह ग़लती से घर में क़दम भी रख जाए तो बोल-बोलकर मेरे लिए जीना मुश्किल कर देता है। और दूसरी तरफ़ यह लड़की है जो उसकी छोटी-से-छोटी तकलीफ़ भी बरदाश्त नहीं कर सकती और उसका काम करने के लिए पागल हुई रहती है। इसने हरबंस की चप्पल टूटी हुई देखी थी, तो यह चप्पल ख़रीद लाई थी। तब से इस चप्पल को झाड़-पोंछकर साफ़ रखने का काम भी यह खुद ही करती है। इसे भला कैसे बरदाश्त हो सकता है कि यह चप्पल किसी और के पैरों को छुए?'

'दीदी!' शुक्ला कुछ नाराज़गी के साथ वहाँ से चल दी। 'मैं इस वक़्त तो अपने घर जा रही हूँ। फिर किसी वक़्त इधर आऊँगी।'

'लेकिन हरबंस के कुरते तो देख जाती। शाम को कोई ठीक कुरता नहीं मिला, तो वह मेरी जान खाएगा। परसों जो कुरते तुमने टीक किए थे, उनमें से एक उसने खुद पहन लिया था और दूसरा सूदन ने पहन रखा है।'

'कुरते मैं माई को भेजकर मँगवा लूँगी,' शुक्ला कमरे से निकलकर अहाते में उतरती हुई बोली। 'और कोई चीज़ भेजनी हो, तो वह भी उसके हाथ भेज देना। मुझे इस वक़्त घर में बहुत काम है।' और वह चली गई।

'मुझे इस लड़की के दिमाग़ की कुछ समझ नहीं आती,' नीलिमा अपने गीले बालों को हाथों से सहलाती हुई बोली। 'कई बार तो सचमुच मैं सोचती हूँ कि हरबंस का ब्याह मुझसे न होकर इस लड़की से ही होना चाहिए था।'

मैं काफ़ी देर से कोको की ख़ाली प्याली हाथ में पकड़े था। मैंने उसे रख दिया और उठते हुए कहा, 'मेरा ख़याल है कि मैं अब तैयार हो जाऊँ।' टिकिया खाने और

कोको पीने के बाद मैं अपने को काफ़ी स्वस्थ महसूस कर रहा था और मुझे अफ़सोस हो रहा था कि मैंने दफ़्तर से छुट्टी क्यों ली। शरीर की स्वस्थता ने शायद मन को थोड़ा अस्वस्थ बना दिया था।

'तुम्हारी तबीयत अब कैसी है?' नीलिमा ने पूछा।

'पहले से काफ़ी ठीक है।'

'तो ठीक है। तुम अब तैयार हो जाओ। मैं तब तक सैंडविच बना लेती हूँ। फिर हम ओखला चलेंगे। हरबंस से मैंने फ़ोन पर पूछा था, मगर उसने कहा है कि वह खाने के वक़्त घर नहीं आ सकेगा, शाम को ही आएगा। हम लोग उसके लौटने तक वापस पहुँच जाएँगे।'

ओखला के पुल से पानी में लचकती हुई छोटी-छोटी नावों को देखते हुए नीलिमा ने कहा, 'मैं जब भी यहाँ आती हूँ, न जाने क्यों मुझे सेन के तट पर बिताई हुई शामें याद आने लगती हैं। कितना फ़र्क़ है इस दुनिया में और उस दुनिया में। फिर भी न जाने क्यों यहाँ आते ही वहाँ की याद हो आती है!'

'तुम यहाँ बहुत बार आती हो?' मैंने पूछा।

'नहीं, बहुत बार तो नहीं,' वह बोली। 'मगर कभी मेरा मन घर में बैठे-बैठे ऊब जाता है, तो मैं यहाँ चली आती हूँ। यहाँ आकर लड़के-लड़कियों को साथ-साथ घूमते और बातें करते देखती हूँ, तो मुझे भी अपने में कुछ ताज़गी का अनुभव होता है। घर बैठे-बैठे तो मेरा मन बुढ़ियाने लगता है। यहाँ आकर मुझे लगता है कि मैं अब भी युवा हूँ, ज़िन्दगी अभी बहुत बाक़ी है और मैं अभी न जाने कितना कुछ कर सकती हूँ। जब मेरे मन पर बोझ बहुत बढ़ जाता है, तो खुली हवा में साँस लेने के लिए मुझे इसी जगह की याद आती है।'

हम लोग काफ़ी देर वहाँ टहलते रहे। जनवरी की सफ़ेद धूप पानी की सतह पर चमक रही थी। हवा में एक हलका-सा स्पर्श वसन्त का भी था। आसपास काफ़ी चहल-पहल थी—घास पर, बेंचों पर, वृक्षों के नीचे। दाईं ओर के पतले झुरमुटों की तरफ़ से भी कई लोग आ-जा रहे थे। बुरके में से आँखें बाहर निकालकर बहुत उत्सुकता से हर चीज़ पर नज़र डालती हुई दो लड़कियों को देखकर नीलिमा पल-भर के लिए ठिठक गई और हँसकर बोली, 'सचमुच, ज़िन्दगी कितनी अच्छी चीज़ है!'

उसकी इस बात ने उन लड़कियों को काफ़ी गुदगुदा दिया और वे कुछ देर मुड़-मुड़कर हम लोगों की तरफ़ देखती रहीं। पुल से नीचे आकर पुल को देखते हुए, पानी के विस्तार और उस पर नन्ही-नन्ही नावों को देखते हुए, और बाईं ओर ऊँचे उठे हुए मिट्टी के ढूहों को देखते हुए लगता था जैसे आकाश में कई-कई गहराइयाँ हों। आकाश में चीलें तैर रही थीं। पानी की सतह से ऊपर वे एक परदे पर तैरती हुई प्रतीत होती थीं। जब भी कोई चील आकाश से ढूहों की तरफ़ उतरती, तो मन

की गहराई में कहीं कोई चीज़ सिहर जाती। नीले आकाश से मटियाले ढूहों पर चील का उतरना एक विश्व की सन्धि से उसके दूसरे विश्व में उतर आने की तरह लगता था। कोई-कोई चील ढूहों के ऊपर से बहुत दूर तक उड़ती चली जाती थी, आकाश सभी गहराइयों को लाँघती हुई ऊपर से घूमकर जो चीलें पानी की सतह के बराबर उड़ती थीं, वे शीशे के बरतन में बन्द मछलियों जैसी लगती थीं...।

हमने वहाँ चाय की एक-एक प्याली पी। नीलिमा ने चाय के साथ सैंडविच नहीं निकाले। कहा कि सैंडविच लौटते हुए रास्ते में कहीं खाएँगे। 'मैं तुमसे एक बात जानना भी चाहती हूँ,' उसने कहा। 'मगर यहाँ लोगों के बीच बैठकर मैं वह बात नहीं करूँगी।'

लौटते हुए जब हम सड़क पर काफ़ी दूर निकल आए, तो जामिया मिलिया से थोड़ा पहले एक जगह पर वह रुक गई। वहाँ से ढूहों की तरफ़ एक पगडंडी जा रही थी। उसके मोड़ पर दो पतले-पतले बाँस के टुकड़ों पर एक छोटा-सा नीला बोर्ड लगा था जिस पर लिखा था–

ग्राम जोगा बाई को
सही राम मार्ग

'चलो, सही राम मार्ग से चलते हैं,' उसने हँसकर कहा। 'देखें, यह मार्ग हमें कहाँ ले जाता है।'

मगर जल्दी ही वह उस मार्ग से भी हटकर एक ऊँचे ढूह पर चढ़ गई। वहाँ एक तरफ़ चबूतरा-सा था, पुराना, टूटा हुआ, खुदाई में ज़ीमन से निकले खँडहर जैसा। एक तरफ़ जामिया मिलिया की भव्य इमारत थी और दूसरी तरफ़ नीचे क़ब्रिस्तान की सलेटी क़ब्रें नज़र आ रही थीं।

'आओ कुछ देर यहीं चबूतरे पर बैठते हैं,' उसने कहा। मगर बैठने से पहले ही वह ठिठक गई। वहाँ बिस्कुट के टुकड़ों और चिलगोज़े के छिलकों के अलावा एक और भी चिपचिपी-सी चीज़ पड़ी थी। मैंने चबूतरे को साफ़ करने के लिए रूमाल निकाला, तो उसने कहा, 'नहीं, यहाँ नहीं, चलो उधर कहीं चलकर बैठते हैं। ओखला की सैरगाह आजकल ऐसे ही लोगों की वजह से बदनाम है।'

हम लोग वहाँ से हट आए, तो भी मेरे शरीर में एक झुरझुरी-सी भर रही थी। एक तरफ़ भुरभुरी मिट्टी के टीले, दूसरी तरफ़ जामिया मिलिया की इमारत और तीसरी तरफ़ क़ब्रिस्तान–प्रेम के उन्माद को जगाने के लिए यह भी एक उपयुक्त पृष्ठभूमि हो सकती थी।

ओखला की उस ऊबड़-खाबड़ सैरगाह में एक ढूह पर बैठकर टमाटर-सैंडविच को दाँतों से काटते हुए नीलिमा ने कहा, 'एक बात पूछूँ? ठीक-ठीक बताओगे?' वह बात जैसे बहुत देर से उसके मुँह पर आ रही थी और वह जैसे-तैसे पूछने के क्षण को टाल रही थी।

'हाँ-हाँ, पूछो।'

'रात को हरबंस की तुमसे क्या-क्या बातें हुई थीं?'

'क्यों?'

'मेरा ख़याल है कि वह मेरी वजह से बहुत दुःखी है और अब मुझसे छुटकारा चाहता है।'

'यह तुम कैसे कहती हो?'

'मैं जानती हूँ। वह कई बार मुझसे कह भी चुका है। कल दिन-भर वह मुझसे उलझता रहा था और तभी फ़ोन करके उसने तुम्हें बुलाया था। मैं समझती हूँ कि उसने ज़रूर तुमसे कुछ बातें की हैं। मैं इसलिए जानना चाहती हूँ कि मुझे ठीक से पता चल जाए कि वह अपने दिल में क्या चाहता है। अगर वह सचमुच यह चाहता है कि मैं उससे अलग हो जाऊँ, तो मैं भी उसे अब ज़्यादा परेशान नहीं करूँगी। जितने दिन कट गए हैं, उतने ही बहुत हैं। मैं अकेली रहकर भी किसी तरह ज़िन्दगी काट ही लूँगी। मैं उसके ऊपर बोझ बनकर नहीं रहना चाहती।' और बात करते-करते उसकी आँखें छलछला आईं। उसने पूरा सैंडविच मुँह में भर लिया और उसे जल्दी-जल्दी निगलने का प्रयत्न करने लगी।

मेरी समझ में नहीं आया कि मैं उससे क्या बात कहूँ। सबकुछ सच-सच बता देने में भी एक बहुत बड़ी उलझन थी। हरबंस को उसका बुरा लग सकता था। मैं पल-भर सूखी घास में चोंच मार-मारकर कुछ ढूँढ़ते हुए कौए को देखता रहा। रह-रहकर उसके पंख फड़फड़ा उठते थे। वह मिट्टी के अन्दर किसी चीज़ से गहरा संघर्ष करता जान पड़ता था।

'उसने मुझे लन्दन के दिनों की कुछ बातें बताई थीं,' मैंने कहा, 'कि तुम लोगों को किस तरह वहाँ तकलीफ़ में दिन काटने पड़े और किस तरह बाद में तुम लोग उमादत्त के ट्रुप के साथ यूरोप में घूमते रहे।'

'उसने तुम्हें सब बातें बताई थीं?'

'सब बातें यानी?'

'सब बातें...जैसे कि जब मैं पहली बार उमादत्त के साथ स्पेन गई थी, तो तीन दिन पेरिस में अकेली रुक गई थी...?'

मुझे बहुत जल्दी अपने मन में फ़ैसला कर लेना पड़ा। मैं उस समय उसके सामने झूठ नहीं बोल सकता था। 'हाँ, उसने बताया तो था...,' मैंने कहा।

'तब तो उसने तुम्हें सबकुछ बता दिया है। उसने पश्चिमी बर्लिन के बाहर अपने जन्मदिन की घटना भी तुम्हें बताई थी?'

'हाँ, बताई थी।'

वह सहसा बहुत गम्भीर हो गई। 'यह उसने अच्छा नहीं किया,' उसने कहा।

'वह बहुत परेशान था और उस परेशानी में उसने वह सब कह दिया होगा। तुम्हें इससे यह नहीं सोचना चाहिए कि...।'

'मेरे सोचने-न-सोचने से क्या होगा?' वह बोली। 'उसने अपने मन में फ़ैसला कर लिया है, तो ठीक है।'

'कैसा फ़ैसला? उसने किसी फ़ैसले की बात तो मुझे नहीं बताई,' मैंने कहा।

'उसने तुमसे यह नहीं कहा कि वह हमेशा के लिए मुझे छोड़ देना चाहता है और किसी और के साथ...'

'किस और के साथ? किसी और की बात तो उसने मुझे नहीं बताई और न ही यह कहा है कि वह इस तरह का कोई दूसरा ख़याल रखता है।'

'तुम सच कह रहे हो, उसने ऐसा कुछ नहीं कहा?'

'मैं बिलकुल सच कह रहा हूँ।'

वह पल-भर कुछ सोचती हुई मुझे देखती रही। फिर दूसरी तरफ़ देखने लगी। 'हो सकता है उसने न कहा हो,' वह बोली। 'मगर मुझे लगता यही है कि वह जल्दी ही कुछ-न-कुछ करना चाहता है।'

'यह तुम्हें कैसे लगता है?'

'ऐसे ही लगता है,' वह बोली। 'वह असल में मुझे बिलकुल नहीं समझता। वह शायद सोचता है कि मैं...।'

मैं चुपचाप उसकी तरफ़ देखता रहा।

'वह शायद सोचता है कि मैं...कि मैं उसके प्रति वफ़ादार नहीं रही। पेरिस की घटना का उसने अपने मन में कुछ और ही अर्थ लगा रखा है। मेरे बार-बार विश्वास दिलाने पर भी शायद उसे विश्वास नहीं होता कि वह जो बात सोचता है, वह ग़लत है।'

बात बहुत नाज़ुक जगह पर आ गई थी, इसलिए मैं कुछ न कह सका। मैंने कौए की तरफ़ हाथ करके एक बार ताली बजाई, जिससे उसे लगे कि मेरा ध्यान उसकी बात से ज़्यादा कौए को उड़ाने की तरफ़ है।

'मैं चाहती हूँ कि वह एक झूठी बात को आधार बनाकर कोई फ़ैसला न करे। वैसे उसे जो भी फ़ैसला ठीक लगे, वह कर ले। मैं अपनी ज़िन्दगी अलग रहकर काट सकती हूँ, मगर अपने ऊपर झूठा लांछन बरदाश्त नहीं कर सकती...।'

'मगर मुझसे तो उसने ऐसी कोई बात नहीं कही जिससे लगता हो कि वह अपने मन में ऐसी बात सोचता है...।' मैंने ध्यान कौए पर ही रखे हुए कहा।

'मगर मुझसे वह कई बार कह चुका है।' उसने अपने ऊपर के होंठ को दाँतों में चबा लिया और आँखें बन्द करके फिर पल-भर कुछ सोचती रही। 'देखो, मैंने आज

तक पूरी बात उसे नहीं बताई। इसलिए नहीं बताई कि उसका सन्देह कम न होकर शायद बढ़ ही जाता। मैं जीवन में किसी भी परिस्थिति का सामना करने से नहीं डरती। मगर झूठा सन्देह मुझे एक ऐसे नश्तर की तरह लगता है जो घाव नहीं करता, मगर हर समय चुभता रहता है। मुझे इस तरह की परिस्थिति बहुत लिजलिजी लगती है और उसके सामने मेरा धैर्य छूट जाता है। अगर उसने तुम्हें अपने दिल की बात बताई है, तो मैं भी तुम्हें अपनी स्थिति बता सकती हूँ। तुम जितने उसके मित्र हो, उतने ही मेरे भी हो। कम-से-कम उन दिनों मैं ऐसा ही समझती थी। अगर उन दिनों तुम अचानक ही ग़ायब न हो जाते, तो बहुत-कुछ शायद उस तरह न होता जैसे अब हुआ है। तुम नहीं जानते कि उस शाम को तुम्हारे न आने से मेरे लिए सारी स्थिति कैसे और-की-और हो गई थी। मगर वह अलग बात है। मैं इस समय दूसरी बात करना चाहती हूँ। मगर उससे पहले मैं तुमसे यह जानना चाहती हूँ कि क्या मैं आज भी तुम्हें अपना मित्र समझ सकती हूँ और तुमसे आशा कर सकती हूँ कि तुम मेरी सहायता करोगे?'

'अगर मेरे करने से कुछ हो सकता है, तो मैं ज़रूर करूँगा,' मैंने कहा। 'मगर उस दिन की जो बात तुम कह रही थीं, मैं उसे भी जानना चाहता हूँ। उस दिन मेरे न आने से कैसे स्थिति और-की-और हो गई थी?' मैं चाह रहा था कि मेरे भाव और शब्दों से यह प्रकट न हो कि मैं किसी दिलचस्पी की वजह से यह बात कह रहा हूँ। मगर मेरे मन में वह साँझ फिर घिरने लगी थी जब सारा दिन मैं बसों में घूमता रहा था और रात होने पर...।

'इस समय तुम उस बात को जाने दो,' वह बोली। 'वह बीते हुए दिनों की बात है जो फिर भी की जा सकती है। अब हम लोग तब से नौ साल बड़े हो गए हैं और हम सबकी ज़िन्दगी तब से कई-कई मंज़िलें तय कर आई है। उस दिन तुम पहली बार हरबंस के साथ आए थे, तो मेरे दिल में तुम्हारे लिए बहुत गुस्सा था। इसलिए उस दिन मैंने तुमसे ठीक से बात भी नहीं की थी। कल रात को भी मुझे तुम पर गुस्सा था क्योंकि शुक्ला के यहाँ न जाने के लिए हरबंस ने तुम्हारे आने को ही बहाना बनाया था। मगर आज सुबह तुम्हें दवाई की टिकिया देते हुए मुझे लगा कि शायद आज भी मैं उन दिनों की तरह तुमसे बात कर सकती हूँ। हो सकता है तुम्हारे उस दिन न आने की कोई ख़ास वजह रही हो।'

'तुम मुझे बात बताओ, तो मैं तुम्हें वजह भी बता दूँगा।' मैं नहीं चाहता था कि वह प्रकरण टल जाए। मेरी उत्कंठा इतनी बढ़ गई थी कि मेरा नौ साल का सारा तजरबा उसके सामने बेकार हो रहा था।

'वह वजह भी मैं तुमसे सुन लूँगी,' वह उस ओर से उसी तरह उदासीन रहकर बोली। 'मगर पहले मैं चाहती हूँ कि तुमको सारी बात बताकर अपना मन हलका

कर लूँ। तुम मुझसे वादा करते हो कि तुम यह बात किसी को नहीं बताओगे? हरबंस को भी नहीं? मतलब जब तक कि पहले मुझसे न पूछ लो?'

'मैं वादा करता हूँ कि तुमसे पूछे बिना किसी को नहीं बताऊँगा,' मैंने कहा। मैं बहुत कठिनाई से अपने मन को नौ साल पहले की साँझ से बाहर निकालने का प्रयत्न कर रहा था। फिर भी बार-बार यह विचार मन में कौंध जाता था कि साँझ को नीलिमा से मिल लिया होता, तो क्या होता! क्या अगले दिन सुबह मैंने त्यागपत्र न दिया होता?

'तुम मुझे एक मित्र की तरह वचन दे रहे हो?'

मैंने सिर हिलाया। मैं उसके विश्वास को तोड़ने की बात क्या सोच भी सकता था? और आज भी अगर उसकी अनुमति न होती, तो क्या मैं यह सब यहाँ लिखता?

'मैं तुम्हें सिर्फ़ इतना ही बताना चाहती हूँ कि मैं पेरिस में तीन दिन अकेली क्यों रह गई थी और वे तीन दिन मैंने किस तरह बिताए थे।'

मेरे मन में उत्सुकता जाग आई। दूसरों के जीवन के अन्तरंग में झाँककर देखने का अवसर मिलने पर मन में कब उत्सुकता नहीं जागती! वह बच्चा क्या सारी उम्र हमारे अन्दर जीवित नहीं रहता जिसे रोशनदान पर सीढ़ी लगाकर दूसरों की गतिविधियाँ देखने की आदत होती है?

'हम लोग स्पेन से पेरिस आए थे और सारा ट्रुप लौटकर लन्दन जा रहा था...।' नीलिमा ने अपने पैर समेट लिये और शरीर का पूरा बोझ एक हथेली पर डाल लिया। मैंने भी सुनने वाले की मुद्रा में अपना भार एक कुहनी पर डाल लिया। कौआ न जाने कब का उड़कर जा चुका था और जामिया की इमारत, कब्रिस्तान और गाँव के घरों को छोड़कर दूर तक मटियाले रंग के टीलों और गड्ढों के सिवा कुछ नज़र नहीं आता था। उस सारी ज़मीन को जैसे बरसों का घुन लगा था जिससे वह इतनी खोखली और भुरभुरी हो गई थी। अपने आदिम रूप में एक कोढ़ी की तरह धूप में पड़ी हुई वह ज़मीन हवा से हाँफती और कराहती-सी जान पड़ती थी। किसी-किसी क्षण हवा से धूल उड़ आती थी, मगर रेतीली धूल ज़मीन से ज़्यादा ऊँची नहीं उठ पाती थी। बीस गज़ दूर सड़क से कभी एक बस और कभी दो-एक कारें गुज़र जाती थीं। एक सोलह-सत्रह बरस का लड़का हाथ में एक पतली-सी टहनी लिये दूर से हम लोगों की तरफ़ ईर्ष्या-भरी आँखों से देख रहा था। दूहों पर पड़ती हुई धूप का रंग पिघली हुई गन्धक जैसा था। मुझे प्यास लग आई थी जिससे मेरे होंठ सूख रहे थे।

'स्टेशन तक मैं उन लोगों के साथ ही गई थी और तब तक मैंने पीछे रुकने का निश्चय नहीं किया था...।'

गर्द का एक झोंका उठा जिससे आँखों में किरकिरी-सी भर गई। मेरी एक आँख से पानी बह आया। मैं हाथ से आँख को मलने लगा।

गार् दे नॉर। बोट ट्रेन चलने को तैयार खड़ी है। उमादत्त अपने कलाकारों की गिनती कर रहा है। दो व्यक्ति नहीं आए—बर्मी कलाकार ऊ बा नू और तबलची लाखासिंह। वे एक दिन और पेरिस में घूमने के लिए पीछे होटल में ही रह गए हैं। अगले दिन आएँगे।

नीलिमा प्लेटफ़ॉर्म पर अपने सूटकेस के पास खड़ी है। सोच रही है कि सबसे आगे गाड़ी में कौन चढ़ेगा और सबसे पीछे कौन। न जाने क्यों उसे लगता है कि उसे सबसे बाद में चढ़ना चाहिए। सब लोग गाड़ी में चढ़ने लगते हैं। वह रुकी रहती है। एक-एक करके सब लोग चढ़ जाते हैं। केवल वह और उमादत्त प्लेटफ़ॉर्म पर रह जाते हैं। उमादत्त उसकी तरफ़ देख रहा है कि वह भी गाड़ी में चढ़ जाए, तो वह चढ़े।

'गाड़ी के चलने का वक़्त हो गया है,' वह कहता है। 'तुम भी अब बैठ क्यों नहीं जातीं? पेरिस को छोड़कर जाने को दिल नहीं करता क्या?'

वह सिर हिलाती है, 'नहीं, सचमुच दिल नहीं करता।' उमादत्त वह सवाल न पूछता, तो शायद वह यह उत्तर भी न देती। अगर इसकी जगह वह बात इस तरह कहता कि चलो गाड़ी में बैठ जाओ, तो शायद वह चुपचाप जाकर गाड़ी में बैठ जाती।

'पेरिस जगह ही ऐसी है,' उमादत्त कहता है। 'किसी को छोड़कर जाने को मन नहीं करता। लेकिन हम लोग यहाँ रह भी तो नहीं सकते। लाओ, अपना सूटकेस मुझे दे दो।'

'रहना चाहें, तो रह नहीं सकते?' वह कहती है। 'इच्छा हो, तो इन्सान क्या नहीं कर सकता?'

'तुम बहुत हौसले वाली लड़की हो!' उमादत्त उसे हमेशा लड़की ही कहता है। 'लाओ, सूटकेस मुझे दे दो। गाड़ी अब छूटने वाली है।'

वह सूटकेस उठाती है और रख देती है। 'लेकिन मेरा आज जाने का मन नहीं है।'

उमादत्त हँसता है। 'देखो, इस तरह सनकी मत बनो। तुम जानती हो कि तुम्हें हर हालत में चलना ही है। तुम्हारा पति वहाँ तुम्हारा इन्तज़ार कर रहा है। उसे पता चलेगा कि तुम हम लोगों के साथ नहीं आई और अकेली पीछे पेरिस में रह गई हो, तो वह बेचारा आत्महत्या नहीं कर लेगा?'

'नहीं, ऐसी कोई बात नहीं है। वह आत्महत्या क्यों करेगा? उसे तो बल्कि खुशी होगी कि...।'

'क्यों, उसे खुशी क्यों होगी?'

गाड़ी का इंजन ह्विसल कर देता है। कंडक्टर दरवाज़े के पास आकर उसे कहता है कि वे लोग अब और देर न करें और गाड़ी में बैठ जाएँ। इंजन की भाप छटपटाती हुई आकाश में बाँहें पटकती है। नीलिमा एक बेबसी की हँसी हँसती है। 'मैं तो ऐसे ही कह रही थी। वह बेचारा सचमुच बहुत परेशान होगा। मगर कभी-कभी तो इस तरह परेशान करना भी चाहिए।'

'ख़ैर अब इन बातों को छोड़ो और अपना सूटकेस मुझे दे दो।'

वह उमादत्त को बता नहीं सकती कि वह क्या महसूस कर रही है; किसी को भी नहीं बता सकती। सिर्फ़ उससे इतना ही कहती है, 'तुम गाड़ी में बैठ जाओ। मैं आज इस गाड़ी से नहीं जाऊँगी।'

उमादत्त की आँखें फैल जाती हैं। 'तुम इस गाड़ी से नहीं जाओगी?' उसे विश्वास नहीं होता कि वह सच कह रही है। 'देखो, गाड़ी चलने के वक़्त इस तरह की सनक ठीक नहीं। तुम अगर सचमुच पीछे रुक गईं, तो...।'

'मैं सचमुच पीछे रुक रही हूँ,' वह कहती है। 'तुम गाड़ी में बैठ जाओ। मैं कल लाखासिंह के साथ आ जाऊँगी।'

'मगर क्यों?'

कंडक्टर फिर उनसे कहता है कि वे गाड़ी में बैठ जाएँ। इंजन फिर ह्विसल करता है और गाड़ी झटके के साथ चल पड़ती है। उमादत्त कुछ सकपका जाता है। 'तो तुम सचमुच नहीं चल रहीं?'

'नहीं, मैं सचमुच नहीं चल रही।'

उमादत्त जल्दी से दौड़कर गाड़ी में सवार हो जाता है। वह इस तरह हाथ हिलाती है जैसे केवल उन लोगों को छोड़ने के लिए ही स्टेशन पर आई हो।

'तुम्हारे पति मुझसे पूछेंगे, तो मैं उनसे क्या कहूँ?' उमादत्त चलती गाड़ी के दरवाज़े से पूछता है।

'यही कि मैं आज तुम्हारे साथ नहीं आई, शायद कल आऊँ...।'

गाड़ी धीरे-धीरे दूर होती जाती है। गाड़ी स्टेशन से निकल जाती है, तो वह एक उसाँस भरकर अपना सूटकेस उठा लेती है।

स्टेशन के बार में आकर वह जिन और जिंजर लेकर बैठ जाती है। उसके अपने मन में भी वही सवाल है कि वह वहाँ क्यों रुक गई है। क्या सचमुच पेरिस के आकर्षण ने ही उसे रोक लिया है या उसके रुकने का कारण कोई और है? पेरिस में बहुत आकर्षण है, इसमें सन्देह नहीं और इसमें भी सन्देह नहीं कि वह उस शहर को अच्छी तरह नहीं देख सकी। देखना चाहती है। मगर उसके रुकने का क्या वही कारण है? क्यों स्टेशन पर आकर भी उसका गाड़ी में बैठने को मन नहीं हुआ? क्या वह केवल एक दिन और वहाँ रहकर कल जाने के लिए ही रुकी है?

बार में काफ़ी भीड़ है। एक चहल-पहल है, आह्लाद है, स्पन्दन है। वहाँ बैठे हुए यह नहीं लगता कि दुनिया में कहीं उदासी भी है। उसके सामने ही एक नवयुवक और नवयुवती गुल्लियों वाले डफ़लकोट पहने एक-दूसरे के गले में बाँहें डाले बैठे हैं। नवयुवती जब कोई बात कहती है, तो नवयुवक झुककर उसके होंठों को अपने होंठों से छू लेता है। उसके लिए वहाँ अपने और उस नवयुवती के अलावा और किसी भी चीज़ का या किसी भी व्यक्ति का अस्तित्व नहीं है। उन दोनों के भाव में एक उपेक्षा और निश्चिन्तता है। उनके अस्तित्व की अपनी ही एक लय है जिसमें वे थिरक रहे हैं। कोने में खड़ा एक बुड्ढा आदमी रेड वाइन के साथ ब्रेडरोल तोड़-तोड़कर चबा रहा है। वह अपने अकेलेपन में मस्त है। उसके अस्तित्व की भी अपनी एक लय है। चारों ओर नज़र डालने पर लगता है कि उस समूह की भी अपनी एक लय है, उन्माद, उपेक्षा और आह्लाद की लय। सारा जीवन अपनी जगह पर थिरकता-सा महसूस होता है। उसे शाँ ज़लीज़े की भीड़ याद आती है जो उसने पिछली शाम को देखी थी, और आइफ़ल टॉवर के पास टहलते हुए जोड़ों की, एक गली में इकट्ठे होकर नाचते-गाते हुए लोगों की, और सेन के पुल की, जहाँ से ज़िन्दगी का काफ़िला इस तरह गुज़र रहा था जैसे जीना अपने में ही एक त्यौहार हो जिसे मनाने के लिए लोग उस काफ़िले में सम्मिलित हुए हों...।

और इसके साथ ही उसके सामने लन्दन के उस उदास घर की तसवीर आ जाती है जहाँ वे लोग रात-दिन जैसे ज़िन्दगी का मातम मनाते थे। हरबंस को क्या हो गया था कि हर समय उस पर एक नहूसत-सी छाई रहती थी? उन दोनों में अब प्रायः एकशब्दी भाषा में ही बातें क्यों होती थीं? एक शब्द से ज़्यादा की बात तभी होती थी जब वे लोग आपस में लड़ पड़ते थे। दिन का दो-तिहाई भाग कुढ़ने में और एक-तिहाई भाग उस अनिवार्य परिस्थिति के सामने आत्मसमर्पण करके थके हुए पड़े रहने में ही बीतता था। कोई खुशी का दिन आता था, तो उसमें भी रात होने तक किसी-न-किसी तरह कड़वाहट घुल जाती थी। फिर रात-दिन की तनातनी, बेबी सिटिंग और ऊब! उस ऊब में जीते हुए वे लोग आख़िर क्या खोज रहे थे और किस चीज़ का निर्माण कर रहे थे? वह हरबंस के स्वभाव से दुःखी रहती थी और हरबंस उसके स्वभाव से। फिर भी साथ-साथ रहने की एक मजबूरी थी जिससे वे निकल नहीं पाते थे। हरबंस उसे अपनी तरह गम्भीर देखना चाहता था और वह चाहती थी कि वे हर समय अपने इर्द-गिर्द एक उल्लास और थिरकन महसूस कर सकें। वे दोनों जैसे एक ही घेरे में दो विपरीत दिशाओं में घूमते हुए नक्षत्र थे जो न तो उस घेरे से निकल सकते थे और न ही अपनी दिशा बदल सकते थे। उनके लिए साथ रहना भी अनिवार्य था और विपरीत रहना भी...।

एक अभिशाप की तरह वह क्रम बरसों से चल रहा था। क्या निश्चित और साहसिक प्रयत्न से वह अपने को और हरबंस को उस क्रम से मुक्त नहीं कर

सकती? क्या वह अपना शेष जीवन उस अपरिचित देश में अपने को अपरिचित लोगों के बीच गुम करके नहीं बिता सकती? क्या उस जीवन की लय ही वह लय नहीं है जो उसके मन के अनुकूल है? फिर उसे लौटकर हरबंस के पास जाने की विवशता ही क्या है? हरबंस को पहले एक झटका-सा लगेगा, मगर बाद में क्या वास्तव में ही उसे खुशी नहीं होगी? वह क्या बहुत शीघ्र ही अपनी ज़िन्दगी को एक नए साँचे में नहीं ढाल लेगा? और वह स्वयं...? वह स्वयं भी अपने में कितनी मुक्त और कितनी हलकी महसूस करेगी! विदेश में अकेला जीवन व्यतीत करने में उसे आर्थिक कठिनाई होगी, मगर उसके लिए क्या वह किसी भी तरह का काम नहीं कर सकती? बल्कि वहाँ रहकर अपने नृत्य के प्रदर्शनों से ही क्या उसका गुज़ारा नहीं चल सकता?

बार से निकलने तक वह मन में लगभग निश्चय कर लेती है। वह अब लौटकर नहीं जाएगी। अकेली रहेगी–बिलकुल स्वच्छंद और निर्मुक्त। हरबंस के साथ उदास और गम्भीर जीवन वह नहीं जी सकती। वह अकेली रहेगी, तो अपनी भावना के लिए भी कोई-न-कोई आधार ढूँढ़ लेगी। उसे पुराने दकियानूसी संस्कारों से अपने को मुक्त कर लेना होगा। वह होटल में जाते ही हरबंस को पत्र लिख देगी...।

वह होटल में वापस पहुँच जाती है। तबलची लाखासिंह वहाँ नहीं है। बर्मी कलाकार ऊ बा नू बाहर जाने के लिए तैयार हो रहा है। उसे देखकर वह चौंक जाता है। 'नीलिमा, तुम?'

'हाँ, मैं,' वह हँसकर कहती है। 'मैं आज गाड़ी से रह गई हूँ।'

'और सब लोग चले गए और तुम अकेली गाड़ी से रह गईं!'

'हाँ, और सब लोग चले गए और मैं अकेली रह गई।'

'मगर कैसे?'

'अपनी मरज़ी से। सोचा एकाध दिन और पेरिस में रह लूँ। तुम कहीं घूमने जा रहे हो?'

'हाँ, तुम भी चलो...।'

'तुम दस मिनट रुक जाओ, तो मैं भी तैयार होकर चलती हूँ। बस, सिर्फ़ दस मिनट में ही तैयार हो जाऊँगी।'

'तुम चाहे कितनी देर लगा लो। मैं बाहर लाउंज में बैठता हूँ।

वह जल्दी से तैयार हो जाती है। उसे लगता है कि वह ऊ बा नू के साथ बाहर जाकर एक नए जीवन का आरम्भ कर रही है। मन में और शरीर में वह अपने को बहुत चुस्त महसूस करती है। हरबंस को चिट्ठी लिखने की बात वह भूल गई है, कि जान-बूझकर उसने उस बात को भूल जाना चाहा है?

वे लोग कई घंटे लूव्र में घूमते रहते हैं। मूर्तियाँ, युद्ध-स्मारक और पुरानी युद्ध-सामग्री! पिछली शताब्दियों की वेश-भूषाएँ!

वह ऊ बा नू की बाँह पकड़े एक हॉल से दूसरे हॉल में जाती है और खिलखिलाकर हँसती है। वह उसे 'ऊ बा', 'ऊ बा' कहकर बुलाती है। ऊ बा को वह इस तरह अपने साथ खींचकर इधर-से-उधर ले जाती है जैसे उसे रस्सी से बाँधकर अपने साथ घसीट रही हो। ऊ बा नू बहुत ही मूर्खता की बातें करता है। वह जहाँ हँसती है, वहाँ वह भी हँस देता है। वह जिस चीज़ को देखकर आश्चर्य प्रकट करती है, उसे देखकर वह भी आश्चर्य प्रकट करता है। वह कई बार जान-बूझकर पहले एक चीज़ की निन्दा और फिर प्रशंसा करती है। वह भी उसके साथ ही उस चीज़ की निन्दा और प्रशंसा करता है। वह एकाध बार उसे झिड़क भी देती है। 'तुम हर बार मेरी हाँ-में-हाँ क्यों मिलाते हो? तुम्हारा अपना कोई मत नहीं है?'

'मेरा अपना मत क्यों नहीं है?' वह कहता है। 'मुझे हर चीज़ अच्छी लगती है।'

'फिर तुमने उस मूर्ति पर मुँह क्यों बिचकाया था जिसके लिए मैंने कहा था कि वह कितनी मनहूस लग रही है?'

ऊ बा नू खीसें निपोर देता है। 'वह मूर्ति मुझे भी अच्छी नहीं लगी।'

'फिर वे 'म्यूज़े द लौभ' में चले जाते हैं। वहाँ एक गैंडे की भरी हुई खाल को देखकर वह उससे पूछती है, 'यह खाल तुम्हें अच्छी लग रही है? मुझे तो बहुत ही बेहूदा लग रही है।'

ऊ बा नू पल-भर सोचता रहता है। फिर कहता है, 'अच्छी तो यह मुझे भी नहीं लग रही। मेरे ख़याल से यह ऐसी ही है। रंगून के म्यूज़ियम में बहुत अच्छी-अच्छी खालें हैं। हमारे घर में भी कई जानवरों की खालें हैं। मेरा बाप बहुत बड़ा शिकारी है।'

'तुम्हारे घर में गैंडे की खाल है?'

'नहीं, गैंडे की खाल नहीं है।'

'तुमने कभी गैंडा देखा है?'

'नहीं।'

'फिर तुम इस खाल को बुरी कैसे बताते हो? गैंडे की खाल गैंडे की खाल जैसी ही तो होगी, शेर और चीते की खाल जैसी तो नहीं हो जाएगी।'

'तुम्हें यह अच्छी लग रही है?'

'यह खाल है और खाल जैसी लग रही है। इसमें अच्छी और बुरी लगने की क्या बात है?'

ऊ बा नू दाँत निकाल देता है। 'तुम बहुत अच्छी बातें करती हो।'

'क्यों?'

'तुम जितनी बातें करती हो, सब बहुत अच्छी होती हैं।'

‘इसलिए कि मैं स्त्री हूँ, और युवा हूँ?’

‘नहीं, मैं अपने दिल से महसूस करके कहता हूँ। तुम्हारी बातों से मुझे बहुत हँसी आती है।’

‘हिश्!’ उस पर एक उदासी छाने लगती है मगर वह उसका हाथ मसल देती है और उसे अपने साथ खींचकर दूसरी तरफ़ ले चलती है।

वहाँ से निकलकर वे लोग एक पेवमेंट रेस्तराँ में खाना खाते हैं। ऊ बा नू अपनी ज़ेब का सबकुछ उस पर ख़र्च कर देना चाहता है। वे रेड वाइन पीते हैं और सलामे सैंडविच खाते हैं। वे सेन के किनारे घूमते रहते हैं। अँधेरा हो गया है। मगर सेन के तट पर वह जैसे ज़िन्दगी की सुबह है। सेन से गुज़रते हुए स्टीमर और कार्गो बोट और वातावरण को चौंकाती हुई-सी हूटिंग की आवाज़!...वह ऊ बा नू की बाँह पकड़े पेवमेंट के स्टालों के पास से गुज़रती जाती है। पुरानी किताबें, नग्न मूर्तियाँ, रंग-बिरंगे फूल। जल्दी-जल्दी तसवीरों में रंग भरते हुए पेवमेंट आर्टिस्ट। हार्मोनिका पर सेन की प्रशंसा के गीत गाते हुए लोग। चहल-पहल से थोड़ा आगे आकर एक-दूसरे के आलिंगन में बँधे हुए जोड़े और उन्हें घूरता हुआ-सा नॉत्रदाम चर्च...। ऊ बा नू आलिंगन में बँधे हुए जोड़ों को इस तरह देखता है जैसे वे भी अजायबघर के शो-केसों में रखे हों।

‘तुम इस तरह भूखी आँखों से इनकी तरफ़ क्यों देख रहे हो?’ वह उसकी उँगली मसलकर उससे पूछती है।

‘यह बिलकुल और ही तरह की ज़िन्दगी है,’ वह कहता है।

‘तुम्हें यह ज़िन्दगी अच्छी लगती है?’

‘पता नहीं कैसी लगती है।’

‘तुम्हारी कोई गर्ल फ्रेंड नहीं है?’

‘गर्ल फ्रेंड?...गर्ल फ्रेंड कहाँ है?’

‘वहाँ रंगून में भी नहीं है?’

ऊ बा नू सहसा गम्भीर हो जाता है और चुप रहता है।

‘तुम्हारी पत्नी तो होगी,’ वह कहती है। ‘तुम विवाहित नहीं हो?’

‘मैं पन्द्रह साल का था, जब मेरा ब्याह हो गया था,’ ऊ बा नू के माथे पर एक हलकी-सी सलवट पड़ गई है।

कुछ देर वे दोनों चुप रहते हैं। फिर वह पूछती है, ‘तुमको यहाँ अकेलापन महसूस नहीं होता?’

‘होता है,’ वह कहता है।

‘तुम्हें घर की बहुत याद आती होगी?’

वह चुप रहता है।

‘तुम्हें अपनी पत्नी के पास से आए कितने दिन हो गए?’ वह फिर पूछती है।

'बहुत दिन हो गए।'

'और तुम्हें उसकी याद नहीं आती?'

वह फिर चुप रहता है।

'बाहर आकर तुम्हारा किसी लड़की से परिचय नहीं हुआ?' वह पूछती है।

'नहीं।'

'तुमने किसी से परिचय करने की कोशिश की है?'

'तुम यह सब क्यों पूछ रही हो?' ऊ बा नू उसकी आँखों में झाँककर कुछ देखना चाहता है।

'ऐसे ही।'

'तुम पहली लड़की हो जिससे मैं इस तरह बातें कर रहा हूँ।'

'मैं तुम्हें लड़की लगती हूँ?'

'मुझे पता है तुम विवाहिता हो। लन्दन में मैंने तुम्हारे पति को भी देखा था। मगर लगती तुम लड़की जैसी ही हो।'

'तुम्हें पता है मेरी उम्र कितनी है?'

'तुम्हारी उम्र? बीस या इक्कीस साल की होगी।'

वह चुप रहती है। ऊ बा नू पूछता है, 'इससे ज़्यादा है?'

'तुम जितनी भी समझ लो।'

'तुम्हें देखकर तो यह विश्वास ही नहीं होता कि तुम विवाहिता हो।'

'सच?' वह उसे अपने हाथ से खेलने देती है। यह एक नया आरम्भ है। वह उस दिन पेरिस में रुककर अपने सब बन्धनों से मुक्त हो गई है। वह किसी चीज़ को अब अपने को नहीं बाँधने देगी। न किसी विचार को, न भावना को, न कुंठा को। वह उस सामाजिकता से बहुत दूर हट आई है जिसके दायरे में बरसों से भटक रही थी।

'और सब लोग आज लन्दन जा रहे थे, तो तुम उनके साथ क्यों नहीं गए?' वह ऊ बा नू से पूछती है। 'तुम पेरिस में किसलिए रुक गए थे?'

'मैंने सोचा कि ज़िन्दगी में फिर कभी शायद यहाँ आना न हो, इसलिए यहाँ थोड़ा और घूम लूँ। तुम स्टेशन पर जाकर वापस क्यों चली आईं?'

वह इसका उत्तर नहीं देती। उसे लगता है कि वह उत्तर दे भी नहीं सकती। क्या वह उसे बता सकती है कि वह क्यों रुक गई है? क्या वह स्वयं भी ठीक से जानती है?

'तुम कल वापस चली जाओगी?'

वह इसका भी उत्तर नहीं देती। उलटे उसी से पूछ लेती है, 'तुम कल नहीं जाओगे?'

'सोचा तो यही था कि कल चला जाऊँगा,' वह कहता है। 'मगर...'

'मगर क्या?'

'हो सकता है न भी जाऊँ।'

'क्यों?'

'तुम रुकोगी, तो मैं भी रुक जाऊँगा।'

'मैं रुकूँगी, तो तुम भी रुक जाओगे? और अगर मैं ज़िन्दगी-भर के लिए पेरिस में ही रह जाऊँ...?'

ऊ बा नू बहुत रहस्यपूर्ण ढंग से उसकी तरफ़ देखता है। 'तो मैं भी पेरिस में ही रह जाऊँगा।'

'सचमुच रह जाओगे, या ऐसे ही...?'

'सचमुच रह जाऊँगा। तुम आज़माकर देख लो।'

'और मेरे साथ रहकर जैसे मैं कहूँगी, वैसे चलोगे? जो मैं कहूँगी, वह करोगे?'

'जो जैसे कहोगी, सब करूँगा।'

'तुम बिलकुल बच्चे हो,' वह उसकी बाँह पर हलकी-सी चपत लगा देती है। 'इसीलिए तुम मुझे इतने अच्छे लगते हो।'

वह उसे अपनी बाँहों में भर लेने का प्रयत्न करता है परन्तु वह उसकी बाँहों से निकल जाती है। उसे लगता है जैसे सहसा उसके अन्दर की एक कोमल चीज़ पर किसी ने पाँव रख दिया हो। 'देखो, मैं जब तक तुम्हें इजाज़त न दूँ, तब तक तुम मेरे साथ कोई ज़्यादती नहीं करोगे,' वह कहती है। ऊ बा नू कुछ हक्का-बक्का-सा हो जाता है।

'नहीं, मैं तुम्हारी इजाज़त के बग़ैर तुम्हें हाथ भी नहीं लगाऊँगा,' वह कहता है। 'तुम्हें बुरा लगा है, तो मैं तुमसे माफ़ी माँग लेता हूँ।'

'नहीं, तुम्हें माफ़ी माँगने की ज़रूरत नहीं,' वह कहती है। 'मगर मुझे यह अच्छा नहीं लगा।'

वे कुछ देर चुप टहलते रहते हैं। दोनों ही गम्भीर हो गए हैं और अपनी-अपनी जगह कुछ सोच रहे हैं। 'तुम मुझे अपने साथ थिएटर ले चलोगे?' आख़िर वही उस ख़ामोशी को तोड़ती है।

'क्यों नहीं ले चलूँगा?' ऊ बा नू कहता है। 'अभी मेरे पास काफ़ी पैसे हैं।'

वह उसका हाथ अपने हाथ में ले लेती है तो वह पहले तो कुछ झिझकता है, मगर फिर अपना हाथ उसके हाथ में रहने देता है। वह उसे हाथ से पकड़कर अपने साथ खींच ले चलती है।

रात को वे बहुत थके हुए थिएटर से वापस होटल में आते हैं। ऊ बा नू बहुत प्रसन्न है। वह सारा समय उसका हाथ पकड़कर बैठा रहा था। तबलची लाखासिंह

तब तक लौट आया है। वह नीलिमा को देखकर आश्चर्य प्रकट करता है। पहले वे सोलह व्यक्ति तीन कमरों में ठहरे थे। दो कमरों में पुरुष थे और एक कमरे में स्त्रियाँ थीं। अब उनके पास एक ही कमरा है। क्या नीलिमा उनके साथ उसी कमरे में ठहरेगी?

नीलिमा अलग कमरा नहीं चाहती। उसे डर लगता है कि अकेले कमरे में जाकर उसका मन उदास हो जाएगा। वह उदास होने के लिए पेरिस में नहीं रुकी। वह प्रसन्न है और प्रसन्न रहना चाहती है। उसे लगता है कि सारा पेरिस ही एक म्यूज़ियम है जहाँ वह तरह-तरह की मूर्तियाँ देखती रही है। बूलवार, बाग़, सेन, थिएटर, सब उस म्यूज़ियम के अलग-अलग हॉल हैं। ऊ बा नू भी म्यूज़ियम की एक मूर्ति है। इतने बड़े म्यूज़ियम में वह अकेली दर्शक है। जब तक वह लोगों के साथ है, तब तक म्यूज़ियम में है। जब वह अकेली हो जाएगी, तो म्यूज़ियम से बाहर आ जाएगी। वह म्यूज़ियम से बाहर नहीं आना चाहती। हर अकेला कमरा उसके लिए हरबंस का घर है। वह हरबंस के घर में लौटना नहीं चाहती।

'मैं अकेला कमरा लेकर क्या करूँगी?' वह कहती है। 'हम लोग रात-भर सोएँगे थोड़े ही? बालकनी में बैठकर बातें करेंगे, ताश खेलेंगे।' उसे याद आता है कि दिल्ली में कोई उससे ताश खेलने को कहता था, तो उसे बुरा लगता था। 'ताश?' वह कहती थी। 'ताश खेलने की बात मैं कभी सोच भी नहीं सकती। मुझे ताश खेलते हुए लोग इतने फ़िज़ूल और इतने खोखले लगते हैं कि मुझसे उनके पास बैठा भी नहीं जाता। मुझे लगता है कि वे लोग बिलकुल नाकारा हैं, उनके पास जीने का कोई उपाय ही नहीं है।'

परन्तु उस समय सरदार की ज़ेब से निकली हुई घिसी हुई ताश भी उसे एक बहुत बड़ा साधन लगती है। उसे लगता है कि वह जीवन की नई लय को पकड़ रही है। हँसना, घूमना, खेलना, और...और...। वह ज़्यादा आगे तक नहीं सोचती। यह भी नहीं सोचती कि यदि वह अकेला कमरा ले लेती, तो उसका किराया किस तरह चुकाती। यह भी नहीं सोचती कि एक रात बालकनी पर बैठकर नीचे झाँकते हुए और ताश खेलते हुए काटी जा सकती है, मगर हर रात तो इस तरह नहीं काटी जा सकती। यह भी नहीं सोचती कि ऊ बा नू और लाखासिंह वहाँ पर न होते, तो वह रात किस तरह काटती। यह नहीं कि सोचती ही नहीं। सोचती है, मगर अपने को सोचने देना नहीं चाहती। वह जानती है कि उसकी सोने की चूड़ियाँ तत्काल की किसी भी समस्या को हल कर सकती हैं। जब गाड़ी में चढ़ने के लिए अपना सूटकेस एक बार उठाकर उसने फिर नीचे रख दिया था, तो भी उसका ध्यान अपनी चूड़ियों की तरफ़ गया था। चूड़ियों के बाद उसके पास अपनी कला है। अगर उसकी कला काम न दे, तो...। वह बहुत दूर आगे तक नहीं सोचना चाहती। वह एक दिन बहुत अच्छा

बीता है। उसका मन प्रसन्न है। वह उस प्रसन्नता को जितनी भी देर हो सके, बनाए रखना चाहती है। उसे बनाए रखने के लिए वह ताश भी खेल सकती है; कुछ भी कर सकती है।

बालकनी से दूर तक की रोशनियाँ दिखाई देती हैं। रोशनियों से आगे अँधेरे में डूबा हुआ आकाश है। रोशनियों के इस तरफ़ उसकी अपनी दुनिया है। रोशनियों के उस तरफ़ हरबंस की दुनिया आरम्भ हो जाती है। वह अपनी दुनिया में रहना चाहती है; उसकी दुनिया में नहीं जाना चाहती।

लाखासिंह की आँखें नींद से भारी होने लगती हैं। मगर वह सोना नहीं चाहता। उसके मन में कहीं सन्देह का बीज है जो उसे सोने नहीं देता। वह चाहता है कि वे दोनों भी सो जाएँ, तो वह सोए। उसे हाथ के पत्ते भी ठीक से नहीं सूझते। बादशाह की जगह ग़ुलाम चल देता है। ऊ बा नू की आँखों में नींद नहीं है। आख़िर नीलिमा स्वयं ही ताश रख देती है और कहती है कि अब बातें करेंगे। सरदार को आने वाले कल की चिन्ता है। उसे गाड़ी पकड़नी है, लन्दन जाना है। वहाँ जाकर उमादत्त से आगे का दाना-खर्चा लेना है। उसकी ज़ेब भी लगभग ख़ाली है। वह उनसे पूछता है कि क्या वे कल लन्दन नहीं चलेंगे?

'हम लोग अभी एकाध दिन और ठहरेंगे,' नीलिमा ऊ बा नू की ओर से भी स्वयं ही निश्चय कर लेती है। सरदार के मन में सन्देह गहरा हो जाता है। वह कुछ देर अपनी दाढ़ी को सहलाता बैठा रहता है। फिर उठकर सोने चला जाता है। थोड़ी ही देर में वह ख़र्राटे भरने लगता है।

ऊ बा नू नीलिमा की तरफ़ देखता रहता है और नीलिमा दूर तक फैले हुए रोशनियों के इन्द्रजाल की तरफ़ और उससे भी आगे फैले हुए अँधेरे की तरफ़। रोशनियों का इन्द्रजाल एक सुरिक्षत ग़ार है। अँधेरा घना जंगल है, व्याध है। उसे अँधेरे से डर लगता है। वह अँधेरे की शिकार नहीं होना चाहती। वह उस बालकनी को अपना घर बना लेना चाहती है और उन क्षणों को अपना जीवन। वह उस समय जहाँ है और जैसे है वहीं और वैसे ही बनी रहना चाहती है। जीवन से चुराए हुए उन क्षणों को अपना मूलधन बनाकर उसी को आगे फैलाना चाहती है। क्या वह मूलधन इतना फैल सकता है कि बरसों तक उसके सहारे जिया जा सके?

ऊ बा नू की आँखों से भूख टपकती है। उसके चेहरे का भाव बहुत मूर्खतापूर्ण हो जाता है। मगर नीलिमा को वह भाव अच्छा लग रहा है। वह अनजाने ही उस भाव की तुलना हरबंस के चेहरे के भाव से करने लगती है। हरबंस का चेहरा हर समय कुछ खोजता-सा लगता है, किसी चीज़ के साथ जूझता हुआ-सा। उसके लिए सुख सुख नहीं है, केवल छानबीन और विश्लेषण का एक विषय है। वह जीवन के किसी भी क्षण को उसके समूचे सुख में स्वीकार नहीं करता। हर क्षण की वह

चीर-फाड़ करता है। सुख को चीर-फाड़कर वह उसमें से दुःख निकाल लेता है। सुख मर जाता है। हरबंस के साथ किसी भी सुख की अनुभूति सम्पूर्ण और अबाध सुख की अनुभूति नहीं होती। शारीरिक सुख की भी नहीं।

'तुम इस समय बहुत सुन्दर लग रही हो,' ऊ बा नू कहता है। सरदार के ख़र्राटों की आवाज़ ने उसे काफ़ी निःशंक कर दिया है। वह आदमी को तार-तार करके देखने वाला नहीं है। उसे कम्बल की तरह ओढ़कर उसकी उष्णता में खो जाने वाला है।

नीलिमा को गैंडे की खाल याद हो आती है। गैंडा भी क्या अपने सुख को इसी तरह ओढ़कर रहता है? मगर जब वह मर जाता है, तो उसकी खाल अजायबघर में रख दी जाती है। उसके ऊपर बत्तियाँ चमकती हैं। मगर बत्तियों की रोशनी क्या गैंडे की खाल के अन्दर भी जाती है, या वहाँ अँधेरा ही रहता है?

वह गैंडे की खाल को दिमाग़ से निकाल देना चाहती है, अँधेरे की बात भूल जाना चाहती है। वह जीना चाहती है। न जाने वह भी क्यों कभी-कभी हरबंस की तरह सोचने लगती है! जब-जब वह अपने को हरबंस के प्रभाव से मुक्त करना चाहती है, तब-तब ही वह प्रभाव उसे सबसे प्रबल और कसता हुआ प्रतीत होता है।

'नींद आ रही हो, तो तुम भी सो जाओ,' वह ऊ बा नू से कहती है।

'जब तक तुम जागती हो, तब तक मैं भी जागता रहूँगा,' वह कहता है।

'मुझे तो आज नींद आएगी ही नहीं।'

'तो मैं भी नहीं सोऊँगा।'

'तुम मेरे साथ आज इस तरह का व्यवहार क्यों कर रहे हो?' नीलिमा पूछती है।

'पहले भी तो इतने दिन हम लोग साथ-साथ रहे हैं।'

'मगर इस तरह कब रहे हैं?' ऊ बा नू मुसकराकर कहता है।

'तुम्हारे मन में इस समय क्या बात है?'

'मेरे मन में कोई बात नहीं है,' ऊ बा नू कहता है और अपनी कुरसी से उतरकर उसके घुटनों पर सिर रख देता है। उसकी ठोड़ी नीलिमा के शरीर की कोमलता में खुभ जाना चाहती है। वह उसे हटाती नहीं।

'कोई बात नहीं है, तो यह क्या कर रहे हो?' वह पूछती है।

'मैं तुम्हारे लिए कुछ भी कर सकता हूँ,' ऊ बा नू हकलाए-से स्वर में कहता है।

'कुछ भी कर सकते हो?'

'तुम मुझसे कुछ भी कहकर देखो। कहो तो मैं जान भी दे सकता हूँ।'

नीलिमा की आँखें फिर एक बार अँधेरे से टकरा जाती हैं और वह सिहर जाती है। क्या ऊ बा नू को अँधेरे में कुछ भी नज़र नहीं आता?

'तुम्हारी पत्नी तुम्हें इस तरह देख ले, तो...?' वह कन्धे से पकड़कर उसे हटाती हुई कहती है।

'मेरी पत्नी मर चुकी है।' ऊ बा नू बिलकुल एक बच्चे की तरह हो गया है।

वह उसके सिर पर ममता से हाथ रख देती है। 'तुमने उस समय तो नहीं कहा था कि तुम्हारी पत्नी मर चुकी है।'

ऊ बा नू कुछ न कहकर एक बार अँधेरे आकाश की तरफ़ देख लेता है।

'तुम्हें उसकी याद नहीं आती?'

'नहीं। मैं उसे कब का भूल चुका हूँ!'

'क्यों?'

ऊ बा नू अँधेरे से आँखें हटाता है और उसके चेहरे की तरफ़ देखता है। 'वह नेकचलन नहीं थी।'

नीलिमा एक बार सिर से पैर तक सिहर जाती है। वह चाहकर भी अँधेरे की तरफ़ से आँखें नहीं हटा पाती। अँधेरा उसे अपनी तरफ़ घूरता हुआ जान पड़ता है। ऊ बा नू का चेहरा फिर उसकी गोद में झुकने लगता है, मगर वह उसे अपने से दूर हटाए रखती है।

'तुम भी मुझसे नफ़रत करती हो?' ऊ बा नू फिर एक बच्चे की तरह पूछता है।

'नहीं,' वह कहती है। 'मैं तुमसे नफ़रत नहीं करती। मगर मैं चाहती हूँ कि तुम ठीक से कुरसी पर बैठ जाओ और पहले की तरह बातें करते रहो।'

ऊ बा नू कुछ पल उसी तरह बैठा उसकी तरफ़ देखता रहता है, फिर उठकर कुरसी पर बैठ जाता है।

'तुम्हें कैसे पता है कि तुम्हारी पत्नी नेकचलन नहीं थी?' कुछ देर की चुप्पी के बाद नीलिमा पूछती है।

'मुझे पता है।'

'उसे गुज़रे कितने दिन हो गए?'

'काफ़ी दिन हो गए।'

'और तब से ही तुम रंगून से निकले हुए हो?'

ऊ बा नू सिर हिलाता है। गम्भीर हो जाने पर उसका चेहरा भी हरबंस की तरह लगता है।

'उसकी मौत कैसे हुई थी?'

'एक दुर्घटना हो गई थी।'

'कैसी दुर्घटना?'

'उसके सिर पर चोट आ गई थी।'

'अचानक कोई चीज़ उसके सिर पर आ गिरी थी?'

ऊ बा नू सिर हिला देता है, मगर वह सिर हिलाना भी कुछ न कहने की तरह ही है। वह अब उससे आँख नहीं मिला पाता। बालकनी से दूर आकाश की तरफ़ देखता रहता है।

'तुम्हें उसके मरने का अफ़सोस नहीं हुआ?' वह जानती है कि वह जान-बूझकर उसके घाव को छील रही है, मगर वह उसे और छीलती जाना चाहती है।

'मुझे?' वह चौंककर कहता है। 'मुझे अफ़सोस क्यों होता? मैंने तुमसे कहा है कि वह नेकचलन नहीं थी।'

'तुम्हें सचमुच कभी अफ़सोस नहीं हुआ? तुम उसे बिलकुल प्यार नहीं करते थे? मैं उसे...मैं उसे...मैं नहीं जानता।' ऊ बा नू का स्वर टूटने को आ जाता है। 'कभी लगता है, करता था; कभी लगता है, नहीं करता था।'

'उसके गुज़रने के बाद तुमने दूसरा ब्याह क्यों नहीं कर लिया? तुम रंगून से चले क्यों आए थे?'

'बस ऐसे ही चला आया था। वहाँ रहना नहीं चाहता था।'

नीलिमा को लगता है कि उससे सवाल पूछ-पूछकर वह स्वयं को अपने को अँधेरे में ले जा रही है। जिस क्षेत्र से वह बचना चाहती है, जान-बूझकर अपने को उसी में धकेल रही है। मगर वह अपने को रोक नहीं सकती। वह रहस्यमय अँधेरा उसे अपनी तरफ़ खींचता जाता है। वह चाहकर भी उससे बच नहीं सकती।

'तुम्हारी पत्नी बहुत सुन्दर थी?'

'जब ब्याह हुआ था, तब बहुत सुन्दर थी।'

'और बाद में सुन्दर नहीं रही?'

वह सिर हिला देता है—बहुत सादगी के साथ। 'नहीं, बाद में वह मुझे सुन्दर नहीं लगती थी।'

'क्यों?'

'कह नहीं सकता, क्यों। मैंने उसके लिए सबकुछ किया था, फिर भी वह...।'

'तुम्हें पक्का विश्वास है कि वह नेकचलन नहीं थी?'

ऊ बा नू सिर हिलाकर अपना होंठ काटता रहता है। वह उस समय जैसे नीलिमा के चेहरे को नहीं देख रहा, किसी और के चेहरे को देख रहा है।

'वह नेकचलन होती, तो तुम उसे बहुत प्यार करते?'

वह बालकनी पर झुक जाता है, जैसे उसकी छाती दुःख रही हो। 'तुम और कोई बात क्यों नहीं करती?' वह कहता है।

'तुम्हें यह बात अच्छी नहीं लग रही है?'

वह जैसे कराहकर कहता है, 'नहीं, तुम अब कोई और बात करो।'

'मगर तुम अपनी पत्नी से नेकचलनी की आशा क्यों करते थे?' वह उसके घाव को ख़ूब गहरा कर देना चाहती है। 'तुम भी तो नेकचलन नहीं हो।'

वह सिर उठाता है और अपना थूक निगल लेता है। 'मैं पहले ऐसा नहीं था,' वह कठिनाई के साथ कहता है।

'और अब?'

'अब मैं कुछ नहीं जानता।' वह बहुत असहाय दृष्टि से उसकी तरफ़ देखता है। नीलिमा को उसकी असहायता से सहानुभूति नहीं होती। वह किसी तरह उसे और भी चोट पहुँचाना चाहती है।

'तुम्हारे पास तुम्हारी पत्नी का फोटो है?'

'नहीं,' वह एक जाल में पकड़े हुए पक्षी की तरह छटपटा रहा है और उस जाल से मुक्ति चाहता है।

'अगर होता, तो मैं देखती कि तुम्हारी पत्नी कितनी सुन्दर थी। कितनी बुरी बात है कि एक सुन्दर लड़की जवानी की उम्र में मर जाए! अच्छा, अगर वह इस समय अचानक आकर तुम्हारे सामने खड़ी हो जाए, तो तुम्हें कैसा लगे?'

'मैं उसके बारे में कोई बात नहीं करना चाहता,' ऊ बा नू हताश स्वर में कहता है। वह जैसे भी हो, उस जाल को काट देना चाहता है।

'इसका मतलब है कि तुम अब भी उससे प्यार करते हो?'

'मैं...उसे...' ऊ बा नू सिर पटकने को हो जाता है। 'मैंने कहा है कि मैं उसके बारे में कोई बात नहीं करना चाहता।'

नीलिमा को यह स्थिति काफ़ी रोचक लगती है। वह आदमी, जो दिन-भर उसके इशारों पर चल रहा था, अब किस तरह उसके ऊपर चिल्ला रहा है! दिन-भर उनका परिचय सड़क का परिचय था। तब वे सड़क की बातें कर रहे थे। अब वे घर की चहारदीवारी में हैं, घर की बातें कर रहे हैं।

'अब तुम ज़िन्दगी-भर कभी लौटकर रंगून नहीं जाओगे?' वह पूछती है।

ऊ बा नू सहसा कुरसी से उठकर खड़ा होता है और बिना कुछ कहे कमरे में चला जाता है।

नीलिमा वहीं बैठी देखती रहती है। वह जाकर कपड़े बदलता है और कम्बल ओढ़कर पड़ जाता है। नीलिमा को लगता है कि शहर की बत्तियाँ फीकी पड़ गई हैं। मगर दूर अँधेरा उतना ही गहरा है। उसे ठंड लग रही है, फिर भी बैठी रहती है। कुछ देर में अन्दर से कम्बल ले आती है और फिर सिमटकर कुरसी पर बैठ जाती है। उसे लगता है कि वह अब अकेली हो गई है। उसे हरबंस की याद आने लगती है। वह सोचने लगती है कि हरबंस को उसके न पहुँचने से कैसा लगा होगा और तब से अब तक का समय उसने कैसे बिताया होगा? और इस समय वह

क्या कर रहा होगा? सो गया होगा या जाग रहा होगा? उसे अफ़सोस होता है कि वह चली क्यों नहीं गई? उसका उस समय अपने घर में न होकर उस जगह दो अजनबी व्यक्तियों के साथ होना कितना अस्वाभाविक है! उसका मन होता है कि किसी तरह सम्भव हो, तो वह तुरन्त हरबंस के पास पहुँच जाए, और उसकी छाती पर सिर रखकर ख़ूब रोए, ख़ूब रोए...।

सुबह-सुबह हलकी-हलकी फुहार पड़ने से उसकी नींद खुलती है। कुरसी पर बैठे-बैठे उसका शरीर अकड़ गया है, पीठ दर्द कर रही है और कुहनियों में ख़ून जम गया है। शरीर इस तरह जकड़ रहा है कि बहुत बार झटकने पर भी ठीक नहीं होता।

ऊ बा नू भी जाग जाता है, तो उन लोगों में चाय और नाश्ते के बारे में ही बातें होती हैं। लाखासिंह जाने की तैयारी में है। वह ऐसे बात करता है जैसे वह उनके साथ न होकर अलग से आया हो। नीलिमा अपनी बात रखना चाहती है। वे लोग आज नहीं जाएँगे। वह यह भी देखना चाहती है कि हरबंस को इससे कितनी चोट लगती है। उसे विभाजन के दिनों की याद आती है जब उसे अपने साथ सुरक्षित रूप से लाहौर से लाने के लिए हरबंस ने अपनी जान को ख़तरे में डाल दिया था। उसे यह भी ध्यान आता है कि उन दिनों जो स्त्रियाँ पीछे पाकिस्तान में रह गई थीं, उनके पतियों ने बाद में उनके साथ कैसा व्यवहार किया था। क्या हरबंस उसकी इस अनुपस्थिति को चुपचाप स्वीकार कर लेगा, या वह भी उन पतियों की तरह उसे पास रखने से इनकार कर देगा?

लाखासिंह चला जाता है। दिन धीरे-धीरे बीतने लगता है। ऊ बा नू की जड़ता और उदासी काफ़ी दूर हो चुकी है। वह फिर पहले दिन की तरह हँसमुख और पालतू-सा हो गया है। मगर नीलिमा उससे उस तरह खेल नहीं पाती, उसे तंग भी नहीं कर पाती। उनके आपसी व्यवहार में अधिक सहजता आ गई है। वह सहजता है या कृत्रिमता? और वह व्यवहार अधिक दूरी का है या निकटता का? खाना वे लोग होटल में ही खाते हैं। खाना खाकर वे घूमने निकल जाते हैं। वही बूलवार और वही सेन का तट। ऊ बा नू अब उसका हाथ पकड़कर चलना अपना अधिकार समझता है। आर्च द त्रियॉम्फ के पास घास पर बैठे हुए वह उससे कहता है कि अगर वह उसका साथ दे, तो वह अपना शेष जीवन पेरिस में ही बिता देगा। वे लोग वहाँ के नाइट क्लबों में अपना प्रदर्शन कर सकते हैं; आगे चलकर अपना अलग ट्रुप भी बना सकते हैं। अगर वे लोग ढंग से व्यवस्था करें और उन्हें कोई अच्छा एम्प्रेसारियो मिल जाए, तो वे वहाँ काफ़ी पैसा कमा सकते हैं। उसे लौटकर रंगून नहीं जाना है। रंगून तो क्या, वह कभी एशिया की तरफ़ भी नहीं जाना चाहता। उसे अपने साथ एक साथी चाहिए, बस। तब वह दुनिया में कुछ भी कर सकता है। उसमें क्या कुछ करने की शक्ति है, यह वह उसके साथ रहकर ही जान सकती है। क्या वह उसकी बात मानेगी...?

नीलिमा उसकी बातें सुनकर हँसती रहती है। उसे हाँ या ना में उत्तर नहीं देती। उसे लगता ही नहीं कि उस प्रसंग में उसका कुछ उत्तर देना आवश्यक है। वह जैसे एक रिकॉर्ड सुन रही है जिससे उसका मनोरंजन हो रहा है। वह चाहेगी, तो उस रिकॉर्ड को बन्द कर देगी। सुनने में ऊ बा नू की बातें अच्छी लगती हैं। ऊ बा नू समझता है कि वह उसके साथ उसके मंच पर है। मगर वह उस समय उससे बहुत दूर बैठी है, हॉल में, एक दर्शक की तरह। वह सुन रही है और रोमांचित हो रही है, एक सामाजिक की तरह।

शाम गहरी हो गई है। वे लोग घूमकर काफ़ी थक चुके हैं। ऊ बा नू फिर थिएटर में चलते की बात कहता है। वह मना कर देती है। वह जानती है कि ऊ बा नू के पास भी अब बहुत थोड़े पैसे बचे हैं। उसका थिएटर में जाने को भी मन नहीं है। थिएटर से कहीं अच्छा अभिनय वह दिन-भर देखती रही है। अपनी यह तटस्थता उसे कुछ क्रूर भी लगती है। ऊ बा नू पर उसे दया भी आती है। मगर वह उस मनःस्थिति से निकल नहीं सकती, निकलना भी नहीं चाहती। वे लोग होटल में लौट आते हैं। वह ऊ बा नू को कमरे में भेजकर नीचे काउंटर से हरबंस के नाम तार दे देती है–वह उसे हवाई जहाज़ का टिकट और दस पौंड भेज दे।

ऊ बा नू के साथ वह अकेले कमरे में रात नहीं काटना चाहती। वह अपने लिए अलग कमरे का प्रबन्ध कर लेती है। सुबह पैसे मिलते ही वह हवाई जहाज़ से चली जाएगी।

ऊ बा नू उसका पीछा नहीं छोड़ना चाहता। वह कहता है कि वे लोग उसी तरह बालकनी में बैठकर बातें करेंगे। वह उसे अपने पिछले जीवन के सम्बन्ध में बहुत-कुछ बताना चाहता है, मगर वह अब सुनना नहीं चाहती। वह उस व्यक्ति को जितना जानती है, उससे ज़्यादा और नहीं जानना चाहती। उसे उसका वही रूप अच्छा लगता है, सीधा-सादा, पालतू, मूर्खतापूर्ण। वह खाना खाते समय उससे मज़ाक करती रहती है। सोने से पहले ऊ बा नू उसके कमरे में आ जाता है। वह उससे निश्चित रूप में जानना चाहता है कि क्या वह जीवन-भर उसके साथ पेरिस में रहेगी? मगर वह उसे उत्तर न देकर बातों में ही बहलाती रहती है। उसे तार की बात भी नहीं बताती। उसका मनोरंजन अभी तक चल रहा है। ऊ बा नू उसका निश्चित उत्तर पाए बग़ैर उस कमरे से नहीं जाना चाहता। वह हँसकर उससे कहती है, 'अच्छा, अब जाकर सो जाओ। मैं तुम्हें कल सुबह बताऊँगी।' ऊ बा नू एक बार भावुकतापूर्ण दृष्टि से उसे देखकर मन मारे हुए चला जाता है।

सुबह होती है। हरबंस का उत्तर नहीं आया। वह जानती है कि हरबंस का उत्तर उसे दोपहर के बाद ही मिलेगा। ऊ बा नू बार-बार उससे अपने प्रश्न का उत्तर देने के लिए कहता है। वह उसे टालती है और पुचकार भी देती है 'देखो, मैं अभी सोच

रही हूँ। तुम्हें सोचकर बताऊँगी।' ऊ बा नू का मन बहुत अस्थिर हो रहा है। वह उसके सामने बड़ी-से-बड़ी घोषनाएँ करने लगता है—भावना को लेकर और भविष्य को लेकर। वह सब सुनती है और चुप रहती है। सुनना उसे अच्छा लगता है। मगर उसके मन में रह-रहकर एक आशंका भी जाग उठती है। अगर हरबंस का कोई उत्तर न आया, तो...?

दिन-भर वे लोग होटल से बाहर नहीं जाते। दोपहर ढलने के समय उसे हरबंस का उत्तर मिलता है। उसने तीन पौंड भेजे हैं और तुरन्त आने को लिखा है। नीलिमा को सुख होता है कि हरबंस अब भी उसे अपने पास चाहता है। दुःख होता है कि उसने दस पौंड क्यों नहीं भेजे। उसके लिए निश्चय का क्षण आ गया है। उसे क्या करना चाहिए?

ऊ बा नू बहुत उखड़ा-उखड़ा-सा अपने कपड़े सूटकेस से बाहर फैलाए अपने कमरे में बैठा है। नीलिमा को उस समय उस पर बहुत ही दया आती है। वह सोचती है कि क्या ऊ बा नू के पास अपने कमरे का दो दिन का बिल देने लायक पैसे बचे होंगे? और उसे वहाँ से लौटना भी तो होगा। वह उसे अपनी एक चूड़ी दे देती है कि वह जाकर उसे बेच आए। 'हमारे पास कुछ पैसे तो होने चाहिए न,' वह उससे कहती है। ऊ बा नू जाने से पहले अपने प्रश्न का उत्तर चाहता है। 'तुम लौट आओ, तो मैं तुम्हें उत्तर दूँगी,' वह मुसकराकर कहती है। वह अपने मन से भी वही सवाल पूछ रही है। क्या वह फिर उस ज़िन्दगी में लौट जाना चाहती है जिससे दो दिन पहले उसने भागने का निश्चय किया था?

ऊ बा नू अब फिर उसे बच्चा-सा लगता है। वह उसके बालों को सहला देती है और कहती है, 'तुम जब तक आओगे, तब तक मैं ज़रूर निश्चय कर लूँगी। निश्चय हम जो भी करें, हमें होटल के बिल तो अदा करने ही हैं।'

ऊ बा नू अनिच्छापूर्वक उठता है और एक आवेश में वहाँ से चला जाता है। नीलिमा उसके जाते ही अपना सूटकेस तैयार करने लगती है। उसे लगता है कि वह स्वयं अपना सूटकेस तैयार नहीं कर रही, कोई शक्ति बाहर से उससे यह करा रही है। सूटकेस तैयार करके वह अपने कमरे का बिल चुका देती है और वहाँ से निकल पड़ती है। उसकी वही मनःस्थिति उसे फिर घेरने लगती है जो दो दिन पहले वहाँ से चलते समय थी। मगर एक मजबूरी उसे अपनी मरज़ी से चलाए चलती है। वह अपने हाथ की दूसरी चूड़ी के बदले में पैसे की व्यवस्था करती है हालाँकि उसे सोने की क़ीमत से बहुत कम क़ीमत मिलती है। फिर वह हवाई अड्डे पर पहुँच जाती है।

रात हो गई है। लन्दन जाने वाला जहाज़ तैयार है। वह तब तक भी नहीं जानती कि वह उस जहाज़ में जाना चाहती है या नहीं। जहाज़ में सीट के लिए पूछते समय

उसे ख़याल है कि उसे सीट नहीं मिलेगी। मगर पता चलता है कि एक सीट उसी समय कैंसल हुई है जो उसे मिल सकती है। वह टिकट ले लेती है। जब जहाज़ हवाई अड्डे से उड़ लेता है, तो उसे अपने अन्दर एक विचित्र-सा अनुभव होता है। वह नहीं जानती है कि वह खेद है या सुख, उसके शरीर पर एक शिथिलता-सी छा जाती है। वह जानती है कि उसके लिए और कोई चारा नहीं है। वह आँखें मूँदकर पड़ी रहती है। एक एयर-होस्टेस आकर उसे खट-मिट्ठी गोलियाँ दे जाती है। वह उन्हें चूसने लगती है।

'मुझे पता था कि मैं इसके सिवा कुछ कर ही नहीं सकती,' नीलिमा अपनी चप्पल से मिट्टी को ठोकरें लगाती हुई कह रही थी। मैं सोच रहा था कि वहीं कहीं पीने के लिए पानी मिल जाता, तो कितना अच्छा होता।

'मगर तुम्हें इसके लिए अफ़सोस तो नहीं है न?' मैंने पूछा।

'नहीं। अफ़सोस नहीं है। अफ़सोस इसलिए नहीं है कि मैं और कुछ भी करती, तो शायद बहुत दुःखी होती। मगर एक बात का अफ़सोस ज़रूर है कि मैं उसके बाद भी हरबंस को खुश नहीं रख सकी। बल्कि इस बात को सोच-सोचकर वह परेशान हो रहा है और आज तक मुझे कुरेदता रहता है कि कहीं मैंने...'

'मगर तुम्हें यह भी तो सोचना चाहिए कि उसकी जगह कोई और आदमी होता, तो शायद इतना भी बरदाश्त न करता और खुद परेशान रहने की जगह न जाने क्या कर डालता!'

'यह मैं जानती हूँ,' वह बोली। 'और इसके लिए उसकी क़द्र भी करती हूँ। मगर फिर बीच में जाने क्या हो जाता है! मुझे लगता है कि जैसे हम पति-पत्नी न होकर एक-दूसरे के दुश्मन हों और साथ रहकर एक-दूसरे से किसी बात का बदला ले रहे हों। शायद उसके मन के सन्देह के कारण ही यह स्थिति पैदा होती है। अगर किसी तरह उसका मन मेरी तरफ़ से साफ़ हो जाए जिससे वह बात-बात पर मेरे ऊपर ताने कसना छोड़ दे, तो हो सकता है कि हम लोग ठीक से ज़िन्दगी बिता सकें। कम-से-कम अरुण के लिए तो हमें सोचना ही चाहिए कि उस पर इस सबका क्या असर पड़ता होगा। वह कभी हरबंस के गिर्द हो जाता है कि तुम ममी को इस तरह क्यों डाँटते हो और कभी मेरी साड़ी खींचकर फाड़ने लगता है कि तुम बाबा के सामने इस तरह क्यों बोलती हो। वह इतनी छोटी उम्र में ही सयाना होता जा रहा है और मुझे इससे डर लगता है। कभी जब हम लोग लड़ते हैं, तो वह बैठा-बैठा रोने लगता है और घर की चीज़ें तोड़ने-फोड़ने लगता है। मुझे डर लगता है कि हम लोगों की खींचतान में कहीं वह बहुत ही एबनॉर्मल न हो जाए।'

'इसके अलावा तुम समझती हो कि तुम लोगों के सम्बन्ध में और कोई लकीर नहीं है?'

'नहीं...और कोई लकीर नहीं है। कम-से-कम मेरे मन में तो नहीं है। मैं नहीं समझती कि...या शायद...मगर और कोई बात महत्त्वपूर्ण नहीं है। कम-से-कम मैं और चीज़ों को महत्त्व नहीं देती। हम लोग अब काफ़ी बड़े हो गए हैं और...हाँ, एक बात और है। मैं यह अच्छी तरह जानती हूँ कि मैं नाचने के बिना नहीं रह सकती। ...सुबह घंटा-भर प्रैक्टिस कर लेती हूँ, तो उससे मेरी अच्छी कसरत भी हो जाती है और...मैं नहीं चाहती कि मेरा शरीर थल-थल हो जाए और मैं अभी से बूढ़ी लगने लगूँ। मुझे बुढ़ापे से बहुत डर लगता है और मैं कम-से-कम दस साल और ऐसी ही बनी रहना चाहती हूँ। तुम देखो, मैं अब चौंतीस की हो चुकी हूँ और मेरे पास मुश्किल से यही दस साल हैं।...लन्दन से आने के बाद मैं अरुण की वजह से एक भी शो नहीं दे सकी। मुझे यह सोचकर डर लगता है कि मैं ऐसे ही बूढ़ी होकर मर जाऊँगी और लोग यह जानेंगे भी नहीं कि मैं भी कभी थी और...देखो, मैं नाचना नहीं छोड़ सकती। उसके लिए चाहे मुझे कुछ भी क्यों न बलिदान करना पड़े। मैं मरने से पहले एक बार ख़ूब नाम कमाना चाहती हूँ। मैं चाहती हूँ कि लोग मुझे जानें और...मगर यह नहीं कि मैं सिर्फ़ ख्याति चाहती हूँ। मैं जानती हूँ कि मेरे अन्दर वह चीज़ है जो मुझे इस क्षेत्र में आगे ला सकती है। तुमने कामिनी और शची के शो देखे होंगे। मैं नहीं मानती कि उनकी आज जितनी ख्याति है, वे उतनी ही बड़ी कलाकार भी हैं। दरअसल...तुम नहीं जानते कि मेरे शरीर में उन दिनों कितनी लोच और लचक थी। मैं अब भी ठीक से अभ्यास करूँ, तो...तो शची और कामिनी के बराबर तो आ ही सकती हूँ। मैं केवल ख्याति की भूखी नहीं, मगर मेरे अन्दर वह चीज़ है, तो मैं क्यों न...क्यों न उनकी तरह ही जानी जाऊँ? जहाँ तक अभिनय का सम्बन्ध है, मेरा अभिनय उन दोनों से अच्छा होता है। मेरे गुरु भी कहते हैं कि मेरी जैसी भावपूर्ण आँखें और हाथ उनकी किसी शिष्या के नहीं हैं। मैं वही चीज़ पाना चाहती हूँ जो मेरा अधिकार है... ।'

वह बात कर रही थी और मैं फिर आसपास की ऊँची-नीची भुरभुरी ज़मीन को देख रहा था। चींटियों की एक पंक्ति हमारे पास से चक्कर काटकर सीधी सामने की झाड़ी की तरफ़ जा रही थी। दूर तक के झाड़-झंखाड़ ढलती धूप में सदियों के घुन खाए कंकालों जैसे नज़र आ रहे थे। सारे वातावरण में एक विरसता थी, एक उदासीनता, एक भावहीन विरक्ति। दूर सड़क पर कितनी ही गाड़ियाँ एक-दूसरी के पीछे आ रही थीं और वह ज़मीन जैसे कपड़े उतारकर और बाँहें फैलाकर उनके सामने एक मौन प्रदर्शन कर रही थी। वह भाव एक विवश, हताश, व्यंग्यात्मक मुद्रा में मुँह बिचकाने जैसा था। मुझे लग रहा था कि मेरा ही नहीं, उस सारे वातावरण का गला सूखा है और उसे प्यास लग रही है।

'हमें लौटने में देर तो नहीं हो जाएगी?' मैंने कहा। 'अब हम चलते-चलते बातें करें, तो कैसा है?'

नीलिमा जैसे चौंककर उठ खड़ी हुई। 'अरे हाँ,' उसने कहा। 'मैं तो भूल ही गई थी कि हरबंस के दफ़्तर से आने का समय हो गया है। हमें उसके लौटने से पहले ही घर पहुँच जाना चाहिए था।'

हम लोग पैदल चलते हुए फ्रेंच कॉलोनी के पुल तक आ गए। दिन जल्दी ढल गया था और झुटपुटा-सा अँधेरा उतर आया था। फटे-फटे बादल के गेरुआ टुकड़े दूर रेल की पटरियों पर झुके हुए थे। नीलिमा चलते-चलते सहसा ठिठक गई।

'क्या बात है?' मैंने पूछा।

'कुछ नहीं,' वह बोली। 'वह गाड़ी आ रही है। उसे गुज़र जाने दो।'

दाईं तरफ़ से रेल की पटरियों पर एक स्याह इंजन हमारी तरफ़ रेंगता आ रहा था। हम लोग पुल पर रुककर देखते रहे। गाड़ी धड़धड़ाती हुई पुल के नीचे से निकलकर चली गई, तो नीलिमा ने एक उत्तेजना में अपने दोनों हाथ भींच लिये और बोली, 'मुझे गाड़ी का दूर से आना और गुज़र जाना बहुत अच्छा लगता है, जाने क्यों!'

मैंने कुछ नहीं कहा और हम लोग चुपचाप आगे चलने लगे। कुछ आगे चलकर नीलिमा फिर बोली, 'मैंने आज न जाने क्यों तुमसे इतनी बातें की हैं! मैं तो जैसे किसी से यह सब कहने के लिए भरी बैठी थी। तुम भी सोचते होगे कि इसका दिमाग़ कुछ ख़राब है। नहीं?'

'इसमें दिमाग़ ख़राब होने की तो कोई बात नहीं थी,' मैंने कहा।

'मुझे ख़ूब खुश रहना और भरपूर ज़िन्दगी जीना अच्छा लगता है,' वह और उत्साहित होकर बोली। 'मैं बहुत चाहती हूँ कि मेरा कोई ऐसा मित्र हो जिससे मैं अपने मन की सब बातें कह सकूँ। उस दिन भी मैं तुमसे बहुत-बहुत बातें करना चाहती थी...।'

'किस दिन?'

'उस दिन जिस दिन तुम नहीं आए थे। जिस दिन मैं तुम्हें लाने के लिए तुम्हारे कसाईपुरा या क़स्साबपुरा, क्या था वह, वहाँ गई थी।'

उस दिन की बात याद हो आने से मेरा मन फिर एक उदासी में डूबने लगा। नीलिमा ने उस दिन की पहले भी चर्चा की थी, तो कहा था कि अगर उस शाम को मैं उससे मिलने आया होता, तो शायद...।

'उस दिन मैं एक ख़ास वजह से नहीं आ सका था।' मैंने कहा। 'उसके बाद तो मैं दिल्ली से चला ही गया था।'

'उस दिन तुम आए होते, तो शायद मैं बहुत हलके मन से मैसूर और फिर हरबंस के पास जा सकती,' उसने कहा।

'कैसे?'

'उन दिनों मैं शुक्ला की बात सोचकर बहुत परेशान थी। मैं नहीं चाहती थी कि मैं चली जाऊँ और पीछे सुरजीत को उससे घनिष्ठता बढ़ाने का मौक़ा मिल जाए। मुझे वह आदमी अच्छा नहीं लगता था। मगर मेरा जाना ज़रूरी था और हुआ भी वही जिसका मुझे डर था। मैं चाहती थी कि...।'

वह सहसा चुप कर गई। मेरा दिल ज़ोर-ज़ोर से धड़क रहा था। मैं आगे की बात सुनने के लिए बहुत उत्सुक था।

'मैं चाहती थी कि मेरे जाने से पहले शुक्ला का ध्यान सुरजीत की तरफ़ से हट जाता। जीवन भार्गव चला गया था और तुम्हीं एक ऐसे व्यक्ति मुझे नज़र आते थे जिसे मैं...मगर अब बात करने में क्या रखा है! अब तो मैं यही चाहती हूँ कि उसकी ज़िन्दगी अच्छी तरह कट जाए। तुम्हें पता है सुरजीत की यह दूसरी या तीसरी शादी है?'

'मुझे पता है,' मैंने मरे हुए मन से कहा।

'मैं उन दिनों एक प्रयत्न करके देखना चाहती थी और उसी बारे में तुमसे बात करना चाहती थी। वैसे सोचती हूँ कि हो सकता है कि मेरे करने से कुछ न भी होता। अच्छा बताओ, तुम्हें शुक्ला अच्छी नहीं लगती थी? मेरा तो ख़याल था कि तुम...।' और वह अपने स्वाभाविक अन्दाज़ में हँसकर चुप कर गई।

मेरा मन इस क़द्र गिर गया था कि मुझे बात करने के लिए बहुत प्रयत्न करना पड़ा। 'मैंने ऐसी नज़र से कभी देखा ही नहीं था,' मैंने कहा।

'मैं बताऊँ, शुक्ला ने सुरजीत से ब्याह क्यों किया है?' वह बोली।

'क्योंकि वह उसे चाहती थी।'

'वह सुरजीत को इसीलिए चाहती थी कि वह भी हरबंस की तरह ही लम्बे-ऊँचे डीलडौल का है और हरबंस उन दिनों उसकी बहुत प्रशंसा किया करता था। तुम्हारे बारे में उसकी राय थी कि तुम्हें अपना बहुत गुमान है और तुम किसी से सीधे मुँह बात तक नहीं करते। बेचारी शुक्ला! उसे सुरजीत के पहले जीवन का तब पता चला जब वह उसे अपना सबकुछ दे चुकी थी। उस कच्ची उम्र में उसे भले-बुरे की पहचान हो ही क्या सकती थी? हरबंस भी उसे बीच में ही छोड़कर चला गया था, और मैं भी चली गई। बाद में उसके लिए एक विचित्र परिस्थिति खड़ी हो गई। वह शादी हम लोगों के लौटकर आने के बाद ही करना चाहती थी, मगर सुरजीत ने उससे कहा था कि नया कानून लागू हो जाएगा, तो वह उससे ब्याह नहीं कर सकेगा। तुम्हें पता है नया कानून अठारह मई सन् पचपन से लागू हुआ है और इनका ब्याह सत्रह मई सन् पचपन की रात को हुआ है? ब्याह के पहले दिन शुक्ला बी जी की गोद में सिर डालकर ख़ूब रोई थी। बी जी कहती हैं कि मुझे और हरबंस को बहुत याद करती

रही थी।'

रास्ता बहुत बाक़ी था और मुझसे अब चला नहीं जा रहा था। मैंने सुझाव दिया कि हम लोग बस ले लें। अगले स्टॉप से हमने बस पकड़ ली। जब हम लोग बस से उतरे, तो भी मुझे पैरों में इतनी थकान महसूस हो रही थी कि मुझे एक क़दम भी चलना मुश्किल लग रहा था। सड़क पर दूर तक दिखाई देते हुए खम्भे मुझे जेल के सींखचों जैसे लग रहे थे। मेरा गला इतना खुश्क हो रहा था कि एक शब्द भी मुझसे नहीं बोला जाता था। दोराहे पर आकर मैंने नीलिमा से कहा कि मैं अब उससे विदा लेना चाहूँगा।

'तुम यहाँ से कैसे जा सकते हो?' नीलिमा मेरा हाथ पकड़कर बोली। 'हरबंस अगर आ गया होगा, तो मैं अकेली उसकी डाँट कैसे सुनूँगी? और तुम चाय या कॉफ़ी पिए बिना कैसे जा सकते हो?' और फिर थोड़ा हँसकर उसने कहा, 'तुम्हें मैं घर पर चलकर एक टिकिया और खिला दूँगी। कहीं यही न हो कि मेरी बातें सुनने-सुनने में जाकर फिर बीमार हो जाओ...।'

उनके घर तक आधा फर्लांग रास्ता मुझे लम्बा लग रहा था। उतना लम्बा रास्ता चलकर जाना मुझे बहुत मुश्किल लग रहा था। मुझे ऐसे महसूस हो रहा था जैसे सरदी की वह शाम एक जगह ठिठककर रह गई हो—अपने अन्दर के किसी आवेग से स्तब्ध, हैरान, खोई हुई। सारा आकाश एक मैली चादर की तरह था जिस पर जगह-जगह सिकुड़नें पड़ी थीं। वातावरण की उस निर्जीवता को पास के किसी घर से आती हुई रेडियो की आवाज़ तोड़ रही थी। मगर वह आवाज़ भी केवल एक गूँज ही थी, भारी और बोझिल, जिसमें शब्द, अर्थ या लय, कुछ भी नहीं था...।

हम लोग अभी घर के दरवाज़े के बाहर ही थे कि सड़क की बत्तियाँ जल उठीं।

घर भी उस समय बहुत निस्तब्ध और ठंड से सिमटा हुआ-सा लग रहा था। किसी भी कमरे में रोशनी नहीं थी। बाँके ने दरवाज़ा खोला, तो उसका चेहरा भी इस तरह उतरा हुआ था जैसे वह कहीं से मार खाकर आया हो।

'साहब अभी नहीं आए?' नीलिमा ने उसके दरवाज़ा खोलते ही पूछा।

'आए थे,' बाँके के संक्षिप्त-से उत्तर में कुछ ऐसा था जिसने हम दोनों को चौंका दिया।

'कब आए थे और अब कहाँ गए हैं?' नीलिमा ने उतावली में पूछा।

'पहले दोपहर को खाना खाने आए थे,' बाँके ने कहा। 'तब दो बजे तक घर पर रहे। मैंने उन्हें बताया था कि आप लोग ओखला गए हैं। अभी आधा घंटा हुआ फिर आए थे और यह पूछकर कि आप लोग अभी आए हैं या नहीं, उसी वक़्त वापस चले गए।'

'माई गुडनेस!' नीलिमा हताश स्वर में बोली और बैठक में जाकर टूटी-सी दीवान

पर बैठ गई। 'जाते हुए कुछ कहकर नहीं गए?'

बाँके उत्तर देने से पहले क्षण-भर आँखें इधर-उधर करता रहा जैसे उत्तर देने से बचना चाहता हो। फिर उसने अपने हाथ बग़लों में दबाए हुए कहा, 'कह गए थे कि रात को खाना नहीं खाएँगे और हो सकता है रात को घर भी न आएँ।'

'मगर क्यों?' नीलिमा ने अपनी हताशा से शिथिल पड़कर पीछे टेक लगा ली। 'मैं कहती हूँ कि इस आदमी का दिमाग़ बिलकुल ख़राब हो गया है और अब कुछ नहीं हो सकता।' उसका भाव उस पिटे हुए बच्चे जैसा हो रहा था जो जैसे भी हो, पीटने वाले पर अपने मन की खीझ निकाल लेना चाहता हो। 'सिली!'

'छोटी बीबीजी कह गई थीं कि आप आएँ, तो मैं उन्हें पता दे दूँ,' बाँके बोला। 'वे अरुण को भी उधर अपने यहाँ ले गई हैं। वह उधर ही खेल रहा है।'

'उससे कह दो कि मैं आ गई हूँ।' नीलिमा का चेहरा उस अभियुक्त की तरह हो गया जिसे निरपराध होते हुए भी किसी के सामने अपने सच की सफ़ाई देनी हो।

बाँके चला गया, तो वह मेरी तरफ़ देखकर बोली, 'अब बताओ मैं क्या कर सकती हूँ?'

मैं तब तक बैठा नहीं था और दीवार पर लगी हुई सियामी गुड़ियाओं को देख रहा था। मैंने सोचा था कि उसे घर पहुँचाकर मैं तुरन्त ही वहाँ से चल पड़ूँगा। मैं उस समय कुछ देर अकेला रहना चाहता था। इस नई स्थिति में मुझे क्या करना चाहिए, यह मेरी समझ में नहीं आ रहा था। वहाँ से जाना चाहते हुए भी मुझे जाना सम्भव नहीं लग रहा था।

'हम लोगों को जल्दी लौट आना चाहिए था,' मैंने कहा।

'मगर वह कुछ देर यहाँ इन्तज़ार नहीं कर सकता था?' नीलिमा कुछ चिल्लाकर बोली, जैसे कि हरबंस वहाँ खड़ा उसकी बात सुन रहा हो। 'दोपहर के लिए तो उसने खुद ही फ़ोन पर कहा था कि वह घर नहीं आएगा। तुम बताओ इस तरह के शक की ज़िन्दगी भी कोई ज़िन्दगी है? मैं उसके किसी दोस्त के साथ भी बाहर घूमने के लिए नहीं जा सकती? ख़ास तौर पर ऐसे दोस्त के साथ जिसे वह अपनी ज़िन्दगी की सब बातें बता सकता है? मगर उसके दिमाग़ को तो ऐसा घुन लगा है कि वह मेरे ऊपर शक किए बग़ैर रह ही नहीं सकता। मैं किसी को चाय की प्याली पकड़ाते हुए हँस भी दूँ तो उसके दिमाग़ की नसें फड़कने लगती हैं। मैं कहती हूँ कि यह उसके अपने मन का पाप है जो वह मेरे अन्दर देखना चाहता है। क्योंकि खुद वह किसी स्त्री के साथ खुले मन से मित्रता का व्यवहार नहीं कर सकता, इसलिए उसे हमेशा यही सूझता है कि मैं अगर किसी के साथ बात करती हूँ, या किसी का हाथ छू लेती हूँ, तो इसमें मेरे मन में कोई पाप ही होना चाहिए। अब आप रात को खाना नहीं खाएँगे और नहीं आएँगे! न आएँ मेरी बला से! अगर बात

सचमुच यहाँ तक पहुँच गई है, तो मैं खुद ही उसे छोड़कर अलग हो जाऊँगी। मैंने लन्दन में हेयर ड्रेसिंग का डिप्लोमा लिया था। मैं जाकर किसी सैलून में नौकरी कर लूँगी। वह अलग रहे, मैं अपने बच्चे के साथ अलग रहूँगी। और अगर वह लड़के को भी मुझसे छीनना चाहेगा, तो मैं उसे भी छोड़ दूँगी। मुझे अपने लिए कुछ भी नहीं चाहिए, कम-से-कम इसके घर की कोई चीज़ नहीं चाहिए। मैं सचमुच इस ज़िन्दगी से बेज़ार आ गई हूँ।'

मेरा मन अपने अपवाद में डूबा हुआ था और मैं तब तक भी यह तय नहीं कर पाया था कि मैं कुरसी पर बैठ जाऊँ या नहीं। मैं नौ साल पहले की शाम से उस शाम तक के सारे दुःख-दर्द में से नए सिरे से गुज़र रहा था और उस दर्द को जो नया रूप मिल गया था, उससे मैं भी अन्दर उसी तरह छटपटा रहा था जैसे नीलिमा बाहर छटपटा रही थी।

'पहली चीज़ तो यह है कि यह पता किया जाए कि वह गया कहाँ है,' मैंने फिर भी अपने पर वश किए हुए कहा और कुरसी पर बैठ गया। 'अगर उसे कोई ग़लतफ़हमी हो गई है, वह उससे मिलकर बात करने से ही दूर होगी।'

'मुझे उसकी कोई ग़लतफ़हमी दूर नहीं करनी है,' नीलिमा उसी तरह चिल्लाकर बोली। 'आज एक ग़लतफ़हमी दूर करूँगी, तो कल उसे दूसरी ग़लतफ़हमी हो जाएगी। मैं कहाँ तक रोज़-रोज़ उसके सामने मुजरिम की तरह सफ़ाई देती रहूँ? मुझसे यह सब नहीं होगा। अगर वह मुझसे कुछ भी कहेगा, तो मैं आज ही उसका घर छोड़कर चली जाऊँगी।'

उसी समय अरुण एक होलाहूप को कमान की तरह कन्धे पर डाले बाहर से आ गया। 'ममी!' उसने कहा और दौड़कर उससे चिपट गया। नीलिमा उसे छाती से लगाकर पागलों की तरह चूमने लगी।

'ममी,' अरुण उससे अलग होकर होलाहूप को पहिये की तरह घुमाता हुआ बोला। 'आज छुक्का मौछी ने बिनी के बहुत-छे खिलौने मेले को दे दिए हैं। कल उछको जो-जो प्लेजेंट मिले थे, वो आधे मैंने ले लिये हैं। यह देखो होलाहूप...!' और वह खिलखिलाकर हँस दिया।

'तुम जाओ और बाँके से कहो कि तुम्हारा मुँह साफ़ कर दे,' नीलिमा अपने स्वर को सँभालकर बोली।

'मैं मौछी के घल में जा लहा हूँ,' कहता हुआ अरुण तुरन्त कमरे से भाग गया, जैसे उसे डर हो कि ममी उसे पीछे से पकड़ न ले। उसके वहाँ से जाते-न-जाते शुक्ला कमरे में आ गई। 'दीदी,' उसने कहा और मुझे देखकर ठिठक गई।

नीलिमा ने एक बार अवज्ञा-भरी नज़र से उसकी तरफ़ देखा और बोली, 'तुम देख रही हो कि मैं कैसी नरक की ज़िन्दगी जी रही हूँ!'

'आप तो पागल हो गई हैं!' शुक्ला अब संकोच छोड़कर सामने आ गई और मेरे साथ की कुरसी पर बैठ गई। 'आप इतने सालों में भापाजी को नहीं समझ सकीं, तो मैं नहीं जानती कि कब समझ सकेंगी।'

'मैं उसे कभी नहीं समझ सकूँगी,' नीलिमा का स्वर फिर तीखा हो गया। 'और मैं ही क्या, दुनिया की कोई भी स्त्री उसे समझ सकती है, इसमें मुझे शक है।'

'आप उनके साथ ज़्यादती कर रही हैं,' शुक्ला बड़प्पन के लहज़े में बोली। 'वे इतने अच्छे हैं कि दुनिया में कोई क्या होगा! आप उनके साथ इतनी ज़्यादतियाँ कर जाती हैं कि वे फिर भी बरदाश्त कर लेते हैं। उनकी जगह कोई और होता, तो देखतीं किस तरह आपकी ज़्यादतियाँ सहता!'

'मैं यह सब बातें नहीं सुनना चाहती,' नीलिमा बोली। 'मैं उसके साथ ज़्यादतियाँ करती हूँ? उसने मेरे लिए जीना मुश्किल कर रखा है और आप कहती हैं कि मैं उसके साथ ज़्यादतियाँ करती हूँ। मैं जानती हूँ कि तुम भी अपने मन से मुझसे नफ़रत करती हो; और क्यों नफ़रत करती हो, यह भी जानती हूँ।'

शुक्ला कुछ देर चुप रहकर शिकायत-भरी आँखों से उसकी तरफ़ देखती रही। सुबह मैंने उसे देखा था, तो वह सजी-सँवरी हुई नहीं थी। मगर अब वह सुबह की तरह एक गृहस्थिन न लगकर फिर एक लड़की-सी ही लग रही थी। वह आसमानी रंग की औरंगाबादी रेशम की प्लेन साड़ी बाँधे थी, और उसके बालों की दो-एक लटें उसके चेहरे पर आई हुई थीं। जाने वे लटें सचमुच बहुत सुन्दर थीं या मेरे दिमाग़ का आईना ही उस समय ऐसा था कि मुझे उसकी हर छोटी-से-छोटी चीज़ बहुत सुन्दर लग रही थी। मुझे फिर एक बार भद्रसेन की कही हुई बात याद आ गई, 'शी रेडिएट्स ब्यूटी!' हालाँकि मेरे अन्दर का अनुभवी पत्रकार बार-बार मुझे अपने नौ वर्ष के निकाले हुए निष्कर्षों की याद दिला रहा था।

'दीदी, आप जानती हैं कि आप यह कितनी ग़लत बात कह रही हैं!' शुक्ला कुछ देर चुप रहकर बोली। 'आप जानती हैं मैं आपसे कितना प्यार करती हूँ। मैं आपके दिल को भी उतनी ही अच्छी तरह समझती हूँ जितनी अच्छी तरह भापाजी के दिल को समझती हूँ। आप दिल की कितनी साफ़ हैं, यह मैं जानती हूँ और यह भी जानती हूँ कि आपको ज़रा भी लुकाव-छिपाव पसन्द नहीं है। मगर आपको सिर्फ़ इतना सोचना चाहिए कि किन बातों से भापाजी को तकलीफ़ होती है। आप जानते हुए भी फिर-फिर वही बातें क्यों करती हैं? मैं नहीं समझ सकती कि उसमें आपको क्या सुख मिलता है! भापाजी दिल के इतने अच्छे हैं कि दूसरे का बड़े-से-बड़ा अपराध भी क्षमा कर देते हैं। उनकी जगह कोई और आदमी हो, तो कभी नहीं करेगा। आप उनके दोष-ही-दोष देखती हैं और उनके इस गुण को कभी नहीं देखतीं। आप मुझे चाहे जो

कह लें, मगर मुझे आपकी इन बातों से तकलीफ़ ज़रूर होती है।'

'तुम्हें तकलीफ़ होती है, मैं जानती हूँ,' नीलिमा फिर उसी तरह बोली। 'मगर मुझे कभी कोई तकलीफ़ नहीं होती! मुझे तकलीफ़ हो ही कैसे सकती है!'

शुक्ला ने एक बार मेरी तरफ़ देखा और फिर कुछ अव्यवस्थित होकर उठती हुई बोली, 'मैं आपसे कितनी बार कह चुकी हूँ कि आप ये फ़िज़ूल की बातें न किया करें। मैं अपने लिए भी सोचती हूँ कि सुरजीत मेरे लिए जो कुछ करता है, मैं उसका दसवाँ हिस्सा भी उसके लिए नहीं कर पाती। लेकिन मैं यह कोशिश ज़रूर करती हूँ कि उसके लिए कुछ कर सकूँ। आपसे भी मैं यही कहती हूँ कि जितना कुछ भापाजी आपके लिए करते हैं, अगर आप उसका दसवाँ हिस्सा भी उनके लिए करें, तो...!'

'मुझमें और तुममें बहुत फ़र्क़ है,' नीलिमा भी साथ ही उठ खड़ी हुई। 'तुम्हारे लिए घरेलू क़िस्म की ज़िन्दगी ही सबकुछ है, मेरे लिए नहीं है। मेरी अपनी और भी ज़रूरतें हैं।'

'तो अपनी उन ज़रूरतों के लिए अरुण की और भापाजी की ज़िन्दगी तबाह कर डालिए, और साथ ही अपनी भी,' शुक्ला सहसा गुस्से से तमतमा उठी। 'मैं आपसे और क्या कह सकती हूँ? यह आपकी ज़िन्दगी है और इसे बनाने-बिगाड़ने वाली आप ही हैं।' और वह गुस्से के आवेश में कमरे से निकलकर चली गई।

कुछ देर हम लोग ख़ामोश रहे। नीलिमा फिर अपनी जगह पर बैठ गई और आँखें बन्द किए अपने को सहेजने का प्रयत्न करती रही। फिर सहसा वह एक उसाँस भरकर उठ खड़ी हुई और बोली, 'तुम मेरे साथ चलोगे?'

'कहाँ!' मैंने पूछा।

'जहाँ कहीं भी वह हो सकता है, वहाँ। ऐसी दो-एक ही जगहें हैं जहाँ वह जा सकता है।'

'तुम समझती हो कि मेरा साथ चलना ज़रूरी है?'

'हाँ! मैं अकेली इस वक़्त उसके सामने जाऊँगी, तो बात शायद और भी बिगड़ जाएगी।'

मैं साथ नहीं जाना चाहता था, मगर उस स्थिति में उसे इनकार भी नहीं कर सकता था। मैं जैसे दो पत्थरों का वज़न अपने मन पर लिये हुए चुपचाप खड़ा हुआ था और मैंने कहा, 'अच्छा चलो।'

हरबंस को जहाँ-जहाँ देखा जा सकता था, वहाँ-वहाँ वह नहीं मिला। न वह रमेश के घर गया था, न अपने बॉस के यहाँ और न ही उस स्वीडिश लेखक के यहाँ जिसके पास वह गाहे-बगाहे शराब पीने और साहित्य-चर्चा करने के लिए चला जाता था। कॉफ़ी हाउस में भी किसी ने उसे नहीं देखा था और न ही वह मॉडल बस्ती या हनुमान रोड पर गया था। मैं जानता था कि हम लोग व्यर्थ का चक्कर

लगा रहे हैं और वह स्वयं ही रात को घर पहुँच जाएगा, मगर नीलिमा उसके कहीं भी न मिलने से बहुत घबरा गई थी और ऐसी हो रही थी जैसे उसके लिए दुनिया का अन्त अब बहुत पास आ गया हो। आख़िर जब उसे डिफेंस कॉलोनी वापस पहुँचाने के लिए मैं स्कूटर में हनुमान रोड से उसके साथ चला, तो इंडिया गेट के पास आकर मुझे बहुत दिन पहले वहाँ पर उसके साथ हुई बातचीत का ध्यान हो आया और मैंने सोचा कि कहीं वह वहीं पर न हो। मेरा अनुमान ठीक था। हम टैक्सी को रोककर जब दस मिनट वहाँ चक्कर लगा चुके, तो एक जगह वह अँधेरे में अकेला लेटा हुआ दिखाई दे गया। जिस चीज़ पर पहले मेरी नज़र पड़ी, वह सिगरेट का जलता हुआ सिरा था।

'हरबंस!' मैंने उसके पास पहुँचकर कहा, तो वह चौंककर उठ बैठा।

'तुम यहाँ पड़े हो?' नीलिमा की घबराहट गुस्से में बदल गई। 'और हम तुम्हें ढूँढ़ते हुए सारी दिल्ली छान आए हैं।'

'मैं खुली हवा के लिए यहाँ चला आया था,' हरबंस बहुत मुरझाए हुए स्वर में बोला।

'तुम्हें तो खुली हवा मिल गई,' नीलिमा बोली। 'मगर हम लोगों को तो तुमने बेहाल कर दिया।'

'क्यों? मैंने तुमसे क्या कहा है?' वह बोला।

'तुम बाँके से यह क्यों कह आए थे कि तुम रात को घर नहीं आओगे?'

'मेरा मन नहीं था।'

'तुम्हारा मन नहीं था! मैं जान सकती हूँ कि क्यों तुम्हारा मन नहीं था?'

'मुझे इसकी व्याख्या नहीं करनी है।'

'तुम्हें इसकी व्याख्या नहीं करनी है! दूसरों की तुम जान भी निकालकर रख दोगे तो कहोगे कि मुझे इसकी व्याख्या नहीं करनी है।'

'देखो, मैं इस समय बात करने के मूड में नहीं हूँ।' हरबंस शायद मेरी वजह से अपने गुस्से को दबाए हुए था।

'हाँ, तुम बात करने के मूड में क्यों होगे!' नीलिमा बोली। 'तुम्हारे मन में एक कीड़ा लगा है जो तुम्हें अन्दर-ही-अन्दर खा रहा है।'

'मैं कह रहा हूँ, मैं इस समय यह सब बकवास नहीं सुनना चाहता,' हरबंस का स्वर तीखा होने लगा।

'तुम यह बकवास नहीं सुनना चाहते! तुम अपने दोस्तों से घंटों जो चाहो बातें कर सकते हो। मगर मैं किसी से कुछ बात करूँ, तो तुम्हें सुइयाँ चुभने लगती हैं। तुम मेरे ऊपर तो शक करते ही हो, अपने दोस्तों के ऊपर भी शक करते हो! लन्दन में तो कहा करते थे कि सूदन ही एक ऐसा आदमी था जिस पर तुम भरोसा कर

सकते थे।'

'तुमको ये सब बातें करने के लिए यही मौक़ा मिला है?' हरबंस फिर कुछ फीका पड़ गया और मुझसे बोला, 'देखो सूदन, तुम इन बातों का बुरा नहीं मानना। यह जो बात कह रही है, वह बात मैं कभी सोच भी नहीं सकता। कम-से-कम तुम्हारे बारे में मैं कभी ऐसी बात की कल्पना भी नहीं कर सकता। यह ख़ामख़ाह बक रही है।'

'अगर ऐसी बात तुम सोच भी नहीं सकते, तो तुम घर से क्यों चले आए थे?' नीलिमा चिल्लाई। वह उस समय यह भूल गई थी कि वह आम लोगों के आने-जाने की जगह है।

'देखो सूदन, तुम किसी बात का बुरा नहीं मानना,' हरबंस बोला। 'मैं दफ़्तर से बहुत थका हुआ आया था। पहले दोपहर को भी आया था। सोचा था लौटकर दफ़्तर नहीं जाऊँगा और तुमसे बातें करूँगा। मगर...! ख़ैर, उस बात को तुम जाने दो। मेरी आज अपने बॉस से खासी झड़प हो गई है। शायद मेरे वाली जगह बहुत जल्दी ही उड़ा दी जाएगी।...तुम बुरा नहीं मानना।'

'मेरे बुरा मानने की बात नहीं,' मैंने कहा। 'मगर तुम्हें अपना दिमाग़ इस तरह ख़राब नहीं करना चाहिए। जहाँ तक नौकरी का सवाल है, यह तो तुम पहले भी जानते थे कि वह जगह स्थायी नहीं है...।'

'वह तो ठीक है, मगर...,' उसने अपना सिगरेट का टुकड़ा इस तरह दूर फेंक दिया जैसे किसी को पत्थर मार रहा हो। 'मैं सोचता था कि शायद इसमें अभी दो-तीन साल और निकल जाएँगे। मगर बॉस की आज की बातचीत से मुझे लगा कि अब इस जगह पर साल-छः महीने भी मुश्किल से ही निकलेंगे। मैंने नहीं सोचा था कि मुझे फिर से इतनी जल्दी सड़क पर पहुँच जाना पड़ेगा।'

'मगर साल-छः महीने की बात है, तो तुम अभी से क्यों परेशान होते हो? जब वक़्त आएगा, तब देखा जाएगा।'

'हा-हा,' वह बोला। 'जब वक़्त आएगा, तब मैं क्या देखूँगा—आसमान? घर का ख़र्च अब भी पूरा नहीं होता और तब...? मैं बुरे दिन विदेश में बहुत देख चुका हूँ, सूदन! अब उस तरह की ज़िन्दगी की बात सोचते ही मुझे डर लगता है, ख़ास तौर पर लड़के की वजह से। उसे मैं वैसे दिन नहीं दिखाना चाहता। तुम अन्दाज़ भी नहीं लगा सकते कि मैं इस वक़्त कितनी बड़ी कशमकश में हूँ। मैं इस वक़्त एक ऐसे दोराहे पर खड़ा हूँ कि...!'

नीलिमा ख़ामोश रहकर फ़व्वारों की तरफ़ देख रही थी। मैं सोच रहा था कि मुझे जल्द-अज़-जल्द उन दोनों को अकेले छोड़कर चल देना चाहिए। इसलिए मैंने कहा, 'ख़ैर, फिर किसी दिन मिलेंगे, तो इस बारे में बात करेंगे। इस वक़्त मुझे भी

जल्दी है और तुम लोगों को भी जल्दी घर जाना होगा।'

हरबंस एक झटके के साथ उठ खड़ा हुआ और क्षण-भर खड़ा रहकर आसमान की तरफ़ देखता रहा। फिर एक उसाँस के साथ बोला, 'कुछ समझ नहीं आता। शायद अब मेरे लिए वही एक रास्ता है जिस रास्ते पर मैं चलना नहीं चाहता।'

मुझे उसका बात करने का ढंग बहुत किताबी-सा लग रहा था। मैंने उससे कुछ कहा नहीं और चुपचाप उसके साथ लॉन पार करने लगा।

३
खंड

'यहाँ आओ मधुसूदन!' 'न्यू हैरल्ड' का सम्पादक अपनी समर की पतलून में हाथ डाले पाइप का कश खींचता हुआ कमरे की खिड़की के पास खड़ा था।

मेरा मन उस समय बहुत उखड़ा-उखड़ा-सा हो रहा था। थोड़ी देर पहले ही उसने मुझसे कहा था कि मुझे राजनीतिक रिपोर्टिंग से हटाकर सांस्कृतिक रिपोर्टिंग का काम सौंपा जा रहा है। साल-भर वहाँ काम कर चुकने के बाद अचानक यह परिवर्तन मुझे अच्छा नहीं लग रहा था। हम सब जानते थे कि मुझसे पहले जो व्यक्ति सांस्कृतिक रिपोर्टिंग का काम कर रहा था, उससे सम्पादक की अनबन रहती थी और इसी वजह से वह त्यागपत्र देकर चला गया था। मगर उसके जाने के बाद वह काम मुझे सौंप दिया जाएगा, यह मैंने नहीं सोचा था। 'तुम अपना काम मेहनत से करते हो,' सम्पादक ने अभी-अभी मुझसे कहा था। 'तुम्हारी लिखने की शैली भी अच्छी है, इसलिए तुम राजनीतिक रिपोर्टिंग की बजाय सांस्कृतिक रिपोर्टिंग का काम ज़्यादा अच्छी तरह कर सकोगे। मैं किसी अच्छे तजरबेकार आदमी को ही इस काम पर लगाना चाहता हूँ। राजनीतिक रिपोर्टिंग के लिए हमारे पास कई दूसरे आदमी हैं। मगर एक बात जो मैं तुमसे ख़ास तौर पर कहना चाहता हूँ वह यह है कि तुम जो भी रिपोर्ट, फ़ीचर या टिप्पणी लिखो, बिलकुल बेलाग होकर लिखो। तुम्हारी राजनीतिक रिपोर्टों के बारे में कुछ लोगों का कहना था कि उनमें एक तरह का 'लगाव' रहता है। मैं समझता हूँ कि तुम लोगों को ऐसी बात कहने का जितना कम मौक़ा दो, उतना ही अच्छा है। वैसे तुम्हारे स्वभाव को देखते हुए भी मेरा ख़याल है कि सांस्कृतिक रिपोर्टिंग का काम तुम्हारे मन के ज़्यादा अनुकूल होगा। मैंने सुना था तुम किसी ज़माने में कविता लिखा करते थे?'

मैंने चुपचाप सिर हिला दिया और उसके मन की बात को पढ़ने की चेष्टा करता हुआ उसकी तरफ़ देखता रहा।

'मुझे किसी ने बताया था,' वह बोला। 'इसीलिए मैंने सोचा कि तुम्हें यह काम ज़्यादा पसन्द आएगा। बीच-बीच में तुम अपनी मरज़ी से दूसरे फ़ीचर भी लिखते रहना।'

मुझसे बात करते हुए उठकर वह पाइप भरने के लिए खिड़की के पास चला गया था और पाइप सुलगाकर भी न जाने क्या देखता हुआ वहीं खड़ा था। मैं उठकर उसके पास चला गया, तो उसने मेरी बाँह को अपने हाथ में ले लिया और कहा, 'यहाँ खड़े होकर ज़रा इस भीड़ को देखो।'

सड़क से वही रोज़ की-सी भीड़ गुज़र रही थी। देखने को वहाँ ख़ास कुछ भी नहीं था। मैं चुपचाप नीचे देखता रहा। वह बोला, 'मैं जब भी इस खिड़की के पास आकर खड़ा होता हूँ, तो मुझे न जाने कैसा लगता है! मुझे लगता है जैसे मैं एक नदी के बहाव को ऊपर से देख रहा हूँ, मगर इसकी तह में एक और ही दुनिया है जिसका यहाँ से देखने पर कुछ अनुमान नहीं होता। ये बसें, ये कारें, ये भाग-भागकर सड़कें पार करते हुए लोग! इन्हें देखकर क्या यह अन्दाज़ा भी होता है कि इस हलचल की तह में इनमें से हर एक आदमी कहाँ और किस तरह की ज़िन्दगी जीता है! इनमें कई लोग हैं जिनके चेहरे और लिबास देखकर मन में एक ईर्ष्या जाग आती है; मगर हो सकता है अपने व्यक्तिगत जीवन में वे ऐसे सीलन और बदबूदार वातावरण में रहते हों जहाँ जाकर इन्सान के लिए साँस लेना भी कठिन हो जाता है। मैं जब भी इस भीड़ पर नज़र डालता हूँ तो इस तरह की बात सोचकर कई बार मेरा मन उदास होने लगता है।' यह कहते हुए वह थोड़ा मुसकराया और अपनी बाईं आँख को ज़रा-सा दबाकर बोला, 'तुम्हें पता है, किसी ज़माने में मैं भी कविता किया करता था?'

मैंने धीरे से सिर हिला दिया और उसके साथ सटकर सड़क की तरफ़ देखता रहा।

'इस बात को एक मुद्दत हो गई,' वह बोला। 'मगर अब वह वक़्त इतना पीछे रह गया है कि मुझे लगता ही नहीं कि वह भी मेरी ज़िन्दगी का एक हिस्सा था।' उसने अपना एक हाथ मेरे कन्धे पर रख दिया और पाइप के तम्बाकू वाले सिरे को दूसरे हाथ में लिये हुए खिड़की पर थोड़ा और झुक गया। 'मुझे कई बार यह सोचकर बहुत अफ़सोस होता है मधुसूदन, कि हम लोग जो काम करते हैं, उसमें ज़्यादातर काम ऐसा होता है जिसका सम्बन्ध केवल आज और कल की घटनाओं के साथ ही होता है। अपने आसपास की ज़िन्दगी की तह में उतरने का प्रयत्न हम लोग बहुत कम कर पाते हैं। मगर हमें कभी-कभी ऐसा कुछ प्रयत्न करना ज़रूर चाहिए। नहीं?'

'हाँ, अगर इस तरह के कुछ फ़ीचर तैयार किए जाएँ जिनमें...,' मैं कहने लगा।

'बिलकुल यही बात मैं तुमसे कहना चाहता था,' वह बीच में ही बोल उठा। 'एक दैनिक पत्र के काम में इस तरह की चीज़ों का मौक़ा बहुत कम होता है, फिर भी कुछ-न-कुछ काम तो हम लोग कर ही सकते हैं। सड़कों की इस ज़िन्दगी के पीछे लोगों के अपने छोटे-छोटे घरों की एक ज़िन्दगी है। इस चमक-दमक और चहल-पहल के पीछे न जाने किन-किन अँधेरी और तंग गलियों की ज़िन्दगी है! एक नया शहर है जो तेज़ी से बन रहा है। उसके पीछे एक पुराना शहर है जो धीरे-धीरे ढह रहा

है। एक तरफ़ बड़ी-बड़ी नई-नई योजनाओं और नए प्रयोगों की ज़िन्दगी है जिसकी एक अपनी संस्कृति है। दूसरी तरफ़ बदबू और गन्दगी में पलती हुई एक सीलनदार कोठरियों की ज़िन्दगी है जिसकी एक अपनी संस्कृति है। मनुष्य की संस्कृति बहुत-कुछ उसके वातावरण पर ही तो निर्भर करती है। कारपोरेशन की तरफ़ से शहर की गन्दगी दूर करने के लिए प्रोपेगेंडा किया जाता है, बड़े-बड़े इश्तहार लगवाए जाते हैं। वह इसलिए कि गन्दगी से लोगों के स्वास्थ्य को खतरा है। मगर इस तरफ़ किसी का ध्यान नहीं जाता कि स्वास्थ्य से कहीं बड़ा खतरा किसी और चीज़ को है। और जिस गन्दगी से यह खतरा है, उसे हम कई बार देखकर भी नहीं देखते। हम अपनी ज़िन्दगी के पिछवाड़े में झाँककर देखें, तो वहाँ हमें जगह-जगह यह गन्दगी नज़र आएगी। यहाँ जितनी बातें की जाती हैं, वे आँकड़े जमा करने और सूचियाँ बनाने के लिए ही की जाती हैं। मैं समझता हूँ कि हमारी ज़िन्दगी में जो गन्दगी के कोने हैं, हम उनमें एक नज़र झाँककर देख सकें और उनकी ठीक-ठीक तसवीर लोगों के सामने पेश कर सकें, तो यह भी अपने में एक बहुत उपयोगी काम हो सकता है।'

'आप मुझे एसाइनमेंट दे दें, तो मैं कोशिश करूँगा कि इस तरह के दो-एक फ़ीचर तैयार कर सकूँ,' मैंने कहा। सोचा कि इस लम्बी-चौड़ी भूमिका के बाद आख़िर तो बात एसाइनमेंट पर ही आएगी।

उसका पाइप बुझ गया था। वह कुछ देर उसे जलाने की चेष्टा करता रहा। फिर बोला, 'नहीं, मैं तुम्हें कोई एसाइनमेंट नहीं देना चाहता। मैं चाहूँगा कि तुम इस तरह का जो भी काम करो, अपनी मरज़ी से करो और जो भी एसाइनमेंट चाहो अपने को दे लो। अगर तुम्हें किसी तरह की ख़ास सुविधाओं की ज़रूरत हो, तो मुझे बताना; मैं तुम्हें सब सुविधाएँ दूँगा। और इसमें समय की भी बात नहीं है। तुम्हें जब अपने रिपोर्टिंग के काम से फुरसत मिले, तब यह काम करो। मगर साथ में मेरी एक चेतावनी भी है।' उसका पाइप फिर जल गया। अन्दर पिया हुआ धुआँ उसने मुँह और नाक से बाहर निकाल दिया और कहा, 'वह यह कि तुम जो कुछ लिखो, तथ्यों पर आश्रित रहकर ही लिखो। अपनी कविता उसमें न ले आओ...!'

जिस कमरे में मैं रहता था, उसकी खिड़कियों से आधी दिल्ली नज़र आती थी। आनन्द पर्वत की ऊँचाई पर बने उस ढाई-मंज़िला मकान की वह बरसाती एक पहरे के गुम्बज की तरह थी। रोहतक रोड के आसपास के सारे इलाके में ऊपर की बरसातियों के लोगों ने छोटे-छोटे कमरे बना रखे हैं जिनमें ज़्यादातर वे क्लर्क, पत्रकार, अध्यापक और दूसरे नौकरी-पेशा लोग रहते हैं जिन्हें अकेले होने के कारण घरों के बीच में जगह नहीं मिलती और जो पूरे-पूरे फ़्लैट का किराया अदा नहीं कर सकते। इन बरसातियों में गरमियों

में लू और सरदियों में सरद हवा इस तरह बेखटके चली आती है कि इनमें रहने वाले लोग जल्दी-से-जल्दी ब्याह करके इस शहर के प्रतिष्ठित नागरिक बनने की चिन्ता करने लगते हैं। ब्याह करके नीचे की मंज़िलों पर पहुँचने से पहले इन लोगों की सामाजिक स्थिति लगभग वही रहती है जो ब्राह्मणकाल में शूद्रों की थी। इन बरसाती वासियों का एक अपना ही समाज और सामाजिक व्यवहार धीरे-धीरे विकसित हो रहा है और यदि यह चेतना ज़ोर पकड़ती गई, तो कुछ आश्चर्य नहीं कि थोड़े दिनों में इन लोगों की एक यूनियन भी स्थापित हो जाए जो ब्याहे हुए लोगों के सामने अपनी माँगें पेश कर दें कि उन्हें कुँआरों के साथ किस तरह का व्यवहार करना चाहिए। फ़िलहाल इन दोनों वर्गों में सह-अस्तित्व का सिद्धान्त काम कर रहा है, हालाँकि निचली मंज़िलों के लोग अक्सर बरसाती वालों से बहुत ज़्यादतियाँ कर जाते हैं जिन्हें कुँआरे लोग, कमज़ोर पक्ष होने के कारण, मन मारकर बरदाश्त करते रहते हैं।

कई बार रात को एक बजे काम से लौटने पर मुझे नीचे का दरवाज़ा खुला नहीं मिलता था और मुझे आधा-आधा घंटा नीचे किवाड़ खटखटाते हुए खड़ा रहना पड़ता था। ऊपर अपनी बरसाती में पहुँचने तक मेरी नींद पूरी तरह उचट चुकी होती। मैं तब घंटा-घंटा-भर छत पर टहलता रहता या बरसाती की तीन तरफ़ की खिड़कियों में से किसी एक के पास खड़ा होकर दूर-दूर तक बिखरे हुए बत्तियों के झुरमुटों को देखता रहता। इनमें बहुत दूर के झुरमुट तिलक नगर और राजौरी गार्डन्स जैसी आबादियों के थे जो पिछले कुछ वर्षों में ही विकसित हुई हैं। उनसे थोड़ा हटकर पालम हवाई अड्डे की बत्तियाँ नज़र आती थीं। पालम से कुछ और बाएँ को हटकर उस ऐन्द्रजालिक नगरी की जगमग दिखाई देती थी जिसे चाणक्यपुरी या डिप्लोमैटिक एन्क्लेव के नाम से जाना जाता है। चाणक्यपुरी से घूमती हुई आँख पास की तरफ़ आने लगती थी, क्योंकि पहाड़ी की उठान उससे आगे देखने की सुविधा नहीं देती थी। इधर करोल बाग़ का इलाका था जिसकी सीमाएँ एक तरफ़ पटेल नगर और दूसरी तरफ़ पहाड़गंज और सब्ज़ी मण्डी से जा मिलती हैं। करोल बाग़ से आगे देखने के लिए मुझे एक खिड़की से दूसरी खिड़की में जाना पड़ता था। कनॉट प्लेस की स्थिति का मैं केवल अनुमान ही कर सकता था। अजमेरी गेट, आसफ़अली रोड और दरियागंज का इलाका भी मेरी खिड़कियों से नज़र नहीं आता था। तीसरी खिड़की के पास आकर मैं कश्मीरी गेट और चाँदनी चौक की स्थिति का निश्चय करने का प्रयत्न करता था। चाँदनी चौक को कभी दिल्ली का हृदय कहा जाता था। मैं सोचता कि क्या दिल्ली का हृदय आज भी उसी जगह पर है या अब वहाँ से विस्थापित होकर किसी और जगह धड़कने लगा है? और इस लम्बे-चौड़े विस्तार में वह जगह कहाँ है?

आधी-आधी रात तक नीचे सोडा वाटर कम्पनी के ट्रक शोर करते रहते थे, ट्रकों में भरी जा रही बोतलें छनकती रहती थीं और 'नौबहार हेयर कटिंग सैलून' का

मालिक मास्टर सुन्दरलाल अपनी बन्द दूकान के बाहर बैठा कोई-न-कोई फ़िल्मी गीत गुनगुनाता रहता था। उसका गाया हुआ एक गीत जो कि उसका बहुत ही प्रिय गीत था, उसके सो जाने के बाद भी मेरे कानों में गूँजता रहता था, 'जिन रातों में नींद उड़ जाती है, वो क़हर की रातें होती हैं।'

मैं सोचता कि ये क़हर की रातें मेरे ही लिए आती हैं या दिल्ली में रहने वाले हर व्यक्ति को कभी-न-कभी इसी तरह इस क़हर में से गुज़रना पड़ता है! शायर के लिए तो मुहब्बत ये क़हर की रातें लाती थी और मेरे ऊपर न जाने किस-किस वजह से यह क़हर टूटता रहता था! कभी चाणक्यपुरी के सजे हुए कमरों में सुनी हुई कोई बात, कभी शहर के अन्दरूनी भाग में हुई कोई दुर्घटना और कभी टेलिप्रिंटर पर टिक-टिक कर छपी कोई ख़बर मेरे लिए रात की नींद हराम कर देती थी। हाल ही में एक ख़बर यह भी थी कि दिल्ली में रात को शोर का अनुपात इतना रहता है कि कोई भी इन्सान आराम की नींद सो नहीं सकता। मगर कई बार तो कोई भी कारण नहीं होता था और फिर भी नींद नहीं आती थी। बचपन में एक कहानी पढ़ी थी। कोहकाफ़ से कोई राक्षस आता था और रात को बेबिलोन शहर के लोगों की नींद चुराकर ले जाता था। मैं बाहर छत पर जाता और लौट आता। फिर एक खिड़की से दूसरी खिड़की में चला जाता। सोचता कि क्या आज भी कोहकाफ़ से कोई राक्षस आता है जो मेरी और जाने किस-किसकी नींद चुराकर अपने कोहकाफ़ के ग़ार में ले जाता है! और सोचता कि कहानी का जो राक्षस पूरे बेबिलोन की नींद चुराकर ले जाता था, वह आख़िर इतने लोगों की नींद का करता क्या होगा! क्या वह अकेला इतनी नींद सो लेता था?

बत्तियों के दूर-दूर तक फैले हुए झुरमुट उस समय नींद में आँखें झपकते-से लगते थे। जब हम छोटे थे, तो खुली छत पर लेटकर आकाश में बिखरे हुए तारों को देखते हुए दादी से पूछा करते थे कि वे तारे रात को क्यों चमकते हैं, दिन में क्यों नहीं चमकते? दादी कहती थी कि तारे रात को जागकर दुनिया पर पहरा देते हैं और दिन में थककर सोए रहते हैं। वह यह भी कहती थी कि आकाश के सब तारे हमारे पूर्वजों की आत्माएँ हैं जो आकाश से हमें देखती रहती हैं कि हम उनके बच्चे दुनिया में क्या कर रहे हैं। जब तारा टूटता है, तो उसका मतलब होता है कि हममें से किसी ने कोई बहुत बड़ा अपराध किया है जिससे हमारे उस पूर्वज की आत्मा को बहुत कष्ट पहुँचा है और वह हमें आगे से अपराध करने से रोकने के लिए धरती पर उतर आया है। हम लेटे-लेटे देखा करते थे और पहचाना करते थे कि कौन-सा तारा हमारे किस पूर्वज का है। दादी बताया करती थी कि ध्रुव तारा हमारे दादा का है और चाँद के पास जो छोटा-सा रोहिणी नक्षत्र है, वह हमारी मझली बुआ का है जो कुछ बरस पहले कुँआरी ही चल बसी थी। दादी कहती थी कि जो बहुत अच्छे कर्म करते हैं,

उन्हें बहुत जल्दी ऊपर से बुलावा आ जाता है। हम तब अच्छे कर्म करते भी डरते थे कि हमें ऊपर से जल्दी बुलावा न आ जाए और बुरे काम करते भी डरते थे कि हमारे किसी पूर्वज का तारा टूटकर नीचे न आ गिरे...।

अपनी खिड़की से दूर तक बिखरी हुई बत्तियों को देखते हुए मैं सोचने लगता कि क्या इनमें उन बत्तियों को पहचान सकता हूँ जिनका सम्बन्ध मेरे परिचित घरों और उनमें रहने वाले लोगों से है? परन्तु इतने बड़े समूह में अलग-अलग बत्तियों को पहचानना क्या सम्भव था? मेरे परिचित मेरे लिए कितना भी महत्त्व रखते हों, एक इतने बड़े विस्तार में उनका महत्त्व ही क्या था?

और किसी-किसी समय अचानक सब बत्तियाँ गुल हो जातीं। अँधेरे में सराय रुहेला स्टेशन पर रुकी हुई गाड़ी सू-ऊँ-ऊँ करती रहती। जब गाड़ी का इंजन चीख़ता, तो यूँ लगता, जैसे वह सारा विस्तार एक घना जंगल हो जिसमें एक भटकी हुई रूह कराह रही हो। जब गाड़ी खुल जाती तो उसके पहियों की आवाज़ उस भटकी हुई रूह को अँधेरे में जाने कहाँ से कहाँ ले जाती! दूर से एकाध बार उसकी चीख़ फिर सुनाई देती और फिर सब सुनसान हो जाता...।

बुझी हुई बत्तियाँ जलतीं और फिर बुझ जातीं; फिर जलतीं और फिर बुझ जातीं। मुझे अपने सम्पादक की बात याद आने लगती। 'यहाँ आओ मधुसूदन! यहाँ खड़े होकर ज़रा इस भीड़ को देखो।' मैं खिड़की के पास खड़ा रहता और मेरी आँखें एक साथ कितना कुछ देखने लगतीं! मैं अपने को अपने दफ़्तर की केबिन में काम करते देखता, भीड़ में से गुज़रते देखता, अपने दोस्तों के साथ क़हक़हे लगाते देखता, किसी हॉल में बैठकर नृत्य या नाटक देखते देखता और पार्टियों में नए-नए लोगों से हाथ मिलाते देखता। इसके अलावा ऐसा भी बहुत-कुछ देखता जिसमें मैं न होता। अपने सामने के खुले आकाश को देखते हुए मेरी आँखों में एक सपना-सा बनने लगता। परन्तु जो कुछ मैं देखता था, क्या वह सपना था? सपना क्या कभी खुली आँखों से भी देखा जाता है?

दूतावास में पार्टी चल रही है।

दूतावास की ओर से उस देश से आए हुए कलाकारों का सम्मान किया जा रहा है। पार्टी में बहुत-से लोग एकत्रित हैं–देशी और विदेशी कूटनीतिज्ञ, सरकारी कर्मचारी, लेखक, कलाकार, तथा अन्य वी. आई. पी.। अच्छा जमघट है। शराब बहुत अच्छी है। खाने का सामान बहुत लज़ीज़ है। कलाकारों की कला के प्रति श्रद्धांजलि के टोस्ट प्रस्तावित होते हैं। कलाकार बहुत प्रसन्न हैं और अपने आसपास एकत्रित व्यक्तियों के साथ घुल-मिलकर बातें कर रहे हैं। उनमें एक नर्तकी, जिसके नृत्य की बहुत प्रशंसा हुई है, कुछ प्रियजनों के गालों पर अपने होंठों से ऑटोग्राफ़ दे रही है।

शराब अच्छी है, इसलिए वह ज़रूरत से ज़्यादा पी गई है। मगर उसे यह विश्वास नहीं कि शराब उसे चढ़ सकती है। इसे साबित करने के लिए वह एक पेग और पी जाती है। एक नाटा गायक इस तरह झूम रहा है जैसे उस समय भी संगीत के स्वर उसकी चेतना में मँडरा रहे हों। वह बार-बार अपने प्रशंसकों से कहता है, 'संगीत मेरा जीवन है। मैं केवल अपने संगीत के लिए ही जीता हूँ।' उसे भुना हुआ मुर्ग बहुत पसन्द है। वैसे वह बहुत ज़िन्दादिल आदमी है। दो-एक पत्रकार उसे घेरकर उससे संगीत की बजाय राजनीति-सम्बन्धी प्रश्न पूछने लगते हैं। वे अपनी पत्रकारिता के लिए जीते हैं। वे तालाब के पास जाते हैं, तो तालाब का सौन्दर्य नहीं देखते, उसमें चारा लटकाकर मछली पकड़ते हैं। वे उस गायक को हर तरह का चारा डालते हैं। मगर ज़िन्दादिल गायक चारा नहीं पकड़ता। 'जो बात आप मुझसे पूछ रहे हैं, वह मेरे देश के राजनीतिज्ञ ही बता सकते हैं,' वह कहता है। 'और उनसे भी ज़्यादा खुद आप लोग बता सकते हैं। जितना कुछ आप लोग मेरे देश के बारे में जानते हैं, उतना मैं नहीं जानता। मैं आपसे केवल संगीत के विषय में बात कर सकता हूँ। मुझे किसी नीति का पता है तो वह मेरे गले की नीति है। इसे ज़्यादा खटाई रास नहीं आती।'

'अच्छा फर्ज़ कीजिए कि आप भारत के नागरिक हैं और यहाँ निर्वाचन हो रहा है,' एक पत्रकार कहता है। 'तो आप यहाँ किस पार्टी के उम्मीदवार को वोट देंगे?'

गायक ज़ोर से हँसता है। 'मैं उसे वोट दूँगा जो दोनों में ज़्यादा अच्छा गा सकता होगा।'

'और अगर दोनों में से कोई भी गाना न जानता हो?'

'तो मैं पहले दोनों को गाना सिखाऊँगा।'

'अच्छा आप भारत की तटस्थता के विषय में क्या सोचते हैं?' दूसरा पूछता है।

'यह बहुत संगीतपूर्ण तटस्थता है।'

'संगीतपूर्ण तटस्थता से आपका क्या अभिप्राय है?'

'इससे मेरा अभिप्राय भारत की तटस्थता से है।'

'आप प्रश्नों का सीधा उत्तर देने से कतराते क्यों हैं?'

वह फिर हँसता है। 'आप जानते हैं कि संगीत के स्वर कभी सीधे नहीं चलते। आप देख रहे हैं कि मैं बहुत सीधा आदमी हूँ। प्रश्नों के सीधे उत्तर दे पाना मेरे जैसे सीधे आदमी का काम नहीं है। आप कहें, तो मैं आपको गीत सुनाऊँ?'

और वह गीत गाने लगता है। सब लोग चुप रहकर सुनते हैं। वह गा चुकता है, तो तालियाँ बजती हैं। राजदूत की ओर से नए टोस्ट का प्रस्ताव होता है। टोस्ट के बाद एक पत्रकार दूसरे पत्रकार से कहता है, 'बहुत तेज़ आदमी है। किसी बात का सीधा जवाब नहीं देता।'

गायक पत्रकारों से पीछा छुड़ाकर तब तक मुर्ग की दूसरी टाँग उठा लेता है।

एक कोने में टमाटर-जूस पीते हुए दो अधेड़ लेखक आपस में बातें करते हैं। 'ज़िन्दगी तो इन विदेशी कलाकारों की है। हम लोगों की क्या ज़िन्दगी है?'

दूसरे को यह हीनता का भाव पसन्द नहीं आता। वह सिर्फ़ होंठ बिचकाकर कन्धे हिला देता है।

'तुम कन्धे क्यों हिला रहे हो?' पहला पूछता है।

'ऐसे ही।'

'हम लोग कैसी भुखमरी की ज़िन्दगी बिताते हैं!' पहला कहता है। 'और ये लोग कितने ठाठ से रहते हैं! इस आदमी की टोपी ही उतने पैसों की होगी जितनी हमारी छः महीने की रॉयल्टी आती है।'

'हमारे प्रकाशक ही ऐसे हैं, नहीं तो...।'

'हमारे यहाँ किताबें बिकतीं ही नहीं। लोगों को पढ़ने की आदत ही नहीं है।'

'आदत तो है, मगर लोग अच्छा साहित्य नहीं पढ़ते। उन्हें अच्छी चीज़ों की समझ ही नहीं है। मेरी तीनों किताबों की साल-भर की रॉयल्टी पता है क्या आई है? तीस रुपए बासठ नए पैसे।'

'और यहाँ एक-एक आदमी ने तीस-तीस रुपए की शराब पी ली होगी। तुम्हारे पास...दूतावास का कार्ड आया है?'

'नहीं।'

'मेरे पास आया है। वहाँ भी परसों एक रिसेप्शन है।'

'मैं तो इन रिसेप्शन्स में ज़्यादा आता-जाता नहीं। फ़िजूल समय नष्ट होता है। उतनी देर में आदमी बैठकर कुछ लिखे...।'

'मैं भी बहुत कम आता-जाता हूँ हालाँकि कार्ड मेरे पास सब जगह से आते हैं।'

'तुम...के रिसेप्शन में दिखाई नहीं दिए।'

'ऐसे ही। उस दिन घर से निकलने का मन नहीं था।'

'उस दिन वहीं सुना था कि यहाँ से एक कल्चरल डेलिगेशन बाहर जा रहा है।'

'अच्छा! कौन-कौन जा रहा है?' और बात का विषय बदल जाता है। साहित्यिक गुटबन्दियों की चर्चा होने लगती है। इस बीच नाटा गायक भारतीय कलाकारों के नाम टोस्ट का प्रस्ताव कर देता है।

भीड़ कई छोटे-छोटे द्वीपों में बँटी है। इनमें प्रधान द्वीप वह है जो वी. आई. पी. गण के आसपास एकत्रित है। उस द्वीप में दाख़िल होने की कोशिश में कुछ लोग उसके आसपास घूम रहे हैं। वह पूरा-का-पूरा द्वीप जिस ओर को सरकता है, वे भी उसी ओर को सरक जाते हैं। अचानक एक कोने में अकेले खड़े हरबंस पर मेरी नज़र पड़ती है। उसे देखकर लगता है जैसे वह भीड़ में आकर गुम हो गया हो और वहाँ से निकलने का रास्ता ढूँढ़ रहा हो। मैं अपने पत्रकार साथियों के पास से हटकर

उसके पास चला जाता हूँ। वह मुझे देखकर भी उसी तरह गुम हुआ-सा खड़ा रहता है।

'तुम इस कोने में अकेले क्यों खड़े हो?' मैं उससे पूछता हूँ।

'हा-हा!' वह कहता है। 'मुझे खुद नहीं पता कि मैं यहाँ क्यों खड़ा हूँ। नीलिमा अन्दर गई है। मैं उसी का इन्तज़ार कर रहा हूँ।'

'तो इन्तज़ार क्या अकेले खड़े रहकर ही किया जाता है?'

वह एक बेचैनी के साथ कन्धे हिला देता है। 'मुझे नहीं पता था कि वह अन्दर जाकर वहीं रह जाएगी। पता नहीं उसका काम पूरा हो गया या नहीं, या कब तक पूरा होगा! मैंने उससे कहा भी था कि हमें जल्दी घर पहुँच जाना है। लड़के के सोने के वक़्त तक तो हमें घर पहुँच ही जाना चाहिए।'

'अरुण भी साथ आया है?'

'नहीं। उसे यह साथ के घर में छोड़ आई है। मैं हज़ार कहूँ, उसका इस पर कुछ असर थोड़े ही होता है! मुझे तो कई बार लगता है कि इसके अन्दर माँ का दिल ही नहीं है। इसे हर वक़्त बस अपनी ही पड़ी रहती है।'

'नीलिमा किसी ख़ास काम से अन्दर गई है?' मैं पूछता हूँ।

'ख़ास काम ख़ाक है!' वह कहता है। उसकी आँखें एक हताश क्रोध के साथ आसपास की भीड़ को देखती हैं। 'कल इनके पोलिटिकल सेक्रेटरी ने मुझसे फ़ोन पर कहा था कि इनकी वह जो बैलेरीना है, वह भारतीय नृत्यों के सम्बन्ध में कुछ जानना चाहती है और अगर नीलिमा आकर उसे कुछ बता सके, तो वह आभार मानेगा। मेरा क़सूर इतना है कि मैंने यह बात नीलिमा को बता दी। इसे उसी वक़्त से खाना-पीना सब भूला हुआ है। शायद सोचती है कि इस तरह यह इन लोगों के ज़्यादा नज़दीक आ जाएगी और ये इसे अपने देश में आकर प्रदर्शन करने के लिए निमन्त्रण दे देंगे। मैं अब अपने को कोस रहा हूँ कि मैंने इससे यह बात कही ही क्यों। ठहरो, मैं एक मिनट पोलिटिकल सेक्रेटरी से पूछ लूँ कि ये लोग उसे और कितनी देर रोकना चाहते हैं।'

वह मेरे पास से हटकर भूरी मूँछों वाले पोलिटिकल सेक्रेटरी की तरफ़ बढ़ जाता है जो उस बड़े द्वीप से बाहर आकर एक और पत्रकार से बात कर रहा है। पोलिटिकल सेक्रेटरी मुझे देखकर मुसकराता है। 'हलो 'न्यू हैरल्ड,' कहो क्या हाल है?' तब तक हरबंस उसके पास पहुँच जाता है। 'अहा हरबंस! तुम कहाँ गुम हो गए थे?' पोलिटिकल सेक्रेटरी बहुत उत्साह के साथ कहता है। 'मैं तुम्हें ही देख रहा था कि कहीं तुम चले तो नहीं गए। नीलिमा को मैंने कल्चरल अटेची के सुपुर्द कर दिया था कि उसे अन्दर छोड़ आए। मुझे पता था कि तुम यहाँ बहुत अकेले महसूस कर रहे होगे। मैंने नीलिमा से कहा था कि तुम उसके बिना उदास हो जाओगे। आज नीलिमा तो बिलकुल एक अठारह साल की शोख लड़की-सी लग रही है।'

हरबंस कन्धे हिलाता है। 'मेरा तो ख़याल था कि आज वह बहुत थकी-सी लग रही है,' वह कहता है। 'कल आधी रात तक बैठकर वह नोट्स तैयार करती रही है।'

'अच्छा! वह भी तुम्हारी तरह कोई थीसिस तैयार कर रही है?'

'नहीं।' हरबंस थोड़ा अचकचा जाता है। 'वह आज के लिए ही नोट्स तैयार कर रही थी। वह आपकी बैलेरीना को भारतीय नृत्यों के सम्बन्ध में बताने के लिए बहुत उत्सुक थी। मैंने उससे कहा था कि स्वयं नृत्य करना और बात है और किसी बाहर के कलाकार को उस सम्बन्ध में समझाना बिलकुल दूसरी बात है। वह रात-भर बैठकर किताबों से माथा-पच्ची करती रही है।'

'अच्छा!' पोलिटिकल सेक्रेटरी उसका कन्धा थपथपा देता है। 'मुझे नहीं पता था कि इसके लिए उस बेचारी को इतनी मेहनत करनी पड़ेगी। तुमने यह उसके साथ बहुत जुल्म किया है जो उसे रात-भर जगाए रखा है। सचमुच तुम आज भी अन्दर से प्रोफ़ेसर ही हो और हर चीज़ को प्रोफ़ेसरों की तरह ही लेते हो। यहाँ आज इतना झमेला है कि शायद उस तरह की बातचीत का मौक़ा ही न आए। कल्चरल अटेची अभी मुझसे कह रहा था कि बैलेरीना...सिर-दर्द की शिकायत कर रही है और रात के शो से पहले कुछ देर आराम करने के लिए चली जाना चाहती है। मुझे ठीक पता नहीं कि वह अन्दर है या अब तक चली गई है। मुझे सचमुच बहुत-बहुत अफ़सोस है। बेचारी नीलिमा इतनी मेहनत से तैयारी करके आई है और...तुमने वाकई उस पर बहुत जुल्म किया है। उसे रात-भर जगाने की क्या ज़रूरत थी? अगर बात होती, तो वह अपनी जानकारी से कुछ भी थोड़ा-बहुत उसे बता देती। अभी नीलिमा बाहर आएगी, तो मैं उससे व्यक्तिगत रूप से माफ़ी माँगूँगा। यह भी कहूँगा कि तुम प्रोफ़ेसर को इस तरह अपने ऊपर जुल्म न करने दिया करो।...मगर मैं भी क्या बात कर रहा हूँ? बजाय इसके कि तुम्हें धन्यवाद दूँ, मैं उलटे तुम्हीं पर दोष लगा रहा हूँ। ख़ैर, मैं नीलिमा से सिर्फ़ इतना ही कहूँगा कि वह आज बहुत-बहुत स्मार्ट लग रही है। मैं तुम्हें बता नहीं सकता कि मुझे कितना अफ़सोस है! ये कल्चरल डिपार्टमेंट के लोग पहले हमसे काम कह भी देते हैं और फिर बाद में गड़बड़ कर देते हैं। अच्छा...तुम एन्जॉय करो। मैं अभी तुमसे फिर बात करता हूँ। एक बहुत ज़रूरी बात तुमसे कहनी थी; अभी याद थी और अभी भूल गई। ख़ैर...!'

हरबंस उसके पास से हटकर आने लगता है, तो वह उसे फिर बुला लेता है। 'अरे हाँ, सुनो...' वह कहता है। 'कितनी इम्पार्टेन्ट बात थी जो अचानक मेरे दिमाग से गायब हो गई! अगले महीने हम विश्व-संस्कृति के सम्बन्ध में एक सेमिनार कर रहे हैं। वैसे डिपार्टमेंट तो यह भी कल्चरल अटेची का है, मगर इस बार इसमें इस तरह की गड़बड़ नहीं होगी। तुम इतिहास के विद्वान् हो और कला की भी गम्भीर जानकारी रखते हो, इसलिए मैं सोच रहा था कि सेमिनार की सारी योजना तुम्हारे

साथ सलाह करके ही बनाई जाए। उसमें तुम्हें खुद भी एक-न-एक पेपर पढ़ना होगा। पेपर का विषय तुम जो चाहो चुन लो। मुग़ल काल के बाद भारतीय कला की जो स्थिति रही है, उसके बारे में पेपर लिखने के लिए मुझे कोई नाम नहीं सूझ रहा। कल्चरल अटेची ने मुझसे कहा था, तो मैंने उससे कहा था कि तुम्हीं एक आदमी हो जिससे मैं पूछकर बता सकता हूँ। मुझे यह विश्वास है कि तुम यह काम कर सकते हो।...तो तुम मेरे लिए यह काम करोगे न?'

'मैं अभी कुछ नहीं कह सकता,' हरबंस कहता है। 'दो-एक दिन में सोचकर बताऊँगा।'

'नहीं, इसमें तुम्हें सोचना-ओचना कुछ नहीं है। यह काम तो तुम्हें मेरे लिए करना ही है। मैं कल्चरल अटेची से बात कर लूँगा और कल तुम्हें फ़ोन करूँगा। मैं आज के लिए सचमुच बहुत शरमिन्दा हूँ। मगर इसका यह मतलब नहीं कि तुम आगे के लिए मेरी मदद करना छोड़ दो। मैं जैसे भी हो सकेगा...ख़ैर, इस वक़्त तुम खाओ-पियो। मैं तुमसे फिर बात करूँगा... ।' और हरबंस के पास से हटकर पोलिटिकल सेक्रेटरी मेरे पास आ जाता है। 'तो 'न्यू हेरल्ड' के शो, हमारे कल की टिप्पणी तुम लिख रहे हो?'

मैं सिर हिलाता हूँ। 'तुम्हारा सम्पादक मुझे बता रहा था कि उसने यह काम अब तुम्हें सौंप दिया है। मुझे बहुत खुशी है कि यह काम तुम्हारे जैसे युवा आदमी को दिया गया है। तुम्हारा पहला समीक्षक...ख़ैर मैं उसके बारे में कुछ नहीं कहूँगा। तुम समझोगे कि मैं प्रेजुडिस्ड होकर बात कह रहा हूँ, या सिर्फ़ तुम्हें खुश करने के लिए कह रहा हूँ। मगर...ख़ैर...यह बहुत खुशी की बात है कि तुम अब इस काम को सँभाल रहे हो। मैं बहुत उत्सुकता से तुम्हारी टिप्पणी पढ़ूँगा। तुम्हें शायद हैरानी होगी कि मेरे जैसे नीरस आदमी को भी आर्ट में थोड़ी-बहुत दिलचस्पी है। मैं तुम्हारे साथ बैठकर किसी दिन तुमसे भारतीय नाट्यकला के सम्बन्ध में कुछ बातें जानना चाहूँगा, किसी भी दिन, जब तुम्हें फ़ुरसत हो। तुम किसी दिन घर आकर मेरे साथ चाय पियो। मेरी पत्नी को नाटक का बहुत शौक़ है और वह खुद कई नाटकों में पार्ट कर चुकी है।...मैं किसी दिन तुम्हें फ़ोन कर लूँगा। अच्छा...!' और वह मेरे पास से हटकर किसी और से बात करने लगता है। हरबंस फिर अपने कोने में गुमसुम-सा खड़ा नज़र आता है। मैं उसके पास जाकर कहता हूँ, 'क्या बात है, तुम फिर उसी तरह कोने में आकर खड़े हो गए?'

'हा-हा!' वह कहता है। 'तुम एक बार और पूछोगे, तो शायद मैं चुपचाप यहाँ से चला जाऊँगा।'

'क्यों?'

'मुझसे ये खोखली बातें बरदाश्त नहीं होतीं। अब इन्हें विश्व-संस्कृति पर एक सेमिनार करना है जिसके लिए इन्हें मुझसे एक पेपर चाहिए। मुग़ल पीरियड के बाद कला की स्थिति पर पेपर लिखने के लिए इन्हें मैं ही एक विद्वान् मिला हूँ।'

हमारा फ़ोटोग्राफ़र पास आकर कहता है कि उसने सभी कलाकारों के चित्र ले लिये हैं और मुझे कोई ख़ास चित्र चाहिए, तो मैं बता दूँ। मैं सिर हिलाकर उसे मना कर देता हूँ। पास के एक छोटे-से द्वीप से एक हलका-सा क़हक़हा उठता है, मगर मेरा ध्यान उस तरफ़ नहीं जाता। उस भीड़ में घूमते हुए मेरा मन अनजाने ही मुग़लकाल के नोट्स तैयार करने लगता है।

अँधेरे में कुछ स्वर मँडराते हैं। हवा के साथ ऊपर-नीचे जाते हुए वे स्वर कभी दूर भटक जाते हैं, कभी पास चले आते हैं। उन स्वरों में एक विह्वलता है, एक आवेश है। सितार का स्वर पखावज के स्वर से गलबहियाँ लेता है। फिर वे दोनों स्वर पायल के स्वर के गिर्द नाचते हैं। फिर वे सभी स्वर एक गले के स्वर में विलीन हो जाते हैं। आकाश में मियाँ की टोडी के स्वर और सब स्वरों को छा लेते हैं। आलाप की हर लय के साथ आकाश में एक हलचल होती है, हवा में बिखरे हुए अनेकानेक स्वर अपने को उन स्वरों के साथ साधने का प्रयत्न करते हैं। वे उन स्वरों के साथ उसी लय और तान में काँपते हुए सूक्ष्म से सूक्ष्मतर होते जाते हैं—कई-कई चेतनाएँ उन स्वरों पर मुग्ध उनके साथ-साथ झूमती हैं। स्वर इतने सूक्ष्म हो जाते हैं कि आकाश की छाती एक अकल्पित आह्लाद से सिहर जाती है, आकाश पुलकित हो उठता है। स्वरों के मार्ग पर चलती हुई चेतनाएँ आकाश की गहराई में डूबती-उतराती हैं। आकाश पुलकित होता है, तो उसमें दीये जल जाते हैं। उनका आलोक स्वरों के वेग के साथ हिलता है, उनकी उत्तानता के साथ स्तम्भित हो रहता है। आकाश में इठलाती हुई स्वरनदी चेतना और आलोक के तटों को सहलाए जाती है। लाल किले में एक बुड्ढा रसिक कभी इन स्वरों में विभोर होकर अपने को भूलने लगता है और कभी सहसा चौंककर स्तब्ध हो जाता है। उसके स्तब्ध होते ही आकाश में मुजरा करते हुए स्वर भी चौंककर स्तब्ध हो जाते हैं। वे ठिठककर सुनते हैं—दूर से अपनी ओर आते हुए दूसरे स्वरों को जो उन्हें अपनी अपेक्षा कहीं सशक्त प्रतीत होते हैं। वे स्वर घोड़ों के दौड़ने, हाथियों के चिंघाड़ने और तोपों के दाग़े जाने के स्वर हैं। इर्द-गिर्द नाचते हुए सहयोगी स्वर हैं लूटमार और चीख़-पुकार के। मुजरा करने वाले डरे-डरे-से लाल किले के बुड्ढे रसिक को देखते हैं। क्या वह उन आततायी स्वरों को उन तक पहुँचने से पहले दूर भगा देगा। बुड्ढा रसिक स्वयं नहीं जानता। वह अपनी जगह पर स्तब्ध सुनता रहता है। आततायी स्वर ज्यों-ज्यों पास आते जाते हैं, उसके ज़मीन से जकड़े हुए पैर और जकड़ते जाते हैं। बुड्ढे रसिक का नाम है तख्ते-ताऊस।

बुड्ढा सोचता है कि जब वह जवान था, तो वह अपने ज़रहबख्तर पर मान कर सकता था; आततायी स्वरों के साथ लड़ सकता था। मगर आज बुढ़ापे में उसके तन

की पोशाक महीन तनज़ेब का अँगरखा है। उसकी बाँहें कमज़ोर हैं। क्या आज भी वह इन आततायी स्वरों को दूर भगा सकता है?

परन्तु वे स्वर बढ़ते आते हैं और बुड्ढे की सोच उनके सामने एक विवश आत्मसमर्पण का रूप ले लेती है। बुड्ढा अब आततायी स्वरों से लड़ नहीं सकता...।

नादिरशाह दिल्ली पर चढ़ आया है। अकबर और शाहजहाँ के वंशज मुहम्मदशाह ने उसके सामने घुटने टेक दिए हैं। नादिरशाह बुड्ढे ताऊस की छाती पर बैठकर उसके तनज़ेब के कुरते को मैला कर देता है। बुड्ढे से यह माँग होती है कि वह उन सब स्वरों को फ़रियादी के तौर पर पेश करे जिन्हें उसने आकाश में मुजरा करने के लिए छोड़ रखा है। आकाश में ठिठके हुए स्वर सहमकर नीचे उतरते हैं। तख्ते ताऊस का हुक्म है कि वे नादिरशाह के सामने फ़रियादी हों। उन्हें अपने बुड्ढे संरक्षक पर क्रोध आता है। साथ ही बुड्ढे की विवशता देखकर दया भी आती है। बुरे दिनों में क्या वे उस बुड्ढे का साथ छोड़ देंगे? नहीं, वे बुड्ढे की जान की रक्षा के लिए उसके तनज़ेब पर बैठे हुए आततायी के सामने मुजरा करेंगे। उनकी अपनी रक्षा भी इसी में है। स्वर काँपते हुए मुजरा करने लगते हैं। नादिरशाह सिर हिलाता है। उसे काँपते हुए स्वरों का मुजरा बहुत पसन्द आता है।

'हमें क़यास भी नहीं था कि हिन्दुस्तान के बादशाह के पास आवाज़ों का इतना बड़ा ख़ज़ाना है?' वह कहता है। उसकी आवाज़ में शराब की गहरी बू समाई है। उसकी दाढ़ी शराब से गीली हो रही है।

'आलीजाह, ये आवाज़ें ही इस मुल्क की दौलत हैं,' उसके पैरों के पास बैठा हुआ मुहम्मदशाह कहता है। 'हज़रत अबुल मुजफ्फ़र शिहाबुद्दीन मुहम्मद साहिब क़िराने सानी शहंशाह शाहजहान ने इन्हीं मुग़लिया का सारा ख़ज़ाना लुटा दिया था।' मुहम्मदशाह को दिल में उस बीस करोड़ की चिन्ता है जो नादिरशाह ने नज़राने के तौर पर तलब किए हैं। वह सोचता है कि क्या नादिर इन आवाज़ों पर खुश होकर अपनी बीस करोड़ की माँग वापस ले लेगा!

'हम बहुत खुश हैं, बहुत-बहुत खुश हैं,' नादिर कहता है। 'हम चाहते हैं कि ऐसी ही दिलकश आवाज़ें ग़ज़नी के महलात की क़दमबोसी करें। दिल्ली के शाहजहान ने जो कुछ इस मुल्क के लिए किया है, उससे ज़्यादा हम ग़ज़नी में जाकर अपने मुल्क के लिए करना चाहते हैं।'

मुहम्मदशाह का दिल काँपने लगता है। नादिर के यह कहने का मतलब क्या है? क्या वह बीस करोड़ नज़राना छोड़ देगा, या अब उससे भी ज़्यादा की माँग पेश करेगा?

'आलीजाह, ग़ज़नी इस वक़्त भी दुनिया का सबसे अज़ीमुश्शान दारुल्ख़िलाफा है,' वह कहता है। बुड्ढे ताऊस को मितली आने लगती है। वह सोचता है कि यह ज़िल्लत बरदाश्त करने की बजाय अगर उसे हाथ-पैर तोड़कर क़ब्र में दफ़ना दिया

जाए, तो कितना अच्छा हो! मुजरा करते हुए स्वर ताऊस की इस बेकली को देखते हैं और चुपचाप मन मारे मुजरा किए जाते हैं।

नादिरशाह जाम-पर-जाम चढ़ाए जाता है। उसका सिर चकराने लगता है, तो शाही हक़ीम गुलकन्द के साथ दवा पेश करते हैं। नादिरशाह का चकराता हुआ सिर ठिकाने आ जाता है। उसकी ज़बान मुँह की नरम दीवारों को गुलकन्द के ज़ायके के लिए टटोलती रहती है।

'सुभान अल्लाह!' वह कहता है। 'इस मुल्क की अदबियात भी यहाँ की नाज़नीनों की तरह नरमबाश और यहाँ की मौसीक़ी की तरह दिलफ़रेब है।'

'हुजूर ने जो चीज़ फ़रमाई है, वह गुले आतिशी का मुरब्बा है!' मुहम्मदशाह फिर उम्मीद करता है कि जो काम फ़ौजों से नहीं हो सका, मौसीक़ी से नहीं हो सका, शायद वह गुले आतिशी के मुरब्बे से सर अंजाम हो जाए और नादिरशाह बीस करोड़ रुपए की जगह गुले आतिशी के चन्द मर्तबान लेकर वापस चला जाए। 'सुभान अल्लाह! सुभान अल्लाह!' नादिरशाह प्रशंसा में सिर हिलाए जाता है। 'इस मुल्क की हर चीज़ कितनी ख़ूबसूरत है! आप लोगों का अन्दाजे गुफ़्तगू...सुभान अल्लाह!'

गुलकन्द का मर्तबान नादिर के सामने पेश किया जाता है। वह गुलकन्द के ज़ायके में शराब और मौसीक़ी को भी भूल जाता है, यहाँ तक कि सामने का मर्तबान ख़ाली हो जाता है। 'सुभान अल्लाह!' वह कहता है। 'इस चीज़ की शीरीनी आबे-हयात से बढ़कर है। हम इस मुल्क की मेहमानबाज़ी की हमेशा क़द्र करेंगे। यह मुल्क वाक़ई अपनी हर चीज़ पर फ़ख्र कर सकता है!'

बुड्ढे ताऊस का दम घुट रहा है। वह अपने सामने उन स्वरों की बेक़द्री देख रहा है जिन्हें उसने पाल-पोसकर बड़ा किया है और जिन्हें बनाने-बनाने में उसने अपने-आपको इतना कमज़ोर कर लिया है। वे स्वर मन मारे मुजरा किए जाते हैं। आज उनसे ज़्यादा क़द्र गुलकन्द की है! मुहम्मदशाह उनसे ज़्यादा गुलकन्द के मर्तबान पर गर्व कर सकता है।

नादिर का ध्यान गुलकन्द से हटता है, तो एक नर्तकी के शरीर पर अटक जाता है। नर्तकी उत्तर और दक्षिण की कला की सर्वश्रेष्ठ प्रदर्शिका है। उसके अंगों में बेंत की-सी लचक है, पारे की-सी तरलता है। उसके अंगों की हर गति हवा को रूप दे देती है, उसकी आँखों का हर भाव उस रूप में प्राण भर देता है। उसका शरीर एक उत्स की तरह है जिससे फूटती हुई रूपाकृतियों की धारा वातावरण को आप्लावित करती हुई एक अज्ञात दिशा की ओर बहती जाती है। उसके पायल के स्वर में उस धारा की गति है। वह रुकती है, तो नदी रुक जाती है। उत्स एक हिमखंड में बदल जाता है।

'सुभान अल्लाह!' नादिरशाह उस हिमखंड के साँचे में ढले हुए उसके अंगों पर नज़रें गड़ाए हुए कहता है। 'यह हुस्न और यह नफ़ासत! हम गज़नी की तरफ़ से इस हुस्न को अपना सलाम पेश करते हैं। इस रक्क़ासा को हम अपने साथ गज़नी

ले जाएँगे। यह हमारे महलात की ज़ीनत बनकर रहेगी। मगर हम इसे नज़राने के तौर पर नहीं ले जाएँगे। गज़नी के ख़ज़ाने से इसकी कीमत अदा करके ले जाएँगे।' और मुहम्मदशाह की तरफ़ देखकर वह कहता है, 'इस रक्क़ासा के हुस्न की कीमत के तौर पर हम गज़नी के ख़ज़ाने से दो सौ अशरफ़ियाँ पेश करते हैं।'

हिमखंड में फिर जान आ जाती है। नर्तकी अपने स्थान से चलकर नादिरशाह के पास आ जाती है। 'गज़नी के शहंशाह से यह कनीज़ अपने फ़न के इब्ज़ में इनाम की तलबगार है,' वह कहती है।

'गज़नी का शहंशाह तुम्हारे हुस्नो-जमाल को मुँहमाँगा इनाम देने को तैयार है,' कहता हुआ नादिरशाह उसे बाँह से पकड़कर अपनी तरफ़ खींच लेता है। और बर्फ़ के साँचे पर जगह-जगह अपने होंठों से मोहरें सब्त कर देता है। नर्तकी इस उपहार को चुपचाप स्वीकार करके फिर अलग खड़ी हो जाती है।

'शहंशाह ने क़नीज को मुँहमाँगा इनाम पाने का जो हक़ दिया है, उसके लिए कनीज़ शहंशाह की बहुत-बहुत शुक्रगुज़ार है। कनीज़ शहंशाह से इनाम में सिर्फ़ एक ही चीज़ चाहती है।'

'यह हुस्न हमसे जो भी तलब करेगा, वह इनायत किया जाएगा।' नादिर की रगों में ख़ून तेज़ी से दौड़ रहा है। उसे लगता है कि नर्तकी की आँखों में ऐसा कुछ है जिसे होंठों से नहीं, केवल आँखों से ही पाया जा सकता है। उसे अफ़सोस होता है कि उसकी आँखें भी उसके होंठों की तरह रस को चूस क्यों नहीं सकतीं।

नर्तकी झुककर आदाब करती है और फिर सीधी खड़ी हो जाती है। 'यह अदना कनीज़ हुज़ूर से इनाम के तौर पर अपनी ज़िन्दगी के बाक़ी दिन हिन्दुस्तान में गुज़ारने की इजाज़त चाहती है।'

बुड्ढा ताऊस मुसकरा उठता है। नादिर अपनी जगह पर इस तरह तड़प जाता है जैसे उसे किसी ज़हरीले नाग ने डस लिया हो। वह एक ख़ामोशी और चुभती हुई नज़र से नर्तकी को और फिर पास बैठे हुए मुहम्मदशाह को देखता है। मुहम्मदशाह भी एक बार ख़ून-भरी आँखों से नर्तकी की तरफ़ देख लेता है। वह उस समय अपने मन में यह सोच रहा था कि क्या गुलकन्द के मर्तबानों के साथ इस पत्थर की मूर्ति को मिला देने से नादिरशाह की हवस मिट जाएगी और वह अपनी बाक़ी माँग छोड़कर चला जाएगा? नादिर तख़्ते-ताऊस से उठ खड़ा होता है। सारा दरबार भी उसके साथ ही उठ खड़ा होता है। 'हमें अपनी ज़बान का पास है,' वह कहता है। 'तुम अपनी ज़िन्दगी के बाक़ी दिन हिन्दुस्तान में ही पूरे करोगी।' और चोबदार आगे आकर उसे मुहम्मदशाह के ख़ास महल की तरफ़ ले चलते हैं। नर्तकी सिर झुकाए अपनी जगह पर खड़ी रहती है।

ख़ास महल में जाकर नादिरशाह फिर शराब की माँग करता है। वह बहुत जल्दी गज़नी लौट जाना चाहता है। उसे उस मुल्क की हकूमत से वास्ता नहीं है। वह सिर्फ़

गज़नी को दिल्ली की तरह हसीन और दिलफ़रेब देखना चाहता है। गज़नी को दिल्ली बनाने की उसकी आकांक्षा दिल्ली की बादशाहत को पूरी करनी होगी। उस आकांक्षा को पूरा करने की पूरी कीमत दिल्ली को अदा करनी होगी। उसे अपने साथ दिल्ली की ख़ूबसूरती के चन्द नमूने नहीं, उस ख़ूबसूरती को पैदा करने का सामान चाहिए। उसके लिए वह सामान एकत्रित करके देना दिल्ली की बादशाहत का फर्ज़ है।

और दिल्ली की बादशाहत ख़ामोश है। वह जाम-पर-जाम भरकर नादिरशाह के हाथों में दिए जाती है। वह कुछ भी कहकर इतने बड़े मेहमान को नाराज़ नहीं कर सकती...।

मगर शहर में एक तूफ़ान उठ खड़ा होता है। पहाड़गंज से उठकर वह तूफ़ान सारी दिल्ली को छा लेता है। नादिरशाह के सिपाही दिल्ली वालों के घर लूटना चाहते हैं। दिल्ली वाले अपने घरों की रक्षा करना चाहते हैं। कोई आए और चुपचाप उन्हें लूटकर ले जाए, यह उन्हें बरदाश्त नहीं। नादिरशाह के सिपाहियों की नज़र में लूटना उनका जन्मसिद्ध अधिकार है। कोई उस अधिकार को न माने और उनका विरोध करे, यह उन्हें बरदाश्त नहीं। दोनों आत्म-सम्मान आपस में लड़ जाते हैं। दिल्ली में दोनों ओर से मार-काट आरम्भ हो जाती है।

आधी रात को नादिरशाह नींद से हड़बड़ाकर जागता है। सिपहसालार यह समाचार लेकर आया है कि दिल्ली की जनता फ़ारस के सिपाहियों को अपने घर लूटने का हक़ नहीं देना चाहती। उसकी नाफ़रमाँबरदारी यहाँ तक बढ़ गई है कि उसने फ़ारस के सिपाहियों से लोहा लेने की ठान ली है। नादिरशाह को गुलकन्द का ज़ायका भूल जाता है। हिन्दुस्तानी रक्क़ासा के हुस्न की बात भी भूल जाती है। दिल्ली के लोग फ़ारस के सिपाहियों के अधिकार अभी तक नहीं समझे? यह बात अच्छी तरह उनके ज़हन में नक्श कर देनी होगी। आने वाली कई-कई पीढ़ियों तक उन्हें याद रहना चाहिए कि नादिरशाह के साथ आए हुए फ़ारस के सिपाहियों को क्या-क्या हक़ हासिल थे। सुबह होते ही वह सुनहरी मस्जिद में जाकर उसके सेहन में खड़ा हो जाता है। उसकी नंगी तलवार उसके सामने है। उस तलवार के म्यान में जाने तक फ़ारस के सिपाहियों को कत्लेआम का हक़ है। जो जहाँ भी नज़र आए, उसे मौत के घाट उतार दिया जाए। जो सिपाही जिस स्त्री के साथ चाहे बलात्कार करे और फिर उसकी बोटी-बोटी काट दे।

कई घंटे दिल्ली एक क़त्लगाह बनी रहती है। आकाश में मँडराने वाले स्वर दम साधकर तहखानों में बन्द हो जाते हैं। कई स्वर जख़्मी होकर तड़पने लगते हैं। कई सिपाहियों के जूतों के नीचे दब जाते हैं या नेज़ों की नोकों पर लटक जाते हैं। संगीत, कला, संस्कृति...नादिरशाह की तलवार किसे क़त्ल नहीं कर सकती? दिल्ली की ख़ूबसूरती और नफ़ासत चीर-फाड़कर कुत्तों और गिद्धों के सामने डाल दी जाती है। जो कुछ बचता है, उसे ज़ंजीरें डालकर फ़ारस रवाना कर दिया जाता है। कोहेनूर फ़ारस जा रहा है। बुड्ढा तख़्ते-ताऊस फ़ारस जा रहा है। हाथी, घोड़े और घुड़सवार

फ़ारस जा रहे हैं। कनीज़ें और गुलाम फ़ारस जा रहे हैं। नृत्य और संगीत फ़ारस जा रहा है। नादिर को अफ़सोस है कि दिल्ली का लालकिला और दूसरी इमारतें फ़ारस नहीं ले जाई जा सकतीं। सम्भव होता, तो उन्हें भी नींवों से उखाड़कर वह फ़ारस ले जाता। गज़नी दिल्ली बन जाएगी। और दिल्ली...? एक बहुत बड़ा मक़बरा, जहाँ इन्सानों के साथ-साथ कला और संस्कृति की लाशें बाज़ारों में नंगी पड़ी सड़ा करेंगी। सचमुच पीढ़ियों तक लोगों को याद रहेगा कि एक बार नादिरशाह यहाँ आया था...।

लाशों से उठती हुई दुर्गन्ध सारे आकाश को छा लेती है। ढोल-ढमाके के साथ फ़ारस की फ़ौजों के दूर जाने के स्वर उस दुर्गन्ध के चारों ओर नाचने लगते हैं। उस दुर्गन्ध के बीच कभी-कभी मियाँ की टोडी का कोई मरा-अधमरा स्वर तड़प उठता है। कभी तबले पर हलकी-सी थाप पड़ती है और टूट जाती है। कभी एक घुँघरू छनकता है और दम तोड़ने लगता है। मल्हार मर रहा है। असावरी सिसक रही है। ठुमरियों की आत्माएँ उस दुर्गन्ध में भटक रही हैं कि हमें कौन गाएगा, हमारे बोलों पर कौन सिर हिलाएगा? सारे आकाश में अँधेरा है, घना अँधेरा! क्या वह दुर्गन्ध कभी मिट पाएगा? क्या आकाश में स्वरों के दीये फिर जलेंगे? क्या यह बुड्ढा फिर कभी लौटकर आएगा जो उन स्वरों का संरक्षक था? क्या आकाश फिर पहला-सा आकाश बन सकेगा?

और क़ाबुल से गज़नी जाता हुआ बुड्ढा ताऊस सोचता है कि वह धातु और पत्थर की तरह एकदम भारी कैसे हो गया है! उसके अन्दर जो एक चीज़ लहराया करती थी, जो उसे इतना कोमल और सचेत रखती थी, वह कहाँ गई? क्या उसकी रूह नादिरशाह के कत्लेआम के दिन चाँदनी चौक में कहीं भटकती हुई कत्ल हो गई है, या दिल्ली से निकलते समय वह उसे दिल्ली दरवाज़े के आसपास कहीं छोड़ आया है?

हवा में कहीं एक कोहेनूर झिलमिलाता है...।

सुबह-सुबह हज़ारों साइकिलें शहर की विभिन्न बस्तियों से निकलती हैं और शाम को थकी-हारी उन्हीं बस्तियों को लौट जाती हैं। सन् दो की ओल्ड्स्मोबाइल से लेकर सन् साठ की डॉज किंग्सवे तक सैकड़ों तरह की गाड़ियाँ यहाँ से वहाँ भटकती हैं—हार्डिंग रोड, सुन्दरनगर, चाणक्यपुरी, नॉर्थ एवेन्यू, साउथ एवेन्यू, जनपथ, राजपथ, ओल्ड मिल रोड, पार्लियामेंट स्ट्रीट, कनॉट प्लेस, कनॉट सर्कस!

इस होड़ में हर व्यक्ति हर दूसरे व्यक्ति का प्रतिद्वन्द्वी है। हरएक का हरएक के साथ युद्ध है। हरएक का घर उसकी अपनी गज़नी है...।

गाड़ियों के पहिये कोलतार की सड़कों पर घिसते जाते हैं। सप्रू हाउस से विज्ञान भवन, विज्ञान भवन से अशोका, अशोका से चेम्सफ़ोर्ड क्लब, चेम्सफ़ोर्ड क्लब से लाल किला...।

कनॉट सर्कस के बरामदों में एक चुलबुली भीड़ इधर-से-उधर जाती नज़र आती है। कई रंग एक साथ आँखों के सामने बिखरते और एक बहाव में बहते चले जाते हैं। चुस्त कपड़ों में किसी का गदराया हुआ शरीर सँभाले नहीं सँभलता और बाहर को बिखर-बिखर जाना चाहता है। किसी की लम्बी-लम्बी उँगलियाँ आसपास की सारी भीड़ को जैसे सहलाती हुई चलती हैं। बस के पीछे दौड़ते हुए एक बाबू की रेज़गारी बिखर जाती है और वह शरमिन्दा होकर उसे उठाने लगता है। चालीस की रफ़्तार से आता हुआ फटफटिया उसे बस इंच-भर बचाकर निकल जाता है। बस-स्टॉप पर एक और बस आ जाती है। बाबू को अपनी रेज़गारी में से एक चवन्नी नहीं मिल रही। वह अपनी चवन्नी भी ढूँढ़ना चाहता है और क्यू में अपनी जगह भी बनाए रखना चाहता है...।

फुटपाथ की भीड़ में सहसा कोई परिचित मगर भूला हुआ चेहरा सामने पड़ जाता है। हम दोनों के चेहरों पर एक अर्थहीन मुसकान आ जाती है, जैसे पहचानना न चाहते हुए भी हमें एक-दूसरे को पहचानना पड़ रहा हो।

'आजकल दिल्ली में ही हो?'

'हाँ।'

'तुम तो लखनऊ में थे?'

'हाँ, कभी था। अब साल-भर से दिल्ली में ही हूँ।'

'अच्छा! मैं समझा था कि तुम अब तक लखनऊ में ही हो। आजकल क्या हो रहा है?'

'बस वक़्त कट रहा है।'

'आजकल वक़्त कट जाए, यही बहुत है। अच्छा...!' और वह परमहंस निर्लिप्त भाव से हाथ बढ़ा देता है। 'कभी मेरे लायक कोई काम हो, तो बताना। मैं आजकल एक्साइज़ में हूँ। कभी स्कॉच-ऑच की ज़रूरत पड़े, या और कोई काम हो...।'

'कभी ज़रूरत होगी तो बताऊँगा।'

'अच्छा...!' और वह जल्दी-जल्दी सड़क पार करके चला जाता है। सड़क के पार पहुँचने तक शायद उसे मेरे अस्तित्व की याद भी नहीं रहती।

कॉफ़ी हाउस परमहंसों का अड्डा है। वहाँ दाख़िल होते ही कई-एक जमघटों पर एक-साथ नज़र पड़ती है। एक जमघट में पत्रकार लोग बैठते हैं। उनमें स्कूप, स्कैंडल और अन्तर्राष्ट्रीय राजनीति की बातें चलती हैं। दूसरे जमघट में कुछ ऐसे लोग हैं जिनमें आधारभूत साम्य एक ही है और वह यह कि वे शाम को कॉफ़ी हाउस में इकट्ठे होते हैं। इनमें सुन्दर जुनेजा विटा-रोज़ की कम्पनी का डिस्ट्रीब्यूशन इंचार्ज है। श्याम मल्होत्रा लाइफ़ इंश्योरेंस का एजेन्ट है। जयदेव उर्फ़ 'गन्दा इंजन' सेनीटेशन के महकमे में नौकर है। भद्रसेन मकानों और ज़मीनों की दलाली करता है। चौधरी कई काम करता है–टेंडर देकर सरकार को माल सप्लाई करता है, फ़ौलाद और कोयले

का कोटा लेकर ब्लैक मार्केट में बेचता है, मोटरों का बीमा करता है और पासपोर्टों के सम्बन्ध में हर तरह की जानकारी रखता है। ये लोग हर रोज़ एक जगह बैठकर वही बातें करते हैं जो इन्होंने उससे पहले दिन की थीं या उससे पहले दिन की थीं। मल्होत्रा एक कुहनी मेज़ पर रखे तिरछी नज़र से आने-जाने वालों को देखता हुआ अपने साथियों को साहिर लुधियानवी या फ़ैज़ की नज्में सुनाता है।

'कहता है कि...

तुम नाहक टुकड़े चुन-चुनकर,
तुम...नाहक टुकड़े चुन-चुनकर,
दामन में छिपाए बैठे हो।

और कि–

शीशों का मसीहा कोई नहीं,
शीशों का...मसीहा...कोई नहीं...
क्यों आस लगाए बैठो हो?'

उसके दोस्त इस तरह वाह-वाह करते हैं जैसे वह रचना उसकी अपनी हो। मल्होत्रा का अन्दाज़ तिरछे से और तिरछा होता जाता है और उसकी आवाज़ की गहराई बढ़ती जाती है। जब बात जयदेव उर्फ़ 'गन्दे इंजन' पर आती है, तो वह अपनी पतली-पतली मूँछों पर ताव देता हुआ अपने नाम और धन्धे के अनुकूल चीज़ सुनाने लगता है : 'छल्ला सावी सीटी, ओ छल्ला सावी सीटी...।' मोटा भद्रसेन अपनी आँखें बन्द करता है और खोलता है, खोलता है और बन्द करता है, 'यह साला 'गन्दा इंजन' आज भी वैसा ही है जैसा लाहौर में था। इसमें तेरह साल में ज़रा भी फ़र्क़ नहीं आया। इसकी ज़बान आज भी उतनी ही गन्दी है और उतनी ही मीठी है।' सुन्दर जुनेजा केवल हँसे जाता है। उससे पूछा जाए कि वह क्यों हँस रहा है, तो वह और हँसता है और चुप कर जाता है। चौधरी समझदारी के साथ मुसकराता है और घड़ी की तरफ़ देख लेता है। वह इस तरह उन लोगों के बीच बैठता है जैसे उसकी जगह उनके साथ न होकर कहीं और हो और उसे मजबूर होकर उनके साथ बैठना पड़ रहा हो। कॉफ़ी हाउस से बाहर निकलकर वे पान खाते हैं और घंटा-भर सामने अहाते में खड़े होकर फिर वही बातें करते हैं। सुन्दर जुनेजा वहीं पर उनसे अलग हो जाता है। बाक़ी चारों चौधरी के घर जाकर शराब पीते हैं, उन्हीं बातों को फिर दोहराते हैं और अगले दिन फिर कॉफ़ी हाउस में मिलने का कार्यक्रम बनाकर अपने-अपने घर चले जाते हैं। सबके चले जाने के बाद चौधरी अपने नौकर पर ख़फ़ा होता है और उसे गालियाँ देता हुआ यह तय करके सो जाता है कि आने वाले कल से वह अपने घर में यह मजलिस इकट्ठी नहीं होने देगा।

कॉफ़ी हाउस का तीसरा जमघट वहाँ का आर्ट सर्कल है। यह वहाँ का सबसे आकर्षक और लोकप्रिय सर्कल है। इनकी बैठक फ़ेमिली-केबिन्स में से किसी एक

में जमती है। इनमें कुछ रंगमंच के निर्देशक हैं, कुछ पुराने अनुभवी कलाकार हैं, दो-एक नाटककार हैं, एकाध नाट्य-समीक्षक है, कुछ नए एमेच्योर आर्टिस्ट हैं और दो-एक ऐसी लड़कियाँ हैं जो अभिनय के दिनों में टिकट बेचती हैं और ब्रोश्योर बाँटती हैं। इसमें बातचीत रंगमंच-सम्बन्धी गम्भीर समस्याओं को लेकर होती है। भारत में, और विशेष रूप से नई दिल्ली में, व्यावसायिक रंगमंच का भविष्य क्या है? व्यावसायिक रंगमंच की रूपरेखा क्या होनी चाहिए? क्या लोकप्रिय रंगमंच ही व्यावसायिक रंगमंच हो सकता है? क्या साहित्यिक रंगमंच को भी व्यावसायिक आधार पर प्रतिष्ठित किया जा सकता है? रंगमंच की प्रगति के लिए सरकारी सहायता कहाँ तक अपेक्षित है? सरकार का देश-भर में नई रंगशालाएँ स्थापित करने का कार्यक्रम रंगमंच की प्रगति में कहाँ तक सहायक सिद्ध होगा? हमारी जनता क्या चाहती है? हम जनता को क्या देना चाहते हैं? क्या भविष्य का रंगमंच सर्वथा प्रतीकात्मक होगा? नाटक में नृत्य और संगीत का क्या स्थान होना चाहिए? संगीत रूपक की अपने में क्या सम्भावनाएँ हैं?

बातचीत इन विषयों से आरम्भ होकर अधिक ठोस विषयों पर उतर आती है। 'विक्रमोर्वशीय' में लाइट और सेट्स के सिवा क्या था! 'चन्द्रगुप्त' में चन्द्रगुप्त कितना भोंडा लगता था! चाणक्य के उच्चारण में कितनी पंजाबियत थी! 'ललित माधव' की राधा राधा न लगकर क्या मेनका नहीं लगती थी? उसमें सिवा सेक्स अपील के था ही क्या? 'रंगदार शीशे' में ड्राइंग रूम का वातावरण कितना स्वाभाविक था! कितना अच्छा होता अगर उस ड्राइंग रूम में चरित्रों को प्रवेश करने की इजाज़त न दी जाती! वे सब-के-सब क्या सब्ज़ी मंडी से उठाकर लाए गए नहीं लगते थे? 'रूपसी' में शची का नृत्य कितनी ग़लत जगह पर रखा गया था? 'मुग़ल दरबार' क्या मुग़ल दरबार था? उसमें क्या मुग़लकालीन वातावरण का ज़रा भी टच था? ऐसे नहीं लगता था जैसे वह भेड़ों का तबेला हो जहाँ कई-कई भेड़ें एक साथ मिमिया रही हों। इस तरह के अभिनयों से क्या रंगमंच की प्रगति हो रही है? 'वेणी संहार' का दुर्योधन देखा था? वह ऐसे नहीं बोलता था जैसे कोई मंजन बेचने वाला अपने मंजन का इश्तहार कर रहा हो?

'साहब, हद हो गई!' नाट्य-समीक्षक सोमेन्द्र बार-बार अपने माथे पर हाथ मार लेता है। ' 'वेणी संहार' वालों ने तो अच्छी भाँडों की मंडली इकट्ठी कर रखी थी। किसी को इतनी समझ नहीं थी कि स्टेज पर उसे हिलना-डुलना किस तरह चाहिए। ऐसे लगता था कि जैसे नाटक से कुछ ही देर पहले सब लोग चवन्नी-चवन्नी देकर बाहर से इकट्ठे कर लिये गए हों। स्टेज-कवरेज का उन्हें एक ही अर्थ आता था कि हाथ-पैर पटकते हुए इस तरफ़ से उस तरफ़ चले जाएँ और उस तरफ़ से इस तरफ़ चले आएँ। कभी दसों आदमी इस कोने में जमा हो रहे हैं और कभी सब-के-सब बीच की तरफ़ कूच कर रहे हैं। मुझे तो कई बार लगता था कि मैं असली थिएटर

न देखकर मॉक-थिएटर देख रहा हूँ। वैसे तो बहुत-बहुत भौंडे नाटक देखे हैं, मगर इतना भौंडा नाटक आज तक नहीं देखा।'

' 'अलकापुरी' में वह नारद कौन बना था?' शैलबाला कहती है। वह स्वयं दो नाटक प्रोड्यूस कर चुकी है और नाटकों की चर्चा करते समय उसे हमेशा उनकी याद हो आती है। 'मेरे किसी नाटक में वह होता, तो मैं पहले ही दिन उसे चुटिया से पकड़कर रिहर्सल रूम से बाहर निकाल देती। जिन लोगों का असली काम है कि बनिये की दूकान पर बैठकर अनाज तोलें, वे भी एक्टर बनकर रंगमंच पर चले आते हैं। यह रंगमंच के साथ बलात्कार नहीं तो क्या है? मैं तो कहती हूँ कि ऐसे लोगों पर भी वही दफ़ा लागू होनी चाहिए जो दूसरे बलात्कार करने वाले लोगों पर लागू होती है। ये लोग बल्कि और बुरे क्रिमिनल हैं। कला की पवित्रता...मैं कहती हूँ... एक स्त्री की पवित्रता से कहीं बड़ी और महत्त्वपूर्ण चीज़ है!'

'आराम से शैल, आराम से, इतने ज़ोर से नहीं,' निर्देशक ज़हीर उसका कन्धा थपथपा देता है। 'लोग सुनेंगे, तो क्या कहेंगे?' इस पर सब लोग ज़ोर से ठहाका लगाते हैं। शैल कुछ झेंप जाती है और झेंप मिटाने के लिए ज़हीर की बाँह पर मुक्के मारने लगती है। 'तुम तो ज़हीर इतने बुरे आदमी हो, इतने बुरे आदमी हो कि तुम्हारे साथ बैठकर बात करना गुनाह है। तुम सीरियस बातचीत में भी अपनी हरकतों से बाज़ नहीं आते।'

'मैंने सिर्फ़ तुम्हें चेतावनी दी है और क्या कहा है?' ज़हीर कहता है। 'मैं तुम्हारा ख़ैरख्वाह हूँ और तुम्हारी इज़्ज़त का ख़याल रखना मेरा फ़र्ज़ है। मैं जानता हूँ कि तुम जो बात कह रही थीं, बहुत भोलेपन से कह रही थीं, मगर...सुनने वाले तो सब तुम्हारी तरह भोले नहीं हैं।'

सब लोग फिर ठहाका लगाते हैं, तो शैल भी साथ हँस देती है और कहती है, 'मैं ज़हीर, आज से तुमसे बात भी नहीं करूँगी। तुम्हें मेरा नहीं, तो इन छोटी-छोटी लड़कियों का तो लिहाज़ करना चाहिए जो न जाने मन में क्या-क्या विचार लेकर हमसे मिलने आती हैं! इन बेचारियों के दिमाग़ क्यों स्पॉयल करते हो?'

छोटी लड़कियाँ, अर्थात् मीना और सुदर्शन, जो रंगमंच के शौक़ से नई-नई उस सर्कल में आने लगी हैं, थोड़ा शरमाकर एक-दूसरी की तरफ़ देखती हैं और नज़रें झुका लेती हैं। नाटककार सुखवन्त जो हर चौथे महीने विदेश-यात्रा के लिए जाता है और विदेशी कला और संस्कृति के सम्बन्ध में बहुत अधिकार के साथ बात करता है, काफ़ी गम्भीर होकर कहता है, 'इन लड़कियों के कॉम्प्लेक्स अगर दूर नहीं होंगे शैल, तो ये कुछ भी नहीं कर सकेंगी। इनमें लाइफ़ आनी चाहिए लाइफ़! और वह लाइफ़ इनमें कैसे आ सकती है? ख़ूब खुलकर रहने और लोगों में घुल-मिलकर जीने से। अगर वह लाइफ़ इनमें नहीं होगी, तो ये सच्ची कलाकर नहीं बन सकेंगी। तुम ऐसी बात कहकर

इनके मन में कॉम्प्लेक्स डाल रही हो। तुम्हें ऐसा नहीं करना चाहिए। ये लड़कियाँ अगर पेरिस, मैड्रिड या लन्दन में होतीं, तो इस ज़रा-सी बात से आँखें झुकाकर न बैठ जातीं। जो लड़कियाँ इतनी ज़रा-सी बात पर अपनी आँखें सीधी नहीं रख सकतीं, वे रंगमंच पर आकर क्या करेंगी? तुम्हें इनके लिए ऐसी बात कभी नहीं कहनी चाहिए!'

सुखवन्त के उपदेश से शैल कुछ फीकी पड़ जाती है। लड़कियाँ चेष्टा करके अपनी झुकी हुई आँखें ऊपर उठा लेती हैं और ज़हीर सुखवन्त की पीठ ठोककर कहता है, 'शाबाश सुखवन्त! तुमने ख़ूब मेरी वकालत की! तुम वकालत न करते, तो इन लड़कियों के साथ मेरी भी आँखें शरम से झुक जातीं।'

'आँखें झुकाकर रखना हिन्दुस्तानी लड़कियों के लिए शरम की बात नहीं है, फ़ख्र की बात है', शैल फिर कहती है। 'तुम्हें पेरिस और मैड्रिड की लड़कियों पर नाज़ है, तो मुझे अपनी इन हिन्दुस्तानी लड़कियों पर नाज़ है। मैं कभी नहीं चाहूँगी कि ये लड़कियाँ भी उन लड़कियों की तरह बेशरम हो जाएँ।'

इस पर मीना और सुदर्शन कुछ असमंजस में पड़कर एक-दूसरी की तरफ़ देखती हैं। उन्हें समझ नहीं आता कि उन्होंने अपनी झुकी हुई आँखों को उठाकर अच्छा किया है या बुरा किया है। सुखवन्त अपनी दोनों कुहनियों पर झुककर शैल की बात के उत्तर में अपना उपदेश आगे आरम्भ कर देता है और उस उपदेश में इतने उद्धरण और अपनी विदेश-यात्राओं के इतने संस्मरण शामिल कर देता है कि अन्त तक फिर और किसी को बोलने का अवकाश नहीं मिलता।

पीछे की तरफ़ एक जमघट में कुछ लेखक, कवि और आलोचक बैठते हैं। इनकी बातचीत का सम्बन्ध प्रायः नए साहित्य से होता है। नई कविता के मान क्या हैं? नई कहानी कहाँ तक 'नई' कही जा सकती है? 'नई' की परिभाषा क्या है? किसकी नई कहानी कम 'नई' है और किसकी ज़्यादा 'नई'? किसने किसकी रचना के सम्बन्ध में कहाँ क्या लिखा है? उस लेखक की ओर से उसका क्या उत्तर आया है? इस महीने किस-किस नई पुस्तक का विज्ञापन निकला है?

विज्ञापनों से हटकर बात नई कांशसनेस पर आ जाती है। आज के साहित्य में नई कांशसनेस का प्रतिनिधित्व कहाँ तक हो रहा है? अन्य कलाओं की नई कांशसनेस से साहित्य क्या अछूता रह सकता है? किन-किन लेखकों में वास्तविक नई कांशसनेस के लक्षण विद्यमान हैं और किन-किनमें नहीं हैं? किन-किनकी नई कांशसनेस वास्तविक है और किन-किनकी सिर्फ़ बाहरी है? कौन लोग नई कांशसनेस का जामा ओढ़कर भी पुरानी कांशसनेस को ही अपनी रचनाओं में अभिव्यक्त कर रहे हैं? एक नई सेंसिटिविटी किस तरह नई कांशसनेस की अनिवार्य शर्त है?

इनमें कलकत्ते से आया हुआ जनक सुखाड़िया अकेला आदमी है जो कवि, लेखक या आलोचक नहीं है। वह ऐसा विरक्त जीव है कि कॉफ़ी हाउस में बैठकर भी कॉफ़ी

नहीं पीता। उसकी आँखें हर समय लाल रहती हैं, जाने अनिद्रा के कारण या ऐसे ही; दाढ़ी दो-दो हफ्ते की बढ़ी होती है और सिर के बाल लगभग खड़े रहते हैं। वह बहुत गम्भीर होकर ये बातें सुनता है। सुनते हुए उसके चेहरे का भाव ऐसा हो जाता है जैसे उसकी आँखों के सामने उसे धोखा दिया जा रहा हो। जब उससे नहीं सहा जाता, तो वह बीच में बोल पड़ता है, 'च् च् च्! मेरी समझ में नहीं आता कि यह नई कांशसनेस किस चिड़िया का नाम है! दुनिया को धोखा देने के लिए लोग नए-नए फ़ैशन निकाल लेते हैं और यह नई कांशसनेस आज का फ़ैशन है और कुछ नहीं। नई कांशसनेस! हँ! अगर वास्तव में ही लोगों की रचनाओं में कोई नई कांशसनेस है, तो उन्हें पढ़कर उसका पता क्यों नहीं चलता? ज़्यादातर रचनाएँ ही ऐसी होती हैं कि मुझसे पढ़ी भी नहीं जातीं। क्या यही उनकी नई कांशसनेस का सबूत है?'

लोग जनक सुखाड़िया की बातों को गम्भीरतापूर्वक नहीं लेना चाहते मगर उनसे कुछ अस्थिर ज़रूर हो जाते हैं। उनकी बातें इस तरह होती हैं जैसे चलते अभिनय में सहसा कोई व्यक्ति नेपथ्य से मंच पर चला आए और वहाँ पर खड़े चरित्रों को कन्धे से पकड़कर कहने लगे कि बालकराम, सुखराम सेठी और चन्द्रकला, तुम लोग अपने को कण्व, दुष्यन्त और शकुन्तला कहकर लोगों को धोखा क्यों दे रहे हो? क्या तुम लोग सच्चे दिल से कह सकते हो कि तुम बालकराम, सुखराम सेठी और चन्द्रकला भार्गव नहीं हो? तुम अपनी दाढ़ी-मूँछ और मेक-अप उतार दो, तो लोगों को पता चल जाए कि असल में तुम लोग कौन हो। लोग क्या इतने अन्धे हैं कि तुम्हें कण्व, दुष्यन्त और शकुन्तला मान लेंगे? कवि, कहानीकार और आलोचक सुखाड़िया की बातों से कुछ क्षुब्ध हो उठते हैं। उसे नेपथ्य से मंच पर आने का अधिकार किसने दिया है? क्या वह उनके साथ अपनी मित्रता का अनुचित लाभ नहीं उठाता? कल का छोकरा...उसे नई कांशसनेस का पता ही क्या है? जब बात और आगे बढ़ती है, तो सुखाड़िया के लिए वहाँ बैठना असम्भव हो जाता है। 'सब बकवास है,' वह कहता है और सहसा उठकर चल देता है। उसके चले जाने से बातचीत में एक अस्वाभाविक गतिरोध आ जाता है। कवि-कहानीकार ब्रजेन्द्र खन्ना कहता है, 'यह आदमी एक झपट्टे से सबके नक़ाब उठा देता है और उठकर चला जाता है। मुझे यह आदमी अच्छा लगता है।'

'इस आदमी का दृष्टिकोण नेगेटिव है, वैसे आदमी अच्छा है और समझदार भी है,' कवि श्रीनिवास तटस्थ भाव से कहता है।

'नेगेटिव हो या जो हो, वह बात ठीक कहता है।'

'तो तुम भी समझते हो कि नई कांशसनेस कोई चीज़ नहीं है?' उसमें और श्रीनिवास में झड़प हो जाती है।

'मैं तो समझता हूँ कि नई कांशसनेस हो या पुरानी, सब बेकार है।'

'तब तो तुम साहित्य को भी बेकार चीज़ मानोगे!'

'उसमें मानने-न-मानने को क्या है? उसमें रखा ही क्या है?'

'इसका मतलब है कि तुम्हारे लिए ज़िन्दगी का भी कोई अर्थ नहीं है!'

'ज़िन्दगी का अर्थ!' खन्ना हँस देता है। 'यह मैं नई बात सुन रहा हूँ कि ज़िन्दगी में कुछ अर्थ भी है।'

'तुम्हारा दृष्टिकोण ध्वंसात्मक है।'

'होगा। मैं नहीं जानता।'

'अगर ऐसी ही बात है, तो तुम स्वयं क्यों लिखते हो?'

'यह मुझे क्या पता है कि मैं क्यों लिखता हूँ? लिखने को मन होता है, इसलिए लिख देता हूँ।'

'लेकिन मन क्यों होता है?'

खन्ना कन्धे हिला देता है। 'शायद इसलिए कि और किसी तरह मुझसे वक़्त नहीं कटता।'

'वक़्त काटने के लिए तो आदमी कुछ भी कर सकता है।'

'जैसे?'

'जैसे क्या? आदमी कुछ भी कर सकता है; ताश खेल सकता है, गप कर सकता है, और भी कितने फ़िज़ूल के काम कर सकता है।'

'तो इसकी बजाय बैठकर कुछ लिख ही लिया जाए, तो उसमें क्या बुराई है?'

'लिखकर तुम अपना ही नहीं, पढ़ने वालों का भी तो वक़्त बरबाद करते हो।'

'तो उसमें क्या बुराई है? उनका भी कुछ वक़्त कट जाता है।'

'तुम सैडिस्ट हो।'

'तुम जो भी कह लो। मुझे जनक सुखाड़िया की बातें बहुत अच्छी लगती हैं।'

'तुम ज़िन्दगी में कुछ नहीं कर सकोगे।'

'इससे भी क्या फ़र्क़ पड़ता है! जो लोग कुछ कर लेंगे, वही क्या कर लेंगे?'

और यह बात तब तक चलती रहती है जब तक उनमें से कोई घड़ी देखकर उठने का प्रस्ताव नहीं कर देता।

इन सब जमघटों से हटकर कला-समीक्षक गजानन बिलकुल अकेला बैठा है। उसे शायद लगता है कि दूसरे लोगों के साथ बैठने से उसका सफ़ेद कोट कुछ मैला हो जाएगा। उसे अपनी टाई की गाँठ का भी बहुत ध्यान रहता है और वह उसे हर समय सहलाता रहता है कि कहीं बैठे-बैठे वह ढीली न पड़ गई हो। जो लोग उसके साथ घनिष्ठता रखना चाहता है, उनकी तरफ़ से वह प्रायः उदासीन रहता है और उन्हीं से बात करना पसन्द करता है जो उसकी घनिष्ठता से बचते हैं। वह जानता है कि अकेलेपन में एक विशिष्टता रहती है जो व्यक्ति को थोड़ा रहस्यमय बना देती

है और कि लोग इस रहस्यमयता का सम्मान करते हैं। उसकी समीक्षाएँ, यदि वे प्रशंसात्मक न हों, तो बहुत कटु और निर्मम होती हैं, इसलिए लोग उससे घबराते हैं और यह घबराहट भी एक तरह के सम्मान का रूप ले लेती है। इस क्षेत्र में सबसे पुराना खिलाड़ी वही है। उसे कलाकारों को उठाते और गिराते बीस साल हो चुके हैं। जब वह मुँह से बात नहीं करता और केवल सिगरेट का धुआँ छोड़ता है, तो वह धुआँ भी एक समीक्षात्मक अन्दाज़ में हिलता है। उस धुएँ की गोलाइयों से भी कई बार लोग उसके मत का अनुमान लगा लेते हैं।

'अकेले?' मैं उसके पास से गुज़रते हुए कहता हूँ।

'हाँ, हमेशा की तरह,' वह अपने सिगरेट के धुएँ को देखता हुआ कहता है। 'आओ, बैठो।'

'मेरे पास बैठने से तुम्हारे अकेलेपन में ख़लल नहीं पड़ेगा?'

वह मेरा हाथ पकड़कर मुझे अपने पास बिठा लेता है। 'मुझे पता है, तुम मेरे पास बैठकर प्रोफ़ेशनल बातें नहीं करोगे,' वह कहता है। 'वैसे आदमी जब अकेला रहना चाहे, तो सैकड़ों आदमियों के बीच बैठकर भी अकेला रह सकता है। नहीं?'

'तुम्हारे जैसा आदमी ज़रूर रह सकता है।'

'इसका मतलब है कि तुम्हारी भी मेरे बारे में वही राय है जो और सब लोगों की है।'

'तुम्हारी सफलता का रहस्य भी तो शायद यही है,' मैं कहता हूँ। 'इधर मैं हूँ कि अपने सम्पादक को कभी खुश ही नहीं कर पाता।'

'यह लक्षण तो बुरा नहीं है,' वह कहता है। 'मैंने बीस साल में पाँच सम्पादकों के नीचे काम किया है और आज तक उनमें से एक भी मुझसे खुश नहीं रहा।'

'तो क्या ख़याल है कि एक दिन हम दोनों एक-एक टिप्पणी अपने सम्पादकों पर लिखें...?'

'इस तरह लिखने की बात हो, तो मैं न जाने कस-किस पर टिप्पणी लिखना चाहूँगा,' वह हँसकर कहता है। 'हर दूसरा आदमी जिससे मैं मिलता हूँ, उस पर मेरा मन होगा कि एक टिप्पणी लिख दूँ। मैं जिससे भी मिलता हूँ लगता है वह एक छीना-झपटी में पड़ा है। लोगों ने इसे एक सुन्दर-सा नाम भी दे रखा है, 'व्यक्तिगत सुख की खोज'। वह सुख की खोज क्या है? झूठ बोलो, काम से बचो, जैसे भी हो पैसा जमा करो और अधिकार पाने के लिए कुछ भी कुरबान कर दो। इस नैतिकता का एक बना-बनाया शास्त्र है जो कोई किसी को नहीं पढ़ाता, फिर भी सब लोग उसके पंडित हैं। और यह शास्त्र कहता है कि अपने अलावा हरएक को हीन समझो, हरएक को अविश्वास की नज़र से देखो, खुद झूठ बोलो और दूसरों के झूठ पर नाक-भौं चढ़ाओ, कोई तुमसे मूल्यों की बात करे, तो कन्धे हिलाकर मुँह बिचका दो

और एक ही विश्वास लेकर जियो कि बड़े लोगों से मिल-जुलकर और अपने सहयोगियों को बेवकूफ़ बनाकर तुम्हें अपना उल्लू सीधा करना है। सरकार से अपने काम निकालो और दोस्तों में बैठकर सरकार की निन्दा करो। अगर तुम्हारा सम्बन्ध इंटलेक्चुअल वर्ग से है, तो बड़ी-बड़ी डींगें मारो, विदेश में जाकर रहने के सपने देखो और अपने ओछे स्थार्थों को सिद्धान्त और दर्शन का रूप दे लो। और इस सबसे प्राप्त होने वाला व्यक्तिगत सुख क्या है? सोशल स्टेटस!'

'मुझे नहीं पता था कि आज तुम सारी दुनिया से ही कुढ़े हुए बैठे हो,' मैं कहता हूँ। 'लगता है दो-एक दिन से तुमने किसी नृत्य या नाटक पर टिप्पणी नहीं लिखी।'

इस पर वह फिर हँस पड़ता है, 'सच पूछो, तो अब मेरा नृत्यों और नाटकों पर टिप्पणियाँ लिखने को मन नहीं होता। आज तक जिन-जिन लोगों की मैंने प्रशंसा की है, वे सब मेरे प्रतिद्वन्द्वी हैं और जिन-जिन लोगों की मैंने निन्दा की है, वे सब आज मेरे दुश्मन हैं।'

वह और भी बात करना चाहता है, मगर मैं जल्दी ही उससे विदा ले लेता हूँ। उसके पास से उठकर चलते हुए अचानक मेरी एक उर्दू शायर से मुठभेड़ हो जाती है। वह शराब के नशे में झूमता हुआ मेरे पास से गुज़र जाता है, मगर दो क़दम जाकर मुझे पीछे से आवाज़ दे देता है, 'मधुसूदन भाई, ज़रा बात सुनना...।' मैं रुककर उसकी तरफ़ देखता हूँ, तो वह पास आकर मेरे दोनों कन्धों पर हाथ रख देता है। 'देखो, मैं हिन्दी की एक किताब पढ़ रहा था,' वह कहता है।

'तो...?'

'उसमें एक बात लिखी थी...।'

'क्या?'

'उसमें लिखा था कि...मगर आओ, बैठकर बात करें। मैं यह बात तुमसे अच्छी तरह समझना चाहता हूँ।'

हम लोग बैठ जाते हैं, तो वह कहता है, '...उस किताब में लिखा था कि भारतमाता गाँवों में रहती है।'

'मगर तुम मुझसे क्या बात समझना चाहते थे?'

'मैं तुमसे यह जानना चाहता था कि भारतमाता क्या हमेशा गाँवों में ही रहती है, और दिल्ली कभी नहीं आती...?'

मैं उसकी बात पर हँस देता हूँ, तो वह कहता है, 'देखो, हँसने की बात नहीं। मैंने जब से यह बात पढ़ी है तभी से सोच रहा हूँ कि भारतमाता गाँवों में ही क्यों रहती है! क्या वह कभी दिल्ली आई ही नहीं, या दिल्ली की हवा रास न आने से वापस गाँवों में चली गई है? और अगर भारतमाता राजधानी में नहीं रहती, तो जो यहाँ रहती है, वह कौन है? वह क्या भारत की सौतेली माँ है? वह जो बुड्ढा राजपूत

है...,' और वह दीवार पर लगे पोस्टर की तरफ़ इशारा करता है, 'उसकी माँ कहाँ रहती है? क्या वह अपने बेटे को कभी चिट्ठी नहीं लिखती कि मुझे अपने पास दिल्ली बुला लो? मेरी माँ की तो मेरे पास हर आठवें दिन चिट्ठी आती है...।' और वह उसी लहजे में बात किए जाता है। मेरी आँखें कुछ देर दीवार पर लगे पोस्टर पर टिकी रहती हैं। झाग जैसी दाढ़ी वाले बुड्ढे राजपूत का चेहरा और गरम कॉफ़ी की एक प्याली! साथ दिया हुआ शीर्षक 'यह सुन्दर कॉफ़ी और यह सुन्दर चेहरा दोनों भारतीय हैं।' फिर मैं अपने शायर दोस्त के चेहरे की तरफ़ देखता हूँ। क्या यह सुन्दर चेहरा भी भारतीय नहीं?

कॉफ़ी हाउस का शीशे का दरवाज़ा बार-बार खुलता और बन्द होता है। कुछ लोग इस तरह अन्दर आते हैं जैसे वहाँ किसी अभियुक्त को तलाश कर रहे हों। आकर दो-एक जगह ठिठककर चारों तरफ़ देखते हैं और जब कहीं से भी कोई परिचित हाथ हिलता नज़र नहीं आता, तो निराश होकर लौट जाते हैं। सिगरेटों के धुएँ में चीनी की प्यालियों और काँच के गिलासों के रखने-उठाने की आवाज़ पृष्ठभूमि के संगीत की तरह चलती रहती है। हर नए व्यक्ति के आने के साथ कुरसियों की व्यवस्था बदल जाती है। इधर की कुरसियाँ उधर घिसट जाती हैं और उधर की कुरसियाँ कहीं और आगे चली जाती हैं। 'मे आई...?' और बिना दूसरे की हाँ या ना की प्रतीक्षा किए कुरसी उठा ली जाती है। कहीं से एक क़हक़हा उठता है, कोई कुरसी सहसा अपनी कुरसी से आ टकराती है, कहीं चम्मच और छुरी-काँटे झनझनाते हैं, और कहीं कोई गिलास सहसा गिरकर टूट जाता है जिससे उफनते हुए शोर में पल-भर के लिए एक विराम आ जाता है।

'यह सुन्दर कॉफ़ी और सुन्दर चेहरा दोनों भारतीय हैं!'

शीशे का दरवाज़ा खुलता है और हरबंस नाक की सीध में देखता हुआ अन्दर दाख़िल होता है। वह दूर से ही थका हुआ और खोया-सा नज़र आता है। उसके आगे को झुके हुए कन्धे और कनपटियों के सफ़ेद बाल भी ये कहते-से लगते हैं कि हम परेशान हैं, हमसे बात मत करो। वह आसपास बैठे हुए लोगों पर एक उड़ती हुई नज़र डालकर एक केबिन में चला जाता है। मैं भी अपनी जगह से उठता हूँ और उसके पास उसके केबिन में चला जाता हूँ। थोड़ी देर में नीलिमा भी अरुण के साथ वहाँ आ जाती है। उसके साथ बम्बई के एक साप्ताहिक का विशेष प्रतिनिधि भुवन शर्मा भी है। नानावती काण्ड की रिपोर्टों के कारण उसकी बहुत ख्याति हुई है। वह दिल्ली में कुछ राजनीतिज्ञों के विशेष इन्टरव्यू लेने के लिए आया है। उसे अपने पत्र में तीसरी पंचवर्षीय योजना पर विशेष लेख देना है। वह बहुत व्यस्त है, बड़ी मुश्किल से समय निकालकर आया है। हरबंस बताता है कि वह जिन दिनों लन्दन में था, उन दिनों भुवन भी वहीं था और उन लोगों की मित्रता वहीं से हुई है। वह उसे

भुवनभाई कहकर बुलाता है। भुवनभाई एक संरक्षक की तरह बाँहें फैलाकर बात करता है।

'आज कोई भी काम असम्भव नहीं है,' वह कहता है। 'सिर्फ़ दो चीज़ों की ज़रूरत है–एक टैक्ट की और दूसरे कॉन्टैक्ट की। टैक्ट तुम इस्तेमाल करो, कॉन्टैक्ट तुम जिससे चाहो, तुम्हारा मैं बना देता हूँ। और अगर तुम सोचो कि इन चीज़ों के बिना तुम लोग कुछ कर सकते हो, तो नामुमकिन बात है।'

'यह तो सरकस के अन्दर करतब करने की तरह है,' हरबंस कहता है। 'कला का अपना कोई मूल्य नहीं, मूल्य है तो इस बात का कि आप कुछ साधन-सम्पन्न लोगों के इशारे पर चलते हैं या नहीं।'

'आज ज़िन्दगी का सारा ढाँचा ही इस तरह का है।' भुवनभाई की बाँहें और फैल जाती हैं। 'इसमें हम और तुम क्या कर सकते हैं? आज वह ज़माना नहीं है जब योग्यता, मेहनत और ईमानदारी का कोई मूल्य था। आज की ज़िन्दगी में ये सब शब्द पुराने पड़ गए हैं। जिसके हाथ में साधन हैं, वह दूसरों को अपने ढंग से नचा सकता है। तब आपको उसके चाबुक का भी सम्मान करना होगा। आप चाबुक खाकर भी उसके आगे दुम हिला सकते हैं और उसके बताए हुए करतब कर सकते हैं, तो ठीक है। आपकी खुराक आपके लिए हाज़िर है। और अगर नहीं, तो आप भूखे रहिए। जंगल का रास्ता भी आपके लिए खुला नहीं है। यह कोई बरदाश्त नहीं करेगा कि आपके लिए जो पिंजरा बनाने में इतना ख़र्च किया गया है, आप अपनी मरज़ी से उसमें से निकलकर चल दें। और अगर आप किसी तरह निकल भी जाएँ, तो जंगल में आकर भी आपको पता चलेगा कि वहाँ की घास भी उन्हीं ठेकेदारों की ख़रीदी हुई है और आपको उसमें मुँह मारने का हक़ नहीं है। तब आप झख मारकर पिंजरे में लौट आएँगे और वही घास खाएँगे और वही करतब करेंगे। और कोई चारा ही नहीं है।'

हरबंस इस तरह गुर्राता है जैसे वह अपने सामने की घास को ठोकर मारना चाहता हो। 'मैं इसीलिए इससे कहता हूँ कि यह घर में अभ्यास करती है, करती रहे,' वह कहता है। 'मगर उसका प्रदर्शन करने के लिए यह मुझे इन सब झंझटों में क्यों घसीटना चाहती है? मैं यूरोप के दौरे में ही बहुत-कुछ देख चुका हूँ। अब और देखना मेरी हिम्मत से बाहर की बात है।'

'इससे तो अच्छा है कि तुम कहो कि मैं हाथ-पैर बाँधकर कुएँ में जा पड़ूँ,' नीलिमा चिल्लाकर कहती है। 'घर में अभ्यास करती रहूँ और दीवारों पर लगी हुई गुड़ियों और तसवीरों को दिखाती रहूँ! तुम यह जिस वजह से कहते हो, वह मैं जानती हूँ...।'

'मैं किसी वजह से नहीं कहता,' हरबंस उसी स्वर में उसका विरोध करता है। 'मुझसे यह सरकस का खेल नहीं खेला जाता। आज इससे मिलो, कल उसकी पार्टी में जाओ। क्या हो रहा है? कॉन्टैक्ट बन रहे हैं! किसलिए? कि हमें कोई अच्छा-सा

ग्रुप स्पांसर कर दे, कि बड़ी-बड़ी जगहों पर हमारा ज़िक्र होने लगे, लोग हमें जानने लगें, और जब हमारा प्रदर्शन हो, तो वे वहाँ आकर वाहवाही करें; उनके पत्रों में हमारी प्रशंसा निकले, बड़े-बड़े घरों में हमारी दावतें हों। मैं इतने दिनों से कोशिश कर रहा हूँ, मगर मुझसे ये चीज़ें निभती नहीं।'

'तो तुम कुछ मत करो। मुझे जो कुछ करना होगा, मैं आप कर लूँगी,' नीलिमा और तल्ख़ हो जाती है। 'तुम मदद तो करोगे नहीं, मेरे रास्ते में रुकावटें ही डालोगे। मैं इतने दिनों से इसलिए अभ्यास नहीं कर रही कि घर का फ़र्श तोड़ती रहूँ।'

भुवनभाई मध्यस्थ की तरह हँसता है। 'तुम लोग बच्चों की तरह आपस में लड़ते हो,' वह कहता है। 'हरबंस यह बात भूल जाता है कि जो काम यह तुम्हारे लिए करने से कतराता है, वही काम इसे अपनी रोज़ी के लिए करना पड़ता है। तो जहाँ दिन में चार बार नाक घिसानी पड़ती है, वहाँ दस बार सही। इससे नाक और मज़बूत ही होती है। क्यों भाई मधुसूदन?'

मैं तिरछे रास्ते से बात में से निकलने की कोशिश करता हूँ। 'हो सकता है आप ठीक कहते हों। मुझे अभी आप जितना तजरबा नहीं है।'

'देखा, लोग बातचीत में भी कितनी सावधानी बरतते हैं?' भुवनभाई मेरे ऊपर पिल पड़ता है। 'लोग आजकल दोस्तों में बैठकर भी इस तरह तौल-तौलकर बातें करते हैं जैसे अदालत के कठघरे में खड़े होकर बयान दे रहे हों। जहाँ आपस में इतना सन्देह और अविश्वास हो, वहाँ नाक को मज़बूत किए बिना काम कैसे चल सकता है? आपको जीना है और ठीक ढंग से जीना है, तो आपको बेशरमी का सबक पढ़ना पढ़ेगा। आपको अपना एक रैकेट बनाना पड़ेगा। अगर आपका कोई रैकेट नहीं है, तो समझ लीजिए कि आप बिना बुनियाद के खड़े हैं। जो चाहे आपको गिराकर आगे बढ़ सकता है। आप सफलता चाहते हैं, प्रसिद्धि चाहते हैं, पैसा चाहते हैं, तो अपना एक रैकेट बनाइए या नाक लम्बी करके किसी बड़े-से रैकेट में घुस जाइए। अगर आपका रैकेट मज़बूत है, तो लोग आपसे डरेंगे, आपकी इज़्ज़त करेंगे और आपके घटिया-से-घटिया काम में भी महत्ता के बीज खोज निकालेंगे। और आपका रैकेट नहीं है, तो आप चाहे जितनी कलाबाज़ियाँ दिखाइए, लोग उन्हें देखेंगे भी नहीं। और देखेंगे, तो देखकर हँस देंगे। जो हँसेंगे नहीं, वे संरक्षकों की तरह आपको बताएँगे कि आपमें कहाँ क्या कमी है। वही काम जो इस समय मैं कर रहा हूँ...।' और वह हँसता है। नीलिमा भी हँसकर कहती है, 'भुवनभाई बातें बहुत अच्छी करते हैं।'

'मैं सच बात कहता हूँ,' भुवनभाई कहता है। 'तुम लोग आज नहीं तो कल समझोगे। मगर तब तक बाज़ी तुम्हारे हाथ से निकल जाएगी और तुम सिर्फ़ मुँह देखने के लिए रह जाओगे। पिछले आठ-दस सालों में जितने लोगों का कुछ नाम हुआ है और जिनकी आज गिनती की जाती है, तुम उनमें से किसी एक को भी ले लो। हरएक का एक

अपना रैकेट है। इनमें से कई रैकेट कुछ बड़ी-बड़ी संस्थाओं के हाथों में हैं। जिसका रैकेट जितना बड़ा है, वह आदमी भी उतना ही बड़ा है...।' यह एक पुरानी कहावत है कि नहीं कि बड़े बनने के लिए बड़ों के क़दमों के निशान देखने चाहिए?'

एक व्यक्ति है जो इस बीच बिलकुल गम्भीर बना रहता है—अरुण। वह चुपचाप अपना पनीर का सैंडविच चबाए जाता है। सहसा वह सैंडविच छोड़कर उठ खड़ा होता है। 'ममी, मैं पान ले आऊँ?' वह कहता है। 'अपने लिए भी लाऊँगा और बिनी के लिए भी।' और वह गर्व के साथ अपनी छोटी-सी ज़ेब में हाथ डाले हुए बाहर चला जाता है।

कॉफ़ी हाउस से निकलते हुए दरवाज़े के पास शुद्ध खादी का पाजामा-कुरता पहने एक युवक मेरा रास्ता रोक लेता है। 'कहिए मधुसूदन जी, क्या हाल-चाल हैं?' वह बहुत शिष्टता के साथ कहता है।

मैं ग़ौर से उसे देखता हूँ और सहसा मेरे मुँह से निकल पड़ता है, 'अरे बत्रा, तुम? यह तुम्हारा कायाकल्प कैसे हो गया?'

'मैं आजकल राजनीतिक काम कर रहा हूँ,' वह उसी शिष्टता के साथ कहता है। 'आप आजकल कहाँ हैं?'

'मैं 'न्यू हेरल्ड' में हूँ। तुमने 'इरावती' से काम छोड़ दिया?'

वह बहुत शिष्ट ढंग से मुसकराता है। 'नहीं, वह पत्रिका अब मेरे ही पास है...।'

'तुम्हारे पास...?'

'मैंने डेढ़ साल हुआ वह पत्रिका बाल भास्कर से ख़रीद ली थी।'

'अच्छा?' मुझे विश्वास नहीं होता कि वह सच कह रहा है। 'और बाल भास्कर आजकल क्या कर रहा है?'

'वह आजकल बड़े बिजनेस में है। ज़मीनों के ठेके लेकर कॉलोनियाँ बनवा रहा है।' और वह बाल भास्कर की बनवाई हुई दो-एक कॉलोनियों के नाम गिना देता है। 'बहुत बड़े चक्कर में है वह...।'

'अच्छा...!' मैं चलने लगता हूँ, तो वह बहुत कोमल ढंग से मुझसे हाथ मिलाता है और कहता है, 'कभी उधर आइएगा। आपका तो वह अपना ही कार्यालय है।'

'हाँ-हाँ, कभी ज़रूर आऊँगा...।'

'मुझे बहुत-बहुत खुशी होगी।' और वह थोड़ा झुककर विदा लेता है और कुरते की आस्तीन ठीक करता हुआ अन्दर चला जाता है।

बाहर आने पर मुझे लेखकों, कवियों और आलोचकों की मंडली साइकिल स्टैंड के पास खड़ी मिलती है। वहाँ क्षण की अनुभूति और अनुभूति के क्षणों को लेकर वाद-विवाद चल रहा है। कवि विनीत, जिसका प्यार का नाम बबुआ है, क्षण की सार्थकता पर भाषण दे रहा है। ब्रजेन्द्र खन्ना अपनी मोटर-साइकिल पर बैठा हुआ भी ज़मीन पर पैर रखकर रुका हुआ है।

'एक क्षण से दूसरे क्षण तक मेरा अवचेतन न जाने अनुभूति के किन-किन स्तरों पर से गुज़र जाता है,' विनीत कह रहा है। 'और उसके एक-एक स्तर पर भी न जाने कितनी गहराइयाँ हैं! यदि मैं अपनी रचना में उनमें से किसी एक भी गहराई का ठीक से उद्‌घाटन कर पाता हूँ, तो मैं अपने प्रति भी ईमानदार हूँ और उस क्षण के प्रति भी, क्योंकि मैं किसी बाह्य प्रभाव से चालित नहीं हूँ। उससे अगले क्षण यदि मैं अनुभूति के किसी और स्तर पर हूँ जो मुझे पहले स्तर से विपरीत ले जाता है, तो मेरी ईमानदारी की माँग है कि मैं उसी स्तर से अपने को अभिव्यक्त करूँ, यदि मैं अपनी रचना में बाहर के प्रभावों से मुक्त नहीं रह पाता...।'

ब्रजेन्द्र खन्ना की मोटर-साइकिल चल पड़ती है। कोई उससे पूछता है, 'जा रहे हो?'

'मुझे भूख लग आई है,' ब्रजेन्द्र कहता है और उसकी साइकिल सामने से आते हुए पैदल व्यक्ति को बचाकर आगे निकल जाती है। विनीत न जाने कब तक क्षण की सार्थकता की व्याख्या करता हुआ वहाँ खड़ा रहता है!

...और इस तरह खुली आँखों से देखा हुआ सपना समाप्त होने में ही नहीं आता था। बत्तियाँ उसी तरह जलती-बुझती रहतीं, सराय रुहेला स्टेशन से नई-नई गाड़ियाँ गुज़रती जातीं और मैं कई-कई बार खिड़कियाँ बदलने के बाद उस सपने को आँखों में लिये हुए बिस्तर में लेट जाता। हर बीते हुए दिन के साथ सपना पहले से बड़ा हो जाता था, फिर भी मुझे लगता था कि जो कुछ मैं देखता हूँ, वह बहुत-बहुत अधूरा है। 'यहाँ आओ मधुसूदन! यहाँ खड़े होकर ज़रा इस भीड़ को देखो...।' बस पर धक्कमधक्का करते हुए लोगों की गाली-गलौज, मद्रास होटल के पास के ग्राउण्ड में नवयुवती के साथ सन्दिग्ध स्थिति में पकड़े गए नवयुवक की भीड़ और पुलिस द्वारा मरम्मत, गेलॉर्ड के सामने बिकती हुई बेला और गुलाब की बेनियाँ, पुलिसमैन के डर से भागते हुए बूट-पालिश करने वाले लड़के, थिएटर कम्यूनिकेशन्स बिल्डिंग के सामने फुटपाथ पर पड़े हुए अपाहिज की कराह, भीड़ में खोए हुए अपने लड़के के लिए बिलखती हुई माँ, कुछ लड़कियों को होटलों के कमरे में ले जाती हुई डी. एल. ए. के ख़ास-ख़ास नम्बरों की गाड़ियाँ, पंजाबी सूबे के नारे लगाता हुआ जुलूस, शराबियों की-सी चाल में कनॉट प्लेस में आड़ी-तिरछी होकर चलती हुई कारें, फ़ैक्टरियों से काम करके लौटते हुए मज़दूर, दफ़्तरों से आते हुए बाबू, विदेशों से नाजायज़ तौर पर लाए गए माल को बेचते हुए लड़के, अख़बारों की सुर्ख़ियाँ, कॉन्फ्रेन्सें और भाषण, स्वागत और अभिनन्दन, इंटरव्यू और बयान, फ़ाइलें और फ़ीते, कला की प्रदर्शनियाँ, सौन्दर्य की खोज, मूल्यों की खोज, मौलिकता की खोज, मनुष्य की खोज, एक्सटेंशन लेक्चर्स, मेमोरियल लेक्चर्स, तारा-रा लारा-रा..., क्या यह सम्भव था कि इस पूरी भीड़ को तो

क्या, इसके किसी एक हिस्से, किसी एक समूह या किसी एक व्यक्ति को ही खिड़की के पास खड़े होकर अच्छी तरह देखा जा सके?

अपने फ़ीचर के सिलसिले में मैं दफ़्तर के फ़ोटोग्राफ़र के साथ दरीबा में घूम रहा था।

पहले जब कभी मैं दरीबा के पास से गुज़रा था, तो इस ख़याल से नहीं गुज़रा था कि वह मेरे लिए एक फ़ीचर का विषय भी हो सकता है। शहर के जिस हिस्से में नादिरशाह के सिपाहियों ने सबसे ज़्यादा क़त्लेआम किया था, मैं कितनी ही बार बिना उसके ऐतिहासिक महत्त्व की ओर ध्यान दिए उस हिस्से से होकर निकल गया था। मगर उस समय मैं वहाँ ख़ास मतलब से आया था और मुझे वहाँ की हर छोटी-से-छोटी चीज़ को नोट करना था। पॉइंट एक—मोड़ के दोनों तरफ़ हलवाइयों की दूकानें हैं। पॉइंट दो—बाज़ार में दाख़िल होते ही दोनों तरफ़ जौहरियों की दूकानें हैं। पॉइंट तीन—पहले दाएँ हाथ को एक छोटी-सी गली है, फिर बाएँ हाथ को दो गलियाँ हैं। पॉइंट चार—बाएँ हाथ की गली का नाम कटरा मसरू है।

फ़ोटोग्राफ़र कुढ़ रहा था। ज्यों-ज्यों हम कटरा मसरू के अन्दर बढ़ते जाते थे, गली तंग होती जाती थी। आगे वह हिस्सा आ गया जहाँ एक के पीछे एक आदमी ही मुश्किल से गुज़र सकता था। गली पानी और कई-कई रसीले द्रव्यों से इस तरह चिपचिपी हो रही थी कि एक-एक क़दम बहुत सँभालकर रखना पड़ता था। फ़ोटोग्राफ़र सुबह से भूखा-प्यासा गलियों के चक्कर काटता हुआ बुरी तरह तंग आ गया था। वह चाहता था कि जल्दी से दो-एक तसवीरें और ली जाएँ और वापस चला जाए। मगर मैं अपने फ़ीचर में सिर्फ़ तीन-चार इलाकों का वर्णन करके ही नहीं रह जाना चाहता था। मुझे जैसे भी हो, अपने सम्पादक की नज़रों में अपनी जगह बनानी थी और मैं अभी कम-से-कम तीन-चार इलाकों में और जाना चाहता था।

सारी गली एक बहुत बड़े उगालदान की तरह थी जहाँ बरसों का उगाल कई-कई तहों में जमा हुआ है। कैमरा से ली हुई कोई भी तसवीर क्या उसका सही चित्र प्रस्तुत कर सकती थी? लगता था जैसे गली का हर घर बरसों से क्षय रोग का मरीज़ हो और दुर्गन्ध और बच्चों और स्त्रियों के शोर के रूप में एक भयानक खाँसी उसके अन्दर से उठ रही हो। फ़ोटोग्राफ़र आगे नहीं जाना चाहता था, मगर मैं किसी तरह उसे राज़ी करके लिये जा रहा था। एक घर के अन्दर से एक स्त्री कूड़ा गली में फेंकने के लिए बाहर निकली, मगर हम लोगों को देखकर कूड़ा हाथ में लिये वैसे ही खड़ी रह गई। उसके चेहरे की झाइयों को देखकर मुझे सहसा क़स्साबपुरा के घर की और ठकुराइन की याद हो आई। स्त्री ने कूड़ा फेंक दिया और अन्दर चली गई। इस बीच

फ़ोटोग्राफ़र ने उसकी तसवीर ले ली थी। उसने शायद सोचा हो कि एकाध तसवीर और ले लेने से झंझट समाप्त हो जाएगा। फ़िल्म वाइन्ड करके उसने नाक पर रूमाल रखे हुए कहा, 'इससे आगे चलने की मेरे अन्दर बिलकुल हिम्मत नहीं है। आपको जाना हो, आप आगे हो आइए। मैं गली के बाहर आपका इन्तज़ार करूँगा।'

'मगर मैं तो यहाँ के बाद अभी और भी कुछ जगह जाना चाहता हूँ,' मैंने कहा। 'अभी तो हमने कुछ भी मैटीरियल इकट्ठा नहीं किया है। जहाँ-जहाँ हम गए हैं, वे सब तो अच्छी-खासी मध्य-वर्ग की बस्तियाँ हैं। एकाध ऐसे इलाके का और चक्कर लगाकर मैं चाहूँगा कि हम इससे निचले वर्ग के उन इलाकों में चलें जो कि वास्तव में स्लम्स के इलाके हैं।' मैं नहीं चाहता था कि सम्पादक को मेरे इस काम में भी दोष निकालने का मौक़ा मिले। मैं उसकी व्यंग्यपूर्ण मुसकराहट देख-देखकर बेज़ार हो चुका था।

'मेरे अन्दर अब और हिम्मत नहीं है,' फ़ोटोग्राफ़र अड़ गया। 'आपको भी जाने कैसा फ़ीचर लिखने की सूझी है!'

'तुम्हें पता है सम्पादक ने यह फ़ीचर ख़ास तौर पर लिखने के लिए कहा है?'

'उसके दिमाग़ में भी कोई-न-कोई फ़ितूर उठता रहता है।' फ़ोटोग्राफ़र अपनी जगह से एक क़दम नहीं चला। 'उससे कहिए, कभी खुद भी आकर इन गलियों का चक्कर काट जाए। जिस किसी को उसे तंग करना होता है, उसे वह इस तरह का काम सौंप देता है। मैं उसे जानता नहीं? आप तो अभी साल-भर पहले आए हैं, मैं उसके साथ छः साल से काम कर रहा हूँ। और यह सारा झंझट वह किसी के इलेक्शन के लिए करा रहा होगा। आपको अन्दर की बातों का अभी पता नहीं है।'

'ख़ैर, तसवीरें बहुत हो गई हैं,' मैंने कहा। 'तुम वापस जाना चाहो, तो जाओ। मगर मुझे फ़ीचर के लिए कुछ और मैटीरियल भी चाहिए। मैं कुछ देर और चक्कर लगाकर वापस आऊँगा। अगर दे सको, तो अपना छोटा कैमरा मुझे दे दो। ज़रूरत हुई, तो एकाध तसवीर मैं खुद ले लूँगा।'

फ़ोटोग्राफ़र इस बुरी तरह उस काम से उकताया हुआ था कि उसने झट अपना छोटा कैमरा उतारकर मुझे दे दिया। 'मैं पहले कहीं जाकर चाय की एक प्याली पिऊँगा,' उसने कहा। 'मुझे डर लग रहा है कि कहीं मेरी तबीयत ज़्यादा न मितलाने लगे।'

उस गली से बाहर आकर जब फ़ोटोग्राफ़र चला गया, तो मैंने डायरी में कुछ नोट्स लिखे और सोचने लगा कि अब मुझे किस इलाके की तरफ़ चलना चाहिए। एक मन था कि पहाड़गंज के पुल की तरफ़ जो टीन, चटाई और टाट के गले-सड़े घर हैं, एक चक्कर उनका लगा आऊँ। पुल पर से गुज़रते हुए वह पूरी-की-पूरी आबादी कूड़े के एक बड़े-से ढेर की तरह नज़र आती थी। मैं जानता था कि एक बार वहाँ चक्कर लगा आने का कुछ भी अर्थ नहीं है—बल्कि चक्कर लगाने का जो काम मैं कर रहा हूँ, उस

सारे काम का ही कोई अर्थ नहीं है–फिर भी जितनी अच्छी सुर्खी मुझे उन घरों में जाकर मिल सकती थी, उतनी अपने अब तक के चक्कर में नहीं मिली थी। और मुझे एक अच्छी सुर्खी बहुत ज़रूरी थी ताकि सम्पादक को व्यंग्य-भरी नज़र के साथ मेरी तरफ़ देखने का अवसर न मिले। मगर मेरा दूसरा मन यह हो रहा था कि इतने बरसों के बाद कम-से-कम आज एक बार क़स्साबपुरा की उस गली में भी हो आऊँ जिसमें कभी मैं खुद रहता था। आख़िर व्यक्ति की माँग दूसरी माँग से ज़्यादा शक्तिशाली सिद्ध हुई और मैं चाँदनी चौक से स्कूटर लेकर सदर के चौक में आ उतरा। सोचा कि आज भी काठ बाज़ार से होता हुआ ही क़स्साबपुरा में जाऊँगा।

काठ बाज़ार में दाख़िल हुआ, तो वहाँ का बदला हुआ नक्शा देखकर मुझे कम अचम्भा नहीं हुआ। यह जानते हुए भी कि वेश्यावृत्ति सरकारी तौर पर बन्द कर दी गई है, मैंने उस बाज़ार को इतने बदले हुए रूप में देखने की कल्पना नहीं की थी। यह चौकोर अहाता अब अहाता न लगकर एक साधारण बाज़ार-सा ही लग रहा था जहाँ पहले के पिंजरनुमा कठघरों की जगह अब गल्ले और आढ़त की दूकानें खुली हुई थीं। सिर्फ़ कहीं-कहीं पुराने जाली और सींखचेदार दरवाज़े अब भी नज़र आ रहे थे, जो कि शायद गुज़रे हुए दिनों की बात अभी भूले नहीं थे। वरना उस बाज़ार को देखकर पहले के दिनों का कुछ अनुमान तक नहीं होता था।

काठ बाज़ार का रूप बिलकुल बदला होने पर भी वहाँ आकर मेरी चाल कुछ तेज़ हो गई थी। वह बाज़ार जितना बदल गया था, मेरे मन का संस्कार उतना नहीं बदला था। जब तक उस इलाके को पार करके मैं बस्ती हरफूल में नहीं पहुँच गया, तब तक मेरे मन में एक तनाव बना ही रहा। उस चौकोर अहाते में क्या उन दिनों गुज़रे हुए मेरे क़दमों की एक आहट अभी बाक़ी थी? और उस आहट के अलावा सींखचों के पीछे से झाँकते हुए चेहरों की एक छाया भी? क्या समय की भी अपनी प्रतिध्वनियाँ नहीं होतीं जो उसके बीत जाने के बाद भी बनी रहती हैं?

बस्ती हरफूल में ज़िन्दगी लगभग उसी तरह थी–उतनी ही सुस्त और उतनी ही ठहरी हुई। वही दूकानें, वही ठेले, वैसे ही आते-जाते हुए लोग। क़स्साबपुरा की पहली गली के मोड़ पर एक भीड़ जमा थी, वैसी ही जैसी हमेशा गली में आने वाले मदारियों के इर्द-गिर्द जमा हुआ करती थी। सिर्फ़ मदारी के तमाशे की जगह वहाँ उस समय एक तरह का मुजरा चल रहा था। एक तेरह-चौदह साल की लड़की अपनी हरी ओढ़नी के दोनों छोर हाथों में लिये एक फ़िल्मी गीत गाती हुई नाच रही थी :

'हवा में उड़ता जाए,
मेरा लाल दुपट्टा मलमल का
जी मेरा लाल दुपट्टा मलमल का,
ओ जी, ओ जी...!'

उसके इर्द-गिर्द जमा भीड़ में कुछ लोग उसे पास बुलाने के लिए हाथों में चवन्नियाँ और अठन्नियाँ लिये थे। वह जिस किसी के नज़दीक जाती थी, वही उसका हाथ थाम लेना चाहता था। हारमोनियम बजाने वाला उस्ताद हारमोनियम में से आवाज़ें पैदा करने के साथ-साथ आँखों से कुछ इशारे किए जाता था।

'दुनिया नहीं मानती बाबूजी,' मैं वहाँ से आगे चला तो मेरे साथ-साथ चलता हुआ एक अँगोछे वाला व्यक्ति मुझसे बोला। पहले वह भी मेरी तरह भीड़ के पीछे से एड़ियाँ उठाकर मुजरा देख रहा था। 'सरकार अपनी जगह होशियार है, तो ये लोग सरकार से ज़्यादा होशियार हैं। क्यों?'

मेरे क़दमों की रफ़्तार कुछ तेज़ हो गई। मैं उसे कुछ भी उत्तर न देकर अपनी गली के मोड़ पर पहुँच गया।

पान वाले की दूकान वहीं थी, सिर्फ़ वहाँ बैठने वाला कोई और था। सब्ज़ी वाले खोमचे भी लगभग उसी तरह लगे थे। मुझे एक बार तो ऐसे लगा जैसे मैं सुबह ही वहाँ से गया था और दोपहर होते-होते फिर वहाँ वापस आ गया हूँ। मगर गली में बढ़ते हुए मुझे लगने लगा कि वहाँ की भीड़ पहले से कुछ ज़्यादा हो गई है। पहले दोपहर को वहाँ इतनी भीड़ नहीं होती थी। घरों और दरवाज़ों की पहचानी हुई सूरतें लगभग उसी तरह थीं—हाँ, उनकी खस्ताहाली पहले से थोड़ी बढ़ गई थी। मगर गली में चलता हुआ वही नालियों का पानी था, वैसी ही आवाज़ें थीं और वही बिना बरसात का कीचड़ था।

गली में आकर जहाँ घर और दरवाज़े मुझे बहुत परिचित और पहचाने हुए लग रहे थे, वहाँ गली की भीड़ में एक भी ऐसा चेहरा नज़र नहीं आ रहा था जिसे मैं पहचान सकता था। खोमचों पर बैठने वाले प्रायः सभी लोग अब दूसरे थे—जैसे दस साल में उस मुहल्ले में एक पूरी पीढ़ी बीत चुकी थी और उसकी जगह उसके बाद की पीढ़ी ने ले ली थी। यह सोचकर मेरे मन में एक निराशा की लहर दौड़ गई कि अब ठकुराइन और उसका परिवार भी मुझे उस घर में नहीं मिलेगा; मैं वहाँ का दरवाज़ा खटखटाऊँ तो कोई और ही किरायेदार उस दरवाज़े से बाहर झाँककर देखेगा और उसे शायद यह पता ही नहीं होगा कि कभी सरस्वती ठकुराइन नाम की कोई स्त्री भी वहाँ अपने पति और लड़की के साथ रहती थी। घर के पास पहुँचते ही सबसे पहले मेरी नज़र बाहर लगी हुई तख्ती पर पड़ी। उसका नीचे का आधा हिस्सा जाने टूटकर गिर गया था या ऐसे ही धीरे-धीरे झड़ गया था। जितना हिस्सा बाक़ी था, वह अपनी जंग-खाई कील के सहारे किसी तरह झूल रहा था। अब उस पर लिखे हुए नाम में से इबादत और अली, दोनों बिलकुल गायब हो गए थे; इसका एक हलका आभास-मात्र रह गया था कि उस तख्ती पर कभी कोई नाम भी था। बाहर की जिस कोठरी में मैं और अरविन्द रहा करते थे, उसकी दहलीज़ पर एक बूढ़ी-सी औरत बैठी

थी। उसे देखते ही मेरे क़दम सहसा लौटने को हो गए। मगर एक बार कोठरी को अन्दर से देखने का मोह मुझसे नहीं रोका गया और मैंने उस औरत के पास जाकर पूछ लिया कि वहाँ पहले जो एक ठाकुर साहब रहते थे, वे आजकल कहाँ हैं। वह औरत पल-भर ध्यान से मेरे चेहरे को देखती रही और फिर सहसा बोली, 'अरे लाला, तुम हो? अपनी भाभी को पहचाना नहीं क्या?' और यह कहती हुई वह दहलीज़ से गली में उतर आई।

'भाभी!' मेरी छाती में कोई चीज़ अटक गई। 'तुम एकदम इतनी कैसे बदल गई? मैं तो सचमुच तुम्हें पहचान ही नहीं सका।'

'आओ, अन्दर तो चलो,' ठकुराइन बोली। 'भाभी के घर को तो तुम एक बार जाने के बाद फिर भूल ही गए। मैं तो सोचती थी कि तुम कहीं विलायत-इलायत चले गए होगे। इतने बरसों में कभी भाभी को पाँच नए पैसे की चिट्ठी भी नहीं डाली?'

मैंने कोठरी में क़दम रखा, तो वह भी मुझे ठकुराइन के चेहरे की तरह ही बदली हुई लगी। उसका पलस्तर इतनी जगह से उतर चुका था कि जो दो-चार टुकड़े बचे थे वे बहुत अस्वाभाविक रूप से वहाँ चिपकाए गए-से लगते थे। छत की कड़ियाँ बिलकुल स्याह पड़ चुकी थीं। दीवारों पर जगह-जगह गेरू से स्वस्तिक बने थे और राम नाम लिखा था। दोनों कोठरियों के बीच का दरवाज़ा चौखट समेत बाहर को झूल आया था। सारी कोठरी में एक इस तरह की गन्ध फैली थी जैसी पुराने कपड़ों के ढेर में से आती है। एक चीज़ जो उस कोठरी को फिर भी बहुत परिचित बना रही थी, वह थी ऊपर से आती हुई स्त्रियों के लड़ने की आवाज़। मुझे लगा जैसे दस साल से वह लड़ाई लगातार उसी तरह चल रही हो और अभी तक उसका फ़ैसला न हुआ हो।

'दिल्ली कब आए हो?' ठकुराइन ने पूछा।

मुझे यह बताते हुए संकोच हुआ कि मुझे यहाँ आए एक साल हो गया है। 'अभी थोड़े ही दिन हुए आया हूँ,' मैंने कहा। 'मैंने फिर यहीं नौकरी कर ली है।'

'अच्छा!' ठकुराइन ने जाने कहाँ से निकालकर एक पुराना स्याह पड़ा हुआ मोढ़ा मेरे बैठने के लिए रख दिया और कहा, 'बैठो। हमारे लिए तो यही बहुत है कि तुम्हें हम गरीबों की याद तो आई। इस बार कहाँ घर लिया है?'

'करोल बाग़ के पास एक जगह कमरा ले रखा है।'

'हाँ भैया, अब तुम भाभी के पास इस तरह के कबाड़खाने में थोड़े ही रहोगे! तब भाभी के दिन फिर भी अच्छे थे, अब तो भाभी का भाग ऐसा उलटा है कि बस...!'

'नहीं भाभी, आजकल मेरा दफ़्तर उस तरफ़ है न...।' मुझे समझ नहीं आ रहा था कि उससे क्या कहूँ। ठकुराइन की आवाज़ में भी पहले से कुछ फ़र्क़ आ गया था, जैसे उसके गले के सुरों में से दो-एक सुर टूट गए हों। मैं लगातार उसके चेहरे

की तरफ़ देख रहा था कि ठकुराइन इस अरसे में सचमुच बुड्ढी हो गई है या मुद्दत के बाद देखने से मेरी आँखों को ही ऐसा लग रहा है।

'ठाकुर साहब तो आजकल भी उसी दफ़्तर में काम करते हैं न?' मैंने पूछा।

ठकुराइन की बुढ़ियाई हुई आँखें पल-भर के लिए मिची-मिची-सी हो रहीं और उसने कहा, 'तुम्हारे भैया तो लाला दूसरे ही दफ़्तर में चले गए। वो होते तो तुम भाभी की आज यह हालत देखते? अब तो तुम्हारी भाभी को कोई पानी पूछने वाला भी नहीं है।' और उसकी आँखें छलछला आईं। उन्हें अपनी फटी हुई धोती के पल्ले से पोंछकर वह छत की तरफ़ देखती हुई बोली, 'जिस मुए की आई थी, वह तो मरा नहीं और जिसे जाने अभी कितने बरस जीना था, वह चलता हुआ।' और वह विस्तार के साथ बताने लगी कि मियाँ इबादत अली उन दिनों बहुत बीमार था। सारी-सारी रात उसे बुरी तरह खाँसी आती थी। हक़ीम ने कह दिया था कि वह अब दो-चार दिन से ज़्यादा नहीं बचेगा। एक रात को उसकी हालत बहुत ख़राब हो गई। लोगों का ख़याल था कि सुबह होने से पहले ही वह चल बसेगा। मजीद और कई दूसरे लोग रात-भर उसके पास बैठे रहे। उन्होंने एक मौलवी को भी बुला लिया जो रात-भर मियाँ के सिरहाने बैठकर क़लमा पढ़ता रहा। उन्होंने उसे दफ़नाने ले जाने के लिए इन्तज़ाम भी कर लिया था।

'मगर जाने लाला, उस मौलवी ने क़लमा पढ़कर क्या जादू किया कि दिन भी चढ़ गया, रात भी हो गई, मगर वह मरदूद फिर भी साँस लेता रहा। उसी रात तुम्हारे भैया को दमे का दौरा पड़ गया। शिकायत तो उन्हें पहले से थी मगर दौरा पड़ता भी था और ठीक भी हो जाता था। मगर उस दिन जो वार हुआ, वह ऐसा कि कहे कि मैं तुम्हारी जान ही लेकर छोड़ूँगा। सो चार-पाँच दिन में मियाँ तो भला-चंगा होकर बैठ गया और तुम्हारे भैया हमें छोड़कर चलते हुए। आज तो उन्हें गुज़रे भी तीन साल हो गए और मियाँ आज भी भला-चंगा उसी तरह खाता-पीता है। मैं जब भी उसे देखती हूँ, तो मेरी छाती पर साँप लोट जाता है। मन करता है कि मुए की लकड़ी छीनकर मुए को गली में धक्का दे दूँ। अपनी आई मेरे घर भेजकर मुए ने मेरा घर तो मसान कर दिया और आप पाव-भर गोश्त रोज़ खाने के लिए आज भी बचा हुआ है। मेरा बस हो तो मैं तो किसी दिन ऊपर जाकर मुए की सितार उठा लाऊँ और उससे अपना एक बखत का चूल्हा जलाऊँ।'

ठकुराइन की बात सुनते ही मझे उस दिन की घटना याद आ रही थी जिस दिन मैं इबादत अली के पास बैठकर सितार सुनने के इरादे से अन्दर गया था और मैंने पहली बार उस टूटे-फूटे सितार को देखा था जिसमें से मियाँ की उँगलियाँ जाने कैसे वे तीव्र और कोमल स्वर पैदा कर लेती थीं जो मेरी उनींदी आँखों में नींद भर देते थे। उस दिन के साथ मेरे मन में एक और याद भी जुड़ी हुई थी—फटी हुई शेरवानी

सीती हुई खुरशीद की आँखों में भरी हुई उपेक्षा और भर्त्सना की याद! उस लड़की के मन में प्रतिशोध की कितनी प्रबल भावना थी!

'मियाँ की वह एक लड़की थी न खुरशीद,' मैंने ठकुराइन से कहा। 'उसकी मियाँ ने शादी-आदी कर दी या अब भी उसके पास ही रहती है?' और यह कहते हुए मुझे लगा कि वह लड़की अभी-अभी दरवाज़ा खोलकर कॉपी हाथ में लिये वहाँ आ जाएगी और कहेगी, 'माईजी, आज पहली तारीख़ है, किराया दे दीजिए।'

'अरे लाला, उस लड़की के लच्छन क्या तुम्हें शादी कराने के दीखते थे?' ठकुराइन उसी ताव में बोली। 'उसकी चाल-ढाल उन दिनों तुम देखते नहीं थे क्या? भूखी बाघनी की तरह हर मरद को घूरती रहती थी। हम तो तभी कहती थीं कि एक-न-एक दिन यह लड़की कोई गुल खिलाकर रहेगी। सो वही बात हुई। जब सिर पर माँ न हो, और बाप होकर भी न होने के बराबर हो, तो ऐसी लड़की जो न करे वह थोड़ा है। उसे लेकर घर में वह लंका-काण्ड हुआ कि तुम्हें क्या बताऊँ!'

और यह कहते-कहते ठकुराइन सहसा उठ खड़ी हुई। 'तुम भी कहोगे लाला कि इतने बरसों में भाभी के घर आया तो घर आने पर उसने चाय की भी नहीं पूछी। मैं निम्मा को भेजती हूँ कि जाकर दो पैसे का दूध ले आए। तुम्हारी भाभी की आज जुगत ही इतनी है, नहीं तो तुम्हारे आने पर जाने तुम्हारी क्या-क्या खातिर करती!'

'मगर भाभी...,' मैं कुछ कहने को हुआ, तो ठकुराइन ने बीच में ही टोक दिया। 'ना लाला, मैं तुम्हारे मुँह से ना नहीं सुनूँगी। तुम्हारी भाभी गरीब है, तो क्या तुम्हें दो पैसे की चाय भी नहीं पिला सकती? तुम्हें सौगन्ध लगे, अगर तुम मना करो तो!'

और वह झूलते हुए चौखट को पार करके अन्दर की कोठरी में चली गई और कुछ ही देर में गिलास लिये और निम्मा की बाँह पकड़े बाहर आ गई। निम्मा हँस भी रही थी और संकोच से अपनी बाँह भी छुड़ा रही थी।

'देखो लाला, पहचानते हो इसे?' ठकुराइन आकर मुझसे बोली। 'जब तुम यहाँ रहते थे, तो यह इतनी-सी थी। अब देखो, कितनी बड़ी हो गई है। लड़की और अनार का पेड़, इन्हें बढ़ने में कितनी देर लगती है!' निम्मा ने एक उड़ती हुई नज़र मेरे चेहरे पर डाली, जल्दी से हाथ जोड़े और माँ के हाथ से गिलास लेकर गली में उतर गई। ठकुराइन ने अपनी जगह पर आकर कहा, 'कितनी सयानी लगने लगी है!'

'हाँ, मैं तो इसे पहचान ही नहीं सकता,' मैंने कहा। 'उन दिनों तो यह मिट्टी खाया करती थी और गली में खेला करती थी।'

'अब तो भैया मुझे इसी की चिन्ता खाए जाती है।' ठकुराइन के चेहरे की झुर्रियाँ गहरी हो गईं। 'वो आप तो रहे नहीं कि कहीं देखभाल करके इसकी शादी कर देते। मेरे पास जो तिनका-पत्ता था वह उनके बाद हम दोनों जनी खा-पी गईं। अब तो रामजी का ही भरोसा है। हम दोनों जनी चार घरों में जाकर बरतन मलती हैं, तो

रोटी का टुकड़ा मुँह में जाता है। इतनी बड़ी मूरत को लोगों के घरों में भेजते मेरे मन में हौल उठता है। तुम जानते ही हो आजकल ज़माना कैसा आ रहा है। अपने सगों का भरोसा नहीं, दूसरों की तो बात ही क्या है!'

मेरी आँखें पल-भर के लिए नीचे झुकी रहीं। कहीं ठकुराइन का इशारा दस साल पहले की उस घटना की ओर तो नहीं था जिसकी वजह से मैं वह घर छोड़कर चला गया था? मगर ठकुराइन के चेहरे पर या बात के लहजे में कहीं शिकायत का भाव नहीं था।

'घर में जवान लड़की तो भैया काँच की इमारत होती है,' वह फिर बोली। 'इसे टूटते कितनी देर लगती है? कोई एक बात भी कह दे, तो माँ-बाप का मरना हो जाता है। मैं इसीलिए अब आगे की कोठरी में कोई किरायेदार भी नहीं रखती। एक को साधु-महात्मा समझकर रख लिया था, तो वह भी एक ही मुस्टंडा निकला। ये देखो, दीवारों पर उसी महात्मा ने अपना चरित्तर लिख रखा है। सवेरे-शाम राम नाम का जाप करता था और धूनी रमाता था। मैं सोचती थी घर में इतना धरम-करम होता है, तो उसका कुछ फल हमें भी मिलेगा। मैं क्या जानती थी कि फल मिलेगा तो ऐसा कि बस याद रहे। ऊपर से तो धरम-करम और अन्दर से मुए का दिल भी धूनी की लकड़ी की तरह काला! मुआ लड़की को रात-दिन बेटी-बेटी कहता था और दोनों टेम धूनी की राख इसके माथे पर लगाता था। मगर एक दिन उसने वह करनी की कि ठाकुर साहब होते, तो जूते मार-मारकर मुए की चमड़ी उधेड़ देते। पहले लड़की के माथे पर राख लगाई और फिर उसके मुँह को पकड़ लिया और उसकी बाँहें खींचने लगा। लड़की बाँह छुड़ाकर भागती हुई मेरे पास आई और कहने लगी कि अम्मा, इस बाबाजी को आज ही घर से निकाल दो। मैं सारी बात समझ गई। मैंने कहा कि शोर मचाऊँ, तो अपनी लड़की पर ही बात आएगी। इसलिए मैंने ऊपर से तो चुप साध रखी मगर उस मुए से उसी बखत कह दिया कि हमारे घर के लोग बाहर से आने वाले हैं, इसलिए दिन चढ़ते ही अपना बोरिया लेकर यहाँ से चला जाए। मुए को डर था कि यहाँ रहा, तो जूते ही न खाने पड़ें, इसलिए उसने ज़रा चूँ-चरा नहीं की और दूसरे दिन सवेरे ही यहाँ से चला गया।'

मैंने फिर ठकुराइन की आँखों में देखा कि वहाँ कोई पुराना शिकवा या व्यंग्य का भाव तो नहीं है। यह भी सोचा कि क्या आने वाले दस साल में उसे साधु महाराज की घटना भी भूल जाएगी और वह उसे भी मेरी तरह चाय पीने को कह सकेगी? या कि वह अपने साथ हुई घटना को क्षमा कर सकती थी मगर अपनी लड़की के साथ हुई घटना को नहीं...?

'ठाकुर साहब के उठ जाने का मुझे सचमुच ही बहुत अफ़सोस है,' मैंने अपनी शरमिन्दगी को छिपाने की चेष्टा करते हुए कहा। 'मैं कभी सोच भी नहीं सकता था

कि इतनी जल्दी ऐसी घटना हो जाएगी। उनकी अभी उम्र ही क्या थी! वे रहते, तो तुम्हें इस तरह की चिन्ता क्यों करनी पड़ती?' मगर यह कहते हुए भी मैं यही देख रहा था कि कहीं ऐसा तो नहीं कि ठकुराइन को दस साल पहले की घटना भी याद है और वह केवल शिष्टाचार रखने के लिए ही उस भाव को दबाए हुए है।

'वो रहते, तो कोई लड़की की तरफ़ आँख उठाकर भी देख सकता था?' वह बोली। 'वो उसकी आँख न निकालकर रख देते?'

मेरी शरमिन्दगी बढ़ती जा रही थी और मैं सोच रहा था कि कहीं ठकुराइन यह सब बात मुझी को सुनाने के लिए तो नहीं कह रही? कहीं आज भी उसे मुझसे डर तो नहीं लग रहा और वह इन बातों से मेरे मन में एक डर ही तो नहीं बिठाना चाहती? ठकुराइन ने शायद मेरे मन के असमंजस को भाँप लिया, क्योंकि उसने कहा, 'उन दिनों तुम लोग पास में रहते थे, तो मुझे भी कोई खटका नहीं था। देवर-भौजाई में सौ-सौ बातें कह-सुन ली जाती हैं, मगर बखत पड़ने पर तुम लोग किसी को भाभी या भाभी की लड़की की तरफ़ आँख उठाकर देखने देते? मगर अब तो भैया दुनिया ऐसी ख़ाली हुई है कि अपना कहने को कोई नज़र ही नहीं आता। मैं रात-दिन भगवान से यही मनाती हूँ कि तू किसी तरह इस लड़की का बेड़ा पार लगा दे, फिर चाहे तू मुझे मौत ले आना। जब तक इस इमारत का कोई रखवाला नहीं मिल जाता, तब तक मैं मरना नहीं चाहती। अगले लोक में जाकर ठाकुर साहब से क्या कहूँगी कि लड़की को ऐसे ही हवा-पानी के भरोसे छोड़ आई हूँ? उस पर कलमुँही खुरशीद की बात सोचकर जान और मुँह को आती है।'

खुरशीद की बात ठकुराइन ने तब भी बीच में ही छोड़ दी थी और मेरे मन में उस बात को सुनने की उत्सुकता बनी हुई थी। 'उस लड़की की तुम क्या बात कह रही थीं?' मैंने कहा। 'कोई ऐसी-वैसी बात हो गई थी क्या?'

'उसकी बात तुम क्या पूछते हो भैया!' ठकुराइन की आँखें ऐसी हो गईं जैसे वह अपने सामने एक भयानक दृश्य देख रही हो। 'वह कोई बात जैसी बात थी?' उस दृश्य की याद उसके चेहरे पर एक छाया-सी ले आई थी। उसकी आवाज़ बहुत धीमी हो गई और वह ज़रा पास को सरक आई। 'पहले दो-तीन महीने तो किसी को पता ही नहीं चला। मगर हमें कुछ शक ज़रूर हो गया कि क्या बात है जो अब पहले की तरह दबंग होकर किराया नहीं माँगती, बहुत धीरे से आकर कहती है। एक बार किराया लेने आई तो गोपाल की माँ को लग गया कि क्या बात है। तुम जानो हम लोग तो चिड़िया की भी चाल पहचानती हैं। बात मरदों के कान में पहुँची, तो उन्होंने जाकर मियाँ को पकड़ा। इस पर यहाँ वह बखेड़ा हुआ, वह बखेड़ा हुआ कि तुम्हें क्या बताऊँ! मरदों ने मियाँ से कह दिया कि या तो लड़की को इसका वह जो है, उसके पास भेज दो या घर ख़ाली करके चले जाओ। मगर तुम जानो यह मियाँ

मरदूद ऐसे जाने वाला है? जो पाकिस्तान से जायदाद के लिए यहाँ आ गया, वह लोगों के कहने से घर छोड़ देगा? कहने लगा कि मेरी लड़की को कुछ नहीं है; और अगर हो भी तो आप लोगों को दख़ल देने का कोई हक़ नहीं है। मैं न तो अपनी लड़की को छोड़ सकता हूँ और न ही अपना घर छोड़कर जा सकता हूँ। निकलेगी, तो इस घर से मेरी लाश ही निकलेगी। उस दिन मरदों ने इसके साथ वह बुरी की कि क्या बताऊँ! आगे-पीछे की सब कसर निकाल ली। बन्तासिंह ने तो इसकी दाढ़ी तक नोच ली, मगर वह अपने हठ पर अड़ा रहा कि चाहे जो हो जाए, मैं न लड़की को भेजूँगा, और न घर ही छोड़कर कहीं जाऊँगा।'

'अच्छा!' उस स्थिति की कल्पना से मेरे रोंगटे खड़े हो गए।

'एक दिन तो इसी चीं-चीं में-में में निकल गया। मरदों ने उससे कह दिया कि सुबह तक तुमने कुछ न किया, तो हमें तुम्हारे साथ ज़बरदस्ती करनी पड़ेगी। हम अपनी बेटियों और बहुओं के बीच ऐसी लड़की को नहीं रहने दे सकते। हम लोग बहुत डर रही थीं कि इससे ख़ार खाकर साथ की गली के मुसलमान दंगा ही न शुरू कर दें। रात को हम लोगों को ठीक से नींद भी नहीं आई! मैंने अपने सब दरवाज़े अन्दर से बन्द रखे। मगर सवेरे उठते ही पता चला कि वह लड़की रातों-रात जाने कहाँ चली गई है। बाप को भी बताकर नहीं गई। वह दिन-भर माथा पीट-पीटकर रोता रहा। कोई कहता था कि जमुना में कूद मरी है। कोई कहता था कि अपने उसी के साथ भागकर पाकिस्तान चली गई है। कोई कुछ कहता था, कोई कुछ। मगर चली गई, इसी से हमने शुक्र किया कि बला टली। नहीं जाने यहाँ क्या-क्या हो जाता और किस-किसकी जान जाती!'

'उसके जाने के बाद मियाँ ने उसके बारे में पूछताछ नहीं की?'

'वह कई दिन अपनी कोठरी से बाहर ही नहीं निकला। वहीं पड़ा रहा और रोता रहा। हमको तरस भी आता था कि राँड को जाना ही था तो बाप को भी साथ ले जाती। इस बुढ़ापे में उसकी रोटी बनाने वाला भी कौन है जिसके भरोसे उसे छोड़ गई? उसके बाद तो मियाँ को ऐसा लकवा मार गया कि न उठे-बैठे, न खाए-पिए और न कभी सितार बजाए। अब थोड़े दिनों से फिर रात को अपनी टुन-टुन करने लगा है। रोटी कसाइयों के ढाबे में जाकर खाता है। कई बार तो सारी-सारी रात सितार बजाने में लगा रहता है जैसे अपने साथ दूसरों की नींद से भी दुश्मनी हो। मगर अब कोई उससे कुछ कहता नहीं है। वह भी इस घर में किसी से बात नहीं करता। सिर्फ़ महीने में एक बार किराये की कॉपी लेकर सबके दरवाज़े पर आ खड़ा होता है। किराया तो मैं कहती हूँ कि जिस दिन यह मरेगा, उस दिन भी लोगों से इकट्ठा करके साथ अपनी क़ब्र में ले जाएगा। मुआ और सबकुछ छोड़ देगा, मगर किराये की उगाही नहीं छोड़ेगा।...अच्छा भैया, एक बात बताओ, जब यह मर जाएगा, तो इस मकान के किराये की वसूली का

क्या होगा? यहाँ की मलकियत हम लोगों की हो जाएगी, या सरकार फिर भी हमसे किराया लिया करेगी? मेरे सिर पर तो पहले ही छः महीने का किराया चढ़ा हुआ है। ठाकुर साहब के बाद से हम दो बखत रोटी मुश्किल से खाती हैं, किराया कहाँ से दें? मुए ने अपनी आई मेरे घर भेज दी, मेरे लिए तो वह भूत के समान है। जिस दिन मरेगा, उस दिन मैं पाँच पैसे का परसाद चढ़ाऊँगी।'

कोठरी में दोपहर भी शाम की तरह उदास और भारी लग रही थी। वहाँ की हर चीज़ वीरान और उजड़ी हुई-सी हो रही थी। उस कोठरी में पहले ऐसा क्या था जो अब नहीं रहा था? न जाने क्यों मुझे वह पहले से कहीं ज़्यादा ख़ाली और अकेली महसूस हो रही थी।

निम्मा दूध का गिलास लिये हुए आ गई। धूप से उसका चेहरा तमतमाया हुआ था। उसकी कमीज़ के आधे बटन खुले थे। इतनी बड़ी होकर भी उसे शरीर का होश रखना नहीं आया था। ठकुराइन ने गिलास उसके हाथ से लेकर उसे अपने पास बिठा लिया।

'मरी, तू इन्हें पहचानती नहीं?'

निम्मा मुँह खोलकर मुसकराई और उसने सिर हिला दिया।

'हाँ, पहचानेगी कैसे नहीं?' ठकुराइन बोली। 'तुम्हीं भैया हमें भूल जाओ तो भूल जाओ। हम लोग थोड़े ही तुम्हें भूल सकती हैं? यहाँ से जाकर न तो तुमने चिट्ठी लिखी, न ही अरविन्द भैया ने लिखी। तुम लोग तो भैया विलायत वालों से जान-पहचान रखोगे, हम लोगों की याद भी तुम्हें कैसे आ सकती है?'

निम्मा खोजती हुई-सी आँखों से मेरे चेहरे की तरफ़ देख रही थी। वह शायद समझना चाहती थी कि विलायत वालों से जान-पहचान रखने वाला व्यक्ति कैसा होता है।

'तू इनके लिए चाय बनाकर लाएगी कि मैं जाऊँ?' ठकुराइन ने उससे कहा, तो वह तुरन्त उठ खड़ी हुई। 'मैं बनाकर ला रही हूँ,' उसने कहा और गिलास लिये हुए वहाँ से चली गई।

'उन दिनों गुड़ियों-पटोलों से खेलती थी और...अब देखो कितनी होशियार हो गई है,' ठकुराइन एक उसाँस में बोली। 'वैसे अभी सोलह की हुई है मगर लगता है जैसे अठारह-बीस को छू रही हो। भैया, तुम्हारी तो इतनी जान-पहचान है, तुम इसके लिए कोई लड़का नहीं बता सकते? मैं तुम्हारा ज़िन्दगी-भर अहसान मानूँगी। यही सोचकर कि बिना बाप की लड़की है, तुम इसके लिए कुछ खोज-ख़बर करो। कोई सत्तर-अस्सी कमाने वाला लड़का हो जिसे लेन-देन का लोभ न हो, तो मैं इसके हाथ पीले करके निश्चिन्त हो जाऊँ। यह ज्यों-ज्यों बढ़ती जाती है, मेरी जान घटती जाती है। तुम्हारे पास तो सैकड़ों काम करते होंगे। उनमें कोई अच्छा लड़का तुम्हारी नज़र में हो, तो उससे बात करो। मुझे जात-पाँत का भी कोई विचार नहीं। ये विचार अब रहे ही कहाँ हैं? कहना, मेरे अपने रिश्ते में ही एक लड़की है...।'

'मैं पता करूँगा,' मैंने कहा, यह जानते हुए भी कि मैं सिर्फ़ टाल रहा हूँ और आज के बाद दूसरी बार शायद मैं इस तरफ़ आऊँगा भी नहीं। मगर ठकुराइन इतने से ही काफ़ी आश्वस्त हो गई। झूठ का सहारा भी आख़िर सहारा तो होता ही है।

'ज़रूर पता करना भैया!' ठकुराइन थोड़ा और पास को सरक आई। 'लड़का लड़की को देखकर हाँ करना चाहे, तो मैं दिखा भी दूँगो। आजकल की जो रीति है, वही तो हमें करनी पड़ेगी। तुम जानो आजकल लड़के लड़की देखे बग़ैर शादी नहीं करते। लड़की देखने में तो ठीक ही लगती है। नहीं?'

'मैं पता करूँगा,' मैंने फिर वही बात कह दी।

'हाँ भैया, तुम इसका काम ज़रूर करा दो। मैं तुम्हारे पाँव पकड़ने को तैयार हूँ।' ठकुराइन सचमुच पाँव पकड़ने लगी, तो मैंने उसे हाथ से पकड़कर रोक दिया।

'न-न भाभी, यह तुम क्या कर रही हो? मैंने कहा है कि मैं ज़रूर पता करूँगा।'

ठकुराइन कुछ देर चुप रहकर मुझे देखती रही। उसकी आँखें भर आई थीं—जाने स्नेह या आभार से!

'कोई लड़का है तुम्हारी नज़र में?' उसने पूछा।

'नहीं, है तो नहीं, मगर पता तो किया जा सकता है,' मैंने कहा।

वह कुछ देर न जाने क्या सोचती रही। फिर बोली, 'तुम अपने लिए कोई मेम ले आए कि नहीं?'

'नहीं, अभी नहीं,' मैंने एक खोखली हँसी के साथ कहा। 'कोई मेम मुझे पसन्द ही नहीं करती।'

'हाँ पसन्द नहीं करती!' ठकुराइन अपने हाथ को झटककर बोली। 'झूठे कहीं के! मेरी कोई मेम वाकिफ़ नहीं, नहीं मैं तो कल ही तुम्हारा उससे ब्याह करा दूँ।'

'अरविन्द मेरे जाने के बाद कितने दिन यहाँ रहा था?' मैंने चाहा कि यह शादी-ब्याह का विषय किसी तरह बदल जाए।

'तुम्हारे जाने के छः महीने के बाद वे भी यहाँ से चले गए थे,' ठकुराइन बोली। 'और तुम्हारी तरह उन्होंने भी जाकर फिर कभी सुध नहीं ली कि हम लोग जीते हैं या मर-खप गए।' और उसके बाद ही वह तुरन्त पहले प्रकरण पर लौट आई। 'अब साल-छः महीने में तुम इस लड़की का कुछ करा दो, फिर चाहे मैं मर-खप भी जाऊँ। यह सातवीं तक पढ़ी थी, आगे मैं इसे नहीं पढ़ा सकी। अगर इस तरह कोई न मिले, और तुम ठीक समझो, तो मैं इसे फिर स्कूल में दाख़िल करा दूँ और ग्यारहवीं करा दूँ। अब तो सुना है दसवीं की ग्यारहवीं होने लगी है। मुबे गरीबों का एक साल और ख़राब करते हैं, और क्या?'

मैंने फिर चेष्टा की कि बात उस प्रकरण से हट जाए मगर ठकुराइन लड़की के बारे में मुझे पूरी जानकारी देती रही। लड़की बहुत होशियार है। सब काम बहुत

समझदारी से करती है। गली में चलती है, तो आँखें नीची करके। कभी किसी की तरफ़ देखती भी नहीं। थोड़ी-बहुत कढ़ाई भी कर लेती है, पढ़ती थी तो अपनी क्लास में दूसरी-तीसरी आया करती थी।

'भैया, तुम कभी-कभी आ जाया करो,' इसके अलावा वह मुझसे अनुरोध करती रही। 'मुझे हौसला रहेगा कि मेरा भी दुनिया में कोई अपना है। तुम्हें लड़के की तसल्ली हो जाए, तो तुम्हीं मेरी तरफ़ से हाँ कर देना। लड़के को चाहे कभी अपने साथ ही ले आना। वह आप ही देख लेगा कि लड़की में क्या-क्या गुण हैं। वह और कोई चीज़ सिखाने को कहे, तो मैं वह इसे सिखा दूँगी। मैं कहती हूँ बस किसी तरह इसका पार लग जाए।'

निम्मा चाय ले आई। उसका चेहरा पहले से लाल हो रहा था। वह चाय का गिलास मेरे सामने रखकर जल्दी से वापस लौट गई। ठकुराइन हँसने लगी।

'मरी ब्याह की बात से ही शरमाने लगी,' वह बोली। 'उधर से सब सुन रही थी। इसे कान-रस बहुत है। मैं इससे बचकर किसी से एक बात भी नहीं कर सकती।' और फिर उसने प्यार से आवाज़ दी, 'निम्मो!' निम्मा नहीं आई, तो उसने फिर आवाज़ दी, 'मरी इधर आ, बात सुन!'

निम्मा दुपट्टे का पल्ला मुँह में लिये हुए बीच की चौखट के पास आकर खड़ी हो गई। उसके बटन उसी तरह खुले थे। कमीज़ वैसे भी कई जगह से मैली और फटी हुई थी। सलवार ऊँची बँधी होने से उसके खुश्क टखने बाहर नज़र आ रहे थे। उसकी कमीज़ इस तरह हिल रही थी जैसे वह बहुत तेज़ दौड़कर आई हो और उसकी साँस फूल रही हो। 'अम्मा, किसी चीज़ की ज़रूरत हो तो दे जाऊँ?' उसने पल्ला मुँह से निकालकर कहा और उसे फिर उसी तरह दबा लिया।

'क्यों लाला, खाने को कुछ मँगवाऊँ?' ठकुराइन ने पूछा।

'नहीं भाभी! मुझे देर हो रही है, अब मैं चलूँगा। बस जल्दी से चाय पी लूँ।'

मैं गिलास उठाकर जल्दी-जल्दी चाय के घूँट भरने लगा। मुझे अपने से कोफ़्त हो रही थी कि दफ़्तर से किस काम के लिए आया हूँ, और यहाँ आकर क्या झख मार रहा हूँ। फ़ोटोग्राफ़र से अलग होने के बाद मैंने किया ही क्या था? उसका कैमरा कन्धे पर डालकर ले आया था और तसवीर अब तक एक भी नहीं ली थी।

'अम्मा, इनसे कहो ये अपनी मशीन से हमारी तसवीर खींच दें,' निम्मा बोली। 'हम अपनी तसवीर शीशे में जड़ाकर दीवार पर लगाएँगे।'

'मरी, जाने कित्ता ख़र्च होता है तसवीर खींचने पर!' ठकुराइन बोली। 'तसवीर ऐसे ही थोड़े खिंच जाती है!'

'इसमें फ़िल्म नहीं है, फ़िल्म होती तो मैं खींच देता,' मैंने कहा। मन एक बार झुँझला उठा कि उसकी एक तसवीर खींच ही देता, तो क्या था! मगर फिर सोचा

कि ठीक ही तो है—वह कैमरा मैं प्रोफ़ेशनल काम के लिए लाया हूँ, या इस तरह की तसवीरें खींचने के लिए? अपने फ़ीचर में मैं निम्मा की तसवीर को किस तरह इस्तेमाल कर सकता हूँ? मगर मेरा एक मन यह भी था कि उस घर की सीढ़ियाँ चढ़कर ऊपर की कोठरी में जाऊँ और वहाँ टूटी चारपाई पर पड़े हुए मियाँ इबादत अली की एक तसवीर ले लूँ। उस तसवीर का तो मैं प्रोफ़ेशनल तौर पर इस्तेमाल कर सकता था। उस पर तो बल्कि एक बहुत अच्छा शीर्षक भी दिया जा सकता था। साथ के विवरण में मियाँ इबादत अली के पाकिस्तान जाने और लौटकर आने की बात और उसकी लड़की खुरशीद का क़िस्सा भी दिया जा सकता था। इससे फ़ीचर काफ़ी रोचक बन सकता था। मगर निम्मा के सामने बोला हुआ झूठ मेरी मजबूरी बन गया था। मैं अब इबादत अली की तसवीर भी कैसे ले सकता था?

मैं उनके यहाँ से चला तो ठकुराइन मुझे गली के मोड़ तक छोड़ने साथ चली आई। गली में आकर भी वह वही बातें दोहराती रही। लड़की के ब्याह पर वह ज़्यादा नहीं, मगर चार-पाँच सौ तो ख़र्च करेगी ही। ठाकुर साहब होते तो जाने कितना करते! मैं उनके यहाँ फिर कब आऊँगा? मैं न आ सकूँ, तो वही कभी मेरे घर पर आकर मुझसे पूछ ले। मैं एक कार्ड पर अपना पता लिखकर उसे ज़रूर भेज दूँ। कार्ड लिखूँ, तो ठाकुर साहब के नाम से ही लिखूँ...।

ठकुराइन के लौट जाने पर मैं पान वाले से सिगरेट ख़रीदने के लिए रुका, तो उसने सिर से पैर तक मेरा जायज़ा लेते हुए कहा, 'क्यों साहब, आप इनके रिश्तेदार हैं?'

'क्यों?' उसकी बदतमीज़ी पर मुझे गुस्सा आ गया।

'ऐसे ही पूछ रहे हैं,' वह बोला। 'हम तो समझते थे ये माँ-बेटी अकेली ही हैं।'

'मेरी इन लोगों के साथ पुरानी वाक़फियत है,' मैंने कहा। 'मैं पहले इसी घर में रहता था।'

'अच्छा, हाँ!' वह आवाज़ को कुछ लटकाकर बोला। 'हमने समझा आपकी इनके साथ रिश्तेदारी है!'

'एक तरह से रिश्तेदारी है भी,' मैंने माथे पर त्योरी डाले हुए कहा। 'तुम बात करो।'

'बात कुछ भी नहीं,' वह डब्बी देकर पैसे गिनता हुआ बोला। 'बेचारी गरीब है, घरों में जाकर बरतन-अरतन मलती है, इसलिए हमने कहा...।'

'क्या कहा...?'

'कुछ नहीं,' वह बोला। 'ऐसे ही हम बात के लिए बात कर रहे थे...।'

मैं गली से बाहर आया, तो कोई चीज़ मुझे अन्दर से कोंच रही थी। मुझे लग रहा था कि वहाँ और भी कुछ था जिसकी मुझे तसवीर लेनी थी, मगर मैं नहीं ले सका था। लेकिन वह 'कुछ' क्या था?

मैं लौटकर दफ़्तर पहुँचा, तो वहाँ हरबंस मेरा इन्तज़ार कर रहा था।

'तुम कब से आए हुए हो?' मैंने पूछा।

'अभी थोड़ी देर हुई आया था,' वह बोला। 'मैं तुम्हें अपने साथ एक जगह ले जाने के लिए आया हूँ।'

मैंने उसे बताया कि मैं दिन-भर शहर में गलियों की ख़ाक छानता रहा हूँ, इसलिए बहुत थका हुआ हूँ।

'थके हुए होने से क्या होता है?' वह बोला। 'थका हुआ आदमी चाय पीने तो चल ही सकता है।'

'मगर यह भी तो पता चले कि चलना कहाँ है?'

'उसी के घर चलना है...,' वह थोड़ा रुकता हुआ बोला। 'पोलिटिकल सेक्रेटरी के। वह बहुत दिनों से घर पर आने के लिए कह रहा था। नीलिमा भी बहुत कह रही थी कि उसने इतनी बार बुलाया है, तो हमें ज़रूर चलना चाहिए। आज उसी ने फ़ोन पर कह दिया था कि हम शाम को आएँगे।'

'तो तुम लोग चले जाओ,' मैंने कहा। 'मुझे साथ में घसीटने की क्या ज़रूरत है? एक तो मैं बहुत थका हुआ हूँ और दूसरे उसने तुम्हीं को बुलाया है, इसलिए...।'

'मगर वह तुम्हारे बारे में भी तो पूछता रहता था। मैंने बाद में उससे फ़ोन पर कह दिया था कि तुम भी हमारे साथ आओगे...।'

'मगर मुझे साथ ले जाने की कोई ख़ास वजह है क्या?'

'एक छोटी-सी वजह भी है। वे लोग मुझे एक नौकरी ऑफ़र कर रहे हैं। हो सकता है वह आज उस बारे में कोई बात करना चाहे। मैं अपने मन में तय नहीं कर सका कि मुझे वह नौकरी ले लेनी चाहिए या नहीं, इसलिए अभी उस बारे में उससे बात नहीं करना चाहता। तुम साथ रहोगे, तो उस विषय में बात नहीं उठेगी।'

'मगर तुम मेरी हालत भी तो देखो कि मैं...।'

'तुम्हें मैंने कह दिया है कि तुम्हें मेरे साथ चलना है, बस! मेरी वजह से थोड़ी तकलीफ़ ही उठा लोगे, तो क्या है?'

मैंने और हील-हुज्जत नहीं की; अपनी डाक देखी, एक मिनट के लिए जाकर अपने सम्पादक से बात की और उसके साथ चलने के लिए तैयार हो गया।

पोलिटिकल सेक्रेटरी के घर की सीढ़ियाँ इतनी चिकनी थीं कि ऊपर जाते हुए पैर फिसल जाने से मेरे घुटने पर थोड़ी चोट आ गई।

गैलरी में आकर हरबंस ने घंटी बजाई। एक चपरासी हमें बड़े कमरे में ले गया। पोलिटिकल सेक्रेटरी ने कमरे के दरवाज़े पर आकर हमारा स्वागत किया। 'ओ,

हरबंस! नीलिमा!' उसने उत्साह के साथ कहा। 'और यह हमारा 'न्यू हेरल्ड' वाला दोस्त है। इसके सम्पादक ने दो-एक बार इसकी बात की है। तुमने भी कई बार ज़िक्र किया है। मैं सिर्फ़ नाम भूल रहा हूँ। क्या नाम बताया था तुमने हरबंस?'

'मधुसूदन,' हरबंस ने कहा।

पोलिटिकल सेक्रेटरी ने मेरा हाथ अपने हाथ में लेकर गरमजोशी के साथ हिलाया। 'हाँ-हाँ, मडुसुडान,' उसने कहा। 'मैं सुडान का ध्यान रखूँगा, तो मुझे याद रहेगा। इस नाम में भी एक रिद्म है। मैं संगीत का बहुत शौक़ीन हूँ। हरबंस ने शायद तुम्हें बताया हो। या शायद न भी बताया हो। यह अपने सिवा किसी की तारीफ़ नहीं करता। सिर्फ़ तुम्हारी करता है। मैं कह नहीं सकता क्यों। नीलिमा कहीं तुमसे ईर्ष्या न करने लगे। आओ, आओ। कुछ कलाकार आए हुए हैं। मैं पहले तुम लोगों का उनसे परिचय करा दूँ। बहुत युवा कलाकार हैं। मगर मैं कहा करता हूँ कि यौवन ही वास्तविक कला को जन्म दे सकता है। कला एक सृष्टि है और यौवन का सृष्टि के साथ गहरा सम्बन्ध है। आओ...!'

पहले उसने अपनी पत्नी से परिचय कराया। वह हाथ मिलाते ही यह कहकर चली गई कि वह अरुण को बच्चों के पास छोड़ आए, नहीं तो वह बेचारा बड़ों के बीच बहुत अकेला और खोया-खोया महसूस करेगा। 'मैं अभी आ रही हूँ।' उसने चलते-चलते नीलिमा से कहा, 'मैं तुमसे बात करने के लिए बहुत उत्सुक हूँ।'

कमरे में चार व्यक्ति और थे। एक अधेड़ दम्पती थे, मिस्टर और मिसेज़ गुलाटी, जो शायद सोशल कॉल के लिए आए थे। दो युवा चित्रकार थे जिन्होंने हाल ही में फ़ाइन आर्ट का डिप्लोमा लिया था। एक का नाम था रणधीर और दूसरे का सुभाष। रणधीर बाल और दाढ़ी दोनों बढ़ाए हुए था। कुरता-पाजामा पहने था। सुभाष नीली कॉर्डराय की पतलून के साथ पीली जैकेट पहने था। उन दोनों ने अतिशय नम्रता के साथ हम सबसे हाथ मिलाया, जैसे हम सब भी पोलिटिकल सेक्रेटरी के रुतबे के ही लोग हों।

'हम लोग इनके बनाए हुए कुछ चित्र देख रहे थे,' पोलिटिकल सेक्रेटरी बोला। 'ये लोग बहुत अच्छी रचनाएँ कर रहे हैं। मिस्टर और मिसेज़ गुलाटी कला के बहुत शौक़ीन हैं। मेरा ख़याल है आप सबको भी इसमें दिलचस्पी होगी। क्यों हरबंस? अरे, मैं यह किससे पूछ रहा हूँ! मिस्टर गुलाटी, मेरा दोस्त हरबंस इतिहास का पंडित है, मगर कला का भी बहुत बड़ा पारखी है। इसकी पत्नी, यह लड़की नीलिमा, यह भारतीय नृत्य की...क्या कहूँ क्या है! हरबंस, मुझे बताओ ठीक शब्द क्या है? मगर तुम नहीं बताओगे। तुम उससे ईर्ष्या करते हो, मैं जानता हूँ। हमारा दोस्त...मैं फिर तुम्हारा नाम भूल गया। मैं तुम्हें 'न्यू हेरल्ड' ही कहूँगा। हाँ तो 'न्यू हेरल्ड,' इसे भारतीय नृत्य की क्या कहना चाहिए...! वह चुटकी बजाने लगा। 'मुझे ठीक शब्द

मालूम है, मगर वह मेरे दिमाग़ में आ नहीं रहा। वह है...क्या है...अच्छा हम अपने दोस्त 'न्यू हेरल्ड' को सोचने देते हैं और तब तक ये चित्र देखते हैं।'

इस बीच उसकी पत्नी अरुण को छोड़कर आ गई। उसे देखते ही वह बोला, 'आओ डियर, आओ। मैं सोच रहा था कि तुम आ जाओ, तभी हम चित्र देखें। इसीलिए इन लोगों को बातों में लगाए हुए था। तुम यहाँ आकर मेरे पास बैठो। तुम जाने हमेशा मुझसे दूर-दूर क्यों रहती हो! तुम जानती हो मैं तुम्हें कितना चाहता हूँ, फिर भी... ।'

'मैं यहाँ अपने पत्रकार मित्र के पास बैठ रही हूँ,' उसकी पत्नी ने कहा। 'मैं तुम्हारी वही रोज़-रोज़ की बातें सुनकर और नहीं ऊबना चाहती। अपने इस नए मित्र से तो मैं इन चित्रों के बारे में कुछ समझ भी सकूँगी, तुम तो बस शोर ही मचाते रहोगे और देखने-समझने कुछ नहीं दोगे।'

वह मेरे पास की कुरसी पर आ बैठी। पोलिटिकल सेक्रेटरी घूरकर देखने की मुद्रा बनाकर मुझसे बोला, 'देखो मिस्टर 'न्यू हेरल्ड', मैं तुमसे बहुत ही मित्रतापूर्ण व्यवहार की आशा करता हूँ। मुझे उम्मीद है कि तुम अपने पहले समीक्षक की तरह ख़तरनाक आदमी नहीं हो।'

'तुम बस अपना नाटक ही करना चाहते हो, या चित्र देखना चाहते हो?' उसकी पत्नी ने उसे झाड़ दिया। वह डाँट खाए हुए बच्चे की तरह बिलकुल सीधा होकर बैठ गया और बोला, 'मैं चित्र देखना चाहता हूँ, डार्लिंग! मगर मुझे शेक्सपीयर की वह पंक्ति हमेशा याद रहती है–फ्रेल्टी दाई नेम इज़... ।'

'प्लीज़!' उसकी पत्नी गम्भीर होकर बोली। वह भी सहसा गम्भीर हो गया।

'तो मिस्टर सुभाष, अब अगला चित्र!'

सुभाष ने दीवार पर लगे हुए एक चित्र को उतार दिया और उसकी जगह दूसरा चित्र लगा दिया। नीचे उस दीवार के साथ छः-आठ कैन्वस रखे थे। जो चित्र लगाया गया था, उसे देखकर लगता था जैसे वह प्रागैतिहासिक युग का एक बड़ा-सा ग़ार हो। उसमें काले, हरे और भूरे रंगों का प्रयोग एक भय और नृशंसता का वातावरण पैदा करता प्रतीत होता था।

'इसका शीर्षक क्या है?' पोलिटिकल सेक्रेटरी ने कलाकार से पूछा।

'शीर्षक कुछ भी हो सकता है,' सुभाष ने कहा। 'हर व्यक्ति इसे अपने मन से अलग शीर्षक दे सकता है।'

'मेरे ख़याल से इसका शीर्षक होना चाहिए...क्या होना चाहिए...क्यों मिस्टर गुलाटी, इसका शीर्षक क्या होना चाहिए...?'

मिस्टर गुलाटी बहुत उत्तरदायित्वपूर्ण काम करने के ढंग से चित्र को और ध्यान से देखने लगे। फिर सोचते हुए-से बोले, 'इसका शीर्षक...इसका शीर्षक मेरे ख़याल में...होना चाहिए...अम्. म् म्...'

'हाँ-हाँ, बताइए।'

'अँधेरा और उजाला' नहीं हो सकता?'

'अँधेरा और उजाला!' पोलिटिकल सेक्रेटरी की पत्नी गम्भीर अध्ययन करती हुई बोली। 'मगर मुझे तो इसमें अँधेरा-ही-अँधेरा नज़र आता है। उजाला इसमें कहाँ है?'

'मैं समझता हूँ शायद चित्र पर ठीक से लाइट नहीं पड़ रही,' मैंने धीरे से कहा।

'हाँ-हाँ, मैं भी यही सोच रहा था,' पोलिटिकल सेक्रेटरी बोला। उसने उठकर उस तरफ़ की खिड़की बन्द करके दो-एक बत्तियाँ और जला दीं और कहा, 'अब?'

'अब मुझे कुछ उजाला नज़र आ रहा है,' उसकी पत्नी ने कहा। जिससे सब लोग हँस दिए और कलाकार कुछ झेंप गया।

'और तुम्हारा क्या शीर्षक है हरबंस?'

हरबंस उस समय न जाने कहाँ खोया हुआ था। वह सहसा चौंक गया। तभी बैरा ट्रे में चाय लिये हुए आ गया। कुछ देर के लिए बात रुकी रही। तब तक हरबंस चित्र को देखता रहा। फिर अपनी चाय में चीनी हिलाता हुआ बोला, 'मुझे तो एक गर्भाशय-सा लगता है।'

'गर्भाशय!' पोलिटिकल सेक्रेटरी की पत्नी अपनी गम्भीरता में चौंक गई। 'यह कैसे हो सकता है?'

'क्योंकि इसमें कुछ वैसी ही गोलाइयाँ हैं और...'

'जैसे कि तुमने गर्भाशय देख रखा है!' नीलिमा ने उस पर टिप्पणी कर दी तो हरबंस कुछ सकपका गया।

'ओ नीलिमा!' पोलिटिकल सेक्रेटरी हाथ-पर-हाथ मारकर बोला। 'तुम क्या कहना चाहती हो कि वह...? नहीं-नहीं, ऐसी बात कहने का तुम्हें कोई हक़ नहीं है। वह तुम्हारा पति है तो क्या हुआ? इसका यह मतलब नहीं कि तुम जो मुँह में आए, उससे कह सकती हो।'

'ठहरो, तुम मुझे समझने तो दो,' उसकी पत्नी ने फिर उसे डाँट दिया।

पोलिटिकल सेक्रेटरी फिर सीधा होकर बैठ गया। 'अब मैं बिलकुल चुप रहूँगा। लोगों के सामने मैं बार-बार डाँट नहीं खाना चाहता। सब लोग घर जाकर बात करेंगे कि पोलिटिकल सेक्रेटरी अपनी बीवी से दबता है। मैं इस बदनामी से बहुत डरता हूँ। अच्छा, मैं अपना शीर्षक बताऊँ? नहीं, पहले हरबंस तुम यह बताओ कि तुम्हें यह गर्भाशय कैसे लगता है?'

हरबंस तब तक फिर कहीं और खो गया था। उसने सिर्फ़ कन्धे हिला दिए और कहा, 'ऐसे ही...मुझे ऐसा महसूस होता है।'

'अच्छा, माफ़ करना, मैं अपना शीर्षक बताने के लिए बहुत बेचैन हो रहा हूँ,'

पोलिटिकल सेक्रेटरी बोला। 'मेरा शीर्षक है...बता दूँ? मेरा शीर्षक है...देखो, तुम लोगों को ठीक न लगे तो हँसना नहीं। मेरा शीर्षक है–'सपना'।'

'सपना?' उसकी पत्नी ने होंठ बिचका दिए। 'असम्भव! यह सपना कैसे हो सकता है?'

'अच्छा, तुम बताओ कि यह सपना क्यों नहीं हो सकता? मुझे पता था कि तुम्हें मेरा बताया हुआ शीर्षक कभी पसन्द नहीं आएगा,' पोलिटिकल सेक्रेटरी ने कुहनियाँ समेटकर पीछे को टेक लगा ली। 'मैं कई बार रात को इस तरह का सपना देखता हूँ। इन्हीं रंगों में और ठीक इसी तरह की गोलाइयों में। अगर मैं कलाकार होता, तो मैं उसका ठीक इसी तरह का चित्र बनाता।'

'अच्छा, हम कलाकार से ही पूछते हैं कि उसके ख़याल में इसका कौन-सा शीर्षक ज़्यादा ठीक है।' उसकी पत्नी पहले जिस गम्भीरता के साथ चित्र को देख रही थी, अब उसी गम्भीरता के साथ कलाकार के चेहरे को देखने लगी। दोनों कलाकारों ने एक बार एक-दूसरे की तरफ़ देखा। फिर रणधीर बोला, 'देखिए शीर्षक तो कुछ भी हो सकता है। वैसे 'सपना' शीर्षक में कुछ कोमलता है, इसलिए व्यक्तिगत रूप से मुझे यह ज़्यादा अच्छा लगता है। मगर किसी भी चित्र का कोई एक ही शीर्षक नहीं होता।'

'देखा!' पोलिटिकल सेक्रेटरी कुछ चमककर बोला। 'मैं कलाकार नहीं हूँ, मगर शीर्षकों का रहस्य मैं थोड़ा-बहुत जानता हूँ। जिन चित्रों के लिए और कोई शीर्षक न सूझता हो, उन पर तीन-चार शीर्षकों में एक कोई एक शीर्षक ज़रूर ठीक बैठ जाता है–सपना, समय, अन्तरमन और खोज। जहाँ इनमें से भी कोई न चल सकता हो, वहाँ मैं उसे सिर्फ़ एब्सट्रैक्ट कह देता हूँ।'

'वैसे 'माँ और बेटा' भी तो इसी तरह का एक शीर्षक है,' मिस्टर गुलाटी ने सुझाव दिया।

'यह शीर्षक अब पुराना हो गया है,' पोलिटिकल सेक्रेटरी बोला। 'अब माँ और बेटा' शीर्षक सुनकर कुछ अजीब-सा लगता है। हाँ, ये दोनों शब्द अलग-अलग शीर्षक के रूप में दिए जा सकते हैं। तुम्हारा क्या शीर्षक है, 'न्यू हेरल्ड'?'

मेरा उत्तर देने को मन नहीं कर रहा था। फिर भी मैंने कहा, 'मुझे तो यह आदिम गुफ़ा जैसी लगती है।'

'इसका मतलब है कि तुम्हारा और हरबंस का शीर्षक एक ही है,' पोलिटिकल सेक्रेटरी फिर हँसा। 'तभी तुम दोनों में इतनी दोस्ती है। तुम दोनों बिलकुल एक ही तरह सोचते हो।'

कलाकार ने उस चित्र को हटाकर एक नया चित्र लगा दिया–खिड़की के परदे के पास रखे हुए गुलदस्ते का। पोलिटिकल सेक्रेटरी एकदम बोल उठा 'इसका शीर्षक

मैं बताता हूँ–स्टिल लाइफ़। क्यों?' और वह हँसता रहा जैसे उसने यह बहुत बड़ी मज़ाक की बात कही हो।

'क्यों, यह शीर्षक पुराना नहीं है?' उसकी पत्नी अपनी उसी गम्भीरता के साथ बोली।

'यह पुराना होने वाला शीर्षक नहीं है। दुनिया में बने एक-तिहाई चित्रों का शीर्षक यही होगा। क्यों हरबंस?'

'आज तुम बहुत मूड में हो!' हरबंस ने जैसे बला टालने के लिए कहा।

'सुन लिया?' पोलिटिकल सेक्रेटरी की पत्नी बोली। 'तुमसे कितनी बार कहती हूँ कि जितनी बरदाश्त हो, उससे ज़्यादा न पिया करो।'

'देखो मेरी बीवी को,' पोलिटिकल सेक्रेटरी ने सिर खुजलाते हुए कहा। 'कोई मेरी तारीफ़ भी करे, तो यह उसमें से दूसरा ही मतलब निकाल लेती है। मैं चाहे अपने गले को रेगिस्तान की तरह खुश्क रखूँ, फिर भी यह कहे बिना नहीं मानेगी।'

बैरा एक के बाद एक सैंडविच और पैटीज़ की प्लेटें लिये हुए सामने आ जाता था। कलाकार एक चित्र दीवार से उतारता और उसकी जगह दूसरा चित्र लगा देता था। उसके अधिकांश चित्र पहले चित्र की तरह एब्सट्रैक्ट के प्रयोग थे। उनमें स्याह रंग का प्रयोग बहुत खुलकर किया गया था जो पोलिटिकल सेक्रेटरी की पत्नी को पसन्द नहीं आ रहा था। वह अपनी अरुचि को ख़ामोश रहकर छिपाने का प्रयत्न कर रही थी। सुभाष अपने सब चित्र दिखा चुका, तो रणधीर अपने चित्र दिखाने लगा। उनमें ज़्यादातर मानवीय आकृतियों के चित्र थे और कुछ लैंडस्केप थे। उनके रंग भी काफ़ी भड़कीले थे। उन चित्रों को देखते हुए पोलिटिकल सेक्रेटरी की पत्नी काफ़ी उत्साहित हो उठी। मैं बार-बार कमरे के नीले परदों को देखता था, फिर कॉफ़ी की प्यालियों और सैंडविच की प्लेटों को देखता था। मन हो रहा था कि किसी तरह वह सिलसिला समाप्त हो, तो वहाँ से उठकर चलूँ। कमरे की सजावट काफ़ी अच्छी थी। भूरे रंग का मोटा गलीचा तो बहुत ही अच्छा था। कुरसी पर बैठे हुए पैर उसमें धँस-धँस जाता था। दीवारों पर तसवीरों के बड़े-बड़े फ्रेम लगे थे। आँखें उन पर अटकती नहीं थीं, उनमें खो जाती थीं। सोफ़े काफ़ी बड़े और खुले थे। मगर वह सबकुछ मुझे अपने से बहुत दूर का लग रहा था, शायद छोटे घरों में रहने के अभ्यास के कारण। रणधीर अपने एक लैंडस्केप के विषय में कुछ बता रहा था और मैं सोच रहा था कि वह सजावट उस घर के व्यक्तित्व को प्रकट करती है, या उस घर में रहने वाले लोगों के? या उन दोनों से अलग किसी और ही व्यक्तित्व को? बार-बार मेरा मन अपनी घड़ी की तरफ़ देखने को होता था, मगर सभ्यता के तकाज़े से मैं अपनी आँखों को कलाई की तरफ़ नहीं जाने देता था।

रणधीर अपने हर चित्र को दीवार पर लगाने से पहले एक छोटी-सी भूमिका बाँधता था और उसे उतारने के बाद भी उसके बारे में कुछ-न-कुछ बताता रहता था।

वह अपने हर चित्र की प्रेरणा के स्रोत के सम्बन्ध में लोगों को पूरी जानकारी दे देना चाहता था। मैंने अपनी घड़ी पर हाथ रख लिया था कि ग़लती से मेरी आँखें उस तरफ़ न चली जाएँ। सब लोग शीर्षकों का खेल उसी तरह खेल रहे थे। एक अपना शीर्षक रखता था, तो दूसरा उसे हटाकर अपना शीर्षक रखना चाहता था। पोलिटिकल सेक्रेटरी उस खेल का नायक था। वह किसी-किसी समय इतना शोर करता था कि मेरा ध्यान भी घड़ी से हटकर उसकी बात की तरफ़ चला जाता था।

सब चित्र दिखाकर रणधीर चेहरे पर एक उत्सुकता का भाव लिये हुए सोफ़े पर आ बैठा। सुभाष के चेहरे पर भी वैसी ही उत्सुकता नज़र आ रही थी कि शायद लोग अब उनके चित्रों पर कुछ टीका-टिप्पणी करें। मगर जब किसी ने कुछ नहीं कहा तो रणधीर बोला, 'देखिए, हम अपने चित्रों के सम्बन्ध में आप लोगों की सही राय जानना चाहते हैं। आप जानते हैं कि आप लोगों की राय हमारे लिए कितनी मूल्यवान हो सकती है।'

'मेरे ख़याल में तो सभी चित्र बहुत अच्छे थे,' पोलिटिकल सेक्रेटरी ने कहा। 'हम सब आपके आभारी हैं कि आप लोगों ने यहाँ आकर हमें अपनी कला से परिचित होने का अवसर दिया।'

'फिर भी कोई चीज़ जो आपको ज़्यादा पसन्द आई हो...।'

'मैंने कहा है न, मुझे सभी चित्र एक-से पसन्द आए हैं। सब-के-सब बहुत अच्छे हैं। बाक़ी मिस्टर गुलाटी और हमारा 'न्यू हेरल्ड' का दोस्त आपको ज़्यादा बता सकते हैं। आपको पता है हमारा यह दोस्त 'न्यू हेरल्ड' का आर्ट और ड्रामा क्रिटिक है! इसकी राय आपके लिए सबसे मूल्यवान हो सकती है। आप लोग अब कुछ देर आपस में बातचीत करें। मैं उतनी देर हरबंस को अपना घर दिखा दूँ। मैं बहुत दिनों से इस शख्स को अपने घर आने के लिए कह रहा था, मगर आज यह पहली बार आया है। आओ हरबंस, तुम्हें उधर के हिस्से दिखा दूँ।' कहता हुआ पोलिटिकल सेक्रेटरी उठ खड़ा हुआ। 'मैं अपनी स्टडी तुम्हें ख़ास तौर पर दिखाना चाहता हूँ। मैंने इधर कुछ नई किताबें मँगवाई हैं जिन्हें देखकर तुम्हें खुशी होगी। आओ, तुम्हें चुपचाप बैठे देखकर मुझे अच्छा नहीं लग रहा।'

हरबंस ने एक नज़र मेरी तरफ़ देखा और उठ खड़ा हुआ। 'मैं अभी आ रहा हूँ,' उसने बिना वजह मुझसे कहा और पोलिटिकल सेक्रेटरी के साथ चला गया।

'आपको वह जो एब्सट्रैक्ट था,' उनके चले जाने के बाद मिस्टर गुलाटी कहने लगे, 'जिसका शीर्षक मिस्टर मधुसूदन ने 'हिरोशिमा' बतलाया था, मैं उसके बारे में एक बात पूछना चाहता हूँ...।'

'नीलिमा, तुमने भी तो मेरा घर नहीं देखा है,' पोलिटिकल सेक्रेटरी की पत्नी नीलिमा से बोली। 'आओ, मैं तुम्हें ऊपर चलकर अपना टैरेस दिखलाऊँ। मैंने यह घर उस टैरेस की वजह से ही पसन्द किया था। तुम देखना पसन्द करोगी?'

'हाँ ज़रूर,' नीलिमा बोली। 'मैं जब से आई हूँ, तब से इस घर की एक-एक चीज़ को ध्यान से देख रही हूँ। यहाँ की छोटी-से-छोटी चीज़ से भी आपके टेस्ट का पता चलता है।'

'तो आओ। मैं तुम्हें अपना टैरेस ज़रूर दिखाना चाहूँगी।' पोलिटिकल सेक्रेटरी की पत्नी अपनी जगह से उठ खड़ी हुई। 'आप लोगों की कला-सम्बन्धी बातचीत में हम लोग क्या हिस्सा ले सकेंगी? मैं तो इस मामले में बिलकुल नासमझ हूँ। थोड़ी देर के लिए आप हमें क्षमा करेंगे? आओ नीलिमा!'

'तुम भी हमारे साथ ही क्यों नहीं चलते?' नीलिमा उठती हुई मुझसे बोली। 'अभी थोड़ी देर में हम लोग लौट आएँगे।'

मैं भी कला-सम्बन्धी बातचीत से बचना चाहता था, इसलिए मैंने मन में नीलिमा को इस सुझाव के लिए धन्यवाद दिया और झट ही उसके साथ चलने के लिए उठ खड़ा हुआ। 'क्षमा कीजिएगा, हम लोग अभी वापस आ जाएँगे,' पोलिटिकल सेक्रेटरी की पत्नी ने फिर कहा और हम लोग कमरे से बाहर निकल आए।

ऊपर का टैरेस काफ़ी खुला था और उसकी सबसे बड़ी विशेषता उसकी सादगी थी। वहाँ रखे हुए बेंत के मोढ़े और कुरसियाँ नीचे के कमरे की सजावट से बहुत भिन्न थे। नीचे बैठे हुए उस बहुमूल्य सजावट में अपना आप बहुत छोटा लगता था, मगर वहाँ आकर उस तुच्छता की अनुभूति से बहुत-कुछ छुटकारा मिल सकता था। मैं कुछ खुलेपन का अनुभव करता हुआ वहाँ एक कुरसी पर बैठ गया। मगर मुझे कुछ आश्चर्य हुआ जब पोलिटिकल सेक्रेटरी की पत्नी ने भी वहाँ आकर यही कहा, 'नीचे के कमरे में बैठे हुए तो कई बार मेरा दम घुटने लगता है। वहाँ दिन-रात लोग आते रहते हैं और उनसे एक ही तरह की बातें करनी होती हैं। मैं अपने पति की प्रशंसा करती हूँ जो इन बातों से थकता नहीं। इन बातों के साथ-साथ वह अपना काम भी करता जाता है। मगर मैं बहुत थक जाती हूँ। मुझे अपने घर में यह टैरेस ही एक ऐसी जगह लगती है जहाँ आकर मेरे मन को कुछ शान्ति मिलती है। पीछे हमारे घर में भी एक ऐसा ही टैरेस है और मैं यहाँ बैठकर कई बार अपने को वहीं बैठी हुई महसूस करती हूँ। सचमुच अपने घर के वातावरण के साथ आदमी का मन किस तरह जुड़ा रहता है!'

और वह हमें अपने वहाँ के घर के बारे में बहुत कुछ बतलाती रही कि वह इमारत किस तरह की बनी है, उसमें छोटा-सा बाग़ीचा कितना अच्छा है और उसमें उसने किस-किस तरह के फूल लगा रखे हैं। 'मैं बहुत उत्सुकता से अपने घर वापस जाने की राह देख रही हूँ,' उसने कहा। 'यहाँ हमारी टर्म का अब एक ही साल रहता है, उसके बाद शायद हम वापस चले जाएँगे। मैं तो कई बार सोचती हूँ कि बच्चों को लेकर पहले ही चली जाऊँ।'

नीलिमा कुछ देर टैरेस पर घूमती रही और वहाँ रखे गमलों में लगे हुए फूलों की प्रशंसा करती रही। 'तुम्हें सचमुच मेरा टैरेस अच्छा लगा?' पोलिटिकल सेक्रेटरी की पत्नी ने उससे पूछा।

'सचमुच यह बहुत अच्छी जगह है,' नीलिमा बोली। 'यहाँ आकर तो मन होता है कि एक कुरसी पर ढीले होकर पड़े रहें और आसमान की तरफ़ देखते रहें।'

'मैंने सोचा कि तुम भी वहाँ बैठी-बैठी ऊब गई होगी, इसलिए तुम्हें कुछ देर खुली हवा में ले आऊँ,' पोलिटिकल सेक्रेटरी की पत्नी ने कहा। 'अब नीचे चलें?'

'मेरा अभी यहाँ से जाने को मन नहीं हो रहा,' नीलिमा बोली। 'अगर मेरे घर में ऐसा टैरेस हो, तो मैं दिन का आधा वक़्त वहीं बैठी रहा करूँ।'

'मैं भी कई बार बहुत-बहुत देर तक यहाँ आकर बैठी रहती हूँ,' पोलिटिकल सेक्रेटरी की पत्नी बोली। 'यहाँ आकर मन की सारी ऊब और थकान दूर हो जाती है। मगर...मेरा ख़याल है अब चला ही जाए, क्योंकि वे लोग यह न सोचें कि पति-पत्नी दोनों हमें अकेला छोड़कर चले गए हैं। ऐटिकेट की माँग है कि...।' और वह एक हलकी-सी हँसी हँस दी। 'सचमुच एटिकेट की भी क्या-क्या माँग होती है!'

जब हम लोग नीचे आए, तो वहाँ कमरे में अस्वाभाविक-सी ख़ामोशी छाई थी। मिस्टर और मिसेज़ गुलाटी बिलकुल ख़ामोश बैठे थे और दोनों कलाकार बहुत धीरे-धीरे आपस में ही कुछ बात कर रहे थे। पोलिटिकल सेक्रेटरी की पत्नी ने वहाँ आकर उन लोगों से फिर क्षमा माँगी और मुसकराकर कहा, 'मैंने तो सोचा था कि आप लोगों में कला के मूल्यों के सम्बन्ध में ख़ूब गरमागरम बहस हो रही होगी और आप लोग यहाँ बिलकुल चुपचाप बैठे हैं। ठहरिए, मैं अभी अपने पति को बुला लाती हूँ, वही एक आदमी है जो इतनी बात कर सकता है कि किसी और के बात करने की ज़रूरत ही न रहे। वह और किसी को बात करने का मौक़ा ही नहीं देता। क्यों मिस्टर गुलाटी?'

'उनके रहने से महफ़िल में बहुत रौनक़ रहती है,' मिस्टर गुलाटी बोले। 'उन जैसा जानदार और ज़िन्दादिल आदमी मैंने बहुत कम देखा है।'

'तो मैं अभी उसे बुलाकर ला रही हूँ,' कहती हुई पोलिटिकल सेक्रेटरी की पत्नी फिर वहाँ से चली गई। वह लौटकर आई, तो उसके पीछे पोलिटिकल सेक्रेटरी भी वहाँ आ गया।

'मुझे बहुत-बहुत अफ़सोस है,' उसने आते ही कहा, 'कि मेरे चले जाने से यहाँ कला-सम्बन्धी बातचीत रुक ही गई। इसकी सारी ज़िम्मेदारी हमारे 'न्यू हेरल्ड' वाले दोस्त पर है। मैंने तो सोचा था कि मैं आपको एक आर्ट क्रिटिक के भरोसे छोड़कर जा रहा हूँ, मगर ये आर्ट क्रिटिक लोग जाने अपने को क्या समझते हैं कि आसानी से अपनी राय ही नहीं बताते! क़सूर मेरी पत्नी का भी है जो इस बेचारे को अपना टैरेस दिखाने ले गई। यह अपने टैरेस को दुनिया-भर की कला से ज़्यादा महत्त्वपूर्ण

समझती है। मैं पहले आप लोगों को संगीत का एक डोज़ देता हूँ। मैं कहा करता हूँ कि संगीत ही वह चीज़ है जो इन्सान के अन्दर एक नई रूह फूँक सकती है। संगीत और शराब! इन दोनों चीज़ों से अन्दर के सब जाले उतर जाते हैं। हम अभी दोनों का एक-एक डोज़ लेंगे। मगर पहले संगीत...।'

वह एक कवर खोलकर उसमें से रिकॉर्ड निकालने लगा, तो नीलिमा ने कहा, 'मगर मेरे पति को आप कहाँ छोड़ आए?'

'मुझे अफ़सोस है नीलिमा,' पोलिटिकल सेक्रेटरी हँसकर बोला। 'तुम्हारे पति को मैं तुमसे उधार माँगकर ले गया था, मगर वह मुझसे गुम हो गया है। मैं इसके लिए तुमसे बहुत-बहुत क्षमा-प्रार्थी हूँ।'

'वह अन्दर कुछ काग़ज़ देख रहा है,' उसकी पत्नी बोली। 'अभी आ जाएगा।'

'तो तुम्हें वह मिल गया?' पोलिटिकल सेक्रेटरी रिकॉर्ड छाँटता हुआ अपनी पत्नी से बोला। 'शुक्रिया! बहुत-बहुत शुक्रिया! तुमने मेरे सर से एक बोझ उतार दिया, नहीं तो मैं हमेशा के लिए नीलिमा के सामने शरमिन्दा रहता।' और कुछ रिकॉर्ड छाँटकर उन्हें रेडियोग्राम में लगाते हुए उसने नीलिमा से कहा, 'नीलिमा, तुमने देखा, मेरी पत्नी कितनी अच्छी है! मैं जब भी किसी के पति को गुम करता हूँ, यह फ़ौरन उसे ढूँढ़कर ले आती है। मैं कितनी ही बार इसका तजरबा कर चुका हूँ। यह लो, वह रहा तुम्हारा पति!'

हरबंस उधर से आया और आकर चुपचाप मेरे साथ वाली कुरसी पर बैठ गया। वह कुछ घबराहट में था क्योंकि बैठते हुए उसका एक पैर मेरे जूते पर पड़ गया। बैठते ही उसने एक सिगरेट सुलगा ली और पीछे को टेक लगाकर थोड़ा लम्बा हो गया।

रेडियोग्राम पर ऑर्केस्ट्रा आरम्भ हो गया था। पोलिटिकल सेक्रेटरी ऑर्केस्ट्रा की धुन के साथ-साथ घुटने हिलाता हुआ रिकॉर्ड छाँट रहा था। उसकी पत्नी कुछ देर के लिए उठकर बाहर चली गई और लौट आई। कुछ देर में एक बैरा एक ट्रे में शराब की बोतलें और गिलास ले आया।

'नीलिमा, तुमने मेरी पत्नी के सामने हमारे टैरेस की कुछ प्रशंसा की कि नहीं?' पोलिटिकल सेक्रेटरी बोला। 'एक चीज़ मैं तुम्हें बता दूँ। यह सिर्फ़ उन्हीं लोगों की प्रशंसा करती है जो इसके टैरेस की प्रशंसा करते हैं।'

'वह टैरेस है ही इतना अच्छा कि कोई उसकी प्रशंसा किए बिना रह नहीं सकता,' नीलिमा ने कहा।

'इसका मतलब है कि तुम मेरी पत्नी को पहली बार मिलने पर ही अच्छी तरह जान गई हो,' पोलिटिकल सेक्रेटरी फिर हँसा। 'तुम्हें इन्सान की ख़ूब पहचान है, यह मैं मान गया।' और उसने अपने गिलास को ऊँचा उठाकर कहा, 'टु द टैरेस!'

सब लोगों ने अपने-अपने गिलास होंठों से लगा लिये। पोलिटिकल सेक्रेटरी सहसा गिलास रखकर उठ खड़ा हुआ। 'संगीत और शराब के साथ तीसरी चीज़ है

नृत्य,' वह बोला। 'नीलिमा, तुम मेरी पार्टनर बनना स्वीकार करोगी? देखो, तुम मुझे इन्कार नहीं कर सकतीं। आओ...!'

नीलिमा भी अपना गिलास रखकर उठ खड़ी हुई और वह उसे साथ लेकर नाचने लगा। उसकी पत्नी ने हरबंस के पास जाकर अपना हाथ उसकी तरफ़ बढ़ा दिया। 'आओ हरबंस, मैं तुम्हारी पार्टनर बनकर तुम्हारे साथ नाचूँगी,' उसने कहा।

मगर हरबंस नहीं उठा। वह जिस तरह ढीला-सा बैठा था, उसी तरह बैठा रहा। 'मैं नाचना नहीं जानता,' वह धीरे से बोला।

'क्या?' पोलिटिकल सेक्रेटरी ने नीलिमा के साथ ग़लीचे पर चक्कर काटते हुए कहा। 'तुम इतने साल लन्दन में रहे और तुमने नाचना नहीं सीखा? नहीं, मैं यह बात नहीं मान सकता। नीलिमा इतना अच्छा नाचती है, तो यह कैसे हो सकता है कि तुम नाचना जानते ही नहीं? तुम्हारी यह बात मैं नहीं सुनूँगा। आज तुम्हें ज़रूर नाचना पड़ेगा। डार्लिंग, इसे हाथ से पकड़कर यहाँ ले आओ। देखें यह कैसे नहीं नाचता! और मिस्टर गुलाटी, आप भी उठिए। मिसेज़ गुलाटी नाचना जानती हैं, मुझे पता है। हमारा 'न्यू हेरल्ड' का दोस्त और ये कलाकार, इन बेचारों के लिए यहाँ कोई पार्टनर नहीं है, इसलिए ये सिर्फ़ बैठकर देखेंगे। आइए मिस्टर गुलाटी, प्लीज़...'

मिस्टर गुलाटी मिसेज़ गुलाटी को लेकर उठ खड़े हुए और बहुत सावधानी से धीरे-धीरे हिलने लगे। पोलिटिकल सेक्रेटरी की पत्नी ने हरबंस को भी हाथ से पकड़कर उठा लिया। हरबंस उसके साथ पहले चक्कर में ही लड़खड़ा गया। पोलिटिकल सेक्रेटरी ने सहसा नीलिमा का हाथ छोड़ दिया और हरबंस का हाथ अपने हाथ में लेकर उसे जल्दी-जल्दी चक्कर देने लगा। हरबंस का चेहरा कानों तक सुर्ख़ हो रहा था और उसका एक भी पैर सीधा नहीं पड़ रहा था। पोलिटिकल सेक्रेटरी उसे जिस तरफ़ को भी चक्कर देता था, वह उसी तरफ़ को लुढ़क जाता था। आख़िर उसने अपना हाथ छुड़ा लिया और कठिनाई से अपने को सँभाले हुए अपनी कुरसी पर लौट आया। पोलिटिकल सेक्रेटरी इस पर खिलखिलाकर हँसा और उसने फिर नीलिमा का हाथ थाम लिया। हरबंस का सुर्ख़ चेहरा कुरसी पर आकर भी काफ़ी देर ठीक नहीं हुआ और उसकी साँस काफ़ी तेज़-तेज़ चलती रही। पोलिटिकल सेक्रेटरी नीलिमा के साथ तेज़ क़दमों से नाचने लगा। मिस्टर और मिसेज़ गुलाटी तब भी मशीन के पुरज़ों की तरह लगभग एक ही जगह पर हिले जा रहे थे...।

वहाँ से लौटते हुए टैक्सी में आकर भी कुछ देर हरबंस का चेहरा अपने स्वाभाविक रंग पर नहीं आया था। वह आँखें मूँदे हुए उसी तरह ढीला-सा पड़ा रहा।

'क्या बात है हरबंस?' मैंने उसके कन्धे पर हाथ रखकर पूछा। 'तुम इस तरह निढाल क्यों हो रहे हो?'

'कुछ नहीं,' वह आँख खोलकर बोला। 'ऐसे ही तबीयत कुछ सुस्त हो गई है।'

'थकान की वजह से...?'

'कह नहीं सकता,' वह बोला। 'मेरी तबीयत यहाँ आने से पहले ही सुस्त हो रही थी।'

'कहीं फ़्लू तो नहीं है?'

हरबंस ने एक उसाँस भरी और फिर आँखें मूँद लीं। 'नहीं, फ़्लू नहीं है।'

'तुम जिस बात से बच रहे थे, क्या वही बात करने के लिए वह तुम्हें अपने साथ ले गया था?'

हरबंस ने चुपचाप सिर हिला दिया।

'तुम्हारी उदासी की यही वजह तो नहीं है?'

हरबंस चुप रहा।

'यहाँ तुम्हारी नौकरी की मियाद कब पूरी हो रही है?'

'इसी फ़रवरी में,' उसने कहा और सीट पर थोड़ा नीचे को सरक गया।

'और ये लोग तुम्हें कब से नौकरी दे रहे हैं?'

'उसके बाद से ही।'

'और तुम्हें इसमें एतराज़ है कि...?'

'मैं यह नौकरी नहीं करना चाहता,' वह बोला। 'तनख़ाह ये लोग बहुत अच्छी देंगे। जो तनख़ाह मुझे अब मिलती है, उससे तीन गुना ज़्यादा। मगर मेरा मन नहीं करता।'

'तुम्हारा तो दिमाग़ ख़राब है,' नीलिमा बोली। 'तुम्हें उस तरह भूखों रहना ज़्यादा अच्छा लगता है जैसे हम लोग लन्दन में रहते थे? तुम्हें यह पता है कि तुम एक महीना भी बेकार रहे, तो न तो तुम लड़के की फ़ीस दे सकते हो और न ही मकान का किराया अदा कर सकते हो।'

'हा-हा!' हरबंस बोला। 'यह बात तुम मुझसे ज़्यादा सोचती हो?'

'तुम अगर यह बात सोचते, तो इस तरह की बातें न करते।'

'तुम इस वक़्त ख़ामोश रहो और मुझे ख़ामोश रहने दो,' हरबंस बोला। 'जो बात करनी हो, घर चलकर करना।'

'मैं ख़ामोश हूँ और घर चलकर भी ख़ामोश रहूँगी,' नीलिमा बोली। 'तुम करोगे तो वही जो तुम्हारे मन में आएगा। किसी और की सुनोगे थोड़े ही! मगर मेरी ज़िन्दगी की तरह क्या तुम लड़के की ज़िन्दगी भी तबाह करने पर तुले हुए हो?'

हरबंस अपने को झटककर सीधा हो गया। उसने अपनी अन्दर की ज़ेब से दो काग़ज़ निकाल लिये और उन्हें गोल करते हुए कहा, 'मेरा मन होता है कि इन्हें यहीं फाड़कर फेंक दूँ।'

'ये हैं क्या?' मैंने पूछा।

'वे फ़ॉर्म हैं जो उसने मुझे भरने के लिए दिए हैं।'

'ये फ़ॉर्म तुम मुझे दे दो,' नीलिमा ने छीनने की तरह उसके हाथ से फ़ॉर्म ले लिये। 'तुम यह अच्छी तरह जानते हो कि तुम्हें अकेले अपनी ही ज़िन्दगी को नहीं देखना है, कुछ दूसरे लोगों की ज़िन्दगी भी तुम्हारे साथ जुड़ी हुई है। तुम इस वक़्त नशे में हो। जो बात सोचनी हो, नशा उतरने पर ही सोचना।'

'मैं नशे में नहीं हूँ,' हरबंस हवा लेने के लिए टैक्सी की खिड़की पर झुक गया। 'मैं पीते वक़्त तुम्हारी तरह नहीं पीता। अपना कुछ होश रख लेता हूँ।'

'ये तुम होश की ही तो बातें कर रहे हो!' नीलिमा बोली। फिर मेरी तरफ़ देखकर उसने कहा, 'यह थोड़ी-सी भी पी लेता है, तो वह इसके दिमाग़ में चढ़ जाती है। मैंने कितनी बार इससे कहा है कि एक पेग से ज़्यादा न पिया करो।'

'वैसे शराब काफ़ी तल्ख़ थी,' मैंने कहा। 'मेरा अपना सिर चकरा रहा है।'

'तुम्हें भी ज़्यादा नहीं पीनी चाहिए,' नीलिमा बोली। 'ज़रा-सी पीकर तुम्हारी आँखें लाल होने लगती हैं और तुम भी बहकी-बहकी बातें करने लगते हो।'

अरुण उसके कन्धे के साथ सटकर सोया हुआ था। वह एक बार थोड़ा कुनमुनाया और फिर उसी तरह सो गया। उसके बाद हम तीनों ख़ामोश बैठे रहे। मेरी आँखों के सामने न जाने क्यों बार-बार वह दृश्य आ जाता था जब हरबंस नाचने की चेष्टा करता हुआ इधर-उधर लुढ़क रहा था। सामने से आती हुई गाड़ियों की बत्तियाँ उल्काओं की तरह तेज़ी से हमारे पास से गुज़र जाती थीं। सड़क एक तड़पते हुए अजगर की तरह बार-बार करवट लेकर रुख बदल लेती थी। मैं बार-बार उचककर यह देखने की चेष्टा कर रहा था कि हम लोग किस सड़क से जा रहे हैं, मगर सड़क का भूगोल उस समय मेरी समझ में नहीं आ रहा था...।

4
खंड

दिल्ली कला-निकेत ने नीलिमा को स्पांसर करने का भार अपने ऊपर ले लिया था।

नीलिमा ने कुछ लोगों को घर पर खाने पर बुला रखा था। उन लोगों में मैं भी था। जिन और लोगों को बुलाया गया था, उनमें सुषमा श्रीवास्तव और गजानन के अलावा दो-एक पत्रकार थे, पोलिटिकल सेक्रेटरी, उसकी पत्नी और उसी दूतावास से सम्बन्ध रखने वाले कुछ और लोग थे और दिल्ली कला-निकेत का मन्त्री जियालाल गुप्ता था।

हरबंस इस शो के लिए बड़ी मुश्किल से राज़ी हुआ था। कई दिन वह उस सम्बन्ध में डाँवाडोल रहा था और उसकी स्वीकृति लेने के लिए नीलिमा ने उसके साथ काफ़ी बहस की थी और एकाध बार रोई भी थी। 'मैं अपनी वजह से नहीं कहता सूदन,' हरबंस ने मुझसे कहा था। 'सिर्फ़ अरुण की वजह से कहता हूँ। यह रात-दिन अपनी तैयारी में लगी रहेगी, तो उतने दिन उसकी देखभाल कौन करेगा? सुबह इसकी घर पर प्रैक्टिस होगी और दोपहर को यह अपने गुरु के यहाँ चली जाया करेगी। लड़का अभी इतना छोटा है कि उसे अकेला रखने की बात मैं सोच भी नहीं सकता। मुझे दफ़्तर न जाना हो, तो मैं ख़ुद उसे सँभाल लूँ। एक बजे वह नर्सरी से लौट आता है। घर आने पर उसे हम दोनों में से कोई भी नहीं मिलेगा, तो वह रो-रोकर अपनी जान हलाक नहीं कर लेगा?'

नीलिमा का सुझाव था कि उतने दिनों के लिए कोई आया रख ली जाए, मगर हरबंस को यह भी स्वीकार नहीं था। उसका कहना था कि एक तो वह आया का ख़र्च नहीं उठा सकता और दूसरे वह लड़का आया के सँभालने से नहीं सँभलेगा। 'फिर मुझसे कहा जाएगा कि मैं शो के लिए टिकट भी बेचूँ,' उसे एक एतराज़ यह भी था। 'मैं एक बार इस तरह का झंझट मोल ले चुका हूँ, अब फिर से उसी झंझट में नहीं पड़ना चाहता।'

मगर आख़िर किसी तरह वह मान गया। नीलिमा इस बात से बहुत उत्साहित थी कि दिल्ली कला-निकेत की ओर से उसे स्पांसर किया जा रहा है। 'तुम्हें पता है गजानन हमेशा उनके कार्यक्रमों की प्रशंसा करता है?' उसने मुझसे कहा था। 'दूसरे

लोग भी गुप्ता से और उनकी प्रधान मिसेज़ चतुर्वेदी से डरते हैं और कार्यक्रम ज़्यादा अच्छा न भी हो, तो भी उसकी समीक्षाएँ बुरी नहीं निकलतीं। क्या मेरे लिए यह बहुत बड़ी बात नहीं है कि मुझे दिल्ली कला-निकेत का नाम मिल गया है? वे लोग हमेशा बड़े-बड़े कलाकारों के ही कार्यक्रम रखते हैं। शची और कामिनी को भी पहले-पहल इन्हीं लोगों ने स्पांसर किया था। मैं तो कभी सोचती भी नहीं थी कि ये लोग मुझे स्पांसर करेंगे। मिसेज़ चतुर्वेदी मुझसे बहुत खार खाती हैं। एक बार उन्होंने मुझसे अपने एक नाटक में हिस्सा लेने के लिए कहा था तो मैंने मना कर दिया था। तब अरुण बहुत छोटा था और हरबंस बिलकुल इस बात के हक़ में नहीं था। मिसेज़ चतुर्वेदी आज तक उस बात को भूली नहीं हैं।'

मिसेज़ चतुर्वेदी नीलिमा से खुश नहीं हैं, यह बात मैं जानता था। मगर रमेश खन्ना का जियालाल गुप्ता से काफ़ी अच्छा परिचय था और उसी के प्रयत्न से दिल्ली कला-निकेत ने नीलिमा के नृत्य का प्रदर्शन रखने का बीड़ा उठाया था। रमेश ने शायद गुप्ता को यह आश्वासन भी दिया था कि हरबंस का दो-एक दूतावासों में काफ़ी अच्छा परिचय है, इसलिए वह उनके पच्चीस-पच्चीस और दस-दस के सौ-एक टिकट वहाँ बिकवा देगा। हरबंस इस ज़िम्मेदारी को अपने ऊपर लेने से कतराता था, मगर नीलिमा के हठ को देखते हुए वह इसके लिए भी राज़ी हो गया था। 'मैं इसका कोई आश्वासन नहीं देता कि मैं इतने या उतने के टिकट बेच दूँगा,' उसने फिर भी कहा था। 'मुझसे जितनी थोड़ी-बहुत कोशिश हो सकेगी, वह मैं कर दूँगा।'

कहने को उसने जो कहा हो, मगर एक बार निश्चय हो जाने पर वह इस तरह इस काम पर जुट पड़ा था जैसे वह आयोजन दिल्ली कला-निकेत का न होकर उसका अपना ही हो। कई दिनों से वह अपने दफ़्तर के काम को भूलकर इधर-उधर जाने, लोगों से मिलने और टिकट बेचने में लगा हुआ था। सुबह नाश्ता करके वह निकल जाता और एक राउण्ड लगाकर ग्यारह बजे के लगभग दफ़्तर पहुँचता। वहाँ से लंच के समय उठकर फिर निकल जाता और तीन या चार बजे वापस दफ़्तर जाता। शाम को छः बजे के बाद उसका तीसरा राउण्ड लगता था। वह अपने हर मित्र और परिचित के यहाँ एक-एक दो-दो बार हो आया था। मगर उसे जितनी सफलता की आशा थी, उतनी सफलता उसे नहीं मिल रही थी, क्योंकि जिस दिन शो रखा गया था, उसी दिन एक अन्तर्राष्ट्रीय सम्मेलन आरम्भ हो रहा था और दो-एक नए नाटक हो रहे थे। हरबंस ने इसे अपने सम्मान का सवाल बना लिया था, इसलिए जितने के टिकट बेचता था, लगभग उतने ही पैसे कई बार टैक्सी पर ख़र्च कर आता था। घर आकर वह इस पर फिर कुढ़ता था कि क्यों उसने व्यर्थ ही अपने को इस मुसीबत में डाल लिया है जिससे अक्सर रात को खाने के समय उसमें और नीलिमा में एक झड़प हो जाती थी। नीलिमा सोचती थी कि वह अपने दोस्तों के पास जाकर उनसे

इधर-उधर की बातें करके लौट आता है; उसे या तो टिकट बेचने की बात का ध्यान ही नहीं रहता या वह लोगों से उस बारे में बहुत सरसरी तौर पर कहता है। 'यह चौधरी के यहाँ दो बार हो आया था,' वह मुझसे कहती। 'दोनों बार इसने उससे टिकट ख़रीदने की बात नहीं की। मैं तीसरी बार इसके साथ गई, तो उसे दस-दस के पाँच टिकट दे आई। वह इतना अमीर आदमी है और बिलकुल अकेला है। किसी तरह की ज़िम्मेदारी उस पर है नहीं। चार-पाँच उसके पिछलगुए हैं जो हमेशा उसके साथ रहते हैं। कहता था कि उस दिन फ़ौलाद के कोटा-होल्डर्स की एक मीटिंग है। मैंने उससे कहा कि तुम आओ चाहे न आओ, टिकट तुम्हें ज़रूर ख़रीदने होंगे। हरबंस घर आकर मुझसे लड़ता रहा कि जो लोग देखने के लिए नहीं आ सकते, उनसे मैं टिकट ख़रीदने के लिए क्यों कहती हूँ। मैं कहती हूँ कि अगर हम लोग इसी घोंघापंथी में पड़े रहेंगे, तो हम कर क्या सकेंगे? अगर यही सब बातें सोची जाएँ, तो कोई भी नया कलाकार ऊपर कैसे उठ सकता है? कला-निकेत वालों को अगर इस बार घाटा उठाना पड़ा, तो वे आगे कभी मेरी बात पूछेंगे? जिन कठिनाइयों में से आज मुझे गुज़रना पड़ रहा है, पहले दूसरे लोगों को भी तो उन्हीं में से गुज़रना पड़ा है। शची आज भारतीय संस्कृति केन्द्र की प्रधान है मगर शुरू-शुरू में अपने पैर ज़माने के लिए उसे कितना संघर्ष करना पड़ा है, यह तुम कभी उसके मुँह से ही सुनो, तो तुम्हें पता चले।'

तेईस जनवरी को कला-भवन में शो रखा गया था और ज्यों-ज्यों वह दिन पास आ रहा था, त्यों-त्यों हरबंस की घबराहट बढ़ती जा रही थी। उसकी स्थिति उस व्यक्ति की तरह थी जो परीक्षा के नाम से नाक-भौं चढ़ाता हो कि व्यक्ति की योग्यता की सच्ची परख इन परीक्षाओं से नहीं हो सकती, मगर परीक्षा की तैयारी करने में जिसके हाथ-पैर फूल रहे हों। वह नीलिमा से शिकायत करता था कि उसे इन दिनों सिवाय अपने शो के और कोई बात नहीं सूझती और वह सारा समय उसी विषय में बात करके उसे परेशान करती रहती है, मगर नीलिमा से कहीं ज़्यादा वह बात उसके अपने दिमाग़ पर सवार थी। वह दफ़्तर में बैठा हुआ भी उसी बारे में लोगों को फ़ोन करता रहता था। उसका हाल देखकर ऐसा लगता था जैसे नीलिमा की जगह उसी को मंच पर जाना हो हालाँकि वह कहता यही था, 'यह अभी से इतनी नर्वस हो रही है, तो जाने मंच पर जाकर यह क्या करेगी! मैं इससे कितनी बार कहता हूँ कि अगर तुम इस सारी चीज़ को बहुत ठहराव के साथ नहीं लोगी, तो शो के दिन तुमसे कुछ भी नहीं हो सकेगा। शो हो रहा है, ठीक है। इसमें इतना महत्त्व देने की क्या बात है? अच्छा होगा, तो भी ठीक है। नहीं होगा तो भी ठीक है।'

मगर नीलिमा पर उसकी बात का जितना असर होता था, उससे कहीं कम असर उसके अपने ऊपर होता था। ज्यों-ज्यों प्रदर्शन का दिन पास आ रहा था, वह पहले

से और नर्वस होता जा रहा था। उन दिनों उसकी भूख भी पहले से कम हो गई थी और उसकी आँखों से लगता था कि वह रात को पूरी नींद सोता भी नहीं है। पहले वह जहाँ दिन में सिगरेट के तीन पैकेट पीता था, वहाँ उनकी संख्या अब चार-चार पाँच-पाँच तक पहुँच जाती थी। वह उस विषय में बात भी करता था, तो उसके हाथ ज़रा-ज़रा काँपने लगते थे। वह इस स्थिति को छिपाने के लिए कहता, 'मुझे आजकल दफ़्तर में इतना काम है, इतना काम है कि मैं तुम्हें बता नहीं सकता। मुझे जो रिपोर्टें तैयार करनी थीं, वे अभी तक नहीं कर पाया। मेरा बॉस हर रोज़ कम-से-कम एक बार मुझे अपने कमरे में बुलाकर डाँट पिला देता है। मुझे तो डर लगता है कि फ़रवरी का महीना आने से पहले ही वह मुझे डिसमिस न कर दे। मेरे मन में इस वजह से इतना तनाव रहता है कि मैं हर समय अपने को एक खन्दक के ऊपर खड़ा महसूस करता हूँ। लगता है कि अब गिरा कि अब गिरा।'

खाने पर लोगों को बुलाने की बात पहले साज़िन्दों, गायिकाओं तथा दूसरे कार्यकर्ताओं को बुलाकर उनमें एक टीम की भावना पैदा करने की दृष्टि से आरम्भ हुई थी। हरबंस का ख़याल था कि बिना इस तरह की भावना के वे लोग उतना अच्छा शो नहीं दे सकेंगे जितना कि होना चाहिए। अब जबकि निश्चय हो ही गया है, तो सबकुछ एकदम पहले दरजे का होना चाहिए। 'अगर तुम्हें सचमुच इस क्षेत्र में नाम पैदा करना है,' उसने नीलिमा से कहा था, 'तो तुम्हारा प्रदर्शन ऐसा होना चाहिए कि हर देखने वाले को लगे कि वह उसके पहले के देखे हुए प्रदर्शनों से बहुत भिन्न है। अगर इस बार कहीं कुछ चूक हो गई, तो आगे हमेशा के लिए तुम्हारी गिनती सेकेंड रेट कलाकारों में होने लगेगी। जो एक बार फ़र्स्ट रेट मान लिया जाता है, वह हमेशा फ़र्स्ट रेट रहता है, फिर चाहे वह ज़िन्दगी-भर झख मारता रहे। मगर जिसके साथ एक बार सेकेंड रेट होने का बिल्ला लग गया, वह फिर चाहे ज़िन्दगी-भर अच्छे-से-अच्छे प्रदर्शन करे, लोग उसकी प्रशंसा बहुत संरक्षणात्मक ढंग से ही करेंगे और उसे 'अच्छा सेकेंड रेट' ही मानेंगे, कोई उसे फ़र्स्ट रेट मानने को तैयार नहीं होगा। मैं इसीलिए कहता था कि तुम अभी दो-एक साल और ठहर जातीं, तो...।'

'यही सोचते हुए तो इतने साल निकल गए हैं,' नीलिमा ने चिल्लाकर कहा था। 'यही सोचते-सोचते मैं आज चौंतीस की हो गई हूँ। तुम समझते हो कि मैं जब बुड्ढी हो जाऊँगी, मेरे गाल लटक जाएँगे और शरीर थलथल हो जाएगा, तभी मैं प्रदर्शन करने के लायक़ होऊँगी? तुम यह क्यों नहीं कहते कि तुम इस तरह की बहानेबाज़ी से मुझे हमेशा के लिए लटकाए रखना चाहते हो जिससे तुम्हारी तरह मैं भी ज़िन्दगी में न कुछ कर सकूँ और न ही कुछ बन सकूँ...।'

जब नीलिमा इस तरह बात करती थी, तो हरबंस चुप हो जाता था। वह अपने

अन्दर डुबकी लगाकर कुछ देर सोचता रहता था और फिर चुपचाप कन्धे हिलाकर या एक निःश्वास छोड़कर अपने को बहाव के हवाले कर देता था। 'तुम मेरी बात का मतलब समझने की कोशिश किया करो,' वह कहता। 'हमेशा औरतों का यह झक्कीपन मत दिखाया करो। मेरा कहने का मतलब यह है कि...।'

यह नहीं कि नीलिमा उसका मतलब नहीं समझती थी। मगर वह इतनी उतावली में थी और पास आते हुए चालीसवें साल से इतनी डरी हुई थी कि धैर्य रखने या एक साल भी और इन्तज़ार करने की बात से वह तिलमिला जाती थी। 'मैं ज़िन्दगी में कुछ कर सकती हूँ या नहीं, इसका फ़ैसला इसी बार हो जाएगा,' वह कहती। 'मैं घर बैठकर चुपचाप इन्तज़ार नहीं कर सकती, और एक दिन भी नहीं कर सकती।'

'यह तुम्हारी मरज़ी है,' हरबंस उस स्थिति के सामने आत्म-समर्पण करते हुए कहता। 'मैं जो महसूस करता हूँ, तुमसे कह देता हूँ। तुम जल्दबाज़ी में ख़तरा मोल लेना चाहती हो, तो उसमें मैं क्या कर सकता हूँ? तुम जैसा चाहो, करो।'

साज़िन्दों और दूसरे सहयोगी कलाकारों को बुलाने की बात गुप्ता को पसन्द नहीं आई थी। उसका ख़याल था कि प्रेस के कुछ लोगों और दूतावास के जिन महत्त्वपूर्ण व्यक्तियों से हरबंस का परिचय हो, उन्हें खाने पर बुलाना ज़्यादा उपयोगी होगा। आख़िर शो की सफलता का वही पक्ष तो सबसे महत्त्वपूर्ण था। कलाकारों को तो अपनी कला का प्रदर्शन करना ही था, असली सवाल तो उस प्रदर्शन की परीक्षा का था जो प्रेस के लोगों को करनी थी। उनकी टिप्पणियों पर ही तो प्रदर्शन की सफलता या असफलता निर्भर करती थी। अन्दरूनी क़िलेबन्दी की बजाय अगर बाहरी क़िलेबन्दी की जाए, तो वह क्या अधिक सार्थक सिद्ध नहीं हो सकती थी? उसका कहना था कि कलाकारों को तो प्रदर्शन के बाद ही एक अच्छी-सी दावत देनी चाहिए; इस समय प्रदर्शन के दूसरे पक्ष को, जो कि ज़्यादा ठोस पक्ष था, सँभालने की ज़रूरत है। दूतावास के लोगों को बुलाने का हरबंस ने विरोध किया, तो गुप्ता ने उस सम्बन्ध में और भी हठ दिखलाया था। 'एक नई कलाकार को स्पांसर करना बहुत बड़े रिस्क का सवाल है साहब,' उसने कहा। 'उस रिस्क को थोड़ा-बहुत कम करने का यही एक तरीक़ा है। किसी भी शो का ख़र्च दो-दो तीन-तीन रुपए के टिकटों से पूरा नहीं होता। बहुत-कुछ इस पर निर्भर करता है कि हम आगे की पंक्तियों के कितने टिकट बेचते हैं। रमेश खन्ना से इस बारे में मेरी पहले ही बात हो गई थी। आपको उन लोगों को बुलाना चाहिए और ज़रूर बुलाना चाहिए।'

गुप्ता का तो ख़याल था कि सभी छोटे-बड़े अख़बारों के कला-समीक्षकों को खाने पर बुलाना चाहिए और उन्हें अच्छी कॉकटेल देनी चाहिए, मगर इस एक बात पर हरबंस अड़ गया था। 'मैं सबको कैसे बुला सकता हूँ?' उसने कहा था। 'जिन लोगों

को कुछ तजरबा है और जिन्हें कला की कुछ जानकारी है उन्हें बुलाना तो कुछ समझ में आता भी है। गजानन को मैं सीधी आँख से देख भी नहीं सकता, मगर उसे बुलाया जाए इसमें मुझे कोई एतराज़ नहीं। मगर उन नौसिखियों को बुलाने के हक़ में मैं बिलकुल नहीं हूँ जो कल तक स्कूलों में पढ़ते थे और छः-छः महीने से बिना किसी समझ के इस विषय में क़लम-घिसाई करने लगे हैं। जो लड़का आजकल 'हिन्द पत्रिका' के लिए समीक्षाएँ लिखता है, वह किसी ज़माने में मेरी क्लास में पढ़ता था। क्लास के नालायक़ लड़कों में वह था। उससे शेक्सपीयर के हिज्जे तक तो ठीक से लिखे नहीं जाते थे, और आज उसकी भी गिनती यहाँ के कला-समीक्षकों में है। अगर उसे भी खाने पर बुलाना हो, तो मैं खुद उस समय घर पर नहीं रहूँगा। मेरे न रहने से काम चल सकता हो, तो आप लोग चाहे जिसे खाने पर बुला लें।'

मगर गुप्ता जानता था कि हरबंस के न रहने से काम नहीं चल सकता। उसे हरबंस की हील-हुज्जत ठीक नहीं लगती थी, फिर भी उसने सब अख़बारों के प्रतिनिधियों को बुलाने का हठ नहीं किया।

अन्त में जो सूची बनी, उसमें अख़बारों के प्रतिनिधि चार-पाँच ही थे। उस दिन उनमें यहाँ मेरा निमन्त्रण भी एक मित्र के रूप में न होकर 'न्यू हेरल्ड' के प्रतिनिधि के रूप में ही था। खाने का समय आठ बजे से था मगर मैं सात बजे के लगभग उनके यहाँ पहुँच गया। जिस समय मैं उनके घर में दाख़िल हुआ, उस समय बाँके की डाँट-डपट चल रही थी। बाँके के हाथ से एकाध प्लेट गिरकर टूट गई थी। नीलिमा ने उसे इस बुरी तरह डाँट दिया था कि उसका सूखा चेहरा पहले से कहीं ज़्यादा ज़र्द पड़ गया था। वह एक मशीन की तरह हर आदेश का पालन कर रहा था। जो चीज़ उससे रखने को कहा जाता, वह रख देता और जो उठाने को कहा जाता, वह उठा देता। उसके पास काम करने के लिए जैसे सिर्फ़ हाथ ही रह गए थे, उसकी इच्छा और सोचने की शक्ति जैसे बिलकुल जवाब दे गई थीं। सख़्त-से-सख़्त शब्दों में दिए गए आदेश के उत्तर में भी उसकी ज़बान नहीं हिलती थी।

मगर प्लेट का टूटना एक बहाना ही था। हरबंस और नीलिमा दोनों उस समय इतने खिंचे हुए थे कि वे किसी-न-किसी पर चिल्लाकर ही अपना मन हलका कर सकते थे। अगर बाँके से प्लेट न टूटती, तो शायद वे कोई और वजह ढूँढ़कर एक-दूसरे पर चिल्लाने लगते। हरबंस उस समय ड्योढ़ी की बत्ती पर नया शेड लगा रहा था। शेड लगाकर वह नीचे उतरने लगा, तो सीढ़ी नीचे से फिसल गई जिससे उसे थोड़ी चोट आ गई। चोट को चुपचाप पीकर उसने सीढ़ी हटाई और मेरे साथ बैठक के कमरे में आ गया। वहाँ कुरसी पर बैठते ही उसका बाँध एकदम टूट गया।

'मुझसे यह सब नहीं होगा, नहीं होगा, नहीं होगा,' उसने पागलों की तरह कहा और दूर के सफ़र से आए हुए व्यक्ति की तरह क़ुरसी पर ढीला हो गया।

'तुम यह काम बाँके के सुपुर्द कर सकते थे,' मैंने कहा। मेरा ख़याल था कि वह अपने गिरने और चोट खाने के विषय में बात कर रहा है।

'मैं इन छोटे-छोटे कामों के बारे में नहीं कह रहा,' वह बोला। 'मेरा मतलब है मुझसे यह फ़िजूल का झंझट नहीं उठाया जाता, मैं यह सब बरदाश्त नहीं कर सकता। यह कोई बात है कि मैं दुनिया के सारे काम-धन्धे छोड़कर सिर्फ़ इसलिए हो रहूँ कि घर में कुछ लोगों की आवभगत करूँ, उन्हें खाना खिलाऊँ, उनसे चिकनी-चुपड़ी बातें करूँ और उनकी कही हुई मूर्खतापूर्ण बातें सुनकर भी चुप रहूँ जिससे वे मेरी पत्नी के नृत्य की प्रशंसा करें या उसके शो के लिए पच्चीस-पच्चीस रुपए के कुछ टिकट ख़रीद लें। अगर मेरे दिल से पूछा जाए, तो मैं इसे एक तरह की वेश्यावृत्ति समझता हूँ।'

'तुम समझते हो कि तुम इस तनाव में रहकर स्थिति को अब से अच्छी बना लोगे?' मैंने कहा। 'जब तुमने एक काम का बीड़ा उठा ही लिया है, तो ज़्यादा अच्छा यही नहीं है कि जैसे भी हो अब ठीक मन से उसे पूरा कर डालो? एक तो काम की परेशानी है, उसके साथ वह दुविधा की परेशानी भी मोल ले लोगे, तो उसका नतीजा क्या होगा? अपने-आपको कोसते भी रहोगे, और काम भी ठीक से नहीं होगा।'

'मगर मैं पूछता हूँ कि मैं यह सब क्यों कर रहा हूँ?' वह इस तरह बोला जैसे उसे अपने आसपास के हर दरो-दीवार से शिकायत हो और वह उन सबसे अपने सवाल का जवाब चाहता हो। 'मैं किसलिए इस पचड़े में पड़कर अपने को बेहाल कर रहा हूँ? मैं अपने दिल से इन सब चीज़ों से नफ़रत करता हूँ, फिर भी मैं क्यों इन चीज़ों में घसीटा जा रहा हूँ? क्यों मुझे यह हक़ नहीं है कि मैं इन सब चीज़ों से अपने को अलग रख सकूँ? मैं सिर्फ़ इतना चाहता हूँ कि अकेले मुझे इस सबसे अलग छोड़ दिया जाए, और फिर जो भी इन लोगों के मन में आए, ये करें। इनके लिए यह सफलता और ख्याति का सवाल हो सकता है, मगर मेरे लिए...मुझे अपने लिए इसमें सिवाय दुर्गति के और कुछ दिखाई नहीं देता। जिन लोगों को इस कीचड़ में चलकर कमल तोड़ने हैं, वे तोड़ते रहें, मगर मुझे अपने साथ इस कीचड़ में न घसीटें। मैं बाहर रहना चाहता हूँ, इसलिए मुझे बाहर रहने दें। मेरे लिए तो यह सवाल कैरियर और ख्याति का नहीं है, और हो भी तो इस रास्ते से मिलने वाली ख्याति पर मैं लानत भेजता हूँ।'

नीलिमा साथ के कमरे में मेज़ ठीक करा रही थी। उसे शायद लगा कि ये बातें उसी को सुनाई जा रही हैं, इसलिए वह काम छोड़कर बैठक में आ गई। उसका चेहरा

भी उस समय असाधारण रूप से कठोर हो रहा था जिससे वह न केवल काफ़ी थकी हुई लग रही थी, बल्कि उम्र से कुछ बड़ी भी लग रही थी। नीलिमा के सम्बन्ध में यह बात मैंने पहले भी लक्ष्य की थी कि जब वह प्रसन्न होती थी तो काफ़ी युवा लगती थी, मगर जब उसके मन में खीझ भरी होती थी तो वह अपनी उम्र से कुछ साल बड़ी लगने लगती थी।

'मैं आ सकती हूँ?' उसने दहलीज़ के पास रुककर कहा और अन्दर आ गई। मिस्र की मूर्तियों की तरह उसके चेहरे के तीखे नक्श उस समय और थी तीखे लग रहे थे।

'क्यों नहीं!' हरबंस ने उसके दहलीज़ लाँघते-लाँघते कहा। 'तुम्हारे लिए दुनिया के सब दरवाज़े हमेशा खुले हैं।'

'तुम फिर मुझसे लड़ना चाहते हो?' नीलिमा दीवान पर बैठती हुई बोली। 'मैं अच्छी तरह जानती हूँ कि तुम आज ये बातें किसलिए कर रहे हो।'

'तुम जानती हो! हा-हा!' हरबंस बोला। 'तुम दुनिया में सबकुछ जानती हो। ऐसा भी कुछ है जो तुम नहीं जानतीं?'

'तुम सिर्फ़ इसी हीन-भावना के शिकार हो कि लोग मुझे तुमसे ज़्यादा जानते हैं और उनमें जो बात होती है वह तुम्हारे विषय में न होकर मेरे विषय में होती है। तुम्हें यह बात खा जाती है कि लोग तुम्हारी चर्चा नीलिमा के पति के रूप में करते हैं। तुम्हें डर लगता है कि अगर मेरा प्रदर्शन सफल हुआ, तो लोग मुझे और ज़्यादा जानने लगेंगे और तुम अपने को और छोटा महसूस करोगे। यही चीज़ है जो तुम्हारे गले से नहीं उतरती और इसलिए तुम चाहते हो कि किसी तरह यह आयोजन सफल न हो जिससे तुम बाद में मेरा मज़ाक उड़ा सको और अपने पर गुमान कर सको।'

हरबंस बात कर रहा था, तो मेरी सहानुभूति नीलिमा के साथ थी, मगर जब नीलिमा बात करने लगी, तो मुझे हरबंस से सहानुभूति होने लगी। हरबंस की जगह मैं होता, तो शायद आधी बात भी न सुन सकता और गुस्से से पागल हो जाता। मगर हरबंस एक घायल नज़र से नीलिमा की तरफ़ देखता रहा और जब वह बोल चुकी, तो उसने सिर्फ़ कन्धे हिला दिए। 'मैं तुमसे पहले भी कह चुका हूँ कि ये सब बेवकूफ़ी की बातें मैं नहीं सुनना चाहता,' उसने कहा। 'अगर मुझे तुमसे ईर्ष्या ही होती, तो तुम हज़ार चाहतीं, तो भी मैं तुम्हें कुछ न करने देता। मगर मुझे इस बारे में बहस नहीं करनी है। तुम इसे मेरी ईर्ष्या समझ लो या जो भी समझ लो। मगर मैं सिर्फ़ इतना चाहता हूँ कि तुम मुझे इस बक-बक से बाहर रहने दो। मुझे इस बात का ज़रा भी अफ़सोस नहीं है कि मैं एक साधारण आदमी हूँ और ज़िन्दगी-भर एक साधारण आदमी ही रहूँगा। मगर ऐसा कोई काम मैं क्यों करूँ जिसे करने में मेरा मन कुढ़ता है और मेरी आत्मा को ग्लानि होती है? तुम अपना प्रदर्शन करो, नाम

कमाओ और जो चाहे करो, मगर मेरी तुमसे इतनी ही प्रार्थना है कि मुझे तुम इसमें एक औज़ार बनाकर इस्तेमाल न करो। मुझे चिढ़ है तो इसी बात से कि मैं एक ऐसी चीज़ के लिए इस्तेमाल किया जा रहा हूँ जिसके लिए मेरे मन में कोई उत्साह नहीं है। और उत्साह न होने की ही बात नहीं है, मुझे उस चीज़ से नफ़रत है।'

नीलिमा कुछ क्षण चुप रही और फिर सहसा तुनककर बोली, 'तुम्हें जिस चीज़ से नफ़रत है, वह मैं अच्छी तरह जानती हूँ। और मेरा मुँह खुलवाओगे, तो मैं यह भी कहूँगी कि मैं तुम्हें अपने लिए इस्तेमाल नहीं कर रही, तुम मुझे अपने लिए इस्तेमाल कर रहे हो।'

'मैं तुम्हें अपने लिए इस्तेमाल कर रहा हूँ?' हरबंस एकदम सीधा होकर बैठ गया। 'तुम्हें यह कहते हुए शरम नहीं आती?'

'तुम्हें शरम नहीं आती, तो मुझे क्यों आएगी?' नीलिमा बोली। 'यह तुम भी अच्छी तरह जानते हो कि कौन किसे इस्तेमाल कर रहा है। कुछ लोगों के साथ अपना सम्पर्क और परिचय बढ़ाने के लिए, उनसे अपने छोटे-छोटे काम निकालने के लिए, आज तक तुम किसे आगे करते आए हो? अपने विदेशी मित्रों से क्यों मेरी बार-बार चर्चा किया करते हो? क्यों बार-बार मुझे उनसे मिलाने के लिए ले जाते हो? किसी को भारतीय नृत्यों के सम्बन्ध में जानकारी चाहिए, तो कहते हो कि नीलिमा तुम्हें यह सब बता सकती है। किसी को कोई भारतीय पोशाक चाहिए, तो कहते हो कि नीलिमा तुम्हें बनवाकर दे सकती है। क्यों? क्या यह इसीलिए नहीं कि तुम उन सब लोगों से अपने लिए मान्यता चाहते हो और दूसरों पर इस बात का प्रभाव डालना चाहते हो कि तुम्हारे परिचय के क्षेत्र में कैसे-कैसे लोग हैं? जहाँ नीलिमा तुम्हारे काम आ सकती है, वहाँ वह तुम्हारी पत्नी है और तुम्हें उसे इस्तेमाल करने का पूरा हक़ है। मगर आज मेरी वजह से तुम्हें कुछ लोगों को दावत करनी पड़ी है, तो तुम्हारी आत्मा विद्रोह कर रही है कि मैं तुम्हें कीचड़ में घसीट रही हूँ! अपने स्वार्थ में तुम्हारी आत्मा को कीचड़ नहीं लगता, दूसरे के काम में वह एकदम महान् होकर कीचड़ से ऊपर उठ जाती है। आदमी के पास ऐसी रंग बदल लेने वाली आत्मा हो, तो उसे और क्या चाहिए!'

'और कुछ?' वह रुकी, तो हरबंस काफ़ी ठहराव के साथ बोला। 'बस और तुम्हें कुछ नहीं कहना है? तुम्हें आज तक यही तो समझ आया है कि मैं तुम्हें अपने लिए इस्तेमाल कर रहा हूँ। अपने लिए ही तो मैं रात-दिन भाग-दौड़ करता हूँ, काम करता हूँ, झख मारता हूँ। मुझे ही तो रोज़-रोज़ नृत्य की नई-नई पोशाकें चाहिए जिनके लिए सैकड़ों रुपयों की ज़रूरत पड़ती है। मैं ही तो हूँ जो इस चार कमरे के घर के बग़ैर रह नहीं सकता। मुझे ही तो हर तीसरे दिन 'वोल्गा' में और 'ला बोहीम' में चीनी और कांटिनेन्टल खाना खाने की इच्छा हो आती है। मैं ही तो हूँ जो बच्चे की देखभाल

नहीं कर सकता, इसलिए उसे स्वीट बड्र्स नर्सरी में भेजने के सिवा कोई चारा नहीं है। मैं जो कुछ कर रहा हूँ, अपने ही लिए तो कर रहा हूँ! तुम तो सिर्फ़ घर में रहती हो और अपनी कला की साधना करती हो। तुम्हें इन छोटी-छोटी बातों से क्या मतलब है कि घर में ख़र्च के लिए पैसा कहाँ से आता है और फिर किस तरह ख़र्च हो जाता है। तुम्हारे अन्दर तो बस एक कला की भूख है और तुम उसके सामने जीवन की और सब आवश्यकताओं को हीन और तुच्छ समझती हो! और यह तुम्हारी बहुत कृपा है, बहुत बड़ी उदारता है कि तुम अपने को मेरे स्वार्थों के लिए इस्तेमाल होने देती हो! तुम्हारे इस बड़प्पन की जितनी प्रशंसा की जाए उतनी थोड़ी है!'

'तो तुम मुझे साफ़-साफ़ क्यों नहीं बता देते कि तुम मुझसे चाहते क्या हो?' नीलिमा उठने के ढंग से दीवान पर आगे को सरक आई। 'तुम्हें मेरी और मेरे लड़के की वजह से इतनी तकलीफ़ उठानी पड़ती है, तो एक बार साफ़ क्यों नहीं कह देते कि मैं उसे लेकर कहीं अलग जा रहूँ? मैं जैसे भी होगा अपना और उसका गुज़ारा कर लूँगी। तुम फिर चाहे चार कमरे के घर में रहना या सड़क पर लकड़ी का खोखा लगाकर रहना; हम तुम्हें रोकने नहीं आएँगे और न ही कभी तुमसे कुछ माँगने आएँगे।'

'तुम जब और जहाँ चाहो चली जाना,' हरबंस सिर को पीछे की तरफ़ फेंककर बोला। 'मगर लड़का तुम्हारे साथ नहीं जाएगा। यह नहीं कि मैं उसे रोकूँगा, मगर वह खुद ही तुमसे कह देगा कि मैं तुम्हारे साथ नहीं रहूँगा।'

'तो ठीक है,' नीलिमा उठकर खड़ी हो गई। 'वह भी तुम्हारे पास रहना चाहेगा, तो तुम उसे भी रख लेना। अगर ऐसी ही नौबत आएगी, तो मैं बिलकुल अकेली भी रह लूँगी।'

मुझे हमेशा की तरह लग रहा था कि मैं बहुत ग़लत वक़्त पर उनके यहाँ आ गया हूँ। जाने जब मैं उनके यहाँ आता था, तभी उनमें लड़ाई होती थी या वह लड़ाई हमेशा इसी तरह चलती रहती थी जिससे जब भी वहाँ जाओ, तब अनिवार्य रूप से उसी परिस्थिति का सामना करना पड़ता था! नीलिमा को शायद मेरे चेहरे से लग गया कि मैं उस लड़ाई से उकता गया हूँ, इसलिए वह मेरी तरफ़ देखकर बोली, 'मैं पहले ही डर रही थी कि आज घर में ज़रूर कोई-न-कोई बखेड़ा खड़ा होगा। अब बताओ, जो लोग बाहर से आएँगे, उनसे मैं इस मूड में क्या बात करूँगी? वे आज जो धारणा लेकर जाएँगे, उसी के मुताबिक अपनी टिप्पणियाँ भी लिखेंगे। तुम्हीं बताओ कि तुम हमारे मित्र न होते, और तुम्हारे सामने ये सब बातें होतीं, तो तुम मेरे बारे में क्या धारणा बनाते और क्या सोचते?'

'कोई क्या लिखेगा, तुम इसकी चिन्ता क्यों करती हो?' मैंने कहा। 'तुम अब तक अपना अभ्यास कर रही थीं और अब अपना शो कर रही हो। हमें आशा करनी

चाहिए कि शो ख़ूब अच्छा हो जाएगा। उसके बाद ऐसे अनेक अवसर और भी आएँगे। एक बार की सफलता-असफलता पर ही तो सबकुछ निर्भर नहीं करता! और लोगों की लिखी हुई टिप्पणियों का कितना महत्त्व है, यह तुम मुझसे ज़्यादा जानती हो।'

'हा-हा!' हरबंस बोला। 'यह तुम किससे कह रहे हो? इसके लिए सिवाय इसके और महत्त्व है किस चीज़ का? इसके लिए नृत्य एक साधना नहीं, साधन है। असली मतलब है तो वह यही है कि पत्रों में अच्छी-अच्छी टिप्पणियाँ निकलें, इसकी चर्चा हो और राह चलते लोग इस तरफ़ इशारा करके कहें कि वह देखो नीलिमा जा रही है।'

'हाँ, मेरा असली मतलब यही है!' नीलिमा चिल्लाकर बोली। 'मैं तुम्हारी तरह गौतम बुद्ध की अवतार नहीं हूँ कि मुझे किसी चीज़ से मतलब ही न हो। और तुम्हें इन चीज़ों से मतलब होगा भी तो किसलिए? तुम्हारी ज़िन्दगी जैसे बीत रही है, ख़ूब अच्छी बीत रही है। मगर मुझसे इस तरह घुटन में नहीं जिया जाता। मैं अपने लिए ज़िन्दगी में और भी कुछ चाहती हूँ।'

'और वह कुछ तुम्हें अख़बारों की टिप्पणियों से मित जाएगा!' हरबंस ने एक बार अपने माथे को हाथ से मल लिया।

नीलिमा का चेहरा और भी तमतमा गया। 'हाँ मिल जाएगा,' उसने कहा। 'क्यों नहीं मिल जाएगा?'

'मुझे ठंडे पानी का एक गिलास मिल जाएगा?' मैंने कहा। इससे हरबंस और नीलिमा दोनों के चेहरे पर हँसी की रेखा आ गई।

'तुम पानी क्यों पिओगे?' नीलिमा कुछ तकल्लुफ़ के स्वर में बोली। 'मैं अभी तुम्हें पीने की चीज़ लाकर देती हूँ।' और वह वहाँ से चली गई।

'तुम्हें आज ये सब बातें नहीं करनी चाहिए थीं,' उसके चले जाने पर मैंने हरबंस से कहा।

हरबंस फिर कुछ क्षण अपने माथे को हाथ से दबाए रहा। फिर बोला, 'मैं तुम्हें सच बात बताऊँ?'

'सच बात अभी बतानी रहती है क्या?'

'मैं असल में इसे मानसिक रूप से तैयार कर देना चाहता हूँ,' वह बोला। 'यह कुछ चीज़ों पर ज़रूरत से ज़्यादा भरोसा कर रही है। मैं समझता हूँ कि वह भरोसा ग़लत है। तुम्हें पता है कि मैं इसकी प्रैक्टिस के समय कभी घर पर नहीं रहता?'

'क्यों?'

'यह भी कोई पूछने की बात है? मैं नाचना नहीं जानता और न ही मैं इस कला का पारखी हूँ। मगर मैं आँख से देखकर इतना तो बता ही सकता हूँ कि अच्छा नृत्य

क्या है और बुरा क्या है। यह बार-बार शची और कामिनी का हवाला देती है, मगर तुम मुझसे सच पूछो, तो मुझे उनके नृत्य देखकर भी कभी सन्तोष नहीं होता। जहाँ तक इसका सवाल है, चाहे किन्हीं कारणों से हो, यह अभी उन जितना अभ्यास भी नहीं कर सकी। ऐसी स्थिति में मुझे यह सारा आयोजन एक झूठा आडम्बर लगता है। अगर कुछ लोग इसकी प्रशंसा भी कर देंगे, तो मुझे उससे कुछ सन्तोष नहीं मिलेगा और अगर वह प्रशंसा भी इसे न मिली तो इसे कितनी निराशा होगी, यह मैं अच्छी तरह सोच सकता हूँ। इसीलिए मैं अपने को इस झंझट से बाहर रखना चाहता था। एक बात जो मैंने अभी इसे नहीं बताई और जिससे यह वास्तव में बहुत निराश होगी, वह यह है कि जिन-जिन समीक्षकों को खाने पर बुलाया गया था, उनमें से तुम्हें और एकाध और को छोड़कर शायद कोई भी नहीं आएगा। गजानन को मैंने आज फ़ोन किया था, तो उसने कहा कि उसे कुछ काम है, इसलिए वह खाने पर तो नहीं आ सकेगा, हाँ, प्रदर्शन के दिन ज़रूर आएगा। जहाँ तक सुषमा का सवाल है वह पहले ही हमसे चिढ़ती है। वह आज ही मुझे कनॉट प्लेस में दिखाई दी थी, मगर इस तरह मेरे पास से निकल गई जैसे उसने मुझे देखा ही न हो।'

इतनी बात कहकर हरबंस चुप कर गया। सुषमा का ज़िक्र उठने पर हम दोनों के बीच एक झीना परदा-आ जाता था और हम दोनों एक-दूसरे को कुछ बचती-सी नज़र से देखने लगते थे। पिछले कुछ अरसे से सुषमा के साथ मेरा मिलना-जुलना काफ़ी बढ़ गया था। हरबंस इस बात को जानता था, इसलिए हम लोगों में उसके बारे में कोई बात नहीं होती थी। हरबंस ने पहले दो-एक बार उसके बारे में जो बात कही थी, मुझे उसके कारण का भी काफ़ी कुछ पता चल चुका था। बहुत-कुछ सुषमा ने खुद ही बताया था। जितना हरबंस उससे चिढ़ता था, उतना ही वह भी हरबंस से चिढ़ती थी। इसके कारण का भी मैं बहुत-कुछ अनुमान लगा सकता था। मगर यह विषय उन विषयों में से था जिनके बारे में जानते-बूझते हुए भी आदमी ख़ामोश रहता है। न कभी हरबंस उसके बारे में मुझसे कुछ पूछता था और न ही मैं हरबंस से उसके बारे में कोई बात करता था। उस दिन की पार्टी में भी उसके आने के बारे में शायद हरबंस ने यही सोचा हो कि हो सकता है उनकी वजह से नहीं, तो मेरी वजह से ही वह वहाँ चली जाए।

'हो सकता है उसने तुम्हें देखा न हो,' मैंने कहा।

'वह बिलकुल मेरे पास से होकर निकली थी,' वह बोला। 'मैंने उसे देखा था, तो उसने भी ज़रूर मुझे देखा होगा।'

'हो सकता है। मगर यह तो बहुत मामूली बात है...'

हरबंस की आँखों में एक अस्थिरता उभर आई थी। लग रहा था कि वह कोई बात कहना चाहता है और मन में तय नहीं कर पा रहा कि उसे वह बात कहनी

चाहिए या नहीं। 'मुझे तो कई बार थोड़ी हैरानी होती है...,' आख़िर उसने कहा।

'किस बात की हैरानी?'

'कि उसने कभी तुमसे यह नहीं कहा कि तुम्हारी हम लोगों से दोस्ती क्यों है?'

सुषमा की उसके बारे में मेरे साथ एक बार कुछ बात हुई थी। मगर वह मैं उसे कैसे बता सकता था? 'वह इस तरह की बात क्यों कहेगी?' मैंने कहा। 'और अगर कहे, तो मैं उस तरफ़ ध्यान क्यों दूँगा?'

'देखो, बुरा मानने की बात नहीं,' वह फिर जैसे परदे की ओट में हटता हुआ बोला। 'मैं ऐसे ही बात कर रहा था...।'

'तुम शायद कुछ और कहना चाहते थे जो तुमने कही नहीं है,' मैंने कहा।

'नहीं,' वह बोला। 'मैं जितना उस लड़की को जानता था उससे मेरा ख़याल था कि शायद...'

'शायद क्या?'

'कुछ नहीं। तुम इस बात को छोड़ो। हो सकता है उसने मुझे न देखा हो। इधर तुम्हारी उससे मुलाक़ात हुई है?'

'हाँ, क्यों?' अभी परसों ही वह मुझे मिली थी।

वह कुछ देर के लिए फिर चुप हो रहा। फिर बोला, 'एक और बात पूछूँ?'

'हाँ-हाँ।'

'इधर हमने एक अफ़वाह सुनी है।'

'हाँ-हाँ, बताओ, क्या अफ़वाह सुनी है?'

'अफ़वाह यह है कि...तुम दोनों की शादी हो रही है।'

मैं पल-भर ख़ामोश रहा कि मुझे उसे उस बारे में बता देना चाहिए या नहीं। जो अफ़वाह उसने सुनी थी, वह सिर्फ़ उड़ती हुई बात ही नहीं थी। मेरी सुषमा के साथ इस बारे में सीधी बात अभी नहीं हुई थी, फिर भी हम दोनों जानते थे कि हमारा परिचय हमें इसी दिशा की ओर ले जा रहा है। बहुत-सी बातें कहे बिना ही कह दी जाती हैं और पूछे बिना ही उनका उत्तर भी पा लिया जाता है। मैं इस विषय में क्या सोचता हूँ, यह सुषमा जानती थी और उसके मन की बात का मुझे पता था। यह भी मैं सोच सकता था कि उस तरह की बात जब दो व्यक्तियों के मन में उठती है, तो उनके एक-दूसरे से कुछ कहने से पहले ही दूसरे लोग इस बारे में एक-दूसरे से कहने लगते हैं।

'हमारी इस बारे में बात तो नहीं हुई,' मैंने कहा। 'मगर मैं यह भी नहीं कह सकता कि इस अफ़वाह में कोई सचाई नहीं है।'

हरबंस का चेहरा थोड़ा उतर गया और उसकी आँखें कुछ देर मेरे चेहरे को टटोलती रहीं। उसे शायद आशा थी कि मैं इस बात का विरोध करूँगा और कहूँगा

कि यह कोरी बकवास है। 'तब तो ठीक है,' वह बोला। 'शादी में शरीक होने के लिए तो हमें बुलाओगे न?'

'क्यों नहीं बुलाऊँगा?' मैंने कहा। 'मगर पहले शादी का फ़ैसला तो हो...।'

'इन दिनों तुम्हारी फिर उससे भेंट होगी?'

'हाँ, कल ही भेंट होगी। कल मैंने उसे 'ला बोहीम' में खाने पर बुला रखा है।'

'तो हमें कब तक इस खुशख़बरी के लिए तैयार हो जाना चाहिए?' उसके चेहरे से साफ़ लग रहा था कि वह जो बात कहना चाहता है, वह न कहकर ख़ामख़ाह दूसरी बात कर रहा है।

'अभी तो मैं भी नहीं जानता,' मैंने कहा। 'तुमने यह अफ़वाह सुनी किसके मुँह से थी?'

'ख़ास किसी से नहीं,' वह बोला। 'शुक्ला ने शायद एक दिन नीलिमा को बताया था कि सुषमा अब बहुत जल्दी शादी कर लेने की सोच रही है और आजकल उसकी ज़बान पर तुम्हारा ही ज़िक्र रहता है।'

मैंने एक सिगरेट निकाल ली और उसे सुलगाकर चुपचाप धुआँ छोड़ने लगा।

'देखो सूदन!' हरबंस किसी तरह अपने मन की दुविधा पर काबू पाकर बोला, 'मैं एक बात कहूँ, तो तुम उसका बुरा तो नहीं मानोगे?'

'नहीं, तुम कहो।'

'उस लड़की में अपनी कई खासियतें भी हैं,' वह बोला। 'मगर तुम समझते हो कि वह एक अच्छी पत्नी साबित हो सकती है?'

मुझे उसका यह सवाल पूछना अच्छा नहीं लगा, मगर मैं उससे कह चुका था कि मैं बुरा नहीं मानूँगा! मैंने भरसक चेष्टा की कि मेरे मन की झुँझलाहट मेरे चेहरे से प्रकट न हो, और कहा, 'इस सवाल का जवाब मैं अभी कैसे दे सकता हूँ?'

हरबंस को लग गया कि मुझे उसका यह पूछना अच्छा नहीं लगा। 'मैं किसी और वजह से नहीं कह रहा,' वह बोला। 'वह लड़की काफ़ी अच्छी है, मगर मेरा ख़याल था कि वह लोगों के सामने ज़रूरत से ज़्यादा बनती है।'

'हो सकता है ऐसा हो,' मैंने कहा। 'मगर मुझे ऐसा नहीं लगता।'

'हो सकता है मेरा ख़याल ग़लत हो,' वह बोला। 'या यह भी हो सकता है कि इधर साल-भर में वह पहले से बदल गई हो। इन्सान वक़्त के साथ कुछ बदल भी तो जाता है।'

'हाँ, वह पहले से कुछ बड़ी तो हो ही गई है, मेरा मतलब है उम्र में,' कहकर मैं अपने चेहरे के भाव को छिपाने के लिए थोड़ा हँस दिया।

'मेरा यह मतलब नहीं है,' वह बोला। 'मेर मतलब है कि...मैं तुम्हें ठीक से

बता नहीं सकता। मुझे उन दिनों उससे मिलकर कुछ अजब-सा अहसास होता था। न जाने क्यों?'

'अजब-सा यानी?'

'मुझे लगता था कि उसके व्यक्तित्व में कोई बहुत ही फिसलनी-सी चीज़ है जिसे ठीक से पकड़ पाना बहुत मुश्किल है। मगर यह मत समझना कि मैं यह बात उसके ख़िलाफ़ होकर कह रहा हूँ...।'

'ठीक है, तुम्हारी अपनी राय है। तुम एक दोस्त होने के नाते मुझे अपनी राय बता रहे हो।'

'और फिसलनी-सी चीज़ से मेरा मतलब है कि...जैसे...' और वह सिर्फ़ अपनी उँगलियों को घुमाकर रह गया, बात पूरी नहीं कर सका।

'किस चीज़ का ज़िक्र हो रहा है?' नीलिमा ह्विस्की की बोतल और गिलास लिये हुए आ गई।

'हम लोग सुषमा की बात कर रहे थे,' मैंने कहा।

'अच्छा, हाँ!' वह भी सहसा गम्भीर हो गई और बिना कुछ कहे गिलासों में ह्विस्की डालने लगी।

पार्टी रात को काफ़ी देर तक चलती रही। गजानन और सुषमा दोनों ही नहीं आए, इससे नीलिमा को काफ़ी निराशा हुई और उसका मन काफ़ी उखड़ा रहा। फिर भी वह लोगों से काफ़ी अच्छी तरह बातचीत करने की चेष्टा करती रही। बाहर से वह बड़ी खुश नज़र आती थी। मगर कोई भी उसके चेहरे को ध्यान से देखता, तो उसे पता चल जाता कि वह खुशी एक ऊपरी खोल है जिसकी तह में एक बहुत ही थका और मुरझाया हुआ चेहरा छिपा है। मेहमानों का आना आरम्भ हो जाने पर उसने कपड़े बदलकर जल्दी-जल्दी अपना मेक-अप किया था, मगर उस दिन पहली बार उसका मेक-अप उसके चेहरे से अलग और एक और ही चेहरे की तरह लग रहा था। मेक-अप का चेहरा जितना स्वस्थ था, उसका वास्तविक चेहरा उतना ही फीका और उदास था। वह जब कभी किसी की तरफ़ प्लेट या गिलास बढ़ाती, तो उसके दोनों चेहरों पर दो अलग-अलग भाव साफ़ नज़र आते थे।

दिल्ली कला-निकेत का सेक्रेटरी गुप्ता सबसे पहले आया था। वह इकहरे शरीर का लम्बा-ऊँचा आदमी था जिसका सारा व्यक्तित्व उसकी तेज़ आँखों में समाया हुआ प्रतीत होता था। वह बात करता था, तो उसके शब्दों का अर्थ उतना महत्त्व नहीं रखता था जितना उसकी आँखों का भाव, और उस भाव का कुल मिलाकर एक ही अर्थ निकलता था। वह हर आदमी को अपनी आँखों से इस तरह टटोलता था जैसे

वह इन्सान न होकर एक उपयोगी चीज़ हो और वह यह निश्चय करना चाहता हो कि अपने लिए वह उस चीज़ का क्या और कितना उपयोग कर सकता है। वह जिसके साथ बात करने लगता था, उसके विचारों से तुरन्त पूरी तरह सहमत हो जाता था और जब उसे दो ऐसे व्यक्तियों के साथ सहमत होना होता था जिनमें आपस में मतभेद हो, तो वह दोनों की तरफ़ बारी-बारी से देखकर मुसकरा देता था।

मेरे अलावा अख़बार का प्रतिनिधि और एक ही आया था, 'दिल्ली पत्रिका' का सुकुमार दत्त। सुकुमार को भी कला-सम्बन्धी कॉलम लिखते ज़्यादा दिन नहीं हुए थे। वह हाल ही में कलकत्ता से आया था और हर नए व्यक्ति की तरह अपना काम बहुत गम्भीरतापूर्वक कर रहा था। पार्टी में आना भी उसके लिए अपने गम्भीर उत्तरदायित्व का ही एक भाग था। यह जानकर कि दूसरे अख़बारों के प्रतिनिधि बुलाने पर भी नहीं आए, उसे नीलिमा से कम निराशा नहीं हुई। 'मेरा विश्वास है,' उन लोगों की चर्चा उठने पर उसने कहा, 'कि किसी भी कलाकार की कला को समझने के लिए पहले उसे व्यक्तिगत रूप से जानना बहुत ही आवश्यक है। दिल्ली में आकर मैंने यह बहुत ही विचित्र बात देखी है। यहाँ लोग कला-सम्बन्धी गतिविधि को गम्भीरतापूर्वक लेते ही नहीं। राजनीति तो एक पथ-यात्रा के माफिक है। आज यहाँ है, कल वहाँ पहुँच जाएगी। मगर जीवन के स्थायी मूल्यों की स्थापना तो होती है कला में ही। मगर यहाँ पर तो लोगों के लिए यह एक बेगार का विषय है। मुझे मन में बहुत ग्लानि होती है।'

आए हुए लोगों में पोलिटिकल सेक्रेटरी और उसकी पत्नी के अलावा उन्हीं के देश का एक प्रोफ़ेसर और उसकी पत्नी भी थे। प्रोफ़ेसर काफ़ी ऊँचे डीलडौल का आदमी था–सिर के भूरे बाल आधे उड़े हुए, चेहरे से बहुत शालीन और बातचीत में बहुत कोमल। उसकी पत्नी भी लगभग उसी की तरह लम्बी-ऊँची थी, मगर उसके चेहरे का भाव किसी होस्टल की अधेड़ मेट्रन जैसा था। उसने गले में जनपथ के तिब्बतियों से ख़रीदा हुआ एक बड़ा-सा ताबीज़ पहन रखा था और उसके हाव-भाव में अपने पति की अपेक्षा कहीं अधिक पुरुषत्व झलकता था। वह आते ही इस बेतकल्लुफ़ी से सारे घर का निरीक्षण कर आई जैसे वह वहाँ पहले भी कई बार आई हो और हरबंस और नीलिमा उसके घनिष्ठतम मित्रों में से हों। बातचीत में उसे अधिक सुख तभी मिलता था जब वह खुद बोल रही होती। वह झपटकर किसी के भी मुँह से बात छीन लेती थी और खुद बात करने लगती थी। विषय कांगो का गृहयुद्ध हो या अजन्ता की कला, वह बहुत अधिकारपूर्ण स्वर में उस बारे में अपना मत प्रकट करती थी। 'मैं ऐसा नहीं समझती। मेरा तो ख़याल यह है कि...।' वह प्रायः यहाँ से बात आरम्भ करती। उसका पति अक्सर मुसकराता हुआ, हर बात पर सिर हिलाता रहता, स्वयं बहुत कम बोलता। जब बोलता, तो भी लगता जैसे उसे

अपनी कही हुई बात पर विश्वास न हो। दूसरों की कही हुई हर छोटी-से-छोटी बात पर वह इस तरह आश्चर्य प्रकट करता जैसे उसे पहली बार उस बात का पता चला हो। 'ओ आई सी! मुझे नहीं पता था कि...।'

उन्हीं लोगों के साथ आए हुए एक विदेशी दम्पती और थे जो किसी सांस्कृतिक डेलिगेशन के सदस्य थे। वे पति-पत्नी दोनों शिष्टाचारपूर्ण और औपचारिक बातों से आगे नहीं आते थे। 'अच्छा?' 'हाँ,' 'रियली?', 'हऊ नाइस!' इन छोटे-छोटे शब्दों में ही वे अपनी बात पूरी कर लेते थे। पोलिटिकल सेक्रेटरी भी पहले ज़्यादा खुलकर बात नहीं कर रहा था। मगर जब उसका ध्यान इस तरफ़ दिलाया गया, तो वह झट अपनी ख़ामोशी के घेरे से बाहर निकल आया। 'मैं चाहता था कि तुम सब बातें करते रहो जिससे मैं मज़े से कबाब खा सकूँ,' वह बोला। 'तुम लोग इतनी रात गए कला और सौन्दर्य की बातें कर रहे हो। मैं समझता हूँ कि इन बातों का समय शाम को छः बजे तक होता है। इसके बाद तो आदमी को इस विषय में बात न करके कला और सौन्दर्य का उपभोग करना चाहिए। और मैं अपनी पत्नी के सामने ज़्यादा बात इसलिए भी नहीं करता कि यह समझती है कि मेरी सौन्दर्य को पहचानने की सबसे बड़ी शक्ति मेरे पेट के अन्दर है। यह ठीक है कि मुझे एक अच्छा सैंडविच खाकर भी उतना ही सुख मिलता है जितना एक अच्छा ऑपेरा देखकर और मेरे साथ ही नहीं, सब लोगों के साथ यही बात है। फ़र्क़ सिर्फ़ इतना है कि मैं मान लेता हूँ, और दूसरे लोग दिल में मानते हुए भी मुँह से इन्कार किए जाते हैं। मगर नीलिमा, तुम्हारे प्रदर्शन की बात दूसरी है। उसकी तुलना मैं सैंडविच जैसी चीज़ से कभी नहीं कर सकता। उसमें तो मुझे विश्वास है कि मैं अपने-आपको बिलकुल भूल जाऊँगा। मुझे कला की पहचान है, मेरी पत्नी चाहे कितना कहती रहे कि मेरे टेस्ट बिलकुल एक मामूली आदमी जैसे हैं। मैं तुम्हें पहले बता दूँ कि यह मेरे ख़िलाफ़ जो कुछ भी कहे, तुम्हें उस पर कभी एतबार नहीं करना चाहिए।'

'यूँ ही झक्की की तरह बातें न किए जाओ,' उसकी पत्नी बोली। मैंने जब उसे पहली बार देखा था, तब से वह अपनी नई पोशाक में उस समय कहीं ज़्यादा चुस्त और सुन्दर लग रही थी। 'तुम्हें आज तक इसकी भी पहचान नहीं है कि अच्छा सैंडविच क्या होता है। तुम्हारे सामने तो जो कुछ भी प्लेट में रख दिया जाए, वही तुम्हें अच्छा लगने लगता है।'

'यह तुम कैसे कह सकती हो?' वह बोला। 'कोई भी आदमी, जो तुम पर एक नज़र डालता है, वह बता सकता है कि मुझे अच्छे सैंडविच की पहचान है या नहीं।'

पोलिटिकल सेक्रेटरी की बातों के बावजूद पार्टी में एक तकल्लुफ़, एक अलगाव बना रहा। हरबंस और नीलिमा दोनों ही उतना नहीं खुल सके जितना उन्हें खुलना चाहिए था। बातें चलती रहीं, विषय बदलते रहे। गुप्ता को शायद लग रहा था कि

वहाँ उसकी उपस्थिति को ज़्यादा महत्त्व नहीं दिया जा रहा, इसलिए वह हर बार बात को मोड़कर अपनी तरफ़ ले आने की चेष्टा करता रहा। 'कला को ठीक से स्पांसर किया जाए, तभी उसका महत्त्व लोगों की समझ में आता है,' वह कहता रहा। 'कल तक हमारे यहाँ लोग अजन्ता और एलोरा की ही बात किया करते थे। मगर इधर खजुराहो के सम्बन्ध में सरकार की तरफ़ से जो स्पांसरिंग हुई है, उसने खजुराहो की कला को भी उसी श्रेणी में ला खड़ा किया है। मैं अगर अपने दायरे में बात करूँ, तो यही बात वहाँ भी कही जा सकती है। आज भारतीय नृत्य के क्षेत्र में कामिनी का इतना नाम है। लोग आज शची से भी बढ़कर उसकी चर्चा करते हैं। मगर यह बात कितने लोग जानते हैं कि आज से चार साल पहले भी कामिनी इतना ही अच्छा नाचती थी, सिर्फ़ तब तक उसे कोई स्पांसर करने वाला नहीं मिला था? अगर इसे अपनी बड़ाई न समझा जाए, तो मैं कहूँगा कि कामिनी की कला को दुनिया के सामने लाने वाला व्यक्ति मैं हूँ। दिल्ली में उसका पहला कार्यक्रम मैंने ही कला-निकेत की तरफ़ से रखा था। आज देख लीजिए, वह कहाँ-की-कहाँ पहुँच गई है!'

'हमें आशा करनी चाहिए कि नीलिमा की इस बार की सफलता इसे कामिनी से भी कहीं आगे ले जाएगी,' पोलिटिकल सेक्रेटरी प्लेट से एक कबाब उठाता हुआ बोला। 'इसके पास वे सभी विशेषताएँ हैं जो कामिनी के पास हैं और उनके अलावा कुछ अपनी विशेषताएँ तो हैं ही।'

जब इस तरह की बात होने लगती, तो हरबंस पहले से ज़्यादा ख़ामोश हो जाता। गुप्ता कई बार इस लहजे में बात करता जैसे असली मेज़बान वही हो और हरबंस सिर्फ़ उसका हाथ बँटाने के लिए वहाँ हो। 'खुल्लर साहब, वह चावल की तश्तरी ज़रा इधर बढ़ा दीजिए, प्रोफ़ेसर साहब थोड़ा चावल और लेंगे,' वह हरबंस से कहता। हरबंस अपनी परेशानी को किसी तरह दबाए हुए कहता, 'हाँ-हाँ, मैं दे रहा हूँ।' और तश्तरी उठाकर उसे दे देता।

बातचीत में जो-जो विषय उठे, उनमें भारत की विदेश-नीति की बात थी, विदेशों से मिलने वाली आर्थिक सहायता की बात थी, रूरकेला और भिलाई के फ़ौलाद के कारखानों की बात थी, और स्वतन्त्रता के तेरह वर्षों में भारतीय जीवन में आए परिवर्तनों की बात थी। सुकुमार दत्त ने राजधानी के जीवन में फैले भ्रष्टाचार की बात उठा दी, तो कुछ देर उसी विषय में बात होती रही। 'मुझे तो अपने चारों ओर एक बहुत बड़ा नैतिक संकट दिखाई देता है,' सुकुमार ने कहा। 'वह कैसे दूर होगा इसका कोई उपाय ही नज़र नहीं आता। हमारी विदेश-नीति चाहे कितनी सफल हो, हमारी गृह-नीति वास्तव में बहुत ही निर्बल है। हम घर में शान्ति बनाए रखने के लिए ऐसा बहुत-कुछ सहन कर रहे हैं जो अन्दर-ही-अन्दर जड़ों को खोखला कर रहा है। जब तक पंडित जी हैं, तब तक तो ठीक है। किसी भी तरह चलेगा। परन्तु उनके बाद

यह संकट देश को कहाँ ले जाएगा, यह तो मैं सोच भी नहीं सकता।'

जब बात किसी राजनीतिक विषय पर आती, तो विदेशी अतिथियों की ख़ामोशी पहले से बढ़ जाती। पोलिटिकल सेक्रेटरी तो ऐसे किसी विषय पर एक शब्द भी नहीं कहता था। उसका ध्यान उस समय पहले से ज़्यादा अपनी प्लेट पर केन्द्रित हो जाता था और वह बीच में एकाध इस तरह की बात कर देता था, 'मुझे नहीं पता था नीलिमा कि तुम जितनी अच्छी कलाकार हो, खाना भी उतना ही अच्छा बना लेती हो। मैं चाहता हूँ कि मेरी बीवी भी कुछ हिन्दुस्तानी खाने तुमसे सीख ले। तब हम यहाँ से जाने के बाद भी कभी-कभी इस तरह का खाना खा लिया करेंगे।'

विदेशी अतिथियों में प्रोफ़ेसर की पत्नी ही एक ऐसी थी जो किसी भी विषय में खुलकर बात कर लेती। 'यह बात मुझे भी बहुत महसूस होती है,' उसने सुकुमार की बात का समर्थन करते हुए कहा। 'यहाँ लगता है सभी लोग बहुत आपाधापी में पड़े हैं और कई लोग तो ऐसे हैं कि वे जो कुछ करते हैं, उसका बहुत गर्व के साथ बखान भी कर लेते हैं। एक हमारा परिचित ठेकेदार है जो बिना किसी संकोच के साफ़ कहता है कि जब दूसरे लोग परिस्थिति का लाभ उठा रहे हैं, तो वह क्यों न उठाए। एक दिन उसके यहाँ हमारा खाना था...।'

'खाने-आने में लोग कई तरह की बातें करते हैं,' उसके पति ने उसे टोक दिया। 'उन बातों को कोई महत्त्व नहीं दिया जा सकता। हम लोग इधर-उधर से कुछ बातें सुनकर ही तो कोई मत नहीं बना सकते। हाँ, तो मिस्टर दत्त, आप क्या कह रहे थे? क्या सचमुच आप महसूस करते हैं कि यहाँ इस तरह का संकट है? मगर भाखड़ा-नंगल और दूसरी अनेक योजनाओं को देखते हुए क्या यह नहीं महसूस होता कि इस देश के नेता अपने देश को समृद्ध बनाने के लिए एक महान् प्रयत्न कर रहे हैं? क्यों मिस्टर सूदन, आप क्या सोचते हैं?'

मगर उसकी पत्नी फिर भी उसी विषय में बात करती रही। 'मैं एक बात ज़रूर कहूँगी,' वह बोली। 'यहाँ बहुत कम लोग ऐसे मिले हैं जिनके मन में अपने राष्ट्र के लिए सम्मान की भावना हो। मुझे यहाँ रहते छः महीने हो गए हैं। छः महीने में आदमी किसी देश को जितना जान सकता है, उतना तो मैंने इस देश को जाना ही है। तुम उस आदमी की ही बात ले लो जो तुमसे डिप्लोमैटिक कोटा की शराब का सौदा करना चाहता था। तुम उस बात से कितने परेशान हुए थे? हमारा अच्छा परिचित आदमी है! काफ़ी पैसे वाला भी है। एक दिन वह हमारे यहाँ आया तो।...'

'वह एक आदमी की बात है, उससे पूरे देश की नैतिकता के बारे में कोई नतीजा कैसे निकाला जा सकता है?' प्रोफ़ेसर ने उसे फिर टोक दिया। 'मुझे भी तो यहाँ रहते छः महीने हो गए हैं और मैं अभी तक यही समझता हूँ कि हम लोग इस देश के बारे में कुछ नहीं जानते।'

दो बार टोक दिए जाने से उसकी पत्नी को अपनी ग़लती का अहसास हुआ। 'यह तो ख़ैर ठीक है,' वह जल्दी से बात को समेटती हुई बोली। 'छः-आठ महीने में हम लोग एक देश के बारे में जान ही क्या सकते हैं! फिर भी कुछ छोटी-छोटी चीज़े हैं जो कभी अखर जाती हैं। मगर हम लोगों की सारी जानकारी बहुत सतही है। हाँ, तो मिस्टर दत्त, आप क्या कह रहे थे...?' और अपने को उस ग़लत स्थिति से निकालने के लिए वह नीलिमा की साड़ी को हाथ से छूकर उसकी प्रशंसा करने लगी। 'सचमुच कितनी अच्छी साड़ी है! अगर मेरे देश में साड़ी का रिवाज होता, तो मैं तुमसे कहती कि मुझे भी एक ऐसी ही साड़ी ख़रीद दो।'

पोलिटिकल सेक्रेटरी की पत्नी बहुत देर से अपनी जम्हाइयों को रोके हुए थी। अब उससे और नहीं रोका गया, तो उसने दूसरी तरफ़ मुँह करके दाँतों को जकड़ते हुए एक हलकी-सी जम्हाई ले ली। पोलिटिकल सेक्रेटरी ने तुरन्त अपनी घड़ी की तरफ़ देख लिया। किसी ने उठने की बात नहीं की, मगर सबको ध्यान हो गया कि अब विदा लेने और उठने का समय आ गया है। उठने से पहले बातचीत अपने आख़िरी दौर में दाख़िल हो गई।

'तो आप उस दिन हमारे शो में आ रहे हैं न? और आप भी?' गुप्ता जल्दी से अपने मक़सद पर पहुँच गया। 'मेरा अनुरोध है कि आप अपने सब मित्रों से भी उस दिन आने के लिए ज़रूर कहें। आप लोगों के सहयोग से ही हमारा प्रयत्न सफल हो सकता है। आपको जितने टिकटों की ज़रूरत होगी, मिस्टर हरबंस आकर आपको दे जाएँगे। यह एक तरह से नीलिमा का पहला ही प्रदर्शन है और मैं चाहता हूँ कि यह प्रदर्शन बहुत सफल रहे। मैंने यह आयोजन इसीलिए किया है कि मैं अपने दिल से महसूस करता हूँ कि ये एक अच्छी कलाकार हैं और इसी रूप में इनकी क़द्र होनी ही चाहिए। यह इनका हक़ है जो इन्हें मिलना चाहिए। मगर बहुत-कुछ आप लोगों पर निर्भर करता है। और मिस्टर दत्त इनकी सफलता की कुछ ज़िम्मेदारी आप पर भी है। आपको किसी के लिए एक्सट्रा पास-वास की ज़रूरत हो, तो मुझे बता दीजिएगा। और मिस्टर सूदन...आप तो ख़ैर घर के ही आदमी हैं, आपसे मैं क्या कहूँ!'

कमरे से बाहर आकर विदा लेने के लिए नीलिमा से हाथ मिलाते हुए पोलिटिकल सेक्रेटरी ने कहा, 'मैं उस दिन आ सका, तो ज़रूर आऊँगा। तुम्हारा शो देखकर मुझे बहुत खुशी होगी। कोई ऐसा ही काम पड़ गया और मैं न आ सका, तो मैं तुमसे क्षमा माँग लूँगा। मगर मेरे लिए टिकट तुम ज़रूर भेज देना। यह न हो कि आख़िर में जगह न होने की वजह से ही मैं रह जाऊँ। वैसे मुझे पूरी उम्मीद है कि मैं आऊँगा। तुम्हारी सफलता के लिए मेरी शुभकामनाएँ तुम्हारे साथ हैं। मैं तो सोच रहा हूँ कि तुम्हारा यह शो हो जाए, और तुम्हारे नाम की ख़ूब धूम हो जाए, तो तुम्हें बाहर भेजने

की कुछ व्यवस्था की जाए। ख़ैर, इस बारे में बात करने का मौक़ा बाद में आएगा। मैं पूरी कोशिश करूँगा कि उस दिन आ सकूँ। अच्छा...।'

और फिर हरबंस से हाथ मिलाते हुए उसने कहा, 'तुम सचमुच बहुत भाग्यवान् आदमी हो जो इतनी अच्छी कलाकार के पति हो। मुझे तुमसे ईर्ष्या होती है। मगर तुम्हें शायद अपनी पत्नी से ईर्ष्या होती हो। क्यों नीलिमा, यह आदमी तुमसे ईर्ष्या तो नहीं करता? अच्छा, तो हो सका तो उस दिन...। और हाँ हरबंस, उस दिन जिस प्रोजेक्ट की हम बात कर रहे थे, मैंने उसके बारे में कुछ और भी सोचा है। तुम कल-परसों तक टिकट लेकर आओगे, तो हम उस विषय में और बातचीत करेंगे। अच्छा! तुम चाहो तो पहली दो पंक्तियों के पूरे टिकट मेरे ज़िम्मे छोड़ देना। नीलिमा के शो के दिन हॉल बिलकुल भरा होना चाहिए। और नीलिमा, तुम इस बार ऐसा शो दो कि लोग इस क्षेत्र के और सब कलाकारों को भूल जाएँ। अच्छा...!'

उसके बाद गाड़ियों में बैठते हुए फिर एक-एक बार हाथ मिलाए गए।

'थैंक यू वेरी मच फ़ॉर दिस नाइस डिनर एण्ड द प्लैजेंट ईवनिंग!'

'खाना सचमुच बहुत अच्छा था, बहुत ही अच्छा था।'

'नीलिमा, तुमने जो पुडिंग बनाया था, वह मैं तुमसे किसी दिन आकर सीखूँगी। मैं सचमुच कुछ हिन्दुस्तानी खाने बनाना सीखना चाहती हूँ।'

'मुझे भी हिन्दुस्तानी खाना बहुत अच्छा लगता है। आज का खाना तो ख़ास तौर पर बहुत अच्छा था। थैंक यू। थैंक यू वेरी मच!'

'बहुत अच्छा वक़्त बीता। मेनी-मेनी थैंक्स!'

'अच्छा, गुड नाइट! गुड नाइट एवरीबॉडी!'

'गुड नाइट!'

'कभी उधर आना नीलिमा! और तुम भी हरबंस! अच्छा, गुडनाइट!'

दूतावास के लोग चले गए, तो गुप्ता ने अपनी गाड़ी में बैठते हुए कहा, 'तुम्हारा क्या ख़याल है, सचमुच यह पहली दो पंक्तियों के टिकट बिकवा देगा?'

'क्यों नहीं बिकवा देगा?' नीलिमा बोली, 'उसने खुद ही तो कहा है...।'

'अगर सचमुच बिकवा दे, तब तो हम जल्दी ही दूसरा शो भी रख सकते हैं।'

'मैं इस समय टिकटों की बात नहीं करना चाहता,' हरबंस से नहीं रहा गया, तो उसने झुँझलाए हुए स्वर में कहा। 'अब कम-से-कम सोने के समय तो हमें इस बात को भूल जाना चाहिए।'

'मैं पच्चीस-पच्चीस की दो और दस-दस को चार कॉपियाँ कल तुम्हें और भेज दूँगा,' गुप्ता ने गाड़ी का दरवाज़ा बन्द करते हुए कहा। 'सबसे बड़ा सिर-दर्द इन आगे के टिकटों का ही था। दूसरे टिकट तो गेट पर भी बिक जाते हैं।'

'अच्छा, गुड नाइट!' कहकर हरबंस तुरन्त उसकी गाड़ी के पास से लौट पड़ा।

'और मुझे जो कुछ-एक पते चाहिए, वे मैं तुमसे कल फ़ोन पर पूछ लूँगा,' गुप्ता ने पीछे से कहा। हरबंस के चेहरे का भाव ऐसा हो गया कि अगर गुप्ता की गाड़ी खड़ी न होती, तो वह पैर ज़मीन पर मारकर उसे एक मोटी-सी गाली दे देता। गुप्ता की गाड़ी चली गई, तो गेट के पास हरबंस, नीलिमा, सुकुमार और मैं रह गए।

'पार्टी अच्छी हो गई,' सुकुमार बोला। 'मगर इन लोगों की कला में कुछ भी रुचि है, ऐसा मुझे नहीं लगा।' वह अब भी उतना ही गम्भीर था जितना आने के समय था। हरबंस ने मुँह बिचकाया जैसे वह कला को उतनी ही बड़ी गाली देना चाहता हो, और गेट लाँघकर अहाते में आ गया।

'मुझे तो प्रोफ़ेसर और उसकी पत्नी दोनों बहुत अच्छे लगे हैं,' नीलिमा बोली। 'कला में उनकी रुचि हो या न हो...। और हम लोग उनके बारे में यह बात कह भी कैसे सकते हैं?'

'अच्छा ठीक है, हम उनके बारे में कुछ भी नहीं कह सकते। आओ, अन्दर चलें,' हरबंस बोला।

'ये लोग होते बहुत ज़िन्दादिल हैं,' नीलिमा बोली। 'वह पोलिटिकल सेक्रेटरी हमेशा बहुत दिलचस्प बातें करता है।'

'दिलचस्प बातें! हा-हा!'

'क्यों? देखा जाए तो सारी पार्टी को उसी ने सँभाले रखा है, वरना लोग जाने कब के ऊब गए होते!'

'अच्छा ठीक है। अब इस बात को खत्म करो।'

'तुम मेज़बान थे और तुम्हारा फ़र्ज़ था कि लोगों से अच्छी तरह बात करते, मगर तुम तो...।'

'हाँ, मैं तो क्या...?'

'तुम तो इस तरह चुप बैठे थे जैसे...।'

'जैसे?'

'जैसे लड़की दफ़नाकर आए हो।'

'अब अन्दर चलें?'

'प्रोफ़ेसर और उसकी पत्नी दोनों सचमुच बहुत अच्छे थे...।'

'हाँ-हाँ। मैं कब कह रहा हूँ कि नहीं थे?'

'मुझे पता है तुम्हें वे अच्छे नहीं लगे, क्योंकि तुम्हें पोलिटिकल सेक्रेटरी से चिढ़ है, इसलिए उसके साथ जो कोई भी आए, वह तुम्हें अच्छा कैसे लग सकता है?'

'ठीक है। मुझे अपने बारे में कोई सफ़ाई नहीं देनी है।'

'तुम हरेक से चिढ़ जाते हो, इसलिए किसी के साथ तुम्हारी नहीं बनती।'

'और कुछ?'

'और कुछ मैं क्या कहूँ! तुमसे पोलिटिकल सेक्रेटरी ने कल-परसों आने के लिए कहा है। अब तुम...।'

'अब तुम बस भी करोगी या नहीं?' हरबंस सहसा झल्ला उठा। 'पोलिटिकल सेक्रेटरी! पोलिटिकल सेक्रेटरी! अगर तुम्हें कुछ समझ नहीं है, तो क्यों ख़ामख़ाह बात किए जाती हो?'

'तुम्हें तो जैसे सब चीज़ों की समझ है!' नीलिमा अपने हठ पर कायम रही। 'तुम उसके नाम से इस तरह भड़कते क्यों हो? तुमने उसे किसी को क़त्ल करते देखा है?'

'क़त्ल करते नहीं देखा,' हरबंस ने अपनी हथेली पर मुक्का मार लिया, 'वह करते देखा है?'

'हाँ, बताओ क्या करते देखा?'

'अपना सिर करते देखा है! अब बात ख़त्म करोगी?'

नीलिमा भी कोई बहुत सख़्त बात कहने को हुई, मगर शायद सुकुमार की मौजूदगी का ध्यान आ जाने से चुप रह गई।

'एक बात है,' सुकुमार बोला। 'इन लोगों का बात करने का ढंग कुछ ऐसा होता है कि उसका मन पर कुछ और ही तरह का प्रभाव पड़ता है। किसी भी विषय की बात हो, लगता है जैसे ये हमसे एक व्यापारिक सौदे की बात कर रहे हों...।'

'मुझे तो ऐसा नहीं लगता,' नीलिमा बोली। मगर फिर न जाने क्या सोचकर उसने कहा, 'या यह भी हो सकता है मुझे इन चीज़ों की ज़्यादा समझ नहीं है।'

'मैं कह नहीं सकता, परन्तु मुझे सदा ऐसा लगता है,' सुकुमार बोला। 'मुझे तो मन में दुःख होता है कि मैंने व्यर्थ ही इनके सामने यहाँ के भ्रष्टाचार की बात उठा दी। हम तो बात के लिए बात कर जाते हैं और ये लोग सम्भवतः हमारी इन बातों के भी आँकड़े तैयार कर लेते हैं।'

'यह तो ख़ैर फ़िज़ूल की बात है,' मैंने कहा। 'जो बातें यहाँ बच्चा-बच्चा जानता है, वे बातें क्या ये लोग नहीं जानते?'

'हाँ, वह प्रोफ़ेसर की पत्नी तो कह भी रही थी कि...।'

'हालाँकि प्रोफ़ेसर ने उसे टोक दिया था।'

'हाँ, उसने टोक इसलिए दिया था कि...।'

'ख़ैर इन बातों में क्या रखा है! मेरा ख़याल है तुम्हें भी नींद आ रही होगी...,' कहते हुए हरबंस ने सुकुमार की तरफ़ हाथ बढ़ा दिया।

'हाँ-हाँ, मुझे बहुत देर हो गई,' सुकुमार बोला। 'अच्छा गुड नाइट!' और वह हाथ बगलों में दबाए हुए वहाँ से चल दिया।

'अच्छा, अब मैं चलूँगा।' मैंने भी हरबंस की तरफ़ हाथ बढ़ा दिया।

'तुम कुछ देर ठहर नहीं सकते?' हरबंस ने मेरा हाथ पकड़े हुए कहा।

'क्यों?'

'वजह कुछ भी नहीं है, मगर मुझे अपने मन में कुछ अजीब-सा लग रहा है। एक अजब उदासी-सी छा रही है, न जाने क्यों!'

'हो सकता है भारी खाने की वजह से ऐसा हो।'

'नहीं, खाने की वजह से नहीं है। वैसे ही कई दिनों से मेरी तबियत बहुत उखड़ी हुई है।'

'तुम नौकरी की बात सोचकर तो ज़्यादा परेशान नहीं हो?'

'यह भी एक वजह है। मगर सिर्फ़ इतनी ही वजह नहीं है।'

'तुमने नौकरी के बारे में कुछ तय किया है?'

'नहीं, अभी नहीं किया। आगरा के एक कॉलेज में एक जगह है जो मिल सकती है। मेरा बहुत मन होता है कि वह जगह ले लूँ। एक तो मैं दिल्ली से बाहर चला जाना चाहता हूँ और दूसरे यह भी सोचता हूँ कि हो सके, तो अपना थीसिस...'

'तुम्हारा थीसिस!' नीलिमा बोली। 'वह इस ज़िन्दगी में कभी पूरा नहीं होगा। और तुम यह भूल जाते हो कि तुम दिल्ली से बाहर जाकर रह सकते हो, मैं नहीं रह सकती। फिर जब तुम्हें दिल्ली में ही इतनी अच्छी नौकरी मिल रही है जैसी तुम्हें चार बार थिसिस लिखकर भी नहीं मिल सकती, तो तुम आगरा जाने की बात किसलिए सोचते हो?'

'यह बात अगर मैं तुम्हें समझा सकता, तो मुझे इतनी परेशानी क्यों होती?'

हरबंस झुका-सा पीछे दीवार में टेक लगाने लगा, तो उसका पैर नीचे रखे हुए गमले से टकरा गया। वह झुककर अपने टखने को सहलाने लगा।

'मुझे जो बात समझ में आती है वह यही है कि तुम मुझे दिल्ली से इसलिए उखाड़कर ले जाना चाहते हो कि मैं आगे के लिए कुछ भी करने के लायक न रहूँ।...मगर मैं तुमसे कहे देती हूँ कि मैं दिल्ली छोड़कर आगरा में सड़ने के लिए नहीं जाऊँगी। और मैं तुमसे पूछ सकती हूँ कि वहाँ साढ़े तीन सौ रुपए में हमारा गुज़ारा किस तरह होगा?'

'यह बात तुम्हीं सोचती हो?' हरबंस सीधा होकर दीवार से टेक लगाए हुए बोला। 'मुझे भी तो इस बात का कुछ ख़याल है।'

'और फिर मेरे कैरियर का भी तो सवाल है,' नीलिमा बोली। 'यह अभी मेरे कैरियर की शुरुआत है और अगर मुझे कुछ बनना है तो मेरे लिए कुछ साल दिल्ली में रहना बहुत ज़रूरी है।'

'तुम्हारे कैरियर से बड़ी तो दुनिया में कोई चीज़ है नहीं।' हरबंस दीवार से हटकर सीधा हो गया। 'कैरियर! मैं यह लफ़्ज सुन-सुनकर तंग आ गया हूँ।'

'तुम साफ़ क्यों नहीं कहते कि तुम्हें मेरे कैरियर से ईर्ष्या होती है, इसीलिए तुम मुझे आगरा में ले जा पटकना चाहते हो? इसीलिए तुमने चलते वक़्त सुकुमार को नाराज़ कर दिया है!'

'तुम्हें समझ आ रहा है कि तुम क्या बात कर रही हो?'

'क्यों, तुमने उसे नाराज़ नहीं कर दिया? वह दो मिनट और बात कर लेता, तो तुम्हारा क्या बिगड़ जाता?'

'मेरा जो कुछ बिगड़ना था बिगड़ चुका है।' हरबंस एकदम अस्थिर हो उठा। 'मेरा और बिगड़ने को क्या रह गया है? अच्छा मधुसूदन, अब तुम भी चलो,' उसने मेरा हाथ पकड़कर हिला दिया। 'अच्छा यही है कि मैं अब चुपचाप जाकर सोने की कोशिश करूँ।'

'मैं तुम्हें ट्रांक्विलाइज़र की टिकिया दे देती हूँ,' नीलिमा बोली। 'उससे तुम्हें अच्छी नींद आ जाएगी, तो सुबह तक तुम्हारा दिमाग़ ठीक हो जाएगा।'

'अच्छी नींद! अच्छी नींद अब शायद मुझे ज़िन्दगी-भर कभी नहीं आएगी।'

'अच्छा!' मैं चलने के लिए तैयार हो गया।

नीलिमा कुछ झिझकती हुई मुझसे बोली, 'देखो सूदन, तुम्हारे गजानन के साथ कैसे ताल्लुक़ात हैं?'

'काफ़ी अच्छे ताल्लुक़ात हैं। क्यों?'

'तुम उससे बात कर लोगे? और सुषमा से भी? बात यह है...।'

'बात कुछ नहीं है,' हरबंस ने उसे इस तरह बाँह से पकड़ लिया जैसे उसे घसीटकर घर के अन्दर ले जाना चाहता हो। 'अब तुम चलकर सो जाओ और उसे भी जाकर सोने दो।'

'तुम मेरी बाँह मत खींचो,' नीलिमा अपनी बाँह छुड़ाकर बोली। 'और सूदन, हो सके तो कल या परसों सुबह मेरी प्रैक्टिस देखने आना। हो सकता है तुम मुझे कोई अच्छा सुझाव दे सको।'

'कम-से-कम उसकी दोस्ती का तो लिहाज़ करो,' हरबंस बोला। 'वह आजकल यह स्तम्भ लिखता है, इसलिए उसे भी इतना ग़ैर न बना दो।'

'मैं उसे ग़ैर समझकर यह कह रही हूँ? मैं दिल से चाहती हूँ कि वह किसी दिन मेरी प्रैक्टिस देख ले। तुम कल या परसों ज़रूर आना सूदन! अच्छा!'

जिस तरह सुकुमार गया था, उसी तरह मैं भी हाथ बगलों में दबाए हुए वहाँ से चल दिया। हवा की सरदी मेरे सारे शरीर में उतर रही थी। मैं एक खम्भे से दूसरे खम्भे तक अपनी परछाईं के कई-कई रूपों को देखता हुआ चलने लगा। जब आगे की परछाईं छोटी होने लगती, तो पीछे से प्रदक्षिणा करके एक लम्बी परछाईं आगे आ जाती। फिर धीरे-धीरे वह भी छोटी होने लगती। कभी-कभी एक-दूसरी में लिपटी

हुई दोनों परछाइयाँ ऐसे दिखाई देतीं कि लगता मैं एक व्यक्ति न होकर एक साथ दो अलग-अलग व्यक्ति हूँ, जिनमें से एक व्यक्ति दूसरे को छोटा करके स्वयं आगे आना चाहता है, मगर आगे आते-आते वह स्वयं छोटा पड़ने लगता है; और तब तक उसके पीछे का व्यक्ति फिर आगे आ जाता है। वे दोनों व्यक्ति एक-दूसरे को काटते हैं, एक- दूसरे का पीछा करते हैं और एक-दूसरे के गिर्द घूमते हैं। और उन दोनों के अलावा मैं एक तीसरा व्यक्ति भी हूँ जो उन्हें ऊपर से देखता है, इस तरह छोटे-बड़े होते देखकर झुँझलाता है और अपने को इन दोनों से अलग मानता हुआ उनके ऊपर से निकल जाना चाहता है...।

सुषमा से मुझे 'ला बोहीम' में मिलना था। बात चूँकि लोगों की ज़बान पर पहुँच गई थी, इसलिए मैं इस बार उससे खुलकर बात कर लेना चाहता था। मैं जानता था कि सुषमा भी इसकी प्रतीक्षा में है कि कब मैं उससे इस विषय में बात करता हूँ। पिछले कुछ दिनों से हम जब-जब भी मिले थे तो हमेशा हमें इस तरह लगता रहा था जैसे कि अगली बात हम उसी विषय में करने जा रहे हैं। आँखों से और चेहरे के भावों से वह बात न जाने कितनी बार कही जा चुकी थी! मगर मुँह पर आते-आते बात शायद इसलिए रुक जाती थी कि अगर मन के किसी कोने में अब भी उस विषय में कुछ सोचना बाक़ी है, तो अगली बार मिलने तक वह और सोच लिया जाए। सुषमा के नाम के साथ थोड़ा इतिहास जुड़ा हुआ है, यह मैं अच्छी तरह जानता था। लोग उसके पुराने मित्रों में कई-एक लोगों की चर्चा करते थे। मगर इस बात को सोचकर मेरे मन में कोई दुविधा नहीं थी। मैं सोचता था कि इस तरह का इतिहास किसके जीवन में नहीं होता! क्या मेरे अपने जीवन में इस तरह का कोई इतिहास नहीं था? और जितने लोगों को मैं जानता था, उनमें कौन ऐसा था जो इस तरह के इतिहास से बिलकुल बचा हुआ था? फ़र्क़ इतना ही तो था कि कुछ लोगों के इतिहास की चर्चा सिर्फ़ थोड़े-से लोगों में और सिर्फ़ एक फुसफुसाहट के रूप में होती थी और सुषमा के इतिहास की लोग खुलकर चर्चा कर लेते थे। और इसका कारण भी तो सुषमा का अपना खुलापन ही था। वह कभी अपने मित्रों के सम्बन्ध में बात करते हुए किन्तु-परन्तु का प्रयोग नहीं करती थी। जितना कुछ लोगों के मुँह से जाना जा सकता था, उससे कहीं ज़्यादा उसने ख़ुद ही मुझे बता दिया था। लोग कहते थे कि सुषमा लोगों के घर तोड़ती है, वह 'होम-ब्रेकर' है। मगर मैं जानता था कि वह घर तोड़ना नहीं, घर बनाना चाहती है। अपने लिए घर बनाने और उसमें रहने की उसे कितनी चाह है, यह बात उसके शब्दों से ही नहीं, सारे हाव-भाव से प्रकट होती थी। मैं यह भी जानता था कि वह मेरे ऊपर जो इतना निर्भर करने लगी है, उसके पीछे

भी मूल भावना यही है। यह बात ठीक थी कि उसने अपने आकर्षण के प्रभाव को कई लोगों पर आज़माने का प्रयत्न किया था। यह उसके लिए एक खेल की तरह था। उसने मुझसे कहा था कि इस खेल को ख़तरनाक हद तक उसने कभी नहीं जाने दिया। लोग उसे जो भी कहें, उसने आज तक किसी का घरेलू जीवन नष्ट नहीं किया। 'जो लोग इतनी कच्ची ज़मीन पर खड़े हैं कि कोई भी लड़की उनकी तरफ़ अपनी उँगली बढ़ाए, तो वे उसे पकड़कर चल सकते हैं उनके साथ कुछ खिलवाड़ करने में अच्छा नहीं लगता?' उसने हँसकर कहा था। 'मैं कई बार सिर्फ़ यही देखना चाहती थी कि कौन आदमी जो ऊपर से बहुत बनता है, वास्तव में कितने डगमग क़दमों से चल रहा है।'

मैंने एक बार ख़ास तौर पर हरबंस के बारे में पूछा, तो उसने थोड़ी-सी बात कहकर टाल दिया था। 'वह तुम्हारा दोस्त है,' उसने कहा, 'इसलिए ज़्यादा तुम उसी से पूछ लेना। मैं सिर्फ़ इतना जानती हूँ कि उस जैसे आदमी के साथ मेरी मित्रता हो ही नहीं सकती थी।'

मैंने उस बात को ज़्यादा तूल नहीं दिया। यह जानते हुए कि हरबंस मेरा मित्र है, वह उसके बारे में ज़्यादा बात कर भी कैसे सकती थी? मेरे मन में अगर दुविधा थी, तो वह अपनी बात सोचकर ही थी। क्या मैं सुषमा जैसी लड़की के साथ विवाहित जीवन की ज़िम्मेदारी उठाने के लिए तैयार था? मेरे मन में इसके विपक्ष में दलील कोई नहीं थी, फिर भी न जाने क्यों एक हिचक-सी थी। मैं अपने से पूछता था कि क्या मेरे मन में सुषमा के लिए उस तरह की भावना है जैसी कभी किसी और के लिए थी?

मगर मैं इस सवाल को दिमाग़ से निकाल देना चाहता था। भावना की नाप-जोख इस तरह कैसे हो सकती है? और बरसों पहले की मनःस्थिति के साथ मैं आज की मनःस्थिति की तुलना कर ही कैसे सकता था? इस तरह पैमाना लेकर बैठने से क्या ज़िन्दगी कभी चलती है? गुज़रे हुए दिन गुज़र गए थे और मुझे अपने लिए आज की और आने वाले कल की व्यवस्था करनी थी। अपनी इस दुविधा से निकलने के लिए मैंने उन दिनों की सारी बात सुषमा को बता भी दी थी। इस पर वह सिर्फ़ एक बार हँस दी थी और उसने कहा था, 'शुक्ला सचमुच बहुत अच्छी लड़की है। मैं उसे अब भी बहुत प्यार करती हूँ।'

मेरे मन में एक हलकी-सी दुविधा और भी थी। सुषमा के अपने बने हुए विचार थे। वह हर विषय पर इतने अधिकारपूर्ण ढंग से बात करती थी और इतने सधे ढंग से अपनी बात रखती थी कि उसके साथ बहस करके उसके मत को बदलना लगभग असम्भव प्रतीत होता था। उसके बहुत से विचार ऐसे थे जिनसे मैं दिल से सहमत नहीं हो सकता था, मगर मैं अपने पक्ष का प्रतिपादन उतनी अच्छी तरह नहीं कर

पाता था जितनी अच्छी तरह वह अपने पक्ष का प्रतिपादन करती थी। इसका एक कारण शायद यह भी था कि मैं उसकी बात धैर्य के साथ सुन लेता था और वह मेरी बात सुनते हुए एकदम अधीर हो उठती थी। वह जब अधीर होकर बात करती थी, तो उसकी बातों में एक चामत्कारिक-सा प्रभाव आ जाता था। जीवन के सम्बन्ध में उसकी दृष्टि बहुत ही व्यक्तिवादी थी जिससे मुझे चिढ़ होती थी। एक बार बात-बात में उसने कहा था, 'मैं इन्सान हूँ, तो मैं ठीक से जीऊँ क्यों नहीं? हम सब जानते हैं कि जीने की अपनी शर्तें हैं। हमें जीना है तो हमें उन शर्तों का पालन करना ही चाहिए। ठीक से जीना है, तो ठीक से पालन करना चाहिए।'

'मगर इन्सान जीने की शर्तों को बदल भी तो सकता है,' मैंने कहा। 'अगर ऐसा न होता, तो हम आज भी आदिम काल की शर्तों पर ही ज़िन्दगी बिता रहे होते।'

'समय के साथ शर्तें बदल जाती हैं, यह मैं मानती हूँ, मगर उनके बदलने-बदलने में लाखों-करोड़ों आदमियों की ज़िन्दगियाँ तबाह हो जाती हैं। उन्हें ज़्यादा-से-ज़्यादा इतना सन्तोष मिल सकता है कि वे इतिहास में जीते हैं। और इतिहास में भी नाम बनकर नहीं, केवल एक घटना बनकर। और कई बार तो घटना बनकर भी नहीं, केवल एक परिस्थिति बनकर। उस तरह जीने में इन्सान का अपना क्या रह जाता है?'

'और इस तरह जीने में इन्सान का अपना क्या होता है?'

'क्यों? बहुत-कुछ है जो अपना होता है। मुझे खाने-पहनने का शौक़ है, घूमने का शौक़ है, अच्छा संगीत सुनने का शौक़ है। ये सब शौक़ पूरे होते हैं, तो मुझे अपने जीवन का कुछ अर्थ नज़र आता है। बाक़ी बातें किताबों में पढ़ने के लिए तो ठीक हैं, उन्हें अपने पर लागू करना बहुत मुश्किल है। और जो लोग इस तरह का दावा करते हैं, तुम समझते हो कि वे सचमुच अपने व्यक्ति को भूलकर जीते हैं? फ़र्क़ सिर्फ़ इतना है कि कुछ लोग ज़िन्दगी में एक तरह का धोखा बनाए रखना चाहते हैं और मैं अपने को उस धोखे से मुक्त रखना चाहती हूँ। हमारे आसपास जो लोग बहुत-बहुत सिद्धान्तों की बातें बघारते हैं, तुम उनमें से किसी को भी देख लो। यह बहुत साफ़ नज़र नहीं आता कि उसकी सैद्धान्तिक ज़िन्दगी और व्यक्तिगत ज़िन्दगी में एक बहुत बड़ी खाई है?'

'अगर कुछ लोगों की ज़िन्दगी में इस तरह की खाई है, तो इसका यह मतलब तो नहीं है कि इस तरह की खाई रखे बग़ैर जिया ही नहीं जा सकता...।'

'नहीं जिया जा सकता सूदन, बिलकुल नहीं जिया जा सकता,' वह हठ के साथ बोली। 'जो आदमी आज इस तरह जीने की कोशिश करेगा, उसे ज़िन्दगी दो दिन में बुहारकर एक तरफ़ कर देगी। तुम ज़िन्दगी में यह ख़तरनाक कोशिश करके देखो, तो तुम्हें ख़ुद पता चल जाएगा।' और इसके बाद एक स्नेहपूर्ण स्पर्श के साथ उसने

कहा, 'मगर मैं यह कभी नहीं चाहूँगी कि तुम इस तरह की कोशिश करो। एक प्रयोग करने-करने में अपनी ज़िन्दगी नष्ट कर देना, यह कहाँ की अक्लमन्दी है! यह ज़्यादा अच्छा नहीं कि इस विषय में मग़ज़पच्ची करने की बजाय हम लोग चलकर कोई अच्छी-सी पिक्चर देखें? 'प्लाज़ा' में 'एराउंड द वर्ल्ड इन एटी डेज़' तुमने देख ली है?'

'नहीं, अभी नहीं देखी,' मैंने कहा।

'मैं एक बार देख आई हूँ,' वह बोली। 'मगर तुम्हारे साथ एक बार फिर देखना चाहूँगी। तुम इस वक़्त चल सकोगे?'

'हाँ-हाँ, क्यों नहीं!'

'तो आओ चलें। यह बहस-मुबाहिसा किसी और दिन करेंगे।'

मैंने धीरे-धीरे अपने मन की रुकावट पर भी काबू पा लिया था। साथ-साथ जीवन बिताने की यह एक अनिवार्य शर्त कैसे थी कि पति-पत्नी के विचारों में साम्य हो ही? सुषमा अपनी तरह से सोचती थी, तो ठीक था। उसके अपने विचार थे। मेरे विचार उससे अलग थे, तो क्या यह ज़रूरी था कि वह भी मेरे विचारों को अपने ऊपर ओढ़ ले? और आगे चलकर उसके विचार बदल भी तो सकते थे। और न भी बदलें, तो क्या था? विवाहित जीवन में दो व्यक्तियों को एक-दूसरे के विचारों का सम्मान नहीं करना चाहिए?

'ला बोहीम' के एक अँधेरे कोने में बैठे हुए यही बातें फिर बार-बार मेरे मन में उठ रही थीं। सुषमा अपने सफ़ेद कोट में बहुत अच्छी लग रही थी। उतनी अच्छी वह मुझे पहले कभी नहीं लगी थी। सोने के छोटे-छोटे गोल टॉप्स उसके लम्बे साँवले चेहरे पर बहुत खिल रहे थे। वह बात करते समय अपनी गरदन सीधी करती, तो उसकी लचक से शरीर में एक सिहरन-सी भर जाती। मुझे लग रहा था कि उसकी गरदन में उतनी लचक पहले मैंने कभी नहीं देखी। वह और दिनों की अपेक्षा बहुत प्रसन्न भी नज़र आ रही थी।

'तो?' हम दोनों जितने फ़ासले पर बैठे थे उतने फ़ासले से हम हाथ बढ़ाकर एक-दूसरे को छू भी सकते थे और कभी-कभी प्लेट पकड़ाते समय तो वह फ़ासला और भी कम प्रतीत होता था। मगर अचानक बीच में ख़ामोशी का एक व्यवधान आ जाता और उसमें वह फ़ासला काफ़ी बड़ा लगने लगता। फ़ासला कम होता था, तो मैं केवल उसी को देखता था। फ़ासला बढ़ जाता था, तो मुझे दूसरी बातों का भी ध्यान आने लगता था।

हम लोग खाना खा चुके थे। खाने के लिए मैंने जो डिशें मँगवाई थीं, खाते समय

मुझे ख़ुद उनके नाम याद नहीं रहे थे। मैंने जान-बूझकर कुछ अपरिचित डिशों का ऑर्डर दिया था; कुछ तो सुषमा को प्रभावित करने के लिए और कुछ अपने-आपको ज़िन्दगी के एक और ही स्तर पर महसूस करने के लिए। बैरा आकर प्लेटें उठाने लगा, तो मैंने उससे कॉफ़ी लाने के लिए कह दिया। बैरा फिर भी झुका रहा, 'कौन-सी कॉफ़ी सर? इटालियन फ़िल्टर, बेल्जियन फ़िल्टर, या...?'

'बेल्जियन फ़िल्टर,' मैंने बिना यह जाने कि इटालियन फ़िल्टर और बेल्जियन फ़िल्टर में क्या फ़र्क़ है, बहुत सरसरे ढंग से कह दिया और सुषमा की तरफ़ मुड़कर कहा, 'तो हाँ...?'

हम लोगों को साथ-साथ बैठे लगभग पौन घंटा हो गया था। मगर जिस विषय में मुझे बात करनी थी, उस विषय पर मैं तब तक नहीं आ सका था। वह जब भी मुसकराती थी, तो मुझे लगता था कि वह आशा कर रही है कि मैं अब उस विषय में बात करूँगा और मैं यह सोचकर टाल जाता था कि शायद यह नहीं, इसके बाद आने वाला कोई क्षण उस बात के लिए ज़्यादा उपयुक्त होगा। हम दोनों आँखों-ही-आँखों में लगातर एक-दूसरे की टोह ले रहे थे और प्रतीक्षा कर रहे थे। खाना खाते समय जो एक बत्ती जल रही थी, कॉफ़ी आ जाने पर सुषमा ने उसे भी स्विच दबाकर बुझा दिया, जिससे हमारे वाली मेज़ बिलकुल अँधेरे में घिर गई। रिकॉर्ड पर हलका वाद्य संगीत वातावरण के रहस्यमय प्रभाव को और भी बढ़ा रहा था। अँधेरे में सुषमा की बड़ी-बड़ी आँखें बहुत भावपूर्ण लग रही थीं और उनमें पहले से कहीं ज़्यादा चमक आ गई थी। उसने बेल्जियन फ़िल्टर के ढक्कन उठाकर रख दिए और कॉफ़ी में चीनी मिलाने लगी। इन सब चीज़ों के बारे में वह निःसन्देह मुझसे कहीं ज़्यादा जानती थी।

सवाल हम दोनों की आँखों में था जिसे टालते हुए हम 'ला बोहीम' की नेवाड़ी छत और फ़ानूसदार बत्तियों के बारे में, पिछले दिनों देखे हुए नृत्यों और नाटकों के बारे में और एक-दूसरे की टिप्पणियों और लेखों के बारे में बातें कर रहे थे। सुषमा को यह जानकर आश्चर्य हुआ था कि अपने पत्र में दिल्ली की गलियों के विषय में लेख मैंने लिखा था। उसे वह लेख बहुत पसन्द आया था। 'उस लेख से सचमुच यह लगता था कि किसी ने उन गलियों में जाकर उन्हें बहुत पास से देखा है,' उसने कहा। 'तुमने उसमें जो एक बुड्ढे मुसलमान सितार वाले की बात लिखी थी, वह टच बहुत ही अच्छा था। क्या सचमुच ऐसा कोई शख्स तुम्हें वहाँ मिला था?'

मैंने कहना चाहा कि मैं उस शख्स से मिला ही नहीं, उसे बहुत पास से जानता रहा हूँ; बल्कि जिस घर में वह रहता है, उसी घर में कई महीने रहा भी हूँ, मगर यह बात मुझे उस समय की मानसिक स्थिति के अनुकूल नहीं लगी। मैं अपने प्रस्ताव की भूमिका के रूप में अपने को उस पुरानी ज़िन्दगी की याद नहीं दिलाना चाहता

था। मैं जानता था कि वह एक ऐसा विषय है जो मेरे मन को सीधी पटरी से हटाकर गुमराह कर देता है। मैं उस समय गुमराह नहीं होना चाहता था, इसलिए मैंने उससे इतना ही कहा कि मैंने जो कुछ लिखा था कल्पना से नहीं लिखा था, हालाँकि मेरे ख़याल से वह सारा अध्ययन बहुत सतही और अधूरा था।

'यह सिर्फ़ तुम्हारी विनम्रता है, नहीं तो यह स्टडी तो मेरे ख़याल में...।' मैं जानता था कि वह जो कुछ कह रही है, उसका सीधा सम्बन्ध उस विषय से न होकर, जिसकी वह बात कर रही है, एक और ही विषय से है जिसकी बात अभी आरम्भ होने को है। मेरे लेखों की प्रशंसा वह उसी तरह कर रही थी जैसे हम किसी का घर किराये पर लेने के लिए जाएँ तो पहले उसके बच्चे की प्रशंसा करते हैं।

'तो'...

हम दोनों में जैसे एक खेल चल रहा था जिसमें 'तो' कहकर गेंद एक तरफ़ से दूसरी तरफ़ फेंक दी जाती थी। दूसरा कुछ देर उधर से इधर की बातें करता था और फिर 'तो' के साथ गेंद उधर से इधर कर देता था।

'तुमने कहा था कि आज तुम कुछ गम्भीर बात करना चाहते हो,' आख़िर सुषमा ने ही उस विषय की ओर संकेत किया। मुझे खुशी हुई कि खेल का पहला दौर मेरे ही हाथ में रहा है।

'यह हलका-हलका संगीत कितना अच्छा लग रहा है!' मैंने अपनी जीत का मज़ा लेते हुए कहा। 'दिल्ली में यह अपनी तरह की एक ही जगह है। मन होता है कि ऐसे और भी कई रेस्तराँ यहाँ हों।'

'यह तो है ही,' वह अपने में कुछ सिमट गई। कुछ देर हम जैसे संगीत सुनने के लिए चुप रहे। उसके सफ़ेद कोट का आगे का उभरा हुआ भाग जल्दी-जल्दी हिल रहा था। उसकी साँस कुछ तेज़-तेज़ चल रही थी। जब रिकॉर्ड बदल गया, तो उसने कहा, 'मैं भी एक बात तुम्हें बताना चाहती हूँ, मगर अभी नहीं बताऊँगी। तुम पहले अपनी बात कर लो, बाद में बताऊँगी।'

'नहीं, पहले तुम अपनी बात बताओ।'

'नहीं, पहले तुम बात कर लो।'

'मैं तो सिर्फ़ तुमसे मिलने का बहाना चाहता था। बात कुछ भी नहीं थी।'

'पहले तो मुझसे मिलने के लिए जैसे तुम बहाने की तलाश करते हो!'

वह मुसकराई, तो उसका चेहरा थोड़ा लाल हो गया जिससे वह और भी सुन्दर लगने लगी। जाने उसकी कॉफ़ी में चीनी ठीक से नहीं मिली थी, या वैसे ही वह अपनी कॉफ़ी को चम्मच से हिलाने लगी। उसकी पतली-सी उँगली में रूबी की अँगूठी चमक रही थी। मैंने हाथ बढ़ाकर उस उँगली को हलके से छू दिया और कहा, 'तुम्हारी यह अँगूठी बहुत सुन्दर है!'

'शुक्रिया!' वह बोली। 'वैसे कोई ख़ास अच्छी तो नहीं है।'

'मुझे बहुत अच्छी लग रही है।'

'तो तुम्हें उतार दूँ?'

'मुझे पूरी आ जाएगी?'

'तुम्हें नहीं तो तुम्हारी पत्नी को पूरी आ जाएगी,' कहते हुए उसने अँगूठी उतार दी और अपनी हथेली पर रखकर मेरी तरफ़ बढ़ा दी। मैं पल-भर उसके हाथ को अपने हाथ में लिये रहा और उसकी आँखों में देखता रहता। 'मेरी कोई पत्नी होगी, तभी तो उसे पूरी आएगी,' मैंने कहा।

'तुम रख लो,' वह बोली। 'जब होगी, तब उसे पहना देना।'

'और तब तक?'

'तब तक इसे अपने सन्दूक में रख छोड़ना।'

'इतनी कीमती चीज़ मेरे सन्दूक में रहेगी, तो मेरे लिए रात को सोना मुश्किल हो जाएगा,' मैंने कहा और अँगूठी उसकी हथेली से उठाकर उसकी उँगली में पहना दी। 'और सन्दूक की जगह यह यहीं ज़्यादा अच्छी लगती है।' अँगूठी पहनाते हुए मैंने महसूस किया कि उसकी उँगलियों का दबाव मेरी उँगलियों पर कुछ बढ़ गया है। अँगूठी पहना चुकने के बाद भी पल-भर हमारी उँगलियाँ आपस में उलझी रहीं। सुषमा जानती थी और मैं जानता था कि वही क्षण शायद हमारे लिए निर्णय का क्षण है।

'तुम्हारा ब्याह होगा, तो मैं यह अँगूठी अपनी तरफ़ से तुम्हारी पत्नी को उपहार में दे दूँगी,' वह बोली।

'और अगर मैं ब्याह से पहले ही यह उसे देना चाहूँ...?'

'तो तुम मुझसे माँग लेना।'

'और अगर मैं चाहूँ कि तुम्हीं इस अँगूठी को पहने रहो...?'

उसके सफ़ेद कोट का उतार-चढ़ाव पहले से भी तेज़ हो गया था। उसने कॉफ़ी की प्याली उठाई और ज़रा ऊपर तक ले जाकर फिर नीचे रख दी। उसकी उँगलियाँ जैसे इतनी अशक्त हो गई थीं कि कॉफ़ी की प्याली का भार भी नहीं सँभाल सकती थीं। उसके चेहरे पर लालिमा की तहें गहरी होती जा रही थीं, जैसे साफ़ पानी में बार-बार एक रंग छिटक जाता हो और इससे पहले कि वह घुलकर विलीन हो जाए, उसमें और रंग आ मिलता हो। रंग के उस आक्रमण से थककर उसने पीछे टेक लगा ली। कुछ क्षणों के लिए वह प्रसिद्ध पत्रकार सुषमा श्रीवास्तव की जगह एक बहुत साधारण लड़की हो गई। जाने सचमुच ऐसा था, या अँधेरे में मेरी कल्पना को ऐसा लग रहा था!

'मेरा ख़याल है अब हमें गम्भीर होकर बातें करनी चाहिए,' आख़िर उसने अपनी

थकान से संघर्ष करते हुए कहा।

'तुम्हें यह क्योंकर लगा कि अब तक हम गम्भीर होकर बातें नहीं कर रहे थे?' मैं फिर मुसकराया। उसने भी मुसकराने की चेष्टा की, मगर अपनी थकान में ठीक से मुसकरा नहीं सकी।

'तुम आज बिलकुल दूसरी तरह के मूड में हो,' उसने कहा।

'किस तरह के मूड में?'

'बिलकुल और ही तरह के मूड में। मैं सोचती थी कि जाने ऐसी कौन-सी गम्भीर समस्या आ खड़ी हुई है जिसके बारे में तुम बात करना चाहते हो!'

मैंने अपना हाथ उसकी तरफ़ बढ़ाया, तो उसने चुपचाप अपना हाथ मेरे हाथ में दे दिया। मैं पल-भर उसकी उँगलियों को सहलाता रहा। फिर मैंने कहा, 'क्या हम सचमुच एक गम्भीर समस्या के बारे में ही बातचीत नहीं कर रहे हैं?'

'तुम तो शरारत करते हो,' वह बोली।

'इसमें शरारत क्या है?'

'यह शरारत नहीं तो और क्या है?' कहते हुए उसने अपना हाथ छुड़ा लिया।

'तो तुम बताओ इस विषय में गम्भीर बात और किस तरह से की जाती है?'

'मुझे अभी विषय का ही नहीं पता तो मैं तुम्हें यह कैसे बताऊँ?'

'तुम सच कहती हो कि तुम नहीं जानतीं कि हम किस विषय में बात कर रहे हैं?'

वह थोड़ा मुसकराई और एक हाथ को दूसरे हाथ से सँभालती हुई थोड़ा आगे तरफ़ झुक गई।

'तुम यह गम्भीर होकर कह रहे हो?'

'बिलकुल गम्भीर होकर कह रहा हूँ।'

'जितना तुम मुझे जानते हो, उसके बाद तुम्हारे मन में कहीं कोई शंका तो नहीं है?'

'मेरे मन में कोई शंका नहीं है। तुम मुझे अपने मन की बात बताओ।'

'मेरे मन की बात क्या तुम पहले से ही नहीं जानते?'

'फिर भी क्या कुछ बातें ऐसी नहीं हैं जो हमें और विस्तार से जान लेनी चाहिए?'

'जैसे?'

'जैसे कि हम लोग इसके बाद अपनी ज़िन्दगी की कैसी रूपरेखा बनाकर रहेंगे, कहाँ रहेंगे, किस तरह रहेंगे...?'

'हाँ-हाँ। इसी बारे में तो मैं तुम्हें कुछ बताना चाहती थी। मैंने समझा...तुम दूसरी बात के बारे में कह रहे हो।'

'दूसरी कौन-सी बात के बारे में?'

'एक-दूसरे के विषय में और विस्तार से जानने के बारे में।'

'मैं तुमसे एक बात पूछूँ?'

'पूछो।'

'तुम यह निश्चय हारकर एक समझौता करने के रूप में तो नहीं कर रहीं?'

वह पल-भर कुछ सोचती रही। जैसे मेरे शब्दों की तह में जाना चाहती हो।

फिर बोली, 'ऐसा होता, तो मैं तुमसे साफ़ कह देती। यूँ तो किसी आदमी को पूरी तरह उसके साथ रहकर भी नहीं जाना जाता...।'

'मगर क्या...?'

'मगर मैं इतना कह सकती हूँ कि जितनी बार मैं तुमसे मिली हूँ, मुझे लगा है कि तुम दूसरे लोगों से काफ़ी अलग हो और जिस तरह विश्वास और भरोसे के साथ मैं तुमसे बात कर सकती हूँ, उस तरह और किसी से नहीं कर सकती। आज तो ख़ास तौर पर मुझे लग रहा था कि...।'

'क्या लग रहा था?'

'लग रहा था जैसे मैं अपने सबसे घनिष्ठ मित्र से बात कर रही हूँ।'

संगीत की एक लहर उधर की चमकती हुई मेज़ों के पास से भटकती हुई हमारे आसपास के अँधेरे में से होकर गुज़र गई। उसके बाद कई एक लहरें साथ-साथ चली आईं, जैसे कि कुछ देर से वे दूर ठिठकी हुई थीं, एक जगह स्तब्ध होकर हमें देख रही थीं और अब उन्होंने अपने आगे का बाँध तोड़ दिया था और तेज़ी से हमें चारों ओर से घेर लेने के लिए बढ़ आई थीं। मुझे महसूस होने लगा कि उन लहरों में एक उन्माद है जो मेरे अन्दर भी प्रतिध्वनित हो रहा है। मगर उस प्रतिध्वनि में भी मेरे अन्दर की एक ध्वनि डूब नहीं पाई थी–बहुत गहरे से ऊपर को उठती हुई ध्वनि जो कि एक घायल होकर गिरे हुए पक्षी की तड़प की तरह थी–उस तड़प की तरह जो भूनकर और सजाकर प्लेट में रख दिए जाने पर भी उसके अन्दर से मिट नहीं पाती और छुरी से कटते हुए हर रेशे के अन्दर से बोल उठना चाहती है। वह तड़प किस चीज़ की थी? एक पुरानी कुचली हुई भावना की या किसी और चीज़ की?

मगर संगीत की लहरों के वेग में वह तड़प धीरे-धीरे डूबती जा रही थी। मैं उन लहरों में इस तरह खो रहा था कि उनकी लय उस समय मेरे विचारों की भी लय हो गई थी। वह लय ही मेरे लिए सच थी और वह तड़प–वह एक झूठ था जो मेरे अन्दर से मुझे छलना चाहता था। मगर मैं इतना असावधान, इतना एडोलेसेंट, नहीं था कि उसे अपने पर छा जाने देता। मेरा विवेक, मेरा तर्क, मेरा इतने वर्षों का अनुभव और उन सबसे ऊपर सुषमा का सहज व्यवहार, बहुत-कुछ था जो मुझे उस अनुभव से बचाए रख सकता था। उस तरह के अनुभव में अपने को खो देने की किशोर स्थिति से मैं बहुत आगे जा चुका था। मैं अब उतना कच्चा नहीं था जितना दस वर्ष पहले था। मैं जानता था कि मैं जीवन में अबाध सुख की कामना नहीं कर

सकता। मैं सुख को सुख के और दुःख को दुःख के रूप में पहचानता अवश्य था, उन दोनों से पैदा होने वाले दर्द को भी जानता था, मगर सुख और दुःख का दर्द अब कभी मेरे मन को उसकी सम्पूर्णता में नहीं छा सकता था। सुख और दुःख के हर अनुभव में मेरे अन्दर का वयस्क पत्रकार सदा मुझे सचेत रखता था और जब भी मेरा मन भटकने लगता, तो मुझे बाँह से पकड़कर ठीक सड़क पर ले आता था।

'तुम सच-सच बताओ तुम्हें कैसा लग रहा है?' उसने पूछा।

'मुझे?' मैंने वयस्क भाव से हँसकर कहा। 'मुझे जैसा लग रहा है, वह मैं शब्दों में प्रकट नहीं कर सकता।'

इससे उसकी आँखों में एक ऐसा भाव उमड़ आया कि कई पल मैं सिर्फ़ उसकी तरफ़ देखता रहा। उसके कोट का उतार-चढ़ाव पहले से कुछ हलका पड़ गया था। उसने एक बार अपने खुश्क हुए होंठों पर ज़बान फेरी और एकटक मेरी तरफ़ देखते हुए कॉफ़ी का प्याला उठाकर मुँह से लगा लिया।

'तो?' कुछ देर इधर-उधर भटककर हम फिर उसी 'तो' वाले कोर्ट में पहुँच गए।

'मेरा ख़याल है अब यहाँ से चला जाए,' वह बोली।

'अब कहाँ चलने का इरादा है?'

'यहाँ से मेरे यहाँ चलो। मुझे तुमसे जो बात कहनी है, वह वहीं चलकर बताऊँगी। तुम्हें अपना कमरा भी दिखा दूँगी। आज तक तुमने मेरा कमरा तो देखा ही नहीं। और बात वहीं बैठकर करेंगे। तुम्हें कहीं जाने की जल्दी तो नहीं है?'

'नहीं, मुझे क्या जल्दी होगी? मगर तुम पहले कहतीं, तो कॉफ़ी वहीं चलकर पीते।'

'अब भी तो पी सकते हैं। मेरे पास अपना पर्क्युलेटर है।'

'पर्क्युलेटर से ज़्यादा बड़ी बात यह है कि तुम अपने हाथ से बनाओगी।'

इस पर वह खुलकर हँस दी। उसके दाँत बहुत छोटे-छोटे और सफ़ेद थे, ख़ूब तीखे और चिकने, जैसे सान पर तेज़ किए गए हों। 'कितनी पुरानी बातें हैं,' वह बोली। 'फिर भी कितनी अच्छी लगती हैं! वैसे सभी पुरुष इस तरह की बातें कहते हैं।'

'यह तुमने कैसे सोच लिया कि मैं सभी पुरुषों में से नहीं हूँ?'

'लगते तो नहीं हो।'

'सच?'

वह फिर एक बार हँस दी। मैंने बैरे से बिल लाने के लिए कह दिया।

कॉन्सीक्यूशन हाउस में पहली मंज़िल पर उसका कमरा था। वैसे बड़े कमरे के साथ

एक छोटा कमरा भी था। हर चीज़ बहुत साफ़, उजली और करीने से रखी हुई थी।

'तुम बहुत ढंग से रहती हो,' मैंने उससे कहा। 'कभी मेरा कमरा देखो, तो तुम्हें लगेगा कि वह कमरा नहीं, एक गोदाम है।'

'ऐसा कैसे हो सकता है?' वह बोली। 'तुम यूँ ही मुझे बना रहे हो।'

'मैं बना नहीं रहा, सच कह रहा हूँ,' मैंने कहा। 'तुम कभी चलकर देखो, तो खुद ही कहोगी।'

'मैं यह बात मान ही नहीं सकती।'

'तुम नहीं मानना चाहो, तो मैं ज़बरदस्ती तो नहीं मनवा सकता, मगर असलियत वही है जो मैं तुमसे कह रहा हूँ।'

'अब यूँ ही बात मत किए जाओ। तुम्हारे जैसा कल्चर्ड आदमी अपने कमरे को गोदाम बनाकर रहता होगा!'

'हो सकता है मैं उतना कल्चर्ड नहीं हूँ जितना तुम समझती हो।'

'अच्छा ठीक है, मैं मान लेती हूँ। आज तो तुम जो कुछ भी कहोगे, मैं सब मान लूँगी।'

मैंने सोफ़े पर बैठकर अपनी टाँगें सामने की तिपाई पर फैला दीं। 'तुम्हें एतराज़ तो नहीं है?' मैंने मुसकराकर पूछा।

'मैं जानती हूँ कि तुम यह सब क्यों कर रहे हो,' वह कोट उतारती हुई बोली। 'मगर मुझे तुम्हारी किसी बात पर एतराज़ नहीं है।'

'वैसे तुम्हें यह अच्छा नहीं लगता न?'

'तुम्हें अच्छा लगता है?'

मैंने अपनी टाँगें समेट लीं। कोट उतार देने पर उसके शरीर का उभार उतना सुडौल नहीं रहा जितना कोट पहने हुए लगता था। शायद उसका ब्लाउज़ एक साइज़ ढीला था। मैंने उसके चेहरे की तरफ़ देखा, तो वहाँ भी हलकी-हलकी लकीरें खिंच आई थीं। शायद इसलिए कि वह पैदल वहाँ तक आने में थक गई थी, या शायद इसलिए कि उसे मेरे व्यवहार से कुछ निराशा हुई थी। एक कारण यह भी हो सकता था कि घर के वातावरण में आकर हर चेहरा अपना ऊपरी लिबास उतारकर अपने को वैसे ही ढीला छोड़ देता है। मगर सिर्फ़ कोट उतार देने से किसी के आकार-प्रकार में इतना फ़र्क़ पड़ सकता है, यह बात उस समय मुझे कुछ विचित्र-सी लगी।

'मैं कॉफ़ी रख दूँ, अभी आती हूँ,' कहकर वह पीछे के छोटे कमरे में चली गई। जब वह लौटकर आई, तो उसने नाइट सूट के साथ नीला धारीदार ड्रेसिंग गाउन पहन रखा था और बालों की पिनें निकालकर उन्हें बहुत ढीले-ढाले ढंग से लपेट लिया था। ड्रेसिंग गाउन में उसके शरीर की सब गोलाइयाँ छिप गई थीं और ढीले बालों से उसका चेहरा एक सियामी गुड़िया के चेहरे जैसा लग रहा था।

'मुझे कुछ देर लग गई,' उसने आकर कहा। 'कॉफ़ी अभी दो-चार मिनट में हुई जाती है। मेरा ख़याल है मैं कॉफ़ी ले आऊँ, तो एक ही बार आकर बैठूँ।'

जब तक वह कॉफ़ी लेकर आई, तब तक मैं उसके कमरे की साज-सजावट को देखता रहा। एक तरफ़ ताँबे का हंसों का जोड़ा रखा था। दूसरी तरफ़ प्लास्टर ऑफ़ पेरिस की स्याह मूर्ति थी—दो अस्पष्ट आकृतियों के सम्मिलन का छायाभास देती हुई। दीवार पर लगे चित्रों में कहीं दो पेड़ थे और कहीं दो जिराफ़। बिस्तर के पास तिपाई पर डचेस ऑफ़ विंडसर की आत्मकथा रखी हुई थी 'द हार्ट हैज़ इट्स रीज़न्स'।

'तुम आजकल डचेस की आत्मकथा पढ़ रही हो?' उसने कॉफ़ी प्यालों में डाल दी, तो मैंने पूछा।

'हाँ,' वह बोली। 'मैं पहले भी एक बार पढ़ चुकी हूँ। मुझे यह पुस्तक बहुत अच्छी लगती है।'

'तुम जब कॉफ़ी बना रही थीं, तो जानती हो मैं क्या देख रहा था?'

'क्या देख रहे थे?'

'देख रहा था कि तुमने अपने कमरे की सजावट के लिए जितनी चीज़ें चुनी हैं, उनमें सब तरह के जोड़े इकट्ठे कर रखे हैं। पेड़, पशु, पक्षी और इन्सान, सबके जोड़े यहाँ हैं।'

उसने एक बार आश्चर्य के साथ कमरे की सब चीज़ों पर नज़र दौड़ाई और हँसकर बोली, 'मैंने इस नज़र से इन चीज़ों को कभी नहीं देखा।'

'और मैं हैरान हो रहा था कि फिर भी तुमने आज तक अपने लिए इस तरह की अकेली ज़िन्दगी क्यों चुन रखी है।'

'मैंने यह ज़िन्दगी चुन रखी है?' उसके स्वर में कुछ कटुता आ गई जिससे उसके चेहरे की लकीरें और स्पष्ट हो उठीं। 'मैं कब से इस ज़िन्दगी से तंग आ चुकी हूँ।' उसने अपने सिर को झटक लिया जिससे उसका ढीला जूड़ा खुल गया। उसने अपने सारे बालों को दाएँ कन्धे पर ले लिया।

'मगर तुम चाहतीं, तो तुम बहुत पहले ही इस ज़िन्दगी को नहीं बदल सकती थीं?'

'पहले तो ख़ैर मैं इस तरफ़ ध्यान ही नहीं देती थी,' वह बोली। 'मगर एक-डेढ़ साल से जब से मैंने इस विषय में सोचना शुरू किया है, तब से मुझे लगता रहा है कि...।' वह सहसा रुककर बहुत गम्भीर दृष्टि से मेरी तरफ़ देखने लगी।

'हाँ-हाँ...।'

'मुझे लगता रहा है कि अपने आसपास जितने भी पुरुषों को मैं जानती हूँ, वे सब-के-सब...।'

'वे सब-के-सब क्या हैं? दरिन्दे?'

'यह तो बहुत कोमल शब्द है,' वह बोली। 'दरिन्दों में तो फिर भी एक-दूसरे के लिए कुछ भावना होती होगी।' उसकी आँखें उस समय एक आईने की तरह हो गई थीं जिसमें मैं अपना चेहरा देखने का प्रयत्न कर रहा था कि मैं उसे क्या नज़र आ रहा हूँ। क्या वह आँखों-ही-आँखों से मेरे अन्दर भी उस बनमानुस को पहचानने का प्रयत्न कर रही थी जिसके बारे में वह मुँह से शिकायत कर रही थी?

'अगर तुम्हें यही लगता रहा है, तो क्या अब तुमने इस चीज़ को स्वीकार कर लिया है या...?'

'स्वीकार कर सकती, तो मेरे मन में इतनी कड़वाहट न रहती,' वह बोली। 'मगर मुझे अपने मन में कहीं यह विश्वास भी रहा है कि यही सचाई नहीं है।'

'तो आज तुम क्या सोचती हो?'

वह हँस दी। 'तुम क्या मुझसे अपनी तारीफ़ सुनना चाहते हो?' गरम कॉफ़ी ने उसके होंठों से लिपस्टिक के रंग को काफ़ी हद तक हटा दिया था जिससे उन पर एक अस्वाभाविक-सा रंग उठ आया था।

'न जाने पुरुषों के हृदय में स्त्रियों को लेकर इतनी कड़वाहट क्यों नहीं होती?' मैंने कहा।

'यह इसलिए कि उन्हें कुछ महसूस होता ही नहीं। उनकी सारी भावनाएँ गले से ऊपर-ऊपर तक रहती हैं। क्षमा करना, मैं तुम्हारे बारे में नहीं कह रही। तुम्हें तो मैं...!'

'अभी उतना नहीं जानती...' मैंने उसके लिए वाक्य पूरा कर दिया।

'तुम अभी यहाँ आए नहीं कि आते ही इस तरह की बातें करने लगे?' वह सहसा उठती हुई बोली। 'मैं आज के दिन तुमसे कोई ऐसी बात नहीं सुनना चाहती जिससे मेरा मन उदास हो। मैं चाहती हूँ कि हम सचमुच गम्भीरतापूर्वक कुछ बातें कर लें।'

'तुम मुझे क्या बताना चाहती थीं?'

'मैं अभी तुम्हें बताती हूँ। यह रोशनी तुम्हारी आँखों को चुभती तो नहीं है?'

'नहीं तो...।'

'मगर मेरी आँखों को चुभती है। तुम्हें बुरा न लगे, तो मैं हलकी रोशनी जला दूँ?'

'हाँ-हाँ, क्यों नहीं?'

उसने बीच की रोशनी बुझाकर कोने की तरफ़ का ज़ीरो बल्ब जला दिया। कमरे के वातावरण में एक रूमानी अलसता फैल गई। वह आकर कुरसी पर बैठी, तो मुझे लगने लगा जैसे छत और दीवारें भी ज़रा पास-पास को सिमट आई हों। मुझे याद हो आया कि हरबंस ने मेरे साथ अपने विषय में बातें की थीं, तो उसने भी अपने चारों तरफ़ इसी तरह झुटपुटा-सा कर लिया था। क्या वास्तव में अँधेरा जिस तरह की आत्मीयता को जन्म देता है, वह उजाले में नहीं बन सकती? अँधेरे में शायद इन्सान

दबे पैरों अपने अन्दर उतरता जाता है, उतरता जाता है, जैसे वह किसी ग़ैर के घर में चोरी के लिए दाख़िल हुआ हो और अपने अन्दर से सबकुछ बाहर निकाल लाता है। और उजाला हो, तो वह उस चोर गली की तरफ़ मुँह करते भी कतरा जाता है।

कमरे की वह रूमानी अलसता सुषमा के चेहरे के गम्भीर भाव के लिए बहुत उपयुक्त पृष्ठभूमि की तरह लग रही थी। वह लेटने की तरह कुरसी पर नीचे को सरक गई और उसकी बाँहें कुरसी की बाँहों पर इस तरह ढीली हो गईं जैसे शरीर के साथ उनका कोई सम्बन्ध ही न रहा हो।

'तुम नहीं जानते मधुसूदन कि मैं अब तक कितनी थक चुकी हूँ,' वह बोली। 'मैं पहले इस बात का बहुत पक्षपात करती रही हूँ कि एक लड़की को बिलकुल स्वतन्त्र जीवन बिताना चाहिए। किसी भी व्यक्ति के साथ बँधकर उसके शासन में रहना मुझे बहुत ग़लत लगता था। और तुम जानते हो कि हर पुरुष किसी-न-किसी रूप में स्त्री पर शासन करना चाहता है। मैं सोचती थी कि मैं एक अपवाद बन सकती हूँ। पुरुषों के शासन से बचकर उन्हें अपने शासन में रख सकती हूँ। मैंने इसका प्रयोग करना चाहा, तो वह प्रयोग मुझे काफ़ी हद तक सफल भी लगा। मुझे लगा कि मैं जिस किसी को चाहूँ, अपने इशारे पर नचा सकती हूँ। मैंने कुँआरी रहकर ज़िन्दगी काटने वाली लड़कियों के रूखे चेहरे देखे थे और मुझे लगता था कि उन्हें वास्तव में जीना नहीं आता। मगर बहुत जल्द मुझे लगने लगा कि मैं जिसे अपना शासन समझती हूँ, वह भी शासन नहीं, एक माँग है और वह माँग सदा मुझी को हीन करती है जिससे दूसरा अपने को जाने क्या समझने लगता है! क्योंकि मुझे यह स्थिति स्वीकृत नहीं थी, इसीलिए मैं अपनी ऊँचाई बनाए रखने के लिए सदा अपनी माँग से लड़ती रही हूँ। मैं जानती हूँ कि लोग मेरे बारे में कई तरह की बातें करते हैं, मगर सच यह है कि मैंने आज तक अपने को किसी पुरुष के सामने हीन नहीं होने दिया; किसी को अपनी कमज़ोरी का फ़ायदा नहीं उठाने दिया। मैं सोचती रही हूँ कि एक दिन मैं या तो उस माँग से ऊपर उठ सकूँगी, या कोई ऐसा उपाय ढूँढ़ लूँगी जिससे मैं अपने को हीन किए बिना उसे पूरा कर सकूँगी। मगर सच बात यह है कि दोनों में से कोई भी बात नहीं हुई और मैं आज तक अपने से लड़ती हुई जहाँ-की-तहाँ खड़ी हूँ। मैं आर्थिक रूप से किसी पर निर्भर नहीं रहना चाहती थी, इसलिए मैंने आर्थिक स्वतन्त्रता प्राप्त की; अकेली रहना और खुद अपने लिए कमाना सीखा। पुरुषों में स्त्रियों के प्रति जो संरक्षणात्मक भाव रहता है, वह मुझे बरदाश्त नहीं था, इसलिए मैंने ऐसा काम चुना जिसमें मैं अपने को किसी भी पुरुष के बराबर सिद्ध कर सकूँ। मैंने एक पत्रकार के रूप में किसी पुरुष से कम काम नहीं किया और कम अनुभव प्राप्त नहीं किया। मगर फिर भी इधर काफ़ी अरसे से मुझे लग रहा है कि मेरी सफलता में ही कोई चीज़ ऐसी है जो मुझे तोड़ रही है।

मैंने अपने को टूटने से बचाने के लिए भी काफ़ी संघर्ष किया है। मगर अब ज़्यादा संघर्ष भी मेरे बस का नहीं रहा। मुझे किसी-किसी समय लगता है कि मैं अन्दर से चाहती हूँ कि मैं टूट जाऊँ। यह परिस्थितियों के कारण है या अपने अन्दर की ही किसी कमज़ोरी के कारण, मैं नहीं जानती। मैं बस इतना जानती हूँ कि मैं अपने वर्तमान से बाहर आना चाहती हूँ। इसीलिए मैं सोच रही थी कि दो-तीन साल के लिए विदेश चली जाऊँ, तो शायद उससे मेरे अन्दर की समस्या कुछ हल हो जाए। मगर उसमें भी मुझे एक डर लगता था। और उस डर से बचने के लिए ही मैं चाहती थी कि अगर जाना हो, तो अपने को यहीं से सुलझाकर जाऊँ। नहीं तो यह न हो कि...।'

उसके आत्मविश्वास की तह में इतनी थकान छिपी होगी, इसकी मैंने कल्पना भी नहीं की थी। 'क्या न हो?' मैंने अपने प्याले को सॉसर में घुमाते हुए पूछा।

'यही कि वहाँ जाकर भ्रम का आख़िरी शीशा भी टूट जाए और मुझे महसूस हो कि मैं एक सुनसान जगह से बचने के लिए दूसरी उसे भी सुनसान जगह पर पहुँच गई हूँ। मैं अब रिस्क नहीं लेना चाहती। मुझे कई बार ज़िन्दगी इतनी डरावनी लगती है कि मैं उससे बचकर एक छोटे-से कोने में दुबक जाना चाहती हूँ। एक पत्रकार के रूप में तुमने भी महसूस किया होगा कि ज़िन्दगी का सारा ढाँचा—युद्ध, राजनीति और बड़े-बड़े भयानक अस्त्र— यह सबकुछ कितना भीषण और कितना अमानुषिक है! मैं इस सबको बस रोज़ी का साधन मानना चाहती हूँ और अपने लिए एक छोटा-सा घर बनाकर रहना चाहती हूँ जहाँ से मुझे ज़िन्दगी की दीवारें इस तरह हिलती नज़र न आएँ। मैं अपने आसपास छोटे-छोटे सुख के साधन जुटाकर और सब कुछ भूल जाना चाहती हूँ। मेरे अन्दर बहुत महत्त्वाकांक्षा रही है, मगर अब मुझे उस महत्त्वाकांक्षा से भी डर लगता है। मैं उन्नति करना चाहती हूँ, उतनी ही जितनी कि कोई भी कर सकता है, मगर उससे पहले मैं अपने लिए सुख चाहती हूँ, सुख जो एक छोटे-से घर में ही मिल सकता है, जहाँ मैं एक छोटा-सा बाग़ लगा सकूँ और एक-एक पौधे को सींचकर बड़ा कर सकूँ, उसकी हर नई पत्ती को देखकर खुश हो सकूँ और किसी से कह सकूँ कि देखो आज उस पौधे में एक नई पत्ती निकली है। मैं कभी इस तरह की भावुकता का मज़ाक उड़ाया करती थी, मगर अब मुझे लगता है कि मैं अपने अन्दर वह सभी कुछ चाहती हूँ जिसका कि मैं मज़ाक उड़ाती थी।'

वह बोलते-बोलते थककर चुप हो गई। उसकी बाँहें उसी तरह निर्जीव-सी पड़ी थीं। बल्कि उसका सारा शरीर ही निर्जीव-सा लग रहा था। उसकी आँखों में एक कातरता थी—उस कबूतर की-सी कातरता जो घायल होकर पड़ा हो और अपनी तरफ़ बढ़ते हुए हाथों को देखकर सोच रहा हो कि वे उसे बचाने वाले हाथ हैं या झिंझोड़

देने वाले हाथ हैं।

'तुम इस समय सचमुच बहुत थकी हुई लग रही हो,' मैंने कहा।

'मैं लगभग एक-डेढ़ साल से इसी तरह थकी हुई महसूस कर रही हूँ,' वह अपने को थोड़ा सँभालने की चेष्टा करती हुई बोली। 'ज्यों-ज्यों दिन बीतते जाते हैं, मुझे लगता है कि मैं अपनी बेबसी में एक डरावनी घाटी में नीचे-नीचे उतरती जा रही हूँ। मैं जितना चाहती हूँ कि उस रास्ते से लौट चलूँ, उतना ही अपने को घाटी के नज़दीक पहुँचते हुए पाती हूँ।'

'इस तरह की स्थिति में अक्सर लोग अपने मन को बहलाने के लिए धर्म और ईश्वर की बात करने लगते हैं। नहीं?'

'मैं इन सब ढकोसलों से नफ़रत करती हूँ,' कहते हुए वह कुछ उत्तेजित हो उठी और उत्तेजना से उसकी निर्जीवता बहुत-कुछ कम हो गई। 'तुम इनमें विश्वास करते हो?'

'मैं इन चीज़ों के बारे में कभी सोचता ही नहीं, विश्वास करने की तो बात ही अलग है,' मैंने कहा।

'क्या तुम समझते हो कि जीवन में ऐसा भी मूल्य है जिस पर आदमी अपने मन को स्थिर रख सके?' वह उसी कटुता के साथ बोली। 'कोई भी ऐसी चीज़ है जिसका दामन पकड़कर आदमी खड़ा रह सके? मुझे लगता है कि जितने लोग इस तरह की बातें करते हैं, वे या तो अपने को धोखा देना चाहते हैं, या दूसरों को। इस तरह उन्हें ज़िन्दगी बिताने के लिए एक अच्छा स्वाँग भी मिल जाता है।'

'तो तुम्हें लगता है कि जीवन में किसी तरह का कोई मूल्य है ही नहीं?'

'बिलकुल नहीं। अगर कोई मूल्य है तो इतना ही कि हर इन्सान अपने लिए थोड़ा-बहुत सुख जुटाकर किसी तरह जी लेना चाहता है, जैसे मैं चाहती हूँ, तुम चाहते हो और हमारे आसपास सब लोग चाहते हैं।'

'मगर हर इन्सान के अन्दर स्नेह, सहानुभूति और सौन्दर्य की जो एक भूख होती है...।'

'ये सब कोरे शब्द हैं जिनका कभी अर्थ रहा होगा, आज कोई अर्थ नहीं है।'

'मगर हर इन्सान दूसरे पर निर्भर तो रहना चाहता ही है...।'

'हाँ, मगर अपने व्यक्तिगत स्वार्थ और सुख के लिए ही। अन्दर से हर इन्सान बहुत छोटा और बहुत स्वार्थी है। और आज ही नहीं, सदा से ऐसा रहा है। मुझे किसी के मुँह से ये खोखले शब्द सुनना अच्छा नहीं लगता। तुम्हारे मुँह से तो बिलकुल ही नहीं।'

'तो इसका तो यह मतलब है कि जीवन में तुम किसी तरह की आस्था का कोई स्थान ही नहीं मानती?'

'यह मैं नहीं जानती,' कहते हुए उसने पल-भर के लिए आँखें मूँद लीं। 'मैं कितना चाहती रही हूँ कि जीवन में मुझे किसी तरह की आस्था मिल जाए, मगर उसकी जगह जो कुछ मिल रहा है, वे हैं कोरे शब्द। सदियों से लोग एक-दूसरे को छलने के लिए इन झूठे शब्दों का प्रयोग करते आए हैं और अब भी करते जा रहे हैं। मैं पहले अपने लिए इनमें एक शब्द ढूँढ़ना चाहती थी। मगर अब मैं इन सब शब्दों से अपना पिण्ड छुड़ाना चाहती हूँ। ये शब्द केवल हमारे सुख में बाधा ही डाल सकते हैं। मुझे इस तरह के सब शब्दों से नफ़रत है। मैं अपने लिए अब एक छोटा-सा घर चाहती हूँ, बस!'

कुछ देर हम दोनों चुप रहे। कमरे की छत और दीवारें धीरे-धीरे और पास घिर आई थीं। अँधेरा कन्धों पर उठाए हुए हलके बोझ की तरह लग रहा था। सुषमा शायद मेरे चेहरे में खोज रही थी कि जो कुछ वह चाहती है, क्या वह उसे इस सामने बैठे हुए व्यक्ति से मिल सकता है?

'तुम सहसा उदास क्यों हो गए?' उसने अपनी कुहनियों पर झुककर पूछा।

'नहीं, मैं उदास नहीं हूँ,' मैंने अपने को झटककर थोड़ा सचेत कर लिया।

'मैं तुम्हें अपने साथ लाई थी कि तुम्हें एक खुशी की बात बताऊँगी,' वह बोली। 'और उसकी जगह मैंने अपनी बातों से तुम्हें उदास कर दिया है। मगर यही तो मैं समझ नहीं पाती कि जो समय हमें सुख की खोज में बिताना चाहिए, उसे हम दुःख को टटोलने में क्यों गँवा देते हैं? तुम हाथ देखना जानते हो?' कहते हुए उसने अपनी हथेली मेरे सामने फैला दी।

'नहीं,' मैंने उसका हाथ अपने हाथ में ले लिया। फिर पूछा, 'तुम हस्त-रेखाओं में विश्वास करती हो?'

'कभी करती थी,' उसने कहा। 'अब किसी चीज़ में भी नहीं करती। तुम करते हो?'

'नहीं। मैं पहले भी नहीं करता था। मगर तुम विश्वास नहीं करती तो तुमने मुझसे पूछा क्यों था?'

'मैं अपना हाथ तुम्हारे हाथ में देने के लिए कोई बहाना चाहती थी।'

हमारे हाथों की उँगलियाँ आपस में उलझ गईं और काफ़ी देर तक उलझी रहीं। फिर हलके से दबाव में मैंने उसे अपनी तरफ़ खींच लिया, तो वह काफ़ी आगे तक झुक आई। मैंने उसका हाथ छोड़ दिया और धीरे से उसके चेहरे को अपने दोनों हाथों में ले लिया। 'तुम इस समय बहुत सुन्दर लग रही हो,' मैंने कहा।

'यह इसलिए कि मैं इस समय तुम्हारे बहुत पास हूँ और तुम्हारे हाथ आसानी से मुझ तक पहुँच सकते हैं।'

इससे उसके चेहरे पर मेरे हाथों का दबाव कुछ कम हो गया और मैं थोड़ा पीछे

को हट गया।

'तुम तो इतनी-सी बात से पीछे हटने लगे,' कहते हुए उसने अपने दोनों हाथ मेरे हाथों पर रखकर उन्हें अच्छी तरह अपने चेहरे के साथ दबा लिया। 'तुम्हारे हाथ बहुत गरम हैं,' उसने कहा।

'तुम्हारा चेहरा ठंडा है, शायद इसलिए तुम्हें ऐसा लग रहा है।'

'शायद,' कहकर उसने मेरे हाथों को और भी दबा लिया। कुछ क्षण इसी तरह बीत जाने के बाद उसने फुसफुसाने के स्वर में कहा, 'मधु!'

मेरा शरीर रोमांचित हो उठा। बचपन के बाद पहली बार किसी ने मुझे इस नाम से सम्बोधित किया था। 'तुम तो बिलकुल बच्ची-सी लग रही हो,' मैंने कहा।

'मुझे अब जीवन में इतना ही चाहिए कि किसी के सामने हमेशा इस तरह बच्ची-सी बनी रहूँ।'

मेरे होंठ आगे को झुक गए। उसकी गरम साँस मेरी साँस से टकराने लगी। 'तुम हो ही बिलकुल बच्ची-सी,' मैंने कहा और कुछ क्षणों के लिए ज़ीरो बल्ब की रोशनी भी आँखों से ओझल हो गई। दीवारों ने जैसे बहुत पास आकर हमें ऊपर से ढक लिया और हम एक अँधेरे गुंबज में एक-दूसरे के स्पर्श में खोए रहे। जब मेरे होंठ उसके होंठों से हटे, तो मुझे लगा जैसे उनकी जड़ें वहीं रह गई हों और केवल उन्हें ऊपर से तोड़कर अलग कर लिया हो। मुझे यह भी महसूस नहीं हुआ कि इस बीच मेरे हाथ उसके नाख़ूनों से छिल गए हैं। एक बहुत तेज़ साँस फिर मुझे अपने में लपेट लेने के लिए बहुत पास-पास आ रही थी। मैं उस साँस के पाश में खिंचता जा रहा था। 'ज़िन्दगी सचमुच कितनी अच्छी हो सकती है मधु, अगर हम...' उसने फिर फुसफुसाकर कहा और अँधेरा पहले से भी स्याह होकर घिर आया। जड़ों से उखड़े हुए फूल फिर अपनी जड़ों से जा मिले और बीच की तिपाई भी हमारे बीच से हट गई। कबूतर के पंखों का एक नरम-नरम बोझ मेरे ऊपर लद गया और मैं उस बोझ के नीचे अपने को बिलकुल भूलने लगा। कुछ देर लगता रहा जैसे अँधेरे की जगह हम गहरे पानी में डूबे हों और वह पानी अपनी गहराई के हलके बोझ से हमें सहलाता हुआ ऊपर से गुज़रता जा रहा हो और पानी में तैरती हुई मछलियाँ शरीर से टकरा-टकरा जाती हों और साँसों की रस्सियाँ हाथ-पैरों को कसती जा रही हों। एक लहर गुज़रने से पहले ही दूसरी लहर उमड़ आती हो, फिर तीसरी, और पानी हमें ऊपर-ऊपर अपनी सतह की तरफ़ उठाए लिये जा रहा हो। 'मधु!' पाश की तरह कसती हुई साँसें धीरे-धीरे कह रही थीं, 'मैं जीवन में अब अपने छोटे-से सुख के अलावा और कुछ नहीं चाहती, कुछ नहीं, बिलकुल कुछ नहीं...।'

'तुम अपने को इतनी बेबस क्यों समझती हो शमी?' मैंने कहा। 'तुममें तो इतना आत्म-विश्वास है, इतनी सामर्थ्य है।'

'वह सब झूठ है,' वह बोली। 'मैं अब यहाँ से चली जाना चाहती हूँ, बस। मगर अकेली नहीं, तुम्हें साथ लेकर। यही बात थी जो मैं तुम्हें बताना चाहती थी।'

'मगर तुम कहाँ जाने की बात कर रही हो?'

उसने देश का नाम लिया, तो मैं एकदम चौंक गया। मेरी आँखों के सामने सहसा पोलिटिकल सेक्रेटरी का चेहरा घूम गया। 'मुझे तीन साल के लिए वहाँ से नौकरी का ऑफ़र मिला है,' वह बोली। 'मैंने उनसे कहा था कि मैं शायद शादी करके ही यहाँ से जाना चाहूँ। उन लोगों ने मुझे प्रॉमिस किया है कि मेरे हस्बैंड के लिए भी वे वहाँ नौकरी की व्यवस्था कर देंगे...।'

एकाएक न जाने कैसे गुंबज की दीवारें टूट गईं, अँधेरे में उठती हुई लहरें रुक गईं और ज़ीरो बल्ब फिर अपनी जगह पर जल उठा।

'क्या बात है मधु?' सुषमा ने बिना ज़रा भी हिले-डुले पूछा।

'कुछ नहीं,' मैंने कहा। 'मेरा सिर कुछ चकरा रहा है। मैं थोड़ा पानी पिऊँगा।'

'मैं अभी तुम्हें पानी ला देती हूँ,' कहकर वह कुछ अनमने भाव से मुझसे अलग हो गई। कुछ ही क्षणों में कमरे के बीच की बत्ती जल उठी, तो जैसे सभी कुछ बदल गया। लहरों और मछलियों की दुनिया से मैं सहसा कॉन्सीक्यूशन हाउस के पहली मंज़िल के कमरे में पहुँच गया। वही ताँबे की मूर्तियाँ और वही दीवारों के चित्र—या अभी-अभी केवल उन चित्रों में एक की वृद्धि ही नहीं हुई थी? मगर वे चित्र जितने स्थायी थे, क्या यह चित्र भी उतना स्थायी हो सकता था?

वह पानी का गिलास ले आई, तो मुझे उसकी आँखों से लगा कि वह मुझे एक सन्देहपूर्ण दृष्टि से देख रही है। उसका ड्रेसिंग गाउन उसके शरीर पर नहीं था; जब वह मेरे पास से उठकर गई थी, तब भी नहीं था। वह उसने कब उतार दिया था, यह मैं सोचकर भी नहीं सोच सका। नाइट सूट और बिखरे हुए बालों से वह उस समय कनॉट प्लेस के किसी शो-केस की आकृति जैसी लग रही थी—उसका मानवीय रूप उसके अंगों की कोमलता तक ही सीमित था। उसने गिलास मुझे देकर कुरसी पर बिखरा हुआ अपना नाइट गाउन उठा लिया और बाँहें फैलाकर उसे पहनने लगी।

'क्षमा करना,' मैंने कहा। 'मुझे अचानक ही एक जलन सी महसूस होने लगी थी। न जाने क्यों? शायद बहुत ज़्यादा कॉफ़ी पीने की वजह से...!'

'अच्छा?' मगर बुझे हुए स्वर में उसके 'अच्छा' कहने में एक व्यंग्य भी था और अविश्वास भी।

मैंने पानी पीकर गिलास रख दिया और अपने दोनों हाथों की उँगलियाँ आपस में उलझा लीं। 'तुमको ज़रूर बुरा लगा है,' मैंने कहा।

'नहीं, मुझे क्यों बुरा लगता?' वह बहुत दूर से तटस्थता के साथ बोली। 'यह

सब बहुत ही स्वाभाविक है।'

'क्या स्वाभाविक है?'

'मेरा मतलब है कि कई बार आदमी को इस तरह की जलन या घुटन का अनुभव होने लगता है। इसमें अस्वाभाविक कुछ नहीं है।'

'मगर मैंने घुटन की बात तो नहीं कही थी।'

'हाँ, तुमने सिर्फ़ जलन की बात कही थी। मुझे अफ़सोस है मैंने अपनी तरफ़ से एक और शब्द जोड़ दिया।'

'तुम मुझसे नाराज़ हो गई हो!' उसके चेहरे पर ऐसी जड़ता भी आ सकती है, यह भी मेरे लिए एक नया अनुभव था। उसकी इस समय की निर्जीवता कुछ समय पहले की निर्जीवता से कितनी भिन्न थी!

'नहीं, मैं नाराज़ क्यों हूँगी? वह एक क्षण की कमज़ोरी थी जो क्षण बीतने पर दूर हो गई।'

'तुम मुझे ग़लत समझ रही हो।' मेरा मन हुआ कि उसे बता दूँ कि मेरी अनुभूति में न्यूनता नहीं आई थी, परन्तु मुझे सहसा एक ऐसा चेहरा दिखाई दे गया था जिसने मेरे लिए उस अनुभूति का रूप बिलकुल बदल दिया था। मेरा यह भी मन हुआ कि जिस तरह कुछ देर पहले वह मुझसे अपने बारे में बात कर रही थी, उसी तरह मैं अपने बारे में बात करने लगूँ और जो-जो बातें मेरे मन में उठ रही हैं, वे सब उसे बता दूँ और कहूँ कि हमें एक छोटा-सा घर बनाकर रहना है, तो क्यों हम यहीं रहकर ऐसा नहीं कर सकते? मगर यह सब कहने के लिए मैं उसकी आँखों में जो भाव देखना चाहता था, उस भाव का वहाँ स्पर्श भी नहीं था।

'स्त्रियाँ हमेशा ही पुरुषों को ग़लत समझती हैं,' उसने कहा।

'हमेशा तो नहीं, मगर कभी-कभी बहुत ग़लत समझती हैं।'

वह चुप रहकर कुछ देर सूनी आँखों से दीवार की तरफ़ देखती रही। फिर सहसा जैसे अपने को समेटती हुई बोली, 'मुझे लगता है मुझे जितनी दूर तक जाना चाहिए था, मैं उससे बहुत आगे चली गई थी।'

'अर्थात्?' मैं जानता था कि वह क्या कह रही है, मगर मैं चाहता था कि किसी तरह हम लोगों में पहले की-सी सहजता लौट आए।

'अर्थात् कुछ नहीं। तुम्हें और पानी ला दूँ?' उसके चेहरे ने एक बहुत ही शिष्ट और अभिजात रूप ग्रहण कर लिया था।

'नहीं।'

'तो...?'

'मेरे ख़याल में उचित यह होगा कि हम फिर किसी समय मिलकर इस बारे में बात करें। इस मनःस्थिति में शायद मैं अपनी बात तुम्हें ठीक से समझा नहीं सकूँगा।'

'ठीक है,' वह बोली। 'तुम्हें जब भी सुविधा हो, तुम फ़ोन कर लेना। संक्षेप में बताने की बात हो, तो चाहे फ़ोन पर ही बता देना।'

मुझे लगा कि यह मुझे जाने के लिए संकेत है। मगर न जाने क्यों मेरा मन उठने और जाने को नहीं हो रहा था। शायद मैं जाने से पहले अपनी स्थिति स्पष्ट करना चाहता था जो मैं नहीं कर पा रहा था। मगर संकेत इतना स्पष्ट था कि और बैठना भी ठीक नहीं लगता था।

'तुम्हें इस वक़्त आराम की ज़रूरत है,' मैंने उठते हुए कहा। 'इस समय मैं और रुककर तुम्हे परेशान नहीं करूँगा। पहले ही मैंने तुम्हें काफ़ी परेशान कर दिया है।'

'क्यों?' वह उसी रूखे आभिजात्य के साथ बोली। 'मेरे लिए तो यह खुशी की बात थी कि आज की शाम तुम्हारे साथ इतनी अच्छी बीत गई। मैं तो बल्कि समझ नहीं पा रही कि तुम्हें किस तरह धन्यवाद दूँ, खाना खिलाने के लिए भी और यहाँ आने के लिए भी।'

अगर मैं अपने मन से चल सकता, तो उसकी बाँह पकड़कर उससे कहता कि सुषमा अपने को इस लबादे में लपेटकर मुझसे बात न करो; तुम्हारा वह कमज़ोर व्यक्तित्व तुम्हारे इस अभिजात व्यक्तित्व की अपेक्षा कहीं अधिक मानवीय और स्वाभाविक था; वह व्यक्तित्व इसकी अपेक्षा कहीं अधिक सबल और सजीव भी था; तुम क्यों नहीं अपने उसी रूप में बनी रहतीं और चलते समय मुझसे उसी तरह बात कर सकतीं? मगर ज़ीरो बल्ब की रोशनी में मैं जितने अधिकार के साथ उससे बात कर रहा था, उसका सौवाँ हिस्सा भी अधिकार उस समय मुझे उस पर नहीं लग रहा था।

'तुम्हारा मन इस समय दूसरी तरह का हो गया है,' मैंने कहा। 'मैं दो-एक दिन में फिर किसी समय तुमसे बात करूँगा। तुम नीलिमा के शो में तो आओगी?'

क्षण-भर के लिए अपने आभिजात्य से बाहर निकलकर उसने होंठ बिचका दिए। 'कह नहीं सकती कि आऊँ या न आऊँ। हो सकता है कि उसे कवर करने के लिए आ भी जाऊँ।'

'तुम्हें ज़रूर आना चाहिए,' मैंने कहा। 'एक तरह से उसका यह पहला ही शो है और हमें उसे हतोत्साह नहीं करना चाहिए।'

उसका भाव ऐसा हो गया जैसे उसने अन्दर-ही-अन्दर एक बार हँस लिया हो। 'तो तुम भी आजकल उसकी वकालत कर रहे हो?' उसने कहा।

'क्यों? इसमें वकालत की क्या बात है?'

'मैं यह भूल ही गई थी कि वे लोग तुम्हारे घनिष्ठ मित्र हैं।'

'मेरी उनसे मित्रता है, इसमें कोई सन्देह नहीं, मगर...।'

'अच्छा है वे लोग किसी से तो मित्रता रख सकते हैं, वरना...।' मुझे लगा कि

उसे यह सब कहने में एक तरह का प्रतिशोध लेने का सुख मिल रहा है।

'वरना क्या?'

'मैं जितना उन्हें जानती हूँ उससे मेरी तो राय यही थी कि अपने अलावा उन लोगों को दुनिया में और किसी चीज़ से मतलब नहीं है।'

'तुम समझती हो कि तुम उन्हें इतना पास से जानती हो?'

'मैं उनमें से एक को ही जानती हूँ। पति को। तुमने उसके बारे में एक बार पूछा भी था। पत्नी को तो मैंने सिर्फ़ देखा है। मुझे तो नहीं लगता कि उसमें वह चीज़ है...।'

'क्या चीज़?'

'जो एक कलाकार में होनी चाहिए।'

'अर्थात्?'

'अर्थात् वह सुरुचि, कोमलता, भावना, अनुभूति...।'

'मगर बिना उसका प्रदर्शन देखे तुम कैसे कह सकती हो?'

'मेरी अपनी राय है। मुझे ऐसा लगता है।'

'ख़ैर, मैं इस समय इतना ही कहूँगा कि तुम उस दिन ज़रूर आओ और जो भी राय बनानी हो, उसका शो देखकर ही बनाओ। पहले से मन में पूर्वग्रह हो, तो हम कभी किसी का सही मूल्यांकन नहीं कर सकते।'

'पूर्वग्रह दोनों तरह का हो सकता है,' वह बोली। 'पक्ष में भी और विपक्ष में भी। तुम कैसे कह सकते हो कि तुम्हारे मन में पूर्वग्रह नहीं है?'

'इसका पता तुम्हें मेरी टिप्पणी से चल जाएगा।'

'तो ठीक है,' वह बोली। 'मैं उस दिन आऊँगी।'

'उस दिन ही और बात भी करेंगे...।' मैंने उसके कन्धे को हलके से छुआ कि शायद मेरे चलते समय वह अपना तनाव कुछ छोड़ दे, मगर उसका कन्धा ज़रा भी ढीला नहीं हुआ। मैंने अपना हाथ हटा लिया।

'तुम्हें नीचे तक पहुँचा आऊँ?' उसने पूछा।

'नहीं,' मैंने कहा। 'तुम्हें कपड़े बदलने पड़ेंगे। तुम बैठो।'

'सुनो,' मैं दरवाज़े से निकलने लगा, तो उसने कहा। मैं रुक गया। क्षण-भर हम चुपचाप एक-दूसरे की तरफ़ देखते रहे।

'मैं समझती थी कि हम लोग साथ-साथ बाहर चल सकेंगे। मगर मैं तुम्हारा मन जितना समझ सकी हूँ, वह ठीक ही समझा है न?'

'देखो, तुम इस वक़्त यह बात न पूछो। उस दिन मिलेंगे, तो बात करेंगे।'

'तुम समझते हो कि बात करने को कुछ बाक़ी है?'

'सभी कुछ बाक़ी है।'

'अच्छा, गुड नाइट!'

'गुड नाइट!'

मैं कॉन्सीक्यूशन हाउस के गेट से बाहर निकला, तो मुझे अपना सिर बहुत भारी लग रहा था। यह भारीपन एक मर्ज़ था जिसका जब-तब मेरे ऊपर दौरा हो जाता था। बात करते-करते, चलते-चलते, अनायास, बिना कारण यह भारीपन मुझे छा लेता था। उस स्थिति में अपने आसपास का विवेक मिट जाता था, अपने अन्दर और बाहर सबकुछ पथराया हुआ-सा लगता था; सड़क, खम्भे, तारें और आकाश सब एक कब्रिस्तान की तरह हो जाते थे। मुझे हर चीज़ से वितृष्णा और विरक्ति होने लगती थी। एक-एक क़दम चलना मेरे लिए बोझ बन जाता था। मैं नहीं समझ पाता था कि यह भारीपन क्या है? क्या यह एक ऐसा रोग था जो टिकिया खाने से ठीक हो सकता था? या इस रोग का इलाज किसी भी तरह सम्भव नहीं था? सड़क से कई-कई गाड़ियाँ गुज़र रही थीं और मुझे अपने पथराए हुए मन में कई एक ख़ाके नज़र आ रहे थे—पत्थर पर बनी हुई लकीरों की तरह। गाँव का पोखर, कीचड़ में डुबकियाँ लेते हुए सूअर, अलमारी में रखी हुई तसवीरों वाली किताब, अमृतसर का कंजरियों वाला बाज़ार, क़स्साबपुरा की गली, पोलिटिकल सेक्रेटरी का कमरा, हरबंस के घर की दीवारें, कबूतर के पंखों का बोझ, एक दूर के देश की तरफ़ उड़ाकर ले जाता हुआ हवाई जहाज़, एक सजा हुआ छोटा-सा घर, नीले परदों वाली गाड़ी, सुगन्धित तम्बाकू के सिगरेट, मुसकराकर बातें करते हुए लोग, टेलीप्रिंटर पर आती हुई ख़बरें, सम्पादक का चेहरा, अपने कमरे की खिड़की, वहाँ से दिखाई देते हुए बत्तियों के झुरमुट और...और फिर वही पोखर, वही कीचड़ से लथपथ सूअर और ताई की झिड़की, 'तू नहीं मानेगा कीचड़ से खेले बिना, मधू!... सूअर के बीच एक सूअर तू भी है...!'

सुबह अभी नींद नहीं खुली थी कि बीच की मंज़िल के किरायेदारों के लड़के ने आकर दरवाज़ा खटखटाया। दरवाज़ा खोला, तो उसने पतंग की खपची मुँह में चबाते हुए कहा, 'अंकल जी, नीचे कोई आपसे मिलने के लिए आई हैं।'

'मुझसे मिलने के लिए!' मुझे आश्चर्य हुआ कि सुबह-सुबह वहाँ मुझसे कौन मिलने के लिए आ सकती है। मगर फिर सोचा कि हो सकता है नीलिमा आई हो कि मैं चलकर एक बार उसकी प्रैक्टिस देख लूँ। एक ख़याल यह भी आया कि सम्भव है कि सुषमा ही दफ़्तर से मेरा पता पूछकर चली आई हो। मैंने जल्दी-जल्दी अपने कपड़ों की सलवटें ठीक कीं, बालों में कंघी की, एक बार आईना देखा और नीचे चला गया। मगर नीचे पहुँचते ही मैं एकदम अचकचा गया। घर के सामने सड़क के उस

तरफ़ ठकुराइन और निम्मा खड़ी थीं। सड़क के नीचे पाइप बिछाने के लिए सड़क बीच से खोदी गई थी। बीच की खाई को पार करने के लिए पतला फट्टा हमारे घर से थोड़ा हटकर रखा था।

'भाभी, तुम!' मैंने उन पर नज़र पड़ते ही कहा।

'हाँ, भैया! तुम्हारा घर ढूँढ़ने में हम लोग इतनी परेशान हुई कि क्या कहूँ! अब भी मालूम नहीं था कि ठीक जगह पहुँच गई हैं या नहीं।...ठहरो, पहले उधर से हम लोग पार कर लें।' कहते हुए उसने निम्मा का हाथ पकड़ लिया।

'चल मरी, अभी उधर से घूमकर आना पड़ेगा।'

बहुत सँभल-सँभलकर पैर रखते हुए उन लोगों ने आगे-पीछे फट्टे को पार किया। मैं उन्हें लाने के लिए कुछ क़दम आगे चला गया।

'मैंने सोचा था कि करोल बाग़ में किसी बड़े बँगले में रहते होंगे,' ठकुराइन पास आकर बोली। 'मुझे क्या मालूम था कि तुम इतनी ऊँची पहाड़ की चोटी पर चढ़कर रहते हो! पहले डर लगे कि किसी बोतलों वाली मोटर के नीचे ही न आ जाएँ। फिर आगे यह मरी नहर आ गई। तुमने भी जगह ली तो कहाँ!'

हम लोग सेहन में आ गए, तो मैंने पूछा, 'मगर तुम्हें इस जगह का पता कैसे चला! मैं तो उस दिन तुम्हें बताकर नहीं आया था।'

'यह तुम कुछ मत पूछो भैया!' ठकुराइन अपनी चादर को ठीक से सँभालती हुई बोली। 'पहले कल अरविन्द भैया के दफ़्तर में जाकर पूछा, तो उन्होंने तुम्हारा पहले वाले अख़बार का पता बता दिया। वहाँ गई, तो एक खद्दरपोश आदमी ने बताया कि हाँ दस साल पहते तो हमारे पास ही काम करते थे, अब किसी दूसरे अख़बार में काम करते हैं। मगर उस भले आदमी ने इतना किया कि वहीं से तुम्हारे अख़बार में टेलीफ़ोन करके तुम्हारा घर का पता पूछ दिया। कल का सारा दिन इसी में गया। आज सवेरे जल्दी निकल आई थी कि तुम घर से चले न जाओ, मगर घंटा-भर घूम-घूमकर अब तुम्हारा मकान मिला है। यहाँ की चढ़ाई चढ़ते-चढ़ते तो हम दोनों का दम निकल गया।'

निचली मंज़िल की बबुआइन ग़ौर से देख रही थी कि बरसाती वाले बाबू के यहाँ ये कौन मेहमान आई हैं। ठकुराइन घर की धुली हुई मैली धोती के ऊपर उसी तरह की मैली चादर ओढ़े थी।

निम्मा अपेक्षाकृत साफ़ सलवार-कमीज़ पहने थी, मगर उसमें भी ऊपर से नीचे तक इस तरह सलवटें पड़ी थीं जैसे दिनों के बाद वे कपड़े बन्द ट्रंक में से निकाले गए हों। वह कुछ घबराई हुई-सी थी और अपनी माँ के कहे हुए हर शब्द को बहुत उत्सुकतापूर्वक सुन रही थी। पैरों में उसने चमड़े की गुरगाबी पहन रखी थी जिसका कीचड़ बहुत खरोंचने पर भी पूरा नहीं उतरा था। बरसाती में रहने वाले कुँआरे आदमी

के पास इर तरह के वेश में एक स्त्री और एक लड़की के आने का बबुआइन जाने अपने मन में क्या अर्थ लगा रही थी!

'आओ भाभी, ऊपर चलें, वहीं चलकर बात करेंगे,' मैंने कहा और चुपचाप सीढ़ियाँ चढ़ने लगा। ऊपर कमरे में आते ही ठकुराइन थकी-सी चारपाई पर बैठ गई। निम्मा एक मोढ़े की पीठ पकड़े खड़ी रही।

'तुम्हें जगह ढूँढ़ने में सचमुच बहुत तकलीफ़ हुई होगी,' मैंने कहा। 'मैं तो यह सोच भी नहीं सकता था कि तुम इस तरह परेशान होती हुई यहाँ आओगी।'

'हाँ भैया, तुम क्यों कभी हमारे आने की बात सोचोगे!' ठकुराइन न जाने क्या सोचकर चारपाई से उठ खड़ी हुई और कमरे के चारों मोढ़ों में से सबसे टूटे हुए मोढ़े पर बैठ गई। 'तुम्हें हमसे मुराद नहीं, मगर हमें तो भैया तुमसे मुराद है ही। देख लो ज़मीन सूँघती हुई किसी तरह पहुँच ही गई।'

निम्मा उसी तरह खड़ी थी। मैंने उससे बैठने को कहा, तो वह चुपचाप मोढ़े पर बैठ गई। ठकुराइन इस तरह मेरे चेहरे की तरफ़ देख रही थी जैसे अभी-अभी उसने मुझे कोई जुर्म करते पकड़ा हो। मैंने अपने लिए भी एक मोढ़ा खींच लिया और उस पर बैठते हुए कहा, तुम्हारे चेहरे से तो लगता है भाभी, जैसे तुम किसी वजह से मुझसे नाराज़ हो। यह क्या इसीलिए है कि मैंने तुम्हें अपना पता लिखकर कार्ड नहीं डाला!'

'तुम क्यों कार्ड डालते भैया!' ठकुराइन बोली। 'और भाभी बेचारी तुमसे क्या नाराज़ होगी! अगर उसे कोई दुःख है तो उसका रोना रोकर भी वह क्या करेगी! दुःख तो गाँठ में बाँधकर उसने जनम ही लिया था। आज तो मैं तुम्हारे पास एक दरख़ास लेकर आई हूँ अगर तुम मंज़ूर करो तो!'

निम्मा चुपचाप ज़मीन की तरफ़ देखने लगी। अपनी ख़ामोशी में वह बिलकुल बच्ची-सी लग रही थी।

'हाँ-हाँ, बताओ, क्या बात है!' मैंने कहा। सोचा कि वह फिर वही लड़की के लिए लड़का ढूँढ़ने की बात कहेगी। साथ ही मुझे समय का भी ध्यान हो आया कि बातचीत में पन्द्रह-बीस मिनट से ज़्यादा लग गए तो समय पर तैयार होकर दफ़्तर कैसे पहुँचूँगा।

'पहले तुम यह बताओ कि हम लोगों के घर की रपट तुमने ही की थी?' ठकुराइन मेरे चेहरे पर आँखें स्थिर किए हुए बोली।

'रपट! कैसी रपट?'

'मैं तो घर में सबसे कहती थी कि यह काम मधुसूदन भैया का नहीं हो सकता। वे ऐसा काम कर ही नहीं सकते। मगर सब लोग मुझसे यही कहते थे कि यह काम तुम्हीं ने किया है। तुम्हीं उस दिन वह मरी तसवीरों वाली मशीन लिये हुए हमारे घर

आए थे। तुम एक बार सौंह खाकर कह दो कि तुमने रपट नहीं की, तो मैं जाकर अच्छी तरह सबका मुँह तोड़ दूँ...।'

'मगर भाभी कुछ समझ भी आए कि तुम किस रिपोर्ट की बात कर रही हो। मुझे आख़िर तुम लोगों की किस बात की रिपोर्ट करनी थी? और कोई बात होती भी, तो क्या तुम समझती हो कि मैं जाकर तुम लोगों की रिपोर्ट करता?'

'तो इसका मतलब है कि तुमने नहीं की।' ठकुराइन कुछ आश्वस्त होकर बोली। 'तब तो मैं सब लोगों से ठीक ही लड़ी थी कि यह काम मधुसूदन भैया का नहीं हो सकता। अब मैं जाकर पूछूँगी सबसे। और तो और राँड गोपाल की माँ भी सबमें शामिल हो गई। कहती थी कि यह काम बस तुम्हारा ही हो सकता है।'

'मगर तुम यह भी तो बताओ कि बात क्या है?'

'बात तो बहुत ज़बरदस्त है भैया!' ठकुराइन मोढ़े पर आगे को सरक आई। 'किसी मुंडी काटे ने सरकार में इस बात की रपट कर दी है कि हमारा मुहल्ला शहर का सबसे गन्दा मुहल्ला है और कि वहाँ जाने कैसी-कैसी बुराई फैल रही है! सब झूठ बातें, बिलकुल झूठ! जाने बीच के किसी दुश्मन का काम है या किसका! मुए को सबसे ज़्यादा बैर हमारे घर से ही न था। सितार वाले मियाँ का नाम लिखकर उसने हमारे घर का अता-पता भी दे दिया है। तीन दिन हुए कमेटी वाले हमारे मुहल्ले की जाँच करने आए, तो हमें पता चला। गली में जितने सब्जी वाले बैठते थे, मरों ने सबको उठा दिया और नालियों में जाने क्या काली-सी दवाई डाल गए हैं! कहते थे कि दो-चार दिन में ओवरसियर साहब आएँगे और मुहल्ले के जो-जो घर गिरने की हालत में हैं, उन्हें गिरवा देंगे। हमारे घर के लिए वे कहते थे कि यह तो बिलकुल ही कंडम है इसलिए इसे सबसे पहले गिराया जाएगा। कोई कहता था कि सितार वाले मियाँ का काम है। मरा आप मरने को है और मरते-मरते घर के सब लोगों की मट्टी पलीद कर जाना चाहता है। मगर उस दिन से उसे जिस तरह गश आ रहा है, उससे मैं कहती हूँ कि नहीं, यह काम उसका नहीं हो सकता।'

यह सब सुनते हुए मैं अन्दर कटा जा रहा था। लेख लिखते समय मैंने यह नहीं सोचा था कि उसका ऐसा असर भी हो सकता है। जहाँ यह बात खुशी की थी कि स्थानीय अधिकारियों पर अख़बार में छपी बात का कुछ असर होता है, वहाँ यह बात बहुत परेशान करने वाली थी कि कहीं सचमुच ही मेरी वजह से उन लोगों के घर न गिरा दिए जाएँ। उस वजह से अपने ऊपर आने वाला जो लांछन था, वह मुझे और भी परेशान कर रहा था।

'हम लोगों को तो तीन रातों से नींद ही नहीं आई,' ठकुराइन बोली। 'कुछ सूझ ही नहीं पड़ता कि किस दुश्मन ने यह दुश्मनी की है। हममें से किसके साथ किसी का ऐसा बैर हो सकता है? होगा तो किसी का मियाँ के साथ ही बैर होगा। लोगों

को मियाँ पर इतना गुस्सा आ रहा था कि कल गोपाल ने उसके नाम की तख़्ती उखाड़कर चूल्हे में जला दी कि जब ओवरसियर साहब घर की पहचान के लिए आएँगे तो हम कह देंगे कि यहाँ इस नाम का कोई आदमी नहीं रहता। क्यों भैया, यह हो भी तो सकता है कि खुद उसी ने अपना घर गिरवाने के लिए सरकार को लिखा हो। उसकी सरकार में चलती तो बहुत है!'

'ऐसी बात नहीं है भाभी!' मेरी समझ में नहीं आ रहा था कि ठकुराइन को किस तरह सारी स्थिति समझाऊँ। 'इसमें इबादत अली ने कुछ नहीं किया। उसे इस बुढ़ापे में क्यों यह सूझेगी कि अपना घर गिरवाए...!'

'अरे तुम उसे नहीं जानते भैया!' ठकुराइन कुछ सोचती हुई-सी अपना घुटना खुजलाने लगी। 'वह बुड्ढा मरा ऐसा कमज़ात है कि उसका कुछ पता भी नहीं कि जाते-जाते हम लोगों से अपना सारा बैर निकाल ले। उसे हमसे इस बात की दुश्मनी तो है ही कि हम उसकी मरज़ी के खिलाफ उस घर में रहते हैं और उसकी लड़की हमीं लोगों की वजह से घर छोड़कर गई है। इधर कई दिनों से उसे दिल का ऐसा दौरा पड़ता है कि कुछ पता नहीं कि वह कब अपना बोरिया समेट ले।' और थोड़ा आगे को झुककर वह कुछ रहस्यपूर्ण ढंग से बोली, 'घर में मरदों ने तो यह सोच रखा है कि अगर यह उस बुड्ढे का काम हुआ, तो रातोंरात उसका बोरिया बनाकर जुमना जी में डाल आएँगे और कह देंगे कि पता नहीं कि वह घर छोड़कर कहाँ चला गया है। वे कहते हैं कि अगर वह हमसे इस तरह दुश्मनी कर सकता है, तो हमें उसका किस बात का लिहाज है। ज़्यादा-से-ज़्यादा हिन्दू-मुसलमानों का झगड़ा ही तो होगा, हो जाए!' और यह कहते-कहते वह एक बार सिहर गई। 'मगर भैया, अगर सचमुच झगड़ा हुआ, तो जिनके घर में मरद हैं, उन्हें तो उतना डर नहीं। तुम मुझे बताओ, हम माँ-बेटी क्या करेंगी, कहाँ जाएँगी? मुझे तो अपने लिए हर तरफ़ आफत-ही-आफत नज़र आती है।'

यह जानते हुए भी कि ठकुराइन जो कुछ कह रही है, उसमें ज़्यादा उसके मन का वहम ही है और ऐसी स्थिति शायद पैदा कभी नहीं होगी, मुझे यह ज़रूरी लग रहा था कि मैं इबादत अली के सम्बन्ध में उसकी ग़लतफ़हमी दूर कर दूँ। दूसरी तरफ़ मुझे यह समझ नहीं आ रहा था कि उसे पूरी बात समझाऊँ किस तरह! एक पत्रकार के रूप में अपना फ़र्ज पूरा करने के लिए मैंने जो काम किया था, उसे करते हुए यह मैंने कब सोचा था कि वैयक्तिक स्तर पर मुझे उसे और ही तरह से झेलना पड़ेगा? पूरी बात बता देने पर एक डर यह भी था कि अगले दिन सारा मुहल्ला ठकुराइन के साथ आकर मेरे घर पर धरना न दे दे। यह सारी स्थिति मुझे बहुत नाटकीय और दुःखदायी लग रही थी कि मैं तो अपने कर्त्तव्य से प्रेरित होकर एक लेख लिखता हूँ और उसके परिणामस्वरूप मेरे ही परिचित लोगों को बेघर-बार होना पड़ता है और

उसके लिए पिटाई बुड्ढे इबादत अली की होती है। मुझे ठकुराइन को असलियत बता देने के सिवा कोई चारा नज़र नहीं आया।

'इसमें ग़रीब इबादत अली का कोई कसूर नहीं है भाभी,' मैंने कहा। 'यह जो भी कार्रवाई हुई है, वह किसी की रिपोर्ट की वजह से नहीं हुई। बात असल में यह है कि मैंने दिल्ली के कुछ इलाकों की गन्दगी के बारे में एक लेख लिखा था...।'

'तो तुमने ही लिखा था?' ठकुराइन सहसा तमक उठी। निम्मा भी, जो तब तक कमरे के बिखरे हुए सामान को उड़ती नज़रों से देख रही थी, सहसा इस तरह मुझे देखने लगी जैसे उनके घर में चोरी करके भागा हुआ चोर सहसा पकड़ लिया गया हो। 'मुझे नहीं पता था भैया कि तुम हम लोगों के साथ इस तरह की बेमुरव्वती करोगे। तुमने और किसी का नहीं, तो कम-से-कम मेरा और इस लड़की का ही कुछ ख़याल किया होता कि हम गरीब बेघर-बार होकर कहाँ जाएँगी? मैं तो फिर भी जैसे-तैसे बखत काट लूँ, मगर इस डेढ़ गज़ की घोड़ी को बताओ कहाँ ले जाकर रखूँ? तुमने तो लिख दिया और अपना नाम कर लिया, मगर हम गरीबों की सोचो अब क्या हालत होगी। सरकार हमको धक्का देकर घर से निकाल देगी, तो हम किसके घर में जाकर रहेंगी और किसके सिर चढ़कर बैठेंगी? मैं तो पहले ही रात-दिन इसकी रखवाली करने में मरी जाती हूँ। फिर तो यही एक रास्ता रह जाएगा कि इसे साथ लेकर किसी कुएँ की शरण ले लूँ या तुम्हारे घर के सामने आ बैठूँ। तुमने हमारे साथ अच्छी की!'

'भाभी, तुम बात को ग़लत समझ रही हो,' मैं अपनी सफ़ाई देने की चेष्टा करने लगा। 'बात दरअसल में इस तरह नहीं है। बात यूँ है कि...।'

'मैं तुम्हारी कोई बात नहीं सुनूँगी,' ठकुराइन रोष के साथ बीच में ही बोल उठी। 'भाभी ने जितने दिन तुम्हें घर में रखा, बिलकुल अपने सगों की तरह ही रखा और अपने सगों की तरह ही खिलाती-पिलाती रही। चाहे तुमसे पैसा लेकर ही खिलाया, मगर खिलाया तो उसी प्यार के साथ जो प्यार आज के ज़माने में लोगों को अपने सगों से भी नहीं होता। भाभी अगर गरीब न होती, तो तुमसे कभी एक पैसा भी न लेती। मगर तुम्हें भाभी को उसका यही बदला देना था? तुम बताओ तुमने अपने मुहल्ले के बारे में वे सब बातें क्यों लिखीं? आज चाहे नहीं, मगर कभी तो वह तुम्हारा अपना ही मुहल्ला था। तुमने हम लोगों के बारे में यह लिख दिया कि हम नालियों की गन्दगी में रहते हैं और हमारी लड़कियाँ जाने क्या-क्या करती फिरती हैं! कमेटी वाले जो आए थे, वे हँस-हँसकर हमसे पूछ रहे थे कि हमें बताओ मियाँ की लड़की का क्या क़िस्सा था। हाय, यह भी कोई लिखने की बात थी? वह मरी जैसी भी थी, तुम उसके बाप के दिल से पूछकर देखो कि उसके चले जाने से

उसे कैसा लगता है!'

'भाभी, मैंने ऐसी कोई बात नहीं लिखी।' ठकुराइन के गुस्से के सामने मेरी स्थिति सचमुच एक मुजरिम की-सी हो गई थी। 'और जो कुछ मैंने लिखा था, वह एक मुहल्ले के बारे में ही नहीं, दिल्ली के और भी कई ऐसे इलाकों के बारे में लिखा था...।'

'तुम यह बताओ कि तुमने बीच में हमारे मुहल्ले का नाम लिखा था कि नहीं?'

'मुहल्ले का नाम किसी सिलसिले में बीच में आ गया होगा...।'

'आ गया होगा क्या? तुमने बीच में इबादत अली के घर का पता दिया था कि नहीं?'

'इबादत अली का नाम भी वैसे ही बीच में आ गया था, नहीं तो...।'

'नहीं तो क्या? तुमने सारी दुनिया के सामने हमारी मिट्टी पलीद कर दी और यह सब झूठ लिखकर! तुम्हें पता है कि अपनी इज़्ज़त-आबरू के लिए वहाँ सब लोग किस तरह अपनी जान सुखाकर रहते हैं और तुमने लिख दिया कि...।'

ठकुराइन का गुस्सा इतना बढ़ गया था कि शायद वह उस समय और भी कितना कुछ कह जाती। मैं सहसा मोढ़े से उठकर उसके कन्धे दबाने लगा। 'भाभी, तुम मेरी बात सुनो,' मैंने कहा। 'मैंने सचमुच कोई कसूर नहीं किया और न ही मैंने कोई ऐसी बात लिखी है। मैंने तो बल्कि जो बात लिखी थी, वह इससे बिलकुल उल्टी थी...।'

'तो फिर कमेटी वाले वहाँ काग़ज़ लिखने क्यों आए थे? वे क्यों कहते थे कि ओवरसियर साहब आकर हमारे घर की जाँच करेंगे और उसे गिरवा देंगे?'

'पहले तुम शान्त हो जाओ भाभी, फिर मैं तुम्हें सारी बात समझाता हूँ,' कहकर मैं उसके कन्धे दबाता रहा। ठकुराइन पहले तो कुछ सकपकाई फिर सहसा हँस दी। उसके हँसने से निम्मा के होंठों पर भी हलकी-सी हँसी की रेखा आ गई।

'पहले ऐसा काम करते हो, और फिर इस तरह भाभी की खुशामद करते हो,' ठकुराइन बोली।

'मैं पहले नीचे जाकर अपने दफ़्तर में फ़ोन कर दूँ कि मुझे आने में देर हो जाएगी, फिर आकर पूरी बात बताता हूँ,' मैंने कहा और ठकुराइन के आक्रोश से बचने के लिए झट से नीचे चला गया। नीचे से मैंने दफ़्तर में फ़ोन किया और पास सके दूकानदार से विटारोज़ की दो बोतलें ले लीं। बबुआइन ने मुझे बोतलें ले जाते देखा, तो उसकी आँखों का कठोर भाव और भी कठोर हो गया।

मैंने बोतलें ले जाकर ठकुराइन के सामने रखीं, तो उसका चेहरा हँसी से फैल गया। 'अब इतनी सरदी में हमें यह ठंडा पानी पिलाओ!' उसने कहा।

'अगर घर की तरह घर होता, तो तुम्हें चाय ही पिलाता,' मैंने कहा। 'मगर इस

हालत में...।'

'तो तुमसे कहा किसने है कि तुम इस हालत में रहो?' ठकुराइन अब बहुत मीठे गुस्से के साथ बोली। 'क्यों नहीं अपने लिए कोई लेडी-वेडी ले आते जो तुम्हारे घर को घर बना दे?'

लेडी-वेडी शब्द का उच्चारण ठकुराइन ने इस तरह किया कि निम्मा सहसा खुलकर हँस दी। मैंने बोतलें खोलकर उन दोनों को दे दीं। ठकुराइन अपनी हँसी को रोकती हुई बोली, 'और क्या! किसी भले घर की लड़की से तुम्हारा गुज़ारा थोड़े ही होगा?' 'तुम्हें तो चाहिएगी बस ऐसी कि...।'

'तुम्हें इतनी ही फिक्र है तो कोई ढूँढ़ क्यों नहीं देतीं?' मैंने सोचा कि इस तरह बात बदल जाएगी, तो मैं ठकुराइन के सामने अपनी बेगुनाही की बात अच्छी तरह रख सकूँगा।

'मैं तुम्हें आज ही ढूँढ़ देती हूँ, तुम करने वाले बनो,' ठकुराइन बोली। 'तुम्हारे लिए क्या लड़कियों की कमी है?'

'मुझे तो सख़्त कमी नज़र आती है,' मैंने हँसकर कहा। 'कोई लड़की मुझसे बात ही नहीं करती।'

'हाँ, वह आप ही तो बात करेगी तुमसे! जिसके आगे-पीछे कोई नहीं होगा, वही आकर तुमसे अपने-आप बात करेगी।'

'तो बताओ फिर कैसे होगा?' मैंने अपना चेहरा गम्भीर बनाकर कहा, तो ठकुराइन सचमुच गम्भीर हो गई। 'तुम्हें सचमुच करना हो, तो बात करो,' वह बोली। 'ऐसे छेड़खानी कर रहे हो तो बात दूसरी है।'

'नहीं छेड़खानी नहीं कर रहा, बिलकुल सच कह रहा हूँ...।'

'तो बताओ किसी सीधी-सादी लड़की से करोगे या विलायत की मेम ही लाओगे।'

'विलायत की मेमें तो सुना है भाभी कि घर में आदमी को गुलाम बनाकर रखती हैं और...।'

'तो सीधी-सादी लड़की एक तो यह तुम्हारे सामने बैठी ही है। बोलो, करोगे इससे ब्याह?'

मैं एकदम चौकन्ना हो गया कि बात कहाँ-की-कहाँ पहुँच गई! मैं नहीं जानता था कि हँसी की बात को ठकुराइन इतनी गम्भीरता से ले लेगी। निम्मा अपने हाथ की बोतल वहीं रखकर सहसा उठकर खिड़की के पास चली गई। मेरा सोच-विचार सहसा गुम हो गया और मुझे गुस्सा भी आया कि ठकुराइन ने लड़की के सामने यह क्या बात कर दी।

'बोलो?' ठकुराइन ऐसे स्वर में बोली कि कुछ देर मेरी ज़बान तालु के पास

अटकी रही। मैं बहुत कठिनाई से अपना मुँह खोल पाया। 'इस बात को छोड़ो भाभी,' मैंने कहा, 'अभी मैं अपना ही गुज़ारा नहीं कर पाता, तो ब्याह करके क्या करूँगा! मैं तो ऐसे ही बात कर रहा था।'

'बस!' ठकुराइन का स्वर फिर तीखा हो गया। 'वह मुँह से कहने की ही बात थी न कोई सीधी-सादी लड़की हो, तो ब्याह कर लूँगा? साफ़ क्यों नहीं कहते कि ब्याह करूँगा तो किसी बालकटी सोनपरी से ही? मेरे बस की बात होती, तो मैं तुम्हारे लिए ऐसी भी ढूँढ़कर ला देती। मगर यह मेरे बस की बात ही नहीं है।'

ठकुराइन ने जिस ढंग से यह कहा उससे मैं अन्दर-ही-अन्दर शरम से पानी हो गया। मैं अब चाहने लगा कि किसी तरह बात को पहले के विषय पर ला सकूँ, तो अच्छा है।

'मैं तुम्हें उस लेख के बारे में बता रहा था,' मैंने कहा। 'वह लेख मैंने लिखा था कि इस शहर में जहाँ-जहाँ गन्दगी है, सरकार उसे दूर करने के लिए कोई क़दम उठाए।' और मैं काफ़ी घुमा-फिराकर और काफ़ी विस्तार के साथ ठकुराइन को बताने लगा कि उस लेख में मैंने क्या-क्या लिखा था और यह सब लिखने में मेरा उद्देश्य क्या था। जब मैं अपनी सारी दिमाग़ी पूँजी ख़र्च कर चुका तो ठकुराइन ने आहिस्ता से सिर हिला दिया। 'झूठ बात है,' वह बोली। 'पहले तो ये बातें लिखकर हम लोगों की जान नाक में कर दी, और अब ऊपर से यह लीपापोती कर रहे हो। तुम मुझे जितनी अनजान समझते हो, मैं उतनी अनजान नहीं हूँ।'

मैंने फिर उसे समझाना चाहा कि सरकार उनके लिए नए घर का प्रबन्ध किए बिना उनके पुराने घर को नहीं गिरा सकती और मैं इस बारे में पूछताछ करके थोड़े ही दिनों में उसे पूरा पता दूँगा। मगर ठकुराइन का अविश्वास उसी तरह बना रहा। 'अब भैया इन बातों से हमें ठगो नहीं,' वह बोली। 'मैं नहीं जानती थी कि तुम भी दस साल में इस तरह बिलकुल बेपत के हो जाओगे और मुँह से कुछ कहोगे, करोगे कुछ।'

'अब भाभी, मैं तुम्हें किस तरह अपनी बात का विश्वास दिलाऊँ?' मैंने हताश होकर अपने हाथ आपस में उलझा लिये।

'भाभी को विश्वास दिलाने की क्या ज़रूरत है भैया?' ठकुराइन अपनी चादर को ठीक से कन्धे पर समेटती हुई बोली। 'तुम उसके लिए अच्छा करो, तो ठीक है और बुरा करो, तो ठीक है। उनके जाने के बाद इतने दिन हो गए दुनिया की मार सहते हुए। अब और पड़ेगी, तो और सह लूँगी। जहाँ बस न हो वहाँ आदमी कर क्या सकता है?'

'माँ, अब घर नहीं चलोगी?' कहती हुई निम्मा सहसा खिड़की के पास से हट आई। मैंने देखा कि उसका चेहरा तमतमाया हुआ है और उसकी आँखों के कोरों में आँसू अटक

रहे हैं जो उसके सँभालने पर भी नीचे गिर आने को हैं। मुझे उस समय पहली बार यह लगा कि वह लड़की बच्ची नहीं है, सचमुच बड़ी हो गई है। तनकर खड़ी होने की वजह से वह शरीर के लिहाज़ से भी बच्ची नहीं लग रही थी। उसने जिस तरह उपेक्षा की नज़र से मुझे देखा, उससे क्षण-भर के लिए मुझे खुरशीद की आँखों का भाव याद हो आया और मैं उसके चेहरे से नज़र हटाकर दूसरी तरफ़ देखने लगा।

'हाँ, चल ही रही हूँ,' ठकुराइन चादर समेटकर उठती हुई बोली। 'आज तो मरी, जाने को वह घर है, कल को वह घर भी नहीं रहेगा तो मुझसे कहाँ चलने को कहेगी?'

निम्मा की आँखों में रुके हुए आँसू सहसा नीचे बह आए। उसके साथ ही उसका चेहरा फिर बच्चों का-सा हो गया। उसने झट अपना मुँह मोड़ लिया और कमरे से बाहर चली गई।

'अच्छा भैया, खुश रहो। भाभी के दिल से तो हमेशा तुम्हारे लिए असीस ही निकलेगी,' ठकुराइन ने रुलाई रोकने के लिए आँखों को झपकते हुए कहा। 'कभी तुम्हें हमारी याद आ जाए, तो यह सोच लिया करना कि तुम्हारी खुशी में ही हमारी भी खुशी है। तुम्हारी भाभी के पास धन होता, तो वह तुम्हें खुशी देने के लिए अपनी तरफ़ से भी कुछ करती। मगर भगवान् ने तो उसे ऐसी जगह मारा है जहाँ उसे पानी भी न मिले। देने को मेरे पास ख़ाली असीस के सिवा क्या है? या यह अपनी जान है जो चाहकर भी किसी को दी नहीं जाती। यह जान भी अब इस लड़की की अमानत है। जितने दिन जीना है, अब बस इसी के लिए जीना है...।'

मैं ठकुराइन के साथ कमरे से बाहर निकला, तो निम्मा हमसे पहले ही जल्दी-जल्दी सीढ़ियों से उतर गई। ज़ीने से उतरते हुए मैंने ठकुराइन से कहा, 'भाभी, देखो तुम इस तरह दुःखी होकर यहाँ से न जाओ। मेरी अपनी भी कुछ मजबूरियाँ हैं। और जहाँ तक घर का सवाल है, तुम यह विश्वास रखो कि तुम्हारा घर गिराने कोई नहीं आएगा।'

'सब विश्वास-ही-विश्वास है भैया,' ठकुराइन बोली। 'यह मरा विश्वास ही खाकर तो ज़िन्दगी काट रहे हैं।'

'मैं उस बारे में पूरा पता करके तुम्हें कार्ड लिखूँगा, या किसी दिन ख़ुद ही वहाँ आऊँगा,' मैंने कहा।

'यूँ ही झूठी बात क्यों कहते हो?' ठकुराइन बोली। 'तुम जो कार्ड लिखोगे और जैसे हमारे घर आओगे, वह मुझे सब पता है। और अगर आओगे, तो भैया, हमारे सिर-आँखों पर! भाभी के रहते, वहाँ कोई तुमसे एक बात भी कह जाए, तो कहना। मैं तो जाकर सबसे यही कहूँगी कि वह तुम्हारा काम नहीं है, क्या जाने किसने अख़बार में छाप दिया है! और तुम कभी आ ही जाओ, तो तुम भी किसी को यह न बताना कि तुम्हीं ने यह खेल किया था। नहीं तो सब जने मुझसे कहेंगे कि यह

राँड भी इसमें शामिल है जो हमसे झूठ बोलती है...।'

हम जब तक नीचे पहुँचे, तब तक निम्मा खाई पार करने के फट्टे पर पहुँच गई थी। उसने जल्दी-जल्दी फट्टे को पार किया, तो एक बार पैर सीधा न पड़ने से थोड़ा लड़खड़ा गई, मगर किसी तरह सँभलकर उस पार पहुँच गई।

'तुम कहो तो मैं चलकर तुम्हें घर तक पहुँचा आऊँ,' मैंने ठकुराइन से कहा।

'नहीं भैया, तुम कहाँ चलोगे!' ठकुराइन खाई की उभरी हुई मिट्टी पर सँभल-सँभलकर पैर रखती हुई बोली। 'हम लोग आते बखत पहुँच गईं, तो जाते बखत क्या नहीं पहुँच पाएँगी? इस घर का तो रास्ता भी नहीं पता था, उस घर की तो पैर अपने-आप टोह ले लेते हैं। तुम अब चलो, जाकर बैठो, पहले ही आकर तुम्हारा इतना टैम बरबाद कर दिया है! तुम भी कहोगे कि ये चुड़ैलें सुबह-सवेरे कहाँ से आ मरीं!'

'अम्मा, अब तुम चलोगी कि नहीं?' निम्मा उधर से उतावले स्वर में बोली। मुझसे नज़र मिलते ही उसने मुँह दूसरी तरफ़ कर लिया और सीधी चल दी। उसकी चाल से भी न जाने क्यों मुझे फिर खुरशीद की याद हो आई।

उन्हें छोड़कर मैं ऊपर जाने लगा, तो बबुआइन फिर चौखट के पास खड़ी थी, उसकी लड़की दहलीज़ लाँघकर बाहर आने लगी, तो उसने उसे बाँह पकड़कर रोक लिया और कहा, 'चल अन्दर!'

मैं ढीले पैरों से सीढ़ियाँ चढ़कर ऊपर पहुँचा और एक पिटे हुए मोहरे की तरह चारपाई पर सीधा पड़ गया।

नीलिमा की प्रैक्टिस देखने मैं नहीं जा सका। मैंने उसे फ़ोन पर कहा था कि मैं शो के दिन समय से कुछ पहले ही पहुँच जाऊँगा। शो साढ़े छः बजे का था। मैं छः बजे से कुछ पहले ही वहाँ पहुँच गया। नीलिमा उस समय ग्रीन रूम में अपना मेक-अप कर रही थी। मुझे लगा कि उसका मेक-अप कुछ ग़लत हुआ है, क्योंकि उससे उसकी आँखें कुछ सूजी-सूजी लग रही थीं। मैंने इशारे से यह बात उससे कही, तो वह एक बार मेरी तरफ़ देखकर चुपचाप अपने काम में लगी रही। भौंहों की नोकें ठीक करके उसने पेंसिल रख दी और उठकर मेरा हाथ अपने हाथ में ले लिया। 'सूदन, मैं अलग से तुमसे कुछ बात करना चाहती हूँ,' उसने कहा।

तभी उसका संगीत-निर्देशक उससे कुछ पूछने के लिए आ गया। कुछ देर के लिए उसने उससे बात की और फिर मेरा हाथ पकड़े हुए मुझे एक तरफ़ ले गई। 'मुझे लग रहा है कि यह मेरे नाचने का आख़िरी दिन होगा,' उसने धीरे से कहा।

'क्यों?'

'बस मुझे ऐसा लग रहा है,' वह बोली। 'आज दिन ही ऐसा चढ़ा है कि सुबह से हरएक के साथ मेरी लड़ाई हो रही है। मैं कितना चाहती हूँ कि शो का दिन किसी तरह आज की जगह कल पर टल जाए...!'

'मगर बात क्या हुई है? तुम इस वक़्त इस तरह की फ़िज़ूल की बातें क्यों सोच रही हो?'

'बात क्या नहीं हुई?' मेक-अप बिगड़ न जाए, इसलिए वह जल्दी से अपनी आँखों को रूमाल से छूकर बोली। 'सबसे बड़ी बात तो यह है कि मृणालिनी कुछ देर पहले रूठकर चली गई है।'

'मृणालिनी कौन?'

'वह लड़की जिसे साथ में गाना था।'

'अच्छा? मगर वह रूठ क्यों गई?'

'क्यों रूठ गई, यह तुम्हें क्या बताऊँ?' वह बोली। 'पैसे एडवांस न मिलने की वजह से।'

'इतनी-सी बात से?'

'हाँ, उसे सवा सौ रुपए देने की बात तय हुई थी। वह कहती थी कि उसके पैसे उसे शो से पहले ही दे दिए जायँ। इस मामले में शायद उसे गुप्ता से कोई पुरानी शिकायत थी। मैंने गुप्ता से कहा, तो गुप्ता एडवांस पैसे देने के लिए तैयार नहीं हुआ।'

'यह तो बहुत बुरी बात है। गुप्ता को यह बात समझ नहीं आई कि इस लड़की के चले जाने से सारा शो ही ख़राब हो सकता है?'

'गुप्ता तो शायद यह चाहता ही है कि शो ख़राब हो जाए। उसकी आज सुबह हरबंस से लड़ाई हो गई है।'

'अरे!' मैं कुछ चौंक गया। 'यह सब आज ही होना था क्या?'

वह कुछ देर अपनी आँखें दूसरी तरफ़ किए रही और मेरी उँगलियों पर उसके हाथ का दबाव बढ़ा रहा। फिर वह कठिनाई से अपने को सँभालकर बोली, 'गुप्ता ने हरबंस को दूतावास के लिए जितने टिकट दिए थे, उसने उनमें से एक भी टिकट उन लोगों को नहीं दिया। और वे सभी कॉपियाँ ज्यों-की-त्यों गुप्ता को लौटा दी हैं।'

'क्यों? उस दिन पोलिटिकल सेक्रेटरी ने ख़ुद ही कहा था कि...।'

'हरबंस कल उसके यहाँ गया था मगर उससे भी वह कोई ऐसी-वैसी बात कर आया है। रात को जब वह लौटकर घर आया, तो मुझसे कुछ बात ही नहीं करना चाहता था। मैंने उससे टिकटों के बारे में पूछा, तो उसने चुपचाप कॉपियाँ निकालकर मेरे सामने रख दीं और ख़ुद बाँके से गरम पानी लेकर हाथ-मुँह धोने

चला गया।'

'उसने यह नहीं बताया कि ऐसी बात क्या हुई है जो वह टिकटों की कॉपियाँ ज्यों-की-त्यों वापस ले आया है?'

'मैंने बहुत पूछा तो उसने इतना ही कहा कि वहाँ उसका कुछ झगड़ा हो गया है। तुम हरबंस के स्वभाव को तो जानते ही हो। जब इसके दिमाग़ में कोई कीड़ा जाग उठता है, तो यह आगे-पीछे की सब बात भूल जाता है। उस आदमी से इसके कितने ही काम निकल सकते थे। वह इसे नौकरी भी दिला रहा था और मेरे लिए उसने स्कॉलरशिप की बात भी की थी। मगर जिस तरह यह छोटी-छोटी बातों पर मुझसे लड़ पड़ता है, उसी तरह किसी बात पर उससे भी लड़ आया होगा।'

'हरबंस इस वक़्त कहाँ है? वह अभी नहीं आया?'

'पता नहीं कि वह यहाँ आएगा भी या नहीं!' उसकी आँखें फिर भर आईं और वह जल्दी-जल्दी उन्हें रूमाल से सुखाने लगी। 'मुझे गुस्सा था, इसलिए मैंने सुबह उससे ठीक से बात नहीं की। वह भी मुझसे ठीक से नहीं बोला। घर से चलते हुए उसने कहा था कि हो सका, तो मैं एक दर्शक की तरह ठीक समय पर पहुँच जाऊँगा और अगर मन न हुआ, तो हो सकता है कि न भी आऊँ।'

संगीत-निर्देशक के आ जाने से बात बीच में ही रह गई। उसे मृणालिनी की जगह स्वयं गाना था और वह उसके लिए शब्दों का रिहर्सल कर रहा था। वह यह पूछने के लिए आया था कि क्या यह सम्भव होगा कि शो से पहले नीलिमा सिर्फ़ एक आइटम का रिहर्सल उसके साथ कर ले।

'देखिए, इस वक़्त मुझसे नहीं हो सकेगा,' नीलिमा बोली। 'अब तो जो जैसा भी होगा, स्टेज पर ही होगा। मैं इस वक़्त रिहर्सल करने में कुछ ग़लत कर बैठी, तो स्टेज पर जाने की हिम्मत ही मुझमें नहीं रहेगी।'

संगीत-निर्देशक चला गया, तो वह मुझसे बोली, 'सुबह से ही मेरा मन इतना उखड़ा हुआ है और मुझे अपने पर इतना गुस्सा आ रहा है कि कुछ देर पहले मेरा मन हो रहा था कि मैं चुपचाप जाकर कोई गाड़ी पकड़ लूँ और आज के दिन के लिए दिल्ली से बाहर चली जाऊँ। आख़िर जब मुझसे और कुछ नहीं बन पड़ा, तो मैंने ट्रांक्विलाइज़र की एक टिकिया खा ली कि हो सकता है उससे तबीयत कुछ शान्त हो जाए। पिछले दिनों जब-जब मेरे मन में बहुत तनाव पैदा हो जाता था, तो मैं रात को ट्रांक्विलाइज़र की टिकिया खाकर सो रहती थी। सुबह उठने तक मन बिलकुल शान्त हो जाता था। मैं हँसकर लोगों से कहा करती थी कि आज के ज़माने में शान्ति प्राप्त करने के लिए आदमी को जंगलों में जाने की ज़रूरत नहीं, उसे रात को ट्रांक्विलाइज़र की एक टिकिया लेकर सो रहना चाहिए। मगर दिन में ही वह टिकिया खा लेने से आज मेरे ऊपर उसका बिलकुल उलटा ही असर हुआ है। मेरा सारा शरीर

अन्दर से शिथिल हो रहा है और मेरा मन हो रहा है कि मैं स्टेज पर जाकर नाचने की बजाय, यहीं कहीं दुबककर सो जाऊँ। नाचने के लिए मुझे अपने अन्दर कैसी शक्ति और उत्साह का अनुभव हुआ करता था! इस समय तो लग रहा है कि मेरे अन्दर बिलकुल जान ही नहीं है।'

उसने अपने एक हाथ का कमल बनाकर उसे दूसरे हाथ से पकड़ रखा था और उसके चेहरे से काफ़ी बेबसी टपक रही थी। मैंने धीरे से उसके एक हाथ को थपथपा दिया और कहा, 'तुम इस वक़्त इस बात को भूलकर अपने को स्वस्थ रखने की कोशिश करो। मैं बाहर जाकर तुम्हारे लिए एक कॉफ़ी भेजता हूँ।'

'ठहरो सूदन,' मैं चलने लगा, तो उसने फिर मेरा हाथ अपने हाथ में ले लिया। 'तुम अभी यहीं रहो। मैं कॉफ़ी किसी और को भेजकर मँगवा लेती हूँ। हरबंस भी नहीं आया, इसलिए मैं अपने-आपमें इस वक़्त बहुत अकेली महसूस कर रही हूँ। तुम शो शुरू होने तक यहाँ मेरे पास ही रहो।

मगर ठीक उसी समय, अपने क्यू के अनुसार रंगमंच पर प्रवेश करने वाले अभिनेता की तरह, हरबंस सामने से आता नज़र आ गया। उसका चेहरा बहुत गम्भीर था, मगर उस गम्भीरता की तह में कई तरह के भाव छिपे हुए थे। उसे देखकर लगता था जैसे वह भी उस समय एक यातना में हो, मगर अपनी यातना को बाहर प्रकट न होने देना चाहता हो।

'क्या हाल है, लड़की?' उसने नीलिमा की दोनों बाँहों को हाथ में लेकर जिस तरह कहा उससे मुझे यह लगा जैसे वह मेरे लिए रंगमंच से बाहर चले जाने का क्यू हो।

'ठीक है,' नीलिमा ने धीरे से कहा और अपनी बाँहें उसके हाथों से छुड़ा लीं।

'ट्रांक्विलाइज़र का कुछ असर हुआ?' हरबंस ने फिर पूछा। नीलिमा की आँखों से बेबसी का भाव तब तक लुप्त हो गया था और उसकी आँखें रोष से चमकने लगी थीं।

'तुम्हें इससे क्या मतलब है कि असर हुआ या नहीं?' वह बोली। 'तुम्हारी घड़ी आज ठीक नहीं है क्या?'

'क्यों?' हरबंस ने सचमुच अपनी घड़ी की तरफ़ देख लिया।

'तुम्हें ठीक साढ़े छः बजे आना था न?'

'अब इस वक़्त तो लड़ाई छोड़ दो,' हरबंस ने कहा और उसे धीरे से अपने साथ सटा लिया।

'मैं बाहर से कॉफ़ी भिजवा रहा हूँ,' मैंने कहा और पहला क्यू मिस करने के बाद इस क्यू पर वहाँ से चला आया।

बाहर ज़्यादा लोग नहीं थे। गुप्ता माथे पर बल डाले और हाथ ज़ेबों में डाले

इस तरह खड़ा था जैसे उसके घर में डाका पड़ रहा हो और वह चुपचाप उस दृश्य को देख रहा हो। ख़ास तौर पर बुलाए गए अतिथियों में से जो लोग आए थे, उनका स्वागत भी वह स्वयं नहीं कर रहा था। वह एक मशीनी ढंग से मुसकराकर और हाथ जोड़कर उनकी तरफ़ देख-भर लेता था। उनसे बात करने और उन्हें अन्दर पहुँचाने का काम कला-निकेत का जॉइन्ट सेक्रेटरी कर रहा था। गुप्ता लगातार बाहर सड़क की तरफ़ देख रहा था। जाने उसकी आँखें वहाँ किस चीज़ की तलाश में थीं! मैं उसके पास पहुँचा, तो मुझे देखकर उसके हाथ ज़ेबों से बाहर आ गए।

'सबकुछ कैसा जा रहा है?' उसने पूछा।

'आप देख ही रहे हैं,' उसने कहा। 'इतनी ज़्यादा भीड़ तो आज तक हमारे किसी शो में नहीं हुई।'

'आज कई जगह कार्यक्रम हैं, इसलिए शायद कुछ गड़बड़ हो गया है,' मैंने कहा। 'कल से सप्रू हाउस में 'नाट्यकला' वालों का नया नाटक भी चल रहा है जिसकी काफ़ी धूम है। दिल्ली में देखने वाले तो कुछ इने-गिने लोग ही हैं। आम आदमी तीन रुपए ख़र्च करके नाटक देखना ज़्यादा पसन्द करता है।'

'ग़लत बात है,' वह बोला। 'मेरा तजरबा बिलकुल इससे उलटा है। हमने पिछले साल कामिनी का शो किया था, तो आप यहाँ की भीड़ देखते। आज आप जो कुछ देख रहे हैं, इसकी पूरी ज़िम्मेदारी आपके दोस्त पर है। ऐसा बेमुरव्वत आदमी मैंने आज तक नहीं देखा। अगर यही करना था तो हमसे पहले कह देता। मगर तब शायद उसे ख़याल था कि हम शो कैंसिल न कर दें। अब ऐन मौक़े पर आकर उसने हमें चकमा दे दिया है। उसे जिस चीज़ से मतलब था, वह मतलब पूरा हो गया। हॉल में कोई हो न हो, आप लोग तो उसकी दी हुई दावत का हक़ अदा करेंगे ही। आप लोग लिख देंगे और नीलिमा जी कल से स्टार बन जाएँगी। इस बार कला-निकेत को फाँसा है, कल को किसी और ग्रुप को फाँस लेंगे।'

'मुझे लगता है कि इस वक़्त उनका और आपका सभी का दिमाग़ बिगड़ा हुआ है,' मैंने कहा।

'उनका दिमाग़ क्यों बिगड़ेगा?' गुप्ता अपना चेहरा सख़्त किए हुए बोला। 'उन्हें जो चाहिए था, वह उन्हें मिल गया है। जिस ग्रुप ने बड़ी-बड़ी कलाकारों को स्पांसर किया है उस ग्रुप ने उन्हें स्पांसर कर दिया है।'

'मैं अभी अन्दर नीलिमा से मिलकर आया हूँ,' मैंने कहा। 'उस बेचारी का मन तो इस समय बहुत ही उखड़ा हुआ है।'

'ज़रूर उखड़ा होगा साहब!' वह बोला। 'जब आप कह रहे हैं, तो यह ग़लत थोड़े ही हो सकता है!'

'मृणालिनी के चले जाने से वह बहुत घबरा गई है।'

'यह तो बहुत ही अफ़सोस की बात है,' वह बोला। 'इतनी बड़ी स्टार स्टेज पर जाने से पहले घबरा जाए, तो कैसे काम चलेगा?'

'आप कॉफ़ी पीने चलेंगे?' मैंने उसकी बातों से छुटकारा पाने के लिए कहा।

'जी नहीं, शुक्रिया!' वह बोला। 'मुझे कौन रिव्यू लिखना है, जो आप मुझे कॉफ़ी पिलाएँगे?'

मैं उसके पास से हटकर कॉफ़ी बार की तरफ़ चला गया। जब उधर से लौटकर आया, तो मैंने देखा कि सुषमा ड्योढ़ी के पास खड़ी है और गुप्ता उससे धीरे-धीरे कुछ बात कर रहा है।

'हलो!' सुषमा की नज़र मुझ पर पड़ी, तो मैंने हाथ हिलाकर कहा। उस रात कॉन्सीक्यूशन हाउस में एक-दूसरे से अलग होने के बाद हम पहली बार एक-दूसरे को देख रहे थे। सुषमा धीरे से सिर हिलाकर मुसकराई। उसके चेहरे पर उस समय भी वैसा ही आभिजात्य नज़र आ रहा था जैसा मैंने कॉन्सीक्यूशन हाउस से चलते समय देखा था। मैं अपनी जगह पर खड़ा होकर उसके गुप्ता के पास से आने की प्रतीक्षा करने लगा। मुझे ज़्यादा प्रतीक्षा नहीं करनी पड़ी, क्योंकि उसी समय मुख्य अतिथि की कार बाहर आकर रुकी और गुप्ता सुषमा के पास से हटकर उनका स्वागत करने के लिए बाहर चला गया।

'तुम आ गईं?' मैंने अपने स्वर में पहले का-सा ही मित्रता का भाव लाने की चेष्टा करते हुए कहा। अपनी धानी साड़ी और कैमल रंग के कोट में वह फिर बहुत आकर्षक लग रही थी।

'हाँ,' वह कुछ तटस्थ-सी नज़र से मुझे देखती हुई बोली। 'अपनी ड्यूटी तो पूरी करनी ही होती है।'

'तुम्हें यह कोट बहुत अच्छा लग रहा है!'

'शुक्रिया!'

'मैं तुम्हें कल फ़ोन करना चाहता था, मगर कर नहीं सका।'

'कोई बात नहीं, वक़्त नहीं मिला होगा।'

'नहीं, वक़्त न मिलने की बात नहीं थी। ऐसे ही सोचने-सोचने में वक़्त निकल गया। फिर सोचा कि आज तो तुमसे मुलाक़ात होगी ही।'

'ठीक है। दो दिन मेरी तबीयत भी ठीक नहीं थी। सिर में दर्द-अर्द था।'

मैं उससे पूछते-पूछते रह गया कि कहीं फ़्लू तो नहीं था।

'मैं चाहता था कि किसी समय मिलकर तुमसे और विस्तार से बात करूँ। तुम्हारा बाहर जाना बिलकुल निश्चित ही है?'

'हाँ,' वह कुछ और भी तटस्थ होकर बोली। 'मैंने उस दिन तुम्हें बताया था।'

'फ़र्ज करो यह बाहर जाने की बात बीच से निकाल दी जाए...।'

'मेरा पासपोर्ट बन गया है और मुझे जाना तो है ही,' वह बोली।

'अच्छा, बताओ, हम लोग कब मिलकर बात कर सकते हैं? हो सकता है मैं अपने मन की बात तुम्हें ठीक से समझा सकूँ...।'

'तुम समझते हो कि मिलकर कुछ बात की जा सकती है, तो तुम किसी भी दिन रख लो। मुझे तो अक्सर फ़ुरसत ही रहती है। तुम्हें जब फ़ुरसत हो, फ़ोन कर लेना।'

'तुम्हारी बातों से लगता है कि तुम काफ़ी नाराज़ हो।'

'नहीं, मैं नाराज़ क्यों होने लगी! यह सिर्फ़ तुम्हारा ख़याल ही है।'

'कल का दिन बीच में छोड़ दें। मैं तुम्हें परसों फ़ोन करूँगा।'

'ठीक है। मैं आज भी ख़ाली हूँ और कल-परसों भी ख़ाली हूँ।'

'तुम इस तरह क्यों बात कर रही हो?'

'किस तरह बात कर रही हूँ?'

'मुझे तुम्हारा इस तरह बात करना अच्छा नहीं लग रहा।'

'अपनी तरफ़ से तो मैं बिलकुल ठीक ही बात कर रही हूँ। तुम्हें जाने क्यों ऐसा लग रहा है?'

साढ़े छः हो गए थे और सब लोग अन्दर जा रहे थे। अन्दर जाती हुई भीड़ पर एक नज़र डालकर उसने कहा, 'अब हमें अन्दर नहीं चलना चाहिए?'

'हाँ चलो,' मैंने कहा। 'वक़्त तो हो गया है।'

जब हम दरवाज़े से अन्दर दाख़िल हो रहे थे, तो उसने कहा, 'इतना और पूछ लूँ कि परसों मैं किस समय तुम्हारे फ़ोन का इन्तज़ार करूँ?'

'मैं तुम्हें सुबह-सुबह ही फ़ोन करूँगा,' मैंने कहा। 'साढ़े दस के क़रीब। तुम उस समय अपने होस्टल में ही रहोगी न?'

'हाँ,' वह बोली। 'तुम्हारे फ़ोन का इन्तज़ार तो मुझे करना ही चाहिए।'

'तो मैं ठीक साढ़े दस बजे फ़ोन करूँगा।'

'शुक्रिया!' वह बोली। 'और अगर फ़ोन न आया तो मुझे समझ लेना चाहिए कि फ़ोन करने की कोई बात ही नहीं थी।'

'देखो, अब और इस तरह की बातें मत करो। मैं फ़ोन ज़रूर करूँगा।'

'बहुत-बहुत शुक्रिया!'

परदा उठ रहा था। हम लोग जाकर अपनी सीटों पर बैठ गए।

उस डेढ़ घंटे में मैंने नीलिमा के नृत्य, भाव और अभिनय का जो प्रदर्शन देखा, वह दूसरों की नज़र से देखने पर एक 'सफल प्रयोग' भी था और 'निराशानजक समययापन' भी, क्योंकि दूसरे दिन विभिन्न पत्रों में जो उसकी समीक्षाएँ निकलीं,

उनकी स्थापनाओं में इतना ही अन्तर था। उस प्रदर्शन को सफलता का सर्टिफिकेट सुकुमार ने दिया था। उसने लिखा था कि नीलिमा के रूप में राजधानी को, और देश को, एक ऐसी नई नर्तकी प्राप्त हुई है जिसने यह सिद्ध कर दिया है कि दक्षिण के नृत्य केवल दक्षिण के लोगों की ही सम्पत्ति नहीं हैं, उत्तर के लोग भी उसी कुशलता के साथ उनका प्रदर्शन कर सकते हैं। 'नीलिमा के प्रदर्शन की सबसे बड़ी विशेषता यह थी,' उसने लिखा था, 'कि उसने नृत्य की शास्त्रीय पद्धति पर पूरा अधिकार रखते हुए उसका अनुसरण करते हुए भी अपनी नई कलात्मक उद्भावनाओं से उसे एक नया तथा और भी आकर्षक रूप दे दिया था। हमारे विचार में वह पहली नर्तकी है जिसने उत्तर भारत के सन्तों की पदावली के सौन्दर्य को भरतनाट्यम् की नृत्य-शैली में अभिव्यक्त करने का सफल प्रयोग किया है। हम न केवल इस प्रयोग का अभिनन्दन करते हैं, बल्कि दूसरे कलाकारों से भी आशा करते हैं कि वे इस तरह के और-और प्रयोग करेंगे जिससे भारत के इस गौरव-नृत्य को जनरुचि के अधिक निकट लाया जा सके।'

इसके दूसरे छोर पर गजानन की टिप्पणी थी जो उसने अपनी विशिष्ट शैली में लिखी थी–'एक नई और अनभ्यस्त नर्तकी से जितने कुछ की आशा की जा सकती है, उससे अधिक या कम इसमें कुछ नहीं था। वह सात बार मंच पर आई, नाची और लौट गई। जहाँ तक मुद्राओं का सम्बन्ध है, वे निःसन्देह भरतनाट्यम् की ही थीं और स्वर और यति का भी नर्तकी को पर्याप्त ज्ञान था। परन्तु उसका अभिनय अभिनय न होकर केवल चेहरे का व्यायाम ही था। जो थोड़ा-बहुत प्रभाव उस अभिनय का हो सकता था, उसे वह बार-बार मुसकराकर स्वयं नष्ट कर लेती थी। नर्तकी की आँखों में निरन्तर एक ही भाव बना रहा जिससे वह नर्तकी कम और एक मूर्ति अधिक लगती थी। पैरों में स्वरताल ठीक होते हुए भी उनके हर आघात में एक प्रयत्न प्रतीत होता था। जिन स्कूलों में नृत्य न सिखाया जाता हो, उनके विद्यार्थियों का और दफ़्तर से उठकर दिन-भर की थकान मिटाने के लिए आने वाले दर्शकों का तो इससे मनोरंजन हो सकता था, परन्तु जिन्होंने शची और कामिनी जैसी नर्तकियों के नृत्य और भाव का आस्वादन किया है, और जो भरतनाट्यम् को एक शास्त्रीय नृत्य और सूक्ष्म कलात्मक अभिव्यक्ति का एक प्रकार मानते हैं, उनके लिए यह एक निराशाजनक समययापन के सिवा कुछ नहीं था।'

सुषमा की टिप्पणी बहुत प्रयत्न से लिखी हुई थी। 'नर्तकी में विकास की सम्भावनाएँ हैं, इसमें सन्देह नहीं,' उसने लिखा था। 'परन्तु बहुत-कुछ इस पर निर्भर करता है कि वह उन सम्भावनाओं को सही दिशा दे पाती है या नहीं। कुछ नृत्य आंशिक रूप से प्रभावशाली थे, परन्तु कुछ-एक बहुत ही साधारण स्तर के थे।' उसने इस बात का विशेष रूप से उल्लेख किया था कि आगे की पंक्तियों में

बहुत ही कम लोग थे जिससे 'किसी-किसी क्षण तो यह भ्रम होता था जैसे वह प्रदर्शन ख़ाली कुरसियों के सामने किया जा रहा हो। अच्छा होता यदि इस शो का आयोजन एक छोटे-से हॉल में कुछ थोड़े-से लोगों को बुलाकर उनके सामने ही किया जाता।'

कुछ-एक टिप्पणियाँ बिलकुल नृत्य-विद्यालयों की भाषा में लिखी गई थीं– 'भाव-प्रदर्शन अच्छा था। मुद्राएँ भावों के अनुकूल थीं। गति कहीं-कहीं आवश्यकता से अधिक द्रुत प्रतीत होती थी। हाथों और पैरों की चेष्टाएँ आकर्षक थीं। पार्श्व संगीत अच्छा था। गायक का स्वर अच्छा नहीं था।'

मैंने अपनी टिप्पणी में भी इसी भाषा का आधार लिया था। मैं लिखना बहुत-कुछ चाहता था, परन्तु लिखते समय मुझे उसके लिए ठीक शब्द नहीं मिले थे। इसलिए मेरी टिप्पणी वास्तव में टिप्पणी न होकर एक तरह की तालिका ही थी जिसमें 'वन्दनम्' से लेकर 'ताण्डवम्' तक उस प्रदर्शन के सभी नृत्यों का क्रमिक उल्लेख था और उन सबकी विशेषताओं और त्रुटियों पर व्याकरण की भाषा में प्रकाश डाला गया था। अन्त में मैंने वही दो वाक्य लिख दिए थे जो सभी सहानुभूतिपूर्ण समीक्षाओं में लिखे जाते हैं। 'उमादत्त के साथ यूरोप में अपनी कला का प्रदर्शन कर चुकने के बाद भारत में यह इस उदीयमान नर्तकी का पहला प्रदर्शन था। यह विश्वास के साथ कहा जा सकता है कि अपने आने वाले प्रदर्शनों से वह शीघ्र ही भरतनाट्यम् की श्रेष्ठ नर्तकियों में अपना स्थान बना लेगी।'

परन्तु जो कुछ मैंने देखा था, उसका आभास भी मैं अपनी टिप्पणी में नहीं दे पाया था। पहली बार परदा उठने से लेकर उसके आख़िरी बार गिरने तक मैंने मंच पर एक निरन्तर संघर्ष चलते देखा था–वह संघर्ष जो नीलिमा का नीलिमा के साथ, एक नर्तकी का एक व्यक्ति के साथ, संघर्ष था। व्यक्ति नर्तकी को अपने साथ गिरा लेना चाहता था और नर्तकी व्यक्ति को अपने साथ सँभाले रखना चाहती थी। मेरी दृष्टि में वह प्रदर्शन भरतनाट्यम् का प्रदर्शन न होकर उस नाटकीय अन्तर्द्वन्द्व का ही प्रदर्शन था। जब नर्तकी हारने लगती थी, तो कई जगह पार्श्व संगीत उसे सहारा देकर उठा देता था। उसकी आँखों का भाव सचमुच बहुत स्थिर था–शायद ट्रांक्विलाइज़र की वजह से, या दिन-भर के तनाव के कारण, या शायद किसी और कारण से जो उन दोनों कारणों से बड़ा था। सारा समय उसे देखकर मुझे लग रहा था जैसे वह कोई बात सोच रही हो, बहुत दूर की बात, जो बार-बार मन से परे धकेलकर भी वहाँ लौट आती हो और उसे अन्दर-ही-अन्दर कुरेदने लगती हो। यह बात क्या थी? क्या उस बात का ख़ाली कुरसियों के साथ कुछ सम्बन्ध था, या हरबंस के और उसके अपने घरेलू जीवन के साथ, या इस अहसास के साथ कि चौंतीस साल की उम्र में उसे जो यह अवसर मिला है, अगर वह उसका ठीक से

उपयोग न कर सकी, तो...? यहाँ तक कि पार्श्व संगीत कठिनाई के साथ उसकी लय को पकड़ पाता था। कई बार मुझे यह भी लगा कि वह जल्दी-जल्दी रास्ता तय कर रही है और बीच की कई-कई मुद्राएँ छोड़कर आगे की मुद्राओं पर पहुँच जाती है; या जैसे-तैसे उनका सम्पादन करके नृत्य की अन्तिम मुद्राओं पर आ जाती है। जब उसका ध्यान अपने पैरों की ओर चला जाता, तो उसका अभिनय बिगड़ने लगता और जब वह अभिनय की ओर ध्यान देती, तो पैरों के ताल में अन्तर आने लगता। मुझे सारा समय यही लगता था कि वह मंच से निकलकर किसी तरह नेपथ्य में जाने की ही तैयारी कर रही है। उस स्थिति तक पहुँचने में जितना समय लगता था, वह समय मंच पर बिताना जैसे एक ऐसी बेबसी थी जो उसे बुरी तरह तोड़ रही थी। 'ताण्डवम्' तक पहुँचते-पहुँचते वह इस संघर्ष से इतना थक गई थी कि एक-एक पैर उठाना उसके लिए भारी हो गया था। इसलिए वह शक्ति का नृत्य शक्ति की जगह एक थकान के नृत्य में बदल गया–उसके प्रलय लाने वाले भाव एक प्रलय से आहत व्यक्ति के भावों जैसे हो गए। उस नृत्य में जब वह मंच के पूरे विस्तार में घूम रही थी, तो मुझे लग रहा था कि वह अभी-अभी थककर वहीं बैठ जाएगी। परन्तु नटराज की मुद्रा में आकर जब उसने नृत्य समाप्त किया, तो मुझे लगा जैसे एक दुर्घटना होते-होते बच गई हो। यह शायद उसकी इच्छाशक्ति ही थी जो वह अपने को किसी तरह उस स्थिति तक खींच ले गई थी। मुझे दुर्घटना की आशंका तब तक बनी रही जब तक परदे के गिरने और उठने के बाद उसके अभिवादन की मुद्रा में आ जाने पर परदा फिर आख़िरी बार नहीं गिर गया। उस समय आसपास जो तालियों की आवाज़ सुनाई दी, वह बहुत हलकी थी। मंच पर जाकर उसे बधाई देने के बाद जब मैं हॉल से निकला, तो ज़्यादातर लोग वहाँ से जा चुके थे और गुप्ता पहले की तरह ही हाथ ज़ेबों में डाले ड्योढ़ी के पास खड़ा था। मैंने सोचा था कि शायद लौटते हुए भी सुषमा से कुछ बात हो सके, मगर तब तक वह वहाँ से जा चुकी थी।

'आपकी टिप्पणी तैयार हो गई?' गुप्ता ने मुझे देखकर पूछा।

'इतनी जल्दी?' मैंने खिसियाने-से स्वर में कहा।

'क्यों?' वह बोला। 'टिप्पणियाँ तो अक्सर शो से पहले ही तैयार हो जाती हैं।'

'मुझे इसका पता नहीं था,' मैंने कहा। 'आगे से इस सुझाव को ध्यान में रखूँगा।'

'भरतनाट्यम् का इतना अच्छा प्रदर्शन मैंने आज तक नहीं देखा,' वह बोला। 'बहुत ही सफल प्रदर्शन था! क्या ख़याल है?'

'मेरा जो भी ख़याल है, वह आपको सुबह पता चल जाएगा,' कहकर मैं उसके पास से आगे बढ़ आया।

कांगो, अल्जीरिया, लाओस—तेज़ी से करवटें लेती हुई दुनिया की राजनीति! क्या कांगो के गृहयुद्ध में संयुक्त राष्ट्र संघ की मध्यस्थता की नीति सफल होगी? क्या इस गृहयुद्ध ने संयुक्त राष्ट्र संघ के भविष्य को ख़तरे में डाल दिया है? क्या संयुक्त राष्ट्र सचिव के विशेष प्रतिनिधि को कांगो से बुला लिया जाएगा? क्या विश्वयुद्ध की सम्भावनाएँ पहले से बढ़ गई हैं? नेपाल के राजा ने अपने देश में प्रजातन्त्र को कुचल दिया—इसका भारत की राजनीति पर क्या प्रभाव पड़ेगा?

जब इस तरह के बड़े-बड़े सवाल मस्तिष्क को घेरे हों और जब लगता हो कि सारा विश्व एक भूकम्प की स्थिति में है जो किसी भी समय सारी दुनिया को तहस-नहस कर सकता है, तो सौन्दर्य-बोध, कलात्मक अभिव्यक्ति और नृत्य के व्याकरण की बातें बहुत छोटी लगती हैं। व्यक्तिगत जीवन की समस्याएँ तो और भी छोटी प्रतीत होती हैं। इसलिए सुबह दफ़्तर में पहुँचते ही जब मुझे शुक्ला का फ़ोन आया कि नीलिमा घर छोड़कर अरुण के साथ बी जी के यहाँ चली गई है और हरबंस से कह गई है कि वह अब हमेशा के लिए उसके पास से जा रही है, तो मुझे सहानुभूति कम और उलझन ही ज़्यादा हुई। शुक्ला उस स्थिति से घबरा गई लगती थी। 'सारे घर की चीज़ें उथल-पुथल पड़ी हैं,' उसने कहा। 'दीदी अपना सामान भी ले गई हैं। हरबंस भापाजी रात-भर कमरे में बन्द होकर शराब पीते रहे हैं जिससे उनकी तबीयत बहुत ख़राब हो गई है। वे अब भी अपने पढ़ने के कमरे में बन्द हैं और नौकर को भी अन्दर नहीं आने देते। मुझे डर लग रहा है कि वे अपने को कुछ कर-करा न लें। आप जैसे भी हो दीदी को समझाकर घर ले आएँ। मैं एक बार उनके पास हो आई हूँ, मगर मेरी बात उन्होंने नहीं मानी। मेरा ख़याल है आपकी बात वे मान जाएँगी।' शुक्ला के स्वर में ऐसा डर और ऐसा अनुरोध था कि मैंने झट से उसे वचन दे दिया कि मैं अभी हनुमान रोड पर जाकर नीलिमा से बात करता हूँ। जब मैं दफ़्तर से निकला, तो मेरे मन में इस बात को लेकर एक आशंका भी थी कि नीलिमा को कहीं मेरी टिप्पणी का भी बुरा न लगा हो, और वहाँ जाने पर उसे समझाने की बजाय कहीं मुझे ही उससे दो बातें न सुननी पड़ जायँ। मगर वहाँ पहुँचकर मैंने नीलिमा को जिस रूप में देखा वह बिलकुल दूसरा ही था। वह आसमानी रंग के ब्लाउज़ के साथ उसी रंग के बार्डर की हाथकरघे की सफ़ेद साड़ी बाँधे बाहर के कमरे में फ़र्श पर बैठी थी। बहुत-से पुराने एलबम उसके पास रखे थे जिनमें से वह कुछ तसवीरें छाँट रही थी। उसके चेहरे का भाव बहुत दृढ़ता का था, हालाँकि उसके बिखरे हुए बाल उस भाव के साथ मेल नहीं खाते थे। मेरे पहुँचने पर वह पल-भर मुझे ऐसे देखती रही जैसे बहुत मुद्दत के बाद देखने पर वह मुझे पहचान रही हो कि मैं कौन हूँ।

'आओ, बैठो,' उसने एक अपरिचित व्यक्ति का स्वागत करने की तरह ही कहा।

'तुम्हें कैसे पता चल गया कि मैं यहाँ पर हूँ?'

'मुझे शुक्ला का फ़ोन आया था,' मैंने कहा।

'वह बेवकूफ़ लड़की है,' वह बोली। 'अभी थोड़ी देर पहले यहाँ से गई है और अब जाते ही उसने तुम्हें फ़ोन भी कर दिया। सिली!'

'तुम अपने एलबम ठीक कर रही थीं?'

'हाँ...नहीं। अपना सामान ठीक कर रही थी। उसमें ये एलबम हाथ लग गए, तो इन्हें देखती-देखती यहाँ ले आई। सोचा इनमें जो काम की तसवीरें हैं, उन्हें एक एलबम में कर लूँ और बाक़ी कूड़ा-कचरा अलग कर दूँ।' उसके चेहरे से या बात के लहजे से यह लगता ही नहीं था कि उनके घर में कोई घटना हुई है, या कि उसके मन में किसी तरह की बेचैनी है।

'तुमने आज के अख़बार देख लिये?' मैंने अपने बैग से अख़बारों का पुलिन्दा निकालते हुए पूछा।

'हाँ, देख लिये हैं,' वह बोली। 'शुक्ला सब अख़बार साथ लाई थी।'

'गजानन को छोड़कर और सभी ने प्रशंसा की है।'

नीलिमा एक तसवीर को ध्यान से देख रही थी। उसे रखकर उसने सीधी नज़र से मेरी तरफ़ देखते हुए कहा, 'देखो मधुसूदन, मैं ये सब मातमपुरसी की बातें नहीं सुनना चाहती। तुम और कोई बात नहीं कर सकते?'

'मुझे अफ़सोस है कि तुमने मेरी बात का ऐसा अर्थ लिया है,' मैंने कहा। 'मैं तो बहुत साधारण ढंग से कह रहा था।'

नीलिमा के चेहरे पर सहसा एक तूफ़ान-सा उठ आया, मगर उसने बहुत जल्दी ही अपने को सँभाल लिया। फिर अपने हाथ की तसवीरों पर झुकती हुई बोली, 'कैसे भी सही, मगर मैं अब इस बारे में कोई बात कहना-सुनना नहीं चाहती। मेरा नृत्य के साथ जो भी सम्बन्ध था, वह कल रात से टूट गया है।'

'क्यों? इतनी-सी बात से कि...?'

'तुम मुझे इतने बरसों से जानते हो मधुसूदन,' वह बात बीच में काटकर बोली। 'फिर भी तुम आज तक मुझे नहीं जान सके। तुम्हीं क्या, कोई भी मुझे आज तक नहीं जान सका। जो भी जानता है, ऊपर-ऊपर से ही जानता है। मैं अन्दर से क्या हूँ, यह कोई भी नहीं समझ सकता।'

मैंने कई लोगों को समय-समय पर इस तरह की बात कहते सुना था और स्वयं भी कई बार इस तरह की बात कह देता था, इसलिए मैंने उसे महत्त्व नहीं दिया और कहा, 'मगर यह भी तो होता है कि हम ख़ुद भी कई बार अपने को ठीक से नहीं समझ पाते। नहीं?'

'ऐसा हो भी, तो क्या है?' वह बोली। 'मगर यह सब फ़िज़ूल की बात नहीं है?

हम क्या हैं और क्या नहीं हैं, यह हम कभी-न-कभी तो जान ही जाते हैं। मैं कल तक अगर अपने को नहीं जानती थी तो आज जान गई हूँ। इस समय मैं क्या हूँ, यह मैं अच्छी तरह जानती हूँ। क्या थी और क्या हो सकती थी, इसके बारे में कुछ ग़लतफ़हमी अब तक बनी हुई है। मगर आज को लेकर मेरे मन में ग़लतफ़हमी नहीं है।'

'मैं ये तसवीरें देख सकता हूँ?' मैंने फ़र्श पर बिखरी हुई तसवीरें उठा लीं।

'हाँ-हाँ, क्यों नहीं?' उसने मेरे हाथ की तसवीरें मुझसे ले लीं और छाँटकर रखी हुई तसवीरों में से कुछ तसवीरें मेरी तरफ़ बढ़ा दीं। मैं उन तसवीरों को एक-एक करके देखने लगा। ज़्यादातर तसवीरें कई साल पहले की थीं और उनमें भी ज़्यादातर यूरोप के दिनों की थीं। उनमें से कुछ विभिन्न नृत्य-मुद्राओं में ली गई थीं। कुछ विभिन्न स्थानों पर लिये गए प्रोफ़ाइल थे। उन सब तसवीरों में वह अब की अपेक्षा कहीं युवा, दुबली और तरो-ताज़ा नज़र आती थी। उस थकान का उनमें कहीं आभास भी नहीं था जो अब उसके चेहरे पर दिखाई दे रही थी। एक तसवीर में तो वह बिलकुल एक युवा खरगोश की तरह नज़र आती थी। उसमें वह घास पर लेटी हुई अपने चारों ओर के वातावरण को बिलकुल भूलकर निश्चिन्त भाव से आकाश की ओर देख रही थी। लगता था, गम्भीरता, उदासी या ऐसे किसी भाव का उस चेहरे के साथ कोई सम्बन्ध हो ही नहीं सकता।

'कुछ तसवीरें तो बहुत ही अच्छी खिंची हुई हैं,' मैंने कहा। 'ये सब किसी एक ही व्यक्ति की खींची हुई हैं या...?'

'ये सब तसवीरें उसी की खींची हुई हैं,' कहते हुए उसने कुछ और तसवीरें मेरी तरफ़ बढ़ा दीं।

'उसी की अर्थात्...?'

'तुम्हारे दोस्त की।'

'मेरे किस दोस्त की?'

'तुम जानते हुए भी ऐसे क्यों पूछ रहे हो?' उसके चेहरे पर फिर विद्रोह घिर आया। इस बार वह उस भाव को नहीं दबा सकी। 'तुम्हारे उस दोस्त की जिसका घर मैं हमेशा के लिए छोड़ आई हूँ।'

'यह तो ख़ैर बेमतलब की बात है,' मैंने कहा। 'मगर मुझे पता नहीं था कि हरबंस इतनी अच्छी तसवीरें खींच लेता है।'

'तुम अब उससे मिलो तो इसके लिए उसकी प्रशंसा कर देना।'

'जो भी प्रशंसा करनी होगी, मैं तुम्हारे सामने ही करूँगा,' मैंने कहा। 'तुम तैयार हो आओ, तो हम कहीं चलकर कॉफ़ी पीते हैं। टैक्सी लेकर हरबंस को भी घर से ले आएँगे।'

'घर से!' उसने बहुत तिरस्कारपूर्ण स्वर में कहा। 'मैं उस घर में कभी क़दम भी नहीं रखूँगी। मेरा जो थोड़ा-बहुत सामान वहाँ रह गया है, वह भी वह भेजना चाहेगा, तो मैं किसी के हाथ मँगवा लूँगी। यूँ मेरा उसके बग़ैर भी गुज़ारा चल सकता है।'

मैं जिस काम के लिए आया था, सोचा कि अब उसी की बात करूँ, तो ज़्यादा अच्छा है। 'तुम्हें पता है रात-भर उसकी तबीयत कितनी ख़राब रही है? तुम तो उससे लड़कर चली आई थीं, मगर तुम्हारे आने के बाद मैंने सुना है कि वह रात-भर कमरा बन्द करके शराब पीता रहा है...।'

'तुम्हें यह बात शुक्ला ने बताई होगी,' वह फिर अपने को सहेजकर गम्भीर हो गई। 'उसने मुझे भी बताया था।'

'वह सारी रात सोया नहीं और सुबह से कमरा बन्द करके फिर शराब पी रहा है।'

'मुझे पता है,' वह उसी गम्भीरता के साथ बोली। 'शुक्ला ने मुझे यह भी बताया था।'

'और फिर भी तुम्हारा मन नहीं हुआ कि जाकर उसे एक बार देख आओ?'

'क्यों, मेरा मन क्यों होता?' वह कन्धे हिलाकर बोली। 'मेरा उसके साथ अब कोई सम्बन्ध नहीं है।'

मैंने नहीं सोचा था कि वह इतने गम्भीर ढंग से यह बात कह सकती है। मैं कई क्षण चुप रहकर उसे देखता रहा। उसके चेहरे पर इतनी कठोरता मैंने पहले नहीं देखी थी। उसके भाव से तो सचमुच लगता था जैसे उसने अपने दिल में वह सम्बन्ध तोड़ दिया हो। वह भाव दुःख, क्षोभ या शिकायत का न होकर एक दूरी और उदासीनता का ही भाव था। मेरी समझ में नहीं आ रहा था कि बरसों तक पति-पत्नी का आत्मीय जीवन बिताने के बाद एक ही दिन में अचानक कोई इतना तटस्थ कैसे हो सकता है!

'तुम जानती हो तुम यह बात दिल से नहीं कह रहीं,' मैंने कहा।

'मैं जो कुछ कह रही हूँ, दिल से ही कह रही हूँ,' वह बोली। 'तुम झूठ-मूठ यह विश्वास करना चाहते हो कि मैं दिल से नहीं कह रही, तो बात दूसरी है। मैं तुमसे कह चुकी हूँ कि मैं उसका घर हमेशा के लिए छोड़ आई हूँ। अब कभी मैं उस घर में लौटकर नहीं जाऊँगी। लड़के को मैं कल अपने साथ ले आई थी। मगर वह उसे अपने पास रखना चाहेगा, तो कल मैं उसे भी भेज दूँगी।'

'तुम इस वक़्त गुस्से में हो, इसलिए मैं फिर किसी वक़्त आकर तुमसे बात करूँगा,' मैंने कहा। मैं उस वक़्त और ज़्यादा वहाँ नहीं बैठना चाहता था। एक तो वह विषय ही ऐसा था कि उस पर बात करना मुझे अच्छा नहीं लग रहा था। दूसरे

मुझे रह-रहकर अपने सम्पादक की चिट का ध्यान आ रहा था। सुबह दफ़्तर पहुँचते ही वह चिट मुझे अपनी मेज़ पर रखी हुई मिली थी कि मैं आज दिन में किसी समय उससे ज़रूर मिल लूँ। मैं मन-ही-मन अनुमान लगा रहा था कि उसके चिट भेजने का क्या कारण हो सकता है। मुझे पता था कि जब उसे कोई अच्छी बात कहनी होती है, वह चिट नहीं भेजता, फ़ोन पर बात कर लेता है। चिट वह तभी भेजता था जब उसे किसी को डाँट पिलानी हो या उसके काम के दोष उसे बताने हों। मुझसे पहले जो व्यक्ति मेरे वाला स्तम्भ लिख रहा था, उसे भी अक्सर इस तरह चिटें आया करती थीं। मुझे डर लग रहा था कि वह धीरे-धीरे इसी बात की भूमिका तो तैयार नहीं कर रहा था कि मैं भी त्यागपत्र देकर वहाँ से चला जाऊँ। दस साल पहले मैं नौकरी से त्यागपत्र देने की बात जितनी आसानी से सोच सकता था, उतनी आसानी से अब नहीं सोच सकता था।

'तुम जा रहे हो?' नीलिमा बोली। उसके स्वर से मुझे लगा कि वह अपने मन से हरबंस के प्रति ही नहीं, मेरे प्रति और सारी दुनिया के प्रति भी उदासीन हो गई है।

'हाँ। तुम नहीं चल रहीं, इसलिए सोचता हूँ कि दफ़्तर में जाकर थोड़ा-सा काम कर लूँ,' मैंने कहा। 'वहाँ से होकर थोड़ी देर के लिए हरबंस के पास भी जाऊँगा...।'

'तुम उसके पास जा रहे हो, तो मेरा एक काम कर सकोगे?'

'हाँ-हाँ, बताओ।'

'तुम दस मिनट रुक जाओ। मैं अभी तुमसे एक बात कहना चाहती हूँ। यहाँ मुझे ठंड लग रही है, इसलिए बाहर धूप में चलकर बैठते हैं।'

जब हम बाहर घास पर मोढ़े डालकर बैठ गए, तो उसने अपने हाथ उलझाकर गोद में रख लिये और कुछ देर बाड़ की पत्तियों पर चमकती हुई धूप की तरफ़ देखती रही। फिर बोली, 'मैं तुमसे एक ही चीज़ चाहती हूँ और वह यह कि तुम किसी तरह उसके दिमाग़ में यह बात बिठा दो कि हम लोगों की भलाई अब इसी में है कि हम एक-दूसरे से अलग रहें। अगर वह क़ानूनी तौर पर सम्बन्ध-विच्छेद करना चाहे, तो उसके लिए मेरी तरफ़ से कोई रुकावट नहीं होगी। जहाँ तक मेरा सवाल है, मैं अब ज़्यादा दिन दिल्ली में रहूँगी भी नहीं। जहाँ कहीं मुझे कोई छोटी-मोटी नौकरी मिल जाएगी, वहाँ चली जाऊँगी।'

'देखो, इस बारे में जो भी बात करनी हो, वह दो-चार दिन ठहरकर करना,' मैंने कहा। 'इस वक़्त तुम्हारा मन ठीक नहीं है, इसलिए...।'

'मेरा मन इस वक़्त बिलकुल ठीक है,' वह बोली। 'तुम यह बिलकुल ग़लत सोच रहे हो कि मैं किसी उत्तेजना की वजह से ऐसा कह रही हूँ। मगर जिस असलियत से हम लोग इतने दिनों तक भागते रहे हैं, अब मैं उससे और भागना नहीं चाहती।

वह असलियत यही है कि हम लोग साथ-साथ नहीं रह सकते। हम लोगों की ज़िन्दगी की ज़रूरतें बिलकुल अलग-अलग हैं और कितनी भी कोशिश करें, हम एक-दूसरे की ज़रूरतों को पूरा नहीं कर सकते। मैंने तुमसे कहा था कि तुम मुझे ठीक से नहीं जानते। मैं फिर वही बात कहती हूँ। मेरी नृत्य में जितनी भी रुचि है, उसका एक कारण तो मेरे अन्दर की भूख है ही। मगर वह भूख जिस कारण से जन्म लेती है, वह कारण...ख़ैर उस बात को तुम जाने दो।'

वह कई पल आँखें मूँदकर कुछ सोचती रही, फिर पहले से भी सचेत होकर बैठ गई। 'विवाहित जीवन में दो व्यक्तियों का शारीरिक सम्बन्ध ही सबकुछ नहीं होता, और मैं जानती हूँ कि मैं उसके लिए एक शारीरिक साधन से ज़्यादा कुछ नहीं हूँ। इस आभास के कारण मुझे अपना आप कितना व्यर्थ और ख़ाली-ख़ाली लगता है, यह मैं कभी किसी को ठीक बता ही नहीं सकती। हम लोगों में एक-दूसरे के प्रति जो उत्साह होना चाहिए, वह उत्साह भी धीरे-धीरे समाप्त हो गया है। हम लोग पति-पत्नी हैं, परन्तु पति-पत्नी में जो चीज़ होती है, जो चीज़ होनी चाहिए वह हममें कब की समाप्त हो चुकी है। और अगर मैं ठीक कहूँ, तो वह चीज़ कभी थी ही नहीं। हम लोग केवल यह मानने का प्रयत्न करते रहे हैं कि वह है और उसे लाने का प्रयत्न करते रहे हैं। मगर वह चीज़ नहीं आई, नहीं आ सकी। इस बीच एक बच्चा भी हमारी ज़िन्दगी में आ गया है। उसकी वजह से भी हमने चाहा कि वह चीज़ पैदा हो जाए, मगर वह नहीं हुई। अब मैं सोचती हूँ कि उस चीज़ को लाने की कोशिश करना भी बेकार है। इस तरह कल को अरुण के दो-एक भाई-बहन और हो जाएँगे, तो क्या होगा? क्या वह चीज़ फिर भी आ पाएगी? और अगर नहीं, तो क्या हम दोनों अपने बच्चों के प्रति अपराधी नहीं होंगे? मैं रात-दिन जो नृत्य के अभ्यास से अपने को थकाती रही हूँ, वह बहुत-कुछ इसलिए भी था कि मैं अपनी थकान में अपने को भूली रहूँ; मुझे इस विषय में सोचने का जितना कम अवसर मिले, उतना ही अच्छा है। इसके अलावा सोचती थी कि शायद इसी तरह हम दोनों के बीच वह चीज़ पैदा हो जाए। मगर हुआ क्या है? जो हुआ है, वह तुम्हारे भी सामने है। मैं अब और ज़्यादा अपने को धोखे में नहीं रखना चाहती। यह व्यर्थ का संघर्ष जितनी जल्दी समाप्त हो जाए, उतना ही अच्छा है।'

बाड़ में कई जगह छोटी-छोटी पत्तियाँ निकली थीं, पारे की तरह चिकनी और कोमल। बात करते हुए वह कुछ देर रुककर जाने उन पत्तियों की हलकी-हलकी कँपकँपाहट को देखती रही, या पुरानी पत्तियों के उलझे हुए गुच्छों को! वह जो बात कर रही थी उसके अलावा भी जैसे साथ-साथ कई कुछ सोच रही थी। एक तरह से वह उस समय अपने अन्दर और बाहर की दहलीज़ पर खड़ी थी।

‘तुम समझती हो कि तुम रात-रात में ही इस आख़िरी फ़ैसले पर पहुँच गई हो?’ मैंने पूछा।

‘यह फ़ैसला रात-रात में नहीं हुआ मधुसूदन! बरसों से यह फ़ैसला धीरे-धीरे होता आ रहा था। कल रात को यह फ़ैसला पूरा हो गया है। अच्छा होता अगर यह फ़ैसला बहुत पहले ही हो जाता। तब उसे अपने लिए और मुझे अपने लिए इतना अफ़सोस न होता।’

‘तुम्हें अपने लिए सचमुच बहुत अफ़सोस है?’

उसकी गरदन कुछ तन गई और भौंहें एक बार गुस्से से काँप गईं। ‘तुम समझते हो कि मुझे अफ़सोस नहीं है? तुमने मेरी पहले की तसवीरें देखी हैं? मैं तब क्या थी, और आज क्या हूँ? क्या इन दोनों चेहरों में तुम्हें कोई समानता नज़र आती है? मैं यह बात उम्र के लिहाज से नहीं कह रही...।’ वह सहसा उठकर अन्दर चली गई और अपनी छाँटकर रखी हुई तसवीरें उठा लाई। उनमें से एक-एक तसवीर को क्षण-भर देखकर मेरी तरफ़ फेंकती हुई वह बोली, ‘यह मैं थी, यह मैं थी, यह मैं थी। तुम इन तसवीरों में मुझे देखो और अपने सामने बैठे हुए देखो। क्या तुम्हें इस फ़र्क़ को देखकर अफ़सोस नहीं होता?’

मैं चुपचाप उन तसवीरों को फिर एक-एक करके देख गया। वह जिस फ़र्क़ की बात कर रही थी वह फ़र्क़ तो था, मगर जितना उस फ़र्क़ को वह महसूस कर रही थी, उतना मैं कैसे कर सकता था? दूसरे, मैं चाहता भी नहीं था कि उसके मुँह पर इस फ़र्क़ की बात को स्वीकार करूँ। इसलिए मैंने कहा, ‘तुम इस चीज़ को बहुत महसूस कर रही हो, मगर मुझे तो ऐसा ख़ास फ़र्क़ नज़र नहीं आता। छः-सात साल में आम आदमी में जितना फ़र्क़ आता है, तुममें उससे बहुत कम फ़र्क़ आया है...।’

मैंने सोचा था कि इस बात से वह कुछ नरम पड़ जाएगी, मगर उसका स्वर पहले से भी तीखा हो गया। ‘तुम ईमानदारी के साथ यह बात कह सकते हो?’ वह बोली। ‘मुझे मालूम है तुम किसलिए यह कह रहे हो। मगर मैं अब किसी के मुँह से ये मन-बहलावे की बातें नहीं सुनना चाहती। मैं जिस चीज़ से डरती थी और जिसे अपने मन से भुलाए रखना चाहती थी, वह कल पूरी तरह मेरे सामने स्पष्ट हो गई है। मुझे अच्छी तरह पता चल गया है कि मैं छः साल पहले जो बन सकती थी, वह आज नहीं बन सकती। मगर मुझे सबसे ज़्यादा धोखे में किसने रखा है? उस आदमी ने ही तो जो कल रात भी मुझसे कह रहा था कि मैंने अभी जल्दी की है, मुझे अभी कुछ दिन और धीरज रखकर अच्छी तरह अभ्यास करना चाहिए था। मुझे पहले भी यह लगा करता था कि वह धीरे-धीरे सिर्फ़ वक़्त टाल रहा है और यही चाहता है कि मैं अन्दर-अन्दर ज़ंग खाकर नाकारा हो जाऊँ जिससे एक दिन वह मुँह बिचकाकर

मुझसे कह सके कि अब क्या है, अब तो बहुत देर हो गई; अगर कुछ करना था तो उसका वक़्त आज से बहुत पहले था।'

मैंने तसवीरें उसे लौटा दीं। उसकी बात से मेरा मन उदास भी हो रहा था और मेरे अन्दर झुँझलाहट भी उठ रही थी। 'तुम हरबंस के लिए और जो चाहे कह लो,' मैंने कहा। 'मगर यह कहकर तुम उसके साथ ज़्यादती कर रही हो कि उसने जान-बूझकर...।'

'तुम समझते हो कि तुम उसे मुझसे ज़्यादा जानते हो?' वह जाने तसवीरें रखने के इरादे से या अपने गुस्से के आवेश में उठ खड़ी हुई। 'उसने यह सब क्यों किया, यह मैं अच्छी तरह जानती हूँ। उसे मेरी क्या ज़रूरत थी और क्या नहीं, यह भी अच्छी तरह जानती हूँ। अपने स्वार्थ के लिए उसने कई बार हीन होकर भी मुझसे समझौता किया है। जिस तरह वह दोनों वक़्त खाना खाए बग़ैर नहीं रह सकता, उसी तरह मेरे बग़ैर भी नहीं रह सकता। उसके लिए सिर्फ़ एक भूख का सवाल है। मगर मैं अब उसकी भूख का सामान बनकर नहीं रहना चाहती। उसने आज तक यह नहीं समझा कि मैं एक चीज़ नहीं, एक इन्सान हूँ, और मेरी भी अपनी ज़रूरतें हैं। और आज जब मुझे पता चल गया है कि मेरी ज़रूरतें ज़िन्दगी-भर पूरी नहीं होंगी, तो मैं उसकी ज़रूरत का सामान बनकर बिलकुल नहीं रहना चाहती। तुम उसके दोस्त हो, इसलिए तुम जाकर यह बात उसे अच्छी तरह समझा दो।'

वह तसवीरें लिये हुए अन्दर चली गई और काफ़ी देर तक बाहर नहीं आई। मैं बार-बार घड़ी की तरफ़ देखता रहा और जूते से ज़मीन को मसलता हुआ बैठा रहा। उस तरह अकेले बैठे रहना बहुत भारी हो जाता मगर तभी 'फ्लैश' का रिपोर्टर चड्ढा, जिसका प्यार का नाम सुग्रीव है, कन्धे पर कैमरा लटकाए वहाँ आ गया। उसे सुग्रीव नाम इसलिए दिया गया था कि वह हर साल एक अख़बार छोड़कर दूसरे अख़बार में चला जाता था और जिस अख़बार में जाता था, उसी के अनुसार उसका राजनीतिक दृष्टिकोण भी बदल जाता था। पिछले दस साल में वह कम्युनिस्ट, सोशलिस्ट, प्रजा सोशलिस्ट, कांग्रेसी, हिन्दू सभाई और जनसंघी दृष्टिकोणों का प्रतिनिधित्व कर चुकने के बाद अब लगातार डेढ़ साल से 'फ़्लैश' में काम कर रहा था और आजकल अपने-आपको 'रेडिकल स्कैंडलिस्ट' कहता था।

'हलो स्कैंडलिस्ट,' मैंने उसे देखकर कहा। 'तुम यहाँ कैसे पहुँच गए?'

'अपने मैटीरियल की तलाश में,' उसने कहा और मोढ़ा खींचकर मेरे नज़दीक आ बैठा।

'यहाँ भी तुम्हारे लिए कोई मैटीरियल है क्या?'

'स्कैंडलिस्ट के लिए कहाँ मैटीरियल नहीं है!' वह बोला और फिर आवाज़ धीमी करके उसने कहा, 'मुझे पता चला है कि नीलिमा हरबंस का घर छोड़कर आ गई

है और इन दोनों का सम्बन्ध विच्छेद हो रहा है।'

'यह तुमसे किसने कहा?'

'जिसने भी कहा, मगर तुम बताओ कि यह बात ठीक है या नहीं?'

'मुझे तो नहीं पता। तुम बताओ कि तुम यह कहाँ से सुनकर आए हो?'

'वैसे अपनी सूचना का स्रोत बताना तो नहीं चाहिए, मगर मैं तुम्हें बता देता हूँ,' वह बोला। 'मैं अभी-अभी श्री हरबंस खुल्लर से सुनकर आया हूँ।'

'तुम हरबंस के पास से होकर आए हो?'

'मैं नीलिमा का इन्टरव्यू लेने के इरादे से उनके घर गया था,' वह अपने होंठों से कई-कई तरह के आकार बनाता हुआ बोला। 'वहाँ पहले मुझे दरवाज़ा ही नहीं खोला गया। मगर मैंने किसी तरह दरवाज़ा खुलवा लिया और श्री हरबंस खुल्लर से प्रार्थना की कि वे मुझे अपनी धर्मपत्नी का इन्टरव्यू ले लेने दें। उन्हीं के दोस्त रमेश खन्ना ने मुझे इन्टरव्यू लेने के लिए कहा था। श्री खुल्लर मुझे देखते ही नाराज़ हो गए कि उनकी पत्नी को कोई इन्टरव्यू नहीं देना है। उनसे डाँट खाकर मुझे खुशी हुई कि मुझे इन्टरव्यू से कहीं ज़ोरदार मसाला मिल गया है। इसके बाद मैंने इधर-उधर से थोड़ी खोज-ख़बर की, तो मुझे पता चला कि नीलिमा उसका घर छोड़कर अपनी माँ के घर चली आई है और हमेशा के लिए चली आई है। मैंने सोचा कि उनसे मिलकर यह बात कनफ़र्म कर लूँ, तो कल उनकी तसवीर के साथ यह ख़बर चली जाए। यह ज़ोरदार ख़बर नहीं है कि एक डांसर अपने शो की रात ही अपने पति का घर छोड़कर चली आई? क्या ख़याल है?'

सुग्रीव का दुबला-सा ठिगना शरीर और लाल चेहरा भी उसके इस नाम की सार्थकता प्रमाणित करते थे। वह अपनी पैनी आँखों से इस तरह चारों तरफ़ देख रहा था जैसे लॉन की घास और इधर-उधर रखे हुए गमलों में भी उसे अपने लिए कुछ स्कैंडल का मैटीरियल मिल जाने की सम्भावना नज़र आ रही हो। नीलिमा अन्दर से आई, तो वह उसे देखते ही उठ खड़ा हुआ। 'मैडम, मैं 'फ़्लैश' की तरफ़ से आपका इन्टरव्यू लेने के लिए आया हूँ' उसने कहा।

नीलिमा अन्दर से अपना मुँह धोकर और बालों को बाँधकर आई थी। उसके चेहरे पर उत्तेजना की जगह पहले की-सी दृढ़ता फिर लौट आई थी। वहाँ तीसरा मोढ़ा नहीं था, इसलिए मैंने अपने वाला मोढ़ा उसके लिए ख़ाली कर दिया। इससे मुझे वहाँ से चलने के लिए बहाना भी मिल गया। 'मैं इस वक़्त चल रहा हूँ,' मैंने उससे कहा। 'हो सका तो आज, नहीं तो कल किसी वक़्त फिर आऊँगा।' नीलिमा ने चुपचाप सिर हिला दिया। सुग्रीव ने अपनी कॉपी-पेंसिल निकाल ली थी। मैं अभी गेट से निकला भी नहीं था कि उसने नीलिमा से सवाल पूछना शुरू कर दिया; 'मैडम, क्या यह सच है कि आपने अब अकेले ज़िन्दगी बिताने का फ़ैसला कर लिया है?' मैंने घूमकर

नीलिमा की तरफ़ नहीं देखा। उस पर इसकी क्या प्रतिक्रिया हुई होगी, यह अपनी आँखों से देखने का हौसला मुझमें नहीं था।

धूपछाँह मौसम बूँदाबाँदी में, बूँदाबाँदी वर्षा में और वर्षा रात तक ओलों में बदल गई थी। मैं हरबंस के पास उसकी बैठक के कमरे में बैठा था। ओलों के गिरने की आवाज़ के अलावा वातावरण में बिलकुल ख़ामोशी छाई थी, एक मनहूस-सी ख़ामोशी, जैसे कि वह ख़ामोशी एक समुद्र हो, आकाश के ओर-छोर तक फैला हुआ समुद्र, जिसे अपने में डूबी हुई दुनिया की हलचलों से कोई वास्ता न हो और जो बरसते हुए बादलों के नीचे बेबस पड़ा हो। कभी ओले तेज़ हो जाते थे और खिड़कियों से टकराने लगते थे। कोई-कोई ओला रोशनदान से उछलकर कमरे में आ गिरता था और फ़र्श की दरी पर पड़ा-पड़ा कुछ देर सवालिया नज़र से हमारी तरफ़ देखता रहता था और फिर दरी के रेशों में ही कहीं डुबकी लगा जाता था। जब ओलों का ज़ोर कम होता, तो हवा का हहराता हुआ झोंका खिड़की के किवाड़ों को थपथपाकर उस ख़ामोशी को एक झटका दे जाता।

मैं चुपचाप बैठा हरबंस के चेहरे के उतार-चढ़ाव को देख रहा था। हरबंस हाथ और टाँगें फैलाए दीवार पर बैठा था जैसे अभी-अभी उसे उठकर वहाँ से चले जाना हो। बाँके थोड़ी देर पहले सुलगती हुई अँगीठी रख गया था और मैं उस पर हाथ ताप रहा था। अँगीठी आई थी, तो हरबंस ने एक गहरी नज़र से उसे देखते हुए कहा था, 'यह भी उसी लड़की ने भिजवाई है। वह होती, तो क्या यह बात वह कभी सोच भी सकती थी?' 'उसी लड़की' से मतलब था शुक्ला से और 'वह' से मतलब था नीलिमा से। जिस समय मैं आया था उसी समय से मैंने लक्ष्य किया था नीलिमा की अनुपस्थिति में घर की सारी व्यवस्था शुक्ला ने सँभाली हुई है। उसने न सिर्फ़ घर का सारा सामान ठीक-ठिकाने से रख दिया था, बल्कि बाँके के साथ मिलकर रसोईघर में खाना भी बनवा रही थी। मुझे देखकर उसके मुरझाए चेहरे पर खुशी की एक लहर दौड़ गई थी और उसने कहा था, 'तो आप आ गए हैं! मैं तो दोपहर से ही आपकी राह देख रही थी। भापाजी उधर अपने पढ़ने के कमरे में हैं।'

'अब उसकी तबीयत कैसी है?' मैंने पूछा तो उसके चेहरे पर जाने क्यों बहुत रूखा-सा भाव आ गया।

'उनकी तबीयत ठीक नहीं है,' वह बोली। 'मुझसे वे बात ही नहीं करते, इसलिए बाँके ही उनके कमरे में आता-जाता है। आप अगर हो सके तो आज की रात उनके पास ही रह जाएँ। किसी को रात को उनके पास होना ही चाहिए। रहने को तो मैं ही रह जाती, मगर...।' और अपनी सूनी-सी आँखों को आग की तरफ़ से हटाकर

उसने कहा, 'मैं सावित्री दीदी को और हर चीज़ के लिए माफ़ कर सकती हूँ मगर आज भापाजी के पास न आने के लिए कभी माफ़ नहीं कर सकती। इसका तो मतलब है कि उनके दिल में...।'

'मैं भी सुबह उसके पास गया था,' मैंने कहा। 'मगर वह उसी तरह अपनी ज़िद पर अड़ी हुई है।'

'तो वे अड़ी रहें अपनी ज़िद पर!' कहते हुए शुक्ला की गरदन जिस तरह तन गई, वह ढंग बिलकुल नीलिमा जैसा था। 'इससे किसी का नुक़सान होगा, तो उन्हीं का होगा। भापाजी की देखभाल तो किसी-न-किसी तरह हो ही जाएगी; वह सारी उम्र बैठकर पछताती रहेंगी। मैंने भी सोच लिया है कि न तो अब खुद ही उन्हें बुलाने जाऊँगी, और न ही किसी और को भेजूँगी। उन्हें अकेली रहना है, तो रहें अकेली और अगर किसी और के साथ घर बसाना है, तो...।'

'छिः!' मैंने कहा! 'तुम भी ऐसी बे-सिर-पैर की बातें करने लगीं?'

'मैं बे-सिर-पैर की बातें नहीं कर रही,' वह बोली। 'उनके स्वभाव को मैं और लोगों से ज़्यादा जानती हूँ। बल्कि जितना वे खुद जानती हैं, उससे भी ज़्यादा जानती हूँ। उन्हें ज़िन्दगी में जो कुछ मिला है उसकी वे परवाह नहीं करतीं, और जो कुछ नहीं मिला, उसी के पीछे भटकती हैं। मगर मैं विश्वास के साथ कह सकती हूँ कि वे भापाजी के साथ रहकर सुखी नहीं रह सकीं, तो सुख पाना उनके लिए बदा ही नहीं है। वे ज़िन्दगी-भर एक मृगतृष्णा के पीछे भटकती रहेंगी और इसी तरह छटपटाती रहेंगी।' शुक्ला का जूड़ा ढीला हो रहा था, शायद दिन-भर की व्यस्तता के कारण। उसके बालों की कई लटें उसके चेहरे पर आ गई थीं। उसकी फ़ीरोज़ी रंग की कांजीवरम् की साड़ी भी बहुत ढीले-ढाले ढंग से बँधी हुई थी जिससे उसका शरीर कुछ फूला-फूला-सा लग रहा था। जाने आग की वजह से या वैसे ही उसका चेहरा पहले से कहीं चिकना लग रहा था। मेरे मन में सहसा यह बात उठ आई कि शायद थोड़े दिनों में वह माँ बनने वाली है। उसी क्षण, शायद मेरी आँखों के भाव को पढ़कर, वह थोड़ा लजा गई और उसके चेहरे की चिकनाहट में हलकी-सी सुरख़ी घुल-मिल गई जिससे मेरा अनुमान निश्चय में बदल गया। बाँके ने हरबंस के कमरे में ले जाने के लिए कॉफ़ी बना ली थी। मैंने कॉफ़ी की ट्रे उसके हाथ से ले ली और कहा, 'तुम रहने दो, मैं ले जाता हूँ।' जब मैं ट्रे लेकर वहाँ से चलने लगा, तो शुक्ला का सुर्ख़ चेहरा आग की तरह ही दमक रहा था।

हरबंस अपने पढ़ने के कमरे में उसी पलंग पर लेटा हुआ था जिस पर एक बार मैंने रात काटी थी। अपने रूखे उलझे हुए बालों और दिन-भर की बढ़ी हुई दाढ़ी के कारण वह सचमुच बहुत बीमार लग रहा था। मुझे देखते ही वह एक झटके के साथ सीधा उठ बैठा और अपनी टाँगों पर फैले हुए कम्बल को हटाता हुआ बोला, 'आओ,

मैं तुम्हारा ही इन्तज़ार कर रहा था। मैंने सोचा था कि शायद तुम कुछ जल्दी आओगे।'

मैंने ट्रे रख दी और एक ही साँस में पूरा ब्यौरा दे दिया कि सुबह से अब तक मैं किस तरह व्यस्त रहा हूँ। सिर्फ़ नीलिमा के पास जाने की बात मैंने नहीं बताई। उसके पलंग के नीचे ह्विस्की की बोतल रखी थी जो तीन-चौथाई से ज़्यादा ख़ाली थी। उसके साथ ही सोडा की कई ख़ाली बोतलें रखी थीं। तिपाई पर कुछ फ़ाइलें रखी हुई थीं, जिनमें अस्त-व्यस्त लिखे हुए कुछ काग़ज़ थे। मैंने बैठते हुए एक सरसरी नज़र उन काग़ज़ों पर डाली, तो मुझे यह पहचानने में देर नहीं लगी कि वह वे वही काग़ज़ हैं जिन पर कभी एक उपन्यास लिखना आरम्भ किया था और तब से अब तक उसी तरह उलझे हुए रखे थे। उसने जल्दी से उन फ़ाइलों को बन्द कर दिया और बिस्तर से उठ खड़ा हुआ। 'चलो साथ के कमरे में चलकर बैठते हैं,' उसने कहा। 'कल रात से यहाँ पड़े-पड़े मेरा जिस्म और दिमाग़ बिलकुल ज़ंग खा गए हैं।' और उसने खुद ही कॉफ़ी की ट्रे उठा ली। हम दोनों बैठक के कमरे में आ गए, तो उसने खुद ही कॉफ़ी बनाई और एक प्याली मेरी तरफ़ बढ़ा दी।

'तुम कल से अब तक बहुत सुस्त पड़ गए हो,' मैंने कहा। मैंने जान-बूझकर यह नहीं कहा कि वह कल से काफ़ी अस्वस्थ लग रहा है।

'शायद बिस्तर में पड़े रहने की वजह से ऐसा लग रहा हो,' वह बोला। 'वैसे मैं बिलकुल ठीक हूँ।'

'इसका मतलब है कि तुम पड़े-पड़े बहुत-कुछ सोचते रहे हो।'

उसने सिर्फ़ कन्धे हिला दिए और कॉफ़ी के घूँट भरता रहा। फिर क्षण-भर बाद स्वयं ही बोला, 'हाँ, कुछ सोचता भी रहा हूँ। और कुछ क्यों, कई कुछ सोचता रहा हूँ। तुम्हें पता है कि सावित्री घर छोड़कर चली गई है?'

'मुझे पता है वह बी जी के घर पर है।'

'एक बार जब वह पहले छोड़कर गई थी, तो मैंने महसूस किया था कि उसे नहीं जाना चाहिए था। मगर इस बार मैं बहुत सोच-समझकर इसी नतीजे पर पहुँचा हूँ कि उसने जाकर शायद ठीक ही किया है। वह न जाती, तो हम लोग ज़िन्दगी-भर साथ रहकर उसी तरह कुढ़ते रहते। उसने अच्छा किया जो खुद ही निश्चय कर लिया। अगर यही निश्चय मुझे करना पड़ता, तो मेरे मन को ज़्यादा तकलीफ़ होती। अब मैं ज़्यादा साफ़ मन से अपने रास्ते पर लौट सकता हूँ।'

मैं उसका मतलब समझकर भी जान-बूझकर अनजान-सा उसकी तरफ़ देखता रहा। वह बताने लगा कि किस तरह जब पिछली रात को वे लोग लौटकर घर आए, तो पहले कुछ देर दोनों में कोई बातचीत नहीं हुई और उन्होंने चुपचाप बैठकर खाना खाया। खाना खाने के बाद नीलिमा ने उसके बहुत पास आकर उसकी आँखों में

देखते हुए कहा, 'तो तुम्हें आज मुझसे बहुत निराशा हुई है न?'

'अगर सच पूछती हो, तो मुझे बहुत निराशा हुई है,' वह बोला। 'मैंने तुमसे कहा था कि तुम्हें अभी कुछ दिन और इन्तज़ार करना चाहिए।'

इस पर नीलिमा भड़क उठी और ज़ोर-ज़ोर से चिल्लाने लगी कि वह अपनी इन्हीं बातों से आज तक उसकी ज़िन्दगी नष्ट करता आया है; कि वह उसे बहुत छोटा और बहुत स्वार्थी आदमी समझती है; और कि उस दिन के शो को ख़राब करने की पूरी ज़िम्मेदारी उसी पर है। उसने जान-बूझकर अगर समय पर धोखा न दिया होता, तो आज वह दुनिया के सामने इस तरह ज़लील न होती। 'मैं नहीं जानती थी कि तुम जान-बूझकर मेरे साथ इस तरह की हरकत करोगे,' वह कहती रही। 'अगर तुममें ज़रा भी इन्सानियत का माद्दा होता, तो तुम मुझसे पहले ही कह देते कि तुम इस शो की सफलता नहीं चाहते। तुम अपने को बिलकुल अलग रखते, तो भी सबकुछ ठीक हो सकता था। मगर तुमने जान-बूझकर ढोंग रचा, गुप्ता से झूठ बोला, मुझसे झूठ बोला और समय पर आकर हमें धोखा दे दिया। मैं तुम्हें इतने बरसों से अच्छी तरह जानकर भी पूरी तरह नहीं जान सकती थी। मैं नहीं जानती थी कि कोई इन्सान इतना नीचे तक भी जा सकता है। तुमने यूरोप में एम्प्रेसारियो के साथ मिलकर सारे ग्रुप को जिस तरह ख्वार किया था, उसकी भी वजह ठीक से मुझे अब समझ आ रही है। तुम्हारे लिए मैं सिर्फ़ औरत का शरीर हूँ, तुम्हारी वासना-पूर्ति का साधन, और तुम यह बरदाश्त नहीं कर सकते कि मैं इससे ज़्यादा कुछ बन सकूँ। तुम खुद एक असफल आदमी हो, इसलिए तुम मुझे भी अपनी तरह असफल बनाकर रखना चाहते हो। मगर मैं असफल चाहे रहूँ, तुम्हारे घर में अब नहीं रहूँगी। मुझे अफ़सोस है कि मैंने यह फ़ैसला बहुत पहले ही क्यों नहीं कर लिया। मगर अब समय हाथ से निकल गया है, इसलिए मैं मन मारकर चुपचाप तुम्हारे पास नहीं बैठी रहूँगी। मैं तुम्हारा घर छोड़कर जा रही हूँ और इसी समय जा रही हूँ। अगर तुम ज़रा भी इन्सान हो तो मुझे रोकने या वापस बुलाने की कोशिश मत करना। मेरी तरफ़ से तुम्हें खुली छुट्टी है कि तुम जो जी चाहे करो, जिसे चाहे घर में रखो और जैसे चाहे अपनी ज़िन्दगी बिताओ। हम आज तक भी एक-दूसरे के लिए अजनबी थे, मगर इस बात को मानना नहीं चाहते थे। अब आगे के लिए इतना ही फ़र्क़ होगा कि हम इस बात को मानकर रहेंगे। अच्छा यही होगा कि आज के बाद न तुम मेरा चेहरा देखो और न ही मैं तुम्हारा चेहरा देखूँ। हमें आज से समझ लेना चाहिए कि हम एक-दूसरे के लिए मर चुके हैं।'

नीलिमा बोल रही थी और वह अपना सिर हाथ में पकड़े चुपचाप पलंग पर बैठा था। उसे बार-बार एक ही बात सूझ रही थी कि वह उसे बाँहों से पकड़ ले और उसके मुँह पर हाथ रखकर उसका मुँह बन्द कर दे। मगर वह यह भी नहीं कर सका और

चुपचाप बैठा रहा। बोलते-बोलते नीलिमा के मुँह से झाग आने लगा, तो उसे उस पर दया भी आई, मगर उसने बिना कुछ कहे चुपचाप ह्विस्की की बोतल लाकर खोल ली। नीलिमा दूसरे कमरे में चली गई, तो उसने एक गिलास में ह्विस्की डालकर बाँके के हाथ उसके लिए भेज दी। मगर उसने गिलास बाँके से लेकर ज़मीन पर पटक दिया और जल्दी-जल्दी अपने कपड़े वगैरह बाँधकर खुद ही टैक्सी लाने भी चली गई। जब उसने अपना सामान टैक्सी में रख लिया और सोए हुए अरुण को उठाकर बाहर जाने लगी, तो बाँके घबराया हुआ शुक्ला को बुलाने चला गया। मगर शुक्ला के आने से पहले ही वह वहाँ से चली गई थी।

'तब से ही मैं इस लड़की को देख रहा हूँ,' हरबंस हाथ और टाँगें फैलाए कॉफ़ी का घूँट भरकर बोला। 'कल रात से अब तक इसने क्या नहीं किया? मैं दरवाज़ा अन्दर से बन्द करके शराब पी रहा था और यह बाहर इस तरह बेचैन-सी घूम रही थी जैसे इसी के साथ कोई दुर्घटना हुई हो। मुझे इसने आवाज़ नहीं दी, खुद दरवाज़ा भी नहीं खटखटाया, इसलिए कि मैं इसके साथ बात नहीं करता, इसलिए कि मुझे इसका बुरा न लगे। मगर इसकी हर हलकी-से-हलकी आहट और फुसफुसाहट मेरे कानों में पड़ती रही है। बाँके जब भी दरवाज़ा खटखटाता था, तो मुझे पता चल जाता था कि यह दरवाज़े के पास ही खड़ी है। कभी-कभी तो मुझे महसूस होता था जैसे यह बन्द दरवाज़े से अन्दर चली आई हो और मेरे सामने खड़ी होकर ख़ामोश आँखों से मुझे देख रही हो। कोई व्यक्ति पास न होते हुए भी इतना पास हो सकता है, यह मैंने पहली बार महसूस किया। मुझे लग रहा था कि मेरे अन्दर की ही कोई कमज़ोरी उभरकर बाहर आ रही है और मैं इसकी उपस्थिति की बात भूल जाना चाहता था। मेरा शरीर और मन जैसे एक पहाड़ के शिखर से नीचे को झूलकर रुका हुआ था। मैं उस स्थिति से बचने के लिए, उसे भूलने के लिए, लगातार पीता रहा, पीता रहा। मगर मुझे महसूस होता था कि जो चीज़ मुझे गिरने से बचाए हुए है, वह शराब नहीं है, एक ऐसा हाथ है जो छुए बिना मुझे कसकर पकड़े हुए है। मुझे मन में एक आभार का अनुभव भी हो रहा था और उस अनुभव से मुझे कुछ बुरा भी लग रहा था। मैं अनुभव से बचना चाहता था, मगर...।'

वह बिलकुल निढाल-सा बैठा था और उसकी आँखें बाहर की बजाय अन्दर की तरफ़ झाँकनें लग रही थीं। ओलों का तूफ़ान बीच में ज़ोर से खिड़की से टकराता और फिर धीमा पड़ जाता था। वह एक कड़वी चीज़ को निगलने की तरह कुछ देर आँखें बन्द किए और माथे पर बल डाले बैठा रहा और फिर बोला, 'आधी रात को मेरी तबीयत बहुत ख़राब हो गई। पहले कै हुई, फिर सिर चकराने लगा और सारे शरीर से जान निकलती हुई-सी लगने लगी। तब शायद रात के दो या ढाई बजे थे। बाँके ने तब ज़ोर-ज़ोर से दरवाज़ा खटखटाया जिससे दरवाज़े की चटखनी अपने-आप

खुल गई। बाँके अन्दर आया, तो भी मुझे लगा कि यह लड़की बाहर दरवाज़े के पास खड़ी है। बाँके ने बत्ती जलाई, तो यह जल्दी से दरवाज़े के पास से हट गई। उस नीम- बेहोशी की हालत में भी मेरे मन में एक डर-सा समा गया कि सुरजीत को पता चलेगा कि यह आधी रात को अकेली इस घर में रही है, तो वह क्या सोचेगा और इसके साथ क्या सलूक करेगा? मैं यह नहीं मान सकता कि वह सुरजीत को बताकर उस समय यहाँ आई होगी और उसने इसे आने दिया होगा। यह बात सोचकर मेरी आँखों के सामने अँधेरा गहरा होने लगा और फिर मुझे सुबह तक होश नहीं आया कि मैं कहाँ पड़ा हूँ और कैसे पड़ा हूँ। सुबह जब मेरी आँख खुली, तो मैं दो तकियों के बीच बिस्तर पर पड़ा था। कमरे की सब चीज़ें ठीक-ठिकाने से रखी थीं जैसा कि नीलिमा के रहते हुए कभी नहीं होता था। बाँके ऊँघता हुआ अपने कम्बल में लिपटा दहलीज़ के पास बैठा था मगर रसोईघर में चूल्हा जल रहा था और केतली में चाय का पानी उबल रहा था।'

तभी बाँके उधर से कम्बल और गरम पानी की बोतल लिये हुए आ गया। 'साहब छोटी बीबीजी कह रही हैं आप लेट जाएँ,' उसने दोनों चीज़ें हरबंस को देते हुए कहा। हरबंस ने एक आज्ञाकारी बच्चे की तरह दोनों चीज़ें ले लीं और गद्दी बाँह के नीचे रखकर कुहनी के बल लेट गया। 'और आप साहब, खाना कब खाएँगे?' बाँके ने मुझसे पूछा।

'मैं खाना यहाँ से जाकर ही खाऊँगा,' मैंने कहा। 'तुम मेरे लिए कुछ मत बनाओ। इनके लिए जो कुछ बना हो, वह इन्हें खिला दो।'

'इनके लिए सूप और आपके लिए खाना तैयार हो चुका है,' बाँके बोला। 'आप जब कहेंगे, तभी मैं ले आऊँगा। आपके लिए धुला हुआ कुरता-पाजामा भी निकालकर रख दिया है। छोटी बीबीजी कह रही हैं आप रात को यहीं रहेंगे।'

'नहीं, देखो बात यह है...,' मैं कहने लगा। मगर उसी समय ड्योढ़ी के दरवाज़े के पास से शुक्ला की थकी हुई-सी आवाज़ सुनाई दी, 'बाँके, इनसे कहो कि ये भी सावित्री दीदी की तरह न हो जाएँ। रात को किसी को तो भापाजी के पास रहना ही चाहिए।'

बाँके ने एक बार उधर देखा और फिर मेरी तरफ़ मुड़कर बोला, 'तो जी, आपको पाजामा-कुरता दे दूँ, या...?'

'अभी रहने दो,' मैंने कहा। 'अगर मैं रह गया तो मैं सोने से पहले तुमसे ले लूँगा।' बाँके के दाँत निकल आए और दरवाज़े पर झुकी हुई छाया दरवाज़े के पास से हट गई।

शुक्ला के मुँह से सावित्री दीदी का ज़िक्र सुनते ही हरबंस के चेहरे का भाव कुछ बदल गया था। बाँके चला गया, तो वह पल-भर हाथ से अपने माथे को दबाए रहा।

'सिर में दर्द है क्या?' मैंने पूछा।

'नहीं, दर्द नहीं है, एक जकड़-सी है,' वह बोला। मुझे कल से एक बहुत अजीब-सा अनुभव हो रहा है। मुझे पहली बार लग रहा है कि यह घर घर है और यहाँ जो जैसे होना चाहिए, वैसे ही हो रहा है। यह कितना बड़ा व्यंग्य है कि जो-कुछ मैं नीलिमा से चाहता रहा हूँ, वह सबकुछ उसकी अनुपस्थिति में हो रहा है; और इसलिए सबकुछ होते हुए भी मेरे मन का ख़ालीपन ज्यों-का-त्यों है, बल्कि पहले से भी बढ़ गया है।'

'तुम इसके लिए नीलिमा को ही दोषी नहीं ठहरा सकते,' मैंने कहा। 'दोष बहुत-कुछ तुम्हारा अपना भी है। तुम उससे वह कुछ माँगते हो जो वह नहीं दे सकती और जो वह दे सकती है...।'

'वह मुझे कुछ नहीं दे सकती,' कहता हुआ वह गरम पानी की बोतल पीठ के पीछे रखकर सीधा बैठ गया। 'इतने बरसों में मैं इसी नतीजे पर पहुँचा हूँ कि न वह मुझे कुछ दे सकती है और न मैं उसे कुछ दे सकता हूँ। इसलिए उसने अलग रहने का निश्चय कर लिया है, यह अच्छा ही है, नहीं तो वही चख़-चख़ ज़िन्दगी-भर बनी रहती। वह दस साल पहले जो कुछ मुझे नहीं दे सकती थी, वह आज भी नहीं दे सकती और दस साल और गुज़र जाते, तो भी न दे पाती।'

हवा की लहर एक गूँज के साथ आई और निकल गई। उस गूँज के बाद भी वातावरण की एक छटपटाहट-सी बनी रही, जैसे हवा जाते-जाते उसमें कई कुछ तोड़ और बिखेर गई हो। कुछ क्षण भीगे हुए आकाश की तिप-तिप करती ख़ामोशी बनी रही और फिर एक वैसी ही गूँज उठ आई।

'तुम्हें कल तो कम-से-कम उसका उत्साह नहीं तोड़ना चाहिए था,' मैंने कहा। 'यह क्या ठीक था कि वहाँ से आते ही तुमने कह दिया कि तुम्हें उसके प्रदर्शन से निराशा हुई है?'

हरबंस पल-भर सीधी नज़र से मुझे देखता रहा। फिर बोला, 'तुम्हारी इस बीच नीलिमा से मुलाक़ात हुई है?'

'मैं सुबह उससे मिल चुका हूँ,' मैंने कहा।

उसकी पीठ में शायद बहुत दर्द हो रहा था, क्योंकि उसने अपने पीछे बोतल को फिर ठीक किया और पल-भर फ़र्श की तरफ़ देखता हुआ कुछ सोचता रहा। फिर आँखें उठाकर बोला, 'बात यह है मधुसूदन कि मैंने कभी उसे धोखे में नहीं रखना चाहा और शायद यही मेरी सबसे बड़ी कमज़ोरी है। मुझे सबसे बड़ा दुःख इस बात का है कि वह आज तक मुझ पर विश्वास नहीं कर सकी। वह यही समझती है कि मैं अपने हीन भाव से जकड़ा हुआ हूँ, इसीलिए उसे ऊपर नहीं उठने देना चाहता। कल रात को उसने जो कुछ कहा, उसने मेरे अन्दर के घाव को और भी गहरा कर दिया है।'

'मगर उसका गिला भी तो बेजा नहीं था। तुम टिकटों की ज़िम्मेदारी अपने ऊपर नहीं लेना चाहते थे, तो तुमने उससे पहले ही क्यों नहीं कह दिया?'

'तो तुम भी समझते हो कि मैंने जान-बूझकर ऐसा किया है?' उसकी आँखों का भाव बहुत व्यथापूर्ण हो उठा। 'तुम्हारा भी यही ख़याल है कि मैं अपनी हीनता की भावना से पीड़ित हूँ और उसे धोखा दे रहा हूँ? मगर न तुम जानते हो, न वह जानती है, और न कोई और ही जानता है कि मेरे अन्दर क्या गुज़र रही है। मैं परसों टिकट देने के इरादे से ही पोलिटिकल सेक्रेटरी के यहाँ गया था।'

'तो फिर तुम उसे बिना टिकट दिए ही क्यों लौट आए? उसने जब खुद तुमसे कहा था कि...।'

'हा-हा!' वह अपने ख़ास लहजे पर आकर बोला। 'यही बात है जिसे मेरे आसपास के लोगों में से कोई समझना नहीं चाहता। वह आदमी मेरे ऊपर इतना मेहरबान क्यों है? और आज ही नहीं, बहुत दिनों से वह मेरे लिए कुछ-न-कुछ करने की कोशिश करता रहता है। आख़िर क्यों?'

'तुम इसकी क्या वजह समझते हो?'

'वजह बहुत साफ़ है मधुसूदन! तुम्हें मैंने बताया था कि वे लोग मुझे एक बहुत अच्छी नौकरी ऑफ़र कर रहे हैं।'

'हाँ, यह तो बताया था, मगर यह नहीं बताया था कि वह नौकरी कैसी है और तुम्हें उसे लेने में एतराज़ क्या है?'

'नौकरी बहुत अच्छी है,' वह बोला। 'और सीधे तौर पर देखा जाए, तो मुझे उसे लेने में कोई एतराज़ नहीं होना चाहिए। भारतीय संस्कृति केन्द्र के सेक्रेटरी की जगह ख़ाली है और वही जगह मुझे ऑफ़र की जा रही है।'

'अरे!' मैं एकदम चौंक गया। 'भारतीय संस्कृति केन्द्र के सेक्रेटरी की जगह और वह ऑफ़र तुम्हें ये लोग कर रहे हैं? इनका भारतीय संस्कृति केन्द्र के साथ क्या सम्बन्ध है?'

'क्या सम्बन्ध है?' वह थोड़ा आवेश के साथ बोला। 'तुम दिल्ली में रहते हुए भी नहीं जानते कि क्या सम्बन्ध है? भारतीय संस्कृति केन्द्र की स्थापना किसके पैसे से हुई है।' उसकी नीति का संचालन किन लोगों के हाथ में है? शची को उसकी प्रधानता स्वीकार करने के लिए तुम्हें पता है कितना पैसा दिया जाता है?'

'मगर...।' मैं भौचक्का-सा उसके चेहरे की तरफ़ देखता रहा।

'मगर क्या?'

'मगर भारतीय संस्कृति केन्द्र तो भारतीय कला और संस्कृति को प्रोत्साहित करने का ही काम करता है। उनके कार्यक्रमों में तो ऐसा कुछ नहीं होता जिसका दूर से भी राजनीति के साथ किसी तरह का सम्बन्ध हो...।'

हरबंस ने हताश भाव से कन्धे हिलाए और पल-भर चुप रहा। फिर बोला, 'तुम पत्रकार हो और जानते हो कि राजनीति में बफ़र स्टेट क्या अर्थ रखती है। साहित्य, कला और संस्कृति के क्षेत्र में भी इस तरह की बफ़र स्टेट अपना अर्थ रखती है। भारतीय संस्कृति केन्द्र का काम सिर्फ़ इतना ही है कि वह साहित्यिकों और कलाकारों की एक ऐसी बफ़र स्टेट बनाए रखे जिसकी कम-से-कम दूसरे पक्ष के साथ सहानुभूति न हो। राजनीतिक दृष्टि से यह काम तुम्हारे ख़याल में कम महत्त्वपूर्ण है? इसी काम के लिए लोग 'कल्चर' नाम के अंग्रेज़ी साप्ताहिक को पैसा दे रहे हैं, इसीलिए कुछ लोगों को हर साल विदेश-यात्रा के लिए भेजते हैं। ये सब-के-सब उस बफ़र स्टेट को बनाए रखने के साधन हैं। इसके लिए किसी आदमी का नाम उपयोगी है, कोई आदमी दूसरी तरह से उपयोगी सिद्ध हो सकता है, इसलिए उसे हथियाने की कोशिश की जाती है। मुझे भारतीय संस्कृति केन्द्र के सेक्रेटरी का पद किसलिए दिया जा रहा है?'

'किसलिए दिया जा रहा है?'

'तुम्हें यह समझ नहीं आता कि मैं भी एक उपयोगी आदमी हूँ? मैं आज जिस पद पर काम कर रहा हूँ, उस पद को ध्यान में रखते हुए...तुम्हें कुछ भी समझ नहीं आता कि मैं किस तरह उपयोगी हूँ?'

अँगीठी की आँच मुझसे बरदाश्त नहीं हो रही थी, इसलिए मैंने अपनी कुरसी बदल ली।

'तो तुम समझते हो कि...।'

'मैं ही नहीं समझता, बात ही दरअसल यह है। मैं अपने को धोखे में रखना चाहूँ, तो कुछ भी कर सकता हूँ। मेरे मन में कई बार यह आया है कि जब दुनिया इसी रास्ते पर चल रही है, तो मैं भी क्यों न चलूँ! जब मेरे बदलने से दुनिया नहीं बदल सकती, तो मैं ही क्यों एक फिसलन वाले रास्ते को अपनाऊँ? मैंने कितनी ही बार अपने मन को मनाया है कि एक बार जाऊँ और चुपचाप बिन्दुओं वाली रेखा पर हस्ताक्षर करके लौट आऊँ। परसों भी मैं गया था, तो मेरे मन में अनिश्चय बना हुआ था। मगर वहाँ जाते ही उसने पहली बात इसी विषय में आरम्भ की, तो कोई चीज़ मेरे अन्दर से उठकर गले की तरफ़ आने लगी। मुझसे यह बरदाश्त नहीं हुआ कि मैं भी अपने को उसी पंक्ति में देखूँ जिसमें 'कल्चर' का सम्पादक है, सुषमा श्रीवास्तव है और हमारे परिचितों में कई और लोग हैं...।'

सुषमा का नाम बीच में आ जाने से अचानक मेरे होंठ सूखने लगे। 'तुम सुषमाके बारे में यह कैसे कह सकते हो कि वह भी इन्हीं लोगों में से है?' मैंने कुछ कठिनाई के साथ कहा।

'हा-हा!' वह बोला। 'क्या मैं नहीं जानता? सुषमा कुछ दिन मेरे साथ भी घूमती

रही है। एक बार मुझे लगा था कि मैं उससे अच्छी इंटलेक्चुअल मित्रता प्राप्त कर सकता हूँ। मगर बहुत जल्दी मुझे पता चल गया कि मैं कितने बड़े धोखे में हूँ। सुषमा ने उन्हीं दिनों करनाल में अपने पिता को नया मकान बनवाकर दिया था। उसके पिता की आर्थिक हालत क्या थी, मैं जानता हूँ। मैंने उससे पूछा कि अचानक वे लोग इतने अमीर कैसे हो गए, तो उसने मेरा हाथ दबाकर उत्तर दिया कि इस तरह के सवाल किसी से नहीं पूछने चाहिए।'

मेरा सिर चकरा रहा था। मैंने कुरसी की दोनों बाँहों को पकड़कर अपने को सँभाले हुए कहा, 'मगर तुमने यह बात मुझे पहले क्यों नहीं बताई?'

'मैं सोचता था कि तुम्हारा उसके साथ इतना उठना-बैठना है, तुम्हें सब पता होगा। और जब मैं ही अपने मन में अपने लिए तय नहीं कर पा रहा था तो मुझे तुमसे कुछ कहने का अधिकार ही क्या था?'

मेरा शरीर और दिमाग़ बिलकुल ख़ाली हो गए थे। मेरी छाती में एक गोला-सा अटक रहा था। मैं खोई हुई आँखों से चुपचाप उसकी तरफ़ देखता रहा तो वह बोला, 'कल जाते ही उस आदमी ने मेरे साथ जब वह बात छेड़ दी, तो न जाने क्यों मेरे लिए वहाँ बैठना और उससे बात करना भी मुश्किल हो गया। उसके चेहरे पर जो रहस्यमय मुसकराहट थी, वह मुझसे बरदाश्त नहीं हुई। यह कहकर कि मैं अभी दो मिनट में आ रहा हूँ, मैं उसके पास से उठकर चला आया और फिर लौटकर उसके पास नहीं गया। मैंने नीलिमा से कहा था कि मेरा उस आदमी से झगड़ा हो गया है। मगर सच बात यह है कि मेरा उससे कोई झगड़ा नहीं हुआ। अब सोचता हूँ तो लगता है, सचमुच उससे झगड़ा करके ही आया होता तो ज़्यादा अच्छा था। तब मुझे अपने मन के किसी कोने में यह आशंका तो न रहती कि शायद अब भी मैं किसी वक़्त जाकर बिन्दुओं वाली रेखा पर हस्ताक्षर कर आऊँ...।'

'मधुसूदन भाई!' दरवाज़े के चौखट के पास से शुक्ला की थकी हुई आवाज़ फिर सुनाई दे गई। मैं उठकर ड्योढ़ी में आ गया, तो वह थोड़ा गुस्से के साथ बोली, 'देखिए, सारी रात भापाजी की तबीयत ख़राब रही है और अब भी ये लगातार बातें किए जा रहे हैं। कल को क्या ये अस्पताल ही जाना चाहते हैं? आप इन्हें बातें करने से रोकिए और कहिए कि थोड़ा-सा सूप पीकर सो जाएँ। मैं आपका खाना भी भेज रही हूँ। रात काफ़ी हो गई है और वैसे भी इतनी सरदी है, आप लोगों को अब चुपचाप सो जाना चाहिए।' उसका जूड़ा बिलकुल खुल गया था जिससे उसके बाल कन्धों पर बिखर आए थे। उस रूप में अपने अधिकारपूर्ण स्वर के कारण वह सचमुच घर की मालकिन लग रही थी।

'मैं अभी जाकर उसे बातें करने से रोक देता हूँ,' मैंने कहा। 'तुम खाना भेज दो।'

मैं कमरे में आया, तो हरबंस तब अपनी बाँह आँखों पर रखकर सीधा लेट गया था। वह ज़रा भी नहीं हिला-डुला, तो मुझे लगा कि वह अचानक ही सो गया है। 'तुम्हें नींद आ गई?' मैंने पूछा।

'नहीं,' उसने बाँह हटाकर आँखें खोल दीं। 'बाँके से कह दो कि सूप ले आए।' और क्षण-भर बाद उसने इतने धीमे स्वर में, कि मैं भी उसे कठिनाई से ही सुन सकता था, कहा, 'और सुनो मधुसूदन, तुम रात को यहीं रहना, चले नहीं जाना।'

'ठीक है, नहीं जाऊँगा, मगर...।'

'मगर-अगर कुछ नहीं। मैं तुम्हें बता नहीं सकता कि मुझे कैसा लग रहा है।...यह लड़की कल से जिस तरह का व्यवहार कर रही है, उससे मुझे अपने से ही डर लगता है।'

'क्यों, डर कैसा लगता है?'

'मुझे डर लगता है कि अगर मैं...अगर मैं अकेला घर में रहा और यह इसी तरह सबकुछ करती रही, तो न जाने...।'

ओलों का तूफ़ान तो थम गया मगर तूफ़ानी हवा रात-भर चलती रही। हरबंस अपने बेडरूम में सोया था और मैं उसी पलंग पर था जिस पर मैंने एक रात पहले काटी थी। जाने उस पलंग में ही ऐसी कुछ बात थी या क्या कि मैं जिस करवट भी लेटता वही करवट मुझे अस्वाभाविक लगती। गली के लैम्प की रोशनी रोशनदान के शीशे से छनकर कमरे में आती हुई, बहुत बुझी-बुझी और उदास लग रही थी। लैम्प-पोस्ट के आगे का पेड़ हिलता था, तो वह रोशनी भी इधर-से-उधर सरकने लगती थी, जैसे वह अपने से भाग रही हो। सड़क से गुज़रती हुई गाड़ियों की रोशनियाँ कभी-कभी दीवार को उजला कर देती थीं। दीवार एकदम सफ़ेद हो जाती थी, अलमारियों में रखी हुई किताबों की जिल्दें चमक उठती थीं और फिर सबकुछ अँधेरे में गुम हो जाता था। मेरे मन में आने वाले दिनों की एक तसवीर भी उसी तरह उभरकर अँधेरे में गुम हो जाती थी। डिफेंस कॉलोनी या जोड़बाग का एक घर। आँगन में उगे हुए कैक्टस, पाम और मोरपंखी के पौधे। सिरपत के सहारे उठे हुए स्वीट-पीज़, दुधमुँहे बच्चों की तरह मुसकराते हुए। लॉन की घास पर चलते समय पैरों में उठती हुई एक कोमल चुनचुनाहट! गार्डन चेयर पर बैठकर आकाश की ओर ताकती हुई सुषमा पीछे से आकर कन्धे पर हाथ रख देती है। उसकी कोमल बाँहें धीरे-धीरे गले को कस लेती हैं और आँखों के पास आई हुई आँखें स्वीट-पीज़ की तरह मुसकरा उठती हैं। फिर घर की दूब शिमला, कश्मीर और नैनी की मखमली दूब में बदल जाती है। पहाड़ की चोटी से दिखाई देते हुए बादल के टुकड़े सूर्यास्त के समय कई-कई रंगों में नहा लेते हैं। घाटी से खच्चरों की घंटियों की आवाज़ सुनाई देती है। सुषमा की

कोमल उँगलियाँ मेरी उँगलियों में कसती जाती हैं। हवा में उड़ते हुए रेशमी बाल और उलझी हुई बाँहों के दूधिया कैक्टस! हवा के हर झोंके के साथ कैक्टसों में फूल उग आते हैं, कबूतरों के पंखों की तरह कोमल-कोमल फूल। शरीर सेमल के-से स्पर्श से ढकता जाता है और रोम-रोम में चुभते हुए काँटे बहुत मीठे लगते हैं। वातावरण की नमी गरम-गरम साँसों से गरमा जाती है। उसके बाद मरमरी प्यालों में गरम-गरम चाय। वातावरण की महक शरीर में और शरीर की महक वातावरण में भर जाती है। सुगन्ध का ज्वर हृदय की धड़कनें तेज़ कर देता है। आधी-आधी रात तक नाइट लैम्प के सुरमई उजाले में बेमतलब की बातें होती हैं। आँखें खुलती हैं, तो बन्द हो रहना चाहती हैं। 'ला बोहीम' के किसी अँधेरे कोने में आधी रात तक क्लासिक्स के विषय में बातचीत चलती है। ज़िन्दगी बहुत हलके-हलके क़दमों से आगे बढ़ती है। आपस में हलकी-हलकी बातचीत, पार्टियों में हलकी-हलकी चुस्कियाँ, दोस्तों के साथ हलकी-हलकी मुसकराहटें, सबकुछ हलका और कोमल...।

हवा खिड़की को झटका दे जाती, दीवार उजली होकर स्याह पड़ जाती और मैं करवट बदल लेता। करवट के साथ ही ज़िन्दगी भी बदल जाती। दो छोटे-छोटे कमरों का घर। सुबह-सुबह बरतन मलने और कमरे बुहारने की आवाज़। ठकुराइन का झाइयों से लदा हुआ चेहरा। टूटे हुए मोढ़े पर बैठकर अख़बार पढ़ते हुए निम्मा चाय की प्याली लेकर पास आ खड़ी होती है। चाय पर पत्तियाँ तैर रही हैं। निम्मा की आँखें सहमी हुई हैं, जैसे उसे हवा से भी डर लग रहा हो कि वह अभी उसे डाँट देगी। उसकी पतली-पतली बाँहें देखने में भी चुभती-सी लगती हैं। बाँह को हाथ में पकड़ते ही वह एक घोंघे की तरह अपने में सिमट जाती है और बाँहों में कस लेने पर इस तरह विस्मय के साथ देखती है जैसे उसके साथ कोई बहुत ही रहस्यमय घटना घटित हो रही थी। वह नीचे को झुकती जाती है, झुकती जाती है, यहाँ तक कि उसका दुबला शरीर भी बाँहों के लिए बोझ बन जाता है। उसके हाथों से राख और प्याज़ की और कपड़ों से पसीने की गन्ध आती है। चेहरा ऊपर उठाने पर उसकी आँखें आँसुओं से भीगी नज़र आती हैं। गली में सब्ज़ी वाले ज़ोर-ज़ोर से चिल्लाते हैं। ऊपर से इबादत अली का सितार का स्वर सुनाई देता है। दिन-भर के काम से थका हुआ सिर तकिये पर रखते ही नींद आने लगती है। पड़ोस के घर से किसी बच्चे के रोने और प्याज़ से दाल के छौंकने की आवाज़ सुनाई देती है...।

मैं करवट बदलकर सीधा हो जाता। अँधेरे का रंग सुरमई और उजला सुरमई होकर फिर गहराने लगता। आनन्द पर्वत की वही बरसाती। वही रोज़-रोज़ अकेले लौटना और दरवाज़े पर दस्तक देना। बबुआइन उसी तरह सन्देह-भरी आँखों से देखती है और अपनी लड़की को बाँह पकड़कर अन्दर भेज देती है। सीढ़ियाँ चढ़ते हुए कमरे में दाख़िल होने को मन नहीं होता। कमरे में आकर किसी चीज़ को

रखने-उठाने को मन नहीं होता। खिड़की के पास खड़े होकर दिल्ली का दूर-दूर तक का विस्तार दिखाई देता है। सराय रुहेला स्टेशन से एक-एक करके गाड़ियाँ गुज़रती जाती हैं। अँधेरे में एक भटकती हुई रूह बार-बार कराह उठती है। मैं कमरे से छत पर आता हूँ और छत से कमरे में लौट जाता हूँ।

काफ़ी देर करवटें बदलने पर भी नींद नहीं आई, तो मैं उठकर बैठ गया। उठकर कमरे की बत्ती जला दी। दीवार पर फ़ेड-इन और फ़ेड-आउट होते हुए रंग सहसा लुप्त हो गए। पास ही तिपाई पर हरबंस की फ़ाइलें रखी थीं। मैं कुछ देर उनके अधूरे अधलिखे पन्नों को पलटता रहा। अध्याय एक–बुआजी के यहाँ पहली भेंट। दो चेहरे। उसके नाख़ून। एक सवाल।...अध्याय पाँच–बर्फ़ बहुत गिरी है। मगर मन में कोई खुशी नहीं। भ्रूण-हत्या सिर पर मँडरा रही है। क्या अपराध की अनुभूति ही अपराध का सबसे बड़ा दण्ड नहीं है?...अध्याय ग्यारह–एकान्त सड़क और ख़ाली ज़ेब। वह क्यों नहीं आई?...अध्याय इक्कीस–आईना टूट गया है। क्या यह आईना ज़िन्दगी का आईना ही नहीं था? अगर गाड़ी की दुर्घटना हो गई होती? अध्याय पच्चीस–असम्भव को सम्भव बनाने का प्रयत्न। हवा जैसे चलती है, चलने दो।... संख्याहीन अध्याय इतने बरसों में इन काग़ज़ों को कीड़े क्यों नहीं खा गए? यह सब बकवास है, कोरी बकवास। मुझे चाहिए कि इन काग़ज़ों को आग में झोंक दूँ।... अनध्याय–आख़िर अन्त क्या होगा?

मैंने काग़ज रख दिए और कमरे से बाहर निकल आया। बाहर तिपाई पर पानी का जग ढककर रखा हुआ था। मैं अचानक तिपाई से टकरा गया, तो शीशे का जग ज़मीन पर गिर गया। मैं उस आवाज़ से स्तब्ध होकर पल-भर अपनी जगह पर ज्यों-का-त्यों खड़ा रहा। हरबंस ने अपने कमरे में करवट बदली और फिर उसकी लम्बी साँस सुनाई देने लगी। तभी पीछे से दरवाज़े पर हलकी-सी थपथपाहट हुई और शुक्ला की निंदियाई हुई आवाज़ आई, 'बाँके!'

मैंने धीरे से जाकर दरवाज़ा खोल दिया। वह शॉल ओढ़े हुए ठंड में ठिठुरी हुई-सी खड़ी थी। 'आप अभी जाग रहे हैं?' उसने मुझे देखकर पूछा। 'अभी आवाज़ कैसी हुई थी?'

'मेरा पैर तिपाई से टकरा गया था जिससे जग टूट गया है।'

'भापाजी की तबीयत तो ठीक है न?'

'हाँ। मेरा ख़याल है उसे नींद आ गई है।'

'शुक्र है,' वह बोली। 'मैं तो डर गई थी कि कहीं...।'

'तुम भी अभी तक जाग रही थीं?'

'नहीं, जाग नहीं रही थी, मगर पूरी तरह सोई भी नहीं थी। सुरजीत देर से घर आया था, उसे खाना खाकर सोए थोड़ी ही देर हुई है।'

मेरा ध्यान फिर उसके शरीर के फैलाव की ओर चला गया और मुझे लगा कि

उसे इतनी ठंड में बाहर नहीं आना चाहिए था।

'तुम सो रहो। हरबंस के पास मैं तो हूँ ही।'

'मैं आपको एक बात बताना भूल गई थी। अगर रात को उन्हें फिर मितली हो, तो उन्हें दवाई का एक डोज दे दीजिएगा। उनकी दवाई उधर वाले कमरे में मेज़ पर रखी हुई है। मैंने सुबह मँगवाई थी, मगर दिन में तो उसकी ज़रूरत पड़ी नहीं।'

'अच्छा...।'

जाते-जाते वह फिर रुकी ओर बोली, 'देखिए, एक बात और भी आपसे कहना चाहती थी। भापाजी का दिल्ली में दिल नहीं लगता, इसलिए आप इनसे कहें कि ये आगरा वाली नौकरी कर लें। हो सकता है वहाँ जाकर इनका मन कुछ शान्त हो जाए। वह काम इनके मन के अनुकूल भी है...।'

'देखो, बात हुई तो उससे कहूँगा।'

'आपको आज मैंने बहुत तकलीफ़ दी है,' उसने कहा और धीरे-धीरे चली गई। मैंने दरवाज़ा बन्द कर लिया। कमरे में आकर मैं बत्ती बुझाकर लेट गया। मगर हरबंस की फ़ाइल देर तक मेरे दिमाग़ में खुली रही...।

सुबह सोकर उठा, तो वर्षा से धुली हुई धूप रोशनदान से नीचे झाँक रही थी। आँगन से बत्तख़ों के कुड़कुड़ाने और पंख फड़फड़ाने की आवाज़ आ रही थी। मैंने बिस्तर से उठकर खिड़की खोल ली। दो बत्तखें आँगन में चक्कर काट रही थीं। क्वाक् क्वाक् क्वाक्! उनकी काली धारियों वाली गरदनें हिलतीं, पीली चोंचें नीचे को झुककर ऊपर उठ जातीं और पंख थोड़ा खुलकर बन्द हो जाते। क्वाक् क्वाक् क्वाक्!

मैंने कमरे का दरवाज़ा खोला, तो सहसा ठिठक गया। सामने रसोईघर में मिट्टी के तेल का स्टोव जल रहा था और उसके पास, उसके ऊपर झुकी हुई-सी नीलिमा खड़ी थी। पीठ की तरफ़ से वह उस समय बहुत दुबली लग रही थी। उसके बाल ख़ूब कसकर बँधे हुए थे जिससे बालों के नीचे उसकी लम्बी गरदन ऊपर तक नज़र आ रही थी। मुझे देखकर वह एक बार ज़रा-सा मुसकराई और फिर उसी तरह काम में लग गई। मैं जाकर चुपचाप रसोईघर के दरवाज़े के पास खड़ा हो गया। उसने एक बार फिर घूमकर मेरी तरफ़ देखा और उसी तरह फीके ढंग से मुसकराकर कहा, 'तुम्हें चाय दे दूँ?'

'तुम बना लो, तो साथ ही पीते हैं,' मैंने कहा।

'तुम कमरे में चलो, मैं लेकर आ रही हूँ।'

'हरबंस सो रहा है?' मैंने पूछा।

उसने धीरे से सिर हिलाया और गरम पानी से प्यालियाँ धोने लगी। मैं कमरे में लौट आया। हरबंस की फ़ाइलें तिपाई पर खुली हुई रखी थीं। मैंने उन्हें बन्द किया और उठाकर मेज़ पर रख दिया। नीलिमा चाय लेकर आ गई। चाय बनाते हुए उसने कोई बात नहीं की। चाय के दो-एक घूँट भर चुकने के बाद उसने पूछा, 'तुम्हें रात को ठीक से नींद आ गई थी?'

'शुरू में तो काफ़ी देर मैं जागता रहा था,' मैंने कहा। 'मगर बाद में सो गया था।'

उसके बाद फिर कुछ देर हम दोनों ख़ामोश रहे। फिर मैंने पूछा, 'तुम किस वक़्त आई हो?'

'मैं अभी थोड़ी देर पहले ही आई हूँ,' वह बोली। फ्रिर कुछ देर चाय की प्याली में न जाने क्या देखते रहने के बाद उसने कहा, 'सुबह सुरजीत मेरे पास आया था।'

'अच्छा!'

'रात को शुक्ला को काफ़ी बुख़ार हो गया है। अप्रैल-मई में उसके बेबी होने वाला है, इसलिए सुरजीत बहुत घबराया हुआ था। मैं आना नहीं चाहती थी, मगर फिर मैंने सोचा कि...सोचा नहीं, मुझे लगा कि...शायद अब यही ठीक है।'

'अच्छा किया जो तुमने यह बात जल्दी सोच ली।' और कुछ देर चुप रहने के बाद मैंने कहा, 'शुक्ला कल और परसों दोनों दिन बहुत हैरान हुई है और उसने काम भी बहुत किया है।'

'मुझे पता है,' वह बोली। 'सुरजीत ने मुझे बताया था।'

'सुरजीत को मालूम था?'

'मालूम कैसे न होता? रात को जग टूटने पर जब वह तुमसे पूछने के लिए आई थी तो...।'

'वह उस वक़्त जाग रहा था?'

'हाँ। वह बेचारा तो रात-भर नहीं सोया। यहाँ से जाकर शुक्ला को कुछ मितली-इतली भी हुई थी। वह सारी रात उसे सँभालता रहा है।'

'अच्छा!' मैं कुछ जल्दी-जल्दी चुस्कियाँ भरने लगा।

'मेरा तो ख़याल है कि वह हममें सबसे अच्छा आदमी है।'

मैं चुपचाप चाय पीता रहा। तभी अरुण साथ वाले कमरे में से आँखें मलता हुआ आ गया। 'ममी,' उसने नीलिमा के गले में बाँहें डालकर कहा, 'मैं रात को किस घर में सोया था?'

'तू रात को नानी के घर में सोया था,' कहते हुए नीलिमा ने उसे उठाकर गोद में बिठा लिया और उसके सिर पर हाथ फेरने लगी।

'तो अब अपने घर में कैसे आ गया?'

'तेरी बत्तखें तुझे सोए-सोए अपने पंखों पर बिठाकर ले आई थीं।'

'मेरी बत्तखें कहाँ हैं?' अरुण एकदम उसकी गोद से उतर गया।

'बाहर आँगन में घूम रही हैं।'

'आहा! आहा!' अरुण ने हाथ-पर-हाथ मारा और बाहर भाग गया।

'ये बत्तखें तुम ख़रीदकर लाई हो?' मैंने पूछा।

'नहीं,' वह बोली। 'कल शाम को मैं अरुण को जन्तर-मन्तर घुमाने के लिए ले गई थी। वहाँ से लौटकर आ रही थी, तो यह सड़क पर पड़ी थीं। शायद कोई क्रिसमस ईव के लिए ले जा रहा होगा और रास्ते में उससे गिर गई होंगी। इनके पैर आपस में बँधे हुए थे और ये वहाँ पड़ी-पड़ी कुड़कुड़ा रही थीं। मुझे लगा कि किसी बस या कार के नीचे आकर कुचली जाएँगी, इसलिए मैंने इन्हें उठा लिया। कुछ देर इन्हें लिये वहाँ खड़ी रही कि शायद कोई इन्हें लेने के लिए आ जाए। मगर कोई नहीं आया, तो मैं इन्हें घर ले आई। घर आकर रात तक अरुण इन्हीं से खेलता रहा है। इनसे खेलता-खेलता ही सो गया। अच्छा हुआ, नहीं तो सोने से पहले बॉबी के पास आने के लिए रोता।'

अरुण दोनों बत्तखों को बग़लों में दबाए हुए बाहर से आ गया। बत्तखें उसकी बाँहों के दबाव से कुछ सहम गई थीं और टुकुर-टुकुर सामने की तरफ़ देख रही थीं। अरुण ने उन्हें लाकर कमरे में छोड़ दिया, तो वह पंख फड़फड़ाती हुई पलंग के नीचे घुस गईं।

'अच्छी पली हुई बत्तखें हैं,' मैंने कहा। 'तुमने इनसे नए साल की दावत करोगी?' मगर मेरे इतना कहते-कहते अरुण मेरे पास आकर मेरे घुटनों पर मुक्के मारने लगा।

'ममी, कोई मेरी बत्तखों को काटेगा, तो मैं उसे जान से मार दूँगा,' उसने कहा और मेरे पास से हटकर मुक्का ताने हुए नीलिमा के पास चला गया। नीलिमा ने उसे बाँहों में भरकर अपने साथ सटा लिया और बोली, 'नहीं बेटे, तेरी बत्तखों को कोई नहीं काटेगा।'

'मैं आज से तुमको अपने घर में नहीं आने दूँगा,' अरुण मेरी तरफ़ आँखें निकालकर बोला। मैंने उसकी बाँह पकड़कर उसे अपनी तरफ़ खींच लिया और उसके गालों को चूम लिया।

बत्तखें पलंग के नीचे से निकल आई थीं। अरुण ने मेरे हाथ से अपनी बाँह छुड़ा ली और फिर बग़लों में लेकर पुचकारता हुआ बाहर चला गया।

रोशनदान से झाँकती हुई धूप दीवार से फ़र्श पर उतर आई थी। मैंने घड़ी की तरफ़ देखा और उठ खड़ा हुआ। 'मेरा ख़याल है मैं अब तैयार हो जाऊँ और चलूँ,' मैंने कहा।

कुछ ही देर में मैं चलने के लिए तैयार हो गया। हरबंस तब भी जागा नहीं था।

'उसे जगा दूँ?' नीलिमा ने पूछा।

'नहीं, उसे अभी सोया रहने दो,' मैंने कहा। 'उसे तुम्हारे आने का पता है?'

'नहीं। मैंने आकर उसे जगाना ठीक नहीं समझा। कहो, तो अब जगा दूँ।'

'नहीं, रहने दो।'

उसी समय बाँके सब्ज़ी का थैला लिये बाहर से आ गया। 'तुम सब्ज़ी ले आए?' नीलिमा ये उसे देखते ही बोली। 'मगर तुमने जाते हुए पैसे तो मुझसे लिये ही नहीं थे। तुम्हारे पास पैसे थे?'

'कल छोटी बीबीजी ने पाँच रुपए का नोट दिया था,' बाँके थैला रखकर ज़ेब से पैसे निकालता हुआ बोला। 'उसमें से कल सब्ज़ी लाया था और साहब की दवाई लाया था। रात को इन साहब के लिए सिगरेट की एक डिब्बी भी लाया था। अब उसमें से पाँच-छः आने मेरे पास बचे हैं।'

'ये तुम अपने पास रखो,' कहती हुई नीलिमा उधर के कमरे में चली गई और वहाँ से अपना पर्स उठा लाई। उसमें से पाँच रुपए का नोट निकालकर बाँके को देते हुए उसने कहा, 'उधर जाओ, तो ये उनके रुपए उन्हें लौटा देना।' फिर मेरी तरफ़ देखकर वह बोली, 'तुम नाश्ता करके नहीं जाओगे?'

'इनके नाश्ते के लिए तो सुरजीत साहब ने उधर से कह रखा है,' बाँके बोला।

'नहीं, मैं नाश्ता करके नहीं जाऊँगा,' मैंने कहा। 'वैसे तो आज मेरा हॉफ़ डे है, मगर सम्पादक ने नौ बजे मुझे दफ़्तर में बुला रखा है। उसे शायद मुझसे कोई ज़रूरी बात करनी है। तुम सुरजीत से भी मेरी तरफ़ से कह देना।'

उससे पहले दिन मेरी सम्पादक से भेंट नहीं हो सकी थी। जब मैं हनुमान रोड पर नीलिमा से मिलकर वापस आया था, तो वह अपने किसी काम में व्यस्त था और उसने कहा था कि मैं कुछ देर के बाद उसे फ़ोन कर लूँ। जब मैंने फ़ोन किया, तो वह बाहर गया हुआ था। उसके बाद शाम को मुझे दूसरी चिट मिली थी कि सुबह नौ बजे आकर मैं उससे मिल लूँ। मैं जब उसके कमरे में दाख़िल हुआ, तो मेरे मन में कई-कई आशंकाएँ उठ रही थीं। वह उस समय स्टेनो को कुछ नोट्स दे रहा था। मुझे बैठने का इशारा करके वह नोट्स देता रहा। मैं धड़कते हुए दिल से आने वाले क्षण की प्रतीक्षा करता हुआ इधर-उधर देखता रहा। जब स्टेनो चला गया, तो उसने कुहनियाँ मेज़ पर फैलाए हुए मुझसे कहा, 'तो...?'

'आपने आज आने के लिए कहा था,' मैंने कहा।

'हाँ,' वह बोला। फिर कोई बात याद आ जाने से वह अपनी टेबल डायरी के पन्ने उलटने लगा। उसमें एक जगह कोई बात नोट करके उसने कहा, 'मैं तुमसे सिर्फ़

यही कहना चाहता था कि इस बीच तुमने मुझे सिर्फ़ एक ही फ़ीचर लिखकर दिया है। उसके बाद और कोई फ़ीचर तुम प्लान नहीं कर रहे? लोकसभा का बजट सेशन आरम्भ होने से पहले मैं चाहता था कि...।'

'आपने उस फ़ीचर के बारे में अपनी राय मुझे नहीं बताई थी,' मैंने कहा।

'हाँऽऽ! वह फ़ीचर ठीक ही था,' वह आवाज़ को कुछ लटकाकर बोला। 'मगर तुमने मेरी बात को बहुत शाब्दिक अर्थ में ले लिया था। मेरा मतलब दरअसल और चीज़ से था और मैं तुमसे कुछ दूसरी ही तरह के फ़ीचर की उम्मीद कर रहा था। मगर वह फ़ीचर तुमने लिखा अच्छा था हालाँकि उसमें भी मुझे लगा कि तुम अभी अपनी कविता से बिलकुल छुटकारा नहीं पा सके...।'

मुझे अपने मन में कुछ तसल्ली हुई कि जिस तरह की बात से मैं डर रहा था, वैसी काई बात नहीं है। 'मैं आपकी बात को समझता हूँ,' मैंने कहा। 'वह फ़ीचर मैंने सिर्फ़ शुरू करने लिए लिखा था। इधर मैं एक और फ़ीचर प्लान कर रहा हूँ...।'

'आई सी...!' वह थोड़ा मुसकराया। 'उसकी कुछ रूपरेखा तुम मुझे पहले से बता दो, तो मैं उसे शेड्यूल में रख लूँ।'

मैं बहुत जल्दी-जल्दी सोचने लगा। कल रात को मेरे मन में एक रूपरेखा बन रही थी। 'मैं सोच रहा था कि यहाँ पर किसी विदेशी पैसे से जो कुछ ऐसी-वैसी संस्थाएँ काम कर रही हैं, उनके बारे में एक चीज़ लिखूँ...।'

'कैसी संस्थाओं के बारे में?'

'यहाँ कई-एक ऐसी संस्थाएँ हैं न जो साहित्य, कला और संस्कृति की आड़ लेकर किन्हीं छिपे हुए राजनीतिक उद्देश्यों की पूर्ति कर रही हैं...।'

'जैसे?'

मैंने उदाहरण के तौर पर 'भारतीय संस्कृति केन्द्र' का नाम ले लिया।

सम्पादक का चेहरा सहसा गम्भीर हो गया और उसने अपने दोनों हाथों को आपस में उलझा लिया। 'यू मीन...,' उसने कहा। 'मगर इस बार तुम मेरे मतलब से बहुत आगे चले गए हो। इस तरह की चीज़ राजनीतिक हो जाएगी और मैंने तुम्हें बताया नहीं, मगर तुम्हारी राजनीतिक टिप्पणियों को लेकर पहले ही ऊपर काफ़ी चर्चा हो चुकी है। मैं तुम्हारा हित चाहता हूँ, इसलिए तुम्हें यह राय दूँगा कि तुम्हें ऐसी चीज़ों में नहीं पड़ना चाहिए जो तुम्हारे अपने हित को नुक़सान पहुँचा सकती हैं। ऊपर से मुझे यह भी कहा जा रहा है कि तुम्हें सांस्कृतिक रिपोर्टिंग से हटाकर 'न्यूज़' सेक्शन में कर दिया जाए। इसलिए ऐसी चीज़ लिखने का मैं तुम्हें परामर्श नहीं दूँगा। और अख़बार की पॉलिसी को नज़र में रखते हुए मैं कह सकता हूँ कि ऐसी चीज़ हम छाप भी नहीं सकते। इसलिए करना चाहो, तो तुम कोई और ही चीज़ प्लान करो।'

पल-भर हम दोनों चुप रहकर तौलती हुई-सी नज़रों से एक-दूसरे की तरफ़ देखते रहे।

'मैं सोचकर आपको बताऊँगा,' मैंने कहा।

'हाँ-हाँ, तुम अच्छी तरह सोचकर बताना,' वह बोला। 'एक अन्दर की बात तुम्हें बता रहा हूँ जिसे तुम्हें आउट नहीं करना चाहिए। मुझसे यह भी कहा गया कि तुम्हें अगला इन्क्रीमेंट देने से पहले तुम्हारे काम को कुछ दिन और अच्छी तरह देख लिया जाए। तुम्हें इस बात को ध्यान में रखकर ही चलना चाहिए।'

उसके कमरे से अपने केबिन में आकर कुछ देर मैं चुपचाप सामने दीवार पर लगे हुए कैलेंडर की तरफ़ देखता रहा। मेरी मेज़ पर उपहार में पाई हुई नए साल की अजन्ता की चित्रों वाली एक डायरी रखी थी। कुछ देर मैं उसके पन्ने पलटता हुआ चित्रों को देखता रहा। उन चित्रों को देखते-देखते अचानक मुझे ध्यान आया कि मैंने उस दिन साढ़े दस बजे सुषमा को फ़ोन करने के लिए कह रखा है। मैंने अनजाने ही फ़ोन का चोंगा उठा लिया हालाँकि मेरी समझ में नहीं आ रहा था कि मैं उससे क्या बात करूँगा। मैं धीरे-धीरे उसका नम्बर मिलाने लगा—चार, पाँच, पाँच, चार...! मगर आगे का हिन्दसा मिलाने से पहले ही मैंने चोंगा रख दिया। डायरी मैंने एक तरफ़ सरका दी और कुरसी की पीठ से टेक लगाकर अपने हाथों को आपस में मलता हुआ फिर कुछ देर कैलेंडर की तरफ़ देखता रहा। कागज़ लेकर कुछ लिखने की कोशिश की, तो मुझसे कुछ लिखा नहीं गया। फिर मैंने चोंगा उठा लिया। इस बार पहले के तीन हिन्दसे मिलाने के बाद ही मैं रुक गया और मैंने चोंगा रख दिया। चोंगा रखते ही मैं सहसा अपनी कुरसी से उठा खड़ा हुआ। मुझे लग रहा था कि मुझे उस समय कहीं जाना है। मैंने चलते-चलते डायरी मेज़ से उठा ली। शायद मन में कहीं इस तरह का ख़याल भी था कि डायरी मुझे किसी को उपहार में देनी है। नीचे आकर मैं फुटपाथ पर खड़ा हो गया और सोचने लगा कि मैं कहाँ जाने के लिए ऊपर से आया हूँ। क्या मुझे कॉन्सीक्यूशन हाउस जाना था? मगर वहाँ जाने से पहले क्या सुषमा को फ़ोन कर देना ज़रूरी नहीं था?

मैंने हाथ देकर एक आती हुई ख़ाली टैक्सी को रोक लिया। सरदार ड्राइवर ने मीटर को गिराकर मेरी तरफ़ देखा, तो भी मैं पल-भर सोचता रहा। फिर चुपचाप दरवाज़ा खोलकर अन्दर बैठ गया। सरदार ने अपनी सीट पर बैठते हुए मेरी तरफ़ देखकर पूछा, 'कहाँ चलना है साहब?'

मेरे दोनों हाथों की उँगलियाँ आपस में उलझी हुई थीं। मैंने दोनों हाथों को एक-दूसरे से कसे हुए धीरे से कहा, 'क़स्साबपुरा।' और हाथ खोल लिये।

ड्राइवर शायद नया था। वह यह सुनकर भी मेरी तरफ़ देखता रहा और बोला, 'कौन-सा पुर?'

'बस्ती हरफूलसिंह,' मैंने कहा और थोड़ा ढीला होकर सीट पर नीचे को सरक गया।

'बस्ती हरफूलसिंह!' सरदार सोचता हुआ-सा बोला। 'यह कहाँ पर है साहब?'

'बारहटूटी, सदर बाज़ार!' मैंने झुँझलाकर कहा। सरदार ने टैक्सी स्टार्ट कर दी। टैक्सी एक झटके के साथ चली, तो मैंने अपनी गोद में रखी हुई डायरी को एक बार देख लिया कि वह गिर तो नहीं गई।

टैक्सी चेम्सफ़ोर्ड रोड का पुल पार करके कुतुब रोड पर आ गई। मैंने एक लम्बी साँस ली और मन में कुछ हलका महसूस करता हुआ सीट पर थोड़ा और नीचे को सरक गया।

●●●